DIE BIZARRE BIBLIOTHEK

BAND 8

DIE BIZARRE BIBLIOTHEK:

Leonard Cline: *Die dunkle Kammer*
Scheck/Hauser (Hg.): *Berührungen der Nacht*
Sarban: *Hörnerschall*
Georges Rodenbach: *Das tote Brügge*
Gustav Meyrink: *Der Mönch Laskaris*
William Hope Hodgson: *Das Haus an der Grenze*
Jean Ray: *Malpertuis*
Karl Hans Strobl: *Eleagabal Kuperus 1*
Karl Hans Strobl: *Eleagabal Kuperus 2*
Richard Marsh: *Der Skarabäus*
Oskar Panizza: *Visionen der Dämmerung*
Karl Hans Strobl: *Lemuria – Unheimliche Geschichten*
William Hope Hodgson: *Unerwünschter Besuch*

Karl Hans Strobl

Eleagabal Kuperus

Erster Teil

Die würgende Hand

FESTA

Die Erstausgabe dieses zweibändigen Romans erschien 1910 im Georg Müller Verlag, München und erreichte sechs Auflagen. Eine Neuausgabe erschien 1928 im Verlag Josef Singer, Berlin. Die vorliegende Ausgabe ist der erste Nachdruck seither.

1. Auflage April 2006

Titelbild: Jean Pascal Fournier
Druck und Bindung: PBtisk, s.r.o., Pribram

ISBN 978-3-86552-014-2

Das Haus des Eleagabal Kuperus und die Witwe des Dichters

Hinter dem Dom, wo sich die Dächer der kleinen Häuser um enge Höfe zusammendrängen, verlieren die Gässchen ihre Richtung und weichen, von alten grauen Fronten beengt, vor plötzlich vortretenden Ecken zur Seite, steigen über Stufen hinab und hinauf, bis sie, auf allen Seiten von den Häusern umstellt, in irgendeinem Winkel enden. In diesem innersten Kern der Stadt hat die neue Zeit, die an der Erweiterung des Umkreises arbeitet, noch nichts geändert, und unter dunklen Torbögen, in düsteren Nischen, vor deren schwarzen Heiligenbildern zitternde Lämpchen brennen, kauert die Vergangenheit.

Die Stufen, an denen die Häuser hinabsinken und emporsteigen, sind von vielen Tritten glatt und schlüpfrig geworden, dass die alten Weiblein zur Winterzeit nur zaghaft und unter Stoßgebeten zum Dom zu gehen wagen. Was an Freude und Leid über diese Stiegen getragen wurde, hat gleichermaßen an den runden Löchern in ihrem Granit gearbeitet, in denen nach sommerlichen Regengüssen kleine Wasserlachen stehen und im Winter länger als anderswo Eiskrusten knistern. Versonnen und manchmal ein wenig verdrießlich sehen die alten Häuser aus kleinen Fenstern nach den wenigen Menschen, die hier mit Bedacht über das holprige Pflaster gehen, als habe die Hast und Unruhe, die an dem Domberg vorbeibraust, noch keine Macht über sie.

Man sieht hier sehr viele alte Leute. Das Leben scheint sich in diesen stillen krummen Gässchen länger hinzudehnen als anderswo. Und sieht man sonntags alle diese alten Männlein und Weiblein zum Dom wandern, dann ist es wie im Reiche der Erinnerung, wo die Schatten des Gewesenen umhergehen. Doch die Jugend lebt mitten unter den alten Leuten grausam, unbändig und lärmend wie draußen und trotzt mit dem Recht der Gegenwart zwischen den grauen Häusern, tobt über Stiegen auf und ab und lässt sich gleich dem Sonnenschein nicht daran hindern, das Glück der Kraft zu spenden.

Die Alten sehen zu und lächeln, denn hier sind Vergangenheit und Gegenwart noch nicht im Streite. Darum liebt das Alter auch grüne Pflanzen und weiße Gardinen, und viele der kleinen vielscheibigen Fenster leben von einem grünen Flor. Im Sommer nicken die blutroten Knospen der Fuchsien über hölzerne Gitter, und breitblättrige Pelargonien stehen würdig im Hintergrund. Dann gibt's auch ganze Fenster voll von blühenden Hyazinthen, die in allen Farben prahlen, und beim Rahmenmacher, der auch Tiere hält und Vögel ausstopft, kann man ausländische Blattpflanzen und wunderliche Orchideen sehen, dass alle Kinder weit umher gezwungen sind, vor seinen Fenstern stehen zu bleiben und mit ihren Fingern gegen die Scheiben zu tupfen. An großen Festtagen im Sommer stellt er seine Passionsblume aus, die schöne und traurige Blüte, die alle Werkzeuge der Marter Christi zeigt, die Nägel und den Hammer und sogar die grässliche Dornenkrone.

Hier hält man noch etwas auf Festtage, hebt sie unter den Tagen der Arbeit hervor, und sogar die Häuser ändern ihr Gesicht zur Osterzeit, zu Pfingsten oder am Fronleichnamstage. Wenn der Umzug durch die engen Gässchen kommt, wenn die Glöckchen bimmeln und der weiße Weihrauch in breiten Wolken über den Köpfen der Priester schwimmt, dann flackern Reihen von Kerzen in den Fenstern, und Heiligenbilder schauen aus verschlafenen Augen in das viele Licht. Und zur Pfingstzeit fehlt die grüne Birke an keiner Tür, sodass es aussieht, als habe der Frühling jedem Haus einen Strauß an die Brust gesteckt. Dann schaut alles so hell und heiter in die Welt, dass man fast nicht glaubt, wie viele sonderbare Geschichten hinter den altersbraunen Türen und kleinen Fenstern schlafen; heimliche und unheimliche Geschichten, die an trüben Tagen und in den langen Winternächten erwachen.

Nahe dem Hauptaufgang zum Dom, den zwei steinerne Heilige mit kalten, leeren Augen bewachen, steht ein Haus, um das sich viele solcher Geschichten spinnen. Denn hier wohnt Eleagabal Kuperus, von dem man sich in den Häusern um den Dom höchst merkwürdige Dinge erzählt, der in der Phantasie der Jugend vom fahlen Glanz des Geheimnisses umgeben ist, und dem die alten Weiblein scheu ausweichen, wenn er ihren Weg zum Dom kreuzt.

Sein Haus ist sicher das älteste hierherum und hat einen schiefen Giebel auf seinem faltigen braunen Gesicht sitzen wie einen alten Hut. Bei trockenem Wetter scheint seine Front staubig und zerfurcht, wenn aber der Regen gegen seine Wände schlägt, dann kommen auf ihnen uralte Bilder hervor: Isaaks Opferung, das Urteil Salomos, der Durchzug der Juden durch das Rote Meer und viele andere, von denen die Leute hier oben keine Deutung wissen. Wie eine geheime Schrift durch die Sonne oder das Wasser geweckt wird, so tauchen diese Bilder aus der Feuchtigkeit, recken sich über alle Flächen zwischen den Fenstern und zeigen sich, untereinander mit Ranken aus Pflanzen und Tierleibern und mit unleserlichen Sprüchen verbunden.

Über der Tür aber, die reich geschnitzt und mit rostigen Eisenbändern beschlagen ist, wird dann eine Gestalt sichtbar, die im Gewande einer fernen Zeit dasteht, in einer Hand ein Schwert und in der anderen Hand einen Schlüssel hält. Aus ihrem Munde geht ein Band hervor, auf dem in altertümlichen Buchstaben geschrieben steht: ›Glaube dem Wunder‹. Das Seltsame an dieser Gestalt und das Seltsamste am ganzen Haus aber ist dies, dass die Hand, die den Schlüssel hält, aus der Mauer hervorragt in wirklicher, greifbarer Form, eine Hand, die mit ihren gekrümmten Fingern, mit den Sehnen und den deutlichen Adern dazwischen so sehr der lebenden Hand eines Menschen gleicht, dass man diese große Kunst ihres Bildners bewundern muss. Wenn der Regen in seinen Furchen verrieselt und die Sonne die Wand getrocknet hat, dann sind die Bilder und Sprüche verschwunden, und nur die Hand hält über der Tür den Schlüssel, als wachse sie aus der Mauer hervor und wolle anzeigen, dass hier ein Verschlossenes und nur durch sie zu Öffnendes sei.

Und auch die Tür – sie ist der Schrecken und das nie ausgeschöpfte Rätsel der Kinder, denn ihr Schnitzwerk zeigt den Besuch Sauls bei der Hexe von Endor. Das lebt rund um den Helden von missgestalteten Leibern, von gräulichen Fratzen und von Lindwürmern. Oben speit ein Drache Feuer aus, und unten schwimmt der Leviathan in einem Meer von lauter spitzen Wellen und bläst aus seinen Nasenlöchern mächtige Wasserstrahlen.

Unter all den Leuten, die Absonderliches von Eleagabal Kuperus und seinem Haus zu erzählen wissen, zeichnet sich die alte Frau Swoboda aus, die im Dome schlanke Kerzchen für die Seelen im Fegefeuer anzündet. Sie ist es, die in einer Mondscheinnacht gesehen hat, wie die Finger der Hand über der Tür sich einzeln vom Schlüssel lösten und ausstreckten, genau wie die Finger einer Menschenhand, die einen Krampf überwinden will. Und sie ist es, die im Morgengrauen eines trüben Wintertages deutlich gesehen hat, wie die Drachen und Ungetüme der geschnitzten Tür durcheinander wimmelten, und wie Saul den Arm erhob, um sie zu bannen. Nun schwört sie darauf, dass Eleagabal Kuperus ein Zauberer sei, und eine Legion alter Weiber steht hinter ihr, die dasselbe behaupten.

Aber auch die Männer, die über dieses Geschwätz nur lachen, meiden doch den alten Mann in dem geheimnisvollen Haus, und wenn ihm einer in der Dämmerung der schlecht beleuchteten Gassen begegnen soll, dann geht er lieber auf die andere Seite. Selten nur schrillt die Klingel unter der Hand mit dem Schlüssel, und immer ist es ein Fremder, irgendein Mensch aus der brausenden Stadt dort unten, der den Eleagabal Kuperus in seiner Burg besucht.

Die Frau, die an einem von schwerem Dunst und geheimen Stimmen erfüllten Winterabend über die große Stiege heraufkam und langsam über den kleinen Platz vor dem Dom schritt, zögerte ein wenig vor der Tür des Hauses, in welchem Kuperus wohnte. Hier oben waren nur noch wenige Lichter wach, und eines von ihnen stand unbeweglich wie ein starres Auge in der Stirn dieses Hauses. Frau Swoboda, die aus der Sakristei des Domes kam, sah, wie vor der Tür des Kuperus eine dunkle Gestalt nach der Klingel tastete, und schickte erschaudernd ein kurzes Gebet um das Heil dieser armen Seele, die sich hier dem Bösen überantwortete, zum Himmel. Als sie um die Ecke des Gässchens gekommen war, hörte sie das Gekreisch der Glocke, und frierend und der eigenen Gottgefälligkeit froh, hüllte sie sich fester in ihr großes Umschlagetuch.

Die Frau, die zu Eleagabal Kuperus eingelassen sein wollte, hatte eine Weile zu warten, bevor sich die schwere Tür öffnete. Die von dem Kampf mit dem Nebel ermatteten Strahlen einer nahen Gaslaterne regten das Schnitzwerk der Tür zu ringelndem Geranke auf, glitten über die Hand mit dem Schlüssel hin und strandeten an dem Ufer des Dunkels, das schwer über dem Ende des Gässchens lag. Leise ging die Pforte auf. Ein langer Gang ließ die Frau in das Innere des Hauses, in dem sie lautlos über weiche Teppiche schritt. Links und rechts gaben leuchtende Buchstaben, die sich zu Worten ohne begreiflichen Sinn vereinigten, Hieroglyphen, Keilschriftzeichen und glitzernde Symbole so viel von einer beunruhigenden Dämmerung, dass hohe, dunkle Bilder und Statuen zu erkennen waren, die längs des Ganges den Eintretenden begleiteten. Wie eine wehmütige Melodie plätscherte ein Springbrunnen in einem rot beleuchteten Raume, in dem sich die Bilder rings an den Wänden sammelten. Hier wartete ein Diener, dessen behaarter Kopf, dessen kleine spitze Ohren und dessen böse glimmenden Augen ihn einem Wolfe ähnlich machten, und hob die Hand zu einer schweigenden Gebärde.

Die Frau folgte ihm durch einen schmalen Weg zwischen zwei Wänden von Büchern, bis er aus einem Becken eine Kugel nahm und sie mit silbernem Klang wieder zurückfallen ließ. Aus den Falten eines Vorhangs, der kühl um ihr heißes Gesicht wehte, trat sie unter eine Kuppel aus Glas, die sich über einem Zimmer aus Marmor wölbte. Wie in einem Tempel strebten zwei Reihen von Säulen empor, aber auf ihren breiten Kapitellen, von denen Tierköpfe zwischen Schnörkeln herabsahen, lastete kein Gebälk. Sie waren scheinbar zwecklos, nur um ihrer selbst willen in diesen Raum gestellt, dessen unteren Teil sie gliederten, während sich die Kuppel ungestützt und frei darüber spannte wie ein Symbol der Unendlichkeit des Himmels. Alle Arten von Marmor setzten die Buntheit dieses Gemaches zusammen, vom weißen Marmor der Tiroler Brüche bis zu den geflammten, gezackten, gestirnten Farbenwundern der seltensten Abarten. Über die Wände rieselten

Bäche, als ob dort oben aus einer verborgenen Öffnung ein kleiner Blutstrahl hervorkäme, der, sich verzweigend, über die glatte Fläche fließt; daneben waren Platten, die wie Landkarten bemalt waren, dann schienen zarte Farne, Moose oder kleine Bäumchen in den Stein eingeschlossen, nun blühten Korallen und ließen ihre Äste weit auseinander gehen, als ob sie alle herrlichen Kräfte ungefesselten Wachstums entfalteten. Leuchtend ergossen die weißen, gelblichen und elfenbeinfarbenen Marmorarten ihre makellosen Flächen und machten den Blick zur Erfassung neuer Farbenspiele fähig.

Dieses Gemach zeigte eine starre Leblosigkeit, die gleichwohl vom heftigsten Leben sprühte, eine Ruhe, in der eine unbändige Bewegung brauste; es glich einem Kopf, in dem verworrene Gedanken stürmen, in dem die seltsamsten Einfälle wohnen, von denen keiner laut wird oder in wirkliches Leben tritt. Über diesem Gewirr lag die Kuppel fest aufgeschraubt, damit nichts davon nach außen dringe, gewölbt und gläsern wie die Hornhaut eines Auges, auf dessen Netzhaut die köstlichsten und wunderbarsten Farben spielen.

An dem Marmortisch in der Mitte, von den beiden Säulenreihen rechts und links bewacht, saß Eleagabal Kuperus. Seine Hand lag auf dem Tische, seine Finger folgten irgendeiner Ader des Marmors, seine Lippen bewegten sich. Nun sah er auf, und sein Blick hüllte die Frau in einen Schleier von Fragen. Tief innen in einem Kopf, der ebenso viel von einem Patriarchen als von einem alten Raubtier hatte, lagen diese fragenden Augen. Über ihnen ging eine hohe Stirne empor, die in so viele gleichlaufende Falten gezogen war, dass man bei einem anderen darüber gelacht hätte; unter ihnen begann ein weißer wilder Bart, ein verworrenes Gestrüpp, das nach allen Seiten auseinander strebte, doch in eine Richtung gezwungen, auf die Brust niederfiel. Zwischen dem Gestrüpp klaffte die dunkle Höhle eines Mundes, aus dem zwei Eberhauer hervortraten. Die Schneidezähne waren verloren gegangen, aber die Eckzähne des oberen Kiefers hatten sich zu seltener Kraft entwickelt, und wenn Eleagabal Kuperus lachte, so krochen sie wie krumme Messer aus ihrer Scheide. Um den kahlen Schädel lag ein dünner Kranz von weißen Haaren, der sich bei starken Effekten wie unter elektrischen Wirkungen zu sträuben schien.

Zögernd trat die Frau auf ihn zu und legte ein rundliches Paket, das sie unter ihrem Mantel getragen hatte, vor ihn auf den Tisch.

»Sie sind mir willkommen«, sagte Eleagabal Kuperus und winkte dem Diener mit dem Wolfsgesicht, der hinter der Frau in der vorgebeugten Haltung eines Raubtiers gelauert hatte, dass er sich entfernte. »Sie sind mir willkommen«, sagte Eleagabal Kuperus noch einmal, und die Frau fühlte, wie sein Blick sie durchdrang. Dann fügte er hinzu, und seine Hand deutete nach dem rundlichen Paket: »Sie bringen mir den Kopf Ihres Mannes.«

Ein Zittern kam über die Frau, und der Tisch, an dem Eleagabal Kuperus saß, begann sich schnell um seine Achse zu drehen, so schnell, dass es schien, als ob sich der Mann vor ihr vervielfache. Schwindelnd griff sie nach einer der Säulen, aber sie zog ihre Finger rasch zurück, denn der Stein war so heiß, dass er ihr fast die Haut verbrannte.

»Nehmen Sie die Dinge so, wie sie nun einmal sind. Der Tod ist ein mächtiger Herr, fast so mächtig wie das Leben, und manchmal ist es, als ob er ihn überwinde. Ich ehre Ihren Schmerz, und ich will Ihren Wunsch erfüllen.«

»Sie wissen, was ich Ihnen vortragen wollte?«

»Ich weiß es. Ihre Liebe war groß, und ich beuge mich vor der Liebe.«

Da brach die Frau in ein Weinen aus und sah verzweifelnd um sich, denn sie fühlte sich so schwach, dass sie einer Stütze bedurfte. Eleagabal Kuperus erhob sich und trat zu ihr; er legte einen Arm um ihre Schultern, und es geschah das Seltsame, dass Frau Emma Rößler, die mit Grauen und Angst zu diesem verrufenen Greis, zu diesem unheimlichen Mann gekommen war, den Kopf in dem dichten Gestrüpp seines Bartes verbarg. So standen sie beide ganz still, und das Schweigen knisterte wie eine kleine blaue Flamme. Dann führte er sie zu seinem Stuhl an den Marmortisch und ließ sie niedersetzen.

»Erzählen Sie mir von Ihrem Gatten, der ein Dichter war und nur eines nicht zu gestalten verstand – sein Leben.«

»Es scheint, dass Sie ihn kannten.« – Eleagabal Kuperus lächelte, und die beiden Eberzähne krochen aus der Höhle seines Mundes, während seine Hand ihr bedeutete, fortzufahren –

»Sein Name war in aller Leute Mund, und seine Zukunft stand glänzend und wunderbar vor ihm. Aber trotz aller Verheißungen und Versprechungen blieb seine Gegenwart trüb und düster. Er verstand es nicht, sich auf den Markt zu stellen und seine Werke mit prahlerischen Gebärden auszurufen.

Man gab ihm immer wieder Hoffnungen mit auf den Weg und erkannte sein Talent an. Ah, er hatte nicht einmal den stolzen Trost, verkannt zu werden. Aber man kaufte seine Bücher nur gerade so viel, dass wir in einer bürgerlichen Behaglichkeit leben konnten, während er nach einem Überfluss dürstete, der seinen Künstlerlaunen gestattet hätte, sich zu entfalten und noch Schöneres, Unerhörtes hervorzubringen. Wir waren nicht reich genug, um uns über die Mittelmäßigkeit zu erheben, und nicht arm genug, um vom Los des Dichters sprechen zu können.

Mit den Blicken auf einen fernen Gipfel ging er gleichmäßigen, zuletzt schon ein wenig müden Schrittes eine Straße, die weder genug beschwerlich, noch genug von Wundern begleitet war. So rann sein Leben dahin. Er konnte nicht Kämpfer genannt werden, aber er war auch kein Glückskind, dem Sterne in den Schoß fallen.

Mit ruhiger, besonnener Arbeit erwarb er gerade genug, um ein Leben zu führen, das dem von Tausenden gleicht, bis er am Ende versank ohne allzu großen Schmerz, ohne eine Spur von Tragik, außer der, dass hier einer verstummte, dem das Schicksal hätte gestatten sollen, sein Letztes auszusprechen.«

Eleagabal Kuperus stand vor der Frau und hörte ihr zu, indem er mit der Hand über den langen Bart hinstrich, wie ein Gärtner, der seine Büsche streichelt. Die Falten seiner hohen Stirn bewegten sich. Es war, als ob Gedanken über sie hinliefen.

»Sein Leben und sein Sterben ist nicht so trostlos, wie es Ihrer Liebe erscheint. Sein Leben hätte nicht glänzender sein dürfen, denn ich weiß, dass dann seine Kraft in weicher Dämmerung zerflossen wäre. Aber er hätte es reicher und tiefer machen können, denn er hatte ja Ihre Liebe. Und darum sage ich, dass er es nicht zu gestalten verstand. Aus der Tiefe kommt alles Glück. Und sein Sterben war nicht trostlos, denn er war am Ende dessen, was ihm der Welt zu geben bestimmt war.

Sein Andenken darf Ihnen heilig sein, denn es ist keine Verminderung seines Wertes, wenn ich Ihnen sage, dass er ›kein Letztes‹ mehr zu geben hatte, dass er nur noch Fortsetzungen, nicht Steigerungen geschaffen hätte. Um sein Haupt strahlte die Glorie jener bescheidenen Unsterblichkeit, die Menschen zu vergeben haben. Hätte die Welt sein Letztes erwarten müssen, so wäre sie ungeduldig geworden und hätte ihm auch den Ruhm für das bestritten, was er an Werten in sie gesetzt hat. Aber Sie sprachen mir von ihm, nun sprechen Sie noch von sich selbst.«

»Von mir ist nichts zu sagen, als dass ich ihn liebte.«

»Die Liebe ist nur eine. Aber ihre Erscheinungen sind so vielfach und wechselvoll wie die bunten Bilder der Welt und nie wird die Natur ermüden, ihre Blüten in immer neuen Gestalten zu erwecken. Es ist das Spiel ihrer festlichen Tage.«

Die Glaskuppel wölbte sich höher empor, und ein köstliches Verstummen sank von ihr herab, das an glatten Marmorwänden wie Silber erklang. Dann begann die Frau, und ihre Hände strichen mit spitzen Fingern über die kühle Fläche des Tisches: »Er hat mich emporgehoben, als ich nahe daran war, zu fallen. Meine Jugend habe ich unter fremden Leuten zugebracht, in deren Häusern ich verzogene Kinder zu unterrichten hatte. Man duldete mich am Tische, damit man nicht durch die Unarten der Jungen und die kecken Fragen der kleinen Mädchen allzu sehr gestört wurde. Aber man vergaß niemals, mich fühlen zu lassen, ein wie gutes Werk es sei, sich meiner Arbeit zu bedienen.

Die erwachsenen Söhne und die Herren des Hauses verwandelten sich oft genug in zärtliche Werber, wenn sie mit mir allein waren; sie brachten kleine Geschenke und Blumen, die sie mich baten, vor ihren Müttern und Gattinnen zu verstecken. Und da ich nicht gesonnen war, ihre Winke und Wünsche zu verstehen, so konnte ich nirgends eine Heimat finden.

Die Wanderung machte mich müde, und in dem Hause, das mich zuletzt aufnahm, ermattete mein Widerstand an dem ungestümen Drängen des Herrn, der mit einer unheimlichen Macht über seine ganze Umgebung begabt war. Ein furchtbarer Herr, der etwas von der Grausamkeit und Lüsternheit assyrischer Eroberer hatte.

Es war ein Abend in einem stillen Park, an dem ich nach einem schweren Sturm fühlte, dass meine Kraft gebrochen sei und dass ich bald unter seinem Willen stehen würde. Schwäne zogen auf einem schmalen Fluss, und von weit her kamen die Töne einer Musik, wie blaue Vögel mit großen Schwingen.

Da sprach mich ein junger Mann an, und seine ersten Worte sagten mir, dass ein Dichter neben mir stehe. Er fühlte sich in meine Seele ein und las meine Verzweiflung und meine Bedrängnis. So gut war jedes seiner Worte, die mich mit weichen Händen zu streicheln schienen, dass ich ihm nichts verbergen konnte. Da bot er mir an, sein Glück und sein karges Leben zu teilen, und ich nahm es an wie ein Geschenk eines alten Freundes.

Er führte mich aus dem Hause meines Bedrängers fort, schlug seine Drohung in den Wind und ließ sich nicht durch dessen Zähneknirschen und Wutgebärden einschüchtern. Dann lebten wir sechs Jahre in einem Traum und ... waren ... glücklich.«

Der lange Bart des Eleagabal Kuperus zitterte auf seiner Brust. Sein Finger folgte einer roten Marmorader des Tisches, an dem eine junge blonde Frau saß, deren Augen von einem schon versunkenen Glanz noch geblendet schienen. Das dunkle Tuch war von Kopf und Schulter auf den Schoß zurückgesunken, und alles Licht des Raumes, das aus unsichtbaren Quellen floss, schien sich auf ihrem blassen Gesicht zu sammeln und strahlte verklärend von ihm zurück.

»Haben Sie mir alles gesagt?«, fragte Eleagabal Kuperus.

»Ich habe eine Summe gezogen. Sie heißt: Wir waren glücklich.«

»Warum verschweigen Sie mir, dass Sie Ihr Gatte betrogen hat?«

»Es war sein Recht als Dichter, und indem er immer zu mir zurückkehrte, erhöhte er nur meinen Triumph.«

Da neigte sich Eleagabal Kuperus vor und küsste die junge Frau auf die Stirne, und sie sah ihm ruhig in die Augen, als er sie bei der Hand fasste. »Nun will ich gerne Ihren Wunsch erfüllen.«

»Er sprach von Ihnen mit Verehrung und entwarf viele Pläne,

wie er sich Ihnen nähern wollte. Von Ihrem Leben ging eine große Macht über ihn aus. Dieser hat die Kraft und den Mut, sagte er oft, alles von sich abzuschütteln, was ihm nicht taugte. Er hat seine Insel geschaffen, an der die Welt vorüber muss. Hohe Dämme zog er um sein Leben, und nur schmale Wege führten zu ihm. Nun kommt er selbst auf einem schmalen Weg. Es war sein Wunsch, seinen Kopf zu bewahren. Wollen Sie ihm Ihre Kunst verweigern?«

»Ich wartete auf ihn, und er kam nicht. Nun will ich ihm meine Kunst nicht verweigern. Folgen Sie mir.«

Eleagabal nahm die Hand der Frau und schritt mit ihr auf die marmorne Wand zu. Keine Tür war sichtbar, und die Frau schrak zurück, als ihre Stirne fast den Stein berührte. Da sah sie, dass das grüne und rote Geäder des Marmors wie Ranken über einer klaren Durchsichtigkeit hing, dass es sich als feines Nesselwerk vor eine Öffnung spannte; und als die Hand des Mannes hineingriff und die Ranken aufhob, schritt sie hindurch.

Ein anderer Raum lag vor ihr, eine Art Laboratorium mit marmornen Wänden, wie der Kuppelsaal mit einer Reihe von Säulen, von dem selben milden, versöhnlichen Licht erfüllt, das aus unsichtbaren Quellen kam. Rings an den Wänden standen marmorne Postamente, auf denen unter Glasscheiben menschliche Gliedmaßen lagen; Arme, Beine, Hände mit dem Anschein des Lebens, deren Schnittfläche noch frisch und blutig schien. Eleagabal Kuperus hob eines der Gläser ab und lud die Frau ein, den Arm, einen schönen runden Frauenarm, zu berühren. Emma folgte ohne Grauen und Ekel und fühlte, dass die Haut weich und schmiegsam war, dass das Fleisch unter dem Druck ihrer Finger nachgab.

»Dieser Arm ist dreißig Jahre alt, er gehörte meiner Tochter Konstanze«, sagte Eleagabal. »Ich habe lange darüber nachgedacht und geforscht, bis ich diese Art erfand, das Leben vor dem Tode zu erretten. Die alten Ägypter bewahrten die Leiber ihrer Toten für das Leben in der Unterwelt. Aber diese vertrockneten, zusammengeschrumpften Körper, deren Höhlung man mit Spezereien füllte, die man mit endlosen Binden umwickelte, sind schrecklicher als die Verwesung, denn sie haben das nicht mehr, was das Leben so wunderbar macht, den schönen Schein der Form.«

Er wies in eine Ecke, in der aus einem verwittertem Holzsarg ein mit schwarzer, runzliger Haut überzogener Kopf sah, um dessen Stirne ein schmaler Goldstreifen zu glühen schien. Emma erschrak und wandte sich rasch ab, um Eleagabal zu folgen, der ihr mit Erklärungen voranschritt. Von Postament zu Postament leitete sie sein Wort, von einem Andenken an seine Lieben zum anderen, und überall bewunderte sie die Vollkommenheit dieser Kunst, die Vollkommenheit ihres Sieges über den Tod. Verwandte und Freunde hatten Teile ihrer Leiber in dieses merkwürdige Museum abgegeben, und so viele Jahrzehnte auch seit ihrem Tode verflossen waren, ihre Glieder hatten sich hier in unveränderter Frische erhalten. Vor einem Glassturz blieben die beiden stehen, unter dem der Kopf eines Negers auf einer glänzender Spiegelscheibe lag.

»Der Kopf war nicht das Beste an meinem Hassan«, sagte Eleagabal Kuperus, »aber es war ein starker Schädel, der dicke Bretter zersplitterte, und der mehr als ein Mal Hiebe, die mir galten, selbst auffing.«

Die Bewegung, mit der Eleagabal in das dichte Haarpolster griff, hatte etwas schmeichelnd Zärtliches, die Weichheit der Liebkosung, die man einem treuen Hund zuteil werden lässt. Emma empfand, dass es schön war, von diesem Mann geliebt zu werden. Ein wenig vom Hauch der Ewigkeit, von einem durch den Tod ununterbrochenen Fortdauer sympathetischer Beziehungen lag in diesem Raume, dessen Postamente ringsum in gemessenen Abständen die Versicherung wiederholten, dass das Vergessen hier unbekannt sei. Tempelfrieden und Heimatruhe gaben hier ein tiefes Glück. Hier konnte sich nichts mehr ereignen, die Zeit war festgehalten, gestaut, und floss nur in jenem Maße, in dem es dem Herrn des Ortes gefällig war, langsam und ohne Wellenschlag. Ihre Wasser, die draußen den Geruch der Kloaken mit sich führen, die oft den Schmutz menschlicher Unzulänglichkeit, die Kadaver verfehlter Wünsche treiben, waren hier geläutert und klar, durch ein Machtgebot von allen Unsauberkeiten gereinigt.

So losgelöst von allen Beziehungen, gleichsam in sich selbst und durch sich schwebend, eine Welt im Raume, lag hier die Ruhe, und so fremd die Dinge der jungen Frau waren, so seltsam ihr Äußeres vor sie trat, so zufrieden und unbedenklich gab sie sich ihnen hin. Während sie dies in sich weiterspann und immer weiter in Unendlichkeiten hinausglitt, veränderte sich das milde Licht des Zimmers, wurde stärker und strahlender, und es schien, als ob rötliche Lichtbündel von den Säulen ausgingen, bis die Marmorwände in einem glühenden Rot lagen. Wie durch Rubinglas blutete das Licht, und alle Gliedmaßen auf den Postamenten zuckten in diesen starken lebendigen Strahlen.

Mit einem langen Blick nahm Eleagabal Kuperus von den Andenken seiner Toten Abschied und wandte sich zu einem Tisch, der in der Mitte des Raumes sonderbare Instrumente, Gläser und Retorten trug. Zwischen funkelnden Messern, Lanzetten und Klammern, so scharf und sicher wie die Erkenntnis der Wahrheit, lag der verhüllte Kopf des Dichters, von dem Emma in diesem Augenblick wusste, dass er doch auf dem Marmortische des Kuppelsaales zurückgeblieben war. Aber es blieb ihr nicht Zeit, nachzusinnen, wie er hier hereingekommen sein mochte, denn der Greis hatte den runden Packen mit einer sanften Zärtlichkeit aufgenommen und begann die Hüllen zu entfernen. Als das geliebte Haupt zum Vorschein kam, wollte der Schmerz ätzend aus Tiefen aufsteigen, aber er hatte die Verwesung die Schatten der Zerstörung vorausgesandt. Die Augen lagen tiefer, der Mund klaffte offen und war von einem trüben Schaum benetzt. Mit geronnenem Blut klebte die Schnittfläche des Halses an der Leinwand. Unter der gleichmachenden Arbeit des Todes hatte dieser Kopf die Bedeutsamkeit verloren und zeigte nunmehr die arme, trübe Menschlichkeit, die ein reicher und feiner Geist einst zu überwinden bestrebt gewesen war.

Die behutsamen Finger des Kuperus hoben die Lider von den Augen des Toten. Die Gattin, die sich dem Tun der Leichenwäscherinnen widersetzt hatte, die deren handwerksmäßiges Gebaren wie eine Schändung empfand, sah sie mit der Rührung an, mit der man es hinnimmt, wenn der Freund das liebkost, was man selbst am liebsten hat.

»Du bist mir willkommen, armer Dichter, willkommener, als je einer von denen, deren Leib meiner Kunst unterworfen wurde. Nun bist du bewahrt davor«, und nach kurzem Besinnen fügte Eleagabal Kuperus mit einer Sentenz aus einem Werke des Toten hinzu: »die Blöcke eigener Größe zu Schottersteinen für die Landstraßen des Publikums zu zerschlagen.«

Staunend stand die Gattin: »Sie kennen seine Worte.«

»Ich lebe nicht in der Welt, doch ich lebe mit ihr. Soll ich Ihnen ein Gleichnis sagen? Ewig unbewegt bleibt der Punkt, in dem sich gleiche Kräfte kreuzen, die nach entgegengesetzten Richtungen streben. Er beharrt in allen Strömen, die ihn wechselnd durchfließen und nimmt an allem Anteil. In diesem Punkte lebe ich, in der Möglichkeit, mich überallhin zu ergießen. Doch das Beste und Feinste ist der Ruhe vorbehalten. Alles kommt zu mir, und immer tiefer wird mir die Welt.«

Er hob die Hand. »Geh, meine liebe Freundin. Du brachtest einen Strom von Schönheit und Liebe. Meine sorgfältigste Kunst wird dir das Andenken an den Gatten erhalten. Dir muss ich nicht erst auftragen, was beiden andern Not tut: dass du nie dies Teure von dir gibst, denn nur in den Händen der Liebe wird die Unsterblichkeit bewahrt.«

Irgendwo in der Marmorwand raffte er das Rankenwerk der Adern auf und ließ die Frau in den Kuppelsaal treten, wo der Diener mit dem Wolfskopf wartete, um sie aus dem Hause zu geleiten.

Vor der Tür stand sie kurze Zeit still und sah nach dem Dom hinüber, dessen ungeheures Gewicht, von der Nacht und ihren schweren, unbewegten Nebeln verstärkt, den Hügel, auf dem er stand, einzudrücken schien. Die von mühsam flackernden, einsamen Gaslaternen bekämpfte Dunkelheit kroch dem Fuße des Domes zu und zog sich an seinen Mauern empor, als ob sie wirklich vom Erdboden verschlungen würden. Von dem Gedanken erfasst, dass sie in diesen menschenleeren Gassen leicht dem Angriff eines Betrunkenen ausgesetzt sei und noch mehr von der Vorstellung des sinkenden Domes geängstigt, wagte sich die Frau nicht von der Tür des Eleagabal Kuperus weg.

Über der von den unbehaglichen Spielen der Dunkelheit und des trübseligen Lichtes zu einer steinernen Fratze verzauberten Front des Domes mit dem breiten, redseligen, nun verschlossenen Maul, mit der barocken Estrade darüber und den wie verwunderte Augen hochgezogenen Fenstern reckten sich zwei ungleich hohe, stumpfe, gedrungene Türme. So unorganisch und wesensfremd wuchsen sie aus dem wuchtigen Schiff, wie Finger, die aus einem Kopfe entspringen. Nach dem Eindruck harmonischer Ruhe und weiser Bescheidung, den Emma in dem Kuppelsaal und dem Museum des Eleagabal Kuperus empfangen hatte, schien ihr dieser Dom seinem Hause gegenüber ein lauerndes Ungetüm aus Stein, mit einer hochmütigen, verzerrten Grimasse auf die Hand über der Tür hinschielend, bereit, irgendeinen furchtbaren mörderischen Anschlag auszuführen.

Wie die Masken kriegerischer Völkerschaften, die grässlich bemalten Schilde, die Medusenhäupter auf den Harnischen, die aufgesperrten Rachen der Helme, bannte und verzauberte der Anblick dieses in der Finsternis versinkenden Domes. Die freundliche Gebärde der Gastlichkeit, mit der er am Tage die Beladenen zu sich winkte, hatte sich in dieser von unruhig murmelnden Stimmen erfüllten Nacht in einem Zug abscheulicher Schadenfreude, widerwärtiger Heimtücke verwandelt, die darauf bedacht schien, Furcht und Entsetzen zu verbreiten.

Und nun kam – immer deutlicher aus dem Gewirr der Stimmen anschwellend – eine traurige und unerbittliche Melodie, ein lang hingedehnter, trostloser Gesang, der, auf wenigen Tönen verweilend, auf und ab stieg, als wolle er sich umso eindringlicher einbohren. Etwas Wüstes und Ödes lag in ihm, wie ein Hauch, der über unermessliche Ebenen herkommt, aus denen ein Zauberwort alles Leben getilgt hat, etwas Giftiges und Erregendes, wie ein Wind, der über Schlachtfelder fegt. Dieser Gesang, dieses unerträglich einförmige Summen, schien zwischen dem fest geschlossenen Mund des Domes hervorzudringen, als suche eine darin eingeschlossene Stimme den Ausgang. Anschwellend und ersterbend wellte dieses monotone Summen, und wenn es sich auch im Nebel bis zum Flüstern verlor, so verließ es die bebende Frau doch nicht einen Augenblick.

Sie wusste, dass dies einen Bezug auf ihr Leben hatte, dass sie in ihrer jüngsten Vergangenheit unter diesem Gesang gelitten hatte, aber sie war unfähig, sich zurechtzufinden und vermochte nicht einmal zu sagen, ob dies ein Erlebnis der Wirklichkeit oder des Traumes war. Noch immer stand sie an der Schwelle des Eleagabal Kuperus und hielt sich an dem eisernen Ring, der aus den Schnitzereien der Tür vorsprang. Irgendein Aberglaube hatte sich in ihr festgesetzt und ließ sie befürchten, dass sie einer feindlichen Macht verfallen sei, wenn sie den Domplatz betrete.

Aus dem Dunkel des Gässchens kamen langsame Schritte, die von einem dumpfen Widerhall an den Hausmauern verdoppelt wurden. Die Nacht hatte Füße bekommen und wandelte über den Domberg. Es war aber nur ein Wachmann, der mit schweren Beinen, vom langen Dienst ermüdet, durch den Nebel kam; seine Bewegungen waren schlaftrunken und schienen im dichter gezogenen Nebel planlos wie die Fahrt eines Schiffes, das die Richtung verloren hat. Er ging an der Frau vorüber, sah ihr scharf ins Gesicht, mit jenem prüfendem Blick, den Wachleute zur Nachtzeit einsam wandelnden Frauenspersonen gegenüber anwenden; dann schritt er zögernd weiter und blieb unter der einsamen Straßenlaterne stehen, bereit, mit aller Strenge seines Amtes zu walten. Seine Helmspitze begann unter einem Strahl zu glimmen, als ob sie ein blaues Flämmchen trüge.

Sein Erscheinen durchbrach den Bann dieses Platzes. Nun fasste Emma wieder Mut. Sie ließ den Ring, an dessen Kälte ihre Finger erstarrt waren, los. Dann überschritt sie den Platz, und zwischen den beiden mürrischen Heiligen aus Stein, um deren erhobene Arme sich der Nebel sammelte, stieg sie zur Stadt hinab. Die kalten, leeren Augen der Heiligen und die verdoppelten Schritte des Wachmannes folgten ihr.

Als sie nach Hause kam, war die Nacht weit vorgeschritten, und in der Bäckerei, deren Kellerfenster erleuchtet waren, sah sie die Jungen mit Schwingen bereit stehen, während die dicke Meisterin ihnen die Semmeln für den Morgengang zuzählte. Schon regte es sich hie und da in dem weitläufigen Gebäude, jenes erste frühe Geräusch war erwacht, mit dem verschlafene Mägde ihre Unlust zur Arbeit und ihre Empörung über alle, die noch nicht ihre Betten verlassen müssen, kundzugeben pflegen. Auf der Treppe zum dritten Stock erschrak sie vor dem Lehrjungen des Schusters, der aus irgendeiner Mägdekammer von verbotenen Freuden kam.

Dann schloss sie die Tür ihrer Wohnung auf, in der noch der aufdringliche Geruch von Totenkränzen und von Weihrauch mit dem schrecklichen Duft der beginnenden Verwesung stritt. Sie öffnete eines der Fenster im Schlafzimmer und ließ mit der nebelerfüllten Luft des Wintermorgens die ersten leisen Geräusche der Straße herein. In dem großen Lehnstuhl, in dem der Verstorbene auszuruhen pflegte, erneuerte sie noch einmal die Erlebnisse dieser Nacht. Nun, da sie nicht mehr durch die Nähe des Eleagabal Kuperus geschützt war, erschien ihr alles wundersam und schreckhaft; sie entsann sich kleiner Einzelheiten, die, aus dem Zusammenhang gerissen, den Eindruck grausamer Träume hinterließen. Der Diener mit dem Wolfskopf, dessen schleichenden Tritt sie wie eine Gefahr hinter sich fühlte; der Negerkopf, dessen Haut im roten Lichte wie violetter Samt erschien; und die Mumie mit den brüchigen gelben Binden und der runzeligen schwarzen Stirn.

Und plötzlich war wieder jene wüste, trostlose, einförmige Melodie da, unter deren unaufhörlich an- und abschwellenden Tonfolgen sie alle Martern der Angst erduldet hatte. Sie ging ihr mit dem Entschlusse nach, sich von ihr zu befreien, indem sie feststellte, woher sie ihr gekommen war. Die Worte, die Worte … sie konnte die Worte nicht finden, es mussten Worte in einer fremden Sprache sein. Ja, es waren lateinische Worte, und nun wusste sie es auf einmal, dass es die Worte eines Psalmes waren, den ein bartstoppeliger, feister Priester am Sarge ihres Gatten gesungen hatte, während er den Leichnam mit geweihtem Wasser besprengte. Diese Worte hallten in allen Domen; diese Melodie war die Stimme menschenleerer Kirchen; eine endlose Litanei von den Schrecken des Todes, die den Lebenden unaufhörlich die Seele erfüllte. Niemand war sicher davor, diese Melodie plötzlich laut und drohend vor seinem Ohre zu hören, wenn ihm einer seiner Lieben starb; wo sich diese Worte einmal zu ihrem traurigen Zuge erhoben hatten, dort prägten sie sich den Wänden ein; sie sogen sich in Möbel und Kleider und waren Herrscher über den Raum. Sie mischten sich mit dem Duft der Totenkränze und der Verwesung, siegten über das Leben und ermatteten es durch die unablässige Erinnerung an den Tod.

Müde hingen die Arme der Frau über die Lehne des Stuhles, in genau derselben Haltung, wie sie ihr oft bei ihrem Gatten aufgefallen war. Als sie dies bemerkte, schauderte sie zurück und nahm eine andere Lage ein. Dann schlief sie ein. Draußen aber wurde das Leben der Straße immer lauter und drängender und steigerte verlangend seine Kraft.

Als die Bedienerin pochte, schlief Emma so schwer, dass sie nicht sogleich erwachte. Frau Fodermayr begann schon zu fürchten, dass sich die Witwe etwas angetan haben könnte. In ihren Vorstellungen, die von der Phantasie der illustrierten Extrablätter beängstigt waren, stellte sich ein fürchterliches Familiendrama mit sehr viel Blut dar. Endlich öffnete sich die Tür. Frau Fodermayr, die bleichen Angesichts und mit erstarrten Fingern am Pfosten lehnte, begrüßte Frau Emma wie ein treuer Hund. Die Augen der Witwe waren noch vom Schlaf verschleiert, und ihre Glieder waren von der unbequemen Lage im Lehnstuhl steif geworden. Jetzt kam etwas Wärme in sie. Die unverstellte Herzlichkeit der Dienerin tat Emma wohl. Gerührt antwortete sie auf die besorgten Fragen nach ihrem Befinden. Dann kam Frau Fodermayr wieder mit dem Trost der alten Weiber: dass man nicht wissen könne, ob Gott nicht den Toten vor schwereren Leiden dadurch bewahren wollte, dass er ihn zu sich genommen habe. Heute fand Emma in diesem Gerede eine seltsame Übereinstimmung mit den Worten des Eleagabal Kuperus. Zwischen ihrem Besuch bei ihm und jetzt lag der Schlaf. Ihr Erlebnis mit ihm erschien ihr in der Entfernung, in der sich die Märchen und Legenden abspielen. Es erschien ihr ganz unglaubwürdig und jenseits aller Möglichkeiten, dass sie den Mut gefunden hatte, ihm ihr Anliegen vorzubringen und dass sie einige Stunden in seinem Haus gewesen war.

Nachdem sie sich gewaschen und das Haar geordnet hatte, trat sie auf die hölzerne Galerie hinaus, die außen von Tür zu Tür um den ganzen Hof dieses im Viereck erbauten Hauses lief. In diesem

Stadtviertel von kasernenartigen Miethäusern war dieses Haus eines der größten und belebtesten. Hundertzwanzig Mietpartien teilten sich in seine Räume. Es gab alle Arten von Wohnungen hier. Von den kammerartigen Behausungen armer Arbeiter bis zur verhältnismäßigen bürgerlichen Bequemlichkeit der Wohnung Emmas, eine Stufenleiter des Wohlstandes und der Behaglichkeit.

Dieses Haus, das, vierkantig und schwer, aus dem Bedürfnis der Großstadt gewachsen schien, schloss in seinem Hof eine lärmende Republik von Kindern ein. Niemals war der Hof im Sommer von trocknender Wäsche leer; sie hing an langen Stricken, die von einem der verkümmerten Bäumchen zum anderen gezogen waren. Nun standen die Stämme kahl und trugen auf ihrer Rinde die tiefen Narben der scheuernden Stricke. Der Nebel verfing sich hoch oben zwischen den feuchten, schadhaften Dächern und sank in breiten Schichten zum Pflaster des Hofes nieder, wo die Kinder in den Winkeln mit den nassen Resten des Schnees spielten.

Dieses Haus war so lange ihr Heim gewesen und diese Menschen ihre Nachbarn. Nichts anderes hatte die Welt ihrem Gatten, dem Schöpfer neuer Schönheitswerte, zu bieten gehabt. Aber es war immerhin ein Heim. Wie aber würde sich die Zukunft gestalten? Sie hatte noch nicht daran gedacht, was aus ihr werden sollte. Schwer und bang stieg sie jetzt durch die Trümmer ihres Glückes zu dieser Frage empor. Wie zu einer Warte, von der aus erst der ganze Umfang der Verwüstung zu übersehen ist. Während des Aufräumens bemühte sich Frau Fodermayr, sie durch viele Worte zu zerstreuen; Emma ging indessen im Arbeitszimmer ihres Gatten ruhelos auf und ab, nahm ein Buch aus den breit gedehnten Wandregalen und stellte es wieder an seinen Platz, ohne auch nur den Titel gelesen zu haben. Trümmer ringsum und nicht ein Hauch neuen Lebens.

Dem Briefträger, der einige Schreiben brachte, sah Frau Emma ohne Erregung entgegen. Was anderes konnte er bringen als leere Beileidsworte über den Tod des Gatten? Aber unter den Visitenkarten stak ein Kuvert größeren Formates. Es war der Brief eines Verlegers, um dessen Gunst sich der Lebende vergebens beworben hatte, und der sich nun nach dem Nachlass des Toten erkundigte. Er sicherte sorgfältige Bearbeitung zu und zeigte die Bereitwilligkeit an, eine Gesamtausgabe aller Werke zu veranstalten. Der Witwe war ein Honorar zugesichert, mit dem sie bescheidenen Bedürfnissen genügen konnte.

Die Freude über die Wendung blieb aus, denn stärker als der Triumph über die Anerkennung war die Bitterkeit, dass sie so spät kam. Frau Emma entschloss sich, die Freunde ihres Gatten um Rat zu fragen; aber gegen jeden Namen, den sie sich nannte, erhoben sich Bedenken, bis sie endlich bei einem stehen blieb, der den Lebenden nicht gekannt hatte und der dem Toten ein strenger Richter war, und der trotzdem ihr ganzes Vertrauen hatte: Eleagabal Kuperus.

Einigermaßen beruhigt begann sie sich die Einzelheiten ihrer Zukunft auszumalen, als Frau Fodermayr einen Herrn meldete, der sie zu sprechen wünsche.

»Gnädige Frau«, begann der kleine bartlose Mann, der der Bedienerin sofort folgte, als ob er eine Abweisung unmöglich machen wolle, »ich habe mir bereits gestern erlaubt, Sie aufzusuchen, aber ich traf Sie nicht zu Hause an und erlaube mir deshalb, meinen Besuch zu wiederholen. Ich bin Berichterstatter« – er nannte den Namen einer großen Zeitung – »und komme, um Sie über eine sensationelle Nachricht zu befragen, die in den gestrigen Abendblättern mit dem Namen Ihres verstorbenen Gatten in Verbindung gebracht wurde.«

Frau Emma stand wortlos und bleich und brachte es nicht über sich, den Frager zum Sitzen einzuladen. Sie empfand sein Eindringen schamlos, seine Worte, die aus einem nervös lächelnden, großen Mund kamen, wie Schläge, und fühlte, wie seine Unruhe, dieses hastige Spüren nach sensationellen Geschichten ihr mühsam erworbenes Gleichgewicht gefährdete. Sie war entschlossen, den Lästigen von sich zu weisen; aber sie wünschte doch den Eintritt eines Ereignisses, das es ihr ersparte, zu handeln.

Indessen fuhr der Journalist fort, sie mit Erkundigungen zu bedrängen; seine Fragen tasteten an offenen Wunden. Zu welchem Zwecke der Verstorbene verfügt habe, dass sein Kopf aufzubewahren sei? Auf welche Weise sie den Kopf konservieren werde? Ob sie schon irgendeine Anordnung getroffen habe? Ob dieser Wunsch des Gatten der Eitelkeit oder irgendeiner anderen Schwäche entsprungen sei? Und ob sie nicht geneigt wäre, einen Gipsabguss des Kopfes machen zu lassen?

An den Schreibtisch des Gatten gelehnt, sah Frau Emma dem kleinen bartlosen Mann mit seinem verbindlichen Lächeln so fest in die grauen Augen, dass alles Übrige verschwand. Sie wünschte diesen Blick, der unablässig von ihr zu prüfenden und zudringlichen Flügen über den Raum und seine Einrichtung fortstrebte, festzuhalten. Und indem sie bannen wollte, wurde sie selbst gebannt, als ob sie in einen Trichter sehe, in dem ein hässliches, wirres Leben wirbelte.

Die Macht, welcher der Fremde diente, stellte sich ihr in einer Menge von Bildern dar; Maschinen stampften und ein wüster Lärm kam aus unterirdischen Räumen. Alle Begebenheiten der Zeit wurden hier zu ›Nachrichten‹ zermahlen; alle Größe wurde zurechtgeschnitten, und aus Wäldern von Gedanken kreischten die Sägen eines erbarmungslosen Volkes von Zwergen. Wie Kobolde sprangen die Typen empor, Worte der Schönheit und Würde platzten zu schwarzen metallenen Buchstaben auseinander; torkelnd fielen ganze Reihen von Sätzen nieder, um sich in einer Verdrehung ihres Sinnes wieder zusammenzufügen. Zwischen schwirrenden Rädern wurden schmutzige Hände mit verkrüppelten Fingern sichtbar, die nach den zappelnden Lettern griffen und sie mit festem Druck erstarren machten, während endlose Rollen von Papier zwischen Walzen verschwanden. Kein Stillstand, kein Ruhepunkt unterbrach die taumelnde Geschäftigkeit. Die Kolonnen der Buchstaben zogen wie Heere von Arbeitern hintereinander her, unaufhörlich von den surrenden Maschinen angezogen, die sie gegen das Papier pressten, dass sich ihre metallenen Leiber in die weißen Massen eingruben.

Immer toller wurde das Gewimmel. Die suchenden Hände vervielfältigten sich, vergriffen sich an zarten und hoheitsvollen Worten, zerrten den Sinn der Einsamen zur Menge herab, trieben das Leben aus dem Lebendigen, indem sie es schwarz auf weiß festhielten. Die Maschinen spien aus breiten Mäulern bedruckte Bogen aus, die sich zu Bergen anhäuften, zu Säulen auftürmten und mit der vertausendfachten Wiederholung derselben nichtigen und kleinlichen Nachrichten, derselben geschändeten und zurechtgestutzten Gedanken, derselben mordenden und von Bosheiten erfüllten Sätze die Welt zu ersticken drohten. Aus großen Höhen senkten sich Krane herab, deren Eisenklammern die Ballen anpackten und aus dem wirbelnden Trichter hoben, während die Maschinen weiterstampften und die kaum aus ihrem Gefüge gelösten Lettern neuerlich zum Dienste gezwungen wurden wie schwarze Erdgeister, die ein mächtiger Zauberer zu Sklaven gemacht hat.

Der Hass ihres Gatten gegen die betriebsame und neugierige Welt der Zeitung brannte in Frau Emma, die den Wert eines Interviews nicht zu schätzen wusste. Und plötzlich ließ sie den Journalisten mitten im Geschwirr seiner Fragen stehen und ging in das Schlafzimmer, indem sie die Portiere mit jener runden, ein wenig scherzenden Handbewegung aufhob, die sie so oft bei ihrem Gatten gesehen hatte.

Im Lehnstuhl sann sie darüber nach, wie es kam, dass sie in die Gewohnheiten ihres Toten hineinwuchs, wie in Hüllen, die abgefallen sind und auf einen neuen Kern warten. War es wirklich so, wie er oft in Dämmerstunden phantasiert hatte, dass die Taten und Wirkungen eines Menschen, alle seine Worte und selbst seine kleinen Alltagsbräuche nach seinem Tode, eine Art von Astralleib, zurückblieben und sein Leben fortsetzten? Unsichtbar wie Gedanken, aus seelischen Ausstrahlungen gewoben, körperlos und feinsten Nerven doch fühlbar wie magnetische Wirkungen oder Mondstrahlen, behauptete sie dieses Menschen Platz in der Welt, aus der die gröbere Erscheinung seiner Materie schon gewichen war.

Nebenan hörte sie das Räuspern des Journalisten, der entschlossen schien, sie zu belagern, bis sie sich seinen Fragen ergeben hätte. Dann aber hörte sie staunend ein Gespräch zwischen ihm und einer anderen Männerstimme. Der Tonfall seiner Worte war weich und verbindlich. Die andere Stimme sprach gedämpft, doch hart und befehlend dazwischen. Eben fuhr ein Lastwagen mit klirrendem und polterndem Eisenzeug draußen vor den zitternden Fenstern vorbei, sodass der Sinn der Worte im Lärm erstickte. Aber es schien Emma, als ob die dringenden Befehle des anderen ihren Belagerer zum Weichen zwängen, und als der Wagen vorüber war, lag das Arbeitszimmer im Schweigen.

Frau Emma erhob sich und trat auf die Schwelle.

Da saß ein fremder Mann vor dem Schreibtisch des Gatten, hatte ein Bein über das andere gelegt, die gefalteten Hände um das Bein geschlungen und betrachtete die Spitzen seiner Schuhe, als ob es hier im Zimmer nichts Interessanteres gebe als die runde, tadellos gebaute Kuppe der glänzenden Stiefel. Die Eleganz des Dandy, die sich von dem englisch geschnittenen Gesicht über den schweren Knoten der Krawatte bis zu den Bügelfalten erstreckte, lag als Maske über einer anderen Schicht. Sie wusste: Hier saß ein gefährlicherer Gegner als der, der sie eben verlassen hatte.

Unbeweglich wie ein Götzenbild, hinter dessen steinerner Fratze wilde Lüsternheit lauert, schien er ganz in sich abgeschlossen, unangreifbar, von ganz aufs Äußerste gespannten Kräften erfüllt. Aus dem reichen Schatz an Vorstellungen, die sie von einem Dichter geerbt hatte, verband sich augenblicks eine von ihnen mit diesem Mann: So mussten die Sendboten aussehen, die asiatische Despoten, Herrscher über Millionen von Sklaven aneinander abschickten, um zu unterhandeln.

Der Vorhang bewegte sich ein wenig, der Fremde sah hin, gab ohne Verlegenheit seine bequeme Haltung auf und erhob sich: »Man hat mich nicht angemeldet, gnädige Frau, ich heiße Rudolf Hainx.«

Frau Emma zwang sich zu einem Kopfnicken, und mit einem Lächeln, das die Mundwinkel nur ein wenig hob, fuhr er fort: »Ich bin kein Journalist, das muss ich vorausschicken, denn ich habe hier einen Herrn von der Presse gefunden. Wenn ich gleichwohl in einer Angelegenheit komme, die mit der seinen in einem gewissen Zusammenhang zu stehen scheint, so muss ich Sie bitten, mich anzuhören.«

»Ich bin bereit, Sie zu hören.«

»Im vornehmsten Viertel unserer Stadt, dort, wo schon die

Landschaft in die Stadt dringt, steht in einem großen Garten eine Villa, die mit allem erdenklichen Luxus ausgestattet ist. Die Treppen sind von parischem Marmor, und über die Wände verzweigt sich Goldintarsia. Die Möbel haben die Vereinigten Werkstätten nach Entwürfen von Riemerschmidt geliefert, die Gläser auf den Kredenzkästen sind von Tiffany in New York.

In einem kleinen Zimmer, dessen Fenster in allen Farben des Regenbogens schimmern, finden Sie einen Kasten, der in seinen Fächern Schmucksachen von Lalique aufbewahrt. Ein Vorraum, der wie ein Atrium ein Viereck aus dem Himmel schneidet, wird im Sommer durch einen von Hermann Obrist gestalteten Brunnen gekühlt, und da ich weiß, dass Sie Gemälde lieben, so will ich nicht vergessen, zu erwähnen, dass in die einzelnen Gemächer Bilder von Böcklin, Thoma, Manet und Leibl verteilt sind, während Klinger'sche Plastiken auf den Absätzen der Treppen und in den Vorhallen stehen. Ein Zimmer ist mit Originalen Hokusais, den Sie so lieben, geschmückt, und für Dämmerungen, in denen Sie Ihren Träumen nachhängen wollen, ist ein Kabinett mit Gemälden und Radierungen Rembrandts bestimmt.

Alle Künste haben ihre besten Kräfte in dieses fürstliche Heim strömen lassen. Sie finden ein Musikzimmer und eine reiche Bibliothek mit seltenen Drucken und Inkunabeln, ein altrömisches Bad und einen Pferdestall mit englischen und arabischen Rassepferden. Sie werden in einem Jahre nicht alles ausschöpfen, was dieses Haus an Kostbarkeiten enthält. Es ist nicht vergessen worden, dass der Überfluss Sammlerneigungen erweckt, und darum ist in einer Halle eine Waffensammlung, in einer anderen eine wohlgeordnete Sammlung von Briefmarken untergebracht.

Wenn Sie durch eine Flucht von Gemächern gehen, so durchwandern Sie die Stile und Kulturen aller Zeiten, vom alten Assyrien bis zur Epoche des Biedermeier, und ich will hinzufügen, dass die Möbel und Geräte dieser Zimmer nicht geschickte Nachahmungen, sondern Originalarbeiten sind. Der Garten um dieses Haus zerfällt in einzelne Abteilungen, die Sie durch alle Gartenbaukünste und Vergangenheit entzücken werden. Sie werden die hängenden Gärten der Semiramis und die verschlungenen und gezierten Bosketts von Trianon erneuert finden. Eine Schar von Dienern wird Ihren Wünschen gefügig sein …«

»Ich habe Sie angehört; wozu erzählen Sie mir das?«

»Auf einer Insel im Adriatischen Meer, die den Winter nicht kennt und alle Wunder des Paradieses in die Gegenwart trägt, ist ein anderes Haus, in der heiteren Freiheit Griechenlands gebildet. Von dem Säulengang sehen Sie das Meer, das hier schöner ist als anderswo, beweglicher, launischer, und das viele verschlafene Farben in sich trägt, die am Morgen und am Abend erwachend ihre Spiele treiben. Ein Altan, hoch über rauschenden Wipfeln, gibt den Blick nach allen Seiten frei, und die schwerste und drängendste Sehnsucht wird dort oben leicht und flügelfreudig. Nichts steht dem entgegen, sich dort in köstlicher Einsamkeit oder mit guten Freunden einem bunten Hellenentum zu ergeben, im Angesicht des Meeres und des Himmels die Sprache der unverzagten Freude wieder zu finden und sich über allen Trümmern der Vergangenheit leuchtendere Tempel zu erbauen. Eine Barke schwankt im kleinen Hafen, und rote Purpursegel schimmern durch die Wipfel der Pinien. Diese Barke gleicht dem Prunkschiff der Agrippina, und wie dieses drängt sie die seltensten Kostbarkeiten auf engstem Raum zusammen.«

»Wozu erzählen Sie mir das?«

»Weil ich komme, um Ihnen das Haus vor der Stadt und jene Insel anzubieten.«

Frau Emma wand sich unter den Gedanken, die auf sie herabzustürzen schienen, von blinden und sinnlosen Gewalten aus ihren festen Lagern gerissen. Was für Bilder waren dies? Woher kam dieses Gewirr von Farben und Glanz in ihre Zukunft? Schon die Schilderung dieser Pracht war gefährlich. Und dass dieses Angebot kein Scherz war, sah sie an der ernsthaften und unbewegten Maske des Mannes, der nun ein längliches Papier aus seiner Brusttasche zog und es auf dem Schreibtisch ausbreitete.

»Es ist selbstverständlich, dass ich dieses Anerbieten nicht machen darf, ohne Ihnen den sorglosen Überfluss zu gewähren, der es möglich macht, unbesorgt das Leben zu führen, das diesem Geschenke entspricht. Nennen Sie mir die Summe, die Sie für notwendig halten und seien Sie nicht bescheiden. Mein Auftrag zieht nur eine Grenze nach unten, aber keine nach oben. Bieten Sie Ihre Phantasie auf, um ein Märchen von Gold zu ersinnen. Ich bin ermächtigt, jede Zahl, die Sie nennen, auf diesen Scheck zu schreiben.«

»Sie bieten mir ungeheure Schätze an. Ich muss gestehen, dass mich dies alles verwirrt. Was wollen Sie von mir? Sie sprechen von einem Auftrag. In wessen Auftrag kommen Sie? Sehen Sie um sich, und Sie werden meine Vergangenheit erblicken. Was soll ich dazu sagen, dass Sie mich in eine solche Zukunft drängen wollen? Ist Ihr Angebot ein Geschenk? Wessen Geschenk? Und was … mein Gott! …«

»Sie können mein Angebot ein Geschenk nennen. Denn was Sie dafür leisten sollen, ist im Verhältnis so gering, dass es dagegen nicht in Anschlag kommt. Viele andere würden sich nicht besinnen, es um Geringeres zu geben. Ihnen aber müssten Millionen geboten werden. Bevor ich Ihnen sage, was verlangt wird, gebe ich Ihnen noch eines zu bedenken: Hängt das Andenken unserer Vergangenheit an Gegenständen, an realen Dingen oder nicht vielmehr an dem zarten und unvertilgbaren Leben wacher Erinnerungen? Hätte Cäsar seinen Kriegsruhm verloren, wäre seine glorreiche Vergangenheit ausgelöscht, wenn das Manuskript seiner Denkwürdigkeiten über den gallischen Krieg in einem Brande vernichtet worden wäre, wenn ein Dieb die Rüstung, die der Feldherr im Kampf gegen Vercingetorix getragen, gestohlen hätte? Ist Timur-Lengs Laufbahn deshalb verändert, kann er die schönen Siegergefühle nicht mehr erneuern, wenn die Schädel seiner besiegten Feinde zermürbt und vermodert von den Lanzenspitzen fallen und wieder zu Staub werden?«

»Schweigen Sie, schweigen Sie, ich ahne …«

»Sie haben versprochen, mich anzuhören. Man weiß es aus den Zeitungen, dass Ihr Gatte eine eigentümliche Anordnung bezüglich seines Kopfes getroffen hat. Man weiß auch, dass Eleagabal Kuperus imstande ist, den Wunsch des Toten zu erfüllen. Mein Auftrag besteht darin, Ihnen für diesen Kopf alles das zu bieten, was ich vorhin bemüht war, Ihnen mit wenigen Worten zu umschreiben.«

»Ah!«

Um die schwere Bronzesphinx, die auf dem Schreibtisch lag, spielten die zitternden Finger Emmas, aber die Augen des Rudolf Hainx lohten wie plötzlich aufflammende Sterne und zwangen ihren Blick nieder. Sie wagte es nicht mehr, ihm ins Gesicht zu sehen und ließ es geschehen, dass er sich setzte, die Feder ergriff und sich bereit machte, zu schreiben. Steil stand diese Feder, mit der ein Dichter noch zuletzt ein schwermütiges Sonett über diese Vergänglichkeit geschrieben hatte, in der Hand des Fremden.

Noch nie hatte Emma eine solche Hand gesehen. Es war eine kalte, magere Hand, deren Sehnen sich von der Handwurzel plötzlich ausbreiteten, als könnten sie es nicht erwarten, zu den Fingern zu gelangen und ihnen ihre Impulse mitzuteilen. Die Finger waren gekrümmt und spitz, auf den ersten Gliedern wuchsen Haarbüschel zwischen den Runzeln einer faltigen Haut wie Gebüsche in Felsenrissen, und Haarbüschel saßen unterhalb der gelblichen Knöchel. An der nur für den Zweck gebildeten Hand schien alles Weiche und Vermittelnde, die schönen Rundungen des Fleisches, die sanften Schwellungen des Fettes entfernt, um das Spiel des Ergreifens und Umklammerns nicht zu behindern. Eine Herrscherhand lag auf dem länglichen Papier, das seine Linien weithin dehnte, um eine endlose Reihe von Zahlen aufzunehmen. Böse Augen brannten wie verderbliche Gestirne über der Entscheidung dieses Augenblicks.

»Sie sagten, dass Sie in jemandes Auftrag kommen. Wollen Sie mir nicht sagen, wer Ihnen diesen Auftrag erteilt hat?«

»Ich sehe ein, dass es Ihnen wichtig ist, dies zu wissen. Sie sollen sehen, dass mein Auftraggeber die Macht hat, seine Versprechungen zu erfüllen, aber auch, dass es in seiner Macht steht, den Ungehorsam gegen seine Wünsche schwer entgelten zu lassen. Man hat mir befohlen, den Namen nur im äußersten Notfall zu nennen. Ich erweise Ihnen die Ehre, Ihr Sträuben als so schwer zu nehmen, dass dieser äußerste Notfall eingetreten ist. – Herr Bezug hat mich zu Ihnen geschickt.«

Da sprang die Frau auf den Boten los, riss ihm die Feder aus der Hand und warf sie zu Boden, dass sie zitternd inmitten eines schwarzen Kleckses stecken blieb.

»Hinaus«, schrie sie, »hinaus«, und wagte es, dem Mann in die Augen zu sehen; nun hatte er keine Macht mehr über sie. Rudolf Hainx nahm seine taubengrauen Handschuhe vom Stuhl und griff nach seinem Hut.

»Sie werden es bereuen!«

Frau Emma sah um sich, als suche sie nach Waffen gegen ihn. Dann rannte sie zur Tür nach der Hofgalerie und lehnte sich gegen das eiserne Geländer, das unter ihrem Körper wankte. Sie schien bereit, das ganze Haus zu Hilfe zu rufen und gegen den Boten alle Nachbarinnen aufzubieten. Rudolf Hainx schritt an ihr vorüber, ohne sie anzusehen, ein Gesandter, der die Verhandlung abgebrochen hat und fortgeht, um den Krieg zu verkünden. Zwischen den abgeschabten schmutzigen Wänden der Treppe, die seiner tadellosen, glatten Eleganz einen Augenblick den Rahmen gaben, stieg er hinab und kam nur noch einmal zum Vorschein, um unten über den Hof hinwegschreitend im breiten Maul des Haustores zu verschwinden.

Waldmenschen

Andreas Semilasso hatte es vor einem halben Jahrhundert aufgegeben, unter Menschen zu wohnen. Seine Gewohnheiten widersprachen den Gesetzen der Allgemeinheit so sehr, dass sein Leben ein beständiger Kampf war. Und so sehr er am Kampfe seine Freude hatte, so wenig sagte es ihm zu, sich durch die stärkere Mehrheit unaufhörlich besiegt zu sehen. Die Kräfte waren zu ungleich verteilt, und es war der stärksten Persönlichkeit unmöglich, sich gegen die geschriebenen Gesetze und gegen die Vorschriften der Sitte durchzuringen. Nachdem man lange genug über die Torheiten des Andreas Semilasso gelacht und über seine Extravaganzen den Kopf geschüttelt hatte, begann man die Gefährlichkeit seines Beispiels einzusehen, und das Lächeln verschwand unter Falten des Zornes.

Man hatte erkannt, dass der Gesellschaft nicht ohne schlimme Wirkung ungestraft widersprochen werden durfte, und dass ein Mensch, der inmitten der Übrigen durchaus nur nach eigenen wilden und unbesonnen Trieben lebte, ein Herd der Revolution, der Empörung gegen die Sitte sei. Es war, als ob eine schöne ungezähmte Bestie frei herumliefe; in ihren Zähnen und Klauen, in ihrer unbändigen Kraft lag eine unbändige Bedrohung friedlicher Bürger. Das Gesetz übersah zuerst großmütig die kleinen Verfehlungen des Andreas Semilasso, als er aber einmal einen Steuerexekutor über die Treppe hinab warf, dass dieser sich ein Bein brach, bemächtigte es sich des Ungebärdigen und steckte ihn eine Zeit lang hinter sichere Mauern.

Nachdem Andreas Semilasso freigelassen worden war, überschlug er noch einmal Für und Wider und fand den Nachteil allzu sehr auf seiner Seite. Er war gewiss, dass man nun, nachdem man ihn einmal überwältigt hatte, strenger gegen ihn verfahren würde und beschloss, der Übermacht zu weichen. Es war unmöglich, unter diesen verkrüppelten Menschen, denen alle Instinkte abhanden gekommen waren, sich selbst zu leben. Und da er niemals darauf ausgegangen war, Schüler zu gewinnen oder sich von der Öffentlichkeit anstaunen zu lassen, tat er, was er schon längst hätte tun sollen: Er gab seinen Wohnsitz unter Menschen auf.

Mit seinen wenigen Habseligkeiten, die er einem Esel auflud, zog er, einen weiten grauen, strickumgürteten Wollkittel am Leib, Sandalen an den Füßen, zur Stadt hinaus. Auf seinem Kopf saß zum Schutz des Gesichtes gegen die Sonne eine breite Strohkrempe, der Rest eines Panamahutes, von dem er den Oberteil entfernt hatte, dass die schwarzen Haare struppig hervorsahen. Wie ein massiver Heiligenschein rundete sich das gelbe Stroh um sein grimmiges Gesicht, und wie ein wandernder Apostel, streitbar und allem Luxus feind, zog er durch die Straßen der Stadt ab, von einer Horde johlender Straßenjungen verfolgt. Andreas Semilasso ließ sie hinter sich schreien und toben; als sich aber vor der Stadt ein Fleischergeselle aufstellte und ihm höhnende Worte nachrief, wandte er sich um und warf ihm einen Stein an den Kopf.

So nahm er Abschied von der Kultur und bezog eine Höhle im Wald, die er auf einem seiner tagelangen Streifzüge entdeckt hatte. Nun hatte er die Einsamkeit gewonnen, nun schlossen ihn nicht mehr niedere Zimmer ein, nun war er frei, über und unter der Erde nach Gefallen zu leben. Von seiner Höhle, in deren vorderem Teil er zwei behagliche Kammern mit Fenstern, Türen und Ofen versah, leiteten verzweigte Gänge weit unter den Felsen hin zu einem Dom, dessen spitze Bogen sich hoch oben in Dunkelheiten bohrten, selbst wenn grelle Feuer in ihm brannten. Hier saß Andreas Semilasso oft in völliger Nacht auf einem Schutthügel, den herabgebrochenes Gestein gebildet hatte. Er lauschte auf die Stimmen der Tiefe. Irgendwo unten, in den Spalten des Kalkgesteins, wurde ein Wasser laut, wie der Gesang des Blutes, das in den Adern kreist.

Im Laufe der Jahre erforschte er seine Höhle und nannte ihre Gänge mit Namen, die wie aus alten Chroniken klangen. Der Gang des Rechtes hieß ihm einer, der, gewunden und lang hingedehnt, immer wieder im Kreise führte und sich endlich in zögernden Spiralen in der Dunkelheit verlor. Der Gang des

Unrechts war ein anderer, der kurz und geradewegs zu einem Loch in der Felswand führte, von wo man einen Ausblick ins Tal hatte. In einer kleinen Kapelle, die er wegen ihrer weißen Tropfsteinbildungen die Kammer der glitzernden Pfeiler nannte, lag ein wuchtiger, schwerer, schwarzer Block und der hieß: die Tat. Ein schwarzer Teich im Hintergrunde einer fernen Grotte, dessen kaltes Wasser auf seiner ebenholzschwarzen Oberfläche die Fackellichter wie spitze Flammen trug, hieß der Nimmersatt. Sein Wasser quoll irgendwo tief von unten auf, erfüllte einen abgründigen Schacht, und wenn im Frühling die Schneewässer herabströmten, trat er oft plötzlich aus und überschwemmte einen Teil der Höhle, dass Andreas Semilasso mehr als einmal in Lebensgefahr geriet. Darum liebte er diesen verräterischen Teich.

Es war keine bloße Spielerei, was der Einsiedler mit diesen Benennungen ausdrücken wollte. Wenn ihm eine Geschichte zu Ohren kam, in der jemand durch die brutalen Gesetze der Mehrheit unterdrückt wurde, in der irgendein feineres Empfinden unter ihrem Zwang erstickte, dann ging er den Gang des Rechtes bis dorthin, wo die unerforschte Dunkelheit begann, und löschte seine Fackel aus, um zu warten, bis er die Finsternis lachen hörte. Die Kunde von einer raschen kühnen Tat, die den Wünschen der Menge zuwider war, führte ihn in den Gang des Unrechts und zu dem Fenster, wo er dem Tal Grüße zuwinkte. Wenn er seinen Willen stärken wollte, so ging er in die Kammer der glitzernden Pfeiler und legte die Hand auf den feuchten schwarzen Block, bis er seine Kraft mächtiger und mächtiger und bereit fühlte.

Alles, was ihm überflüssig und töricht dünkte, die entbehrlichen Gegenstände und die Reste seiner Mahlzeiten, warf er in den Nimmersatt, und wenn er quälende Gedanken loswerden wollte, so bannte er sie mit Anspannung des Geistes in Steine, die er in den schwarzen Teich versenkte. Eines der liebsten Wunder dieses unterirdischen Reiches war ihm der Kamin Fliegempor, den er aufsuchte, wenn er heiteren Geistes werden wollte. Hier führte ein schmaler Spalt zur Oberwelt. Tannen standen über seiner Mündung und langsam sickerten Wassertropfen. Jedes Rauschen des Windes in den Ästen war hier ein wildes Brausen von seltsam schönem und bewegten Rhythmus, wie Flügelschläge der erhabenen Engel der Schöpfung, und die fallenden Wassertropfen zählten zwischen diesem wundersamem Gesang der Ewigkeiten mit silbernem Klang die verrinnende Zeit.

Oft kam Andreas Semilasso wochenlang nicht aus seinen Gängen und Grotten ans Licht. Dann aber fasste ihn die Schönheit eines einfallenden Lichtstrahles, das Grün der Bäume vor seiner Tür oder eine purpurne Abendröte, die er aus irgendeinem Spalt erblickte, mit solcher Macht, dass er die Unterwelt verließ und sich ganz den Wundern des Lichtes ergab. Nun begann das Leben im Walde und auf den einsamen heißen Bergwiesen, wo zwischen hohen Unkrautstauden vergessene Baumstämme lagen, aus deren Schnittflächen funkelndes Harz tropfte.

Andreas Semilasso lag stundenlang neben den Stämmen, die er seine Brüder nannte, so still, dass die smaragdenen Eidechsen über seine Hände und seine Schultern krochen und zügelnd seinem Gesicht nahe kamen. Was die Spechte in morsche Rinden klopften, was die Habichte und Falken schrien, was die Waldtauben gurrten, war ihm vertraut, und die geschäftigen Ameisen, die räuberischen Laufkäfer hatten in Krieg und Frieden keine Geheimnisse vor ihm. Oft saß er nackt hoch oben auf Bäumen und fühlte sich der Sonne und dem Licht verwandt; oft stellte er sich unter den schmalen Fall eines Waldbachs und ließ die Tropfen über seinen Leib sprühen. Auf dem Bauche liegend, sah er den plumpen Schwimmkäfern in den Tümpeln am Rande des Teiches zu und fing mit stundenlanger Geduld die schlanken Grundeln in der hohlen Hand, um sie dann mit weitem Schwung in das Wasser zu schleudern.

Über zackige Blöcke suchte er in mondhellen Sommernächten den Weg zum Grat des Hexensteins, wo schief gestellte und im Aufwellen geborstene Felsenplatten steinerne Abenteuer darboten. Grimmige Gesichter sahen aus den faltigen Krausen des Steins, Ratsherrenhäupter und grinsende Galgenvögel, ernsthafte Berggeister und liebenswürdige Mondscheinfrauen. In den Spalten lagen Baumwurzeln wie schlafende Riesenschlangen, und Alräunchen kicherten unter dem Moos. Von hier aus ging sein Blick über den schlafenden Wald, in dem um diese Zeit nur die alten Märchen hinter Gebüschen und unter Tannen wachten. Auf seinen Wegen fing sie Andreas Semilasso ein, stellte die schimmernden Dinger vor sich auf den Grat und ließ sich erzählen, bis der Tag begann. Im Morgengrauen liefen sie ihm davon und versteckten sich wieder in ihre heimlichen Winkel.

Während die Tiefe sich immer gleich blieb, bot ihm der Wald den Wechsel der Jahreszeiten. Der Winter war dem Einsiedler nicht weniger lieb als der Sommer. Dann kleidete sich der Wald in weißen Stahl, und wenn der Wind über ihn hinfuhr, klingelten und klirrten die Zierraten seiner Rüstung. Die Berge hatten Helme auf, die Bäche versteckten sich ganz hinter starken Panzerplatten, und alle Märchen standen nun in Weiß. Da die Tage nun so kurz waren, so waren die Stunden des Lichtes umso köstlicher. Über tief verschneite Halden hinaufzuklimmen und, oben angelangt, auf einem glatten Brett den mühsamen Weg in einem Augenblick wieder hinabzusausen, war ihm oft Arbeit und Vergnügen eines ganzen Tages. Er betrieb dies Geschäft mit einem Ernst und Eifer, als ob er Hochbedeutsames vollbrächte.

Ganz der Gegenwart hingegeben und nur darauf bedacht, aus jeder Stunde die höchste Summe möglichen Genusses zu ziehen, stellte sich Semilasso immer ausschließlich auf das ein, was er unternommen hatte, und verjagte alle Bedenken, alle Zwiespalte und alle Unaufmerksamkeiten im Spiele. Der Wald stand herum und sah ernsthaft zu, wie einer, der gewohnt ist, im Scherz den tiefsten Sinn zu finden. In Kristallen entzündete die Sonne schlafende Farben.

Die Wege der Menschen waren Semilasso verhasst. Er mied die Fahrstraßen und die Holzwege; und selbst die schmalen, kaum sichtbaren Jägersteige gebrauchte er nur selten, denn an niedergetretenen Gräsern, an geknickten Zweigen waren die Spuren der Menschen zu erkennen. Als eines Tages mitten durch seine schönste Wildnis die Markierung eines Touristenvereines geführt wurde und die Bäume, mit einem grellen Rot und Gelb geschmückt, allen Wanderern den Weg verrieten, geriet der Einsiedler in großen Zorn. Er fasste sein großes Schabmesser und ging den Zeichen nach.

»Du da«, redete er eine hohe Fichte an, die sich über ihre Genossen erhob, als ob sie auf die grellen Farben wie auf eine Auszeichnung stolz sei, »ja du! Hörst du! Bist du wirklich so töricht, dir darauf etwas einzubilden, weil ein Schmierfink deinen schönen Stamm beschmutzt hat? Glaubst du, dass du nun mehr bist als die anderen, die kein Ordensband tragen? Ich lasse es gerne gelten, wenn du dich freier erhebst, wenn du die Wipfel der anderen überwipfelst, denn du bist schön gewachsen und hast das Ur-Recht dazu. Deiner Gewalt gebe ich meine Ehrerbietung. Aber deinen Stolz auf das Gekleckste verlache ich.«

Da die Fichte schwieg und sich hoch aufreckte, indem sie mit ihrer breiten Krone bloß dem Winde antwortete, als sehe sie ihren alten Freund nicht, nahm Andreas Semilasso sehr zornig das Messer und schabte die grellen Farben samt der Rinde ab, dass die Schnitzel flogen. Und so ging Semilasso von einem der geschändeten Bäume zum anderen und gab ihm seine vorige Anmut und Natürlichkeit wieder.

Zwanzig Jahre waren verflossen, seitdem der Einsiedler in den Wald gezogen war, zwanzig Jahre mit Sommer und Winter, mit dem Doppelleben zwischen Tiefe und Licht, und Andreas Semilasso war nun fünfzig Jahre alt. Sein Körper war wie das Holz der Eichen, seine Hände wie die klammernden Wurzeln der Fichten, die das Gestein zersprengen, sein Gesicht, das er von wucherndem Haarwuchs freihielt, wie die Felsgesichter des Hexensteins, seine Augen wie das Wasser des Waldteiches, blau, wenn es heiter, und graubraun, wenn es stürmisch war.

Die Bauern der Umgebung hatten sich an den Bewohner der Felsenhöhle gewöhnt, und da sie nicht wussten, welch ein Heide er war, hielten sie ihn für einen Heiligen. Freilich war er ein sonderbarer Heiliger. In ihrem Verhältnis zu ihm war die Furcht stärker als die Verehrung, denn er nahm, was er zum Leben brauchte, ohne dafür zu bezahlen und beglich seine Rechnung auch nicht nach Art anderer Einsiedler durch Gebet, guten Rat oder heilende Tränklein. Selbst die Weiber hatten sich daran gewöhnt, seine grimmigen Liebkosungen zu erdulden. Zuerst hatte es Kämpfe gegeben. Die streitbare Mannschaft eines Dorfes war ausgerückt, um Semilasso für seine Übergriffe zu züchtigen.

Aber als sie vor die Höhle kamen, trat ihnen der Einsiedler mit einer jungen Fichte in der Hand entgegen, die er wie einen leichten Stab um den Kopf kreisen ließ – furchtbar anzusehen, als ob er vom Zorne Gottes ergriffen sei.

Wie ein Prophet des Alten Testaments trat er unter sie und rief: »Wer wagt es, Hand an mich zu legen? Wisst ihr, wie sich der eine Gott in seinen Geschöpfen zeigt? Habt ihr noch Augen zu sehen, was Gott gefällig ist? Ich sage euch, was ich lebe, ist vor dem Ewigen wahrer als das, was euer Pfarrer predigt!«

Seine Worte waren schwer und wild, und stürzten auf sie nieder wie Felsen. Sie verstanden ihn nicht, und darum schien es ihnen, als spräche Gott aus ihm. Scheu zogen sich die Nächsten zurück und nahmen den Hut ab, die ferner Stehenden folgten ihnen, und endlich verlor sich der Haufen im Wald, bis sein Gemurmel vom Rauschen der Wipfel aufgelöst wurde.

Noch einmal empörte sich einer gegen den Unbequemen. Dem geizigen Morbeser war es zu viel, als sich Semilasso in einer Woche zufällig aus seinem Hofe zweimal Hühner für seinen Tisch holte, und er zeigte den Diebstahl dem Gendarmen an. Am nächsten Morgen stürzte er von der morschen Leiter, die zum Heuboden führte, herab und blieb auf der Stelle tot. Dieses Zeichen verschloss allen Zeugen den Mund, und dem Gendarmen war es recht angenehm, dass alles zugunsten des Einsiedlers lag und dass er nicht gegen ihn einzuschreiten brauchte. Seit dieser Zeit breitete sich vollkommenes Stillschweigen über alles, was man für Semilasso tat; weder der Pfarrer noch die weltlichen Behörden erfuhren etwas davon, dass hier einige Dörfer einem Tyrannen zinsten. Semilasso erleichterte die Lasten, denn er bedurfte nur wenig für sich, und man gewöhnte sich daran, ihm wortlos seinen Tribut zu überlassen. So zerrissen alle Fäden zwischen ihm und der Welt, und man vergaß auch ihn.

Wenige Tage nach seinem fünfzigsten Geburtstag, dessen Eintritt Andreas Semilasso an den Kerben seines Annalenbaumes feststellte, brach ein furchtbares Unwetter los. Eine Familie landfahrender Akrobaten, die fern von menschlichen Wohnungen auf der Straße vom Gewitter überrascht wurde, verließ den in einem Augenblick unter Wasser gesetzten leinenüberdachten Wagen und suchte im Walde Zuflucht. Das Haupt der Familie, ein Mann, dem aus dem unbedingten Gehorsam der Seinigen eine unbedenkliche Rechthaberei als Rückgrat der Persönlichkeit gewachsen war, führte sie, das stolpernde Pferd am Halfter nach sich ziehend, im Walde umher, indem er vorgab, hier ein Waldhüterhaus zu wissen. Als die Nacht einbrach und das Unwetter nicht im Mindesten nachließ, gestanden es sich alle außer dem Führer ein, dass sie irregegangen waren. Man konnte nicht einmal mehr die Landstraße wiederfinden.

Endlich brachte sie der Zufall vor die Höhle des Andreas Semilasso, durch deren Fenster der behagliche Schein eines Feuers kam. Der Einsiedler trat auf seine Schwelle und schien bereit, die Verirrten mit grimmigen Worten davonzujagen. Da sah er im flackernden Licht der gepeitschten Fackel die jüngste Tochter des Landstreichers, der die durchnässten dünnen Kleider um einen wunderbaren Körper klebten. Er trat zurück und gab den Eingang frei. In dieser Nacht teilte Nella das Bett des Semilasso. Und als sich am anderen Morgen die Akrobaten aufmachten, um weiterzuziehen, erklärte Nella, bei dem Einsiedler in seiner Höhle bleiben zu wollen. Der Vater fluchte und drohte, die Mutter bat und weinte, denn jener wollte die geschickte Seiltänzerin und diese das Kind nicht verlieren. Doch da erhob sich Andreas vom Herde, wo er noch eine Mahlzeit für die Gäste bereitet hatte und trat vor die Eltern. Er nahm einen Strick von der Felswand und wand ihn rasch um sein eigenes und das Handgelenk Nellas.

»Ich gebe ihr mein Haus und meinen Herd«, sagte er, »und mache sie zu meiner Gefährtin. Sie ist mir fester verbunden als durch den Segen und die Zeremonien der Menschen, denn ihr Blut ist dem meinen verwandt.«

Da sahen die Eltern die Entschlossenheit der beiden und erschraken vor der Größe und der Macht Semilassos. Sie gaben alle Hoffnung auf und ließen sich ohne Widerspruch von dem Einsiedler auf die Landstraße zurückbringen. Andreas Semilasso sah zu, wie das Pferd vor den Wagen gespannt wurde und stand, bis die weinenden Geschwister und die Eltern aufstiegen. Dann gab er allen die Hand und kehrte in die Höhle zurück, wo Nella den Steinboden mit frischen Fichtenreisern bedeckt hatte und wo ihr rotes Kopftuch als Schmuck der grauen Wand über dem Bette ausgespannt war.

Nun lebte Andreas Semilasso mit einer Gefährtin und führte sie in alle Wunder der Tiefe ein und gab ihr von allen Entzückungen des Lichts. Fünf Jahre waren wie einzelne Tage. Dann gebar ihm Nella einen Sohn. Andreas Semilasso nahm ihn auf den Arm und ging mit seinem Weibe auf den Hexenstein, wo der Blick nach allen Seiten frei war und von wo man, ganz fern am Horizonte, aus einem Kissen von Qualm Schornsteine und spitze Türme ragen sah. Er hob den Knaben zum Licht empor und nannte ihn Adalbert.

Als Adalbert fünf Jahre alt war, bekam er eine Schwester, die den Namen der Mutter erbte. Die Spiele der Kinder waren von der Natur umkreist; Steine und Pflanzen wurden ihnen vertraut und Adalbert lernte von seinem Vater die Rufe der Habichte und Falken und die heiseren Laute der Krähen verstehen. Die Vermehrung der Bewohner zwang zu einer Erweiterung der Höhle, und eine dritte Kammer nahm Vorräte und Gerätschaften auf. Eine kleine Wirtschaft erwuchs unter den geschäftigen Händen der Mutter, ein geordneter Platz trug allerlei Küchenpflanzen und eine Zucht von Hühnern gackerte im umzäunten Hof. Nun konnte Andreas Semilasso auf den Tribut der Dörfler verzichten. Man vergaß ihn ganz; nur unter den Holzfällern und Jägern lebte sein Dasein wie eine Sage.

Den Kindern war der Wald der liebste Freund, und mit den Märchen, die in seinen heimlichen Winkeln versteckt waren, wechselten die Geschichten der Mutter, die von der Landstraße und vom Leben eines großen Ungetüms, das Stadt geheißen war, berichteten. Noch fürchteten sie die Tiefe und sahen mit Verwunderung, dass der Vater oft tagelang aus den finsteren Schlünden nicht wiederkehrte, in denen sie ihn verschwinden sahen. Eng aneinander geschmiegt, Schulter an Schulter und mit eng verschlungenen Händen, standen die Kinder am Rande der Finsternis und starrten hinab, ob sie nicht irgendwo tief unten die Fackel des Vaters sähen, lauschten, ob sie nicht den Widerhall seiner Schritte hörten. Das Geheimnis der Dunkelheit zog sie an und stand wie eine große Frage im kleinen Kreise ihrer Erlebnisse und Vorstellungen. Durch irgendeine seltsame Verkettung der Gedanken konnte Adalbert nicht davon loskommen, dass es im Innern der Erde aussehen müsse wie in einem Ameisenhaufen. Verwirrende Gänge, kreuz und quer, plötzliche Erweiterungen, in denen weiße, larvenähnliche Gestalten zu Hunderten übereinander geschichtet sind, weiche Walzen mit ewig hungrigen, verlangenden, fressenden Mäulern. Das Gewimmel von arbeitenden Kobolden dazwischen, von raschen braunen Gesellen mit sechs Beinen und zwei scharfen Beißzangen anstatt eines Kopfes. Diesen Phantasien folgte Nella mit weit aufgerissenen Augen, und wenn sie sich vor Grauen schüttelte, dann bat sie den Bruder, aufzuhören und ihr Freundlicheres zu erzählen. Und Adalbert begann von den braunen Waldfrauen zu sprechen und vom verwunschenen Zaunkönig, der einmal über eine ganze Stadt geherrscht hatte und nun ganz klein geworden war, weil er sich früher im Übermut allzu groß gedünkt hatte.

Eines Abends trat der Vater hinzu und hörte die Geschichte vom Zaunkönig. Da fasste er den Jungen bei der Schulter und fragte, indem seine Augen ihr Blau in Graubraun wandelten, wer ihn diese Geschichte gelehrt habe. Adalbert sah fröhlich auf: »Niemand«, sagte er, »diese Geschichte habe ich selbst erfunden.« An diesem Tage lernte der Knabe zum ersten Mal den Atem der Finsternis kennen. Der Vater führte ihn, ohne ein Wort zu sprechen, in einen jener Gänge, die Adalbert schon längst zu betreten gewünscht hatte. Zuerst war nur eine glückselige Neugierde in ihm, dann aber, als es immer tiefer in den Berg ging, als die Wände pressten und die Decke drückte, wuchs die Furcht, rasch wie ein unheimlicher Riesenpilz, in der Brust und legte sich feucht und rau auf seine Lungen.

Endlich blieb der Vater stehen und sagte: »Dein Märchen vom Zaunkönig ist ein Unsinn. Wer die Macht hat, soll Mut haben; wer Mut hat, soll auch Über-Mut haben, denn dieser ist die Blüte aller Kraft. Nur die Schwachen sind strafbar, und Reue und Sühne sind die schlimmsten Feinde des Menschen. Für die Schwäche deiner Gedanken strafe ich dich, indem ich dich die

Nacht, die ich dir als Freundin zuzuführen dachte, zuerst als Feindin kennen lehre. Bleib hier, bis ich wiederkomme!«

Dann ging der Vater fort, und seine Fackel verschwand hinter den Felsen. Nun lernte Adalbert das Dunkel als Feind kennen. Es kroch klebrigen Leibes heran und tastete mit nassen großen Händen über sein Gesicht. Oft glaubte er ein Antlitz vor sich zu sehen, ein ungeheures, trauriges und doch grausames Antlitz. Dann fuhren Funken über sein Sehfeld, seine Augen begannen zu schmerzen, und es schien ihm, als ob sie vor Anstrengung, einen Schimmer von Licht zu erhaschen, aus dem Kopf treten wollten. Mit beiden Fäusten presste er sie in den Kopf zurück und rieb die Augäpfel, wütend vor Schmerz und von einer Angst vor dem Unbegreiflichen geschüttelt. Wispernde Stimmen kamen heran, und die Vorstellungen vom Leben der Tiefe erwachten in ihm, dass er mit einem Schrei die Hand zurückzog, als ob er eine der weichen, weißlichen, larvenähnlichen Gestalten berührt habe. Endlich kreisten seine Gedanken so toll, dass es ihm unmöglich war, einen von ihnen festzuhalten und nur ein Geschwirr, ein wüstes, verworrenes Getöse in seinem Kopf toste.

Von diesem Tage an hütete sich Adalbert, seine Geschichten zu erzählen, wenn er seinen Vater in der Nähe wusste. Denn es war ihm unbegreiflich, was sein Vater von ihm verlangte, und stets erschien ihm der Gang seiner Fabeln als das einzig Richtige und als das Selbstverständliche. Aber Andreas Semilasso fand genug andere Anlässe, mit seinem Sohne unzufrieden zu sein. Bei jedem Gespräch, bei allen Hantierungen entdeckte er bei ihm eine von der seinen ganz verschiedenen Art, eine weiche Hingebung, eine schwärmerische Anbetung der Milde und Güte, und immer klarer wurde es dem Alten, dass der Sohn nicht imstande sei, ihn zu verstehen und sein Leben fortzusetzen. Durch die Strafe der Finsternis nahm er dem Knaben nur die Offenheit und den Mut seiner Bekenntnisse, ohne ihm die stählernen Nerven und das harte Herz geben zu können, das er an seinem Sohne erziehen wollte.

Die Mutter litt unter diesen Szenen und unter den Vorwürfen Semilassos, der ihr seinen Verdacht nicht verhehlte, dass sie ihm das Blut der Kinder verdorben habe. Wenn die kleine Nella ähnliche Anlagen zeigte, so kümmerte ihn das weniger, aber seinen Sohn hätte er gerne auf seinen eigenen Wegen gesehen.

Adalbert Semilasso aber war ein Dichter und sah die kleine Welt in seinem Kreise nicht mit den Augen des Herrschers, sondern mit den Augen des Geliebten. Er bezwang sie nicht, sondern gab sich ihr hin.

Als er zwanzig Jahre alt war, starb die Mutter, und Andreas begrub sie am Fuße des Hexensteins zwischen Brombeergebüschen und Schlehdorn. An dem Steine, den er über ihr Grab wälzte, wachte er eine lange Winternacht hindurch. Dann kam er in die Höhlenwohnung, und es war, als ob er niemals eine Gefährtin an seiner Seite gehabt hätte. Aber das unbändige Blut des Greises, das aus Wald und Felsen die Lebenskraft aufgenommen zu haben schien, brauste unempfindlich und gegen die Zeit geschützt, nur für die geheimen Stimmen der Tiefe zugänglich. Seine Begierden reckten sich nun, da die Mutter tot war, nach der Tochter. Als Nella endlich die Sprache seiner Augen und seiner glühend zitternden Hände verstanden hatte, wich sie ihm aus, aber seine Angriffe erneuerten sich immer ungestümer und unbedenklicher.

Dann kam eine Nacht, in der ihn sein Blut zur Anwendung von Gewalt zwang, und Nella rettete sich nur durch eine schnelle Flucht in den Wald. Zwei Tage lang kam sie nicht zurück. Am Abend des dritten Tages, als sich Semilasso eben entfernt hatte, um sie zu suchen, kam Nella vorsichtig den Abhang über der Höhle herab. Der Bruder saß vor der Höhle auf einem Baumstumpf und war dabei, das Klopfen des Spechtes in Worte umzuprägen. Sie rief ihn an, er erhob sich, ging ihr entgegen und streckte ihr beide Hände hin.

»Ich muss dich verlassen, Brüderlein«, sagte Nella und küsste ihn.

»Du willst mich mit dem Vater allein lassen?«

»Es muss sein, ich kann nicht mehr hier bleiben.«

»Was willst du tun?«

»Ich habe die Landstraße gefunden und bin ins Dorf gekommen.«

»Du willst ins Dorf hinaus?«

»Ich will noch weiter. Ich will in die Stadt und vielleicht sogar noch weiter. Auf dem Dorfplatz fand ich die grünen Wagen mit den kleinen Fenstern, von denen uns die Mutter erzählt hat. Ein großer Mann stand dabei, und als ich den Zipfel eines Hauses aus Leinwand hob, klopfte er mir scherzend auf den Rücken. Er nahm mich mit hinein und zeigte mir viele hölzerne Bänke und ein Gerüst, auf dem seine Leute alle Abende spielen. Auch die Kleider hat er mir gezeigt, dehnbare Häute, die man über die Beine zieht und die ganz glitzernd und silbern sind. Dann dünne Röcke aus einem Stoff, der ganz durchsichtig ist.«

»Das sind die Kostüme, nicht wahr? Mutter hat es Kostüme genannt.«

»Ja, und er nahm meine Arme, hob sie auf, schlug mit der Schneide der Hand hierher, er umfasste meine Knöchel und hob mir die Röcke bis zum Knie. Und dann fragte er mich, ob ich mit ihnen gehen wolle und auch am Abend vor den Leuten tanzen und diese glitzernden Häute tragen.«

»Und du, und du?«

»Ich dachte an unsere Höhle und an den Vater, der so schrecklich ist, und da habe ich gesagt, dass ich mit ihnen gehen will.«

»Ich will mit dir gehen, Nella.«

»So komm.« Aber dann besann sie sich: »Der Vater … soll er ganz allein bleiben? In seiner Einsamkeit … Wird er das ertragen können …?« Da küsste Adalbert die Schwester und hielt sie mit keinem Wort mehr zurück.

»Weißt du, Brüderlein«, sagte Nella und legte den Arm um seinen Hals, »ich ziehe hinaus, und wenn ich alles gesehen habe, was es draußen zu sehen gibt, so komme ich wieder zurück und hole dich.«

»Versprich es mir!«

»Hier gebe ich dir meine Hand!« Nella küsste ihn noch einmal, gab ihm die Hand und ging mit einem Lebewohl davon. Langsam stieg sie wieder den Abhang hinan, winkte noch einmal, und dann griffen die grünen Büsche nach ihr, schlugen über ihr zusammen und verbargen sie. Nur noch ein leises Schwanken der Zweige war dort oben …

Am nächsten Morgen kam der Vater und trug die Spuren der Nacht an seinen Kleidern und in seinem Gesicht. Adalbert, der auf seiner Streu von einem großen Tor geträumt hatte, das, von großen gelben und roten Blumen mit Menschengesichtern umwunden, auf Nella herabsah, die in einer glitzernden Haut hindurchschritt, Adalbert, der die Wünsche wie große Vögel rings um sein Bett sitzen sah, richtete sich auf und erkannte an der Miene des Vaters, dass er mit den Felsen und den Bäumen heimliche Zwiesprache gehalten hatte. Mit einem Blick nach der leeren Blätterstreu, auf der sonst Nella schlief, ging der Alte daran, die Morgenmahlzeit zu bereiten. Nicht mit einem Wort fragte er nach der Tochter, weder an diesem noch an einem der nächsten Tage.

Stillschweigen deckte sich über ihre Flucht.

Zuerst schien es, als ob der Vater, müder als sonst, seine Wucht und Schwere abgelegt habe, aber bald raffte er sich wieder auf. In den Tagen seiner Erschlaffung hatte er einen neuen Annalenbaum für seine Tageskerbe erwählt, denn der alte war von mehr als Manneshöhe bis herab zur Wurzel mit den scharfen, tiefen Zeichen eines im Walde verbrachten Lebens bedeckt. Mit Erstaunen sah Adalbert, dass der Vater den neuen Baum weit tiefer unten einzukerben begann, als hoffe er nicht mehr auf die Fülle von Tagen, die den alten Baum genarbt und durch das herrische Leben des Einsiedlers getötet hatten. Zum ersten Mal wurde sich Adalbert dessen bewusst, dass der Vater ein alter Mann war.

Aber kaum hatte er sich an diesen Gedanken gewöhnt, als Andreas Semilasso eines Tages die Kerbe nicht unten an die Reihe der übrigen anfügte, sondern hoch oben in den Baum schnitt, in der Höhe, wo das erste Zeichen des alten Annalenbaumes saß. Nun war es ihm klar, dass der Alte noch weiterzuleben gedachte, dass seine Müdigkeit die Instinkte und Gelüste seines noch immer kraftvollen Leibes nicht überwältigt hatte. Wieder ging Andreas in die Tiefen seiner Höhle und zu den Freunden im Walde, und da Adalbert lieber saß und träumte und klangvolle Worte aneinanderfügte, als dass er für das Haus gesorgt hätte, verfiel die Wirtschaft. Die Hühner liefen in den Wald, der Garten trug wunderliches Unkraut und üppige, grelle

Blumen, und der Forst, der von ihm verdrängt worden war, reckte sich wieder nach ihm aus.

Vater und Sohn sprachen wenig miteinander. Es schien, dass der Alte es vermeiden wollte, seinen Sohn auf Wegen zu finden, die nach andern Zielen als den seinen führten. Andreas Semilasso frischte seine alten Hoheitsrechte auf, tyrannisierte wie früher die Dörfer der Umgebung und fand in der durch die Zeit ins Ungeheuerliche gewachsenen Sage von seiner furchtbaren Macht eine Bundesgenossin, die ihm die Bauern gefügig machte. Adalbert aber ging gesenkten Hauptes herum und weinte vor Glück über die Spiele des Lichtes in den Tautropfen oder über die bunten Kiesel und die zarten zitternden Wasserkringel des Baches. An weichen Sommerabenden aber weinte er aus einem unerträglich süßen Schmerz, dem er vergebens die Erlösung durch das Wort suchte. Es waren wunderbare Stunden mit zarten Schleiern, aus Sehnsucht und Wünschen gewoben; sie kamen und neigten sich alle zu ihm herab und küssten ihn auf die Stirne, die so heiß von Gedanken war, und auf das Herz, in dem das Blut sang.

Und einmal, da er es am wenigsten erwartete, als er, ganz lang hin ins Gras gestreckt, nur die weißen wechselnden Wolkenränder betrachtete – Inseln voll Blütenschnee in einem ganz, ganz blauen Meer –, da kam eine Stunde und nahm ihn sachte bei der Hand und sprach: Du willst dein Schwesterlein. Nun war das Wort gefunden, und Adalbert wusste mit einem Male, dass ihm nichts fehlte als das geschwisterliche Herz, in das er sich ergösse. Seitdem lag er nicht mehr regungslos und träumerisch, um zu warten, bis sie zu ihm zurückkehrte, sondern er zog ungeduldig aus, und abwechselnd glaubte er, er ziehe ihr nach, und dann wieder, er ziehe ihr entgegen. Denn er war so voll von wundersamen Geschichten und klingenden Worte, dass er sie nicht mehr in sich verschließen konnte. Alles in ihm drängte der Schwester entgegen. Aber er kam nicht weiter als bis in die nächsten Dörfer, und vergebens suchte er den grünen Wagen, die mit Leinwand umspannte Bühne und den großen Mann, dem die glitzernden Häute über dem Arm hingen, auf allen Plätzen. Die Dorfjugend, die erst vor ihm gewichen war, weil sie die Kraft des Vaters auch in dem Jungen fürchtete, lief hinter ihm drein, als sie erkannt hatte, dass er scheu und zaghaft war. Sie verhöhnten ihn und warfen ihm Steine nach. Adalbert aber ließ sich nicht abschrecken und suchte immer wieder die grünen Wagen auf den Plätzen der Dörfer.

Da spielte ihm die Bosheit der Buben einen schlimmen Streich. Sie lauerten ihm hinter Hecken auf, und als er, immer mit den Blicken in den Wolken, durch ihren Haufen schritt, brachte ihn ein über den Weg gespanntes Seil zu Fall. Er wollte sich aufraffen, aber ein langer Bengel stieß ihn wieder hin. Nun wurde es dunkel vor Adalberts Augen, er fühlte seine Größe und Kraft und den Schimpf, den ihm, dem werdenden Mann, die Kinder antaten. Mit plötzlicher Entfaltung seiner Stärke fasste er zwei der Quäler, stieß sie mit den Köpfen zusammen, dass die harten Bauernschädel krachten und warf sie wie Säcke hin. Die Buben flohen, aber von den Feldern und aus den Häusern stürzten die Bauernburschen, fielen über ihn her und zerschlugen ihn so derb, dass er, von Steinwürfen verfolgt, eiligst fliehen musste. Den Hang hinauf rannte er seinen Verstecken zu und fühlte, wie die schwankenden Äste der Birken seine Wunden peitschten.

Endlich war er aus dem Bereiche seiner Feinde, die, wie über einen großen Sieg jubelnd, unten auf der Straße ins Dorf zurückzogen. Sein Körper schmerzte ihn, sein Kopf war schwer und die Augen von rieselndem Blut verschleiert. Es war schwerer, die Schwester zu finden, als er gedacht hatte. Ganz in seine Gedanken vertieft, ging er dem Sinn dieses schmerzlichen Erlebnisses nach, suchte seine Erfahrungen dem schönen Bild der Welt einzupassen, das er sich von ihr gemacht hatte, und überhörte dabei ein leises Rauschen in den Gebüschen. Nun sah er auf. Ein junges Mädchen stand neben ihm und legte, als er aufspringen wollte, die Hand auf seine Schulter. Ihre Augen waren gut, und ihre Hand tat wohl, obwohl sie von grober Arbeit zerrissen war. Sie hatte seinen Kampf und seiner Niederlage zugesehen und kam nun, weil sie ihn vor der Einsamkeit retten wollte. Der Abend, die weichen, zitternden Farben des Horizonte, das blaue Grün der Wiesen oder das gedämpfte Brüllen einer Kuh, irgendeine vergessene Melodie, die sich nicht aus dem Meere des Unbewussten hob, irgendetwas, das der Güte und Milde der Natur nahe verwandt war, hatte ihr dies eingegeben.

Sie blieb bis zur sinkenden Nacht bei ihm und ließ ihn erst, als sie seine Wunden gewaschen und seine schmerzende Stirne geküsst hatte. Am nächsten Abend traf sie Adalbert am selben Platz und wieder umgab ihn ihre wunderreiche Sorgfalt. Die Wunden waren schon längst geheilt, und immer noch trafen sich Adalbert und Barbara an dem heiligen Ort ihrer Liebe. Mit leisen Händen nahm er die funkelnden Zeichen des Abends und steckte sie als Diadem in das Haar des Mädchens. Von der sinkenden Nacht löste er die Schleier und legte sie um ihre Schultern, dass sie die Verklärung des Geheimnisses noch höher hob. Alles, was er den Tag über an schönen und blitzenden Worten gefunden hatte, die von ihm neu entdeckte Zauberei des Reimens, brachte er ihr zu, und das Bauernmädchen horchte verwundert, durch seine Liebe über die groben Blöcke ihres Lebens schwebend und ganz leicht, geadelt, der Art ihrer Eltern, ihrer Freundinnen entfremdet. Kein Hauch von Misstrauen, von dem Hass der niedrigeren Welt gegen die höhere störte die Stunden, in denen sie, mit der rauen Hand auf seiner Schulter, ihm zuhörte; sie verstand ihn mit dem Herzen.

Etwas wuchs in ihm, wie eine dunkle Blüte aus Glas; und wenn ihn das Mädchen küsste, dann klang die purpurne Blüte.

Eines Abends sagte er, als das Klingen ganz laut geworden war wie der Gesang großer, hallender Glocken: »Warum gehst du immer wieder ins Dorf zurück, wenn du bei mir gewesen bist?«

»Weil im Dorf meine Eltern und meine Geschwister wohnen.«

»Bin ich dir nicht mehr als dein Vater oder deine Mutter? Warum bleibst du nicht bei mir?«

Da begann Barbara davon zu reden, dass sich die Leute im Dorf dies nicht so einfach machten. Dass da Zeit verfließen müsse, dass der Pfarrer sich darum bekümmere und seinen Segen geben müsse. Aber Adalbert Semilasso verstand nichts davon. Es war so ganz selbstverständlich, dass Barbara bei ihm blieb, da sie sich liebten. Die Höhle seines Vaters bot Raum genug. »Und du wirst den Garten wieder schön machen und die

Hühner aus dem Wald holen. Alles wird sein wie damals, als meine Mutter und meine Schwester noch bei uns waren.« Eine schmerzliche und schöne Vorstellung von der Einfalt des Paradieses, der in Tiefen schlummernde Traum aus der Urzeit der Menschheit bewog Barbara, alle Bedenken von sich zu werfen. Sie vergaß auch die schweren Grabsteine, die über diesem Traum lagen, mit der Kraft des Erlösers sprengte er die Gruft und feierte eine strahlende Auferstehung.

Weinend küsste sie Adalbert und versprach ihm, morgen Abend wiederzukommen und dann nicht mehr von ihm zu gehen. Denn heute wollte sie noch ihre Eltern sehen und ihre kleinen Schwestern küssen, morgen wollte sie ihre wenigen Kleider packen, und dann wollte sie kommen, ohne ein Wort zu sagen, ohne Abschied zu nehmen. Adalbert hielt sie fest bei der Hand und sann, wie er in diesem Augenblick Worte geben sollte. Und während er ihre warme raue Hand drückte, fiel ihm ein Sprüchlein ein, das seine Mutter aus ihrem Leben auf der Landstraße gerettet und ihm oft genug vorgesagt hatte, ein kleiner Vers, in dem das Gedächtnis eines großes Dichters unter Feuerschluckern und Seiltänzern weiterlebte:

»Ich bin dein und du bist mein,
des kannst du gewiss sein,
bist in mein Herz geschlossen,
bist ganz fest gefangen,
der Schlüssel ist verloren gangen,
und du musst immer drinnen sein.«

Mit diesem Sprüchlein verlobte er sich mit dem Mädchen. Er wusste es nicht anders.

Seinem Vater sagte er an diesem Abend, als sie im steinernen Zimmer beisammen saßen: »Vater, morgen bringe ich eine Freundin, die von jetzt an immer bei mir bleiben wird.«

Der Alte sah ihn an und gab dem blechernen Geschirr, das auf dem Tisch stand, einen Ruck: »Du willst ein zweites Leben an deines binden?«

»Ja, Vater!«

»So komm mit mir, ich habe dir etwas zu sagen!« Und der Alte erhob sich, nahm die Fackel von der Wand und ging seinem Sohn voran in die verzweigten Gänge, wo die Stimmen der Tiefen flüsterten. Ein kalter Tropfen fiel auf das heiße Gesicht Adalberts, dass er erschrak und die Finsternis hinter sich noch drängender und beängstigender fühlte wie einen Spalt, der sich lebendig um die schließen will, die ihn zu durchschreiten wagen. Nach einer Wanderung von einer halben Stunde kamen sie in die Kammer der glitzernden Pfeiler. Es war, als ob die Finsternis hier in wilden Phantasien sehnsüchtig vom Lichte träume, alle Felszacken waren mit weißen, leuchtenden Schleiern behängt, alle Rinnen und Rillen von glimmernden Strömen ausgefüllt, schwere Silberkandelaber strebten zur Höhe, Vorhangfransen aus weißer Seide hingen von oben herab, und wo sich Kandelaber und Fransen vereinigt hatte, schienen Pfeiler das Gewölbe zu tragen. Mitten in diesem geschmückten Raum lag ein großer Block, wie eine Erinnerung an die Nacht, aus der diese Herrlichkeit geboren war.

»Mein Sohn«, sagte Andreas Semilasso und legte die Hand auf diesen Stein, »ich kann nicht sagen, dass ich viel Freude an dir erlebt habe. Du hast dich zu viel hingegeben und zu wenig behauptet. Nun aber, da du ein zweites Leben mit dem deinen vereinigst, bleibt mir das Letzte und Äußerste zu tun: die geheimen Kräfte dieses Steines anzurufen, die er im Wechselstrom von mir empfing und mir gab. An meinem Annalenbaum sah ich, dass du morgen fünfundzwanzig Jahre alt bist, nun bist du reif für seine Wirkungen.«

»Was soll ich tun, mein Vater?«

»Ich sage dir, dieser Stein ist ein Altar; wie die Dinge, die uns umgeben, von unserem Leben annehmen, so ist dieser Stein lebendig geworden, da er mir in meinen erhabensten Stunden nahe war.«

»Was soll ich tun, mein Vater?«

»Tritt vor den Stein, lege die Hand auf ihn und sprich mir nach: Ich will nichts anderes, als mich behaupten, ich will das göttliche Tier in mir befreien, ich will mich in allen Schaudern erleben, ich will nicht an Sternen und nicht an Menschen hängen, ich will die Welt nicht an den Sohlen tragen und bereit sein, abzuschütteln, was mir lästig ist. Allem will ich verwandt sein, aber mit keinem verbunden, alles will ich tief empfinden, aber jederzeit will ich bei Besinnung bleiben, um von mir zu stoßen, was mich ganz für sich haben möchte.«

Adalbert Semilasso sprach die schweren Worte langsam nach, er fühlte die Kälte des Steines bis an den Ellenbogen dringen, aber sonst fühlte er nichts. Der Stein blieb ihm Stein. Als die beiden wieder am Tisch des vorderen Zimmers saßen, forschte Andreas umsonst im Gesicht des Sohnes. Mit einer Handbewegung wies er nach dem anderen Ende des Tisches, das seinem Sitz gegenüberlag: »Dort wird ihr Platz sein.«

Am anderen Abend saß Barbara auf diesem Platze. Sie war gekommen, weinend, von innerlichem Schluchzen geschüttelt und doch in Erwartung eines großen Glückes. Nun fühlte sie den Wunsch nach brennenden Zärtlichkeiten, aber unter den Augen des Alten wagte sie Adalbert kaum anzusehen, denn diese Augen waren von wilden Flammen erhellt und brannten auf ihrem Gesicht, auf ihren Händen, auf der Rundung ihrer Schulter, und wenn sie sich erhob, fühlte sie heiße Ströme um ihre Gestalt. Irgendein Unerklärliches entfernte sie von dem Geliebten und löschte die Erinnerung an die wundersamen Abendstunden aus. Sie saßen bis tief in die Nacht, und so karg die Worte waren, so schnell flossen die Stunden. Als sie sich erhoben, und Adalbert die Hand des Mädchens nahm, um sie in das Nebenzimmer zu führen, trat der Alte zwischen die beiden und stieß den Sohn zurück. Mit einem Blick, vor dem der Sohn zu zittern begann, führte er Barbara zu seinem eigenen Lager und bedeutete ihr, sich zu entkleiden. Dann wies er den Sohn aus dem Zimmer, und er folgte dem Befehl, ebenso wie seine Geliebte dem Befehl Folge leistete.

Keiner von beiden wagte Widerstand zu leisten, dass ihr Bund zerrissen wurde, dass der Vater nahm, was der Sohn erworben hatte. Nach dieser Nacht, die Adalbert, der durch das Fenster entflohen war, draußen im Wald wie ein Wolf heulend zubrachte, wagte er Barbara nicht anzusehen. Und als er endlich ihre Augen suchte, sah er, dass sie ihm fremd geworden war. Sie errötete nicht vor ihm, sie zeigte keine Furcht und keine Verlegenheit, sie nahm die Arbeiten des Haushaltes auf, als ob sie seit jeher nur darauf gesonnen hätte, die Wirtschaft dieser Höhlenwohnung zu besorgen. Alle Erinnerung war von ihr genommen. Adalbert begegnete sie mit einer liebevollen Freundlichkeit, wie eine neue Mutter dem erwachsenen Sohn begegnet. Mit Geschick vermied sie es, dass seine Vertraulichkeit in die Grenzen ihrer Zurückhaltung trat. Das Unbegreifliche war geschehen. Der Greis von achtzig Jahren hatte über den Sohn gesiegt. In den Nächten, die Adalbert, jetzt immer fern vom Hause, auf dem Hexenstein verbrachte, bemühte er sich vergebens, von allen tausend Fragen auch nur eine einzige zu beantworten.

Ringsum starrten die versteinerten Ratsherren, die Fratzen der Galgenvögel in den Mondschein, und aus ihrer Unbewegtheit kam ihm ein Verlangen nach Kühle, nach Erstarrung. Zaghaft schlichen sich die Märchen zu ihm heran und legten die durchsichtigen Hände auf seine Stirne; aber er stieß sie von sich, denn er wollte nichts anderes denken als diese rätselhafte Fremdheit. Wenn er an den in den Felsen gebannten Mondscheinfrauen vorbeiging und ihr heißes, bittendes Geflüster um Erlösung hörte, dann lachte er; und rings im Kreise lachten die unter dem Moos versteckten Alraunen.

Eines Nachts kam die uralte Waldschlange daher, gerade über seinen Weg kroch sie. Auf ihrem Krötenkopf saß die goldene Krone, ihre grünen Augen zwinkerten, und auf dem endlos langen Leib rasselten die stählernen Schuppen, deren jede einen scharfen, sichelartig gekrümmten Dorn trug. Adalbert hatte einen so mächtigen Zorn in sich, dass er sich auf den Wurm stürzen wollte, um ihn mit bloßen Händen zu würgen. Es war ihm erwünscht, seine Arme zerfleischen zu lassen, seinen Kopf unter den Zähnen der Schlange krachen zu hören. Aber die alte, kluge Schlange sah ihn an und schüttelte den Krötenkopf. Sie lachte, dass das breite Maul wie ein tiefer Spalt rund um den Kopf ging, dass die Krone zu schwanken begann und die langen Büschel hängenden Mooses um die Ohren flogen, aus denen die Erschütterung ganze Flocken feurigen Geifers warf. Raschelnd zog sie ihren langen Leib nach und verschwand in der Schlucht.

Adalbert war über ihre Freundschaft erzürnt; er hatte sie als Zerstörerin, als Vernichterin gewünscht.

Dann kam ein Tag, an dem sein durch die schlaflosen Nächte, durch die unaufhörliche Unruhe geschwächter Wille die Verzweiflung nicht mehr dämmen konnte. Der Vater war in den Wald gegangen, Adalbert war mit Barbara allein. Als er sie mit ihren raschen anmutigen Bewegungen am Herde beschäftigt sah, als sich die Haare ihres Nackens, die er so oft geküsst hatte, vom Luftzug bewegten, da schmolz seine Starrheit, sein Stolz, und seine Besinnung gingen in einem Brausen unter. Keuchend und mit seiner heiseren Stimme irgendein Wort sinnlos wiederholend, fasste er sie um den Leib und riss sie an sich, indem er alle seine Kräfte anwandte. Erst als er mit blutender Stirn in einer Ecke lag, kam er zu sich. Was war ihm geschehen? Sie hatte mit harten Fäusten in sein Gesicht gehämmert, sie hatte ihrem Leib die Spannkraft eines jungen Baumes gegeben, und aus seiner Umarmung schnellend, hatte sie ihn von sich gestoßen, dass er gegen eine Kante fiel. Nun war er allein, und auf dem Steinboden rann ein schmales hellrotes Bächlein seines Blutes. Durch das Fenster sah er sie draußen im Garten beschäftigt, als ob nichts geschehen wäre. Sie war mit einer Hacke dabei, ein Beet umzuwerfen und von Unkraut zu säubern. Die Schwingungen ihrer kurzen Röcke, die schmalen Knöchel, sein Blut, das er warm und fade auf den Lippen verspürte, der Schmerz, der in seinem Kopf zurückgeblieben war, verwirrten ihn, und mit einem Schrei stürzte er auf das Weib los. Da richtete sie sich auf, sprang zurück und hob die Hacke. So standen sich die beiden einen Augenblick gegenüber, dann begann Adalbert wie ein Raubtier, dem sein Sprung unmöglich wird, nach rückwärts zu gehen und verkroch sich in seine Kammer.

Abends kam Andreas Semilasso zurück. Sein Weib hatte ihn am Rande des Waldes erwartet, fasste ihn, ohne ein Wort zu sprechen, am Arm und führte ihn vor Adalbert, der zusammengekauert in einem Winkel saß und von Zeit zu Zeit winselte wie ein Hund.

»Dieser da«, sagte sie, und ihr Arm zeigte unerbittlich auf ihn, »trägt Verlangen nach mir.«

Der Alte sah ihn mit glühenden Augen an: »Ich freue mich, mein Sohn, dass du stark wirst. Aber ich rate dir, zu weichen, denn noch bin ich der Stärkere, und ich halte fest, was mein ist.«

Adalbert suchte sich zu erheben, und mit einiger Anstrengung stand er schwankend auf und ging zwischen seinem Vater und Barbara hindurch. In seinen Kinnladen war ein Krampf, und er sann darüber nach, ob seine Zähne stark und fest genug wären, um dem Weib die Gurgel zu durchbeißen. Aber da stand er auch schon vor der Tür draußen und lehnte sich zitternd an einen Baum. Nach einer Weile tastete er sich empor; er fühlte Kerben in der rauen Rinde und er erkannte, dass er an des Vaters Annalenbaum lehnte. Der Stamm stand gerade und steil und schien in seiner schlanken Pracht noch viel Raum für unzählige Kerben zu bieten.

Dies war die letzte Nacht, die Adalbert in der Nähe Barbaras verbrachte. Als die beiden in der Höhlenwohnung schliefen, stahl Adalbert aus der Werkzeugkammer des Vaters eine Säge. Mit aller Vorsicht des Diebes ging er daran, den Baum zu zerschneiden und hockte stundenlang neben dem Stamm, immer lauschend, ob das Knirschen der Säge den Alten nicht geweckt habe. Dann schlich er davon. Der Morgenwind kam über den Hexenstein, fasste in die Krone der Bäume und zauste sie. Alle gaben sich den Spielen der frühen Dämmerung hin, schwankend und fröhlich und ihrer Kraft bewusst. Nur einer, dessen Leben durchschnitten war, konnte nicht wie sonst teilnehmen; er neigte sich immer mehr zur Seite und mit einem Ächzen krachte er schwer zu Boden. Vom Lärm erwachte Andreas Semilasso und trat vor die Tür. Da lag sein Annalenbaum, glatt durchschnitten, quer über den kleinen Garten und hatte im Sturz den Zaun zertrümmert und sich tief in die weiche Erde der Beete gegraben.

Adalbert Semilasso war zu dieser Zeit an den Saum des Waldes gelangt, wo der Hexenstein mit kahlen Hängen zur Landstraße hinabsteigt. Noch war es unten finster, nur oben, hoch oben hingen die ersten fahlen Lichter des Tages. Unter seinen Füßen fühlte er eine weiche, quatschige Masse, und als er die Landstraße betrat, sah er über ihren helleren Grund einen breiten schwarzen Streifen ziehen. Er wartete ab, bis ihm der Himmel mehr Licht gab, und erkannte mit immer wilderer Freude, dass der schwarze Streifen lebte, dass er aus Milliarden braunschwärzlicher Raupen bestand, die hier die Straße überquerten. Ein Heerzug von vernichtenden, gefräßigen kleinen Bestien, von Raupen des Prozessionsspinners wimmelte vor ihm, und die Richtung des Zuges ging auf den Wald, den Adalbert eben verlassen hatte. Er wusste, nichts würde diesen Zug aufhalten, er würde den Abhang erklettern, sich über den Wald ergießen und in das Reich des Vaters die Zerstörung tragen. Der Wald würde kahl und hässlich stehen, seine Wunder und Heimlichkeiten würden entblößt werden, und in seinen Teppich würden die rastlosen Zangen der Raupen Löcher reißen, bis er von ekelhaftem Gewürm überfüllt, vom Geruch der Verwesung verpestet, und seine Schönheit und Majestät durch Abscheu und Grauen entstellt sein würden.

Adalbert schrie auf. Er schrie wie ein Falke, dessen Kriegsruf er in einsamen Stunden gelernt hatte. Dann watete er durch den unaufhaltsamen Strom der Raupen und ging seinen neuen Weg.

Adalbert Semilasso entdeckt die Welt

Durch schlafende Dörfer führte dieser neue Weg der Welt zu. Adalbert Semilasso trug sein Herz auf den Händen und seine Wünsche auf der Zunge. Er sprach in einem Übermaß des Glückes jedermann an, dem er begegnete: Eine Katze, die mit gekrümmten Rücken auf einem Zaun saß, ließ sich von ihm streicheln, mit einem Hofhund, der ein verschlafenes Bauernhaus bewachte, sprach er einige Worte, und er freute sich darüber, dass der Hund sein Verständnis durch Wedeln bewies. Zu dem Gebrüll der erwachenden Kühe, zu den halblauten Rufen früh geschäftiger Knechte kamen hoch oben die ersten Lerchentriller, wie goldene Pünktchen auf einer Wand von blauer Seide. Als er aber erst aus dem Kreis der Dörfer kam, wo man seine seltsame Pilgerkleidung und sein Wesen gewöhnt war, als mit dem Aufgang der Sonne die Menschen hervorkamen, da hörte er ein Lachen um sich. Er sprach einen Mann an, der vor einem Gehöft zwei große Hunde an den Milchkarren spannte: »Höre du, wo geht der Weg in die Stadt?« Der Mann sah den Frager an, seine Augen wurden weit offen und starr, und dann brach er, ohne zu antworten, in ein unbändiges Gelächter aus. Mit einem Achselzucken ging Adalbert weiter. Aber das Gelächter um ihn wurde immer lauter, und schon rief man ihm Worte nach, die er nicht verstand.

Nun wagte er nicht mehr zu fragen, sondern ging die einmal eingeschlagene Straße weiter. Er hatte, vom Hexenstein herabsteigend, ungefähr jene Richtung genommen, in der er an klaren Tagen die Stadt liegen sah; und als er endlich gegen Abend Türme und Schornsteine über einem Kissen von Qualm und Dunst erblickte, freute er sich des Wiedersehens. In den grauen Vorhang hoben sich hohe Dächer, und die Landschaft leitete sanft ansteigend mit kleinen Häuschen längs der Straße zu diesem gewaltigen Hintergrund. Immer mächtiger trat die Stadt hervor, und als Adalbert in die Vorstadtgassen kam, merkte er nichts von dem Dunst und Qualm. In seinen Vorstellungen hatte ein schwerer Rauch die ganze Stadt erfüllt und lag wie ein Tuch über allen Dingen. Er war entzückt, dass die Abendsonne so grell und scharf in blanken Fenstern flammte, dass die kleinen Gärtchen vor den Häusern so sauber waren. Vor einem gut gepflegten Rasenplatz stand er still und bewunderte die Glaskugeln an den Stöcken der Rosenbäumchen. Diese blaue, rote, grüne, blitzende Herrlichkeit war das Schönste, das er bis jetzt gesehen hatte. Er kam den Kugeln ganz nahe und fuhr zurück, als er sein Gesicht in breiter Verzerrung in ihnen sah. Sah er so aus? Der Bach hatte ihm anderes gezeigt! Dann musste er aber herzlich lachen, denn er erkannte, dass alle Dinge so sonderbar wurden, wenn sie sich den Kugeln näherten. Sein Finger lief plötzlich gegen die Spitze zu an, als ob er eine Geschwulst zu tragen hätte. Jetzt wusste er auch, was diese Kugeln zu bedeuten hatten. Es waren lauter köstliche Späße, runde, glitzernde Scherze, die für die öffentliche Heiterkeit sorgten.

Während er bewundernd vor den Glaskugeln stand, hatte sich hinter ihm eine Menge von Menschen angesammelt. Zuerst hielt er ihr Lachen für einen Chor zu dem seinen, für die Wirkung der lustigen Kugeln und freute sich umso mehr, sodass er noch herzlicher zu lachen begann. Nun aber mischte sich der schrille Klang des Hohnes und der Bosheit hinein, für den sein Ohr schon Empfindung gewonnen hatte, und er fühlte, wie man hinten an seiner Kutte zupfte. Er wandte sich um. Da stand die Menge und gaffte ihm lachend ins Gesicht. Adalbert Semilasso schämte sich plötzlich und wurde umso verwirrter, weil er sich nicht sagen konnte, wofür er sich schämte. Ein wenig Angst überkam ihn mit dem Gedanken, dass diese da am Ende über ihn herfallen könnten, wie damals die Burschen des Dorfes. Aber er rettete sich rasch in das Gefühl der Sicherheit: Nun war er ja in der Welt, wohin es seine Schwester verlangt hatte. Die wäre ja zurückgekommen, um ihn zu warnen, wenn die Stadt grausam und schlecht wäre.

Seine Verlegenheit hatte sich wieder zu einem Lächeln durchgerungen; er trug es leichter, dass man hinter ihm dreinlief. Vor einem Laden blieb er stehen, in dessen Fenster braune Brotlaibe und gelbe Semmeln lagen. Im Anblick dieser Dinge empfand er zuerst, dass ihn hungerte. Sein Tagesmarsch, der Wunsch, die Stadt zu erreichen, hatten ihm keine Zeit gelassen, daran zu denken.

Er betrat den Laden, in dem, eine Strickerei im Schoß, eine dicke Frau sanft schlummerte. Die schrille Klingel weckte die Schlafende auf und sie erhob sich, indem ihr ungestützter Busen in der leichten Bluse auf und ab schwankte. Fast erschreckt sah Adalbert Semilasso auf die ungeheuren Massen und die roten aufgequollenen Arme, die sich wie Pranken auf den Ladentisch stützten, während die Augen weit geöffnet und starr mit dem Blick, den er nun schon so gut kannte, auf ihn gerichtet waren. Eine Katze war vom Schoß der Frau gesprungen und rieb schnurrend ihren Rücken an Adalberts Beinen. In einem runden, fast körperlich greifbaren Sonnenstrahl, der, wie aus einem Rohre geschossen, in den Laden drang und, sich trichterartig verbreitend, auf die Körbe des Tisches fiel, lagen goldig glänzende Semmeln. Adalbert nahm zwei von ihnen, dankte und ging. Schon hatte er die Tür erreicht, als die Frau, die sich jetzt erst erholte, ihm nachrief: »He, Sie da!« Mit freundlichem Lächeln sah Adalbert zurück.

»Und bezahlen?«, schrie die Frau, und ihr Busen schwankte bewegt auf und ab. »Und bezahlen? Bezahlen – nicht?«

Die Semmeln in der Hand, trat er auf sie zu:

»Wie? Was willst du?«

»Jesus Mariataferl! Nimmt die Semmeln und geht! Ist so was schon da gewesen? Nimmt die Semmeln und will gehen? Johann! Johann!!«

Johann kam aus dem Nebenzimmer, ein breiter, dicker Kerl, der bis auf den Busen völlig seiner Mutter glich und die gleichen roten aufgequollenen Pranken aus aufgestülpten Hemdärmeln streckte.

»Der da nimmt ganz einfach die Semmeln und will gehen, ohne zu zahlen! War so was schon da? Was sagst du dazu?«

»So ein Lump, ein verdammter!« Und schon fasste Johann den Fremden beim Kragen. »Geld her oder ich rufe die Polizei.«

Wie ein wandelnder Turm war die Mutter inzwischen zur

Ladentür gewankt und riss sie weit auf, eben als ein Wachmann, den die Ansammlung vor der Bäckerei angelockt hatte, schon die Stufen heraufkam.

»Kommen S' nur, Wachmann, kommen S'. Der Herr da nimmt zwei Semmeln und will gehen, aber von Zahlen keine Spur.«

Alle Würde der Obrigkeit vernichtete den jungen Dichter. »Herr«, schnaubte der Wachmann unter dem hängenden Gebüsch seines Schnurrbartes, »also was ist denn wieder das?«

»Ich weiß nicht, was diese Frau von mir will!«

»Geld will ich! Sonst nichts; Geld!«

»Ich habe kein Geld!«

»Dann darf man auch keine Semmeln wollen.«

Und Johann riss Adalbert die Semmeln aus der Hand und warf sie zu den übrigen in den Korb zurück.

Dem Wachmann war so etwas noch nicht vorgekommen:

»Also Sie, machen Sie keine Witze. Und überhaupt – kommen Sie mit mir!«

Nun zog Adalbert Semilasso in die Stadt ein, einen Wachmann zur Seite, während eine sich immer vergrößernde Menschenmasse dem Spektakel folgte. Der Lärm der Straßen um ihn schwoll an, die Häuser schossen auf beiden Seiten in die Höhe, drohender und beängstigender wurden diese Massen von Stein, und als die Dämmerung kam, erhellten sie sich immer mehr, dass Adalbert vor Staunen sich selbst verlor. Es war ganz wie im Traum, sein Wille schlief und seine Phantasie entzückte sich an unerhörten Wundern. Durch einen hohen düsteren Torweg, in dem viele Männer standen, die glitzernde Helme und Säbel trugen wie sein Begleiter, kam er in ein kahles Zimmer mit eisernen Betten. Auf die Fragen des Mannes, der vor einem mit Papieren bedeckten Tisch saß, wusste Adalbert nichts anderes zu antworten, als seinen Namen. Endlich stand der Mann ungeduldig auf und sagte zu dem Begleiter Adalberts: »Ausschlafen lassen. Er ist entweder betrunken oder verrückt.«

Das Zimmer, in das man Adalbert nun brachte, war noch kahler als das erste und hatte ein einziges vergittertes Fenster zu einem Hof, in dem schon die Nacht lag. Auf den niederen Betten, ringsum an den Wänden saßen und lagen einige Männer, die in ein lautes Gelächter ausbrachen, als sie den neuen Genossen erblickten. »Hörst du«, sagte ein schwarzer Mensch, dessen Gesicht von Blatternarben entstellt war, »du pilgerst wohl zum Heiligen Grabe? Sind deine Sünden gar so schwer?«

Adalbert fühlte sich hier heimisch; man sprach ihn mit Du an und war, als sich die Verwunderung über sein Aussehen erst gelegt hatte, recht freundlich zu ihm. Hier war er wie unter Brüdern, und mit Ausnahme eines Betrunkenen, der in seinen beschmutzten Kleidern selbst wie ein Fetzen auf seiner Pritsche in der Ecke lag, und eines Mannes, der, den Kopf in die Hände vergraben, in einer andern Ecke saß, nahmen bald alle am Gespräch teil. Die Öllampe an der Decke brannte trübe, von Zeit zu Zeit wurde die Luke in der Tür geöffnet, und jemand sah in das Zimmer. Dann streckte der Blatternarbige stets eine ungeheure weißliche Zunge heraus, indem er in die Richtung der Tür grinste.

Trotzdem die Luft Adalbert schwer und beizend in seine Lungen drang, trotzdem eine ungeheure Traurigkeit von den Wänden auszugehen schien, von der Decke herabsank und aus dem Boden aufstieg, trotzdem er jedes Mal erschrak, wenn er aus dem Fenster in die vollkommen gestaltlose Dunkelheit des Hofes sah, gefiel ihm der lustige Ton der Gesellschaft. Vieles von dem, was die anderen besprachen, viele ihrer Fragen verstand er nicht, aber er bemühte sich tapfer um den Sinn dieser neuen Welt, in die er nun schon einmal gedrungen war. Er merkte, dass ihm vieles fehlte, was den anderen geläufig war und wonach zu fragen nur ihr Gelächter erweckt hätte. Seine ganze Aufmerksamkeit war darauf gestellt, zu erfahren, wo sie sich hier eigentlich befanden. Man hatte sie doch hier wohl kaum zusammengebracht, um sich zu unterhalten. Keine Angst um seine Zukunft, nur eine Neugierde nach den nächsten Erlebnissen quälte ihn.

Nachdem man eine Zeit lang von Dingen gesprochen hatte, von denen Adalbert nur wenig verstand, wandte sich der Blatternarbige mit der Frage an ihn, warum man ihn eigentlich hierher gebracht hatte. Adalbert erzählte die Geschichte von den Semmeln. Ein schallendes Gelächter brach los.

»Aber, junger Mann, wie kannst du dich an fremdem Eigentum

vergreifen?« Der Blatternarbige gebrauchte eine andere Ausdrucksweise und einen anderen Tonfall bei Adalbert, als wenn er mit den übrigen sprach. Seine Worte gingen wie auf Stelzen.

»Was ist das, Eigentum?«, fragte Adalbert.

Man lachte wieder, noch lauter als zuvor.

»Eigentum ist stets das, was die anderen haben.«

»Eigentum ist das, was man gerne haben möchte und was man nicht nehmen darf.«

Der Mann in der Ecke sah auf und warf lange schwarze Haarsträhnen mit einem Ruck aus dem Gesicht. Eine dünne rote Krawatte saß hoch an seinem Halse, als ob hier ein Blutstreifen den Kopf vom Rumpfe trennte. »Eigentum ist Diebstahl«, sagte er mit einer Gebärde, die zur Empörung aufzufordern schien. Es war ein Volksredner, der heute Abend wegen einer aufrührerischen Rede verhaftet worden war.

»Und was ist Diebstahl? Diebstahl ist Notwehr. Also ist Eigentum Notwehr!« Herausfordernd sah sich der kleine Mann mit dem roten Gesicht, der dies gesagt hatte, im Kreise um.

»Du bist ein Konfusionsrat!«, sagte der Blatternarbige.

»Ich bin ein Sophist«, und der kleine Mann schlug mit der Faust auf den Tisch. »In Logik war ich auf dem Gymnasium immer der Erste!«

Adalbert wagte die Frage nach dem Sinn des Wortes Geld. Nun geriet alles in Aufregung, als ob er eine Zauberformel ausgesprochen hätte.

»O Geld! Geld ist Jugend, Schönheit, Vergnügen.«

»Geld ist unsere Sehnsucht.«

»Geld ist … Geld … ist Geld!«

Ein gewaltiger Respekt vor diesem mächtigen Wort blieb in Adalbert zurück. Sehr gespannt auf das, was der morgige Tag bringen würde, legte er sich auf eines der Betten neben den Mann mit den langen schwarzen Haaren und der roten Krawatte, als die anderen sich gähnend zur Ruhe begaben. Ganz neue Begriffe hatten sich in sein Denken gedrängt und erschütterten alle Vorstellungen. Immer sonderbarer und verwickelter erschienen ihm die Beziehungen der Welt, in die er mit einem Male geraten war. Noch hörte er das Gelächter der Menschen und einmal fuhr er jäh empor, weil er wieder fühlte, wie ihn Johann am Kragen fasste; dann glitt er in einen traumlosen Schlaf.

Um Mitternacht gab es Lärm und Unruhe. Ein Frauenzimmer wurde gebracht, ein Weib mit einer roten Bluse und einem schief sitzenden Hut, von dem schwarze Federn baumelten. Sie sah den schlafenden Männern ins Gesicht, als ob sie Bekannte suchte.

»Servus, Annerl«, sagte der Blatternarbige von seinem Bette her. »O je! Haben s' dich schon wieder?«

»Ich feier' heute mein fünfundzwanzigstes Jubiläum.«

Adalbert hörte noch das Lachen des Weibes, dann war er wieder im Dunkel des Schlafes versunken.

Am Morgen, der trüb und zögernd in das von den Ausdünstungen schlafender Menschen erfüllte Zimmer kam, wurde Adalbert vor einen jungen Mann gebracht, der ihn verwundert betrachtete und sich vergebens bemühte, gelassen zu erscheinen. Die Fragen von gestern Abend wiederholten sich und Adalbert konnte keine besseren Antworten geben als gestern.

»Hören Sie«, sagte der Beamte, »zuerst fordere ich Sie auf, nicht Du zu mir zu sagen. Das ist eine unverschämte Frechheit.« Adalbert nahm sich vor, seinem Wunsch zu folgen. Aber seine Auskünfte wurden darum nicht klarer.

»Aber Sie müssen doch wissen, ob Sie ledig oder verheiratet sind. Ob Sie eine Frau haben oder nicht.«

Da kam die Erinnerung an Barbara zurück, und Adalbert wollte schon die Geschichte seiner Liebe erzählen, als der Beamte fortfuhr: »Und Sie sollten doch auch wissen, welche Religion Sie haben. Sie machen nicht den Eindruck eines gänzlich unintelligenten Menschen. Und das wissen doch selbst die stupidesten Kerle.«

Nachdem der Beamte sich lange genug in Geduld geübt hatte, rief er einen Wachmann: »Sagen Sie dem Herrn Doktor, er möchte einen Augenblick herüberkommen und nehmen Sie den Mann einstweilen ins Nebenzimmer.«

Adalbert wartete in einem kleinen Raum, der an das Zimmer von heute Nacht erinnerte und auch ein wenig wieder an das andere Zimmer mahnte, das er eben verlassen hatte. Hohe Schränke, in denen verstaubte Stöße alten Papiers lagen, schwer von Gewicht, sodass sich die Bretter bogen, standen an den Wänden. Als Adalbert eine Stunde lang umsonst gewartet hatte und vor Langeweile schon verzweifeln wollte, ging er durch die Nebentür, kam auf einen langen Gang, stieg einige Treppen hinauf und hinab, kreuzte einen Hof und gelangte endlich auf eine Straße. Er ging immer weiter und ließ das Leben der Stadt auf sich einwirken.

Mit Bewunderung sah er die Wagen der Straßenbahn, die von einer unerklärlichen Kraft bewegt wurden, die Läden voll von seltsamen Dingen, deren Zweck ihm fremd war. Vor einem Eisenwarengeschäft stand er lange Zeit und begrüßte die Geräte, Hammer, Schaufel, Haue und Säge, wie alte Freunde. In einem Park rastete er auf einer Bank und sah die Spaziergänger an sich vorübergehen. Seinen Hunger, der sich trotz des Frühstücks, das man ihm in seinem Nachtquartier gegeben hatte, bald wieder wild erhob, versuchte er durch das Kauen von Pflanzenblättern zu beschwichtigen. Solange er das geheimnisvolle, mächtige Geld nicht hatte, wollte er keinen Laden betreten, um eine Wiederholung des gestrigen Auftritts zu vermeiden. Gegen das verwunderte Lachen der Menschen abgestumpft, blind gegen die sonderbaren Grimassen der Begegnenden, wanderte er weiter und weiter, bis er abends, einer breiten Straße folgend, zu den niederen Vorstadthäusern kam.

Das freie Feld lag vor ihm und er lief allerlei Wege vor der Stadt kreuz und quer, ein wenig eingeschüchtert und ein wenig verdrossen, dass er in dieser Welt, die er aufgesucht hatte, nicht festen Fuß fassen konnte. Von einem Hügel aus sah er in der Ferne, blau am Horizont, den Rücken des Hexensteines. Dort hatten nun die Raupen ihr Werk begonnen. Fast beneidete er die Tiere um diesen ungeheuren Vorrat an Nahrung, der selbst einem Heer von solcher Gefräßigkeit auf lange Zeit genügte. Ein einsamer Spaziergänger kam über den Hügel. Adalbert trat ihm in den Weg und fragte ihn, ob er ihm nicht Geld geben könne. Mit einem Stoß vor die Brust machte sich der Mann frei und rannte abwärts, der Stadt zu. Noch lange sah ihn Adalbert auf den Feldwegen laufen. An diesem seltsamen Benehmen verstörten sich seine Gedanken, und als er in ein Gewirr von

Erdhügeln, Gräben und Schutthaufen geriet, war er entschlossen, nicht mehr in die Stadt zurückzukehren, sondern hier zu übernachten.

Während er nach einem passenden Platz suchte, hörte er hinter einem der Erdhügel Stimmen und sah, näher kommend, einige Hütten. Unter einem Dach, das sich schräg auf Pfosten stützte, saßen Männer um ein Feuer, über dem ein Kessel hing. Eine scheußliche alte Frau wie aus bösen Träumen schöpfte ihnen einen Brei in blecherne Schalen. Abseits saßen zwei von ihnen in einem Kreis von Zuschauern und streckten mit rasender Geschwindigkeit die Finger ihrer Hände gegeneinander aus, indem sie dazu ebenso rasch Worte in einer unverständlichen Sprache riefen.

Adalbert trat unter sie. Unter breitkrempigen Hüten sahen braune Gesichter mit dunklen Augen nach ihm. Man umringte ihn und fragte ihn in einer fremden Sprache aus. Ratlos stand der Dichter da und ermaß den Raum, der ihn von dem Kessel trennte, an dem seine Sehnsucht hing. Als die Italiener bemerkten, dass der Fremde kein Wort ihrer Sprache verstehe, holten sie den Partieführer, der schon in einer der Hütten lag und schlief. Mit den wenigen Worten der deutschen Sprache, die dem schwarzen Kerl bekannt waren, mehr noch mit Gebärden, zimmerte ihre Anteilnahme eine Brücke der Verständigung. Endlich wurde es ihnen klar, dass Adalbert hungerte, und nun bildete sich rasch ein weiter Kreis um den Kessel, aus dem die alte Frau für den Fremden Brei schöpfte. Die Moraspieler ließen ihre Unterhaltung und setzten sich zu den anderen, die dem Schauspiel dieser Sättigung zusahen.

Diesen Menschen, die ferne von ihrer Heimat der harten Arbeit lebten, war es eine Freude, einem ganz Heimatlosen Gastfreundschaft gewähren zu können. Unter ihrem Dach, an ihrem Feuer saß ein Fremder, dessen Gebaren und Tracht von der Art der Menschen abwich, und wie in einem geheimen Einverständnis erkannten sie ihn als Verwandten an einem tief in seinen Blicken verborgenen Schimmer. Die Kerle verloren für Adalbert ihre räubermäßige Ruppigkeit, die alte Hexe war durchaus nicht so scheußlich, die Sprache klang nicht umsonst so fremd, der Brei schmeckte besser als irgendeine andere Speise, die Adalbert jemals gegessen hatte. Er legte den Löffel aus der Hand und freute sich, als ihm die Alte wie belobend auf die Schulter klopfte. Ganz leise begann einer ein venezianisches Lied zu singen, mit einer Stimme, die wie Seufzer verliebter Mädchen über Wassern schwebte, die anderen schlossen sich an und ein schlankes Volkslied stand mitten unter ihnen.

Dann sang Adalbert von der Einsamkeit, er sann den Worten nicht lange nach, sie kamen ihm von selbst auf die Zunge und die Töne waren zugleich mit ihnen da. Vom Wald und vom Hexenstein erzählte sein Lied und schmerzlich trübe wurde seine helle, frische Farbe, als er dazu kam, wie seine Liebe vernichtet worden war. Nun kroch es heran, wimmelnd, tausendbeinig, Wort, Rhythmus und Ton drückten eine Gefahr aus. Aber nun befreite es sich und flog weiter, mit kühneren Worten der Welt entgegen, entschlossen, ihr Widerstreben zu besiegen. Die Italiener ahnten den Sinn der unverstandenen Worte und waren still, solange Adalbert sang. Als er geendet hatte, dankten sie ihm durch ein anderes Lied, und so hielt sie ein Wechselgesang bis mitten in die Nacht wach. Als Adalbert sich erhob, um mit ihnen in die Hütten zu gehen, war der Himmel hell von Sternen. Die Erde lag in ehrfürchtiger Finsternis und schwieg vor den Erhabenheiten der Nacht, deren Perlenketten bis ganz tief herabhingen, dass ihre Enden über die fernen Bergwälder zu schleifen schienen.

Es fügte sich ganz von selbst, dass Adalbert in die Reihen der Italiener eintrat und an ihren Arbeiten teilnahm. Man gab ihm den Anzug eines gestorbenen Arbeiters, und der Partieführer meldete ihn bei den Leitern des Baues als Ersatz für den Toten an. Nun baute Adalbert mit den anderen an dem Werke, das die Stadt mit Wasser versorgen sollte. Wenn er, tief unten in einem engen Schacht eingekeilt, den harten Widerstand der Erde empfand, wenn er, mit Lehm beschmiert und von Grundwasser durchnässt, seine Haue schwang, richtete er sich oft auf und sah den Himmel als schmales blaues Band über seinem Kopf.

So war jetzt sein Leben: die Aussicht auf ein wenig Licht, das mit geraden, unerbittlichen Linien von der Welt abgeschnitten war.

Aber es war wenig Zeit zu träumen, denn die Italiener sahen darauf, dass die übernommene Arbeit zum bestimmten Endpunkt fertig werde, damit sie in die Heimat zurückkehren konnten. Adalbert lernte nun viele neue Begriffe. Am Sonderbarsten war ihm die Hand voll runder Dinger, die er am Ende jeder Woche erhielt und in denen er das Geld erkennen musste. Langsam wuchs sein Verständnis für das Leben der Welt, die sich an tausend Punkten selbst fesselte, indem sie sich an Worte band. Einmal kam ein Vogel aus dem Walde und erzählte ihm so wunderbare Geschichten, dass Adalbert seine Haue still niederlegte und aus dem engen Schacht kroch, um ihn besser zu verstehen. Alle Märchen des Waldes begannen zu klingen, dass der Dichter seine Brust mit beiden Händen drückte, um den Schmerz darinnen nicht zu fühlen. Gerade als der Vogel von den traurigen Mondscheinfrauen sang, war es, als ob der Boden unter Adalbert erzitterte, und ein Schrei unterbrach das Gezwitscher. Adalbert rannte zum Schacht zurück, aber er sah ihn mit Erdmassen ausgefüllt, und rieselnd stürzte der Sand der Oberfläche den großen Schollen nach. Eine Erdrutschung hatte die Kameraden, die da unten mit Adalbert gearbeitet hatten, verschüttet.

Nach vielen Stunden hastiger Arbeit stieß man auf ihre Körper. Drei von ihnen waren tot, der vierte lebte noch eine Nacht und starb am nächsten Morgen. Nach dem Begräbnis nahm der Partieführer ein Papier und schrieb ihre Namen zu einigen anderen, die schon auf der Liste standen, machte zu jedem ein Kreuz und merkte den Betrag an, der als ihr Guthaben den Angehörigen auszuzahlen war. An diesem Tage war Adalbert sehr still und sah öfter nach dem blauen Himmelsband als sonst.

Trotzdem er die Sprache der Arbeiter schon genügend kannte, um sich unter ihnen wohl zu fühlen, trotzdem sie ihn liebten und freundlich behandelten, war Adalbert von da an verstört und nicht geneigt zur Arbeit. Die Gefahr, die er nicht kannte und nicht einmal ahnte, hatte ihre Schleier zerrissen und war vor ihn getreten. Auch er hatte nicht Lust, von der Erde verschüttet zu werden oder seinen Weg in die Welt durch einen Sturz in einen Schacht zu beenden. Immer sah er die Toten vor sich mit den zerquetschten Leibern, den eingedrückten Brustkästen und den verrenkten, aus den Lagern gerissenen Gliedern, mit den Augen, in deren Winkeln noch Spuren vom Sand waren, und den Lippen, auf denen sich blutiger Schaum mit Lehm zu einem Brei vermengt hatte. Einer der gekrümmten Finger Beppos hatte sich in den Rock Adalberts eingekrallt, als dieser ihn mit anderen davontrug, und als man ihn nun niedersetzen wollte, hielt ihn der Finger wie ein Haken fest. Mit einem Schlag auf die Hand des Toten hatte sich Adalbert befreit. Aber manchmal fühlte er es wie ein leichtes Zupfen an seinem Rock, und mit Grauen empfand er dies als eine Mahnung.

Nun kam er darauf, sich zu befreien und zur Welt zurückzufinden, die er nur von ferne wie durch Gitterstäbe betrachten durfte. Am besten wäre es gewesen, einfach davonzugehen, aber seine Dankbarkeit verpflichtete ihn, vor sich selbst eine Entschuldigung zu suchen.

Sonntags gingen die Erdarbeiter auf die umliegenden Dörfer, um sich mit ihren Samtröcken, den breiten Hosen und großen Hüten zu zeigen. Den Burschen, die auf den Tanzunterhaltungen die Herrschaft ausübten, waren sie wenig willkommen. Oft genug gab es Raufereien, wenn es die Italiener wagten, sich in die Fröhlichkeit der anderen zu mischen. Meist blieben sie ja unter sich, in einen Haufen zusammengerottet und sahen nur von ihrer Ecke aus dem Tanz zu. Aber unter ihnen waren auch jüngere Burschen, verwegene Kerle mit blitzenden Augen, die, von dem Takt der Musik verführt, von dem Duft der Mädchenröcke und der Leiber erhitzt, ihren Anteil an der Lust begehrten. Da sie sonst mäßig waren und ihre Kräfte zu keinem Genuss anspannten oder darin erschlafften, wirkten hier Klang und Schwung umso aufreizender. Alle in ihnen gesammelte und bewahrte Fähigkeit, zu lieben, und ihre rasche und berauschende Art, zu werben, brach bei solchen Gelegenheiten hervor.

Und die Mädchen, die von der langsamen und stumpfen und plumpen Art ihrer Burschen genug hatten, denen die südliche Beweglichkeit, das deutlich fühlbare Feuer der Italiener gefiel, warfen sich gern den Überlegenen in die Arme. Das Fremdartige zog sie an: die braunen Samtröcke und Gesichter, die seltsam geformten Hosen, in deren Taschen – das wussten sie – die Messer locker genug saßen. Darüber wurden die Burschen umso erzürnter, und die Jugend aller Dörfer verband bald eine allgemeine Verschwörung, deren Anzeichen und Vorbereitungen die gelegentlichen Raufereien waren.

An dem Sonntag, der Adalbert von seinen Freunden befreien sollte, einem schönen Sonntag des Spätsommers, zog er mit ihnen zum Kirchweihfest eines benachbarten Dorfes. Über die kahlen Felder, die ganz von den silbernen Fäden des Altweibersommers übersponnen waren, kam die Musik des Festes und schien, von dem leuchtenden Netz gefangen, nahe dem Erdboden schweben zu bleiben. Um den Baum, der in der Mitte des Dorfplatzes, mit Reisig und Papierblumen geschmückt, den Mittelpunkt des Festes bezeichnete, standen die Mädchen in doppelten Reihen. Sie hielten sich bei den Händen und zogen immerfort um den Baum in einer Gegenbewegung des äußeren und des inneren Ringes, indem sie dazu ein altes Tanzlied sangen. Ihre steifen, weit abstehenden Röcke, unter denen noch eine Unzahl von Unterröcken Wohlstand und dörfliche Eleganz anzeigten, waren aus einem besonderen schillernden Stoff, der neben einer grellen Hauptfarbe noch eine ganze Leiter von Nebentönen trug. Die bunten Kopftücher und Spencer, die weißen bauschigen, um den Hals gekrausten Hemden verbreiteten einen Geruch nach neuem Kattun und gestärkter Leinwand. Im Kreise der Mädchen gingen die Festordner umher, Burschen, deren Hüte dicht mit ganzen Türmen von umbänderten Blumen, Papiertüten, Bildern und Glasstückchen besetzt waren, und trugen ihren Ballschönen in Blechgefäßen Bier zu. Dann begann wieder die Musik, und nachdem die Vortänzer ihre Einzeltouren getanzt hatten, lösten sich die Ringe der Mädchen in Paare auf.

Von einem kleinen Hügel aus sahen die Italiener dem Wirbel zu. Schon hatte sie die Ansteckung erfasst, schon war Begehren in ihren Augen, und einige von ihnen glitten hinunter, um den Mädchen zu folgen, die sie sich erwählt hatten. Adalbert sah in seiner Sonntagskleidung, die er um ein Weniges seiner Ersparnisse aus dem Nachlass eines Toten erstanden hatte, aus wie einer seiner Kameraden, aber er hütete sich, ihrem Beispiel zu folgen; seiner Besonnenheit entging es nicht, dass hier etwas gegen sie am Werke war. Abseits vom Tanzplatz standen Gruppen von Burschen, die sich nicht am Tanze beteiligten und auf irgendein anderes Geschäft zu warten schienen. Während Adalbert einen von ihnen beobachtete, der, mit wütenden Gebärden nach der kleinen Schar von Fremden hin und nach den Mädchen, die anderen aufzureizen schien, entstand in dem Wirbel der Tanzenden ein Getümmel.

Irgendein Anlass hatte den Hass entfesselt. Man schlug sich dort unten. Nun ging es im Laufschritt den Hügel hinab, unter das Gewühl. Im ersten Ansturm befreite man die Überfallenen, von denen einer schon übel zugerichtet war. Aber auch einer der Bauernburschen blutete von einem Messerstich in die Hand. Er hob die blutenden Finger hoch, schüttelte sie, dass die roten Tropfen auf die weißen Hemden der Mädchen spritzten, und schrie wie ein Besessener. Die Mädchen liefen davon, und in den Rücken der Italiener brachen die bereitgehaltenen Verstärkungen. Mit Knütteln und Stecken, die von den nächsten Zäunen gerissen wurden, fielen die Burschen über sie her und mieden die Messer der Feinde durch fürchterliche Hiebe auf Arme und Hände. Adalbert rannte einen Festordner nieder, nahm ihm seinen Knüttel ab und schlug brav um sich.

Vom Tanzplatz stieg der Staub in dichten Wolken auf und ließ den Verlauf des Kampfes nur nach dem fürchterlichen Geschrei ahnen. Wenn es einem der Italiener gelang, den Gegner zu unterlaufen, so stach er, an seinen Hals gekrallt und fürchterliche Flüche zwischen den Zähnen murmelnd, blind in Gesicht und Brust drauflos, weit öfter als nötig war, um den Feind unschädlich zu machen. Wie eine wütende Katze in sein Opfer verbissen, ließ er sich von dessen Freunden niederschlagen. Die Burschen rauften planvoller, mit mehr Überlegung, ruhiger, fast sachlich. Ihre Taktik ging dahin, den geschlossenen Haufen der Feinde zu zersprengen.

Adalbert wurde mit anderen gegen ein Haus gedrängt. Ab und zu sah er durch den Staub einen Verwundeten vorüberwanken. Es war, als ob ihn das alles nichts anginge. In ihm war das Blut der Angreifer und ließ ihn, während er fürchterliche Hiebe nach links und rechts austeilte, die Lage erwägen. Zwischen zwei

Häusern war ein schmaler Weg, der an Gartenzäunen hin ins freie Feld führte. Er rief seinen Kameraden zu, hier zu flüchten und trat mit seinem Knüttel in den Engpass. Vor seiner entschlossenen Miene und seinen schrecklichen Gebärden wichen die Verfolger zurück. »Esel«, rief er ihnen in ihrer Sprache zu, »jetzt ist es genug mit diesen Dummheiten. Zum Teufel auch, ihr habt brav gerauft und jetzt ist Schluss!«

»Was tust du bei den Katzelmachern?«, schrie einer.

»Geht euch das was an, Schafsköpfe?« Und Adalbert schlug einen, der auf ihn lossprang und ihm den Knüttel entreißen wollte, über den Kopf, dass es krachte. Die anderen überlegten, und Adalbert sah, dass der Zorn des Kampfes von ihnen wich. Langsam zog er sich zwischen den Gartenzäunen zurück, und als er das freie Feld erreicht hatte, lief er auf den Trupp der Kameraden zu, die hier draußen, durch Zuzug aus dem Lager verstärkt, die Flüchtenden aufnahmen. Noch zeigten sich einige besonders entbrannte Verfolger, aber sie begnügten sich damit, schreiend mit den Knütteln zu drohen. Man zog sich geordnet zurück.

Abends gab es Not um Leinwandbinden im Lager der Italiener. Die alte Köchin verband bis tief in die Nacht hinein Köpfe und Hände, renkte Arme ein und spuckte unter Gebeten dreimal auf den Leib der innerlich Verletzten. An ihren Fingern klebten schwärzliche Klumpen, und ihr Gesicht war mit Blut beschmiert, dass sie noch scheußlicher aussah als sonst; eine Hexe, die in Leichen wühlt. Aus dem schwarzen, dick verfilzten Haar des Partieführers, das wie eine grobe Decke über einer klaffenden Kopfwunde lag, zog sie mit spitzen Fingern einen Knochensplitter. »Ich danke dir«, sagte der Mann mit schief gezogenen Mundwinkeln zu Adalbert, der vor ihm stand, »du hast die Schlacht entschieden.« Und mit der Höflichkeit der Italiener setzte er hinzu: »Unsere Dankbarkeit ist tausendfach, du bist ein Held, du wärest würdig, ein Italiener zu sein.«

Adalbert drückte seine Hand. Dann ging er in seine Hütte, zog den Arbeitsanzug an und verließ das Lager, gerade als der Gendarm eintraf, um sich nach dem Hergang der Rauferei zu erkundigen. Nun war er von den Freunden frei und kehrte zurück, um die Welt zu suchen.

Einige Tage lang lebte er nur im Anschauen der Wunder in der Stadt. Es machte ihm Vergnügen, die Macht des Geldes zu erproben und von seinen Ersparnissen allerlei unnötigen Kram anzuschaffen, mit dem er seine Taschen füllte: Porzellanfigürchen, Metalldosen, Löschrollen und einen Damengürtel aus schwarzem Leder. Abends hielt er sich gerne in einer der Hauptstraßen auf, wo vor den hell erleuchteten Geschäftsläden schöne Damen vorbeigingen. Adalbert starrte sie an und ahnte nicht, dass er mit seinem Gelde eine von ihnen hätte kaufen können.

Aber dieses Geld schmolz zusammen, und bald musste er sich zu dem Entschlusse verstehen, wieder zu arbeiten. Er trat in ein Büro, über dem zu lesen war: ›Städtisches Arbeitsvermittlungsamt‹. Hier gab es wieder Fragen nach seiner Beschäftigung und seiner Vergangenheit, denen Adalbert die Antwort nicht verweigern musste; denn nun hatte er sich ja schon eine Vergangenheit erobert. Endlich sagte man ihm – der dicke Herr schmunzelte und blinzelte dabei seinem Schreiber zu –, er solle sich in der Tuchfabrik von A. Weißgerber & Sohn melden. »Wenn Sie auch nicht in Tuch gearbeitet haben, so wird man Sie doch gut aufnehmen. Wenigstens vorläufig werden Sie willkommen sein.« Das Lächeln des Beamten wurde immer spöttischer, als sich Adalbert weitläufig bedankte, und als er ging, hörte er die beiden hinter sich in Lachen ausbrechen. Was gab es da zu lachen, wenn einer arbeiten wollte? Empört suchte Adalbert die Fabrik von A. Weißgerber & Sohn auf, und entschlossen schritt er auf das große Hoftor zu, als er plötzlich von einem Mann angehalten wurde.

»Hören Sie«, sagte der Mann und legte eine breite Hand mit abgenagten Fingernägeln, über die das Fleisch vorquoll, auf die Schulter Adalberts, »wohin gehen Sie denn?«

»Hier in die Fabrik hinein, wie Sie sehen. Lassen Sie mich los!«

»Was suchen Sie denn hier in der Fabrik, Sie …«

»Ich suche Arbeit. Und jetzt …!«

»Das gibt's nicht«, schrie der Mann, und aus der Gruppe, die sich rasch um die beiden gebildet hatte, fuhren Fäuste vor und drohendes Geschrei erhob sich: »Hu! Hu!«

»Lassen Sie mich los. Was wollen Sie von mir?«

»Du wirst nicht arbeiten, das sag' ich dir. Wir dulden das nicht. Nicht wahr, Genossen?«

»Nein! Gibt es nicht!«

»Mit Streikbrechern machen wir kurzen Prozess.«

»Wir lassen uns nicht unterkriegen.«

»Die Verräter soll man erschlagen.«

Adalbert verstand von dem Geschrei, von den Drohungen, von dem Getümmel um ihn nur so viel, dass man ihn hindern wollte, Arbeit zu suchen, und indem er den Mann mit den abgebissenen Nägeln von sich stieß, sprang er auf einen Eckstein und schrie »Ruhe». Den Arbeitern, die an die Begebenheiten der Volksversammlungen, an die Art der öffentlichen Redner gewöhnt waren, brachten seine gebieterischen Gesten mit einem Male Achtung bei, und Adalbert konnte sprechen. »Was wollt ihr von mir? Warum hindert ihr mich? Ich weiß nicht, um was es hier geht. Ich weiß nur, dass ich Arbeit suche. Warum? Weil ich gelernt habe, dass man durch Arbeit Geld verdient und dass man verhungert, wenn man kein Geld hat.«

»Sehr richtig, sehr richtig«, schrien einige in dem Haufen gegen die Übrigen an.

»Ich will leben, und so unangenehm die Arbeit ist« – hier hatte der Redner allgemeine Zustimmung –, »so ist sie doch notwendig. Ich bitte euch, lasst mich weitergehen und haltet mich nicht länger auf.«

Einige Arbeiter, ernste, gesetzte Männer mit breiten Schultern und wuchtigen Fäusten, brachen aus der Menge zu Adalbert durch und nahmen ihn in ihre Mitte.

»Recht hat er! Recht hat er!«

»Meine Kinder haben Hunger.«

»Mein Weib ist krank.«

»Der Kaufmann borgt mir nichts mehr.«

»Wir brauchen Geld.«

»Wir wollen arbeiten.«

Die anderen drangen empört auf die Abtrünnigen ein und wollten Adalbert herabreißen. Ein Kampf entspann sich, eine allgemeine Verwirrung warf die Gegner durcheinander. Man hieb sich mit Faustschlägen die Hüte vom Kopf, man zerrte sich herum, man wälzte sich auf dem Boden. Plötzlich klirrten Fensterscheiben. Wie ein elektrischer Schlag fiel das in die Menge und wendete ihren gemeinsamen Zorn gegen die Fabrik. Irgendjemand behauptete, dass der Fabrikant hinter den Fenstern stehe und zusehe, wie sich seine Arbeiter untereinander prügelten. »Was, während wir uns hier erschlagen, steht er oben und reibt sich die Hände?« Und in einem Augenblick waren die grimmigen Gegner versöhnt, alle Besonnenheit war fort, die Rufe der Not gingen in einem Geschrei unter, das die Forderungen der Arbeiter in Schlagworten, schwer wie Steine, gegen die Fenster schleuderte. Der Gedanke, dass der Fabrikant in gesicherter Ruhe warten konnte, bis sie sich in vergeblichem Zorn verzehrt hätten, bis sie, von Hunger erschöpft, von Uneinigkeit zerrissen, demütig um Arbeit betteln würden, machte sie rasend. Von Minute zu Minute stieg die Hitze dieses Körpers von tausend Köpfen. Die Steine flogen immer dichter, Eisenstäbe und Ziegel zertrümmerten die Fensterrahmen, man riss die Firmentafel herab und zerschlug sie auf dem Pflaster.

Adalbert stand unter den anderen und staunte über diesen Anfall von Wahnsinn. Da fühlte er, wie ihn der Strom der Menge zur Seite riss. Pferdehufe klapperten auf dem Pflaster und über den Köpfen der Arbeiter erschienen berittene Polizisten, die mit den Säbeln dreinschlugen. Die Menge wich in die Seitenstraßen zurück und räumte den Platz vor der Fabrik. Infanterie zog auf und besetzte die Eingänge des übel zugerichteten Gebäudes, während eine Kompanie mit gefällten Bajonetten daran ging, die Straßen zu säubern.

»Gesindel!«, schrie der Mann mit den abgenagten Fingernägeln, »Kommissbrotfresser!« Steine prasselten und trafen. Einem Soldaten fiel das Gewehr aus der Hand, ein anderer stürzte plötzlich hin, als habe man ihm die Beine abgeschnitten. Ein drohendes Kommandowort des Offiziers war machtlos gegen das Gebrüll der Arbeiter. »Ach, was beißt mich!« Der Anführer schleuderte einen Stein und traf den blutjungen Offizier an der Schulter. »Schlagt sie tot, die Hunde!«

»Feuer!«

In der engen Straße krachte die Salve gegen die dicht gedrängte Masse, und die Kugeln drangen mit einem dumpfen Ton ein, wie wenn ein Wollsack mit einem Knüttel geschlagen würde. Adalbert, der weit hinten stand, wunderte sich darüber, dass zwei Menschen neben ihm niedersanken, als sei ihren Körpern plötzlich der Halt entzogen. Heulend flohen die Arbeiter, von den Bajonetten der Soldaten verfolgt, und Adalbert rannte mit den anderen, von einer schrecklichen Angst ergriffen, die von den Kameraden auf ihn überging. Vollkommen gleich war er mit diesen fremden Menschen vor dem drohenden Tode; er nahm sie als seine Schicksalsgenossen an und fühlte das allgemeine Entsetzen auch in sich.

Draußen vor der Stadt, wo die Gemüsegärten beginnen und die Ziehbrunnen mit ihrem einen dürren, im Gelenk scharf gebogenen Arm in den Abendhimmel stachen, hielten sie an, ein geschlagenes Heer, in dem jeder Einzelne nur auf seine Rettung bedacht war. An einen morschen Gartenzaun gelehnt, sah Adalbert einen alten Mann mit einem breiten Gärtnerhut bei seiner friedlichen Beschäftigung. Mit vorsichtigen Schritten ging er zwischen späten Blumen, den Überresten des Sommers, umher und begann schon mit den Vorbereitungen, um die Fruchtbarkeit eines künftigen Sommers zu fördern und zu bändigen. Adalbert begann tiefe Zusammenhänge zu ahnen, und sein Inneres schluchzte, nun, da sich der Schrecken in Wehmut und Sehnsucht aufzulösen begann. Mit einem Herzen voll schwerer und hallender Glocken schritt er längs der Zäune unter einem opalfarbenen Himmel dahin und dachte an nichts.

Hinter einem Strauch hörte er ein leises Wimmern. Da lag ein Mann, tot, mit zerrissenen und blutbefleckten Kleidern, einer, der sich schwer verwundet hierher geschleppt hatte, um zu sterben. Sein Weib lag über ihm; ihre Hände, die zu beiden Seiten des Toten im Gras halb versteckt waren, schlossen sich manchmal im Krampf ihres Schmerzes. Adalbert erkannte in dem Mann einen der Arbeiter, die ihn schützend umringt hatten und gleich ihm ihr Recht auf Arbeit vertraten. Es war der Mann, der gerufen hatte: »Meine Kinder haben Hunger.« Zuerst wollte Adalbert neben dem Weib niederknien und, über ihren Leib gebeugt, Gutes und Liebes sprechen, dann aber sah er ein, dass seine Worte vor diesem Schmerz klein und armselig waren, und in dem Wunsche, sich dem Toten dankbar zu erweisen, legte er den größten Teil seines Geldes neben die verkrampfte Rechte der Frau.

Als er in die Stadt zurückkehrte, durchschritt er in den Vorstädten eine Zone hellster Erregung. Das Ereignis des Nachmittags wurde in verschüchterten Gruppen besprochen, das Gerücht vergrößerte die Zahl der Toten und der Verwundeten ins Fabelhafte, und Arbeiter, die dabei gewesen waren, schilderten die Vorgänge mit lebhaften Gesten. Adalbert glaubte jeden von ihnen an einem gemeinsamen Zuge zu erkennen, an einer Verwunderung, dass er noch am Leben sei und an einem immer wieder aufgerüttelten Entsetzen, das sie aus ihren Schilderungen auffahren ließ, als hörten sie plötzlich Trommelwirbel und Kommandorufe. Diesen Leuten, denen nichts ferner lag als der Gedanke an Empörung und Revolution, war dies alles so überraschend gekommen, dass sie ganz verwirrt nach Zusammenhängen suchten und sich abmühten, Erklärungen zu finden.

Die innere Stadt trug die gleichgültige Maske ihres Verkehrs und Geschäftslebens, aber doch war auch hier unter der immer gleichen Oberfläche ein Nachhall der Infanteriesalven und des Geschreis der Verwundeten. Auf dem Bahnhof, wohin Adalbert auf seiner ziellosen Wanderung geriet, sprach man von dem blutig beendeten Streik, und wenn er sich näherte, schwieg man mit einem Blick scheuen Staunens auf sein Arbeitergewand. Man betrachtete ihn wie eine Sehenswürdigkeit, und die ganz Klugen reimten sich zusammen, dass man hier einen Anführer der Empörung vor sich habe, der vor seiner Verhaftung zu entkommen suche. Mit langen, schleichenden Schritten ging ein Mann in einem grauen Überrock hinter ihm her; Adalbert fühlte sich bewacht und wollte gehen, als er bemerkte, dass sich die Reisenden vor einem Schalter drängten und dann, mit Koffern und Schachteln bepackt, die Wartehalle verließen. Aus einem Gespräch erfuhr er, dass man hier für Geld Entfernungen kaufen könne; für den Rest seiner Ersparnisse, den er auf das Brett des

Schalters legte, gab ihm der Beamte ohne zu fragen eine Karte, und Adalbert folgte dem Strom der Reisenden zu einer Reihe niedriger schwarzer Häuschen mit vielen Fenstern.

Bescheiden drückte er sich in eine dunkle Ecke und ließ seine Zukunft an sich herankommen ohne zu fragen, selbst ohne irgendeine Neugierde nach ihrem Verlaufe zu fühlen. Er begann etwas ganz Köstliches zu erleben: Sein eigenes Schicksal wurde ihm wie das eines Dritten, wie eine Geschichte die man abends weglegt und morgens vielleicht wieder aufnimmt, wenn man gerade nichts anderes zu tun hat. Ein heiterer Gleichmut strahlte auf seine Erlebnisse, der Augenblick wurde ihm wieder wichtig genug, um seinetwillen den Zusammenhang zwischen Vergangenheit und Zukunft zu unterbrechen.

Er sah auf den beleuchteten Perron hinaus, auf dem verspätete Reisende, von keuchenden, schwer bepackten Dienstmännern gefolgt, zum Zuge rannten. Hinter der offen stehenden Restaurationstür saß ein Stammgast, von diensteifrigen Kellnern umtänzelt, und sah mit dem Behagen des Nichtstuers auf die Wichtigtuerei der anderen. Dem fühlte sich Adalbert verwandt; er war Zuschauer gleich ihm – auf einem Punkte vollkommenen Gleichgewichtes, absoluter Beharrung, wo er jedem Anstoß von außen, gleichgültig aus welcher Richtung er kam, ohne weiteres folgen konnte. Die Scheiben des Waggonfensters trübten sich von dem hier immer dichter werdenden Qualm und Dunst, und es schien, als ob das Licht draußen um den Körper des ruhigen Stammgastes erhöhte, farbige Ränder lege. Das Signal zur Abfahrt wurde gegeben, und der Zug setzte sich in Bewegung. Der Bahnhof glitt vorüber, auf den Weichen stieß und erschütterte der Wagen, und immer rascher schossen die Signallichter quer über die Fenster. Wohltuend empfand Adalbert die rasche Bewegung und folgte dem Rhythmus der Fahrt mit seinem ganzen Körper.

Im Waggon saß eine Anzahl von Bauern und schlichten Städtern, die sich in lauten Worten unterhielten. Ein paar junge Burschen scherzten mit dem Bauernmädel, das, ihre steifen knisternden Röcke immer wieder verlegen niederdrückend, neben Adalbert Platz genommen hatte. Der Geruch der frisch gestärkten Kleider wollte ihn zu einer Vergangenheit führen, in der sich mit diesem Geruch die Erinnerung an schöne Sommerabende verband; aber Adalbert beharrte in der Gegenwart und ließ sein Glück und seinen Schmerz weit dahinten.

Die Stationen der Strecke folgten einander, die Reisenden wechselten, und die lauten Reden wurden schläfriges Gemurmel. Nur ein junger Mann mit einem Klumpfuß sang unaufhörlich laut vor sich hin, wie um die Aufmerksamkeit auf sich zu lenken und zu beweisen, dass er durchaus nicht trüben Gemütes war. Vor den Fenstern lag eine bleierne Finsternis, in der man weite, ebene und nun ganz totenstille Flächen ahnen konnte. Mit dem Kopf des eingeschlafenen Mädchens auf seiner Schulter, sah Adalbert hinaus und war frei von Wünschen und von Sehnsucht. Dann schlief auch er ein und lag starr mit zurückgelegtem Kopf und halb offenem Mund im gelblichen Lichtkreis der Deckenlampe.

Jemand schrie. Adalbert erwachte und sah das Mädchen neben sich, halb aufgerichtet, beide Hände an die Schläfen gepresst, mit weit aufgerissenen, entsetzten Augen. Auch die übrigen Mitreisenden waren aufgesprungen, und der junge Mann mit dem Klumpfuß hatte ein Fenster geöffnet und hing mit halbem Leib aus dem Wagen. Gellende Pfiffe kamen von draußen, ein Geschrei, und unter Adalbert schien ein Gekreisch den Boden des Waggons zu erschüttern.

»Jessus Maria!«, schrie das Mädchen.

Es krachte, als ob im Körper eines Riesen alle Knochen zerbrochen würden. Nun hob sich plötzlich der vordere Teil des Wagens, alle taumelten zurück, ein Stoß von rückwärts warf sie nach vorn, das Licht an der Decke verlosch und Adalbert fühlte sich in eine Finsternis geschleudert, die von Ächzen, Krachen und Geschrei erfüllt war.

Als er die Besinnung wiedererlangte, schüttelte ihn die Kälte der Herbstnacht. Er lag auf freiem Felde und sah kleine Lichter in der Dunkelheit wandern. Ferne brannte der entgleiste Zug. Man hob ihn und andere Verletzte auf und brachte sie in das Wirtshaus eines nahen Dorfes, wo man aus Bänken und Stroh Lager bereitet hatte. Die Lampe an der Decke schwang leise zu dem Wimmern der Menschen, und an der Wand hing ein gekreuzigter Christus, scheußlich und schmutzig wie ein Verbrecher, blutrünstig und qualverzerrt, mit herabgesunkenem Kopf, als ob er sich ganz in den eigenen Schmerz vertiefe, um den Schmerz der anderen nicht zu sehen. Vor dem Gitter, hinter dem der Wirt sich und seine Schnapsflaschen verwahrte, standen die Träger und ließen sich in großen Gläsern einen gelblichen Schnaps geben. Das plötzliche Aufhören eines Stöhnens neben ihm ließ Adalbert den blutenden Kopf wenden. Hier lag das Bauernmädchen mit vorgewälzten, starren Augen, eingezogenen Beinen und herabgerissenen Kleidern. In ihrem Unterleib stak ein großer Holzsplitter, dessen Ende zwischen dem zerfetzten Hemd hervorsah. Ihre Haut war dort, wo sie nicht von Blut bedeckt war, seltsam weiß. Sie war eben gestorben.

Ein Stück weiter saß der sangeslustige junge Mann auf einer Bank und ließ den Klumpfuß lose herabbaumeln.»Sehen Sie«, sagte er, als er Adalbert erkannte, »nun ist der Fuß ganz zum Teufel!« Dann begann er wieder leise zu summen.

Diese ganze Szene, das öde Wirtshauszimmer, die Männer vor dem Schankgitter des Wirtes, der verzweifelte Christus an der Wand, das Gewinsel der Verwundeten, prägte sich in Adalbert ein und gerann in ein Bild, dessen Bedeutung ihm bis jetzt noch fremd schien, dessen Sinn er aber nachzugehen entschlossen war.

Drei Männer traten ein. Der Arzt, dessen linke Wange von einer tiefen Narbe zerschnitten war, machte sich sofort daran, die Verwundeten zu untersuchen und notdürftig zu verbinden. Sein Begleiter stand dabei, sah zu und richtete Fragen an die Verletzten. Seine Kleidung war im Gegensatz zu der des Arztes sehr sorgfältig, und der Knoten seiner Krawatte tadellos, als ob er zu einem Ball ginge; seine Stiefel so sauber und glänzend, als wäre er nicht über schmutzige Feldwege, sondern über glatten Asphalt gekommen. Im Lichte der Handlaterne, die der Gehilfe des Arztes zu dessen Hantierungen bald hob, bald senkte, sah sein Gesicht so starr und leblos aus wie ein Schnitzwerk aus Holz. Indem er mit gelüpften Hosen, deren Bügelfalten er sorgfältig vor Zerknitterung bewahrte, zwischen Verwundeten umherging und den Blutspuren, die sich mit dem Staub des Fußbodens zu einem roten Kot vermengt hatte, auswich, störte er das Bild, das sich Adalbert gemacht hatte; er ließ ihn an eine der steinernen Fratzen vom Kamm des Hexensteines denken, als ob die herabgestiegen sei und nun doch trotz allen Anscheines vom Leben im Gesicht die Kälte des Steines bewahrt hätte.

Nun standen die Männer vor Adalbert. Der Gehilfe hielt die Handlaterne hoch, und der Arzt fragte wie einer, zu dessen Geschäft das viele Fragen gehört, und dem deshalb jedes Wort wichtig ist: »Was gibt's?«

»Schulter und Kopf!«

»Leuchten!«

Mit seinen großen roten Händen tat der Arzt schmerzhafte Griffe an Adalbert, denen dieser mit zusammengebissenen Zähnen standhielt.

»Es ist nichts«, sagte der Untersuchende, »Kopf: Fleischwunde, Schulter: Quetschung und Verrenkung.« In ein paar Minuten hatte er den Riss an Adalberts Kopf zusammengenäht und seinen Arm in einen festen Verband gepresst. »Sie können aufstehen und gehen!«

Adalbert erhob sich, und es war ihm, als müsse er sich seiner Weichlichkeit schämen, dass er hier gelegen und sich als Schwerverwundeter betrachtet hatte, während er doch aufstehen und gehen konnte. Seine Schwäche verdross ihn, und obwohl seine Beine unter ihm zitterten, versuchte er, um seine Willenskraft zu erproben, einige Male auf und ab zu gehen. Aber er musste sich nach der vierten Durchquerung des Zimmers auf eine Bank setzen, die eben frei geworden war; den Mann, der auf ihr gestorben war, hatte man zu den anderen Toten in den nebenan liegenden Tanzsaal getragen.

»Sie sind schwerer verletzt, als Sie glauben«, sagte der elegante Mann, indem er neben Adalbert trat und ihn mit seinen kalten Augen ansah.

»Ach was!«

»Oft sieht so was ganz ungefährlich aus, und die schlimmen Folgen kommen erst viel später hinterdrein.«

Das also war der Trost, den der Fremde den Verletzten

spendete. Aber das passte zu den grauen Augen und dem steinernen Gesicht, und irgendetwas – Adalbert konnte sich selbst darüber nicht klar werden – erinnerte ihn an den Vater. Trotz seiner Abneigung gegen den Mann, die sich in Gebärden und Worten des Unwillens äußerte, folgte er seiner Aufforderung, ihn vor das Haus zu begleiten. Da saßen sie und sahen von dem Hügel auf den Bahndamm hinüber, wo Arbeiter bei Fackelbeleuchtung mit der Wegschaffung der Trümmer und der Ausbesserung der Strecke beschäftigt waren. Schwarze Gestalten wimmelten dort scheinbar planlos vor den rötlichen zitternden Lichtkreisen, und auf seltsamen Wegen glitt Adalberts Erinnerung zu der Zeit zurück, wo ihn sein Vater in eine von ähnlich bewegten Flammen und von brausenden Stimmen erfüllte Finsternis gebracht hatte. Drinnen in der Wirtsstube schrie ein Weib in einem unaufhörlich auf einer Höhe verharrenden Ton. Neben Adalbert saß der Fremde, schweigsam und dunkel wie ein Bestandteil der Nacht selbst, und seine Nähe wirkte auf ihn wie die Ahnung einer Gefahr.

»Nun wird der Hilfszug bald ankommen und Sie mit den anderen in die Stadt zurückbringen«, sagte der Fremde nach einem langen Schweigen, in dem die fernen Rufe der Arbeiter und das Geschrei des Weibes doppelt laut waren.

Adalbert lachte

»Sie lachen? Sie sind ein Philosoph.«

»Ich lache, weil ich es sonderbar finde, dass ich mir mit meinem letzten Geld nur Wunden an Kopf und Schulter gekauft habe.«

»Wohin wollten Sie fahren? Sie haben doch irgendeinen bestimmten Plan gehabt?«

»Nein, ich habe keinen bestimmten Plan gehabt! Ich habe kein Ziel.«

»Erlauben Sie! Sie müssen doch wissen, was Sie wollen. Nur wer Geld genug hat, kann sich erlauben, nicht zu wissen, was er will. Die anderen sind alle Sklaven ihrer Zwecke.«

»Ich habe keinen Zweck. Ich will die Welt kennen lernen, möglichst viel von ihr kennen lernen. Aber nicht nur so oberflächlich hin, sondern tiefer, eindringlicher, bis dorthin, wo man etwas über ihr eigentliches Wesen erfahren kann. Es gibt so viele Dinge, die man gerne wissen möchte. Warum leben wir? Wohin treibt das alles? Ist es mit dem Tod vorbei?«

»Ihrem Rock nach sind Sie ein Arbeiter, Ihren Worten nach sind Sie ein Philosoph und Dichter. Was sind Sie eigentlich?«

Da sah Adalbert eine große blühende Halde vor sich, ganz mit weißem Wiesenschaumkraut, goldgelben Butterblumen und roten Pechnelken durchwirkt. Den Rand säumten schwarzgrüne Tannen und mitten darauf stand wie verwundert und ein wenig verschämt, weil sie so allein war, eine weiße schlanke Birke, deren lichtgrüner Wipfel nach den weißen Wolken sah. Es schien ihm, als drücke diese Wiese das aus, was er selbst über sich nicht zu sagen wusste. Die rot verhangenen Fenster des Wirtshauses ließen ein trübes Licht durch, das von dem Blut der Verwundeten dort drinnen gefärbt schien und langsam über den Hang in die Finsternis versickerte.

Nach einer Weile begann die Stimme neben Adalbert in der Dunkelheit: »Sie haben gesagt, dass Sie leben, um die Welt schauen zu lernen, aber Sie haben auch gesagt, dass Sie Ihr letztes Geld an diese Fahrt gewendet haben. Wie wollen Sie also Ihren Wunsch verwirklichen, wenn Ihnen das Wichtigste fehlt: die goldene Brücke in die Welt, die goldene Hand, um Ihre verschlossenen Wunder aufzuschließen?«

»Ich werde mir von neuem Geld durch meine Arbeit erwerben.«

Nun lachte der Fremde: »Man sieht, dass Sie ein Dichter sind. Sie glauben an Märchen und haben das Vertrauen weltfremder Sonderlinge. Es gibt nur einen Weg, Geld zu haben, so viel Geld, dass es sich der Mühe verlohnt, davon zu sprechen, und das ist: sich selbst so teuer als möglich zu verkaufen. Nicht an die Arbeit zu verkaufen, denn die Arbeit ist ein Geizhals, der schlecht zahlt, nur gerade so viel, dass man nicht verhungert. Sie müssen sich dem verkaufen, der zahlen kann. Und um den höchsten Preis, den sie erzielen können.«

»Ich verstehe Sie nicht. Ist es denn erlaubt, Menschen zu - kaufen?«

»Wer wollte es dem verbieten, der das Geld dazu hat?«

»Und wem sollte etwas daran liegen, etwa mich zu kaufen?«

»Sie sind ein Dichter. Die Dichter sind im Preis gestiegen, seitdem alle Welt begonnen hat, Bücher zu schreiben.«

»Ein Dichter? Gut! Es ist … es ist … wer sollte … ich verstehe Sie noch immer nicht.«

»Nun also: Ich reise in der Welt herum, um einen lebendigen Dichter zu kaufen.«

»Sie?«

»Jawohl. Ich! Ich biete Ihnen ein gutes, bequemes Leben mit allem, was Sie nur wünschen können. Sie werden Gelegenheit haben, viel zu sehen. Sie werden die Welt kennen lernen, wie Sie es nie könnten, wenn Sie trotzig dabei bleiben, sich auf sich selbst zu verlassen.«

»Und was habe ich dafür zu tun? Es ist doch nicht umsonst …«

»Sie müssen sich meinem Herrn mit Haut und Haaren verkaufen. Solange Sie leben, gehören Sie ihm, mit allem, was Sie noch ersinnen werden und vielleicht einmal der Welt geben. Nach dem Tod können Sie mit Ihrer unsterblichen Seele anfangen, was Sie wollen. Ihr geschätzter Kadaver gehört Herrn Thomas Bezug. Aber das kann Ihnen ja gleichgültig sein.«

»Und ich werde … ich soll alle diese wunderbaren Dinge genau sehen – ich werde Zeit haben, das Licht des Tages und die Abenddämmerung zu bewundern. Es ist wahr, wer arbeiten muss, hat dazu niemals Zeit. Und ich werde das Leben der Menschen kennen lernen?«

»Mehr, als Ihnen lieb ist.«

»Und ich bin ganz an Ihren Herrn gebunden?«

»Nur in Ihren Gedanken sind Sie frei, wenn er nicht inzwischen eine Methode ersonnen hat, um auch Ihre Gedanken sich zu unterwerfen.«

Adalbert sann über die Worte des fremden Herrn nach. Was er da gehört hatte, war das Seltsamste unter all den Unbegreiflichkeiten der Welt, und verwirrte ihn mehr, als irgendein anderes seiner bisherigen Erlebnisse. War es möglich, sich so zu verkaufen? Aber wenn er es tat, so waren dann alle Hindernisse weggeräumt, er konnte seine Träume in die Wirklichkeit heben, er konnte bis an die Grenzen des Erreichbaren vorrücken, und er würde, im Besitz des goldenen Zepters, über die Welt herrschen.

Von ferne hörte man einen Zug mit gellendem Pfeifen und Rasseln herankommen. Die Tür des Wirtshauses flog auf, und zugleich fiel das Licht breit und grell auf die vertretenen, wackligen Steinstufen, über die jetzt die Bahren mit den Verwundeten herabgehoben wurden. Den Trägern, die sich an dem Schnaps des Wirtes übernommen hatten, waren die Lasten jetzt zu schwer, und fluchend und ungehalten traten sie, wenig rücksichtsvoll, ihren Dienst an. Sie ordneten sich zu einem Zug, der von dem angeführt wurde, dessen Zorn am größten war.

Rudolf Hainx stand aufgerichtet neben Adalbert Semilasso und hielt ihm die Hand hin: »Schlagen Sie ein, Dichter! Kommen Sie mit mir zu meinem Herrn.«

»Ich gehe mit Ihnen«, sagte Adalbert und fasste eine kalte, magere Hand, in der ein seltsames Zucken alle Sehnen spielen ließ, eine Hand, die mit einem plötzlichen Druck seine Finger einschloss, als wolle sie ihn nicht mehr frei geben.

Thomas Bezug bekommt einen Schwiegersohn und kauft einen lebendigen Dichter

Nirgends empfand der bescheidene Bürger aus dem Viertel hinter dem Dom mehr Hochachtung bei gleichzeitiger Herabminderung des eigenen Selbstgefühles als in dem Stadtteil, der sich in den letzten Jahren immer näher an den großen öffentlichen Park im Norden herangezogen hatte. In langen Straßenzügen schienen die großen vornehmen Häuser näher zu rücken, nahmen die grüne Insel in ihre Mitte und umgaben sie, so groß sie war, mit steinernen Wällen, dass ihr Atem unruhig und ängstlich wurde. Die steinernen Augen der Häuser sahen gleichgültig und gelangweilt über die grünen Schultern der Bäume, und mit ihren wohl frisierten Fassaden mit dem hängenden und aufgeklebten Schmuck von Schnörkeln und Fruchtgirlanden, mit den Vorsprüngen aus Blech und Stuck standen sie da wie eine Hofgesellschaft, die von einer unbegreiflichen Laune des Fürsten dazu gezwungen worden war, die Natur zu betrachten.

Die ganze übertragene Ornamentik, diese kümmerlichen Reste aus besseren Zeiten des Geschmacks, diese zusammengeklebten Fragmente aus Rokoko, Barock und Renaissance empörten sich gegen die aufdringliche Ehrlichkeit dieses Parks. Allen Säulchen und Valuten, allen Simschen und Karyatidchen, den Blumengewinden aus Gips, den Balkonen mit den gewaltigen Bäuchen, den Türmchen mit den Knäuflein und Fähnlein konnte man es ansehen, dass ihnen das Rauschen der Bäume hier unten äußerst widerwärtig war; ein Spötter sagte, er höre das steinerne Froufrou, mit dem diese geschminkten Jungfern ihre Entrüstung kundgeben, und ein anderer erklärte, eine von ihnen ziehe den Balkon wie eine aufgeworfene Oberlippe hinauf, dass unten der Schlitz des Haustores sichtbar werde wie ein zahnloser Mund, gerade so, als wolle sie ›Shocking!‹ ausrufen. Aber die Spötter, die sich des gering geschätzten Parkes annahmen, waren selten in diesem Viertel, waren die Ausnahmen unter einem Chor von Lobpreisern und Verehrern. Die kleinen Bürgersleute verstummten hier vor Ehrfurcht, denn hier wohnten die reichen Leute, die Fabrikanten und Bankiers, die Menschen, denen nichts unmöglich war, und wenn sie sonntags im Park spazierten, zog es sie immer wieder an dessen äußersten Umkreis, wo sie die gelangweilten Grimassen der hohen Herrschaften bewundern konnten.

Eines dieser Häuser war den anderen an Vornehmheit noch voran. Wenn die Bürger aus dem Viertel hinter dem Dom an diesem Haus vorübergingen, so wagten sie nur zu flüstern. Denn hier wohnte der Herr Bezug, der Mann, dessen Vermögen alle Begriffe überstieg, dem alle diese Häuser rund um den Park gehörten, der über den größten Teil der benachbarten Straßen, fast über den ganzen neuen Stadtteil, im ganzen über zweiundneunzig Häuser herrschte. Seine Fabriken weit hinten im verräucherten Viertel der Arbeit sandten aus einem Wald von Schornsteinen Rauchwolken aus, und auch andere Wälder waren sein, rauschende grüne Wälder, fast alle die blauen Höhen im Umkreis, die man von dem hohen Turm seines Herrscherhauses erblicken konnte.

In diesem Turm sollten die wunderbarsten Dinge zu sehen sein. Wandkarten hingen da herab, auf denen seine ungeheuren Besitzungen dargestellt waren, in schweinsledernen Folianten mit Schlössern aus Gold und Silber war sein Vermögen genau verzeichnet, und ein dickes Buch enthielt die Namen aller Arbeiter, die er beschäftigte, aller Geschäftsleute, die von ihm abhängig waren. In einem anderen kleineren Buch standen die Namen aller Frauen, die er besessen hatte. Die Blätter dieses Buches waren aus Seide, sein Einband aus einem Stoff, der mit dem Saft der Purpurschnecke gefärbt war, und die Schließen waren mit Edelsteinen besetzt. Die Seide war ein Geschenk des Kaisers von China, der Pupurstoff stammte aus Syrien, die Schließen waren aus Agraffen gebildet, die man einst im Schatz des Sultans Soliman gefunden hatte. Er hatte die Macht über Glück und Unglück, ja über Leben und Tod von Hunderten, und man sagte von ihm, dass er danach strebe, die ganze Welt seinem

Willen zu unterwerfen. Von seinen Abenteuern und seinen Erfolgen erzählte man die wunderlichsten Geschichten; das Gold rauschte in Strömen um ihn und sammelte sich bei ihm, wie in einem ungeheuren Behältnis, das alle Zuflüsse auffängt.

Unter den Zuschauern, die vor dem Trauerhause des Joseph Hoppe standen, erhob sich ein Gemurmel, als Herr Bezug nun in Begleitung eines jungen Mannes aus der Türe trat und sich in seinen Wagen setzte. Das Interesse für ihn war fast noch größer als das Interesse für den toten Joseph Hoppe. Und das war nicht wenig, denn auch Joseph Hoppe war ein steinreicher Mann gewesen, und auch von ihm berichtete man recht Sonderbares.

Es war ein Geheimnis, das man auf den Straßen und in den Wirtshäusern ganz laut erzählen hören konnte, dass Joseph Hoppe vor ungefähr zwanzig Jahren an einigen ganz unglaublich kühnen Bankeinbrüchen beteiligt gewesen war und damals den Grundstock seines Vermögens gelegt hatte. Unter den Bankräubern war er einer der verwegensten gewesen, aber er hatte seine Spuren mit solcher Meisterschaft zu verwischen gewusst, dass ihn kein noch so schlauer Untersuchungsrichter fangen konnte. Trotzdem er einige Male vor Gericht stand, gelang es niemals, ihn zu überführen. An seiner ehernen Stirn, an seinem ganz scharfen Kombinationsvermögen, mit dem er eine einmal eingeleitete Verantwortung mit verbrecherischer Logik bis in die letzten Folgerungen durchführte, wurden alle hergebrachten Schlauheiten der Gerichtspersonen zunichte; mit seiner gut gespielten Biederkeit, seinem offenen Gesicht und seinem schon damals grauen, ehrwürdigen Kopf täuschte er die Geschworenen, als ob er, ein trefflicher Schauspieler, vor Leuten stünde, denen alle Kniffe des Theaters fremd sind. Er konnte zehn eingestellte Untersuchungen und sechs Freisprüche aufzählen. Als er genug erworben hatte, begab er sich auf weniger gefährliche Gebiete und vermehrte sein Vermögen in kurzer Zeit so sehr, dass man ihn gleich hinter Thomas Bezug zu nennen begann. Man musste zugeben, dass er ein musterhafter Gatte und Familienvater war, und man bewunderte seine Freigebigkeit gegen wohltätige Anstalten, seine freudige Schenkerlaune gegen alle Welt.

Nun war Joseph Hoppe gestorben, und das ganze neue Stadtviertel folgte den nächsten Leidtragenden in einer endlosen Reihe von Wagen, während die neugierige Menge, von Wachleuten zurückgehalten und bedrängt, die Pracht des vergoldeten Sarges, die nickenden Federbüsche der acht Trauerpferde, die Würde des in schwarze Seide gekleideten Kutschers und den Aufzug der Priester bestaunte.

Der Zug nahm den Weg durch die Stadt, um auch denen, die daran sich vor dem Trauerhause nicht eingefunden hatten, zu zeigen, wer mit Joseph Hoppe gestorben war. Man sah den Veteranenverein, dessen Ehrenmitglied der Tote gewesen war, im Zuge, man konnte sich an der strammen Haltung der Feuerwehrleute, an der unabsehbaren Masse schwarzer Gehröcke und an den leicht rollenden Wagen der vornehmen Trauergäste nicht satt schauen. In einer der kleinen verzogenen Gassen hinter dem Dom gab es einen Hof, der, zwischen zwei niederen Häuschen eingekeilt, gleich von der Gasse aus zugänglich war, als sei er ein nun abgeschnürter, von der Habsucht der Anwohner an sich gerissener Teil des öffentlichen Weges gewesen. Dieser Hof lag hoch oben auf den Resten der einstigen Stadtmauer, und die Nachbarn hatten sich alle hier versammelt, weil man von da den Trauerzug tief unten in aller Bequemlichkeit betrachten konnte.

Die Geschwätzigkeit der Frau Swoboda, des Kerzenweibes aus dem Dom, begleitete jeden Wagen und seine Insassen mit einem Rinnsal von Bemerkungen, Ausrufen, und sie war so vollständig hingegeben, so ganz in ein reines Glück befriedigter Schaulust versunken, dass sie nicht bemerkte, wie die Rangen vom Dreifaltigkeitsschuster an den Zipfel ihres Umschlagtuches ein schmutziges Papier anhefteten. Dem Rahmenmacher, der auch Vögel ausstopfte und Passionsblumen züchtete, wurde es schwer, ihr zu antworten, denn er stotterte heute vor Aufregung mehr als sonst. Für die alten Männer und Weiblein, die sich an der morschen Mauer des Hofes drängten, war dieser glanzvolle Aufzug da unten, diese Prozession zum Reich des Todes, ein Fest, und nicht minder festlich fühlten sich die Kinder, die hinter dem Rücken der Alten allerlei Unfug verübten. Was die Leute dieser Gegend von dem Treiben der vornehmen Gesellschaft zu sehen bekamen, beschränkte sich auf das feierliche Auftreten, die Schaustellungen bei besonderen Gelegenheiten, bei denen es hergebracht ist, die Öffentlichkeit an den Ereignissen teilnehmen zu lassen. Nun drängten sie sich, um nichts zu versäumen, und auf einmal schrie der bucklige Tapezierer auf, dessen Rippen stark gegen den scharfen Rand der Mauer gepresst wurden. Alle waren empört. »Ruhig«, schrie die Frau Swoboda, »der Herr Bezug … der Herr Bezug schaut herauf.«

Bezug sagte unten im Wagen zu seinem Begleiter: »Altes Gerümpel da oben hinter dem Dom. Das sollte man alles niederreißen.«

»Sie haben wenig Respekt vor der Vergangenheit und vor historischen Erinnerungen.«

»Jawohl! Sie haben Recht: ich habe keinen Respekt vor ihnen.«

Joseph Hoppes Leichnam in seinem vergoldeten Sarge genoss die Ehre, von allen Teilnehmern des Zuges bis zum Grabe geleitet zu werden. Keiner der Wagen entfernte sich links oder rechts in eine der Seitenstraßen, keiner der Vereine verschwand nach kurzer Verabredung unauffällig und vergnügt in einem günstig gelegenen Wirtshaus, wie es sonst vorzukommen pflegte; und als der Sarg von sechs ehrwürdigen Veteranen vom Wagen gehoben wurde, drängte sich alles herbei, um der trauernden Familie zu Gesicht zu kommen. Die grün schillernden Federbüsche der Veteranen nickten im Takt, und der Sarg zog auf ihren Schultern durch die Torhalle in den Friedhof ein. Obzwar die anwesenden Vertreter der Presse bemüht waren, in der Nähe der Familie des Joseph Hoppe ihre eigene Ergriffenheit zu zeigen, achteten sie sorgsam auf die Trauergäste und die Vereine und kritzelten ihre Bemerkungen in Notizbücher oder auf Manschetten.

Nun stand die Menge wie eine Mauer um das offene Grab, und der Geistliche erhob seine Stimme zu einem Hymnus auf die edle Menschlichkeit des Dahingegangenen. Mit Bruchstücken aus älteren Predigten verband er schwungvolle Wendungen, die er eigens für diesen Zweck geprägt und geschliffen hatte, und versäumte nicht, an geeigneten Stellen durch Pausen dem

Schluchzen der Menge wirksam Raum zu geben. Immer höher wuchs das Bild des Verstorbenen empor; immer glänzender waren die Edelsteine der Tugenden, mit denen er sein Andenken verbrämte; immer leuchtender wurde die Gloriole über seinem Haupt. Das Amen schloss die Rede ab, wie ein Siegel eine Urkunde, mit der dem Toten der Himmel ganz sicher ist; und das leise Gebet, das der Geistliche mit emporgewandten Augen sprach, sammelte alle andächtigen Empfindungen zu sanftem Ausklang. Dann polterten die Schollen. Nach der Familie ergriff Herr Bezug als Erster den Spaten und sagte, indem er dreimal Erde in das Grab warf: »Die Erde werde dir leicht.«

Als er aber mit seinem Begleiter in den Wagen stieg, sagte er: »Schwindel!« und dann, nachdem er dem Kutscher seine Befehle gegeben hatte: »So, Herr Doktor, und nun zu unseren Geschäften.«

»Ich ziehe es vor, bei dieser Erörterung ganz ungestört zu sein.«

»Wie Sie wünschen. Theodor, vorwärts!«

In dem Schweigen, das die beiden Männer bis zum Hause Bezugs bewahrten, sammelte sich jeder wie zu einem bevorstehenden Kampf. Aus den verborgenen Kraftquellen holte Doktor Hecht seine ganze Energie, und Herr Bezug machte sich bereit, gelassen jeden Angriff, jede unbequeme Forderung abzuweisen. Aufs Äußerste gespannt, verließen sie den Wagen und stiegen die Treppen zu dem Turmzimmer hinauf. Dem Doktor wurde es schwer, in dieser seltsamen Atmosphäre des von starken Gerüchen und bunten Farbenwundern erfüllten Hauses seinen Gleichmut zu bewahren. So oft er diese endlosen Hallen durchschritt, so oft er die schweren Vorhänge aus kostbaren Geweben mit der Hand aufhob, so oft er das Klingen der mechanischen Spielwerke hörte, stürzte seine Festigkeit, und seine Hände begannen zu zittern. Manchmal schlich er an einem kostbaren Schmuckstück, das scheinbar unbeachtet in einem Winkel stand, vorbei und konnte kaum seinem Verlangen widerstehen, es zu sich zu stecken. Manchmal hätte er eine der alten venezianischen Glasvasen zur Erde schleudern mögen, um auf den knirschenden Trümmern zu tanzen. Seine Triebe erwachten, schlugen um sich und waren kaum zu bändigen, seine Sinne verwirrten sich im Anblick dieses Überflusses und peitschten seine Wünsche auf, nach gleichem Überfluss zu verlangen. Dabei war er immer auf der Suche nach den Spuren der Tochter Bezugs, die eiskalt und schön wie eine der gehassten und geliebten venezianischen Glasvasen, spinnwebfein wie die Gewebe indischer Künstler, für Hecht nur ein Allerweltslächeln und ein paar flüchtige Worte hatte. Schließlich wurden ihm der Geist dieser von verruchtem Luxus erfüllten Räume und dieses schlanke Weib eins, und er vermochte nicht mehr eines ohne das andere zu begehren.

Als er nun hinter Bezug die Treppen zum Turm hinaufstieg, bemühte er sich, weder links noch rechts zu sehen, um von seiner Sammlung nichts zu verlieren; aber er konnte es nicht verhindern, dass er weniger fest und zuversichtlich in das Turmzimmer eintrat, als er es sich vorgenommen hatte.

Auf dem Tisch, dessen Ebenholzplatte in eingelegter Arbeit, zu der sich Gold und Elfenbein vereinigt hatten, die Hingabe Danaes an den Goldregen zeigte, lagen einige Telegramme. Der schöne, elfenbeinweiße Leib des Weibes war mit den hässlichen, viereckig gefalteten Papieren fast bedeckt. Nur ein Stück der Brust schimmerte hindurch und dann einzelne der goldenen runden Münzen, die hier wie aus dem Schoß der Nacht mit plötzlichen, grellen Blitzen hervorbrachen. Die ganze Geschichte schien hier unter den deckenden Papieren auf ihre brutalen Grundelemente: Fleisch und Gold zurückgeführt; und deutlicher als im vollständig sichtbaren Kunstwerk sprach sich in dieser Verstümmelung das Wesen des Kaufes aus. Rund um den Rand des Tisches lief ein Band, in dem Satyrn fliehenden Nymphen nachjagten; die immer wiederkehrenden Bewegungen des Laufens und des Haschens gaben dem Abschluss den Eindruck einer hastenden Unruhe, einer widerwärtigen Gier; die kreisförmige Geschlossenheit deutete auf die endlose Dauer der Jagd. Über der Fläche einer Brücke aufgebaut, deren Bogen zum Fenster hinaus, über die Stadt hinaus in den Abend zu leiten schien. In diesem Augenblick wollte dem Doktor sein Unternehmen so töricht, so aussichtslos vorkommen, dass er sich von hier wegwünschte und dem Sonnenstrahl sehnsüchtig nachsah.

Inzwischen war Bezug an den Tisch herangetreten und hatte die Telegramme aufgenommen. Er brach eines nach dem anderen auf und warf sie nach einem flüchtigen Blick wieder hin, ohne irgendeine Miene zu verziehen. Erst bei dem letzten hielt er an, las es noch einmal genauer und steckte es dann in die Tasche, indem er murmelte: »Also doch, also endlich!« Dann zündete er sich eine Zigarre an, reichte auch dem Gaste das Mosaikkästchen und setzte sich in einen Stuhl: »Nun?«

Dem Doktor war es gelungen, sich zur Festigung des Willens durchzuringen. Er fand die Grundpfeiler seines Charakters: seine Hartnäckigkeit im Verfolgen eines Zieles, seine zähe Schlauheit, die begehrliche Frechheit unerschüttert und richtete sich an ihnen auf. Nun stand er im Allerheiligsten, von dem märchenhafte Gerüchte umgingen, am Beginn der Szene, die er hundertmal in allen Nuancen durchgeprobt hatte, um bei keiner plötzlichen Wendung zu versagen. Als er erst seine Verwirrung über die schwere, drückende Pracht dieses Zimmers über die herrschsüchtige Hoheit seiner strengen Farben und über die wie mit Trophäen von hundert großen Siegen geschmückten Wände überwunden hatte, fühlte er sich wieder stark. Wie zum Kampfe trat er vor Bezug, der in einem Lehnstuhl lag, dessen Arme mit Schlangen geschmückt waren, und holte zum ersten Hieb aus: »Unser Geschäft beginnt damit, dass ich Sie bitte, mir Ihre Tochter Elisabeth zur Frau zu geben.«

Während Bezug dem blauen Rauch seiner Zigarre nachsah, der den Sonnenbrückenbogen mit wirbelnder Unruhe unterbrach, spielten seine Hände auf den Armen seines Lehnstuhls. Mit ausgestreckten Beinen und vortretendem Bauch lag er fast horizontal und sagte, die Zigarre zwischen den Zähnen: »Wenn ich Sie nicht hinausbefördern lasse, junger Mann, so geschieht es nur deshalb, wie Sie mich amüsieren. Ich will Ihnen etwas sagen. Sie sind das uneheliche Kind eines Majors. Ihre Mutter war Kantineurstochter und ist jetzt Tabakhändlerin an der Ecke der Brunnen- und der Rittergasse und betreibt nebenbei unter der Hand das Geschäft einer Dienstbotenvermittlerin. Das Auskommen, das die alte Frau findet, ist kümmerlich, denn Sie tragen nichts dazu bei, haben im Gegenteil bis vor kurzer Zeit noch, ehe Sie die Stelle als Aushilfslehrer erhielten, auf ihrer Tasche gelegen. Aber das ist unser gutes Recht, zu nehmen, wo wir etwas bekommen. Es fällt mir nicht ein, Ihnen das zu verübeln. Ich sage Ihnen das bloß, damit Sie sehen, wie groß Ihre Verwegenheit ist. Sie haben unter den Entbehrungen Ihrer Mutter das Gymnasium besucht, und man sagt, dass Ihre Fähigkeiten in allen naturwissenschaftlichen Fächern Aufsehen erregt haben. Dann haben Sie studiert und, wie man mir versichert hat, mehr die Bücher als die Welt kennen gelernt. Mit Ihren Kenntnissen standen Sie nun da, mit herabhängenden Händen und gesenktem Kopf, weil Sie nicht wussten, wie man es anzustellen hat, um den Erfolg zu zwingen.

Oder war es, weil Sie warteten, bis sich etwas Besseres bieten würde, als der erbärmliche Ausweg eines Berufes? Endlich mussten Sie doch dem Zufall dankbar sein, der Ihnen den armseligen Posten eines Aushilfslehrers vergönnte. Ihre Laufbahn hat so gar nichts Aufregendes, sie trägt den Typus der Gewöhnlichkeit vom Anfang bis zum Ende. Sie sehen, dass ich Ihre Vergangenheit so genau kenne, um auch Ihre Zukunft voraussagen zu können: Sie wird genauso sein wie die Vergangenheit, ein langsames und mühseliges Aufwärtsklettern ohne alle Überraschungen, ohne besondere Ereignisse, bei denen man über irgendetwas staunen könnte. Was haben Sie mir darauf zu erwidern?«

»Ich bitte Sie um Ihre Tochter.«

Mit der Miene eines Mannes, der von einer Sache ungemein belustigt wird, die er eigentlich ernst zu nehmen hätte, richtete sich Bezug etwas auf, um dem jungen Mann ins Gesicht zu sehen. Er gab sich keine Mühe, Verstecken zu spielen, und zeigte in dem Zwinkern der Augen, in dem verächtlichen Blähen der Nasenflügel und in dem Herabsenken der Schnurrbartspitzen wie durch ein Schaufenster alle Ausdrucksformen einer geringschätzigen Verwunderung. Es flackerte in den leeren Stellen um seine Augen, die mit ihrem stumpfen Grau den Eindruck von Salzseen inmitten der Steppe machten, es zuckte in dem Gebüsch über den schmalen Lippen, und endlich schlug sich Herr Bezug mit beiden Händen auf die Schenkel, indem er zugleich den

Oberkörper zurückwarf: »Bravo, bravo, Sie sind ein mutiger Mann, Herr Doktor, das gefällt mir! Sie sind der größte Frechling, der mir untergekommen ist.«

»Oh bitte!«

»Jawohl, mein Herr! Sie unterhalten mich ... wirklich! Ich setzte Ihnen auseinander, dass Sie ein Nichts sind, ein armseliger Lehrer, ein Bettler, dass ich Sie mit einem Druck zermalmen kann, dass ich nur zu winken brauche und Sie liegen auf der Straße draußen, ohne Brot wie ein Vagabund, und Sie antworten mir darauf –.«

»Geben Sie mir Ihre Tochter!«

Dies war der Augenblick der höchsten Spannung, der Moment, in dem sich der weitere Verlauf der Szene entscheiden musste, wo das Gelingen auf haarscharfer Schneide schwankte. Bis hierher, bis zu diesem Punkte, an dem Bezug die dreimal wiederholte Forderung endlich ernst zu nehmen gezwungen war, hatte Doktor Hecht sicher zu kommen gehofft; aber wenn er in seinem Entwurf von da ab weiter zu denken gewagt hatte, so hatte ein wüster Wirbelwind seine Hoffnungen und Vorstellungen durcheinander gefegt. Er hatte es endlich unterlassen, sich diesen Sturm genauer auszumalen, und in seiner Vorbereitung erst wieder jenseits dieses Getöses, dieses Schreiens, Aufstampfens und Herumzerrens begonnen, indem er annahm, dass er es vielleicht doch überstehen würde.

Nun sah er auf die Wanduhr hin, über deren Zifferblatt ein großer schwarzer Geier langsam im Takt des Pendels mit den Flügeln schlug, als ob er mit seinem Schnabel, den zum Anpacken und Zerreißen bereiten Fängen und den glühenden Augen die Zeit selbst sei, die hier auf Opfer lauerte. Drei ... vier ... fünf ... Schläge – und das Geschrei blieb noch immer aus, niemand fasste ihn an der Brust, und er hörte keinen Sessel zu Boden werfen. Sechs ... sieben ... acht ... neun Flügelschläge der Zeit und noch nichts ... Hecht konnte nicht mehr an sich halten, wandte den Kopf und sah, wie Bezug ihn mit einem Blick anschaute, der wie glühendes Erz brannte.

Unter diesem Blick zerging er wie im Feuer eines Hochofens, schmolz dahin und fühlte die Wollust eines vollständigen Unterganges. Aber Bezug sah von ihm fort, nahm den Bann dieses schrecklichen, kalten und doch versengenden Blickes von ihm und ließ ihn zu sich selbst kommen. Was war das? War die Krisis überwunden und der furchtbare Augenblick überstanden, sollte das stumme Hinstarren Bezugs, sein nachdenkliches Schweigen ein Gelingen des Angriffs vorbedeuten?

Zwei dicke, aufgedunsene Hände mit braunen Leberflecken lagen auf den Schlagen der Armlehne, als ob sie die grün schillernden Köpfe streicheln wollten. Unter den heraufgezogenen Ärmeln begann ein weißlicher, von Fettpolstern gerundeter Arm, dessen Haut an die Farbe tagscheuer Tiere erinnert, die wie Grottenolme in Tiefen wohnen. In dem halb abgewendeten Gesicht lagen die Augen wie Salzseen, aber Seen, die plötzlich durch ein abenteuerliches Spiel der Natur alles Wasser in flüssige Lava verwandeln, die brodelnd an den Rändern schwillt. Sie lagen in einem seltsam leeren Teil des Gesichtes, der sich wie eine Wüste um sie herumzog. In dieser Wüste lebte nicht ein Muskel, zuckte nicht der kleinste Nerv, und selbst das Spiel von Licht und Schatten schien in dieser vollkommen glatten und unbewegten Fläche zwischen dem Gebüsch der Oberlippe und dem ansteigenden Wulst der haarlosen Augenbrauen gestorben. Zwischen leblosen, niemals zwinkernden Lidern lagen die Augen wie graue Tümpel, die nur vom Feuer in ihrer Tiefe, niemals aber von den hellen Wundern des Himmels verändert werden. Der Geier über der Wanduhr hatte schon eine Weile mit den Flügeln geschlagen, und Hecht hatte es – immer sicherer werdend, je länger Bezugs Schweigen andauerte – aufgegeben, die Schläge zu zählen.

»Nun, mein Freund«, begann Bezug, und die dicken Finger tasteten an den Smaragdaugen der Schlangenköpfe, an den Schuppen aus grün angelaufenem Kupfer und den vorgestreckten gespaltenen Zungen aus roten Korallen, »sagen Sie mir, was Sie mir als Gegenleistung anbieten.«

Doktor Hecht war nach einem verzweifelten Sturz durch Wolkenschichten, nach einem Flug durch Nebel auf festem Boden angelangt, ergriff einen Sessel, zog ihn heran und setzte sich Bezug gegenüber: »Sie erlauben.«

Zwei gleichberechtigte Parteien waren hier im Begriff, miteinander zu verhandeln, zwei Geschäftsleute, von denen der eine auf einer durch Erfahrung und die Gewohnheit des Sieges erreichten Höhe stand, der andere seinen ersten und über alle Zukunft entscheidenden Kampf auszufechten hatte; einen Kampf, für den er mit kaltem Blut und einem stählernen Willen ausgerüstet war.

»Ich nehme an«, sagte Bezug, »dass Sie nicht wahnsinnig sind und dass Sie mir also wohl etwas anzubieten haben werden, wenn Sie mit einem so ungeheuerlichen Verlangen kommen. Sie haben von einem Geschäft gesprochen. Wollen Sie mir sagen, um welches Geschäft es sich handelt? Zuvor aber möchte ich Ihnen mitteilen – falls Sie dies noch nicht wissen sollten – dass ich unter den abgewiesenen Bewerbern um meine Tochter dreizehn Herzöge, drei regierende Fürsten und zwei amerikanische Milliardäre anführen kann, um von geringeren Namen oder Vermögen ganz zu schweigen.«

»Das ist mir ganz wohl bekannt und ich weiß auch, dass Sie einen Weltkrieg des Geldes herbeiführen wollen, in dem sich schließlich neben Ihnen bloß ein Einziger behaupten wird. Diesem Stärksten Ihrer Gegner werden Sie Ihre Tochter geben, um eine absolute Regierung der Milliarden, einen Despotismus des Reichtums herbeizuführen, der so doch in Ihrer Familie bleiben wird. Was ich Ihnen anbiete, macht diesen Kampf, die Teilung der Herrschaft, die Anerkennung eines gleich Starken unnötig und sichert Ihnen mit dem vollkommensten Sieg die vollkommenste Macht, der keine andere gleichkommt. Niemand wird sich gegen Sie auflehnen, die ganze Erde, so weit sie von Menschen bewohnt ist, wird Ihnen steuerpflichtig werden, und über aller Oberhoheit des Staates wird man Sie als den Kaiser dieser Erde anerkennen müssen.«

»Ihre Einleitung gefällt mir. Sie zeugt von Scharfblick und von Verständnis für meine Pläne. Ich erwarte Ihre Ausführungen.«

»Es handelt sich bloß darum, ein unbedingt zum Leben notwendiges Gut, ein bisher gemeinsames Eigentum aller zu Ihrem ausschließlichen Eigentum zu machen, das die anderen nun von Ihnen kaufen müssen.«

Bezug anerkannte die Richtigkeit des Gedankens, indem er seine ausgestreckte Lage verließ: »Und dies gemeinsame Eigentum aller ... Ah, Sie wissen es? Sie haben denselben Weg eingeschlagen, wie ich in langen ...«; er schwieg.

»Dies gemeinsame Eigentum aller, das Sie an sich reißen müssen, ist die Luft. Oder besser gesagt, der zum Atmen nötige Sauerstoff der Luft. Kein Gesetz hindert Sie bis jetzt daran, den Sauerstoff der Luft zu Ihrem Monopol zu machen, denn bis jetzt lag diese Möglichkeit außer dem Gedankenkreis der Gesetzgeber. Es wird Ihre Aufgabe sein, sich dieses bisher gemeinsamen Gutes, an dem es kein Eigentum gibt, zu bemächtigen, ehe das Gesetz Sie daran hindern kann; denn wenn Sie einmal dessen Herr sind, so ist nur das Gesetz, was Sie selbst gelten lassen wollen, und die Staaten sind genauso in Ihrer Hand wie die Einzelnen. Keiner darf etwas anderes wollen, als Sie ihm zu wollen gestatten.«

Schwer schlugen die Flügel des Zeitgeiers in die Stille. Das Zimmer wurde weit und wich in entlegene Fernen. Bezug stand auf und trat an das Fenster, indem er beide Hände über die Stadt und den in der Tiefe grünenden Park ausstreckte, mit einer Gebärde der Gier, die seine dicken Finger zittern machte. Von den weißlichen Armen mit der Haut der Grottenolme zogen sich die Rockärmel weit zurück.

»Und Sie kennen den Weg dazu?«, sagte er, ohne sich umzuwenden.

»Er ist im Grunde ebenso einfach, wie dieser Gedanke selbst. Sie wissen, dass das Bestehen der richtigen Mischung in der Atmosphäre auf der Tätigkeit der Pflanzen beruht. Die Pflanzen nehmen den Kohlenstoff der Luft auf und atmen Sauerstoff zur Erneuerung aus. Wenn es nun gelingt, die Lebensbedingungen der Pflanzen so zu verändern, dass sie keinen oder nur sehr wenig Sauerstoff ausatmen, so fehlt diese unbedingt notwendige Erneuerung. Der vorhandene Vorrat muss durch die unaufhörliche Tätigkeit von fünfzehnhundert Millionen Menschenlungen – die Lungen der Tiere ganz abgerechnet – in kurzer Zeit verbraucht werden. Wenn man nun durch ungeheure Apparate, die der Luft den Sauerstoff entziehen, diesen Prozess beschleunigt, so sind Sie in kurzer Zeit an Ihrem Ziel, ein unentbehrliches Element des Lebens zu ihrem Eigentum gemacht zu haben.«

»Ihr Gedanke ist kühn, aber ich zweifle daran, dass er durchzuführen ist. Die Lebensbedingungen der Pflanzen zu verändern ist unmöglich.«

»Wir Europäer hielten es bis vor kurzem für unmöglich, was man von indischen Fakiren erzählte. Nun hat sich die Wissenschaft davon überzeugt, dass es Menschen gibt, die nach ihrem Belieben die Funktionen des Lebens einstellen, die nicht verdauen, nicht atmen und doch nicht zugrunde gehen. Etwas Ähnliches bedeutet meine Entdeckung für die Pflanzen. In einen noch tieferen Schlaf als den des Winters versenkt, stellen sie ihre Tätigkeit ein. Der durch die Verdunstung des Wassers frei werdende Sauerstoff wird durch unsere Apparate eingefangen und die Bildung neuen Wassers ist unterbrochen. Wir verändern die atmosphärische Luft, die Witterung, die Wasserverhältnisse auf der ganzen Erde, das Leben selbst. Wir stellen die Atmung der Pflanzen ein, wir trocknen die Flüsse, Seen und Meere aus, wir reißen durch ungeheuerliche Oxydationsprozesse allen Sauerstoff an uns, wir binden ihn, indem wir ganze Eisenberge verrosten lassen, und vernichten ihn in unermesslich großen Verbrennungsvorgängen so lange, bis die Menschheit, der unser Vorhaben bis jetzt ein Rätsel war, den furchtbaren Sinn erkennt und schwer atmend, keuchend, von unerträglicher Angst gehetzt, zu Ihren Füßen um das Leben winselt. So mache ich Sie zum Herrn der Erde!«

Dann, als Bezug noch immer schweigend aus dem Fenster sah, setzte er hinzu: »Und verlange nichts als Ihre Tochter Elisabeth und meinen Anteil an Ihrer Macht, einen Anteil, der nur im Genuss der Güter besteht. Die Ausübung der Macht soll Ihnen vorbehalten sein. Bis in die entlegenen Inseln der Südsee und die Wüsten Innerafrikas soll man Sie fürchten wie Gott und Ihnen zinsbar sein. Sie sollen die Macht haben, Leben zu geben und zu nehmen, und von Ihrem Willen soll es abhängen, ob sich das Antlitz der Erde verändert oder nicht. An Ihren Mienen werden Scharen von Propheten hängen, Scharlatane der Wissenschaft, die behaupten werden, dass sie die Umwälzungen

Ihrer Laune vorhersagen können, und dass sie die Gesetze Ihrer Veränderlichkeiten gefunden haben. Man wird Sie studieren, beobachten, wie jetzt die rissige Haut des Mondes oder die Hitzpusteln der Sonne, denn Sie werden ja die Stelle dieser Götter einnehmen. Nach Ihrem Willen wird es sich richten, ob Ihnen, der Sie mächtiger sein werden als Jehova, als Wischnu, als Zeus, als Baal oder Wotan, die Erstgeburt geopfert werden muss, oder ob sie leben darf. Wenn sich Ihr Angesicht verfinstert, dann wird die Welt zittern, als ob der Erdball aus seinen Angeln gerissen würde, wenn Sie freundlich mit der Hand winken, wird alles in Blühen und Singen geraten.

Nach Ihrem Belieben werden Sie den Menschen die silbernen Stufen der Himmelsleiter oder die roten Feuerhunde der Hölle zeigen, denn Sie sind wie Gott unfassbar in Ihren Entschlüssen und Äußerungen. Nichts kann Sie daran hindern, sich rings auf der ganzen Erde Altäre errichten zu lassen und die Menschen zur Anbetung zu zwingen; so langsam wirkend oft die Mittel Gottes sind, so langmütig seine Geduld ist, dass ihrer der reche Sünder mit Lachen spottet, so schnell und furchtbar werden Ihre Strafen sein.

Durch die ungeheuren Luftpumpen, durch die riesigen Maschinen zur Entfernung des Sauerstoffes wird eine ganze Stadt, eine Provinz, ein Reich bald zur Verzweiflung gebracht sein. Mit hervorgewälzten Augen, keuchendem Atem, außer sich vor Entsetzen werden die Massen vor Sie hinstürzen und, während sie die Kleider von der ringenden Brust reißen und mit den Händen nach dem zugeschnürten Hals greifen, werden Sie den Namen dessen zu wissen verlangen, der Ihren Zorn erregte. Ein Wort von Ihnen und der Empörer wird von den wütenden Brüdern zu Tode gehetzt, in Stücke zerrissen, und seine Reste werden auf Ihren Altären verbrannt werden.

Denken Sie diese Möglichkeiten zu Ende. Nirgends stoßen Sie auf eine Schranke. Es gibt für Ihre Macht keine Begrenzung, für Ihre Herrlichkeit kein Ende – als das allen Menschen gemeine. Wollen Sie einen Thron besteigen, kein Kaiser darf Ihnen den seinen verweigern; wollen Sie sich das Schauspiel einer Hungersnot, eines grauenhaften Hinsterbens von Hunderttausenden verschaffen, wollen Sie alle Pracht und Grausamkeit einer Naturgewalt, eines zerstörenden Elementes empfinden, die Menschen werden vor Ihnen fallen wie Fliegen. Zwei Staaten hassen sich und greifen zu den Waffen. Armeen erheben die Fahnen und ziehen gegeneinander. Aber Sie regen den Finger und die schon begonnene Schlacht muss eingestellt werden. Die ganze Erde liegt im Bereiche Ihres Armes. Alles, was Rücksicht und Sitte heißt, darf von Ihnen abfallen.

Sie werden es nicht mehr nötig haben, alten Schurken, wie diesem Joseph Hoppe, Erdschollen und ein Gemurmel des Beileids zu spenden. Sie können offen verachten, und Sie werden sagen: Er war ein Lump, aber keiner von denen, die man bewundern kann. Sie werden auch, um ganze Stadtviertel niederzulegen, um Ihren Hass gegen alle Historie zu beweisen, um die Vergangenheit eines Einzelnen oder eines Volkes vollkommen auszulöschen, nicht mehr an die Bewilligung einer hohen Obrigkeit gebunden sein. Ich sah heute Ihren Verdruss über das Gewinkel und Gerümpel des Viertels hinter dem Dom. Niemand wird Sie, wenn Sie zum Gott der Erde geworden sind, daran hindern können, Gänge unter diese alten Häuser zu graben, sie mit ganzen Tonnen Melinit anzufüllen und dieses Viertel mitsamt dem Dom in die Luft zu sprengen.

Wenn Sie schamlos sein wollen, so werden Sie schamlos sein, wenn Sie ein Weib begehren, so ist es, als gehöre es schon Ihnen, und wenn Sie die Kräfte Ihres Körpers weise verwalten, wird aus den Bänden mit den Namen der besiegten Frauen eine kleine Bibliothek anwachsen. Ich bin am Ende; meine Phantasie reicht nicht aus, um auch nur anzudeuten, was sich Ihnen alles erfüllen wird. Die Wirklichkeit wird reicher und strahlender sein als alle Träume.«

Bezug wandte sich um und kam auf Hecht zu. In den grauen Tümpeln seiner Augen zischte das Feuer der Tiefe und, während er sich auf den Tisch stützte, um das Zittern seiner Hände zu verbergen, sagte er: »Sie sind der gefährlichste Gauner, den es jemals gegeben hat.«

»Nach Ihnen, Herr Bezug, nach Ihnen.«

Bezugs dicke Finger lagen über dem weißen Leib der Danae

und es sah aus, als wolle er das Fleisch dieses Körpers erfassen und kneten: »Sie sprechen mir vom Erfolg, von den Wirkungen. Sprechen Sie jetzt auch von den Mitteln und Wegen!«

»Es wird vor allem nötig sein, sich, soweit dies möglich ist, der Vegetation der Erde zu bemächtigen. Sie müssen alle Wälder und Steppen, alle Felder und Wiesen ankaufen oder doch ihre Besitzer in Abhängigkeit bringen. Gründen Sie inzwischen als Übergang ein Konsortium der Großgrundbesitzer zur rationellen Bewirtschaftung der Erdoberfläche. Dies ist eine Sache der Ausdauer, der Schlauheit und der Geldkraft. Sind Sie stark genug dazu?«

»Ich bin stark genug dazu!«

»Gut. Inzwischen bauen wir die Maschinen zur Entfernung des Sauerstoffes aus der atmosphärischen Luft. Wir geben vor, chemisch-technische Zwecke zu verfolgen, und können der Unterstützung aller Staaten gewiss sein.«

»Auch dies ist durchführbar.«

»Dann reißen Sie die Leitung in Ihrem Konsortium der Großgrundbesitzer an sich, und dann beginnt meine Aufgabe, die Atmung der Pflanzen einzustellen.«

»Wenn man aber dahinter kommt, was wir wollen, wenn man uns durch Gesetze niederringt, wenn uns der Pöbel überfällt und erschlägt?«

»Man wird uns nicht niederringen und nicht erschlagen, denn die Menschheit als Ganzes ist blind und vertrauensselig. Und sobald nur ein Teil unseres Planes gelungen ist, ist er durchaus gelungen. Wie wir die Pflanzen in den Zustand der Lebensstarre überführen, ist unser Geheimnis, und es ist unser Geheimnis, wie wir sie wieder lebendig machen.«

»Unser Geheimnis?«

»Das heißt, Herr Bezug ... mein Geheimnis!«

Von der Wanduhr herab schlug der Geier mit langsamen Flügeln und krächzte die sechste Stunde aus, mit einem heiseren Geschrei, als sei er im Horste gestört worden, als empöre er sich über einen Eindringling. Bezug presste seine Finger fester gegen den weißen Leib der Danae. Dann sagte er: »Ich gebe Ihnen meine Tochter Elisabeth.«

Doktor Hecht erhob sich: »Wir sind also einig, Schwiegervater«, und trat auf ihn zu, um ihn zu umarmen, aber in diesem Augenblick erschrak er vor den Augen Bezugs, als sehe er in ihrem stumpfen Grau eine drohende Gefahr. Er blieb stehen und verneigte sich: »Sie werden mich rufen, sobald Sie es an der Zeit halten, zu beginnen.«

»Wir brauchen einander, Herr Doktor Hecht.«

»Jawohl, keiner ohne den anderen.« Dann ging er aus dem Turmzimmer.

Bezug umkreiste den Tisch, sah noch einige Male aus dem Fenster über die Dächer der Stadt hin, bohrte den Blick in die grüne Insel des Parks und begann endlich, sein Haus zu durchwandern. In einer Halle, deren Jaspissäulen sich auf den bunten Hintergrund eines Parkes öffneten, saß Elisabeth, im weißen Eisbärenfell eines Schaukelstuhles fast vergraben, hielt die Hände unter dem Kopf und sah zur Decke hinauf, von der opalisierende Beleuchtungskörper an Perlenschnüren herabhingen. Sie saß zwischen den goldenen Ranken der um die Jaspissäulen gewundenen Ornamente, die sich aus dem wirren Strauchwerk herzudehnen schienen, als hätten sie dort ihre Wurzeln und hätten sich nur in Gold verwandelt, als sie dieses Haus berührten; wie alles, was mit ihm zu tun hatte, schienen sie ihre Natur aufgegeben zu haben, um sich einem barbarischen Triumph des Goldes zu unterwerfen. Elisabeth hörte ihren Vater kommen, hob aber nicht den Kopf. Nur ihre Knie zuckten unter dem engen, angespannten weißen Rock.

»Höre«, sagte Bezug, der geradenwegs auf sie zugegangen war, »du wirst dich darauf vorzubereiten haben, dass du bald heiraten wirst.«

Mit unverwandtem Blick schien Elisabeth die Tropfen der Perlenschnüre zu zählen: »Du hast doch hoffentlich ein gutes Geschäft gemacht!«

»Es wird sich zeigen.«

»So bist du nicht von vornherein sicher? Ich wundere mich darüber, denn ich weiß, dass du sonst vorsichtig bist.«

»Gerade bei den großen Geschäften muss man auch etwas wagen.«

»Du hast Recht.«

»Bist du nicht neugierig, den Namen deines Bräutigams zu erfahren?«

»Nein!«

»Warum nicht?«

»Weil ich ihn nicht früher zu wissen brauche, als bis es an der Zeit ist.«

Unter dem dunkeln Haar lösten sich die verschlungenen Hände und legten sich auf dem Schoß des weißen Rockes wieder ineinander; es schien ein dunkler, weicher Schimmer von ihnen auszugehen, eine Art nächtlichen Glanzes, den sie aus dem Haar mitgebracht hatten. Dieser Gebärde einer namenlosen Langeweile, eines bis zum Überdruss gesteigerten Widerwillens, einer königlichen Lässigkeit gegenüber allem Erleben konnte Bezug nicht widerstehen. Mit zusammengebissenen Zähnen und geschlossenem Mund, über dem sich das Gebüsch seines Schnurrbartes sträubte, zog er sich zurück.

Er durchwanderte wieder sein Haus, strich an den Marmorstatuen seiner Antikensammlung so nahe vorbei, dass er einen kleinen Hermes fast vom Sockel geworfen hätte, und begab sich schließlich in den Park, der vom Herbst ganz still geworden war. Zu den Wundern der Kunst hatten sich hier die brennendsten Farbenwunder des Sterbens gefügt, und ein Bäumchen stand ganz nahe an der weißen Marmorwand, sodass es aussah, als klebten seine roten Blätter am kalten Stein – grelle brünstige Schreie aus der Seele eines eben zum Geschlecht erwachten Kindes.

Aus dem Knäuel seiner aneinander klebenden Gedanken suchte Bezug den einen oder den anderen loszulösen. Sonst hatte er alles hübsch in Register geteilt und vermochte, wie Cäsar an sieben Dinge zugleich zu denken, weil er ihre Ordnung sorgfältig bewahrte. Nun war seine Ordnung zerstört, seine Register waren durcheinander geworfen, seine Gedanken und Wünsche brausten wirr in neuen Furchen, die sie gewaltig eingerissen hatten. Vor einer Tür, an der er sonst immer stehen blieb, ging er auch diesmal nicht vorüber und horchte auf das Geplapper und Geplärr, auf den von Gelächter unterbrochenen

Singsang. Aber nichts davon drang unter die Oberfläche des Bewusstseins, und der Schmerz, der sich sonst hier einstellte, blieb aus. Er erinnerte sich daran, dass sich die Helden der Schauspiele auf der Bühne in solchen Augenblicken durch Monologe über ihre Lage klar werden, aber er suchte vergeblich nach den befreienden Worten.

Als er auf seiner Wanderung in den Empfangsraum trat, fand er zwei Herren, die hier auf ihn warteten. Rudolf Hainx hatte Adalbert Semilasso mit sich gebracht. Ein Tag hatte genügt, um den Dichter seinem neuen Leben gemäß zu kleiden. Nun setzte Rudolf Hainx seine Verdienste in das hellste Licht. Dieser da war kein gewöhnlicher Dichter, keiner jener beklagenswerten, vom Kampf ermatteten Menschen, die wie zerschundene Karrengäule nur noch die Sehnsucht nach dem Stall haben. Er war kein Verhungerter, dem angesichts der Verzweiflung nur noch der Weg zu gehen übrig blieb, den ihm Hainx gewiesen hatte, sondern ein Aufrechter, in dem noch die Kraft lebte. Dann war er auch in dem Sinne von anderen seines Namens verschieden, als er sich noch nicht an das Publikum verschenkt hatte. Man hatte noch kein Buch von ihm gelesen, man hatte seine Verse weder gelobt noch getadelt, er war weder in den Himmel gehoben noch in den Abgrund getreten worden. Mit aller Morgenfrühe seines Talentes trat er in den Dienst Bezugs und wünschte nichts, als sich bei ihm entfalten zu können. Das Posaunengeheul der ekstatischen Menge war ihm ebenso fremd als das gelbe Gezisch des Neides, das Gekrächz der Schadenfreude. Unverwöhnt und unverdorben war er bereit, seine ersten Erfolge unter Bezugs Herrschaft zu erleben und seine Kränze seinem Herrn darzubringen.

Nach dieser langen Rede, die Adalbert Semilasso mit großem Erstaunen angehört hatte, lachte Bezug ein wenig und fragte: »Der Mann hat also nichts geschrieben, nichts gedichtet, und doch bringen Sie ihn mir, mein lieber Hainx und behaupten, dass er ein Dichter sei. Woher wissen Sie das mit solcher Sicherheit?«

»Er hat mir die Geschichte seines Lebens erzählt. Und sie ist so wunderbar, dass sie nur von einem Dichter so erlebt werden konnte, dass der, der sie erlebt hat, ein Dichter sein muss.« Und nun wiederholte Hainx, was ihm Adalbert von seinem Leben im Wald, von Barbara, von den Tiefen im Felsen und den Verzückungen des Lichtes über bunten Waldwiesen, von seinen Abenteuern in der Stadt erzählt hatte.

Verwundert hörte Adalbert zu, und nie war ihm seine Jugend so seltsam erschienen als nun, da er von einem fremden Mann einem anderen fremden Mann über sie berichten hörte. Sie rückte von ihm fort. Sie erschien in einem anderen Licht. In diesem Raum, dessen unerhörte Pracht so über alle Maßen verwirrend war, dass alles in farbigen Streifen um ihn zu fließen schien, war diese Erzählung wie eine bekannte Melodie. Aber sie war unfassbar wie eine Melodie, nichts Wirkliches, nichts Greifbares, nichts, dem man sein Vertrauen und seine Dankbarkeit bezeigen konnte.

»Ich bin mit Ihnen zufrieden, Hainx«, sagte Bezug, »Sie haben etwas ganz Apartes gefunden, eine Sensation, die in meinem Haus am richtigen Platz ist.«

Dann wandte er sich zu Semilasso und reichte ihm die Hand. »Ich heiße Sie hier willkommen. Sie sollen sehen, ein wie guter Herr ich meinen treuen Dienern bin. Nicht war, Hainx?«

Hainx verneigte sich. Als er den Kopf wieder hob, war sein Blick stumpf und verhüllte seine Gedanken.

»Haben Sie alles vorbereitet, Hainx?«, fuhr Bezug fort.

»Gewiss! Der Vertrag ist zur Unterschrift fertig!«

»Dann wollen wir gehen, um unseren Bund zu schließen, Herr Semilasso, den Bund zwischen einem Fürsten des Geistes und einem armseligen Feldherrn des Geldes. Gehen Sie voran ... ich bitte Sie ... hier ...«

Und während Adalbert einen Vorhang zurückschlug und die Tür öffnete, die ihm Bezug gewiesen hatte, flüsterte dieser Hainx zu: »Die große Zeremonie, verstanden, die wirkt auf solche Kinder am meisten ...«

Durch das Haus, dessen Pracht ungestüm auf Adalbert eindrang, führte ein Weg in die Tiefe. Sie kamen durch die Säulenhalle, in der noch immer Elisabeth im Rahmen zweier Jaspissäulen saß, mit dem nun schon dämmerigen Garten im

Hintergrund, sodass sie auf dem weißen Eisbärfell wie auf einer Wolke zu ruhen schien. Adalbert, der die Schönheit verehrte, neigte sich vor ihr und sah nichts von dem leise zuckenden Erstaunen ihres Blickes und der Bewegung der Knie unter dem weißen Tennisrock.

Kammern, die von Rubinen und Granatsteinen funkelten, wurden durchschritten. Dann kamen Zimmer, die im grünen Lichte von innen bestrahlter Smaragde die Wunder indischer Nächte darboten. In anderen Räumen, in denen Amethyste mit ihrem kühlen Violett herrschten, schien alles kalt und eisig wie unter den Strahlen des Nordlichts. Nun brannten wieder Karfunkelsteine. Jetzt hüllten Topase und Bergkristalle die Wanderer in ein Gemisch von weißen und gelben Wolken. Andere Zimmer schienen wie das Innere von milchigen Opalen zu schimmern. Alle Farben flossen durcheinander, vereinigten sich zu neuen Strahlenbündeln ohne Namen, strebten aus der Vermischung fort zu Klärung und Reinheit, fanden wieder neue Beziehungen und wechselten mit jedem Schritt von Dämmerung zu grellem Licht.

Es ging tiefer hinab. Granitene Mauern liefen nebenher, wie unerbittliche Wächter, deren Aufgabe es ist, bei jedem Schritt an die Gefangenschaft zu erinnern. Über den Köpfen drückten Wölbungen, an denen in weißen Steinen das Monogramm Bezugs sich immer wiederholte. Aus Nischen voll lauernden Dunkels brachen dieselben verschlungenen Buchstaben, sie fanden sich an den glatt polierten Porphyrsäulen, sie fügten sich endlich an den Wänden zu lang hingedehnten Reihen von Ornamenten und sanken auf den Fußboden herab, um hier ein seltsames Mosaik über den Felsen auszustreuen. Diese immer wiederholten beiden Buchstaben T und B, die sich aneinanderschlossen, hintereinander herkamen, sich von überallher aufdrängten, beunruhigten schließlich den ganzen Raum wie ein wimmelndes Heer von weißen Tieren.

Es ging tiefer hinab. Die Mauern wichen vor dem nackten Gestein, ein Labyrinth von Stollen breitete sich aus, die in den Felsen selbst eingesprengt waren. Das Monogramm Bezugs zeigte den Weg an. Seltener wurden die an schwachen Drähten herabbaumelnden Glühlampen, immer seltener trieb der Stein die Blüte des Lichtes. Tiefer rauschte die Dämmerung. Schon schlich aus den seitlich einmündenden Stollen die Nacht heran.

Dann stand Bezug vor einer Felswand still, die den Weg versperrte. Als Adalbert noch dem Beginnen des Führers zusah, der mit spitzen Fingern an dem Stein tastete, hörte er das Knirschen von Felsen, die sich übereinander schieben, und an Stelle der Wand klaffte ein Loch, durch das man eintrat. In dem Raum lag ein blasses Licht, ein blasses krankes Licht, das nichts mehr mit dem Tag und mit den künstlichen Lichtquellen der Menschen gemein zu haben schien. Rings an den Wänden standen eiserne Kassen, in Blöcken türmte sich ungemünztes Silber, und inmitten der Schätze saß eine Gestalt, ein ungeheurer Riese, ganz aus Gold.

Adalbert Semilasso zitterte. Die Wanderung durch die Gänge hatte mit der Erwartung seine Furcht gesteigert, und dass er hier unter der Erde mit den beiden fremden Menschen und einem unbegreiflichen Popanz allein war, entzündete seine Vorstellungen von Gefahr, die Phantasie eines noch eng mit der Natur verbundenen Menschen. Er sah das Menschliche in einer scheußlichen Verzerrung, unheimlicher als allen Spuk des Hexensteines, grässlicher selbst als das Wunder der alten Waldschlange. Er sah diesen Kopf, der doch nicht ein Kopf war, sondern nur ein breites Maul mit Kinnladen wie Zangen, den Rumpf, der sich ohne Hals an diesen Kopf schloss, die plumpen Elefantenbeine, deren Zehen sich wie Schnäbel nach oben krümmten, und die langen Affenhände, an deren Enden ungeheure Fäuste hingen, schwere Hämmer an einem dünnen Stiel, der ihrer Wucht zu schwach schien.

Vor dem goldenen Riesen stand ein kleines Tischchen mit Schreibzeug und Papier.

Während Adalbert noch dastand und auf den ungeheuren Popanz starrte, sprangen plötzlich an den Wänden Hunderte von Flämmchen auf. Sie schienen in einem mäanderartigen Zug angeordnet, flackerten und flammten, als ob sie von demselben kühlen Lufthauch bewegt würden, der jetzt über Adalberts Gesicht hinstrich. Zugleich begann eine leise, sanfte, süße Musik, die schmeichelnd und werbend daherkam und Adalberts Lippen zu küssen schien.

Rudolf Hainx stand hinter Adalbert und sah mit einem spöttischen Lächeln, wie der naive Apparat auf den jungen Mann zu wirken begann. Er sah es an dem Zucken der Achseln, an den unwillkürlichen Bewegungen der Ellenbogen, an dem Erblassen der Wange, das er jetzt gewahrte, als er sich ein wenig vorbeugte.

Bezug nickte seinem Vertrauten zu. Und dieses Nicken sagte, dass der Herr zufrieden sei. »Dieser Götze«, sagte Bezug nach einer Weile mit feierlicher Stimme, »stammt aus den Ausgrabungen in einer assyrischen Stadt. Er ist vor allen Räubereien der Jahrhunderte bewahrt worden, um den Weg in meinen Palast zu finden. Ich weiß nicht, wo er einen würdigeren Platz hätte finden können als in den Kellern dieses Gebäudes. Er dient mir als Symbol. Beachten Sie wohl, dass an diesem leblosen Bildwerk der Glaube unzähliger Generationen an die Macht des Goldes haftet, dass sich Millionen von Menschen vor ihm niedergeworfen haben, um in ihm den Gedanken zu verehren, dass das Geld der Regent dieser Erde ist. Das ist die älteste aller Religionen, diejenige, die am meisten Ehrfurcht gebietet und zugleich am meisten praktische Vorteile bringt. Es ist also nicht ohne tiefe Beziehungen, wenn ich diesen Götzen zum Zeugen der Verträge nehme, mit denen ich dieser Religion neue Bekenner zuführe.«

Adalbert Semilasso hörte Worte rauschen. Die Absonderlichkeiten, denen er hier begegnete, hatten ihn befangen gemacht und seinen Willen gelähmt. Sein allem Phantastischen geneigter Sinn war von Verwandten berührt und gab sich ohne Bedingung hin. Der Götze vor ihm erhob sich riesenhoch, schien gegen das Gewölbe zu stoßen, es zu zersprengen und in schauderlicher Erhabenheit in die Dunkelheit des Weltalls zu ragen.

»Unterschreiben Sie!«, sagte Rudolf Hainx und führte Adalbert zu dem kleinen Tischchen. Da lag im grellen Lichtkreis einer elektrischen Lampe ein beschriebenes Papier. Eine goldene Feder lag quer über dem Tintenfass.

»Es ist der Vertrag«, sagte Thomas Bezug. »Unterschreiben Sie! Die Bedingungen hat Ihnen Hainx schon gesagt.«

Einen Augenblick lang zögerte Adalbert. Eine alte Sage kam

ihm ins Gedächtnis, die er von seiner Mutter gehört hatte. Die Geschichte von einem Teufelsbündnis, in dem ein Pakt mit Blut unterschrieben wurde. Er hätte sich gar nicht gewundert, wenn man das jetzt von ihm verlangt hätte. Aber die Feder, die ihm Hainx reichte, war in gewöhnliche Tinte getaucht.

Er setzte an und unterschrieb mit langsamen, großen Strichen, so, wie er seinen Namen zu malen pflegte.

»Die gesetzlichen Formalitäten können wir morgen nachholen«, sagte Bezug, »die sind weiter nicht von Belang.«

Dann gingen sie, das Heiligtum des Goldes schloss sich hinter ihnen, und die weißen Namenszeichen Bezugs leiteten sie durch das Labyrinth der Felsen, glitten längs der granitenen Mauern und führten sie in den Palast zurück.

Bezug entließ seine Begleiter und stieg in das Turmzimmer hinauf. Es war Nacht geworden. Der schwarze Geier über der Wanduhr sah mit gekrümmtem Halse nach dem Herrn des Turmes und peitschte die Finsternis mit langsamen, gleichmäßigen Flügelschlägen. Ein Licht sprang auf. Aus einem Wandschrank, der sich in die kunstreiche Vertäfelung aus mit Silber ausgelegtem Ebenholz fügte, nahm Bezug eine Karaffe aus Rubinglas und schenkte einen schlanken, kleinen Kelch, ein Wunder altflorentinischer Goldschmiedekunst, voll einer grünen Flüssigkeit. Er trank, und seine matten Augen begannen zu glimmen. Mit rascherem Schritt trat er auf die Galerie des Turmes und sah auf die dunkel rauschende Insel des Parks und die Dächer der Stadt.

Da lag das Stück Welt, das seine Macht zunächst und unmittelbar empfinden sollte, und es schien, als ob es unter dem Blick seines Herrn kaum zu atmen wage, als habe es in Angst vor der lauernden Gefahr alle seine Lichter ausgelöscht. Nur aus dem Viertel hinter dem Dom, hoch oben über alle Dächer her, kam ein greller, unbewegter Schein, ein beobachtendes, ruhiges Auge, das dem Blick Bezugs ohne Zucken begegnete, ein klares, sicheres Licht, das kein Flackern kannte. Während sich alle Häuser unter Bezugs Füßen duckten, richtete sich dort ihm gegenüber ein gleich Starker auf und sah ihm entgegen, und es war, als ob sich an ihm die kleinen, bescheidenen Häuschen des alten Viertels anhielten und, von ihm aufgereizt, zum Widerstand erhöben. Lange starrte Bezug auf das Licht in Eleagabal Kuperus' Haus, und er bemühte sich, vor diesem Auge, das über der Stadt zu wachen schien, nicht zu zwinkern.

»Ah«, sagte er und hob die Faust gegen den schwarzen Rücken des Domberges, in dessen Mitte das Licht saß wie der Karfunkel im Zauberschilde. »Ah, ich werde auch mit dir schon fertig werden!« Dann aber fasste ihn eine plötzliche Wut, die nach einem Ausdruck rang. Und als sich mit leisem Knacken ein Stück Mörtel von der Wand löste und ihm vor die Füße kollerte, fasste er es und schleuderte es gegen das ruhige Licht, als wolle er es mit diesem Wurf auslöschen, während er einen Schrei ausstieß, der, weit über die ruhende Stadt getragen, die Träume der Schlafenden verwirrte und ihre Wanderungen in den Mohnfeldern der Nacht beängstigte.

Vom Türmer Palingenius

Auf dem höheren der beiden Türme des Domes über dem alten verräucherten Viertel hauste Heinrich Palingenius, der Türmer, mit seiner Tochter Regina und der alten Johanna. Er *hauste,* denn nach der Art der Eulen und Krähen hatte er sein Nest unzugänglich zu machen gewusst, zu einem Horst, in dem er – mit einer einzigen Ausnahme – keinen Fremden zuließ. Wie er von der Welt verlangte, dass sie seine Ruhe nicht störe, ebenso trug auch er kein Verlangen, von seinem Turm hinabzusteigen, und seit er zum letzten Mal in der Stadt unten gewesen war, waren dreizehn Jahre verflossen.

Damals begleitete er den Sarg seines Weibes hinaus, und als er finster und ohne eine Träne zurückkehrte, zählte er die Stufen bis zur Höhe seines Horstes. Über der hundertsten malte er ein schwarzes Kreuz an die Wand und bis zu diesem Kreuze hinab erstreckte sich von nun an sein Reich. Bis zu dieser hundertsten Stufe hinan ging noch die Brandung der Welt, durch die Fensterluken der Treppe, durch die alten, an Luntenbüchsen und bleierne Feldschlangen erinnernden Schießscharten drang der Lärm der Straße, das Gebimmel der elektrischen Bahn, das Geschrei des Marktes, das, wie wohl durch das stillere Viertel um den Dom gedämpft, dennoch über diese Zone hinweg zu einem gleichmäßigen, starken Schwall verwoben den Atem der Stadt bis hierher trug. Von der hundertsten Stufe an aber wurde das Brausen zu einem Summen und ganz oben war es nicht anders wie das Gemurmel eines fernen Meeres, dem keine Macht mehr gegeben ist, die Ruhe aufzurütteln. Seitdem war der Turm einmal innen und außen restauriert worden, und die Maurer hatten sich besondere Mühe gegeben, das unheimliche Kreuz, dessen Bedeutung ihnen fremd war, zu übertünchen. Als sie aber mit der Arbeit zu Ende waren, ging Heinrich Palingenius bis zu den Grenzen seines Reiches hinab und erneuerte sein Grenzzeichen, dass es noch heller als zuvor von der weißen Wand abstach.

Wenn seine Tochter und die alte Johanna zur Stadt hinabstiegen, um das Grab der Mutter auf dem großen Friedhof der Stadt zu besuchen, folgte ihnen der Türmer mit seinem Fernrohr. Durch das auf der Brüstung der Turmgalerie angeschraubte Rohr beobachtete Palingenius die Straße, die aus dem Gewirr der Vorstädte zum Friedhof führte. Dort mussten die beiden, die er in den Gassen unten verloren hatte, wieder auftauchen. Und in dem Augenblick, in dem sie in das Gesichtsfeld des Fernrohres traten, wandten die zwei den Kopf und grüßten den Alten mit einem Nicken und einem Winken der Hand. Heinrich Palingenius nickte und winkte zurück, obzwar er wusste, dass man nichts von seinem Gruße sehen konnte.

Dann folgte er ihnen mit dem Fernrohr, begleitete sie auf dem Weg bis zum Friedhof, sah sie an dem Einkehrwirtshaus, vor dem immer die Wagen der Bauern standen, vorbeigehen, sah die Wagen der elektrischen Bahn an ihnen vorbeirollen und ging mit ihnen bis zu dem weißen Hause des Totengräbers, unter dessen Torbogen sie verschwanden; sah sie dann wieder zwischen Gräbern hervorkommen, die Straßen der Toten entlanggehen und endlich vor einem Grab stehen bleiben. Er wusste genau, ob über diesem Grab schon der Flieder blühte, ob die Blumen auf dem Hügel schön standen, ob die Blätter über das schlichte Eisenkreuz hintanzten und ob der Schnee nicht allzu schwer drückte. Die Zurückkehrenden brauchten ihm darum nichts zu erzählen. Aber niemals versäumte es Regina, zu dem Vater hinzutreten und ihn mit warmen Lippen auf die Stirne zu küssen. Sie brachte ihm den Gruß der Toten.

Heinrich Palingenius liebte seine Tochter und die alte Johanna mit der großen Liebe, die er nun nicht mehr seinem Weib zuwenden konnte. Aber neben ihnen liebte er auch seinen Turm, wie man die Heimat liebt, die man niemals verlassen hat. Wie man die Erde liebt, aus der man hervorgegangen ist. Seit er denken konnte, wohnte er hier oben, und seine frühesten Erinnerungen sahen ihn neben dem Vater den Horizont absuchen, ob nirgends ein Feuer den Besitz der Menschen da unten bedrohe. Es war ihm, als sei er ein Geschöpf des Turmes, und auch Regina und die alte Johanna umschloss die gemeinsame Verwandtschaft. Die Geschichte des Turmes war ihm ein Stück seiner eigenen Vergangenheit.

Er hatte alle Aufzeichnungen gesammelt, die über ihn zu finden waren, die kurzen Hindeutungen der Chroniken, die Sagen, die sich an seine Erbauung knüpften, von der Wette, die dem Baumeister das Leben gekostet hatte, von dem Kind, das man lebend in das Fundament eingemauert hatte, um dem Turm Bestand zu geben, und dessen Wimmern man in den stürmischen Nächten des Herbstäquinoktiums noch immer hören konnte. Von dem pflichtvergessenen Türmer, der im Schlafe eines schweren Rausches ein Feuer nicht gemeldet hatte, das nächtlings um sich greifend die halbe Stadt in Trümmer legte. Man hat ihn gebunden in den Uhrkasten gelegt, wo er von den ungeheuren Rädern mit den grimmigen Zähnen gepackt und zermahlen, von den schweren Gewichten zerstampft wurde. Seine zerbrochenen Knochen, sein zerfetztes Fleisch hatte man vom Turm hinabgeworfen und die Hunde hatten sich um die Bissen gebalgt. Aber in der Dreikönigsnacht konnte man im Uhrkasten noch immer das Brechen der Knochen, das Röcheln des Gemarterten hören, während die Uhr ihren gleichmäßigen, schweren Schlag weiter ging. Auch die Geheimnisse der Glocken waren in diesem Buche, aus dem Palingenius an Winterabenden vorzulesen pflegte, aufgezeichnet: von der großen Susanna, die mit Blut getauft worden war, von der Viktoriaglocke, die aus dem Metall erbeuteter schwedischer Kanonen gegossen war.

Damals war der Turm noch höher gewesen als heute, und er musste mit dem hohen Helm machtvoll hinausgesehen haben, wenn selbst sein Stumpf noch so stolz über die Stadt aufstieg. Aber die schwedischen Kanonen, dieselben, die dann ihr Metall für die Viktoriaglocken geben mussten, hatten, nachdem sie den Zwillingsbruder des Turmes fast bis an das Schiff des Domes herab abgetragen hatten, auch den stolzen Helm herabgeschossen und die Mauern durchlöchert. Nach dem Sieg begann man wohl wieder an seiner Herstellung zu arbeiten, aber das Geld war rar geworden in den Zeiten des Dreißigjährigen Krieges, den Bauherren ging der Atem aus, Feuersbrünste leckten dreimal an seinen Quadern, und wenn sie auch den

Turm selbst nicht stürzen konnten, so vernichteten sie doch einen Teil des schon Erbauten. Alles das stand in des Heinrich Palingenius' großem Folioband vom Turme, und die Rechnungen der Baumeister, die Pläne für die Wiederherstellung lagen bei jedem Punkte dabei wie in einem mit äußerster Sorgfalt geführten Archiv.

Ein seltsamer Brauch gab dem Turm ein seltsames Aussehen. So oft einer der Domherren starb, wurde eine der Quadern an der Außenseite des Turmes weiß gestrichen. Nun sah der Turm mit seinen weißen Würfeln einem großen Kasten gleich, dessen Flächen von ungeheuren Schachbrettern gebildet sind. Heinrich Palingenius ließ es sich nicht nehmen, wenn er das Zügenglöcklein geläutet und nach drei Tagen für den Verstorbenen den Donner der Großen Susanna gelöst hatte, selbst auf das schwankende Brett hinauszukriechen und, an den schaukelnden Seilen von einer Fensterluke aus festgehalten, mit grobem Pinsel die Quader des neuen Toten zu überweißen. Dieser Arbeit widmete er eine treue Sorgfalt. Nichts kam der stillen Wehmut gleich, mit der er von seinem Sitze auf die gewürfelten Mauern unter ihm herabsah, die in einer Flucht von stürzenden Linien zur Erde zu sinken und das Andenken an alle diese Hunderte von Toten mit sich hinabzureißen schienen, als gäbe selbst dieser unverwüstliche Bau keine Ewigkeit des Gedächtnisses.

Auch dies stand in dem Buche vom Turm: wer alle die Toten waren, um derentwillen man die Quadern des Turmes weiß getüncht hatte. Mit allen ihren Namen, Würden und Verdiensten standen sie hier verzeichnet; und hinter jedem von ihnen sagte ein kleines schwarzes Kreuz dasselbe, das Wort vom gemeinsamen Schicksal aller, sodass es war, als lese man eine Liste ab, eine Litanei, auf die mit eintöniger Stimme immer das gleiche geantwortet werde. Dann stand eine Zahl daneben, und die zeigte an, welche Quader dem Toten gehörte. So genau wusste Heinrich Palingenius in diesem Verzeichnis Bescheid, dass er, aus dem Schlaf aufgeweckt, zu jeder Zahl sofort den dazugehörigen Namen, zu jedem Namen augenblicks seine Zahl genannt hätte.

Aber neben dem Turm gab es noch eins, das ihn erfüllte.

Heinrich Palingenius war ein Genie der Mechanik. Seinem Vater hatte er an langen Winterabenden tausend Kunstgriffe und Geschicklichkeiten abgelernt, zu denen er eigene Erfahrungen und Verbesserungen fügte, sodass er jetzt darin die Meisterschaft erreicht hatte. Wenn der Vater noch bloß zur Unterhaltung, zum Vertreib müßiger Stunden harmlose Spielereien angefertigt hatte, so waren die kleinen Kunstwerke des Sohnes fast niemals ohne tieferen Sinn. Hier saß er, oben, hoch über der Stadt und hatte schon dreizehn Jahre die durch ein schwarzes Kreuz bezeichnete Grenze seines Reiches nicht überschritten. Aber seine mechanischen Figuren, die geheimnisvollen Maschinen, die Kästchen, die mit Walzen, Rädern, Spulen und Triebfedern erfüllt waren, hatten Beziehung auf die Bedürfnisse der Menschen da unten, auf ihre Wünsche und ihre Bestrebungen.

Manchmal erfuhr Palingenius durch seine Tochter oder die alte Johanna, die ihn mit der Welt verbanden, von neuen Erfindungen, durch die man wieder einmal verblüfft war. Das waren Augenblicke des Triumphes. Nie war der Türmer glücklicher, als wenn er, nachdem er schmunzelnd den Bericht bis zu Ende gehört hatte, aus seinen Schätzen ein Modell hervorholen konnte, um daran nachzuweisen, dass er diese Erfindung schon vorher gemacht hatte. Ihm offenbarte sich die geheime Kette der Assoziationen, in denen die Erfindungen vorwärts schreiten, und er vermochte, als sei ihm der Gang der Entwicklung klar aufgedeckt, vorherzusagen, was nun an der Reihe sei, erfunden zu werden.

Das Zimmer neben dem Wohnraum war Werkstatt und Museum. Im beschränkten Raum lagen die Maschinen und Modelle in den Ecken übereinander, die feineren Kunstwerke waren in Glasschränken aufbewahrt, von der Decke hingen die seltsamsten Dinger herab, und wenn die Spitze des Turmes im Gewitter bebte, dann schwankten die hängenden Maschinen und schlugen gegeneinander, dass Holz und Eisen klapperten. Für die elektrischen Batterien hatte Palingenius Nischen in den Wänden angebracht, und ein höchst sinnreiches System von Schachtelungen erlaubte ihm, in diesem Zimmer dreimal so viel unterzubringen, als eigentlich darin hätte Platz finden können.

Nachdem Palingenius einmal die Triumphe seines Prohetentums in Angelegenheiten der Mechanik gekostet hatte, trieb ihn der Ehrgeiz immer weiter. Nun arbeitete er schon seit Jahren an der Flugmaschine. Er war entschlossen, sie früher zu erfinden, als die Menschen da unten, und oft genug stand er, wenn er schon einen ganzen Tag in seiner Werkstatt gearbeitet hatte, auch nachts auf, um eine Idee des Traumes aufzuzeichnen. Der Traum vom Fliegen, das seltene Glück anderer Menschen, war bei ihm das Ereignis fast einer jeden Nacht. Immer erwachte er durch einen Sturz, aber er beeilte sich, rasch festzuhalten, was er an neuen Eindrücken aus diesem Traum gewonnen hatte. Und er übertrug die Erfahrungen seiner Träume in die Wirklichkeit, sodass in der Werkstatt langsam eine Art Vogel entstand, ein Gestell mit Flügeln, Rädern und Schrauben, das umso komplizierter wurde, je länger Palingenius daran arbeitete.

In diesem von Sagen durchwisperten Turm, inmitten der sinnreichen und absonderlichen Spielereien des Großvaters und des Vaters wuchs Regina auf. Sie gewöhnte sich daran, die Welt aus der Perspektive großer Höhen zu betrachten, und nahm gleich dem Vater den Aufenthalt unten nur als eine Unterbrechung ihres Daseins auf dem Turme hin. Als wäre sie in die ungewohnte Atmosphäre eines fremden Sternes versetzt, atmete sie unten schwerer, wie unter einem Druck, und folgte gern der alten Johanna, die gleichfalls nichts sehnlicher wünschte, als rasch wieder zum Horst aufzusteigen. Nur ungern besorgten die beiden die notwendigen Gänge. Wenn die alte Johanna sich anschickte, hinabzusteigen, betrachtete sie ihr Stelzbein mit wehmütigen Blicken, als sei es der Gefahr ausgesetzt, zu brechen. Und wenn sie dann wieder zurückgekehrt waren, saß sie in ihrem weich gepolsterten Sessel und rieb das hölzerne Bein mit einer Miene, als müsse sie es für eine besondere Leistung belohnen.

Nachdem Regina in ihrem siebten Jahr die Mutter – eine stille, immer kränkliche Frau, deren Herz den Aufenthalt in dieser Höhe nicht vertrug – verloren hatte, waren der Vater und die alte Johanna fast ihr einziger Umgang. Ab und zu kamen Fremde. Da musste Regina die Glocken zeigen, die Feuermeldeapparate erklären und das Uhrwerk öffnen, wobei sie es nie versäumte, schaudernd die Sage vom pflichtvergessenen Türmer zu erwähnen. Dann führte sie die Fremden auf die Galerie, die sich um den Turm zog, und wies auf die Stadt und das Land hin, die dort unten einen Teppich mit reichster Ornamentik webten. Wenn dann aber die Besucher nach der Wohnung des Türmers fragten, so musste ihnen Regina auf Befehl des Vaters den Eintritt verwehren.

Heinrich Palingenius hielt sich – mit einer Ausnahme – die Menschen fern. Diese Ausnahme war sein Freund Eleagabal Kuperus, der Mann, der schon seines Vaters Freund gewesen war. Manchmal verließ Eleagabal das alte Haus mit dem schiefen Giebel auf dem faltigen, braunen Gesicht, stieg zu dem Türmer hinauf und war dem Einsiedler immer herzlich willkommen.

Als er an diesem kalten, nassen Herbstabend in das Wohnzimmer des Freundes trat, fand er die Menschen dieses kleinen Reiches um das große Buch vom Turm versammelt. Auf dem Tisch stand eine helle Lampe, deren Schirm aus beweglichen, durchscheinenden Bildern bestand, die in reicher Mannigfaltigkeit zu den schweren, gebräunten Worten des Buches passten, indem sie Ansichten alter Städte, Trachten vergangener Zeiten, das ganze bunte Leben vorführten, wie es sich auf alten Holzschnitten findet.

Eleagabal Kuperus hing seinen Mantel, der auf dem kurzen Weg über den Domplatz tüchtig nass geworden war, in die Ecke und folgte der Einladung des Freundes, einen Stuhl zum Tisch zu rücken. Heinrich Palingenius aber fuhr fort: »Aus diesem Jahre 1423 aber ist noch eine andere Geschichte zu berichten, nämlich wie die große Glocke Susanna mit Blut getauft ward. Sie ist vom Chronisten aufgezeichnet als Warnung für alle ungetreuen Verweser, und damit man ersehe, wie scharf das Gericht mit denen ins Werk ging, die sich am gemeinen Wesen versündigten. Damals war Bürgermeister Andreas Guggenreuter, ein überaus stolzer Mann aus dem vornehmsten Geschlecht, der kühn und unerschrocken genug, aber auch unbedacht und leichtsinnig war. So tapfer er in der Schlacht war, und so mutig er die Gerechtsame der Stadt gegen die Übergriffe des Markgrafen verteidigte, so viel Verwirrung und Zwietracht brachte er durch sein barsches, hochfahrendes und unbändiges Wesen in die Gemeinde. Anstatt dass er den Widerstreit der Zünfte gegen die Geschlechter durch kluge Worte, durch Geduld, Langmut und Nachgiebigkeit besänftigt hätte, verschärfte er ihn noch durch allerlei spitze Reden und durch seine unbändige Hoffart, die, wenn sie den Zünften zu Ohren kam, hellen Zorn entfachte. Aber auch bei den Geschlechtern war er unbeliebt, denn er stellte seine Abkunft über die aller anderen, und man sprach davon, dass er damit umgehe, die Würde des Bürgermeisters seiner Familie auf ewige Zeiten zu verbinden.

Dazu war er noch, bei aller sonstigen Tüchtigkeit, vom hellen Teufel des Spieles besessen. Kein Einsatz schreckte ihn ab, und wenn er noch so hoch war, das Spiel aufzunehmen, und zumeist glückte ihm sein Wagnis, sodass er in seiner Verblendung sich immer Mehreres und Unsinnigeres vermaß. Das Sprichwort ›Wer wagt, gewinnt‹ führte er allewege im Munde und noch nie hatte sich dieses Wort so bewährt wie bei dem Bürgermeister Andreas Guggenreuter. Unfromm, wie er war, ritt er oft während hoher Feste über Land, während die Bürgerschaft im Dome Gottes Wort zu vernehmen sich drängte, kehrte bei den befreundeten Rittern im Umkreis ein, zog von Burg zu Burg, schüttelte überall den Würfelbecher und gewann, ja verschmähte es nicht in Schenken zu verweilen, wo wenig gutes Volk verkehrt, wenn er nur gewiss war, dort Genossen und Freunde des Würfelns zu finden. Und als ihm einmal einer seiner eigenen Sippe dieses Treiben vorhielt, entgegnete er ihm lachend: »So ist es doch gut, dass die Bürgerschaft mit Gott derweilen in der Kirchen ist, weil der Teufel doch umso freier kann draußen sich herumtreiben und beim Spiel seine Pratzen mit drinnen haben.«

Am Fronleichnamstag dieses Jahres 1423, währenddessen die Bürger ihre besten Kleider anlegten, um in den Dom zu gehen, ließ der Bürgermeister sein braunes Ross satteln und ritt durch das Judentor hinaus, um seine Freunde aufzusuchen und nach einem herzhaften Spiel zu fragen. Indem er so über den Kreuzweg ritt, kam ihm ein anderer Reitender entgegen, der kam aus dem dicksten Walde zwischen Büschen und Bäumen hervor, als sei dort gebahnter Weg, und saß auf einem schwarzen Ross, so groß und schwer wie Andreas Guggenreuter sein Lebtag noch keines gesehen. »Holla!«, rief ihm der Fremde entgegen und fragte ihn, wohin sein Weg gehe. Auf die Antwort des Bürgermeisters, dass er Gefährten zum Spiel suche, gab ihm der Fremde trefflichen Bescheid, dass hier ganz in der Nähe eine Schenke zu finden sei, wo sich die lustigsten Kumpane zusammenfänden, die fröhlichsten Vögel des ganzen Landes, denen es auf einen Schluck und einen Würfelsturz nicht ankomme. Der Bürgermeister, dem schon der Spielteufel im Nacken saß, war es zufrieden, so lustige Kameradschaft zu finden, und folgte dem Fremden, der ihm nach einigem Kreuz und Quer, Auf und Ab vor die Schenke brachte.

Da saßen schon einige Zechbrüder, hatten rote Köpfe und klapperten mit den Würfeln, indem sie mit der freien Faust auf den Tisch schlugen. Dem Guggenreuter war dieses Lärmen willkommener als Chorgesang und Litanei. Flugs saß er mitten unter ihnen, schwang den Schluckauf und schüttelte den Becher, dass die Würfel ganz hell klapperten. »Seht den Ritter Ohnefurcht«, schrie der Haufen, und einer, ein Großer, Breiter mit einem einzigen Auge rief ihm entgegen: »Wagt Er's am Ende gegen mich?«

»Zwar bin ich kein Ritter«, sagte der Bürgermeister, »bin nur ein Bürger, der oberste unter den Bürgern der Stadt, aber ich bin grad so gut ein Ohnefurcht wie nur irgendein Ritter, und dass ich's gegen jeden wage, will ich Ihm nun erst recht beweisen.« Damit legte er eine Hand voll Dukaten auf den Tisch und stürzte den Becher um. Der Einäugige machte den höheren Wurf und gewann den Einsatz. Da geriet der Bürgermeister in Zorn und ließ neue Goldstücke funkeln. Aber auch diesmal gewann der Gegner, und so oft auch Guggenreuter das Spiel erneuerte, so oft verlor er seinen Einsatz, gerade als ob ihn heute alles Glück und alle Sicherheit des Gewinnens verlassen hätten. Als er mit seinem Gelde zu Ende war, wollte er mit einem Fluche aus der Schenke weichen, aber hinter ihm saß der Fremde, der ihn hierher gebracht hatte, und flüsterte ihm ein, dass er noch sein Pferd zu wetten habe, sodass der Bürgermeister, immer noch in der

Hoffnung, er könne alles zurückgewinnen, noch einen Wurf wagte. Er verlor auch sein Pferd und Stück für Stück, da er nicht mehr aufhören konnte zu würfeln, seine reichen Gehänge, die Schaumünzen, den Pelzkragen, das Wams und zuletzt das Hemd vom Leibe. Nun gab er das Spiel verloren und erhob sich, um die Schenke zu verlassen. Aber da drückte ihn der fremde Reiter nieder und sagte: »Ihr seid zu rasch; vielleicht wollte das Glück es bis zum Äußersten kommen lassen. Wagt dieses Äußerste, da Ihr doch ein Ohnefurcht zu sein behauptet, setzt Eure Stadt gegen alles, was Ihr bis jetzt verloren habt, und das Glück wird zu Euch zurückkehren.«

»Ich will mich des wohl unterfangen«, rief der Einäugige, und als sich der Bürgermeister weigerte, setzten sie ihm von allen Seiten mit Lachen und spöttischen Reden so arg zu, bis er, in Angst, man möchte an seinem Mute zweifeln, auf den Tisch schlug und ausrief: »So setz ich die Stadt mit allem, was darinnen ist, in des Teufels Namen auf diesen Wurf.« Und so gewann denn der Einäugige mit dem Wurf von zwölf Augen die ganze Stadt mit allem, was drinnen ist und erhob sich vom Tische: »So komm' ich in drei Tagen um Mitternacht mit meinen Freunden und meinen Knechten, und Ihr werdet mir das Tor öffnen, dass ich Besitz von dem ergreife, was mein ist.« Da erfuhr Andreas Guggenreuter, dass er seine Stadt an Jodocus Lipansky, den Strauchritter und Wegelagerer, verwettet und verloren hatte. Und nachdem alles besprochen war, was dem Gewinner dienen konnte, ging der Bürgermeister davon, zu Fuße und allein, denn kaum, dass er die Stadt verloren hatte, war der Fremde, der ihn hingebracht hatte, aus der Schenke verschwunden.

Am dritten Tage um Mitternacht ging der Bürgermeister an die kleine Mauerpforte hinter dem Dom, die man zu bewachen nicht für nötig befand, und schob die verrosteten Riegel zurück. Es war aber damals kurz vorher die Große Susanna gegossen und im Turme aufgezogen worden und hing nun, mit Kränzen geschmückt und mit Bändern umwunden im Gestühle, denn morgen sollte die Glockenweihe stattfinden. Der Bürgermeister aber, der befürchtete, es könne ihr lauter Mund die Bürgerschaft vor der Zeit zum Widerstand wecken, schlich mit zwei Spießgesellen in den Turm und hob den Klöppel aus dem ehernen Schlund. Sodann gab er das Zeichen, und die Scharen des Jodocus Lipansky brachen mit Schwertern und brennenden Pechkränzen in die Stadt, fielen die Wachen an und warfen den Brand in die Häuser. Noch schlief ein Teil der Bürgerschaft, und wer erwachte, öffnete die Augen nur, um sie sogleich für immer zu schließen.

Indessen unten Mord und Verwirrung tobte, trieb ein schwerer Traum den Türmer von seinem Lager und auf den Umgang hinaus. Da sah er den Fackelschein in den Straßen, hörte das Geschrei des Kampfes und stürzte zum Glockenstrang, an dem er mit aller Mühe zu läuten begann. Schon schwang die schwere Glocke, aber ihr Mund blieb stumm und gab keinen Laut der Warnung. In dieser Bedrängnis fiel der Türmer auf die Knie und rief, da er ein frommer Mann war, einmal über das andere Mal den heiligen Chrysostomus, den Patron der Stadt, und die heilige Susanna, die Patronin der Glocke, an, sie möchten doch die Stadt nicht untergehen lassen und der Glocke die Sprache wiedergeben. Dann fasste er im Vertrauen auf sein Gebet und auf die Macht der Heiligen den Strang und siehe da, die Glocke begann zu läuten, läutete ohne Klöppel so laut und stürmend, dass die Bürger von dem ungewohnten Klang erwachten und in Massen auf die Straße rannten.

Da sahen sie den Feind, scharten sich um ihre Viertelshauptleute und griffen die Knechte des Lipansky mit solcher Macht an, dass diese von Furcht erfasst flohen und ihren Herrn im Stiche ließen. An sechzig Mann wurden vom Schwerte ereilt und der Lipansky und drei seiner Freunde nach hartem Kampf gefangen genommen. Den Bürgermeister, den man unter den Feinden gesehen hatte, fing ein Grobschmied und stellte ihn dem Blutgerichte. Da ward am nächsten Tage die Weihe der neuen Glocke mit Blut begangen. Unten auf dem Platze vor dem Dom ward der Jodocus Lipansky mit dreien Freunden und den zwei Spießgesellen des Bürgermeisters aufs Rad geflochten. Der Bürgermeister selbst aber ward gebunden und, nachdem man das Wunder des heiligen Chrysostomus und der heiligen Susanna nach Gebühr bestaunt und bejubelt hatte, an den Beinen mit dem Kopfe nach unten an Stelle des Klöppels in die Glocke gehängt. Und dann läuteten sie mit ihm zum Tedeum, mit dem die Stadt die Befreiung aus der Hand des Feindes gar feierlich beging.«

»Grausame Geschichten wohnen in deinem Turm«, sagte Eleagabal Kuperus, als sein Freund geendet hatte.

Palingenius schloss das Buch und strich mit der Hand über den ledernen Rücken: »Ja, es ist eine grausame Zeit gewesen … wahrhaftig! Man muss sich wundern, wie erfinderisch die Menschen waren … wenn es um solche Dinge ging. Aber dennoch … ich glaube, unsere Zeit ist nicht weniger grausam. Damals, da sammelte es sich in den Menschen an, stieg und stieg, und auf einmal brach es dann aus ihnen hervor … wie eine Eruption, verstehst du. Da geschah irgendetwas Großes. Man schlug ein paar Tausend Menschen tot; oder man quälte sie … Dazwischen aber lagen ruhige und behagliche Zeiten … so stelle ich es mir wenigstens vor. Aber jetzt ist die Grausamkeit feiner verteilt. Sie bildet einen Bestandteil der Luft. Sie dringt überall ein. Sie umflutet alle unsere Handlungen; und wir bemerken und beachten sie ebenso wenig wie die giftigen Gase, die wir unaufhörlich einatmen. Sie ist dünner und feiner geworden. Aber sie ist in allem, war wir tun.«

»Du wirst diesen Gedanken zu einer Theorie von den Aggregatzuständen der Grausamkeit verarbeiten.«

»Ich habe anderes zu tun. Meine Flugmaschine liegt mir am Herzen.«

»Bist du mit deiner Arbeit zufrieden?«

Heinrich Palingenius begann sofort von den neuen Verbesserungen zu sprechen, die er seiner Erfindung zuwandte. Mit einer unendlichen Liebe schilderte er die kleinsten Fortschritte, verweilte bei Fragen der Mechanik, stieg bis in die allerfeinste Erörterung herab, ließ dann wieder die Gesänge seiner Hoffnungen, seiner unaussprechlichen Sehnsucht nach der Wonne des Fliegens hören. Er wurde zum Rhapsoden einer mühevollen Arbeit. Er führte die Bilder eines heiteren und ganz reinen Glückes vor, das darin bestehen müsse, ein Reich zu erschließen, in dem ungemeine Wunder zu entdecken wären.

»Das Selbstverständliche zu finden! Das ist das große Wort. Unter den Bewegungen in den Reichen des Lebens ist das Fliegen die selbstverständlichste. Der schwebende Vogel ist das Ideal der Glückseligkeit. Auf ausgebreiteten Flügeln hoch oben zu ruhen, während die Erde unten bleibt, ist mein Ziel. Und wenn dies erreicht ist, wird aller Kampf, alle Hässlichkeit der Ermüdung schwinden, die Menschen werden gut und groß und tapfer und umsichtig sein. Sie werden den Blick aus großen Höhen gewinnen. Sie werden zu lieben lernen, wenn sie fliegen können.«

»Und wenn deine Arbeit ihr Ziel erreicht hat, wirst du doch deine Erfindung den Menschen vorenthalten; du hast es noch immer so getan.«

»Weil ich nicht Lust habe, das Schicksal aller Entdecker zu teilen. Zuerst werden sie verlacht. Das ist schmerzlich. Dann werden sie gefeiert. In der lärmenden Weise der Welt. Und das ist peinlich.«

»Wie sollen die Menschen aber dann fliegen lernen?«

»Oh, ich weiß gewiss, dass ich meine Erfindung nur zu vollenden brauche, und sie lernen es von einem ... anderen. Es wird einer aufstehen, der dasselbe gefunden hat und unter Geschrei der Welt übergibt. Die ganze Menschheit ist doch nur ein Individuum. Es gibt ein Fluidum des Erfindens. Das strömt zugleich durch den ganzen Körper der Menschheit. Alle großen Erfindungen beweisen das. Sie werden nicht nur einmal, an einem Orte, sondern fast gleichzeitig an mehreren Orten gemacht. Die Geschichte hat sich nicht genug darüber verwundern können. Und es ist doch weiter nichts Wunderbares daran. Ebenso wenig, wie an einem Baum, der von der Idee und der Kraft des Frühlings erfüllt ist und gleichzeitig an vielen Stellen Blüten treibt. Oder – wie mein Freund Eleagabal Kuperus zu sagen pflegt: Auch dies ist selbstverständlich und darum ein Wunder. Ich bleibe abseits. Aber ich erlebe diese Wunder umso tiefer. Ich will nur die erste Blüte sein, ich, der alte Mann. Ich will, dass sich die Kräfte des Frühlings zuerst an mir erweisen. Das hoffe ich mit aller Sehnsucht, mit aller Erwartung der Knospe. Wenn ich dann mein Ziel erreicht habe, so weiß ich, dass es zugleich auch für die Menschheit erreicht ist. Das Fluidum muss dann auch an anderen Stellen wirksam werden. Ich glaube, du wirst mich verstehen, Eleagabal. Du selbst hältst ja die Welt von dir ab.«

»Du kennst meine Gründe dafür!«

»Ich kenne sie und schweige.«

Während dieses Gespräches war die alte Johanna entschlafen. Sie saß mit zurückgesunkenem Kopf, die Haube war ein wenig verschoben und zeigte ihr kurz geschorenes, graues Haar, ihr männlich hartes Gesicht mit den vielen Falten lag im Schatten, nur die Kehle war im Lichtschein der Lampe, hochgereckt, steil, von starken Sehnenbändern durchsetzt, zwischen denen von Zeit zu Zeit der Kehlkopf in krampfigen Bewegungen auf- und niederfuhr. Mit ihrem von Bartstoppeln überwucherten Kinn, mit der flachen Brust und den behaarten, knochigen Händen, denen der Strickstrumpf entfallen war, sah sie eher wie ein Mann aus, und Regina hatte als Kind nie so recht glauben wollen, dass Johanna wirklich eine Frau sei. Ihre Bartstoppeln kratzten genauso wie die Stoppeln des Vaters, ihre Stimme war ähnlich tief und rau. Endlich hatte sie ihren Vater zu verstehen begonnen, der ihr erklärte, dass die Geschlechter sich im Alter näherten und auszugleichen anfingen, genau so, wie man im zarten Kindesalter Buben und Mädel schwer unterscheiden könne. Seit die Mutter gestorben war, vertraute Regina der alten Johanna alle ihre Mädchengedanken an und liebte sie, wie sie die Tote geliebt hatte. Nun hatte sie ihren Sessel ganz nahe an die Schlafende herangerückt und versuchte, den schweren Kopf zu stützen. Dabei verfolgte sie wachen Ohres das Gespräch der Freunde. Ihre Augen glänzten.

Die Gedanken des Vaters waren dem Mädchen nicht fremd und unverständlich. Unter einer Fülle von mechanischen Spielwerken aufgewachsen, hatten sich die Interessen des Erfinders auch ihr mitgeteilt und ließen sie ihm folgen. Fern von dem Skeptizismus der großen Welt, von ihren auf das unmittelbar Praktische, auf das Nützliche des Augenblicks gerichteten Ansichten, fehlten ihr alle Hemmungen und Beschränkungen durch den Wirklichkeitssinn. Absonderliche Hypothesen und verwegene Pläne hatten nichts Lächerliches für sie, und ebenso wie ihr die Geschichten der Chroniken zu wirklichen Ereignissen geworden waren, ebenso lernte sie in ihrer phantastischen Umgebung das unmöglich Scheinende als feste Brücke in die Zukunft anzusehen.

Die Lampe, zu der Palingenius nicht die dem Turme zugeleitete elektrische Kraft, sondern irgendein selbst bereitetes leuchtendes Gas benutzte, stieß rasch nacheinander eine Reihe von blaffenden Seufzern aus, worauf der Türmer mit einigen Handgriffen ihr Leben verlängerte. Dann war er wieder stille, und die schweren Erschütterungen, mit denen die Uhr die zehnte Stunde anzeigte, schienen den Fußboden des Zimmers aufzuheben. Mit kräftigen Stößen dröhnten die Stunden empor und übertrugen ihren lärmenden Ruf auf die stille Stube des Türmers, dass die Bilder an der Wand zu klirren, dass die kleinen Maschinen, die mechanischen Spielwerke, die rings auf allen Schränken standen, zu klappern begannen. Die Welle schien sich durch den ganzen Körper bis in den Kopf fortzupflanzen, und als der letzte Schlag geschehen war, stürzte die Stille in den von dem Lärm geschaffenen leeren Raum, wie die Luft hinter rasch bewegten Gegenständen einherfegt.

Heinrich Palingenius nahm seinen Gummimantel vom Haken und ging auf die Galerie hinaus.

»Und du fürchtest dich niemals«, fragte der Freund, indem er Reginas Hand nahm; »du fürchtest dich nicht, wenn der Vater draußen ist und die alte Johanna schläft.«

»Wovor soll ich mich fürchten?«

»Du hörst da so blutige Geschichten, Mord und Brand aus allen Jahrhunderten, und es ist, als ob die grässlichsten Geschehnisse der ganzen Stadt gerade mit diesem Turm verknüpft seien.«

»Als Kind habe ich oft Nächte gehabt, in denen ich vor Angst nicht schlafen konnte. Aber der Vater hat gesagt, wir müssen uns daran gewöhnen, mit den Gespenstern der Vergangenheit zusammenzuleben. Ich habe mich daran gewöhnt. Und es ist mir von der Angst nicht viel geblieben. Nur ein leichter Schauder, und der ist gar nicht so schrecklich. Ich glaube, ich könnte in einem neuen Haus nicht einmal leben. Ein neues Haus ist kahl und leer. Nur ein Haufen Steine. Es ist noch nichts da … noch nichts drinnen. Ich weiß nicht, wie ich es sagen soll. Man riecht noch überall die Arbeit; man denkt noch immer daran, dass die Ziegel übereinander gelegt und mit Mörtel beworfen worden sind. Es ist alles möglich. Es ist gar nichts Überflüssiges da. Vor zwei Jahren haben sie den Turm renoviert. Wir waren alle ein paar Wochen ganz unglücklich. Bis das Alte über das Neue gesiegt hat.«

»Ich höre dich gerne sprechen. Du sprichst ganz anders als die Mädchen von zwanzig Jahren da unten. Komm doch wieder einmal zu mir. Mein Haus, mein altes Haus wird dich gerne sehen.«

»Ich werde kommen.«

Die alte Johanna erwachte mit einem schweren Atemzug und einem Glucksen in der Kehle, als der Türmer von seinem Rundgang zurückkam und den tropfenden Gummimantel wieder an seinen Platz hing.

»Schlafen gehen, schlafen gehen«, sagte er und trieb die Frauen in die kleine Nebenkammer, wo die Betten bereitet waren. Regina reichte Kuperus die Hand und wiederholte ihr Versprechen, dann folgte sie der alten Johanna, die mit wackelndem Kopf und wankenden Knien vorangegangen war. Mit der linken Hand hob der Türmer den herabhängenden Bart über die Lippen und sagte leise: »Johann wird schwach und kindisch. Das Stiegensteigen ist ihm eine Last geworden und er behauptet, Schmerzen in dem fehlenden Fuß zu haben. Früher saß er mit mir oft bis Mitternacht und länger, erzählte Geschichten und freute sich, über die Leute da unten lachen zu können. Jetzt macht ihm nicht einmal mehr das Vergnügen.«

Als die Geräusche in der Nebenkammer verstummten, wölbte sich die Einsamkeit wie eine große, klingende Glocke aus Glas über die Freunde. Gleichsam losgelöst von der Erde, ohne Zusammenhang mit der Welt unterhalb des Turmes schwebten sie im Raum. Nur das Knacken der alten Stiege, das laute, gleichmäßige Schlagen der Uhr gesellte sich ihren Gesprächen, lauter Geräusche, an die sie allzu sehr gewöhnt waren, um sie überhaupt zu hören. Vom alten Johann ging das Gespräch, der unter dem Namen Johanna, in den Kleidern einer Frau seit

Jahrzehnten im Turm wohnte, die Wirtschaft besorgte und der Regina nach dem Tode der Mutter alle Zärtlichkeit, die tausend Liebesdienste, die erleuchtenden Wunder einer besorgten Frau erwiesen hatte. Jetzt brach er langsam in sich zusammen.

Vor einigen Tagen fand ihn Palingenius vor einem Sessel knien, auf dem einige Papiere lagen, die er mit sinnlosen Worten bedeckte. Auf die Frage, was er hier treibe, entgegnete er, dass er seine Erlebnisse niederzuschreiben gedenke. Und dann fügte er hinzu, indem er vor sich hinlachte: es sei wenig Sinn in seinem Leben. Er schreibe deshalb alle Worte auf, die es gebe, und werde dann erst aus ihnen die passenden aussuchen. Auf diese Weise hoffte er doch zum Ziele zu kommen. Ein anderes Mal wieder hatte er sich in die Werkstatt des Türmers geschlichen und dort eines der Gestelle mit Frauenröcken, Jacken und einer Haube herausgeputzt. Dies sei, erklärte er, seine Vergangenheit, und da er nun bemüht sei, die vergangenen Jahre seines Lebens unparteiisch zu betrachten, müsse er sie von sich entfernen, um sie besser sehen zu können. Dabei neigte er den Kopf auf die Seite und rief seinem Abbild bald Schimpfworte, bald Kosenamen zu.

»Nur eines scheint ihn noch aufrecht zu halten«, fuhr Palingenius fort, »der Hass gegen den, der ihn zum Krüppel gemacht hat. Er hofft noch immer, sich rächen zu können. Wenn er darauf zu sprechen kommt, richtet er sich auf, und sein Holzfuß klappert wie früher rasch und kräftig durch das Zimmer.«

Die Freunde hatten die Wohnstube verlassen und waren in die Werkstatt des Türmers getreten, wo die Flugmaschine wie das Gerippe eines Vogels auf dem Boden lag. Mit dem weißen Gestänge, dem matten Glanz der Aluminiumbestandteile und dem gespreizten Gerüst der Flügel glich sie dem Skelett eines urweltlichen Tieres, dessen Gestalt uns keine Erinnerung bewahren konnte. Zwischen der Steuerung des Apparates stehend, sagte Eleagabal Kuperus, indem er eine der Schrauben prüfte: »Und dabei wird Bezug immer mächtiger und reicht mit seinen Klauen überallhin.«

Heinrich Palingenius ließ eine Hemmung los, dass sich eine

Kurbel rasend zu drehen begann: »Er soll nur auch hierher reichen wollen, wenn das einmal fertig ist.«

»Er wird sich bald nach dir in die Luft erheben, wenn irgendwo einer aufsteht, der gleich dir das Fliegen erfunden hat.«

»Da wünsche ich fast, dass mir das nicht gelingt.«

»Und würdest dennoch rastlos danach streben.«

Von irgendeinem Antrieb bewegt, begannen die Gerüste der Flügel, die zum Teil schon mit einem grauen Stoff bespannt waren, sich zu rühren, erhoben sich ein wenig vom Boden, als gewännen sie Leben und wären ungeduldig, den Meister, der da zwischen ihnen stand, zu einem ersten Flug in die Luft zu reißen. Das ganze Skelett des Vogels zitterte, und in rasenden Umdrehungen vervielfältigte sich eine Kurbel ganz in der Nähe von Palingenius' Hand zu einer flirrenden, sirrenden Scheibe. Es sah aus, als werde hier sichtbar, wie ein geheimes Fluidum von dieser Hand ströme.

In einer Ecke stand eine Negerin aus einem schwarzen Stein, die in ihrem rechten Auge die Stunden, in ihrem linken die Minuten anzeigte. Während das rechte Auge unbeweglich auf die Flugmaschine starrte, zitterte das linke unaufhörlich von dem Aufspringen neuer Ziffern, als zwinkere es in einer nervösen Unruhe dem Meister zu. Von fünf zu fünf Minuten hob sie die Hand und winkte einen Gruß, die Viertelstunden zeigte sie durch Kreuzen der Arme und Neigen des Hauptes an, und wenn in ihrem rechten Auge die Ziffer einer vollendeten Stunde aufsprang, stampfte sie mit den Beinen, dass die Schellen an ihren Fußgelenken klingelten, drehte sich im Kreise und vollführte einen Tanz, als freue sie sich nach der Art brutaler Menschen darüber, dass ein Übel, von dem alle betroffen werden, ihr allein nichts anhaben könne: die Zeit. Eleagabal Kuperus liebte diese Negerin. Mit dem Arm um ihren schwarzen Hals sah er den ersten Lebensregungen des Flugapparates zu. Über seinem Haupte kreiste ein Planetensystem aus vielen Bällen, die, in Größe, Färbung und Bewegung verschieden, die Wunder des Weltalls gleichsam wie in einer leichter fasslichen Abkürzung, in einer menschlichem Vermögen angepassteren Zeichenschrift darstellten.

Von allen diesen Gegenständen, von den fertigen und unfertigen Maschinen, von den feinen mechanischen Apparaten und dem robusten Skelett des Vogels, von den Werkzeugen und den noch unverwendeten Bestandteilen ging eine eigene Art von Leben aus, eine stumme und nur hier in der Höhe des Turmes verständliche Sprache, die den beiden Freunden vertraut war.

»Es wird bald notwendig sein, sich gegen Bezug zu rüsten«, sagte Eleagabal Kuperus, und seine Finger glitten über den kühlen schwarzen Stein, dort, wo er von den Achseln der Negerin in sanften Flächen gegen ihre stolzen Brüste strebte. »Schon wird die Gefahr immer drohender. Es ist kein Zweifel, dass er mit allem Ernst daran geht, die Erde zu seinem Thron zu machen, sich zum Götzen der Menschheit zu erheben, seiner Eitelkeit und seinem Hass das Opfer einer Welt darzubringen. Einer hat sich gefunden, der seinen Plänen fehlte. Nun geht Bezug damit um, die bisher allem Lebenden gemeinsame Luft zu seinem Eigentum zu machen und durch dieses Mittel zum Herrn der Erde zu werden.

Seine Erfolge sind befriedigend für ihn. Er selbst, der einem Ideal nachstrebt, hasst alles, was noch dem Idealen nachhängt. Er lacht über die Schönheit, die Kunst soll nichts anderes zu tun haben, als seine Erhabenheit zu verkünden. Unfruchtbarkeit und Segen soll seine Hand allein zu spenden haben. Während er die wunderbarsten Werke aller Meister und aller Zeiten um sich aufspeichert, hasst er sie glühend; denn sie ziehen die Menschen von dem ab, was er ihren Gedanken allein noch übrig lassen will, von der Verehrung seiner Macht. Nun hat er einen Dichter gewonnen und sich für Leben und Tod verpflichtet. Indem er ihn erniedrigt, erniedrigt er den Geist, tritt die kostbarsten Güter der Menschen mit Füßen. Er reißt ihn aus der Not des Alltags empor, umgibt ihn mit Gold, umspinnt ihn mit seinen Kräften und stellt ihn dann an den Pranger. Seine Seele ist ganz erfüllt von einem glühenden Zorn, von dem Wunsch, alles Glänzende zu vernichten, alles Wunderbare auszulöschen. Da er nur hassen kann, ist ihm nichts fremder als unser Spruch: ›Glaube dem Wunder‹. Er verpflichtet sich die Wissenschaft und zwingt sie in seine Dienste. Sie soll die Welt atomisieren und auf ihren Altären nur einer einzigen Göttin opfern: der Analyse. Wenn ihm seine Pläne gelingen, wird er der Welt alle Spekulation verbieten, er wird die Philosophen, die tiefen Träumer uralter Sehnsüchte, in Zwangsjacken stecken, er wird die unverbesserlichen Bildner der Schönheit an Felsen schmieden und ihre Eingeweide den Adlern preisgeben, nur eine einzige Ungleichheit wird er ferner dulden: die zwischen ihm, dem Herrn, und zwischen allen anderen, den Knechten.«

Die Negerin entglitt den Liebkosungen ihres Freundes und tanzte mit bimmelnden Schellen die zwölfte Stunde. Sie tanzte in den neuen Tag hinein, während über ihrem Haupte die Planeten unermüdlich weiterkreisten.

Zornig drehte Palingenius an den Schrauben seines Vogels, dass die Flügel klapperten und das ganze Gerüst auf dem Boden des Zimmers hinzukriechen schien.

»Und die Menschen«, sagte er, »die Menschen, werden die ihn nicht daran zu hindern suchen?«

»Die Menschen sind blind wie immer. Sie werden erwachen, wenn es zu spät ist, und werden zornig gegen ihre Fesseln toben, um zu fühlen, dass sie fest und unzerreißbar sind. Ich habe ein stille Hoffnung: Die Natur ist so groß, dass es mir unmöglich scheinen will, ihre Grenzen zu finden, alle ihre Bedingungen zu beherrschen. Aber wir müssen immerhin bereit sein, wenn die Stunde da ist.«

»Du weißt, ich bin kein Kämpfer und kein Prophet.«

»Und mein Schicksal ist es, nur dann wirken zu dürfen, wenn ich gerufen werde.«

»Wir brauchen einen Erwecker, einen Aufrüttler.«

»Wir können nur hoffen, dass er sich finde. Er muss aus dem Verlangen, aus den Träumen, aus dem Unbewussten der Menschheit geboren werden. Es ist nötig, dass er da sei, wie ein Wunder.«

Vor den Füßen der Freunde, die auf die Galerie des Turmes hinausgetreten waren, lag die Nacht. Ganz tief und dunkel schlief die Stadt. Palingenius begann seinen Umgang mit den sorgsamen Blicken des Wächters und Kuperus begleitete ihn dabei, von einem warmen Mitleid und von einer sehnsüchtigen

Liebe zu den törichten Schläfern erfüllt. Wie zu einem Versprechen gaben sich die beiden ihre Hände. Hinter ihnen in den Mauern schlug das Uhrwerk, und jeder Schlag schnitt ein Stück von der Zeit ab.

Die Komödianten. Bezug entdeckt einen Star

Thomas Bezug erwachte in vorzüglicher Laune. Die gestrige Besprechung der Aktionäre einer geplanten ›Gesellschaft zur rationellen Bewirtschaftung der Erdoberfläche‹ hatte sichere und günstige Aussichten ergeben. Alle Weltteile hatten Vertreter entsendet, und man hatte Bezugs Vorschläge mit Begeisterung aufgenommen. In dieser Versammlung von Milliardären war das Wort »unmöglich« unbekannt, kein Einwand in Einzelheiten war von Bezug unwiderlegt geblieben, und als man schließlich auseinander ging und Thomas Bezug die Ausarbeitung des Planes, die weiteren Vorbereitungen übertrug, war es klar, dass sich die bedeutendsten Vermögen der Erde zu einem gemeinsamen Vorgehen geeinigt hatten. Bezug erwachte also in trefflicher Stimmung, teilte die auf dem Tisch seines Arbeitszimmers liegende Post an seine Sekretäre aus und zog sich an. Während er die Krawatte umband, las er die neuen Gedichte Adalberts, die wie immer auf dem Toilettentisch lagen. Dann machte er aus einem Sonett an den Frühling einen Fidibus und zündete mit ihm seine Zigarre an. Dies Gedicht erinnerte ihn an den Frühling, und obzwar sein Kopf ein wenig schwer war, fühlte er sich nicht abgeneigt, den sonnigen Morgen zu einer Ausfahrt zu benutzen.

Rudolf Hainx fand sich zum Morgenvortrag ein, und Bezug begann rasch, die blau angestrichenen Stellen in den mitgebrachten Zeitungen zu überfliegen, deren Mehrzahl über die gestrige Versammlung in Ausdrücken höchster Ehrerbietung berichtete. Die Presse neigte sich vor den ungeheuren Summen, die als Nummer hinter jedem Namen der Teilnehmer angesetzt waren, sprach von einer grandiosen, durchaus modernen Idee und verhieß dem Plan die beste Zukunft. Nur eines der Blätter griff die Aktionäre an, sprach von einer Gefahr, warnte die Öffentlichkeit und forderte die Gesetzgebung auf, zur rechten Zeit Maßregeln gegen diese Monopolisierung der Grundwerte zu ergreifen.

»Hm?«, machte Bezug und deutete auf das Blatt.

Hainx sah über Bezugs Schulter und zuckte die Achseln: »Sozialdemokratisch!«

Mit seinem in einer goldenen Hülse steckenden Bleistift zeichnete Bezug auf den weißen Rand der Zeitung neben den ungünstigen Artikel zunächst eine Fünf und dann noch vier Nullen, indem er nach jeder weiteren Null absetzte, als erwäge er, ob es nötig sei, auch noch sie in die Waagschale zu werfen.

Rudolf Hainx sah zu und lüpfte noch zweimal die Achseln, wie wenn er eine Last zurechtrückte: »Die Leute haben Gesinnung!«, sagte er.

Ohne aufzusehen, machte Bezug aus der Fünf eine Null und setzte eine Eins vor die ganze Reihe. »Jetzt vielleicht?«

»Drei Redakteure und der Herausgeber ... Jetzt wird es genügen!«

Schon war der kleine Aufenthalt überwunden, und Bezug überzeugte sich davon, dass die ›Volksstimme‹ mit zwei oder drei anderen Zeitungen allein Widerstand zu leisten wagte. Alle übrigen umtanzten den Urheber der Idee, und als wären sie stolz darauf, sich vor ihm verneigen zu dürfen, priesen ihn als ein Genie, als Pfadfinder ins Reich der ungeahnten Möglichkeiten. Es war, als ob sie untereinander wetteiferten, welche von ihnen Bezugs Glorie heller und strahlender darstellen könne, als ob sie von einem Veitstanz erfasst und herumgewirbelt, im Anblick einer ungeheuren Masse Goldes die Besinnung verloren hätten.

Die Ärmel des Rockes schoben sich hinauf und Bezugs weißliche und schwammige Arme, die an dicke, aufgedunsene Grottenolme erinnerten, wurden sichtbar. »Die Disziplin, mit der die Presseleute ihren Kotau machen, ist tadellos. Aber der da hat, obzwar er voll Gift und Galle steckt, seine Sache besonders gut gemacht.«

Über die Achsel Bezugs kam ein spitzer Finger, dessen Gelenke von Haarbüscheln überwuchert waren, die wie Gestrüpp in Runzeln saßen. »Der da ist unser Freund Herold. Man muss zugeben, dass er sich angestrengt hat. Diese Leute der Presse haben ihre eigene Ehre. Zuerst war Herold ein wenig verstimmt,

weil ich ihn damals abschaffte, als er Frau Rößler – Sie erinnern sich: die Gattin des Dichters mit dem abgeschnittenen Kopf – durchaus interviewen wollte. Aber als ich ihm nun den Auftrag brachte, für uns die Trommeln mit aller Kraft zu rühren, war er sofort ausgesöhnt. Sie wollen Beschäftigung haben, diese Herren, ehrenvolle Aufträge, sie wollen sich wichtig und unentbehrlich vorkommen, dann sind sie unsere Freunde.«

Mit zufriedenem Nicken schrieb Bezug neben Herolds Zeilen in seinen großen, eckigen Zeichen, die zu seinen aufgedunsenen Händen so wenig zu passen schienen, die Zahl: 500.

»Noch etwas bitte ich zu beachten. Hier unter dem Strich der ›Tagesnachrichten‹ ein Feuilleton von unserem Adalbert Semilasso. Er hat wohl um Erlaubnis zum Abdruck angesucht?«

»Nein! – Inhalt?«

»Ein reicher junger Mann liebt ein armes Mädchen. Da seine Eltern ihre Einwilligung zur Hochzeit verweigern, verlässt der junge Mann Glanz und Reichtum und fühlt sich glücklich, die Armut seiner Geliebten teilen zu dürfen. Schlusstableau: Raum ist in der kleinsten Hütte für ein glücklich liebend Paar.«

»Unsinn!«

»Um die Wahrheit zu sagen: Die alte Geschichte ist reizend geschrieben; sie klingt wie neu.«

»Der Kerl macht uns lächerlich. Teilen Sie ihm mit, dass er künftighin alles, aber auch alles, was er schreibt und drucken lässt, mir vorzulegen hat.«

»Jawohl! Endlich: Draußen sind drei Arbeiterdeputationen.«

»Werden von Ihnen empfangen.«

»Die erste kommt, um zum Jubiläum der Betriebseröffnung der Waggonfabrik zu gratulieren.«

»Ein freier Tag mit Freibier und Würstel für alle Arbeiter!«

»Die zweite meldet die Einstellung des Streiks in der Spinnerei Nummer fünf.«

»Zur Kenntnis.«

»Die dritte aus der Lederfabrik zwei verlangt Herabsetzung der Arbeitszeit und Erhöhung der Löhne.«

»Die Löhne werden herabgesetzt und die Arbeitszeit erhöht, bis sie vernünftig geworden sind. Inzwischen können Sie diese

Deputation der zweiten gegenüberstellen, um ihr an einem Beispiel zu zeigen, wie ein Streik bei mir zu enden pflegt. Sonst noch etwas?«

»Ich bin fertig.«

Mit einem Kopfnicken wurde Hainx entlassen, und Bezug vollendete seine Toilette. Dann suchte er seine Frau auf. In einem dämmerigen Zimmer, das nach Spezereien und ätherischen Ölen duftete, lag Frau Agathe auf einem Sofa und schnitt die siebte Zitrone an. Seit Jahren nur mit der Erhaltung ihrer Gesundheit beschäftigt, hatte sie, nachdem sie alle berühmten Ärzte befragt und alle Bäder besucht hatte, sich allerlei Natur- und Wunderkuren ergeben. Einige Monate hindurch war ein Teil des Hauses in eine Kaltwasserheilanstalt verwandelt gewesen, und man konnte morgens die Herrin ihre bloßen Füße durch den Tau des Gartens schleifen sehen.

Dann hatte sie den berühmten Schäfer Kaltenbauer berufen lassen und hatte ihr Leben nach seinen Vorschriften eingerichtet. Allerlei seltsame Tränklein und Mixturen standen umher, und Kaltenbauer ging mit seinem schlauen, glatt rasierten Gesicht unter dem Schleier eines Geheimnisses, verwandelte einen Teil des Parks in einen Kräutergarten, in dem er Stechwurz, Fingerhut und Nachtschatten zog, und fing allerlei Käfer und Gewürme, von dem er die wunderbarsten Eigenschaften wusste. Unter dem Einfluss seines Nachfolgers, eines amerikanischen Gebetsheilkünstlers, veränderten die Zimmer der Gnädigen abermals ihr Aussehen. Alles Profane wurde entfernt, an Stelle der Fotografien und Gemälde bedeckte eine Reihe von gerahmten Heilsprüchen die Wände und das Stillschweigen versteckter Kapellen breitete sich aus, nur von dem Gemurmel unaufhörlicher Gebete, von den Aufschreien verzückter Andachten unterbrochen.

Dann, als auch alle Gebete sich machtlos erwiesen, die sechzehn Krankheiten der Frau Agathe zu vertreiben, begannen alte Weiber aus und ein zu gehen. Nach längeren Verhandlungen entschied sich Frau Bezug für eine Zitronenkur, die ihr das älteste und ehrwürdigste dieser Weiber vorgeschlagen hatte. Vom täglichen Genuss dreier Zitronen beginnend, stieg sie bis zu fünfundzwanzig Zitronen täglich und sank dann wieder bis zu drei, um neuerdings den Gipfel zu erstürmen. Dieser Kur unterzog sich die Kranke mit einer Ausdauer und einer Pünktlichkeit, die dem Glauben an ihre unbedingte Wirksamkeit entsprang. Sie fühlte sich von Schmerzen freier, behauptete, einen klareren Kopf zu haben, und die Krämpfe ihres Magens ließen nach. Selbst der Herzfehler und die Lungenschwindsucht wichen vor der Macht dieser Kur, und die brave Ratgeberin wurde zur besten Freundin der Frau Agathe.

Da es Frau Agathe nicht liebte, gestört zu werden, wenn sie sich bei einem Akte ihrer Kuren befand, so tat sie, als höre sie den Gruß ihres Mannes nicht, und begann, nachdem sie die Zitronen in Scheiben zerschnitten hatte, langsam zu essen. Bezug sah ihr eine Weile zu und näherte sich ihr dann von rückwärts, während seine Salzseeaugen zu grausamen Glimmern erwachten. »Guten Morgen«, schrie er ihr plötzlich gellend ins Ohr und zog sich dann zurück, um die Wirkung abzuwarten. Die Zitronenscheibe war Frau Agathe entfallen, ihre Hände griffen nach den Ohren, dann sank sie auf das Sofa zurück. Zur Decke des Zimmers gewandt, schienen die Augen durch sie hindurch den Himmel anzuflehen, und jede Gebärde, die schlaffe Haltung der Hände, durch die ein leises Zucken ging, die schiefe Stellung des Kopfes rief eine Welt zum Zeugen dieses Martyriums an. Dann sah Frau Agathe ihren Mann mit dem Blicke eines Opfers an und erwiderte seinen Gruß mit einer leisen Krankenstimme: »Guten Morgen.«

Das Flimmern der Salzseeaugen erlosch. Tot lagen sie in der Nüster unter den haarlosen Augenbrauen. »Ich habe dir etwas zu sagen und habe dich deshalb aus diesen Träumereien erweckt.«

Mit einem tieferen Senken des Kopfes deutete Frau Agathe an, dass sie zu hören bereit war.

»Du weißt ja, dass ich unsere Tochter für den Fall des Eintritts gewisser Umstände dem Professor Hecht zur Frau versprochen habe. Es ist nun soweit, dass diese gewissen Umstände Tatsachen werden, und schon in der nächsten Zukunft werden einige Bedingungen erfüllt sein, die mich zwingen, mein Versprechen teilweise einzulösen.«

Gewaltsam versuchte Frau Agathe, die Aufmerksamkeit einer guten Mutter aufzuwenden. Sie setzte sich sogar auf dem Sofa auf. Aber die Anstrengung hatte ihren vom Schreck geschwächten Körper so erschöpft, dass sie wieder hinsank wie eine Fliege im Herbst. »Entschuldige«, murmelte sie und griff nach der Zitronenscheibe, die vor ihr lag, »ich fühle mich sehr unwohl.«

»Du wirst es trotzdem übernehmen müssen, Elisabeth darauf vorzubereiten, dass die öffentliche Verlobung demnächst stattfindet.«

Die gekräuselten Lippen der Frau Agathe hielten noch im letzten Augenblick ein Wort des Widerspruchs zurück. Sie besann sich. Wenn sie ihrem Mann Widerstand leistete, so zog sie sich selbst nur Unbequemlichkeiten zu, ohne ihn von seinem Entschluss abbringen zu können. Entweder er schrie auf sie los, dass er es so haben wolle, und das zerrüttete ihre Nerven, konnte ihr sogar bei dem schweren Herzfehler gefährlich werden. Oder er kam mit Gründen, und das war noch beschwerlicher, weil es sie zum Nachdenken zwang. Darum schob sie rasch eine Zitronenscheibe in den Mund, schüttelte sich ein wenig, blies die Nüstern auf und schwieg.

Bezug verfolgte seinen Sieg. »Hoffentlich hast du mehr Einfluss auf sie als ich. Elisabeth ist ein sonderbares Mädchen. Für ihren Vater hat sie nichts als einen kalten Gehorsam. Ich will aber, dass sie einsieht, wie sehr meine Befehle zu ihrem Wohl beitragen. Alle anderen sollen gehorchen, ohne zu fragen. Aber meine Kinder … meine Tochter soll doch einsehen … Kurz, es wird deine Aufgabe sein, sie zu überzeugen …«

Mit einiger Verwunderung sah Agathe ihrem Mann nach. Es war, als ob sie unter seinem Panzer plötzlich ein Klopfen gehört habe, als rühre sich dort etwas. Das war sonderbar genug, und während sie eine neue Zitrone anschnitt, versuchte sie fast, darüber nachzudenken. Aber zur rechten Zeit besann sie sich, dass ihr die Wunderfrau anempfohlen hatte, sich größter Ruhe des Gemütes zu befleißen, und rasch tauchte alles Fragen unter das Interesse für ihre Kur.

Bezugs Laune war so prächtig wie das Frühlingswetter. Auf dem

Hofe stand sein Automobil, blitzblank in allen Metallbestandteilen, mit gewaltig angeschwollenen Gummireifen, und der Chauffeur zog seine Mütze. Von der Sonne war das rote Leder des Sitzes erwärmt, und während die Maschine aus dem geöffneten Hoftor hinausschoss, lehnte sich Bezug mit Behagen zurück. Nie hatte er im Bewusstsein, über eine ungemeine Kraft vollkommen zu herrschen, so viel Befriedigung gefunden als heute, da die Häuser zu langen, niederen Bändern zu verschmelzen schienen und die Menschen wie Schatten aus seinem Wege sprangen. Es machte ihm Vergnügen, das Automobil durch einige verbotene Straßen fahren zu lassen und den wütenden Gebärden der Wachleute zu trotzen. Nun peitschten die Pappeln einer schattigen Allee wie Ruten vorbei, Vorstädte kamen entgegen und blieben zurück, spielende Kinder rannten schreiend auseinander, die Maschine schien sich über den Boden zu erheben, und das Sausen der Luft wurde zu einem dünnen Ton, dessen Höhe mit der Geschwindigkeit der Fahrt stieg.

In seinem Wagen zurückgelehnt und von diesem vibrierenden Ton seltsam erregt, genoss Bezug seine Gedanken. Er dehnte die Vorgänge der letzten Tage zu Betrachtungen aus, verfolgte jeden von ihnen bis in seine Ausläufer und spann sich in ein Netz von Fäden ein. So war die Schlinge, die er der Welt über den Kopf werfen wollte, so waren die Fundamente seiner Herrschaft. Er begann zu zittern, als seine Gedanken an die letzten Möglichkeiten seines Triumphes rührten.

Ein fürchterlicher Knall platzte wie eine Bombe in das Gewirk seiner Wünsche. So plötzlich wurde er aus dem Wagen herausgeschleudert, dass er noch, als er schon im Straßengraben lag, einen Augenblick von seinen Gedanken nicht loskommen konnte. Neben ihm erhob sich der hinkende Chauffeur und rannte auf die Maschine zu, die auf der Seite liegend im anderen Straßengraben keuchte. Einer der Gummireifen war geplatzt, und Bezug musste sich darein ergeben, hier in diesem elenden kleinen Dorfe zu warten, bis der Schaden gut gemacht war. Wie über eine persönliche Beleidigung erzürnt, trieb er die neugierigen Jungen davon, die sich um das verunglückte Automobil versammelten.

Als sie aber immer wieder zurückkehrten und Bezugs gestürzte Herrlichkeit grinsend zu verspotten schienen, überließ er das Automobil seinem Chauffeur und den Burschen, die er zu Hilfe geholt hatte. Mit zornigen Schritten ging er auf Wiesen und Feldwegen um das Dorf. Es waren ein paar Häuser, die hier im Tal zwischen bewaldeten Bergen lagen. Ein seltsamer Wald übrigens, mit großen kahlen Flecken im dunklen, vom Winter noch gebräunten Grün wie das Fell eines räudigen Tieres.

Als Bezug auf die andere Seite des Dorfes kam, sah er auf einem Rasenplatz zwei Wagen einer wandernden Komödiantentruppe. Einige Männer rammten mit schweren Schlägen Pflöcke in den Boden, verbanden sie mit morschen Brettern, während einige Jungen ein Zeltdach auseinanderzerrten, dessen Falten von Nässe aneinanderklebten. Aus einem der Wagen trugen zwei Weiber die armseligen Gerätschaften der Komödianten in die Sonne. Dieser fremden Welt des Elends und erbärmlichen Vergnügens schenkte Bezug seine frei gewordene Aufmerksamkeit. Indem er zusah, machte er sein Gefühl der Überlegenheit lebendiger und überwand eine Art von Beschämung, die ihn seit dem Unfall nicht verlassen wollte.

Die Geschicklichkeit, mit der die Männer das Holzgerüst ihrer kleinen Bühne zusammenfügten, war bewundernswert. Jeder Handgriff geschah an seinem Orte und zur rechten Zeit, jede Bewegung war auf das Notwendigste beschränkt, dass alle Verwirrung vermieden wurde. Trotzdem ließ es sich der Anführer nicht nehmen, mit lauter grober Stimme Befehle zu erteilen, den einen und den anderen anzuschreiben oder auch nur einen Namen mit einem italienischen oder einem ungarischen Fluch dahinter auszurufen. Dabei rührte er selbst nicht eine Hand, stand in seinem braunen Samtwams wie ein König unter seinen Sklaven und ließ die schwarzen Augen blitzen. Er hatte etwas Malerisches an sich, etwas im Atelier Anerzogenes, wie ein Modell, das den Beruf gewechselt und das doch noch die Pose seines früheren Lebens beibehalten hat. Unter den anderen unscheinbaren und grobknochigen Gesellen war er der schöne Mann, und in diesem Bewusstsein hatte er sich seine Ausnahmestellung angeeignet. Keiner kümmerte sich um ihn, niemand folgte seinen Befehlen, aber dem Häuptling schien es weniger darum als um das Befehlen selbst zu gehen. Seine Stimme wechselte ihren Klang, als ob er auf ihr spiele. Nachdem er eine Zeit lang rau und grob drauflos geschrien hatte, gab er ihr einen tiefen vollen Glockenton, ein wahrhaftes Geläute. Jedes Wort rollte aus seinem Munde, schwang lange in der heißen Luft dahin und schien sich in ein Summen zu verlieren, das in der zitternden Glut des Mittags über der Wiese schwebte. Aber auch der neuen Tonart gaben die Männer wenig Gehör. Sie ließen sich in ihrer Arbeit nicht stören und beschleunigten oder verzögerten wegen ihres Anführers nicht einen Schritt, nicht eine Bewegung der Hand.

Inzwischen war aus dem Rasen eine kleine Bühne herausgewachsen, die nun mit einem Vorbau von Schranken und einer Anzahl von Bänken das Publikum einzuladen schien. Über Bühne und Zuschauerraum spannte sich das Zeltdach, dessen Stricke mit Pflöcken an dem Boden befestigt wurden.

Einige Bilder, die in grellen Farben die wunderbarsten Dinge versprachen, bildeten den Schmuck der Wände und zugleich die Verheißung unerhörter Genüsse. Da sah man einen Mann, der ganze Klumpen Feuer verschlang, und, während ihm die Flammen noch aus dem Mund loderten, sich schon ein ungeheures Messer durch den Leib rammte, dass man die Spitze hinten herauskommen sah. Da sah man eine Pyramide von sechs Männern, die steif wie Holzfiguren einer auf den Achseln des anderen standen. Da sah man die Enthauptung einer Frau; mit einer fürchterlichen Wucht sauste ein breites Schwert auf ihren Hals, der Kopf flog im Bogen vom Rumpf, und aus der Wunde des Halses sprudelte ein blutiger Geifer. Da sah man Dogo, den Wunderhund, auf einem Dreirad fahrend, auf dessen Lenkstange seine vorderen Pfoten lagen. Da sah man Nella, genannt ›die fliegende Fee‹, hoch oben auf einem Drahtseil, in einer graziösen Stellung, nur mit der Spitze des einen Fußes das Seil berührend, während der andere weit ausgestreckt bis an den oberen Rand des Bildes reichte. Da sah man auch Schlangenmenschen, die in eng anliegenden Kostümen, in schillernden Schlangenhäuten den Kopf zwischen den Beinen durchsteckten, und, auf dem Bauch liegend, mit den Zehen Messer und Gabeln gebrauchten oder ihren Leib zu einem Knoten verschlangen. Hier hatte die Kunst des Malers ihren Gipfel erreicht. Wenn sich seine Gestalten sonst durch eine beharrliche Verachtung aller Proportionen auszeichneten, so war in diesem Bilde alles Menschliche von ihnen fern: Anhäufungen von Gliedmaßen, eine Verknotung von allerlei Überbleibseln, die den Eindruck erweckte, als sei hier dargestellt, wie bei der Schöpfung alles Misslungene, alles Überflüssige zusammengeballt worden sei, um gänzlich umgeknetet und von neuem verwertet zu werden. Nirgends wurde es so deutlich als hier, dass der Mensch aus Lehm gemacht ist.

Bezugs Laune hob sich in der Betrachtung aller dieser Unzulänglichkeiten, und er suchte die Modelle dieser Bilder an den lächerlichen und kindischen Ähnlichkeiten zu erkennen. Die Frau mit dem üppigen Busen, deren Kopf im Bogen vom Rumpf flog, trug dort auf beiden Armen die Blechhülsen der Lampen herbei; das jüngere Weib neben ihr, das sich jetzt so stark bückte, dass unter den kurzen Röcken die nackten Beine bis zu den Knien sichtbar wurden, war sicher eine der Schlangendamen; die Pyramidenmänner waren eben dabei, neben dem Theater eine Schießbude zu errichten, in welcher der Feuerfresser die schmutzigen, zerschossenen Blechscheiben aufstellte. Unweit davon lag Dogo, der Wunderhund, unter einem Busch und nagte an einem Knochen, den er irgendwo im Dorfe gefunden hatte. Der Mann aber, der als rot gekleideter Henker auf dem Bilde der Enthauptung das Schwert schwang, war in dem redseligen Anführer selbst zu erkennen. Mit einer Verbeugung und einem Kratzfuß kam er an Bezug heran: »Wird der Herr uns die Ehre erweisen, unserer Eröffnungs-Gala-Vorstellung beizuwohnen? Ich erlaube mir, die höfliche Einladung zu machen.«

»Wann wollen Sie denn eröffnen?«

»Heute Abend, Euer Hochwohlgeboren, und wir spielen hier, je nachdem, acht, zehn, vierzehn Tage. Unsere Produktionen sind höchst sehenswert, und wir haben die allerhöchsten Herrschaften schon unter unseren Gästen gehabt.«

»Wie ist Ihr Programm?«

»Äußerst reichhaltig, Herr Graf. Spannend, amüsant, interessant, mit einem Worte sehenswert und fulminant. Diese Bilder hier geben nur einen kleinen Teil unserer Programmnummern.«

»Wer hat denn diese Gemälde gemacht?«

Der Anführer trat einen Schritt zurück, als wolle er dem Fremden einen besseren Ausblick geben. Dann sagte er, indem er mit dem Zeigefinger auf seinen Samtrock tippte: »Ich, Herr Graf!« Aller Stolz eines großen Künstlers lag in dem *Ich.* »Ich hätte nämlich Maler werden können, Herr Graf. Aber das Schicksal wollte es nicht. Jetzt könnte ich eine Villa in Rom haben oder am Lago di Garda und könnte roten Wein trinken, anstatt hier herumzuziehen und mich mit faulen Kerlen zu ärgern. In Rom verkehrte ich nur in Malerkreisen. Herr Anselm Feuerbach hat niemals ohne mich arbeiten wollen, er hat kein Bild gemacht, ohne mich zu fragen. Er hatte die Technik, und ich habe den Geschmack gehabt. Er hat sich den Namen gemacht, und ich blieb im Sumpf stecken.«

»Sie wollten Maler werden?«

»Mein Wohltäter wollte mich ausbilden lassen. Er hatte mein Talent erkannt. Aber er starb zu bald.« Und daran reihte Biancini, nachdem er sich mit einem neuerlichen Kratzfuß und einer Verbeugung vorgestellt hatte, eine Geschichte, in der die ewige Roma über alle Städte der Erde erhoben wurde, in der zugleich aber auch auf diesem Hintergrund die Größe seines verkümmerten Talentes deutlich hervortrat.

Als er eben im besten Erzählen war, wurde er jäh unterbrochen. Vom Dorfe war mit den Schritten des Schicksals und mit der grimmigen Miene des Gesetzes der Gemeindediener herangekommen. Man hatte ihn aus dem Schlaf gerissen, dem er sich nach den Anstrengungen der Nacht, in der das Wächteramt zu seinen Pflichten gehörte, hingegeben hatte. Man hatte ihn, da er nicht zu erwecken war, nach vergeblichem Rütteln mit kaltem Wasser übergossen und hatte ihm eine diplomatische Sendung anvertraut. Nun trug er mit seiner Botschaft zugleich seinen Zorn vor Biancini. Ohne Umschweife erklärte er ihm, dass der Gemeindevorstand zur Bedingung stelle, dass eine Kaution von fünfzig Gulden vor Beginn der Vorstellungen erledigt werden müsse.

Biancini schüttelte seinen Künstlerkopf, dass die schwarzen Locken flogen: »Und warum, Amigo, warum? Bitte, einen Grund muss das haben.«

»Hat einen Grund!«

»Also bitte, sagen Sie.«

»Weil immer gestohlen wird, wenn solche Zigeuner im Dorf sind.«

»Wir sind keine Zigeuner, wir sind Künstler.«

»Das ist alles eins. Das letzte Mal haben wir zwanzig Gulden Schaden gehabt. Was soll man mit euch machen? Bei Nacht und Nebel gehen sie auf und davon und nehmen mit, was es zu nehmen gibt.« Der Gemeindediener hatte seine Erklärung an Bezug gerichtet, dessen wohlhabendes Aussehen ihm Vertrauen einflößte. Aber auch Biancini wandte sich an ihn: »Sagen Sie, Herr Graf. Also bitte sagen Sie: Wie wird hier die Kunst unterstützt?« Und dann schrie er plötzlich: »Nein, nein, nicht einen Kreuzer. Sagen sie es dem Gemeindevorstand. Nicht einen Kreuzer, nicht einen Kreuzer.« Vor Biancinis funkelnden Augen, vor dem hohen Pathos seiner Entrüstung trat der Gemeindediener den Rückzug an. Im Kreis seiner Getreuen sprudelte der Häuptling seinen Zorn von sich. Mit den größten Worten der Leidenschaft nahm er sich seiner geschändeten Kunst an, er schleuderte Flüche auf den Unverstand und die Rücksichtslosigkeit, er sprach Bomben und schlug mit den geballten Fäusten nach einem unsichtbaren Feind. Deutsch, Italienisch und Ungarisch vermischten sich zu einem Knäuel. Wie eine Lawine brausten seine Worte daher, die im Sturze wachsend immer wuchtiger wird. Alle Geleise der Besonnenheit blieben hinter ihm zurück, und er sprang zwischen den Bestandteilen der Schießbude herum, unfähig, nur einen Augenblick stillzustehen.

Lachend sahen die Mitglieder seiner Truppe dem Schauspiel zu, und die Frau mit dem üppigen Busen drückte sich wiehernd die Seiten. Von einer Bank herab hielt er eine Rede und schwang dazu eines der Luftgewehre mit aller Erbitterung eines Barrikadenkämpfers, dem es um seine Sache ernst ist. Die Jungen des

Dorfes, denen die Zeit bei Bezugs Automobil lang geworden war, hatte es hierher gezogen und sie heulten vor Vergnügen nach jedem Satz. Auf dem Höhepunkt seiner Entrüstung geschah aber etwas, das Bezug für unmöglich gehalten hatte.

Ein junges Mädchen kletterte hinter dem Schreienden auf die Bank, und gerade als er beide Arme emporgeworfen hatte, fasste sie seine Handgelenke und hielt den Schwung seiner Gebärde an. Neben dem Häuptling in seinem Samtwams stand, wie aus einer Versenkung aufgetaucht, in einem einfachen netten Kattunkleid Nella, ›die fliegende Fee‹, und bog die Arme des Erzürnten sanft herab. Wie eine im Lauf plötzlich gehemmte Maschine schnurrte Biancini noch eine Weile weiter und blieb endlich mit einem Ruck stehen. In sein gerötetes, verschwitztes Gesicht, auf dessen Stirn schwarze Locken klebten, lachte das Mädchen, und es schien, als ob der Mann vor diesem Lachen auf die Hälfte seines Umfangs zusammenschrumpfte. Vor diesem Lachen kam er wieder zu sich. Mit einem Satz war Nella, ohne die Hände des Häuptlings loszulassen, von der Bank herabgesprungen und zog nun den Mann ohne Mühe nach.

»Taddeo, aber Taddeo«, rief sie und kreuzte die Arme des besiegten Direktors über dem Sammetwams, »welcher Unsinn, welche Unvorsichtigkeit! Wie können Sie dem Publikum eine Gratisvorstellung geben? Wer wird dann zu uns kommen, wenn er das Beste schon vorher ganz umsonst gesehen hat?«

»Wir werden überhaupt nicht spielen. Denn, o, es ist unerhört, man verlangt von uns eine Kaution! Fünfzig Gulden! Als wären wir Zigeuner, die herumziehen, um Hühner und Gänse zu stehlen. Was soll man dazu sagen? Wir packen ein und fahren weiter.«

»Sie wissen, Taddeo, dass die Obrigkeit nicht immer die Wünsche der Bevölkerung vertritt. Rufen Sie das Publikum an, und Sie werden siegen wie immer. Man soll zwischen uns und diesen Misstrauischen entscheiden. Und welcher Triumph, wenn die Leute sagen, dass uns die Obrigkeit Unrecht getan hat.«

»Aber wie kann ich mir das gefallen lassen?«

»Retten Sie Ihren Stolz, indem Sie das Beste zeigen, was wir haben.«

»Man wird uns ja nicht spielen lassen.«

»Man wird uns spielen lassen, glauben Sie mir.«

Langsam, Schritt für Schritt, war ein kleines braunes Pferd näher gekommen, hatte, indem es die Leute durch Schnauben zum Ausweichen aufforderte, sorgsam den Kreis der Zuschauer durchbrochen und stieß nun mit der weichen Schnauze an Nellas Schulter: »Ach, meine Mizzi«, rief Nella und küsste es mitten zwischen die Nüstern.

»Ach ja, ach ja, ich habe ganz vergessen. Hast du ihn gefunden?«

Da wurde Nella ganz ernst und das Lächeln ihrer Augen verschwand hinter einer Wolke. »Nein, ich habe ihn nicht gefunden. Und der …« Sie ließ ein Wort fallen und setzte dafür ein anderes, das einen ganz anderen Gedanken nach sich zog, »der Wald ist nicht mehr wie damals. Als ob der böse Feind drin gehaust hätte, als hätte ihn ein Fluch getroffen. Seine Schönheit ist dahin, seine Bäume sind von hässlichen Raupen kahl gefressen. Der Geruch dieser Bestien ist unerträglich. Man sieht die Zerstörung ja von hier.« Sie wies nach dem von braunen Flecken unterbrochenen Teppich, der sich wie das räudige Fell eines Tieres um die Schultern der Berge schlang. Aus dem Wald ragte ein seltsam geformter Felsen, und seine steinernen Gestalten schienen sich wie im Ekel über die Verwüstung ringsumher aufzubäumen, als wollten sie sich verzweifelt über die Abhänge herabstürzen. Wie ein Zug von Wehklagenden erhoben sie sich über den Wald, wie eine Reihe von schmerzerfüllten Gedanken, die im Übermaß des Schreckens starr geworden sind. – Mizzi hatte seinen Kopf auf Nellas Schulter gelegt und sah mit klugen feuchten Augen in die Richtung, die ihr Finger wies.

Da zog ein Gemurmel die Aufmerksamkeit vom Walde ab. Es schien, als ob Nellas freudige Zuversicht nicht Recht behalten sollte, denn auf der Dorfstraße kam der Gemeindediener zurück und führte den Vorsteher nebst einigen Bauern an, die ihre Dienste der Obrigkeit zur Verfügung gestellt hatten. Mit baumelnden Armen, an denen die Fäuste wie Gewichte hingen, aufgerollten Hemdärmeln und gekrümmten Nacken, deren Sehnen schon zum Kampf gespannt schienen, kam der Heerbann des Dorfes heran und stellte sich dem Trupp der Komödianten gegenüber in Schlachtordnung auf, während der Gemeindevorstand an Biancini das Wort richtete. Noch einmal wiederholte er seinen Befehl, entweder eine Kaution zu zahlen oder augenblicklich das Gebiet der Gemeinde zu verlassen. Er war unvorsichtig genug, ein Wort zu gebrauchen, das Biancinis Tobsucht sofort neu entfachte. Er sagte: »Gesindel!« Biancini wurde ganz weiß, dann hob er die Fäuste zum Himmel, als wolle er auf den Mann einen Blitz herabflehen. Aber Nella schob ihn sachte zur Seite und trat, von Mizzi gefolgt, vor den Obersten der Gemeinde. »Warum wollen Sie es uns unmöglich machen, hier zu spielen? Wir leben von einem Tag zum anderen und haben kein Geld, um die Kaution zu zahlen. Aber wir sind anständige Leute, wenn wir auch Komödianten sind.«

Wie eine Leibgarde schoben sich die Pyramidenmänner an ihre Seite, und ihr Gemurr war so drohend, dass sich der Gemeindevorstand auf seine Schlachtreihe zurückzog. Während Biancini unbeachtet fortfuhr, seine tragischen Gebärden zu machen, und in jeder besonders gelungenen Pose eine Weile verharrte, um allen Gelegenheit zu geben, ihn zu bewundern, versuchte Nella die Männer aus dem Dorfe mit sanften Worten zu überreden. Noch gelang es ihr, den Ausbruch der Feindseligkeiten zu verhindern, aber die Lage wurde immer gespannter, je länger sich der Vertreter des Dorfes weigerte, die Bitte der Komödianten zu erfüllen. Mit dem Bewusstsein geschulter Kraft sahen die Athleten und Akrobaten auf die Bauern, die ihnen die Wucht und den Trotz der Heimatverteidiger entgegensetzten. Auf beiden Seiten wollte man nicht zurückweichen, und schon begannen die einzelnen Kämpfer, ihren Gegner auszuwählen und ihre Aussichten auf Erfolg abzuwägen.

Bezug schwankte einen Augenblick, ob er es zum ergötzlichen Schauspiel des Kampfes kommen oder ob er seine Herrlichkeit walten lassen und die unerwartete Wendung herbeiführen solle. Als er aber die vor Erregung zitternde Nella ansah, sank seine Grausamkeit unter eine plötzlich aufschießende Begehrlichkeit. Im Nacken des Mädchens war eine Stelle, die er entschlossen war zu küssen, und gerade, als der oberste Pyramidenmann vortrat und dem Gemeindevorstand herausfordernd vor die Füße spuckte, drängte er sich durch die Schlachtreihe und nahm den Wütenden beim Arm. Der wollte sich losreißen, aber Bezug schwenkte eine Banknote als Friedensfahne hin und her. Erstaunt griff der Bauer nach dem Papier: »Hundert Gulden? Für die da?«

»Jawohl; und jetzt gehen Sie!«

Wie die plötzliche Lösung des Knotens in einer verwickelten Komödie wirkte Bezugs Auftreten. Das Unerwartete war geschehen. Die Spannung war gelöst. Die Fäden der Handlung rollten glatt weiter. Alle Hindernisse der Verständigung waren durch einen Zauber beseitigt. Mit aller Ehrfurcht vor dem Reichtum griff der Gemeindevorstand an den Hut und gab das Zeichen zum Rückzug. Auf der heißen Dorfstraße trabten die Bauern in einem Haufen fort, aus dem von Zeit zu Zeit die Banknote wie eine Trophäe flatterte, als könne man sich nicht an ihr satt sehen.

Mitten im Kreise der Komödianten stand der Retter und ließ sich eine Ansprache Biancinis, die Händedrücke der Pyramidenmänner und die verzückten Ausrufe der Weiber gefallen. Als Letzte von allen gab ihm Nella die Hand und ein noch etwas zaghaftes, von der letzten Viertelstunde gedrücktes Lächeln. Zwischen seinen Beinen wimmelten die Kinder der Schlangenmenschen und Dogo, der Wunderhund, schnupperte hinten an seinen Hosen. Man konnte sich nicht genug tun in Worten der Dankbarkeit, der Bewunderung und Ehrfurcht, und Biancini beteuerte immer von neuem, dass er noch keinen edleren Kunstfreund auf allen seinen Fahrten kennen gelernt habe, und dass die Mäzene der römischen Maler, mit ihm verglichen, elende Krämer seien. Er gab sich nicht früher zufrieden, als bis ihm Bezug versprochen hatte, jeden Abende der Vorstellung auf dem Ehrenplatze – auf dem schon so viele allerhöchste Herrschaften gesessen hatten – beizuwohnen.

Immer erhitzter wurden Biancinis Tiraden, und die günstige Gelegenheit, seine Künste des Wortes zu entfalten, riss ihn fort. Als der Chauffeur seinem Herrn meldete, dass das Automobil zur Rückfahrt bereit sei, gab die Truppe Biancinis ihrem Retter das

Ehrengeleit. Voran gingen drei Parterreakrobaten auf Händen, dass ihre scharf abgebogenen Beine wie Heerzeichen in der Luft standen. Dann folgte ein Schlangenmensch, der seinen Körper in einen Knoten verschlungen hatte und wie eine Kröte hüpfte, indem in seinem nach rückwärts gewandtem Gesicht die Augen starr auf Bezug gerichtet standen. Unter Geheul und Schellengeklingel liefen die vierzehn Kinder der Truppe vor dem Retter, der von Biancini an der einen und der Dame mit dem üppigen Busen an der anderen Hand geleitet, würdevoll in der Mitte des Festzuges schritt. Hinter ihm folgten noch drei Pyramidenmänner und endlich Nella mit ihrem Pferde.

Noch einmal trat Biancini vor seine Truppe und erhob die Stimme. Die Töne kamen ganz tief aus der Brust wie aus einem erzenen Schlund, rollten rund und voll in die Luft und drängten sich mit einem sinnlichen Reiz auf wie üppige Weiber, die sich auf den öffentlichen Plätzen Italiens anbieten. Mit dem Vergnügen an dem Glockenklang der Stimme wuchs Biancinis Begeisterung. »Meine Lieben«, sagte er, »wie selten ist es, dass heutzutage noch Freude an jenen Künsten zu finden ist, in die sich die letzten Erinnerungen an die göttlichen Spiele zu Olympia gerettet haben. Man nennt uns verächtlich ›Komödianten‹ und betont das Wort, als spreche man von Menschen, die gerade nur noch geduldet werden müssen, weil man sie doch nicht gut umbringen kann. Aber ich betone mit Stolz: Komödianten, das heißt Künstler, und unsere Achtung vor uns selbst steigt in solchen historischen Augenblicken, in denen die Menschheit durch ihre auserwählten Vertreter beweist, dass sie zu uns Vertrauen, dass sie auch vor uns Achtung hat.«

Der Redner verlor sich in einen Wald von üppigen Ziergewächsen des Ausdrucks, er zeigte allerlei Gärtnerkünste des Stils, blumige Überraschungen, wies jeden Augenblick einen anderen Ausblick auf seine historischen und philosophischen Kenntnisse und hätte gewiss noch lange geredet, wenn nicht der Chauffeur auf einen Wink seines Herrn das Automobil in Bewegung gesetzt hätte. Die Rede wurde durch das dreifache Hurra des Abschieds abgeschnitten. Bezug blickte noch einmal zurück und sah von der ganzen Gruppe nichts als Nella, die den Kopf an Mizzis

Hals gelehnt hatte und mit leichten Händen seine Schnauze liebkoste.

Als Bezug in den Hof seines Palastes einfuhr, stand Adalbert Semilasso, der Dichter, am Eingang des Parkes und träumte einer kleinen, leichten Wolke nach, die seit Stunden am Himmel sichtbar war und die Form einer mit weißer Seide bespannten Gondel bewahrte.

»Hallo Dichter«, rief ihn Bezug an, »hat Ihnen Hainx meinen Auftrag ausgerichtet?«

Adalbert sank in die plumpe Wirklichkeit zurück: »Jawohl, Herr Bezug.«

»Ich habe eine andere Beschäftigung für Sie, damit Sie nicht sobald wieder in Versuchung kommen, abgeschmackte Erzählungen zu schreiben. Dichten Sie mir dreizehn Sonette an die Liebe. Sie verstehen: an die rote, die purpurne Liebe. Keinen Mondschein, sondern Champagner bitte ich mir aus. Ach, ja richtig ... woher sollen Sie das nehmen? Sie lieben ja nicht so. Aber ich werde Ihnen Gelegenheit geben. Machen Sie sich bereit, blutrot zu schreiben und dann purpurn zu dichten.«

Damit stieg Bezug die Treppe zum Turm empor. Nachdem er eine Weile in seinem Lehnstuhl gesessen und die geschnitzten Schlangenköpfe betastet hatte, erhob er sich und holte aus dem Fach den Folioband der Verpflichtungen. Auf der letzten Seite des Buchstabens B trug er Biancinis Namen ein. Dann schob er den Band von sich und nahm das Buch der galanten Abenteuer vor. Die dünne Seide der Blätter knisterte zwischen seinen Fingern, als er den Band über die Tischplatte hinschob, auf der sich der elfenbeinweiße Leib der Danae dem aus der Nacht des Ebenholzes niederrauschenden Goldregen hingab. Hastig suchte er die letzten Eintragungen auf, wandte um und schrieb auf ein neues Blatt, gleich weit vom oberen und vom unteren Rande entfernt, mit vergoldeter Pfauenfeder: ›Nella‹.

Das war Bezugs erstes Zusammentreffen mit Biancinis Truppe. Von nun an kam er jeden Abend und saß, mitten unter den Bauern, auf dem Ehrenplatz – wo schon viele allerhöchste Herrschaften gesessen hatten – und genoss den Triumph, alle Bemühungen der Künstler, alle ihre Dankesbezeugungen nur auf sich beziehen zu dürfen. Was Biancinis Truppe bot, übertraf nicht den Durchschnitt herumziehender Komödianten und hielt sich ohne viel Abwechslung an die bildlichen Versprechungen ihrer Leistungen. Allabendlich säbelte Biancini den Kopf seiner üppigen Gemahlin herunter, allabendlich bauten die Pyramidenmänner ihre drei Stockwerke auf, allabendlich machten die Schlangenmenschen dieselben Künste. Und das war immer dasselbe. Aber allabendlich betrat auch Nella, genannt die ›fliegende Fee‹, das Drahtseil. Und das war jedes Mal ein anderes.

Ihre Leistungen richteten sich nicht an ihn allein, ihr Lächeln und der graziöse Dank nach dem schwierigen Absprung vom Seil kam allen im gleichen Maße zu, und Bezug sah mit zornigem Staunen, dass sie ihn durchaus nicht vor dem übrigen Publikum heraushob. Ihrem Ehrgeiz genügte es nicht, allein seinen Beifall zu finden, sie wollte alle hinreißen, und ihr Stolz war es, immer neue Stücke und neue Nuancen anzubringen. Mit Missvergnügen überzeugte er sich davon, dass es diesem Mädchen, das mit allem Eifer an ihrer Kunst hing, um die Sache selbst zu tun war.

Dazu kam, dass alle seine Angriffe ohne Erfolg geblieben waren. Zuerst war er, der gewohnt war, im ersten Anlauf zu siegen, geradewegs auf sein Ziel losgegangen und hatte Nella nach einigen einleitenden Blumensträußchen mit einem Diamantenschmuck überrascht, der so blendend schön war, als hätte sich in jedem der Steine ein Tropfen flüssigen Sonnengoldes gefangen. Trotzdem Nella den Schmuck mit zitternden Händen annahm, schien es, als sei sie sich dessen durchaus nicht bewusst, dass sie sich durch die Annahme des Geschenkes zu Gegendiensten bereit erklärte. Die Gepflogenheiten der Künstlerwelt besaßen keine Gewalt über sie.

Bezug schäumte vor Zorn und änderte seine Pläne. Er wollte sie, da es in der oft erprobten Art nicht zu gelingen schien, auf zartere Weise umwerben und legte ihr sein Herz zugleich mit einigen Gedichten zu Füßen. Aber Adalbert arbeitete nicht zu Bezugs Zufriedenheit. Eines Abends war die ›Gräfin‹ in Bezugs Auftrag zu dem Dichter gekommen und hatte ihm ihren schönen, von Wolllüsten schmachvollster und verführerischster Art gesalbten Leib angeboten. Sie entkleidete sich vor ihm und tanzte nackt im roten Geriesel einer Ampel, während auf goldenen Becken Räucherwerk brannte. Im Qualm der Wohlgerüche trug ihm ihr weißer Körper eine verlockende Frische zu, und ihre Brüste zitterten vor Verlangen nach seiner jungen Kraft. Sie tanzte lange und fiel endlich vor ihm nieder, seine Knie umklammernd, und ihr Haupt mit den langen, blonden Haaren lag auf seinen gesenkten Händen. Da sah sie in seine traurigen Augen, in denen ein großer Schmerz tief unten verborgen schien, und plötzlich, mit einem jähen Aufschrei, zerriss sie den Schleier ihrer Brunst, schleuderte die unreinen Fackeln von sich und begann zu weinen. Unaufhaltsam rannen die Tränen aus ihren Augen und benetzten seine Hände. Ihr prächtiger Nacken bebte vor ihm, und die Haare wallten wie ein Mantel über den Rücken. Dann stand sie auf und floh mit ihren Kleidern ins Nebenzimmer, wo sie sich ankleidete, denn sie schämte sich vor ihm. Mit dem plötzlich erwachten Fanatismus einer Reue, der den Seelen der schamlosesten Dirnen vorbehalten scheint, warb sie um seine Verzeihung und um seine Freundschaft, die ihr nun wichtiger waren als alle Triumphe ihres Leibes und an denen nun ihre Seligkeit hing.

Adalbert fragte nicht nach ihrer Vergangenheit und ihrer Zukunft und nahm sie auf wie ein Erlöser, mit so milden und menschlichen Gebärden, dass ihre ganze Seele schluchzte. Tagtäglich kam sie nun in seine Gemächer, und wenn Bezug glaubte, dass sich die beiden den wildesten Entzückungen der Liebe überließen, saßen sie am Fenster und sahen über den grünen Park auf die Stadt hinaus und sprachen von dem Heimweh, das in ihnen lebte, oder sie schwiegen auch und vergaßen der Stunde. Die weichen Worte von Adalberts Dichtungen klangen alle in der Gräfin nach und mit einem auf einmal erwachten Gefallen an Wohlklang und Schönheit trug sie seine Gedichte in sich herum. Oft, wenn ihr heißer Leib sie gepeinigt hatte, dass sie von neuem in einen Taumel der Wollust zu stürzen gezwungen war, kam sie mit scheuen Schritten und dem Blick eines Hundes, fiel vor ihm hin und schlug die weiße Stirn gegen den Boden. Einmal hatte sie die Schere gefasst und wollte ihr blondes, verwirrendes und sündhaft schönes Haar abschneiden.

Da aber fiel ihr Adalbert in die Hand und hielt sie zurück, indem er sie warnte, die Schönheit zu zerstören. Von nun an liebkoste sie dieses Haar, breitete es um ihre Schultern, und wenn einer ihrer Liebhaber von der Pracht dieses blonden Mantels sprach, schlug sie ihm mit der geballten Faust ins Gesicht. Und ein anderes Mal, als Adalbert ihre Hand gefasst hatte und lange in der seinen hielt, sagte sie, und es war wie ein Schrei: »Du wartest, nicht wahr, du wartest auf eine, die dir gleicht.«

»Ich weiß es nicht«, sagte Adalbert und sah über sie hinweg und über die Dächer der Stadt, über deren Menge der Dom mit seinen beiden ungleichen Türmen einsam zu winken schien.

So wurde Bezug in seinen Hoffnungen betrogen. Es war ihm nicht gelungen, das Leben des Dichters mit den blutigen Strahlen der Liebe zu verwirren; an Stelle purpurner und aufreizender Gedichte bekam er stille, blasse Verse wie Perlen oder Tränen, Worte einer unbestimmten und gestaltlosen Liebe, ergreifend und tief und ganz ins Innere dringend, aber auch wehmütig und durchaus nicht geeignet, die Sinne einer Frau zu erregen. Gedichte wie dieses:

Meine Liebe ist keine Feuersflut,
Sie schmerzt und flackert und blendet nicht,
Sie ist keine sengende, prasselnde Glut,
Sie ist ein stilles, ewiges Licht.
Ihr Purpurlicht brennt vorm Altar,
Wo hohe, schlanke Leuchter stehn
Und alte Fenster wunderklar
Durch Weihrauchsilberwolken sehn.
Und alte Bilder hängen dort
Um ein Madonnenbild im Kreis,
Die Kanzel harrt auf Gottes Wort,
In alten Stühlen knackt es leis.
Ein Schatten tanzt an kahler Wand
Und langsam dreht die Ampel sich –
Mir ist's, als ob eine lieb Hand
Ganz leise übers Haar mir strich.

Diese Gedichte erwartete Nella mit einer seltsamen Ungeduld. Sie fragte nicht, wer sie gemacht hatte, aber Bezug war es, als fühle sie sich durch ihn hindurch zu dem Dichter. Er war ihr nichts, er blieb ihr immer nur der Überbringer.

Es war nach der Vorstellung, und Nella stand an der Treppe zum Garderobewagen, wo sie eben ihre Trikots abgelegt hatte. In ihrer lässigen Haltung war die Hingabe an die Worte der Liebe, immer wieder hob sie das Blatt in den Lichtschein, der vom Lager der Komödianten gehorsam herankroch. Da glaubte Bezug die unendliche und ewige Sehnsucht des Weibes in ihr betrügen zu können und wagte es, seinen Arm um ihre Schultern zu legen. Ganz aufgeregt verfolgte er seinen Sieg, als ihn das Mädchen nicht zurückstieß, und drängte sie in die Dunkelheit. »Nein, nein!«, sagte Nella und begann sich zu wehren, »was wollen Sie tun?« Da ließ er sie rasch los, denn er sah, dass sie bei dem Dichter war. Und nun sah Bezug ein, dass er mit größerer Vorsicht und Geduld vorgehen musste, und dass Nella nicht zu gewinnen war wie die leichtsinnigen Mädchen, die dem Geld nachliefen oder sich durch Sentimentalitäten erweichen ließen. Er musste sie loslösen, verpflanzen, in einen Boden übersetzen, wo er unumschränkter Herr war.

Er schlug einen anderen Weg ein. Der führte über Signor und Signora Biancini, und sein Bau kostete nicht mehr als einen kleinen Scheck mit drei Nullen. Besonders Signora Biancini stellte sich bald auf Bezugs Seite. Sie war nicht frei von Eifersucht und freute sich darüber, dass nun diese Zärtlichkeiten, das vertrauliche Beisammensein mit Nella ein Ende nehmen würden. Sie fühlte sich vernachlässigt und hatte schon manchmal so ingrimmig gegen ihren Mann getobt, dass sich dieser gezwungen gesehen hatte, nach der Hundspeitsche zu greifen, die stets über seinem Bette hing.

Schwerer war Biancini umzustimmen. Aber als er auf dem Höhepunkt angelangt war, als er mit erhobenen Armen dastand, den schönen Kopf von schwarzen Locken umwirrt, eine Gestalt von gewaltiger und überlebensgroßer Plastik, da zog ein schmaler Papierstreifen vor seinem Blick vorüber und bewirkte die Umkehr. Er gab nicht sogleich nach, denn es sollte von ihm nicht heißen, dass er Nella verkauft habe, aber er verließ eine Stellung nach der anderen und verzichtete zuletzt mit einer rührenden und wehmütigen Gebärde. »Es ist zu ihrem Glück«, sagte er, »was kann sie bei uns erreichen? Sie hat alles für eine große Künstlerin, sie wird sich die Welt erobern.«

Der künstlerische Ehrgeiz war der archimedische Punkt, von dem aus Bezug seine Kräfte wirken ließ. Langsam und vorsichtig weckte Biancini Nella aus dem Schlaf. Er sprach von den ungeheuren Fortschritten, die sie in der letzten Zeit gemacht habe. Dass es doch wahrhaftig schade sei, so viel Anmut und Kunstfertigkeit vor schmutzigen Bauernlümmels zu vergeuden. Staunend besann sich Nella auf sich selbst und gab Biancini Recht. In dem Gemisch des Lichtes der qualmenden Zirkuslampen mit dem Mondschein, der durch das Gestänge des Zeltes kam, von dem man das Dach zurückgeschlagen hatte, erschien die Arbeit der Komödianten sinnlos und töricht, und der johlende Beifall der Bauern war Nella, die auf ihre Nummer wartend hinter der Bühne stand, wie ein Hohn.

Bezug war einige Abende ausgeblieben, um sein Gift wirken zu lassen. Als er wiederkam, war der Weg bereit. Er fand Nella unter den Weidenbäumen am Ufer des Baches. Mizzis dunkler Kopf lag auf Nellas Schulter, leise schnaubend verriet er Bezugs Kommen. Mit heißen Worten bewunderte der Mäzen Nellas Leistung von heute Abend.

»Ach, sprechen Sie nichts davon«, sagte sie unmutig, »ich will nichts davon hören. Biancini hat mich verrückt gemacht.«

»Wie denn?«

»Er sagt, ich könne Besseres leisten. Ich verkümmere hier. Es sei schade um mich.«

Da setzte Bezug mit Wärme ein und schob sie vorwärts. Ja … er schäme sich fast für sie, wenn er sie so ansehe, eine Künstlerin in ihrem Fach. Und er habe sich gefragt, warum sie sich nicht schon längst losgemacht habe und ihrem Stern nachgezogen sei. Dann schloss er nachdenklich, er könne ihr vielleicht ein wenig behilflich sein, wenn sie ihm vertrauen wolle.

Nella horchte hoch auf.

Bezug hütete sich, seine Augen sehen zu lassen, und sagte im selben ruhigen und besonnenen Ton: »Gerade jetzt sucht Kutschenreuter, der berühmte Kutschenreuter, der Besitzer des größten europäischen Unternehmens, eine Künstlerin Ihres Faches. Gestern war ich gerade bei ihm und sah den Zug der Bewerberinnen.

Mit übergeschlagenen Beinen sitzt Kutschenreuter da und lässt die Weiber reden. Manche schickt er nach den ersten Worten weg, andere fordert er auf, in die Manege hinabzusteigen und ihre Künste vorzuführen. Was man da zu sehen bekommt! Sie würden es nicht glauben, was alles wagt, sich Kutschenreuter anzubieten. Von Kindern mit Streichholzbeinen, die kaum auf dem Seil stehen können, bis zu Jubelgreisinnen, die mit einem verrückten Lächeln hin und her hüpfen, als wollten sie durchaus nicht zugeben, dass ihnen das Bett und ein geheiztes Zimmer weit zuträglicher wäre als das Seil und die Manege. Der einen fiel bei einem gewagten Sprung ihr falsches Gebiss aus dem Mund, die andere zerstieß mit ihrem spitzen Knie das gespannte Trikot – oh, es war ein Graus. Kutschenreuter winkte immer nur mit der Hand: ›Hinaus, hinaus! Was wollen Sie?‹

Von fünfundvierzig Bewerberinnen, die auf die Nachricht von der Vakanz bei Kutschenreuter aus allen Richtungen herbeigestürzt waren, nicht eine einzige annehmbar. Das Defilee war erfolglos.«

»Und da sollte ich es wagen?«

»Sie haben wenig Vertrauen zu sich. Ein gesunder Ehrgeiz unternimmt alles. Versuchen Sie es doch. Ich will gerne den Mann vorbereiten.«

»Sie werden ihm Wunder erzählen. Und er wird enttäuscht sein.«

»Ich werde ihm die Wahrheit sagen, und er kann sich davon überzeugen, ob es die Wahrheit ist.«

Nella liebkoste Mizzis weiche Schnauze und legte ihren Kopf an seinen Hals. Nun stand sie ganz in einer blendenden Säule von Licht, gleichsam wie in einem Kristall eingeschlossen. Und Mizzi wandte sich nach ihr um und schnaubte ihr zärtlich ins Ohr. Vor Gier zitternd hob Bezug die Arme, dann wich er ins Dunkel zurück. Als Nella aufschaute, war sie allein, und von so viel Zärtlichkeit gerührt, umarmte sie Mizzi von neuem, indem sie sich dem Genuss der Empfindung hingab, unter den Menschen so einsam zu sein, dass ein Tier ihr nächster Freund sein musste.

»Kutschenreuter erwartet Sie morgen«, sagte ihr Bezug am nächsten Abend, nachdem er vorher eine Viertelstunde mit Biancini allein gesprochen hatte. Und Biancini legte ihr wie segnend die Hand aufs Haupt, mit einer Miene, als habe er ›Des Vaters Abschied‹ darzustellen. Nun war es also beschlossen, und Nella erschrak fast, als sie daran dachte, dass sie nun ihre Kameraden verlassen müsse. »Mache mir keine Schande, mein Kind«, sagte der Häuptling, indem er die Hand vorn in das Samtwams schob und schloss an diese Mahnung eine endlose Galerie von Ratschlägen. Zwischendurch geleitete er Nella wie der Versucher auf hohe Berge und zeigte ihr von dort oben alle Herrlichkeiten des Landes der Verheißung. Er schlug in die Hände und klatschte auf die Knie, um den rauschenden Beifall und das Entzücken des Publikums auszudrücken, er verneigte sich fünf-, sechsmal nacheinander … »nicht oft genug wirst du herauskommen können.« Dann wurde er elegisch und große, schwere Tränen rannen auf den abgeschabten Samtkragen.

Inzwischen packte Nella mit Hilfe ihrer Kollegen einen kleinen Koffer, in dem sogar noch Raum blieb, weil sie die Hälfte ihres Eigentums als Andenken zurücklassen musste. Gitta, das Schlangenweib, der schon längst ein Brokatgürtel Nellas in die Augen gestochen hatte, weinte so lange und dringend, und hielt dabei den Gürtel so augenfällig hin, dass Nella ihn ihr schenken musste. Dafür gab ihr Gitta eine Bleichkapsel, in der sich ein Barthaar des wundertätigen Christus von Trofajach befand, dem das Haar an Haupt und Kinn alljährlich geschoren werden muss. »Das ist der beste Schutz. Wenn du das mithast, kann dir draußen nichts geschehn.« Und so wurden noch allerlei andere Tauschgeschäfte geschlossen.

Von Rolf, dem dritten Pyramidenmann, erfuhr Nella gegen Hingabe eines seidenen Halstuches, dass das beste Mittel gegen Schwindel darin bestehe, mit in die Herzgrube gedrückten Daumen dreimal »Jehuboa« vor sich hin zu flüstern. Während

Biancini sich abseits in Lyrik auflöste und ›An der Wende des Schicksals‹ machte, unterlag Nellas Gutmütigkeit dem liebenswürdigen Ansturm der Kollegen. Aber sie verschenkte ihr Eigentum ohne Bedauern, und wenn ihr jemand gesagt hätte, sie solle ihm den Rest ihrer Kleidung, alles, was noch in dem kleinen Koffer war, schenken, so hätte sie es mit demselben abwesenden Lächeln ohne Bedenken getan. Es schien ihr, als sei es gut, in das neue Leben nichts aus dem alten mitzubringen.

Auf der Stiege des Garderobewagens saß Biancinis Gattin, schlenkerte mit den Beinen und aß Schokoladenbonbons aus einer großen Tüte, die ihr Bezug mit einer Verbeugung übergeben hatte. Dann lockte sie mit ausgestrecktem Arm Mizzi an sich, der vor Unruhe trippelnd dem Treiber zusah. Aber das Pferd wollte nichts von ihren Winken bemerken und nichts von ihren Versprechungen hören und wandte nicht einmal den Kopf. Anita zweifelte nicht, dass Mizzi in kurzer Zeit ebenso vergessen haben werde wie Biancini. Sie war mit Bezug, mit Biancini, mit der ganzen Welt, am allermeisten aber mit sich zufrieden. Behaglich lehnte sie sich zurück, legte den Kopf auf die hinter ihm gekreuzten Arme und fühlte das immer noch beträchtliche Gewicht der zwischen ihren Brüsten schaukelnden Tüte wie das Versprechen eines noch lange anhaltenden Genusses.

In dieser Nacht stieg Nella auf den Hexenstein, sah den steinernen Ratsherren in die faltigen Gesichter, ging zwischen den grinsenden Galgenvögeln durch und blieb bei den Mondscheinfrauen stehen. Vorsichtig sah sie sich um und blickte tief in die hehlenden Schatten, denn sie fürchtete eine Begegnung mit dem, der hier oben den Thron seines Reiches errichtet hatte. Ihr Blut rauschte purpurn in die Stille. Da neigte sich die blasseste der Mondscheinfrauen zu ihr, indem sie ihre Starrheit zerbrach, und flüsterte ihr zu: »Leb' wohl, mein Kind, und bewahr' dich gut. Wir können nicht anders als wir müssen. So spricht dir die Weisheit des Steines.« Sanft wehten grüne Schleier um Nella, und vor übergroßer Bangigkeit drückte sie ihr Gesicht in die steinernen Gewänder der Mondscheinfrau und weinte. Trauriger war dieser Abschied, als der erste Abschied gewesen war, und das

Herz schlug Nella so sehr vor einer Zukunft, in die sie getrieben wurde, ohne zu wissen, wie es gekommen war. Als sie über den Grat ging, machten die Galgenvögel alle ernste Gesichter und die Ratsherren schüttelten ihre faltigen Häupter. Aus dem Wald kam der üble Geruch der verwesenden Raupen, die im Kampf des Menschen gegen die vernichtende Brut massenweise erlagen, und die dennoch unbesiegbar wie eine Krankheit des Blutes an anderen Orten zu neuer Zerstörungsarbeit auftauchten.

Am Morgen des nächsten Tages fuhr Bezugs Auto vor, und mit einer achtungsvollen Handbewegung lud der Retter Nella ein, neben ihm Platz zu nehmen. Ihren kleinen Koffer ließ er durch eine der kostbaren Wagendecken verhüllen, und dann gab er das Zeichen zur Abfahrt. Vor der Front seiner Truppe stand Biancini und machte den betrübten Vater. Es war ihm wirklich traurig zumute, und seine Tränen kamen ihm ohne Anstrengung; aber dennoch konnte er sich nicht versagen, seine Trauer ins Monumentale zu erhöhen und sich auf den schönen Eindruck zu spannen. Im Augenblick, als sich das Automobil in Bewegung setzte, brach Mizzi durch die Reihen der Komödianten und trabte wiehernd dem Wagen nach. Er setzte sich in Galopp, aber bald vermochte er der gesteigerten Schnelligkeit nicht mehr zu folgen. Da blieb er stehen, peitschte die Flanken mit dem schönen, langen Schweif und stand und stand … Bei der Ecke, mit der der Wald die Straße zu einer Krümmung zwingt, sprang ein Mensch aus der Bahn des Wagens. Es war ein Mann, groß und wuchtig wie ein Baum, dessen hemdartiges, im Gürtel gerafftes Gewand im schnellen Sprunge flackerte. Nella erblasste bis in die Lippen und sah ihm mit schmerzenden Pulsen nach, wie er zwischen den Stämmen rasch den Berg hinanklomm, bis er hinter einem Weißdorngestrüpp verschwand.

Von einem Gefangenen, der den Menschen sucht

Was Adalbert Semilasso in diesem Winter, dem ersten in Bezugs Diensten, erleben musste, hatte alle unbefangene Heiterkeit von ihm abgestreift. Zuerst stand er der Welt, in die er sich plötzlich gerissen sah, mit einer heroischen Neugierde gegenüber, entschlossen, sich alles zu Eigen zu machen und bereit, sich an alles restlos hinzugeben. Aber er sah bald, dass diese Welt weder geneigt war, sich ihm zu ergeben, noch seine Hingabe anzunehmen. Die Wunder, die er in Bezugs Haus täglich erneuert fand, überwucherten seine Fassungskraft, und es kam eine Zeit, in der er unfähig war, etwas Neues zu begreifen oder etwas von dem schon Begriffenen in jene Ordnung zu bringen, die er sich nach Art der Dichter als das Wesen der Welt zurechtgedacht hatte. Indem er von immer neuen Überraschungen überwältigt wurde, verlor er sich in ein Labyrinth von Unverständlichkeiten. Vergebens versuchte er, in den Sinn aller dieser Dinge und Menschen vorzudringen. Da er bestrebt war, sich dem Wesentlichen der Ereignisse zu nähern, und da er immer wieder durch die strahlenbunten und vielfarbigen Oberflächen verwirrt wurde, war es ihm, als weiche der Grund unter ihm und als stürze er ins Bodenlose.

Ewigkeit, Gott, Schicksal traten zu einem Reigen an, der hoch über ihm und allen anderen dahinging. Endlich begann er mit einer Art von Trotz allen diesen Worten Erklärungen zu geben, wie er sie in sich selbst fand, und versuchte es, sein Leben und dessen Wege nach diesen einzurichten. Da entbrannten die ersten Konflikte mit Bezugs Befehlen. Zuerst bäumte sich Adalbert gegen den Herrn auf, aber sein Widerstand zerbrach unter den harten Blicken des Bezwingers. Ohne dass Bezug ihn mit Worten daran zu erinnern brauchte, ohne dass er ihm die übernommenen Pflichten und die Zeremonie der Angelobung ins Gedächtnis zurückrief, beugte sich Adalbert vor dem stärkeren Willen, der wie ein Joch auf ihm lag. Irgendeine Macht ging von diesem Manne aus, die alles zu durchdringen schien, und die es unmöglich machte, gegen sie anzukämpfen.

Zweimal hatte Adalbert Semilasso versucht, aus Bezugs Haus zu entkommen. Eines Nachts sprang er plötzlich aus dem Bett auf und lief, nachdem er sich rasch angekleidet hatte, über die Treppen dem Ausgang zu. Als er den Vorhang hob, auf dem Nalas und Damayantis erste Begegnung in Goldstickerei erzählt war, stand Bezug mitten in der Halle und sah mit seinen leeren Augen nach dem Dichter, der, den zusammengerafften Vorhang über der rechten Schulter, erstarrte. So furchtbar war das Gesicht des Herrn, so drohend die Spannung dieses zusammengekauerten Körpers, dass Adalbert nicht zu atmen wagte. Ohne ein Wort zu sprechen, wandte sich Bezug um und verließ die Halle, indem er dem Dichter den Weg zur Flucht freigab. Aber Adalbert stand unbeweglich da und fühlte, wie ihm die Kälte des Steinbodens durch den ganzen Körper bis zum Herzen drang. Auf seiner Schulter drückte der seidene Vorhang, als trage er eine schwere Last, und wie in einem grauenvollen Traum, aus dem man mit einem Schrei erwacht, glaubte er noch immer das grausame Gesicht Bezugs mitten in der Halle zu sehen. Es war, als sei er noch immer anwesend, als sei die Halle von seinem schrecklichen, unbeugsamen Willen wie von einer lebendigen Kraft erfüllt, als dehne sich da zwischen den Säulen eine Zone von Gefahren, deren Durchschreitung dem Wager den Tod bringen musste. Während er noch so nach dem Punkte starrte, wo die flirrenden, knisternden Ströme sich gleichsam in einem Wirbel zu drehen schienen, aus dem Bezugs grausames Gesicht auftauchte, geschah etwas Seltsames. Er fühlte, wie er mit der Türschwelle, auf der er stand, versank ... sank, sank ... immer tiefer sank. Mit einem Schrei griff er in die Falten des Vorhangs und riss ihn herab, dass das edle Gewebe ihn umhüllte und seine Flucht behinderte. Er machte sich hastig los und lief in sein Zimmer zurück. Zitternd schob er den Riegel vor die Türe.

Noch ein zweites Mal versuchte er es, Bezugs Haus zu verlassen. Es war eine stürmische Nacht in der Zeit der Frühlingsäquinoktien, und Adalbert ging besonnener als das erste Mal an die Flucht. Er wartete ab, bis Bezug sein Turmzimmer aufgesucht hatte und bis keine Gefahr der Begegnung da war. Mit allen Vorsichten eines Verschwörers verließ Adalbert mitten in der Nacht sein Zimmer und schlich die Loggia entlang, in der sich der Wind verirrt hatte, und in der ein mit Schnee vermischter Regen die Steine glatt machte. Der Park lag vor den Bogen der Loggia, ein aus Dunkelheiten aufgestiegenes Land, unbekannt und Menschen unzugänglich, wie ein aus dem Meer getauchter neuer Erdteil. Durch diese Masse aus Finsternis und Rauschen, die im Sturme zu kochen schien, ging der Weg zur Freiheit. Die Luft über dem Park war wie von einem wütenden Geschrei gepeitscht, und ein Brandgeruch drängte sich zwischen die Stöße des Windes.

Alle Galgenvögel des Hexensteines waren in dieser wilden Nacht losgelassen und ritten auf langen, schwarzen, schlauchartigen Würmern über die Dächer der Stadt. Mit weit aufgespreizten Mäulern schrien sie gegeneinander, als wollten sie in diesen wenigen Stunden das gefangene Leben des Steines austoben, als befreiten sich durch sie alle wüsten Wünsche der Felsen. Auf das Krachen, mit dem der eine gegen die Mauern des Hauses stieß, folgte das Gelächter der anderen, und wie rasend rissen sie die stärksten Äste von den Bäumen, um ihre ungehorsamen Reittiere anzutreiben. Ängstlich hockten die Feuergeister der Häuser in den Winkeln und hüteten sich davor, sich von den Galgenvögeln erfassen zu lassen.

Über die Brüstung der Loggia gebeugt, sah Adalbert in das Gewimmel, in dem sich die Gipfel der Bäume, von starken Fäusten gezwungen, wie die Bogen der Arkoballisten krümmten. Nun stieg er über die Treppe hinab und versteckte sich in den stürmisch flatternden Falten der Nacht. Aber in diesem Augenblick schoss aus dem Turm Bezugs eine leuchtende Lanze in den Leib der Dunkelheit. Von dem scharfen Strahl getroffen, bäumte sie sich auf und schäumte wie ein wildes Tier. Ihre Flanken keuchten, und johlend jagten die Galgenvögel über die Verwundete hin. Aus dem erglühenden Helm des Turmes fiel der Schein grell und hart in die Geheimnisse der Sturmnacht. Und nun begann das Licht zu wandern, im Leib der Dunkelheit grausam bohrend, hin und her zuckend, wie auf der Suche nach einem besonders schlimmen Schmerz. Unter dem breiten Lindenbaum stand Adalbert und wünschte, mit der nassen Rinde verwachsen zu können. Als ihn der Strahl gefunden hatte, stand er still und heftete ihn an den Baum. Wie von einem Lanzenwurf getroffen, war Adalbert unfähig, eine Bewegung zu machen, und musste alle Ängste dieser schrecklichen Nacht über sich ergehen lassen. »Höre du, bist du darum von uns gegangen?«, schrie ihm einer der Galgenvögel ins Gesicht und schlug ihn mit dem Ast über die Schulter. Der Strahl löste sich in ein Lichtbündel auf, deren Fäden sich vergitterten und verschlangen, bis ein Netz daraus geworden war, das den Flüchtling nur noch fester hielt als die bohrende Lanze. So stand er bis zum Morgengrauen und kehrte dann, durchnässt, mut- und kraftlos wie ein geschlagener Kämpfer in Bezugs Haus zurück.

Seit dieser Nacht wagte er nicht mehr, sich der Macht seines Herrn zu entziehen und beugte sich dessen Willen. Von allen seinen Sehnsüchten schien ihm nur noch eine am Leben geblieben zu sein: die Sehnsucht nach den Menschen. Er wusste, dass er ihre Erfüllung von den Hausgenossen vergebens erwartete. Von allen schien nur Elisabeth ein wenig mehr Anteil an ihm zu nehmen. Ihre Kälte wich in seltenen kostbaren Augenblicken, und wenn sie ihm mit freundlichen Worten Mut gemacht hatte, war es ihm, als müsse er zu ihren Füßen von seinem Schicksal sprechen. Aber immer wich er mit einem schmerzlichen Empfinden zurück, wenn ihm beim Näherkommen ein eisiger Strom wie ein Hauch von verhüllten Gipfeln traf.

Da begann er endlose Wanderungen durch die Straßen der Stadt zu unternehmen und suchte das alte Viertel hinter dem Dom auf, wo in verräucherten Nischen, in dunklen gewölbten Haustoren die Vergangenheit kauerte. Er liebte die Kirchen in den stillen Stunden zwischen den öffentlichen Andachten, wenn nur wenige Beter in den Bänken saßen, einsame Flüchtlinge gleich ihm, gleich ihm von der Majestät der hohen Wölbungen und dem bedeutsamen Schweigen der Altäre erdrückt. Obzwar sich ihm keine Vorstellungen der Religion mit den heiligen und den bunten Fenstern, mit den seltsam gewundenen Säulen und den flimmernden ewigen Lichtern verbanden, gab er sich an die gelassene, entrückte Ruhe hin und fand für seine Verse hier die innigsten Bilder. Dann stieg er die krummen Straßen hinauf und hinab und verfolgte das Leben der Menschen mit sehenden Augen. Gerne stand er vor dem Haus des Eleagabal Kuperus und sann den Gestalten und Geschichten nach, die auf der vom Regen durchnässten Front sichtbar wurden. Da ihm die Geschehnisse der Bibel fremd waren, gab er den Darstellungen eigene Deutungen von seltener und ganz abseitiger Wunderlichkeit.

An einem Tage zu Ende des März, der sich vom Morgen bis zum Abend wie eine Wüste dehnte, in der die Stunden blind und ziellos auf verlorenen Wegen irren, fand Adalbert Semilasso eine zitternde Erwartung in sich, der er weder Richtung noch Namen wusste. In der Wüste dieses Tages stand er einsam wie ein Prediger mit aufgereckten Armen und mit den Blicken nach dem Horizont seines Schicksals, von wo er einen glühenderen und erleuchtenden Schein ersehnte. Sein Misstrauen stand wie ein Schatten hinter ihm, an seine Fersen geheftet, jenes Misstrauen, das Adalbert seit seiner Niederlage dem Leben entgegenbrachte; aber Adalbert wandte sich nicht nach ihm um und war taub für seine Einflüsterungen.

Er ging aus, um zu suchen. So trüb und verworren das Gewebe dieses Tages erschien, Adalbert schritt wie von einem starken Ruf angetrieben hindurch und überwand alle Hemmungen der Stunden, alle Einflüsse, unter denen er sonst wie unter der Wirkung bannender Zauberknoten erstarrte. Als er an der Tür des Eleagabal Kuperus vorüberkam, streckte er seine Hand nach dem Klopfer aus, und einen Augenblick schien es ihm, als erwarte ihn hinter dieser Tür das, was er suchte.

Saul stand der Hexe von Endor gerade aufgerichtet gegenüber und rings um die beiden wimmelten alle Scheußlichkeiten, wie sie den Vorstellungen mittelalterlicher Holzschnitzer entspringen. Aber keins von diesen Untieren, weder die Feuer speienden Drachen, noch der Leviathan, auch nicht der Greif oder der Vogel Rok waren so gestaltet, dass man sie für unmöglich gehalten hätte. Mit einem bemerkenswerten Sinn für das Organische schien der Meister dieser Türe die Schöpfung um einige unschöne und gewalttätige, abscheuliche und gefährliche

Wesen vermehrt zu haben. Es war, als habe er in einen Raum sehen dürfen, wo die Modelle für eine Anzahl von Tieren bereitstanden, deren Ausführung dann später unterlassen wurde. Von diesem bizarren und in seltsamen Abenteuern schwelgenden Künstler gefesselt, dessen Geschmack in manchen Dingen dem Adalberts verwandt schien, stand er lange Zeit vor der Türe still, und erst als hinter ihm eine vertraute und liebe Stimme sprach, konnte er seine Aufmerksamkeit von dem Schnitzwerk losmachen.

»Nun muss ich einmal zu Eleagabal gehen«, sagte die liebe Stimme.

»Tu das, er liebt dich sehr«, antwortete eine andere.

»Auch ich habe ihn lieb.«

Vor Adalbert gingen zwei Frauen. Die jüngere war schlank, und ihre Schultern, ein wenig abfallend und dann wie zögernd zu den bewegteren Linien der Arme gleitend, rührten den Dichter wie eines der kleinen Liedchen, die hier in dem Viertel hinter dem Dom manchmal aufflatterten. Mädchen, die noch kurz vorher an den Spielen der Jungen teilgenommen hatten, wurden plötzlich träumerisch und entfernten sich von den Kameraden, um diese Liedchen zu singen. Die Begleiterin des schlanken Mädchens hinkte an ihrer Seite so hart, dass die eine Hüfte bei jedem Schritt hinausgeworfen wurde, als könne der Körper jeden Augenblick aus den Gelenken fahren. Nun schloss sich das Portal des Domes mit seinen Heiligenstatuen wie ein Rahmen um die beiden, und Adalbert folgte ihnen, als sei es selbstverständlich, dass er von jetzt an immer nur dorthin zu gehen habe, wohin das schlanke Mädchen führte.

Vor einem eisernen Gestell, dessen runder Reifen eine Menge dünner Kerzchen trug, von denen einige brannten, hütete Frau Swoboda die Opfer frommer Menschen. Immer geschäftig, jetzt ein niedergebranntes Licht zu verlöschen und nun für eine kleine Gabe ein anderes anzuzünden, nickte sie den beiden Frauen zu. Obzwar sie durchaus nicht damit einverstanden war, dass Heinrich Palingenius mit dem Zauberer von dort drüben treue Freundschaft hielt, liebte sie doch seine Tochter ebenso sehr, als sie dem seltsamen Mann die treue Erinnerung aus ihrer

Jugend bewahrte. Neben dem Dienst für die armen Seelen im Fegefeuer und dem Vergnügen an einer mit allerlei Sensationen gewürzten Unterredung mit ihren Freundinnen bewahrte sie nur noch dieser Erinnerung wärmeres Interesse. Alle diese Winkel in dem Dom, die Gänge, die von der Sakristei zur Turmtreppe führten, belebten sich ihr manchmal mit Bildern aus einer Vergangenheit, in der sie mit Heinrich alle Intrigen eines kleinen Liebesspiels durchgemacht hatte. Es war der Alten oft, als sei ihr Leben von damals bis zur Gegenwart nur ein dunkles stilles Wasser, in dem alle Spiegelungen versunken waren, während drüben, ganz im hellen Lichte, in einer überirdischen, unzerstörbaren Gloria die Gestalten und Ereignungen der Jugend standen. Seitdem die Frau des Türmers gestorben war, hatte die Alte keinen größeren Wunsch als den, noch einmal mit Palingenius zusammenzutreffen, und sie versäumte es niemals, seiner Tochter diesen Wunsch in Erinnerung zu bringen. Regina hätte ihr gern den Willen getan, aber das Verbot des Vaters war so streng, dass sie es nicht einmal wagte, von Frau Swobodas Andeutungen, von ihren Seufzern und Vorwürfen zu sprechen. Nachdem die Alte ihren Dienst für die Seelen der im Fegefeuer Schmachtenden getan hatte, schlurfte sie auf Filzpantoffeln zu der Bank, in der Johanna und Regina saßen.

»Geht's dem Vater besser?«, frage sie, und ihr zahnloser Mund schien noch einige Worte des Bedauerns zu bewahren, die jedoch erst gehörig zerkaut und befeuchtet werden mussten, bevor sie ausgesprochen werden konnten.

Heinrich Palingenius hatte einen schlimmen Winter hinter sich. Irgendein Dämon schien seine gesunde Kraft überwältigt zu haben und peinigte ihn mit allerlei bisher unbekannten Schmerzen. Vom Rückenmark aus glaubte er ein leises Kribbeln im ganzen Körper zu verspüren, eine Wärme in den Gelenken steigerte sich zu unangenehmer Hitze, bis ein peinigendes, sengendes Reißen seine Glieder kraftlos machte. Aber Palingenius war nicht gesonnen, diesen Anfällen des nahenden Alters zu erliegen, und versah seinen Dienst wie bisher. Eines Tages aber, als er eben auf seinem Sitzbrett draußen baumelnd die Quader für den verstorbenen Domherrn Athanasius

Vypoustil mit weißer Farbe überstrich, kam eine plötzliche Schwäche über ihn, der Pinsel sank ihm aus der Hand und fiel sich überschlagend gerade vor einem alten Weib nieder, das unten am Fuße des Turmes die auf einer schwarzen Tafel verzeichneten Namen der Toten von heute las. Es war ein Glück, dass der Türmer im Sinken die gekreuzten und wie im Krampf verschlungenen Arme um das Seil geschlagen hatte, sodass es gelang, ihn mit unendlicher Vorsicht hinaufzuziehen und zu retten. Regina brachte den Vater ins Bett, und als er aus seiner Bewusstlosigkeit erwachte, duldete er schweigend die Bemühungen der Tochter. Aber als das Mädchen die Absicht aussprach, einen Arzt zu holen, saß er mit einem Ruck kerzengerade im Bett aufrecht und schrie, indem er die Decke zurückschlug, dass er augenblicks aufstehen werde, wenn man ihm nicht seine Ruhe lasse. Bestürzt holte sich Regina bei der alten Johanna Rat, und diese bewegte die Finger der herabhängenden rechten Hand nach rückwärts, das hieß: ›Lass ihm den Willen.‹

Ohne Arzt schleppte der Türmer sein Leiden durch lange Monate hin, aber da er nicht wollte, dass seine Tochter mit ihm leide, gelang es ihm, bei allen Schmerzen ein freundliches und zufriedenes Gesicht zu zeigen. Nur manchmal wurde er ungeduldig, wenn er der Arbeit an der Flugmaschine gedachte, die nun warten musste. Aber selbst alles Verlangen nach seinem Werkstattvergnügen konnte ihn nicht bestimmen, die guten Dienste seines Freundes Kuperus anzunehmen, der an seinem Bette sitzend nur eines Wortes, nur einer fernen Andeutung einer Aufforderung harrte.

Mitten durch die Gedanken- und Gefühlswelt des Türmers ging der Eigensinn wie eine unverrückbare, mit beiden Polen in die starren Massen der Ewigkeit verankerte eiserne Achse, um die sich das System drehen musste. Was einmal von Heinrich Palingenius beschlossen und festgeschlagen war, das blieb schon so für alle Zeiten, und weder die eisernen Zangen der Logik, noch die freundlichen Lockungen liebevoller Besorgnis vermochten ihn davon abzuziehen. Dazu kam eine Art von Beschämung, eine verlegene Betrübnis darüber, dass sein Körper so hinfällig war, jene Empfindung, die kranke oder verwundete

Tiere in die Einsamkeit treibt, bis sie sich wieder gesund und kräftig vor den Genossen zeigen können. Da er einmal davon überzeugt war, dass sich die Natur selbst helfen müsse, gab es auch keine Macht in der Welt, die ihn dazu gebracht hätte, fremde Hilfe anzunehmen. Inzwischen versahen Regina und Johanna den Dienst für ihn, hielten die Wächterrunden, sahen darauf, dass die Uhren richtig gingen und schwangen sich an den Glockenseilen über den Abgrund unter den mächtigen Rufern.

So ging der Winter hin, und mit dem ersten, nur wie aus Träumen erblühenden Schimmer des Frühlings, dieser blassen, nur gehauchten Ahnung, besserte sich das Befinden des Türmers wirklich, als habe dieser geschwächte Körper bloß den Ruf zur Erneuerung allen Blühens abgewartet. Mit einem glücklichen Gesicht ging er in seine Werkstatt, nahm seine Pläne und Zeichnungen vor und begann alles, was er in langen, schlaflosen Nächten ersonnen hatte, auseinander zu legen und zur Übertragung in die Wirklichkeit vorzubereiten.

Regina konnte der Frau Swoboda also gute Nachricht geben. Und mit einer kindlichen Hartnäckigkeit brachte die Alte flüsternd ihren Wunsch hervor. Sie gab sich nicht früher zufrieden, bevor ihr nicht Regina abermals versprochen hatte, den Vater ihren Gruß zu überbringen und eine günstige Gelegenheit zu seiner Überrumpelung abzupassen: »Na ja … wenn er den da drüben duldet, warum soll denn ich nicht zu ihm kommen? Da war ein langer Kerl unter den Ministrantenbuben, Franz hat er geheißen, den anderen Namen hab' ich vergessen, und der hat mich nicht leiden können. Und einmal im Herbst, in der Zwetschgenzeit, hat er mir Zwetschgenkerne hingestreut, dass ich auf den glatten Steinen ausgerutscht und hingefallen bin. Aber der Heinrich, Ihr Vater, Fräulein Regina, hat sich den Kerl ausgeborgt. So grob der Franz gegen die Mädeln war, ein solcher Hasenfuß war er sonst. Sie wissen ja, was man sich alles für Geschichten von dem Turm erzählt, ganz unheimliche Sachen. Und wie der Franz einmal abends an der Turmstiege vorübergeht, steht auf einmal im Dunkeln eine weiße Gestalt und winselt. Winselt ganz wunderbar, denn ich war unter der Stiege versteckt und hab' alles gehört. *Ein Gespenst,* denkt der Franz und läuft, was er laufen kann. Aber mein Gespenst hinter ihm her, packt den Franz beim Kragen, wirft ihn hin und haut ihn durch. Nach Noten, sag' ich Ihnen. Das Gespenst war der Heinrich, und die Prügel, die der Franz bekommen hat, waren ausgiebig wie ein Landregen. Weil ich mich aber, kaum dass es vorüber war, gefürchtet hab', das Gespensterspielen könnt' uns übel vermerkt werden, und es könnt' wirklich etwas über uns kommen – man kann ja nicht wissen – hab' ich geweint und vom Heinrich verlangt, dass er irgendeine Buße tut. Was tut der Heinrich mir zu Lieb'? Er geht zum Lehrer hin und sagt, dass er es war, der den Franz durchgeprügelt hat. Da sind ihm die Prügel mit Zinsen zurückgekommen. Und wie der Lehrer fertig war, steht der Heinrich auf und sagt zu mir: ›Wein' nicht, dumme Gans, dem Franz kann doch die seinen niemand mehr wegnehmen.‹ So einer war Ihr Vater, Fräulein Regin'!« Und flüsternd spann die Alte ihren Faden weiter, knüpfte ihn an besondere Ereignisse und konnte sich nicht genug tun, der Tochter des Jugendfreundes die köstlichen Verknüpfungen, die seltsamen Verwirrungen seines Laufes zu zeigen.

Im Dunkel des Kirchenschiffes, dort wo der Posaunenengel von der Brüstung des Orgelchores herabhängt, stand Adalbert an eine Säule gelehnt und sah nichts in der ganzen Kirche als den Kopf des Mädchens, in deren Nacken unter dem einfachen schwarzen Hut ein blonder Knoten saß.

Unter der zarten und bis in die Seele dringenden Gewalt seines Blickes wandte sich Regina um. Einen Augenblick stand ihr Profil vor einem dunklen Altarbild, rein wie ein frommer Gedanke, wie ein Kindergebet und wie von einem inneren Licht erhellt. Der großen Ähnlichkeit, der geheimnisvollen Beziehung zu irgendeinem schon Gesehenen war Adalbert entschlossen auf die Spur zu kommen. Mit aller Vorsicht suchte er in den Eindrücken seines Lebens in der Welt und deckte mit leisen Fingern seine Blätter auf. Nun jauchzte er, und es war, als habe er zugleich mit diesem Fund ein stärkeres Recht auf dieses Mädchen erhalten, als sei ihm zugleich mit ihm ein Vorwand gegeben worden, sich ihr zu nähern.

Auf der Front von des Eleagabal Kuperus' Haus war unter anderen Bildern auch das Bild von Salomons Urteil zu sehen. Auf hohem Thron saß ein milder Richter, dessen Hand mit einem Scheine von Grausamkeit sich gegen einen Knecht erhob, der ein zartes Kind mit einem nackten Schwert bedrohte. Von den zwei Frauen, die einander an den Stufen des Thrones gegenüberstanden, warf die eine den Kopf zurück und schien dem Befehl zuzustimmen; ihr prächtiger und machtvoller Körper stand wie eine Säule, während die andere, schwächere und zartere, sich an die Lehne des Thrones anklammerte und verzweifelt mit einer von dem Moment höchster Gefahr gesteigerten Kraft dem Richter widersprach. Ihr gegen den Knecht ausgestreckter Arm machte die Gebärde des Verzichtes; ihr ganzer Leib bäumte sich auf, um das Schreckliche zu verhindern; die Linien der Angst und der Liebe flossen in ihrem Gesicht zu einer keuschen Schönheit zusammen. – Diesem Weib glich das Mädchen, das da vorne zwischen zwei alten Frauen saß und unter dem Einfluss von Adalberts Blicken von Zeit zu Zeit den Kopf hob.

Nun erhoben sie sich und gingen davon. Eine alte, schwere Tür neben dem Altar schlug hinter den drei Frauen zu. Adalbert wartete, bis die Alte zurückkehrte und den versäumten Dienst für die armen Seelen an dem eisernen Reifen wieder aufnahm. Alle Kerzchen waren niedergebrannt, und Frau Swoboda musste den Träger rundum frisch bestecken. Dem jungen Mann, der da herankam und ihr ein großes Geldstück gab, murmelte sie ein erstauntes: »Vergelt's Gott«, denn das Geld reichte hin, um eine ganze Bande von Raubmördern aus dem Fegefeuer zu erlösen. Und als er noch dastand und auf den Bund roter Kerzchen in Frau Swobodas Händen starrte, glaubte sie, dass er besondere Wünsche für eine namentliche Anrufung hätte, und fragte, wem ihr Gebet zu gelten habe.

Da sagte er verlegen: »Allen zusammen. Allen zusammen«, und ging. Eigentlich hatte er die Alte fragen wollen, wer das Mädchen gewesen sei. Aber er brachte kein Wort heraus, und mit einer Scheu, die man kurz vor dem Erwachen aus einem Traum des Glückes hat, mit jener Scheu, die eine schöne Täuschung vor der

Zerstörung bewahren möchte, vermied er es zu fragen. Lange stand er vor dem Hause des Eleagabal Kuperus, aber die Dämmerung wischte über die Front hin, und lange Schattenschleier hingen vom Giebel bis auf die Türschwelle.

Da begann er wieder durch die krummen Straßen des alten Viertels zu wandern und kam in die verrufenen Gassen, wo aus den Haustoren die Rufe der Dirnen locken. Eine junge Frau, in deren Augen das Elend saß, hielt ihn an. Sie hatte nichts von der derben Lustigkeit der Mädchen vom Gewerbe, sie vermochte nicht durch ihre Kleidung oder durch ein dringliches und aufreizendes Parfüm, durch jene der Wollust der Gasse so geläufigen Gesten anzuziehen. Sie hatte nicht für sich, als dass sie ein Weib war. Und nur ihre Weibheit bot sie ihm an, ohne andere Versprechungen als den Genuss eines müden und vom Elend hergenommenen Körpers. Adalbert gab ihr eine Banknote und ging weiter, ohne auf ihr ängstliches und verwirrtes »Herr, Herr!« zu hören. Zum ersten Mal machte ihn Bezugs Reichtum glücklich.

Und da gab er sich nicht früher zufrieden, als bis er seine Börse völlig ausgeleert hatte. Einem Kind, das eben mit seiner Streichholzschachtel aus einem Wirtshaus kam, wo es unter dem Gelächter und den Scherzen der Gäste vergebens von Tisch zu Tisch gebettelt hatte, nahm er seinen Vorrat ab und schenkte ihm nebst dem Geld die Streichhölzer zurück. Um den kleinen Ofen eines Kastanienjungen standen einige zerlumpte Buben mit den Händen in den Hosentaschen und sogen immer, wenn der Junge den Deckel hob, den Duft ein. Sie wichen zuerst zurück, als ein fremder Herr beide Hände voll Kastanien anbot, die er eben gekauft hatte. Unter ihren Instinkten stand das Misstrauen gegen die Geber an erster Stelle; die Frage, die das ganze Leben ihrer Eltern bestimmte, die Unruhe, die immer eine Gefahr vermutet und nicht zulässt, an eine grundlose Wohltätigkeit, an eine Freude am Schenken zu glauben, waren auch ihrer Jugend nicht mehr fremd. Aber Adalbert hielt seine Gabe mit einem so freundlichen Lächeln hin, mit einem so bittenden Blick, dass sich der Größte endlich heranwagte und eine Kastanie nahm. Zwei andere Jungen folgten, ein ganz kleiner und ein hinkender, und dann kamen die anderen und griffen mit beiden Händen in den immer wieder sich erneuernden Vorrat, so lange, bis die Platte des kleinen Ofens leer war.

Nachdem Adalbert noch Geld unter sie verteilt und auch den Verkäufer beschenkt hatte, durchbrach er den Kreis der Zuschauer und suchte weiter. Unter einer roten Laterne saß ein blinder Mann, der eine Harfe zwischen den Knien hielt und die kalten Hände durch Anhauchen zu erwärmen suchte. Das kleine Mädchen neben ihm hatte die Füße unter den zerrissenen Rock gezogen und versteckte den Kopf unter seinen Arm, als wolle es nicht sehen, wie dunkel und einsam schon die Straßen waren, wie traurig und ungewiss die Wege, die sie den Mann zu führen hatte. In dieser Pause eines gehetzten Lebens, das von Wirtshaus zu Wirtshaus ging, kam die Hoffnungslosigkeit eines Daseins zum Bewusstsein. Nun da man Zeit hatte, zu sich zu kommen, übersah man die öden Strecken, die man schon zurückgelegt hatte, und sah zugleich auch, dass sich der Weg nach vorwärts in der Nacht verlor.

Alles dies las Adalbert aus der Haltung der zusammengekauerten Gestalten, aus dem müden Lehnen der Schultern an der kalten Mauer, aus dem Aneinanderschmiegen der beiden Körper, denen die Berührung der einzige Trost war. Sein Herz wurde ihm plötzlich schwer, dass er glaubte, es müsse in der Brust sinken. Mit einem Wort des Mitleids hielt er an und nahm eine große Banknote aus seiner Brieftasche. Der Mann, der ein Almosen erwartet hatte, fühlte ein Papier in seiner Hand und glaubte sich von einem rohen Gesellen, von einem Spaßvogel zum Besten gehalten. »Vatterl, Vatterl«, flüsterte das Kind, »um Gottes willen, Geld … Geld!«, und im Schein der roten Laterne buchstabierte sie: »Hun…dert.« So plötzlich erhob sich der Blinde, dass die Harfe mit einem jähen Aufschrei aller Saiten zu Boden fiel. »Wo … wo … ist?«

Aber Adalbert war schon gegangen und hatte rasch eine Nebengasse eingeschlagen. An einem dunkel fließenden schmutzigen Mühlgraben hin erreichte er einen kleinen Platz, wo die neue Stadt an das alte Viertel stieß. Hier begann die immer geschäftige, rücksichtslose Sucht nach Erneuerung gegen die

Burg der Vergangenheit vorzudringen. Schon war eine Bresche in ihren äußersten Umkreis gerissen, und die Trümmerhaufen abgebrochener Häuser zeigten von dem ersten Erfolg der Stürmer. Noch hielt die alte Stadt diesseits ihre Schweigsamkeit, die Dunkelheit ihrer Gässchen und den trüben Schimmer ihrer Laternen fest. Aus dem an morschen Brettern vorbeigleitenden Mühlgraben erhoben sich die kleinen Häuser mit den spärlich beleuchteten Fenstern, den schiefen Schornsteinen und den wackeligen Holztreppen, die zum Wasser niederführten; als wollten sie den Bewohnern immer Gelegenheit geben, die Schatten des geräuschlosen Wassers und die verworrenen Spiegelbilder der trüben Laternen aufzusuchen.

Jenseits aber stiegen die großen, breiten Fronten aus dem Lärm einer stark belebten Gasse, wie die ersten eisernen Glieder eines heranrückenden Heeres; auch darin einem Heere vergleichbar, dass sich keines der Häuser von dem anderen unterschied und dass sie mit derselben Unerbittlichkeit nur einem einzigen Zweck zu gehorchen schienen. Mitten in der Bresche aber, auf der Grenze zwischen beiden Parteien, stand eine aus Leinwand und Latten hergestellte Bude, über deren Eingang mit großen, vom Regen verwaschenen Buchstaben gemalt war: ›Fotografie‹.

Mit einem Male war es Adalbert, als sei diese Bude noch trostloser, als sei das Leben der Menschen, die hier ihr ärmliches Auskommen suchten, noch hoffnungsloser als alles, was er heute Abend schon gesehen hatte. Ein Leben, das so eng zu den alten Häuschen, zu dem stillen Mühlgraben dahinter gehörte, wagte sich bis an die Grenze seiner Heimat vor, wie ein Vertriebener, der verzweifelnd zum Feinde übergehen möchte. Adalbert versuchte, den Vorhang vor diesem traurigen Spiele wegzuziehen, aber die Bude war verschlossen, der Eigentümer hatte sich irgendwo in einem Schlupfwinkel verborgen. Mit dem Entschlusse, hierher zurückzukehren und zu helfen, ging er durch den Lärm der Stadt. Es war ihm, als habe er sich erst dadurch ganz rein und würdig gemacht, das Glück der wunderbaren Begegnung zu tragen, als baue sich auf diesem Grund seine Hoffnung auf.

In der Säulenhalle saß Elisabeth mit einem Buche in ihrem mit einem weißen Eisbärenfell bedeckten Schaukelstuhl, von zwei Jaspissäulen behütet, und hinter ihrem Kopf spann die Dunkelheit des Parkes. Ganz von seiner neuen Welt erfüllt, von einer fast unerträglichen Spannung, die nach Auslösung drängte, beunruhigt, vermochte ihr Adalbert nichts zu verschweigen. Er sprach unbedenklich von seiner aus dem Wohltun quellenden Glückseligkeit, von der Rechtfertigung seines Lebens. An Elisabeths Seite stehend und in den Anblick ihrer schlanken, weißen Hände vertieft, erzählte er ihr alles – bis auf diese wundersame Begegnung, bis auf die leuchtende Stunde im Dom. Es war ihm, als habe er sich durch seine Geschenke von der Schmach seiner Knechtschaft befreit, als könne er sich nun auch vor Elisabeth freudiger und seines Wertes bewusster geben.

Mit einem seltsamen Blick, der zwischen den noch mit den winterlichen Glasscheiben verbundenen Säulen etwas zu suchen begann, sah Elisabeth geradeaus und hielt den Schaukelstuhl mit dem linken Bein in Bewegung. Unter dem hochgezogenen Saum des weißen Rockes schien dieser Fuß irgendeinem besonderen und eigensinnigen Gedanken zu gehorchen, schien durch seine immer wiederholte Bewegung nachdrücklich etwas zu bekräftigen, bis sich Adalbert durch Elisabeths Schweigen und diese Bewegung des Fußes verwirrt, in seiner Erzählung unterbrach.

»Sie haben sich täuschen lassen, mein lieber Freund«, sagte Elisabeth endlich. »Das ehrt Ihr Herz, aber nicht Ihren Verstand. Wie wenig kennen Sie die Welt. Kein Wunder, da Sie erst so kurze Zeit in ihr leben. Aber hier, hier hätten Sie doch schon einiges lernen können.« Elisabeth sah um sich, mit so glühenden, hassenden Augen, dass sich Adalbert an den plötzlichen Ausbruch in den Salzseeaugen ihres Vaters erinnern musste. Als ob unter ihren Blicken die Jaspissäulen schmelzen, die hundert Kostbarkeiten des Raumes versengt von den Wänden fallen müssten, sah Elisabeth um sich. Der schmale Fuß unter dem schmalen Rocksaum schlug einen schnelleren Takt.

»Was glauben Sie, was Sie Gutes gestiftet haben? Sie Argloser! Wenn Sie den Menschen gefolgt wären, die Sie beglückt haben, wenn die Maske gefallen wäre, mit der es den Leuten gelungen ist, Ihr Mitleid zu erregen, so hätten Sie Wunder erleben können. Der Harfenspieler legt jetzt sein Vermögen wohl für einen kapitalen Rausch an, freut sich, einmal nach Herzenslust trinken zu können, und fällt, nachdem ihm seine Genossen bei einem Teil seiner Freuden Gesellschaft geleistet haben, in einen Winkel, wo sie ihm den Rest seines Geldes stehlen werden, wenn das Kind, das er einige Nächte aus einer Schenke in die andere geschleppt hat, aus Ermüdung eingeschlafen ist. Nicht anders ist es mit den Eltern der Jungen, denen Sie Gelegenheit zu unbesonnenen und widerlichen Ausschreitungen gegeben haben. Ich nehme an, dass das arme Weib ein hungerndes Kind daheim hat, für das es auf die Straße ging. Aber die Frau hat doch sicher auch einen Mann, der ihr, nachdem er sie durchgeprügelt hat, das Geld abnimmt und es mit anderen Weibern durchbringt.«

Mit harten und unerbittlichen Worten sprach das Mädchen sein Urteil aus, als sei es in den Seelen jener Menschen heimisch, als sei ihm die Zuchtlosigkeit der Armut vertraut, als kenne es die widrigen Dünste der Verkommenheit. Sie schien, in ihrem Schaukelstuhl zurückgelehnt, mit dem schweren Knoten ihrer schönen Haare unter dem Haupt wie eine Blüte, die, aus Sumpfboden in ein prachtvolles Gewächshaus versetzt, doch alle scharfen Gerüchte ihres Ursprungs bewahrt hat. Adalbert erinnerte sich, im Glashaus des Parkes eine schöne, sonderbar geformte Blume gesehen zu haben, die mit fleischigen Lippen, in einen kostbaren getigerten Pelz gehüllt, auf Fliegen lauerte. Wenn sich eine von ihnen, von ihrer Pracht verführt, in den Kelch wagte, so schlossen sich die lüsternen Lippen, und die unter heißen Farben verborgenen, grausamen Dornen drangen in die zuckenden Leiber. Woher hatte dieses Mädchen die verruchte Sicherheit, diese schwesterliche Kenntnis aller Niedertracht? Wie in einem blassen Licht saß sie da und bewegte den Schaukelstuhl mit schmalem Fuß.

Adalberts Gedanken stürzten auseinander, ein in Auflösung begriffenes Heer, eine Schar, die von plötzlichem Schrecken überfallen, alle Besinnung verloren hat. Warum nahm sie ihm seine Freudigkeit, warum tauchte sie seine Opfer in Gift, warum ließ sie ihm auch nicht eine seiner glücklichen Täuschungen? Und als Elisabeth nicht aufhörte, ihm zu beweisen, dass es niemand wert sei, sich seiner zu erbarmen, als sie ohne Aufenthalt mit immer schärferen Worten von der allen Menschen gemeinen Würdelosigkeit sprach, als sie immer wütender mit einem sprühenden Hass ihr kaltes und unerbittliches Herz enthüllte, da verbeugte sich Adalbert und verließ sie ohne ein weiteres Wort, mit einem bitteren Geschmack im Mund, dass sie plötzlich verstummend allein in der Halle zurückblieb.

Er ging in den Park hinab und schritt lange in der Dunkelheit zwischen den hohen Hecken auf und ab; er ging an den Wundern der Nacht vorbei, ohne eines von ihnen zu sehen, ohne auf das Flüstern der Gebüsche zu hören, in denen gute Freunde seiner einsamen Stunden steckten. Seine ganze Aufmerksamkeit war darauf gerichtet, das Gift, das Elisabeth in ihn gegossen hatte, wieder auszuscheiden, und er glühte seine Kraft in einem heiligen Zorn, in einer ehrlichen Entrüstung. Jedes Mal, wenn er an das Ende seines Stollens kam, und wenn der Schein der beleuchteten Glasscheiben in der Halle bis zu seinen Füßen vordrang, kam ihm die Lust, einen der Kiesel vom Weg aufzuraffen und gegen die Scheiben zu schleudern.

Zwischen breiten, dunklen Bäumen fing sich ein Teil des Glanzes auf den Scheiben des Glashauses. Adalbert sah regungslose Palmen, die ihre Blätter an das Glas drückten, als strebten sie in diese ihnen fremde Welt hinaus. Fern, in Tiefen des gläsernen Hauses, tanzte ein Licht zu der Arbeit des Gärtners. Und plötzlich kam der Zorn Adalberts, der schon vor der königlichen Pracht dieser Nacht gewichen war, zurück. Er riss die Tür auf und schritt in der schwülen Luft wie in einem lauen Bade. Von seiner Arbeit aufsehend, zog der Gärtner die Mütze ab, die er selbst hier in dieser Wärme niemals ablegte. Ohne sich um das Erstaunen des Mannes zu kümmern, befahl ihm Adalbert, mit dem Licht zu den Orchideenbeeten voranzugehen.

Da standen sie in unzähligen Reihen, eine Sammlung aller erdenklichen Spielarten, eine Mischung der sonderbarsten Farben und Formen, mit breiten herabhängenden Lefzen, mit grotesken Kronen wie Narrenkönige, mit Fresszangen und roten

Zungen, mit weiten Mänteln und Verschwörermasken, mit funkelnden Stiletten und blutüberronnenen Lanzenspitzen. Einige waren dunkel wie Mönche, aber in ihren verkrümmten Gestalten verbarg sich eine verhaltene Gewalttätigkeit, andere schrien im Licht der Gärtnerlampe in brünstigen, grellen Farben auf, in einem begehrlichen Rot, in einem giftigen Gelb, in einem unzüchtigen Blau. Wie aufgedunsene Leichen schienen einige auf der Dämmerung der Beete zu schwimmen, andere ragten hoch und steil wie erzene Jungfrauen, die den Mann töten, der sie liebt. So standen sie in unzähligen Reihen, ließen sich von der warmen Luft kosen, und man sah fast, mit welcher widerlichen Gier sie dem Boden ihre Nahrung entzogen. Alle waren sie wach, alle sahen mit weit offenen Augen nach Adalbert hin, und alle schienen mit wollüstiger Schamlosigkeit ihre Kelche der Nacht zu öffnen wie Frauen, die sich an das Verbrechen verkaufen. Ihrer Macht gewiss, riefen sie einander zu, begehrlich und höhnisch zugleich, schadenfroh und kaum verhohlener Bosheit voll.

Und plötzlich, ohne dass vorher irgendeine Warnung kam, brach es in Adalbert los. Mit weit ausgebreiteten Armen warf er sich über das Beet hin, zerdrückte und brach die Blüten unter seinem Leib, riss mit den Händen aus, was er erreichen konnte, stampfte, schlug um sich, wühlte die Erde auf und warf die zerquetschten Pflanzen hinter sich. Vor Schreck zitternd stand der Gärtner, brachte kein Wort heraus und leuchtete dem Wütenden zur Vernichtung. Adalbert raste hierhin und dorthin, kreuz und quer über das ganze Beet, trat alles unter die Füße und kniete dann plötzlich nieder, um in kleinerem Umkreis umso grimmiger zu wüten. Als er müde war, erhob er sich, blass und stolz, als ob er einen schweren Sieg erfochten habe, und ging an dem noch immer sprachlosen Gärtner vorbei aus dem Glashaus.

Der nächste Morgen brachte dem Erwachenden mit der Besinnung die tiefste Scham. Alle Siegerherrlichkeit war von ihm genommen, er stand seiner Tat wie ein Fremder gegenüber, wie einer, der unter dem Einfluss eines fremden Willens auf einen Weg gebracht wurde, den er nie selbst gewählt hätte. Das Unbegreifliche stand vor ihm, ein nackter Felsen, dessen Gipfel von Wolken verhüllt ist. Vergebens suchte er nach Zusammenhängen. Warum hatte er so gewütet? Hatte er nicht bei allem noch dem Glück zu danken, dass er der Zerstörerin nicht auch sein wunderbarstes Erlebnis von gestern Abend bekannt hatte? Was lag an dem anderen, da ihm das Wichtigste unangetastet geblieben war? Wie ein Sünder schlich er zum Frühstückstisch, in der Erwartung einer vernichtenden Strafe. Man wusste hier wohl schon von seiner Raserei. Elisabeth sah ihn sonderbar an, und ihre blassen Lippen bewahrten ein Wort, dessen Bild schon verschleiert in ihrem Auge stand.

Bezug sagte: »Heute Nacht hat ein Sturm unser Orchideenbeet vernichtet.« Und Frau Agathe, die niemals von dem, was sich um sie herum ereignete, eine Ahnung hatte, fragte verwundert: »Ach, wie ist das möglich, heute Nacht gab es doch keinen Sturm?«

Mit einem leichten Achselzucken sah Bezug nach Adalbert. Das war alles. Aber als der Dichter nach Beendigung der Tafel an Elisabeth vorbeiging, sprach diese leise das Wort aus, das sie für ihn bewahrt hatte: »Wüterich!« Ihre Augen lächelten. An der Tür sah Adalbert noch einmal zurück und bemerkte, wie Rudolf Hainx mit einem finsteren, gleichsam flutenden Blick eine Frage, einen Vorwurf, eine stumme bedeutsame Warnung in Elisabeths Gesicht warf.

Adalberts Beschämung vermochte die Rückkehr des Glückes nicht aufzuhalten. Nachdem er sich einen Tag lang gequält hatte, war es auf einmal da, gleich dem Glanz in der Nacht, gleich diesem aus unermesslichen Höhen herabsteigenden Strahlen, erfüllte ihn ganz wie Musik, wie das dankbare Gefühl, das ihn über sich selbst erhob, wenn ihm ein schönes Gedicht gelungen war. Er hatte den Menschen gefunden, den er gesucht hatte, riss ihn in Gedanken zu sich auf seine weiße Klippe und ließ die Welt unten branden. Lachend schüttelte er die Tropfen aus dem Haar, und lachend zeigte er dem Mädchen den vergeblichen Sturm der Wogen gegen ihre kühne Einsamkeit. Ganz in sein Geheimnis eingehüllt, glaubte er sich sicher und bewahrte sein Glück, ein köstlicher Schrein, der noch köstlichere Steine enthält. Wie ein weiser Genießer schob er es einige Tage lang auf, das Viertel hinter dem Dom zu besuchen und ging indessen in den anderen Stadtteilen umher, ganz von dem Druck seiner Ketten befreit, wie damals, als er unwissend und vertrauensvoll in die Stadt gekommen war. Er gab sich an die kleinen Szenen der Straße hin, war imstande, lange dem geschäftigen Gebaren irgendeines Hundes zuzusehen, einen Dienstmann zu beobachten, der faul an der Straßenecke lehnte, oder in abseits gelegenen Gassen spielenden Kindern einen halben Tag zu schenken. Auf den belebten Plätzen fand er die Frauen heraus, die irgendeine Ähnlichkeit mit dem Mädchen aus dem Dom hatten, und folgte ihnen in weiter Entfernung, um sie nicht zu belästigen.

Endlich, nachdem er sich lange genug des Wiedersehens enthalten hatte, erhob er sich eines Morgens mit dem Entschluss, zu ihr zu gehen. Er war so ganz voll Zuversicht wie damals, als er sie gefunden hatte, und zweifelte nicht einen Augenblick daran, dass er sie wiederfinden müsse. Wie zu einem Fest stieg er die Stufen zum Dom hinauf, ging zwischen den beiden Heiligen mit den kalten, leeren Augen, die auf ihren Sockeln wie fromme Wächter standen, hindurch und betrat zur selben Stunde wie damals den Platz vor dem Hause des Eleagabal Kuperus. Mitten auf dem Platz blieb er stehen und sah um sich. Wenige Leute waren auf dem Wege; in einer Seitengasse hörte er kreischend laut die Auszählreime jauchzender Kinder –

»Ich und du,
Mül-lers – Kuh,
Mül-lers E-sel
der – bist – du!«

– und ein Gelächter, das über das letzte Wort hereinbrach. Dann fing ein Mädchen mit einer ganz dünnen, hohen, wie ein Draht ausgezogenen Stimme ein anderes Verslein an: »Eins, zwei – Polizei; drei, vier – Grenadier« bis »neun, zehn – schlafen gehn.«

Von den Gemälden an des Eleagabal Kuperus' Haus war bei diesem trockenen Wetter nichts zu sehen, so sehr auch Adalbert nach ihren Umrissen suchte. Nur die Hand, diese so sonderbar lebendig aussehende Hand, hielt den Schlüssel, als reiche sie ihn jemandem hin, als wünsche sie, dass man ihn nehme und sich seiner bediene.

Die Tage waren schon ein wenig länger geworden und gaben selbst zu späten Stunden noch Licht genug, aber Adalbert wechselte, von dem einen Gedanken gepeinigt, ihr Bild zu sehen, die Musik ihres Leibes, den Rhythmus ihrer Geste zu genießen, vergebens den Standpunkt. Als er an dem einen der beiden steinernen Heiligen vorbeikam, der seinen Kopf mit einer gewagten Drehung gegen den Himmel hielt, als sei er ihm vor Hingebung an das Überirdische aus dem Wirbel gesprungen, da sah er, dass um seine betend gefalteten Hände ein kleiner Kranz aus Frühlingsblumen – Leberblümchen, Krokusblüten und einigen bebenden schüchternen Veilchen – geschlungen war. Und einer plötzlichen Eingebung folgend, ohne sich im Geringsten Rechenschaft über ihre Entstehung, über ihr Erscheinen zu geben, glaubte er zu wissen, dass diese Blumen von dem Mädchen herkamen. Er sah sich um, und als er den Domplatz wie ausgestorben hinter sich liegen sah, griff er nach den Blumen, nahm sie dem Heiligen fort und steckte sie, nachdem er sie geküsst hatte, in die Brusttasche.

Als wäre ihm nun das Warten leichter geworden, stand er geduldig bis in die Nacht hinein, bis ein Mann in einem weißen Kittel die Gaslaternen an der Ecke entzündete, und erst als die Türen des Domes von dem kleinen Kirchendiener geschlossen wurden, wandte er sich zum Gehen.

Nach einigen Wochen vergeblichen Wartens wich seine Sehnsucht in die Schatten des Unerfüllbaren zurück. Einige Male war er nahe daran, die alte Frau Swoboda nach dem Mädchen zu fragen, aber wenn er neben ihr stand, drückte er ihr ein Geldstück in die welke, kalte Hand, und auf ihre Frage, für wen sie beten solle, antwortete er ihr mit einem gedrückten und traurigen Ton: »Für alle zusammen, für alle zusammen.« In der Vorstellung der Frau Swoboda, die unter allen guten Werken der Opferung von Kerzen für die Seelen im Fegefeuer den Vorzug gab, setzte sich ein übertriebener Begriff von der Frömmigkeit des jungen Mannes fest; sie versäumte nicht, den Kirchendiener und ihre Freundinnen auf ihn aufmerksam zu machen, sodass sich bald, wenn er den Dom betrat, alle Köpfe nach ihm umsahen. Umso erstaunter war sie, als er nach einiger Zeit ausblieb, und bedauernd schloss sie, dass er abgereist sei und nun anderen Kirchen seine frommen Gaben zuwende.

Adalbert war aber nicht abgereist, er hatte nur das Suchen aufgegeben. Er verschloss sein zartes Abenteuer in sich und lebte nur in der Erinnerung, in der manchmal die Sehnsucht ihre schillernden Flügel hob. Und da er dem Mädchen in seinen Träumen einen Namen geben wollte, nannte er sie seine Königin oder mit einem lateinischen Wort, das er vom Gärtner für eine schlanke, wundersame Palme gehört hatte: Regina. Groß und schwer wie eine sinkende Wolke kam die Entsagung in sein Leben und hüllte seine Seele ein. Alle Wünsche, aller Zorn verschwanden in ihrem Grau, und er vermochte wieder mit stiller Freundschaft des Domes, der krummen Gassen und der jauchzenden Kinder zu gedenken.

In dieser Zeit floss seine Liebe in zarte, von mildem Schein überstrahlte Gedichte. In dieser Zeit aber verlangte Bezug glühende Phantasien, trunkene orgiastische Worte, Sinnen aufreizende Rhythmen von ihm. In dieser Zeit brachte er dem Dichter zur Anfeuerung die Gräfin. Eines Tages, als das Weib eben von ihm gegangen war, folgte er ihr nach kurzer Zeit und traf Elisabeth auf der Stiege. Er sah sogleich, dass das Mädchen ihr begegnet sein musste, und dass sie wusste, woher die Gräfin kam. »Nun, mein Prinz«, sagte sie, »Sie können sich über Ihren Herrn nicht beklagen. Seine Hand ist offen und sein Herz nicht kleinlich; er teilt von dem was sein ist, gerne aus.« Es war unmöglich, an Elisabeth vorbeizukommen. »Sie irren«, sagte Adalbert, »es ist nicht das zwischen uns, was Sie glauben.«

»Rein wie Eis und keusch wie Josef«, lachte Elisabeth, und in diesen Worten war neben dem Spott, den Adalbert nur fühlte, nicht verstand, noch etwas anderes, in tieferen Gründen Zitterndes. Sie gab ihm den Weg frei, und Adalbert ging fort, als habe er einen Schlag erhalten und wusste, ohne sich umzuwenden, dass Elisabeth oben stehen blieb und ihm nachsah.

Bei armen Leuten. Emma Rößler schließt einen Bund

An einem hoffnungslosen Spätherbsttage, einem jener Tage, die freudlos aus einem dunstigen Osten gekrochen kommen, über einen fahlen Himmel wanken und vorzeitig unter Schaudern unerklärlicher Angst versinken, wurde sich Emma Rößler darüber klar, dass ihr Leben diesem Tage gleiche und dass nichts weiter zu tun sei, als gleich ihm der Nacht zuzustreben. Sie lehnte an dem Geländer der kleinen Brücke unter der zwischen den Lachen des armseligen Baches Topfscherben, verrostete Blechgefäße, Reste von Kleidungsstücken, ein Haufen von unnützen und abgebrauchten Gegenständen halb im Schlamm vergraben lag. Das war lächerlich und traurig zugleich. Es war, als sehe man hier mitten in dem von vornehmen Häusern umgebenen Park jene sonst so sorgfältig verborgen gehaltenen Heimlichkeiten der großen Welt, ihre Unzulänglichkeiten, die Absonderungen glanzvoller Haushalte offen vor aller Augen.

Noch hatten die Herbstregen nicht eingesetzt und die Scherben unter dem undurchsichtigen Schlammwasser verborgen, das von den Bergen herabkam, das Bett des Baches bis zum Rand füllte und gurgelnd in dem unterirdischen Abzugskanal verschwand, in dem der Bach unter den vornehmen Häusern des neuen Stadtteiles weitergeleitet wurde. Aber schon zogen die trostlosen Schleier immer dichter über die Stadt, und der Wind kam aufgeregt über den Kamm des Hexensteines her. Er fegte die bunten Farben von den Bäumen herab, streute Blätter und kleine Zweige über den Weg und riss einen Teil von ihnen wirbelnd in die Wasserlachen zu den verbogenen Blechtöpfen und den Glasscherben.

Zwischen kahlen Gebüschen fegten einige Arbeiterinnen das trockene Laub zusammen. Sie bemühten sich nicht sehr, denn der Aufseher war an einem anderen Ende des Parkes, und es war ohnehin vergeblich, vor dem fauchenden Wind Ordnung zu erhalten. Als aber Emma einen der raschelnden Blätterhaufen achtlos mit dem Fuß zertrat, folgte ihr das lärmende Schimpfen der Weiber.

»Können S' nicht aufpassen, sie Schlampen.«

»So eine Baroness!«

»Für die Leut' sollt' ma alles doppelt moch'n.«

Vor dem großen Springbrunnen, dessen Tritonengruppe mit Brettern gegen den Schnee geschützt wurde, blieb Emma und sah den Arbeiterinnen zu, bis diese das Werkzeug zusammenlegten, ihre Röcke anzogen und heimgingen.

Emma verzögerte ihre Heimkehr, ging langsam durch den Park, dessen Bäume und Sträucher mit dem einbrechenden Dunkel zu Mauern verwuchsen, hinter denen ein Rascheln und Huschen tagscheuer Geister war. Sie ging so lange in dem schläfrigen Park umher, bis links und rechts alles versunken war und nur ein kleines Stückchen Weges vor ihren Füßen von einer aus den beleuchteten Straßen aufquellenden Helle sichtbar gemacht wurde. Dann, als ein leises Geriesel den endlosen Herbstregen einzuleiten begann, trug sie ihre schmerzlichen Gedanken nach Hause.

Aus dem Turmzimmer Bezugs kam ein kalter, glatter Strahl in den Nebel, glatt wie ein poliertes Metall und spitz wie ein Speer, und senkte sich in den Leib des Parkes, dass die Bäume zitternd und aufgeregt um die glühende Wunde rauschten. Emma vermied seine grausame Bahn, wich dem Palast ihres Feindes aus, als könne noch mehr Unglück bei der Annäherung an seine Sphäre entstehen. Sie zitterte, als ihr nun bewusst wurde, dass sie fast den größten Teil des Nachmittags in dieser gefährlichen Nähe zugebracht hatte. Erst als sie die roten Vorhänge von Frau Fodermayrs Fenstern sah, kam das Gefühl der Rettung und Sicherheit. Ringsum streckten sich die Häuser zu kahlen, steilen Hofwänden auf und sahen mit kleinen Fenstern in den Hof, wo das Gerümpel in der Dunkelheit zu wilden Abenteuern umgeschaffen wurde. Tastend ging Emma auf den roten Schimmer zu. Als sie vor der unsichtbaren Türe stand und mit vorgestreckten Händen suchend über die feuchten Mauern fuhr, hörte sie die Stimme von Frau Fodermayrs Mann.

»Das ist alles recht schön; aber bitte, sag' mir, wie lange soll das dauern. Ich kann kein Ende absehen. Das ist nun schon drei Monate her. Und es hat sich nichts verändert. Wir werden Schulden machen müssen, wir werden ein Stück nach dem anderen verkaufen und versetzen. Wir werden uns zugrund' richten. Für zwei reicht's gerade aus, für drei ist's zu wenig.«

Frau Fodermayrs Antwort war von dem Geklapper von Tellern und Gläsern begleitet: »Red' nicht so daher. Damals war es dir recht, wie ich jeden zweiten, dritten Tag irgendetwas mitgebracht hab'. Wenn wir Kinder hätten, so müssten wir auch auskommen. Was willst du sagen? Was weißt du vom Leben? Andere Leute haben sechs, sieben Kinder und müssen auskommen. Willst du die arme Frau auf die Gasse hinauswerfen?«

»Aber das kann doch nicht so bleiben.«

»Es wird ihr schon wieder besser gehen. Und vielleicht wirst du dann froh sein, dass wir sie bei uns gelassen haben.«

Eine schluchzende, einförmige Melodie, die über die Dächer herabzusinken schien, die sich mit der Dunkelheit des Hofes vermischte und alle Winkel ausfüllte, ein beängstigendes Summen, jene Melodie, die Emma zum ersten Mal aus dem steinernen Gewölbe des Domes aufsteigen hörte und die sie seitdem niemals verlassen hatte, wurde deutlicher. Alle Qual des einsamen und der zärtlichen Liebe beraubten Lebens spann sich zu einer Litanei aus, deren Absätze wie die Glieder einer Kette zusammenhingen und mit der Schwere eiserner Fesseln den Nacken der Frau belasteten. Das Dunkel ringsum war mit einem Male noch feindlicher und grausamer, von Gefahren belebt, die sich mit scheußlichen Häuptern nach ihr reckten. Irgendeine Kraft schien sie von dem roten Schimmer der Rettung wegzureißen, zog sie an, sodass Emma außer sich vor Angst hastig nach der Türe suchte und, sie mit plötzlichem Ruck aufreißend, in das Zimmer trat.

»Guten Abend«, sagte sie. Sie war blass, als ob ihr etwas Schreckliches begegnet wäre. Nur noch diese Nacht, nur noch diese Nacht unter einem schützenden Dach. Mit verlegener Freundlichkeit erwiderte Frau Fodermayr den Gruß und fuhr fort, den Tisch zu decken. Aus seiner Ecke, wo er den schadhaft gewordenen Goldrahmen einer alten Fotografie mit Bronzefarbe bestrich, brummte auch der Mann eine widerspenstige Entgegnung. Emma sah sich in dem kleinen Zimmer um, das nun schon seit drei Monaten ihr Heim war, und legte schweigend den Hut ab.

»Sie sind ganz nass geworden«, fragte Frau Fodermayr; »regnet es draußen?«

»Es regnet ein wenig.« Nun merkte Emma erst, wie nass ihre Kleider waren, und näherte sich zitternd dem Ofen, in dem ein kleines, behagliches Feuer brannte. Mit leisen Fingern strich sie über eine der Kacheln, auf der in blauer Farbe mit rohen Figuren die Opferung Isaaks dargestellt war, liebkoste eine andere, auf der die Arche Noah mit allerlei seltsamem Getier angefüllt wurde, und ließ aus einem der kleinen Vierecke, wo Abels Opferfeuer zum Himmel stieg, die leichte, belebende Wärme in ihren Körper strömen. Es war, als brenne das Feuer, das Gott wohlgefällig war, wirklich und verbreite das freundliche Behagen, das aus alten Geschichten und halb versunkenen Märchen kommt. Vor dem Zischen, mit dem die eiserne Ofenplatte den Gruß der Flammen aufnahm, wich die verfolgende Melodie, die in einsamen Domen eingeschlossene Stimme der hoffnungslosen Trauer zurück.

»Das Nachtmahl ist bereit«, sagte Frau Fodermayr und hob die blecherne Stürze von dem großen Topf, dass der Duft der gekochten Erdäpfel in großen Wolken aufstieg, um die herabgezogene Hängelampe wallte und dann lichter werdend zu der braunen Decke des Zimmers glomm. Der Mann legte seinen Rahmen hin, verkorkte die kleine Farbflasche und schlurfte in Pantoffeln zu Tisch.

»Kommen Sie doch«, drängte die Wirtin, »wir haben Heringe. Die ersten heurigen.«

Auf dem kleinen Teller neben der Schüssel, wo jetzt die dampfenden Erdäpfel einen kleinen Berg bildeten, lagen drei silberne Heringe mit offenen Mäulern und stumpfen Augen. Zögernd kam Emma zum Tisch und nahm ihren Anteil. Während Frau Fodermayr ihren Fisch zerlegte und reinigte, suchte sie das unfreundliche Schweigen ihres Mannes durch die Erzählung kleiner Erlebnisse aus Haus und Hof zu verbergen. Sie nahm seine Ungastlichkeit hinter einen Wall unbefangen erscheinender Geschwätzigkeit und berichtete von hundert Nichtigkeiten, die ihr Leben hier zwischen den hohen Mauern reich und geschäftig machten. Emma sah sich gezwungen, ihren Fragen zu antworten, auf die Interessen des winzigen Haushalts einzugehen und den Begebenheiten Aufmerksamkeit zu schenken, die in der Wiedergabe durch Dienstmädchen und Köchinnen seltsame Gesichter angenommen hatten. Was sich draußen zutrug, war, wenn es vom Küchenfenster herab den Freundinnen im Hof erzählt wurde, zu etwas ganz anderem geworden; die Tatsachen waren in ein neues Licht gerückt und unter veränderten Bedingungen gesehen. Emma sah hier gleichsam die andere Seite jener Welt, die sie früher gekannt hatte, und einen Augenblick gelang es den Bemühungen der treuen Frau, ihre Gedanken von dem ermüdenden und hoffnungslosen Weg abzuziehen.

Aber als Frau Fodermayr eine Pause machen musste, weil eine Gräte sich in ihrem Halse spreizte und durchaus weder vor noch zurück wollte, waren Emmas Gedanken mit einem Mal wieder auf ihrem alten Weg. Sie fragte, und in dem Ton dieser Frage lag auch zugleich schon die Antwort: »Es ist kein Brief gekommen?«

Ungeduldig legte der Mann die Gabel mit hartem Geklapper auf den Teller und sagte anstatt seiner noch immer mit der Gräte ringenden Frau: »Nein, es ist auch heute kein Brief gekommen. Es wird auch keiner kommen. Niemals.«

Frau Fodermayr hatte sich endlich befreit und sagte vorwurfsvoll: »Anton!«

»Na, was denn, was denn? Es wird niemals ein Brief kommen, solange er nicht will!«

»Der Hund, der elende!«, und Frau Fodermayr trank rasch ihren Rest Bier aus, um das Kratzen im Hals loszuwerden.

»Er kann alles, was er will. Gegen ihn sind alle anderen zusammen nichts.«

»Die Strafe wird schon nicht ausbleiben.«

»Ja ... ja ... schon gut! Der Teufel wird ihn holen. Aber vorläufig macht er, was er will. Da kommt keiner auf. Er hebt den kleinen Finger, und ein Turm stürzt ein. Wenn er will, so sagt er ein Wort, und ich bin entlassen. Was bin ich? Ein einfacher Vorarbeiter. Ich kann etwas; aber hundert andere können dasselbe. Man soll sich ihm nicht widersetzen.«

»Aber schweig doch. Du hast heut' einen borstigen Tag.«

»Ach was! Weil man sich schon überall davon erzählt. Es kann ihm nicht verborgen bleiben.«

Emma schob den Teller von sich. Sie griff nach der Brosche an ihrem Hals und stach sich in den Finger. Indem sie das Blut in das Taschentuch tröpfeln ließ, sagte sie: »Sie glauben, dass er Sie dafür bestrafen wird, weil Sie mich bei sich aufgenommen haben?«

»Aber gnädige Frau, hören Sie doch nicht auf ihn. Er übertreibt, er ist ein Esel.«

»Hast du nicht in den Zeitungen gelesen, was er da wieder für Gesellschaften zusammenbringt? Er frisst alles auf. Du wirst sehen, was noch daraus wird. Was will er? Er will uns alle klein machen, ganz klein. Wenn er bläst, so wirbelt eine ganze Stadt durcheinander, und wenn er ausspuckt, so entsteht eine Überschwemmung. Kann ich ihn aufhalten? Zum Teufel – es ist niederträchtig, aber was soll man tun?«

»Jetzt ist es aber genug, schweig schon einmal. Er kann uns nicht den Kopf abreißen …« Die Winke der Frau Fodermayr wiesen auf Emma hin, die ganz lautlos aufgestanden war und wie ein Schatten zum Ofen hinglitt. Den Kopf hatte sie abgewandt und strich mit zitternden Fingern wieder über die Arche Noah, die Opferung Isaaks und die Vertreibung aus dem Paradies. Frau Fodermayrs Herz war von Mitleid bis zum Rand angefüllt, und nur mühsam hielt sie die Tränen zurück. Sie, die für alle früher erwiesenen Wohltaten eine warme und dankbare Erinnerung bewahrte, die jedes besondere Trinkgeld, jedes Stückchen Feiertagsbraten und jede Schnitte Geburtstagsguglhupf sorgfältig gebucht hatte, konnte den Niedergang dieses einst so glücklichen und überreichen Lebens nicht mit ansehen. Ihre Zuneigung, die durch keinerlei andere Aufgaben abgelenkt wurde, hatte sich zu mütterlicher Zärtlichkeit gesteigert, als sie die einstige Herrin schutzbedürftig und aller Mittel beraubt sah. Mit allen Listen, allen weiblichen Künsten, mit allen feinen Kräften des Genies der Gutherzigkeit fesselte sie das Schicksal der armen Frau an ihr Heim und verstand es, das Schlimmste abzuwehren. Darum geriet sie jetzt über den Friedensbruch im Asyl außer sich und funkelte ihren Mann mit den bösen Augen eines Tieres an, das seine Jungen verteidigt.

»Ja, weil's wahr is'«, sagte er und wischte den Schnurrbart ab, »ich hab' doch lang genug nichts gesagt.«

Halb schluchzend, halb wutentbrannt warnte ihn die Frau: »Anton!«

Aber Anton hatte alle Hemmung verloren, er raste wie eine seiner Maschinen, wenn die Steuerung bricht: »Der Ferdinand, der Swaton, der Grimm, alle sagen dasselbe: ›Wie kannst du dich unterstehen?‹ Und Recht haben sie: Wie können wir uns unterstehen? Auf einmal wird der Krach da sein. Was werden wir dann machen? Dann werden wir alle nichts haben: wir nicht und sie nicht.«

Eben als Frau Fodermayrs Zorn über ihre Rührung die Oberhand gewinnen wollte, bemerkte sie, dass Emmas Schultern vor verhaltenem Weinen zuckten, und plötzlich schwamm die kleine Stube in einem feuchten Glanz, die Kanten der Gegenstände zitterten und wurden undeutlich, Decke und Boden neigten sich gegeneinander und schnitten die wankende Wand in schiefen Winkeln, die Lichter und Schatten flossen ineinander über: Mit einem tiefen Seufzer, einem sonderbaren Schrei brach Frau Fodermayr in Tränen aus. »Aber, meine liebe gnädige Frau, ich bitt' schön, nicht weinen. Er ist ein Esel, meiner Seel', ein Esel; nicht weinen«, ihre großen roten Hände lagen auf den zuckenden Schultern. »Lassen Sie ihn reden; weinen Sie doch nicht.« In dem Bestreben, ein Wort zu finden, das der Sphäre der weinenden Frau entnommen war, das ihr einen heimatlichen Klang, einen Gruß, einen Hauch des Verständnisses bringen sollte, suchte sie: »Er hat kein … er hat kein …«

Anton saß sehr verdonnert auf seinem Platz, sein Redestrom war plötzlich in unterirdischen Klüften verschwunden; die Maschine stand mit einem Ruck still. Er konnte es nicht ertragen, die Weiber weinen zu sehen. Eingeschüchtert griff er nach seinem Glas, trank das Bier aus, wischte den Schnurrbart, machte einen Zug aus der erloschenen Pfeife, stocherte mit dem kleinen Finger in der Asche, klappte den Deckel mit einem Knall wieder zu und griff noch einmal nach dem Glas, obzwar nichts mehr darin war. Hilflos stand er vor der Entwicklung der Szene, die er selbst eingeleitet hatte, trieb auf dem Wirbel seiner eigenen Worte und sehnte sich hinaus. Mit einem Rest von Energie murmelte er: »Na, was denn, was denn? Ich mein' ja nur –«

In diesem Augenblick verwünschte er den Ferdinand, den Swaton und den Grimm, deren spitze Reden ihn in dieses Abenteuer gehetzt hatten.

»Es ist ja nicht so arg. Ich mein' nur ...« Und plötzlich schloss er seine Versuche: »Himmelsakra!«

»Schweig!«, schrie die Gattin vom Ofen her.

»Ich will ja nicht die gnädige Frau … Wir wollen sie ja nicht verlassen; ich mein' nur! Na ja! Wenn ich die Arbeit verlier', so ... Man kann sie doch immer unterstützen, auch wenn sie nicht bei uns …«

Man hörte nicht auf ihn. Frau Fodermayr führte, selbstverständlich halb blind vor Tränen, die schluchzende Emma in die kleine Kammer, wo das Bett des Gastes stand. Nun war der Augenblick zur Flucht gekommen. Aber eben als Anton den Hut aufsetzte und die Pfeife in die Brusttasche steckte, kam die Gattin zurück und fing ihn in dem Netz ihrer Vorwürfe.

Noch lange, nachdem sich Emma schon beruhigt hatte, hörte sie nebenan die derben Worte, mit denen Frau Fodermayr die Revolution niederwarf, die Versuche des Widerstandes, die gestammelten Rechtfertigungen des Mannes. Alles dies war unnötig, um ihren Entschluss zu stärken. Kam es ihr zu, eine Häuslichkeit zu stören, in der vor ihrem Eindringen ein genügsames Behagen die Tage begleitet hatte? Sie sah ein, dass die grausame und eintönige Melodie ihres Schicksals herrschend über alles emporstieg, und dass ihr Leben von diesem traurigen Summen gleichsam durchdrungen war. Welcher Zukunft bewahrte sie sich auf, welche Erbschaft hatte sie zu behüten, dass sie sich so dagegen sträubte, allen Widerstand aufzugeben und wie dieser Herbsttag in eine lichtlose Nacht einzugehen? Das Andenken ihres Mannes, das Gedächtnis seiner Werke musste von Stärkeren erneuert werden. »Nur in den Händen der Liebe wird die Unsterblichkeit bewahrt«, hatte Eleagabal Kuperus gesagt. Das waren Worte, schöne Worte. Der Hass war stärker als die Liebe, und sie fühlte sich von einem Strom des Hasses ergriffen und fortgerissen.

Noch immer plätscherte der Regen an den Fenstern, und Emma sah, wie die Scheiben von dem lebendigen Geriesel überspült wurden. Mit aller Sorgfalt hatte Frau Fodermayr die Kammer ausgeschmückt, die sich Emma erst nach hartem Kampf erobert hatte. Zuerst wollte die Frau in ihrer Großmut das Bett des Mannes hier aufschlagen und mit dem Gast die Behaglichkeit des größeren Zimmers teilen. Dann gab sie endlich dem Verlangen Emmas nach, aber sie trug hier alles zusammen, was die kahle Kammer schmücken konnte. Über dem Bett hing ein geweihtes Bildchen, das Frau Fodermayr selbst vor langen Jahren von einer Wallfahrt mitgebracht hatte. Sie hatte es von seinem Platz über dem kleinen Weihbrunnkessel aus Zinn genommen, als verzichte sie selbst inzwischen auf den Schutz der Mutter Gottes von Mariazell, wenn die Madonna dafür ihre Gnade dem Gast zuwenden wolle. »Es bringt Glück«, hatte sie gesagt.

Aber das Glück hatte Emma nicht gefunden, weder das bisschen Sonne, das sie für sich selbst begehrte, noch das Gelingen der Aufgabe, die sie sich gesetzt hatte. In der alten Kommode, deren bauchige Laden breit und mit glänzendem Messing beschlagen vorsprangen, waren die letzten Habseligkeiten untergebracht, Wäsche und Kleider, und obendrauf stand das Kostbarste, was sie besaß, das Haupt des Gatten unter einer mit einem Tuch bedeckten Glasglocke. Als alle Aufregung, aller Schmerz, alles Zittern der Seele in die große Ruhe des Entschlusses geströmt war, fand sich Emma bereit, ihr Heiligtum aufzusuchen. Sie zog das Tuch von der Glocke, und inmitten der Reflexe des das Licht spiegelnden Glases tauchte der Kopf des Mannes auf. Mit allem Anschein des Lebens, unverändert, als sei der Körper bloß abgefallen, ohne dass die Trennung dem Haupte zum Bewusstsein gekommen sei, sahen sie die Augen an. Es war, als hätten sich die Pupillen die Fähigkeit bewahrt, dem Einfluss des Lichtes zu folgen, als sei die Regenbogenhaut noch immer in wechselnder Bewegung, als seien die feinen Adern des Augapfels noch immer von Blut gefüllt. Ebenso tief wie die Augen des Lebenden senkten diese durch die Kunst des Eleagabal Kuperus wach erhaltenen Augen ihren wunderbaren Blick in die Augen der Frau, und die geheimnisvolle Wirkung dieser Blicke strömte von dem Toten in die Lebende. Jene sonderbare Mischung von Angst und Glück erfüllte sie ganz, und sie fühlte, dass irgendetwas außer ihr in der Kammer sei, von dem sie in einsamen Nächten Beruhigung und Trost zu finden gelernt hatte.

Nebenan war es ganz still geworden, Vorwürfe und Verteidigung hatte der Schlaf erstickt. Leise klopfte der Regen an die Fenster. Dann schlug die Haustür einmal dumpf zu, und der Schall kroch die Mauern entlang bis zu dem gläsernen Gefängnis des Kopfes, dass das Glas zu summen begann wie die seltsamen Glocken, die man tief in der Erde hören kann. Während der Regen unablässig an die Fenster klopfte, als suche ein Verirrter mit zagender Hand Einlass zu erpochen, während in Tisch und Kommode das Knacken begann, das sich gerne den toten Stunden gesellt, grub sich Emma immer tiefer in die Nacht und zog ihr Leid wie eine Decke um sich. Mit aller Inbrunst einer Beterin lag sie vor dem Haupt auf den Knien, bis sie es wagte, die Glasglocke zu entfernen und das Gesicht des Gatten von den höhnischen Reflexen zu befreien.

Und nun beging sie das nächtliche Hochamt, die feierliche Handlung, der ihre Seele zustrebte, den weihevollen Akt, dem ihre Sehnsucht tagsüber entgegenbangte und der ihr das Wichtigste an ihrem Leben war: Sie legte beide Arme um das rote Kissen, auf dem der Kopf aufrecht stand, dass die Fingerspitzen sich hinten berührten und ein magnetischer Strom, den sie in ihrem Körper fühlte, dadurch geschlossen war; sie glaubte zu sehen, wie sich sein Haar leise bewegte, als fahre ein Luftzug darüber hin, und glaubte ein Knistern zu hören, als streiche ein Kamm hindurch. Ganz nahe an seinem Gesicht schloss sie unter seinem sengenden Blick die Augen, öffnete die Lider, schauderte unter dem blauen Strahl und schloss die Augen wieder zu, indem sie sich ganz der schmerzlichen Wollust der Verzögerung hingab.

Ihr Mund war in gleicher Höhe mit den Lippen des Toten und rückte langsam auf sein Ziel los. Stärker kreiste der magnetische Strom durch ihren Leib, die Kammer und alles, was darin war, stürzte in eine Versenkung, aus deren Tiefe nur das Klopfen des Regens hervorkam. Trotzdem sie die Augen geschlossen hielt, fühlte sie sich einer großen Helle entgegenschweben, sie fühlte sich aufgehoben und schwebte, von allen Beziehungen zur Erde losgelöst, im Raum. Seine Arme hielten sie fest, seine Hände lagen an ihren pochenden Schläfen, genau so, wie es früher immer gewesen war.

Und nun berührte ihr Mund seine Lippen, erwärmte sie mit der Wärme ihres Blutes, saugte sich fest und riss sich los, um sich nur noch stürmischer und wilder anzupressen. Die ganze Sinnlichkeit ihres noch jungen Körpers hatte sich, verfeinert und geläutert, in diese Umarmungen eines Schattens, in die Küsse auf die Lippen eines Toten gerettet; die wunderbare Kraft ihrer Phantasie gewährte ihr eine seltsame Art von Tröstung, in der sich die Erinnerung an die wilden Abenteuer der Liebe, an die Katarakte von Leidenschaft, an die Ausbrüche sprühender Kraft der Sinne erneuerte. Keuchend und mit geschlossenen Augen setzte sie ihre Küsse fort, keusch wie eine Braut und unersättlich wie eine wissende Frau. Die Notwendigkeiten des Leibes ergossen sich in diese neue Bahn, rissen die Besinnung mit sich fort und umbrausten sie mit einem erlösenden Sturm.

Emma vergaß ihre Schuld und ihre Reue über die erbärmliche Schwäche, zu der sie die Verzweiflung damals gebracht hatte, sie vergaß die schreckliche Erscheinung und empfand nur die Glückseligkeit seiner Verzeihung. Sie durfte sich wieder mit ihm vereinigen. Aus der Helle, in der sie schwebte, lösten sich leuchtende Wolken los, kamen auf sie zu, durchdrangen ihren Körper, bis seine irdische Starrheit gewichen war, bis er selbst zu einer leichten, leuchtenden Wolke wurde, die in eine immer blauer strahlende Herrlichkeit aufstieg. Irgendwoher kam ein Glanz von goldenen Thronen, wogte um sie, vermählte sich ihrer reinen Freudigkeit und vertausendfachte ihre Glückseligkeit. Alle Wunder des Äthers strömten in sie, führten sie auf sanften Wirbeln fort, die um prunkvolle Sternbilder herum immer höher stiegen. Manchmal war es noch, als höre sie tief unter sich, in einer Zone, die kein Recht auf sie hatte, wie ein Fragment aus dem Leben der Erde noch das Klopfen des Regens, dann war auch dies vorbei, und nur Schweben und Glänzen blieb …

Als Emma aus der Ohnmacht erwachte, in die sie immer von ihrer Erregung geworfen wurde, zögerte die Dämmerung des neuen Tages zwischen dem Pochen des Regens an das Fenster. Sie verhüllte das Haupt des Gatten vor ihrem Grau, denn in diesem trüben und missmutigen Zwielicht blieben seine Züge stumpf und unlebendig. Dann öffnete sie das Fenster, um den erstickenden Qualm der ausgebrannten Lampe hinauszulassen, und legte sich zu kurzem Schlaf auf das Bett, eben als nebenan die Geräusche der Frühaufsteher erwachten.

Am Morgen trat sie, in ihren Entschluss gepanzert, in das Zimmer der Wirtin. Wie jemand, der eine schwere Arbeit mit einem plötzlichen Ruck beginnt, sagte sie sogleich: »Heute, meine liebe Frau Fodermayr, müssen Sie mich gehen lassen. Nun hat es lange genug gedauert.«

Frau Fodermayr, die eben den Kaffeetopf auf den Tisch setzen wollte, blieb stehen, hob den Topf hoch, und einen Augenblick schien es, als wolle sie ihn fallen lassen. »Der Esel!«, sagte sie dann und blickte nach der Tür, durch die sich der Schuldige beizeiten davongemacht hatte. »Aber hören Sie, Sie werden doch nichts auf sein dummes Gerede geben.«

»Er hat Recht. Ich weiß es. Einmal muss das doch ein Ende nehmen.«

»Gnädige Frau!«

»Es hat lange genug gedauert, nein, widersprechen Sie nicht. Heute gehe ich fort.«

Mit einem kleinen Krach setzte Frau Fodermayr den Kaffeetopf auf den Tisch, indem sie tat, als sei die Sache damit erledigt.

»Wie ich Ihnen danken soll«, fuhr Emma fort, »weiß ich nicht. Sie müssen damit zufrieden sein, dass ich Ihnen mit Worten danke … mehr …«

Plötzlich wurde Frau Fodermayr ganz rot im Gesicht, trat einen Schritt zurück, stemmte die Arme in die Hüften, besann sich, dass diese Gebärde nicht schicklich sei, ließ die Arme verlegen herabsinken, wischte die Hände an der Schürze ab und trat, außer sich vor Verlegenheit und Bestürzung, von einem Fuß auf den anderen: »Und ... und ... sagen Sie mir nur, sagen Sie mir, wie denken Sie ... was wollen Sie tun, wovon wollen Sie leben?«

Mit einem Gesicht, das ganz ruhig schien und die Zuversicht als Maske trug, sagte Emma: »Nun – es wird sich eben heute entscheiden; ich weiß, ich habe die Ahnung, die Sicherheit ...«

»Hören Sie«, Frau Fodermayrs Verzweiflung gab ihr die Kraft, noch einmal den Versuch zu machen, auf dessen Erfolg sie nach ihren Erfahrungen nicht rechnen konnte: »Einer kann da helfen. Sie haben mir selbst von ihm erzählt. Warum gehen Sie nicht zu ihm? Er allein kann etwas ausrichten ... Eleagabal Kuperus.«

Aber Emma stand auf und trat zum Fenster. Draußen hatte der Regen aufgehört, der Hof war noch voll Wasserlachen, und das Gerümpel in den Ecken sah aus, als hätte man es eben aus einem Teich gezogen. Über den nahe zusammengerückten Dächern aber stand ein Stückchen blauen Himmels, von ziehenden Wolkenfetzen belebt, wie eine lächelnde Antwort auf die bange Frage, ob nun die milde Schönheit des Herbstes der Feuchtigkeit der Verwesung gewichen sei. Alle Fenster gingen auf, und es war ein Gelärm von Küchenhantierungen und von Zurufen befreundeter Dienstmädchen.

»Gehen Sie zu Eleagabal Kuperus«, sagte Frau Fodermayr noch einmal, so nachdrücklich und so hochdeutsch als möglich, indem sie alle guten Erinnerungen an ihre Stubenmädchenzeit bei der Gräfin Pernstein zusammennahm. Wie immer in wichtigen Augenblicken, wollte sie Emma den Eindruck verschaffen, als berate diese sich mit jemand ihresgleichen, als könne sie sicher sein, für alle Regungen Verständnis zu finden. Ihrem Ehrgeiz war es nicht genug, der gnädigen Frau Unterkunft zu geben, sie wollte in aller Bescheidenheit und Unterwürfigkeit zur Vertrauten werden; darum lag ihr daran, zu zeigen, dass sie wohlgesetzt zu sprechen verstand und dass man mit ihr sprechen konnte, dass alle Bedingungen zur Annäherung in ihr lagen. »Gehen Sie doch zu Eleagabal Kuperus«, sagte sie zum dritten Mal, »Sie haben mir doch selbst erzählt, wie er Sie aufgenommen hat, wie freundlich er gegen Sie war, wie er sich für Ihr Schicksal interessiert hat. Er wird Ihnen helfen.«

Da wandte sich Emma um und sagte, ergeben und geduldig, wie einer, der die aussichtslose Aufgabe hat, jemanden zu überzeugen, der sich nicht überzeugen lassen will: »Glauben Sie es mir doch … ich kann nicht zu Kuperus gehen. Es ist unmöglich.«

Frau Fodermayr brachte den Lieblingsspruch der verstorbenen Gräfin Pernstein: »Nichts ist unmöglich.«

»Oh, doch! Dies ist unmöglich. Das muss ich doch wissen. Es ist etwas vorgefallen, das es mir unmöglich macht.«

Vor einem neuen Ansturm von Fragen, Beschwörungen, von Ausrufen und wohlgesetzten Sprüchen der Weisheit zog sich Emma in den Turm des Schweigens zurück. Es gelang Frau Fodermayr nicht, sie zu überzeugen, dass der Kuperus nach ihren eigenen Schilderungen kein grimmiger Zauberer mit allen Lüsten der Bosheit, sondern ein Mensch mit einem weiten Kreis des Verstehens sei, dass der Gang zu ihm kein Wagnis bedeute. Sie musste es dulden, dass Emma fort ging, ohne anzudeuten, wo sie ihre Zukunft zu verankern gedenke, und sie blieb mit dem bitteren Gefühl zurück, dass es dem Gast nicht gefallen habe, sie in sein Vertrauen einzulassen, dass er die Antwort auf wichtigste Fragen als Geheimnis vor ihr bewahre.

Eine Antwort auf die Frage nach der Zukunft wusste aber Emma selbst nicht. Als sie von Frau Fodermayr fort ging, war nur eines gewiss, dass heute die Entscheidung eintreffen müsse. Sie war entschlossen, nicht zurückzukehren, bevor sie nicht eine andere Stätte gefunden hatte, und wenn ihr Suchen umsonst sein sollte, lieber – über diese schmale Brücke zu einem jenseitigen dunklen Land wollten ihre Gedanken nicht hinüber. Sie hoffte auf die Kraft der Verzweiflung, auf die zerfleischenden Geißelhiebe, die sie im Augenblick der Entscheidung antreiben würden, auf den höhnischen Mut, der am Rande des Abgrunds aus der Finsternis auf seine Opfer springt.

Der Himmel schien seine gestrigen Drohungen durch einen schmeichlerischen und zugleich heroischen Glanz vergessen machen zu wollen. Noch einmal sprach er von Licht und Schönheit und verschenkte bunte Farben an den Herbst, dass alles leichter atmend und unbedachter wurde. In den Straßen war es lauter und lebendiger, aber Emma, die sonst auf die Veränderungen des Himmels mit ihrem Innern antwortete, nahm an dem Jauchzen des unbesonnenen Lebens keinen Anteil. Ihre Gedanken gingen immerfort im Kreise, an den grausamen und grauen Bildern der Enttäuschungen, der Erniedrigungen und Verletzungen vorbei, sie zuckten vor dem schrecklichen Erlebnis zurück und suchten zaghaft nach einem Ausweg aus dem verderblichen Irrgarten des Unglücks. Achtlos ging sie quer über die Straße, sah den Vorübergehenden ins Gesicht, ohne etwas zu sehen und überhörte ein Klingeln, das hinter ihrem Rücken warnend den Weg der elektrischen Straßenbahn herabfegte. Das Läuten wurde schrill und grell, ein wildes Rufen, das die Passanten aufmerksam machte und erstarren ließ, aber es erreichte nicht das Bewusstsein der Frau. Man schrie ihr zu, die Bremse kreischte zu spät, ein Stoß ging durch ihren Körper und warf sie zur Seite.

Um das jüngste Opfer der Straßenbahn war im Augenblick eine Ansammlung von Menschen. Emma sah den Leuten ins Gesicht, lächelte, versuchte aufzustehen und sank wieder zurück. Einige Schritte vor ihr stand der Motorwagen, dessen Führer von einer aufgeregten Menge bedroht und von seinem Platz dem Wachmann entgegengezerrt wurde. Von der hinteren Plattform sahen blasse Gesichter nach der Verunglückten. Ein Geschwirr von Ausrufen, Fragen und Schimpfworten tobte um sie, das sie noch mehr verwirrte als das dröhnende Gehämmer im Kopf und der Schmerz im rechten Bein, der ein leises Wimmern auf ihre Lippen zwang. Man stritt sogleich über das Verschulden an diesem Unglücksfall, und zwei Parteien traten gegeneinander auf, von denen die eine behauptete, dass dem Motorführer kein Vorwurf zu machen sei, weil er rechtzeitig das Warnungssignal gegeben und versucht habe, den Wagen aufzuhalten, während die andere wild gegen ihn anschrie und Lust zeigte, ihn zu zerreißen. Inzwischen war die Rettungsgesellschaft verständigt worden, und hart rasselnd fuhr der Wagen mit dem roten Kreuz in die zurückweichende Menge. Aus dem Kreise der Neugierigen trug man sie in den dunkeln Kasten, der von einem durch Karbol gedämpften Blutgeruch erfüllt war. Ein Krankenwärter rückte ihren Körper zurecht und bettete den verletzten Fuß in eine Schlinge, ohne auf ihr Schreien zu achten.

Die jungen Ärzte, die in der Rettungsstation ihren Mangel an Beschäftigung mit ihrer Dienstfertigkeit zum Wohle der Öffentlichkeit glücklich verbanden, machten sich mit allem Eifer an die Untersuchung des Falles. Nachdem man den verletzten Fuß bloßgelegt hatte, sahen sie einander an. An einem Hautfetzen baumelnd, schien der Fuß nicht mehr dem Körper der Frau anzugehören, ein Glied, das den Dienst verlassen hat und durch keine Kunst mehr wieder an seinen Platz gefügt werden kann. Nach einem ersten Schrei, zu dem sie ihr Entsetzen zwang, blieb Emma stumm; sie sah immer nur den Fuß an, das Stück ihres Körpers, das jetzt, nachdem einer der Ärzte den Hautstreifen durchschnitten hatte, lose neben ihr lag. Der blutige Stumpf ihres Beines wurde nun rasch verbunden. Weiße Binden schimmerten gegen rote Blutlachen. Blanke Werkzeuge klirrten. Man schnürte das Bein ein. Zwei Ärzte, die bisher an einem anderen Bett einen anderen Verunglückten beobachtet hatten, verließen ihren Posten und kamen herbei, um zu helfen. Während die jungen Leute sich um ihr Lager drängten, in raschen Handreichungen einander unterstützten und gewandt, wie bei einem Schauspiel, ihre Plätze wechselten, trachtete Emma zwischen ihnen hindurch einen Blick auf den Fuß zu haben, der neben ihrem Bett in einer Schüssel lag. Sie sah, wenn sich der Kreis der Ärzte öffnete, sein wachsfarbenes Fleisch in einer Lache Blutes; sie sah, dass die Zehen gekrümmt waren, als habe sie ein furchtbarer Schmerz im letzten Augenblick eingezogen. Nie hatte sie einen Teil ihres Körpers so genau betrachtet, als dieses armselige Glied, das ihr fremd geworden war.

»Es ist natürlich besser, wenn Sie sich in das Krankenhaus transportieren lassen«, sagte einer der Ärzte, »aber wenn Sie es wünschen, wollen wir Sie nach Hause schaffen.« Emma sah dem jungen Mann ins Gesicht. »Ich muss ins Krankenhaus. Ich habe kein Heim.«

»Was wollen Sie sagen? Sie haben doch irgendwo gewohnt.«

»Meine frühere Bedienerin hat mich aus Barmherzigkeit bei

sich aufgenommen.« Sie gab Frau Fodermayrs Namen und Adresse an. Es war, als habe der Unfall auch die harte Schale ihrer Verschämtheit zerbrochen, als habe der Stoß des Motorwagens auch die Gerüste ihres Stolzes niedergeworfen, und wenn sie von jemandem danach gefragt worden wäre, hätte sie ohne Rücksicht die Geschichte ihres Unglücks erzählt. Aber die Ärzte, die ihrem beruflichen Interesse nur ein wenig menschliche Ergriffenheit gesellten, wagten über die Fragen des Protokolls nicht hinauszugehen, bis einer der jüngsten unter ihnen, der inzwischen wieder nach dem anderen Verunglückten gesehen hatte, die Angaben Emmas im Protokoll nachlas.

»Emma Rößler«, sagte er, »der Name kommt mir bekannt vor.« Hinter seinem Kopf schien die Sonne aufzugehen, denn lange, blendende Strahlen schossen zu beiden Seiten des Gesichtes hervor, und ein leuchtendes Horn wuchs über seinen Scheitel empor. »Sie sind die Witwe des Dichters Rößler?«

»Ja.« Emma wunderte sich darüber, dass er in so sonderbarer Art den Körper zu wiegen begann; als bewege er ihn nach einem unhörbaren Rhythmus, während die Sonne hinter seinem Kopf immer grellere Strahlen ausschickte. Zugleich wich er von ihrem Bett zurück, verlor an Masse und war nur ein Schatten vor einem hellen Licht. Seine Stimme kam aus einer durch Abgründe getrennten Ferne: »Ich habe eine seltsame Geschichte gelesen. Von seinem Kopf ... ist das alles wahr? Man hat ihn abgeschnitten und einbalsamiert ...«

»Es ist wahr!«, sagte Emma. Sie war entschlossen, diesen fremden Leuten nichts davon zu sagen, dass der Kopf wieder seinen Körper gefunden hatte, und dass ihr Gatte nun hinter ihrem Bett stehend die kühle Hand auf ihre Stirn legte. Denn es war besser, sich zu verbergen, damit man nicht von den stechenden Sonnenstrahlen getroffen wurde. Die Ärzte hatten sich die Hände gereicht und bildeten einen Kreis schwarzer Gestalten, der sich nun langsam schreitend um ihr Bett bewegte. In die Zwischenräume der Männer schoss immer der grelle Sonnenschein, und je rascher der Tanz wurde, desto schneller folgten sich Licht und Schatten, genau so, wie wenn man im Sommer neben einem Lattenzaun liefe, wo der Wechsel der

Beleuchtung das Auge verwirrt. Jemand lief hinter ihr her und sie wusste, ohne sich umzudrehen, dass es Richard war, der sie fangen wollte, und lief darum nur umso schneller, denn sie hatten sich heute Morgen gezankt. Oh, nein, sie wollte sich nicht fangen lassen, hörte nicht darauf, dass er hinter ihr rief. Auf dem großen Haufen von Balken, wo die Zimmerleute ihr Holz auswählten, rannte sie weiter, bis nur eine einzige schmale Planke da blieb, deren Ende nicht abzusehen war. Plötzlich stolperte sie und fiel. Da lag sie in einem dichten Nesselgestrüpp, an dem kleine goldene Früchte hingen, und Richard hielt sie keuchend an der Schürze fest. »Ich wusste es«, sagte er, »dass du nicht weit laufen wirst. Du hast deinen Fuß verloren. Hier habe ich ihn mitgebracht.« Und er reichte ihr den kleinen Mädchenfuß hin und verlangte einen Kuss als Belohnung. Aber Emma schrie auf, denn der Fuß war über dem Gelenk ganz blutig und Blut tropfte auf ihre Schürze herab. »Das macht nichts«, Richards Trost war warm wie eine liebe Berührung, »Eleagabal Kuperus wird da helfen. Er kann alles. Siehst du.« Mit einer Verbeugung nahm Richard seinen Kopf herab und setzte ihn wieder auf. Nun sah Emma erst, dass dieser Kopf auf einem armseligen, verkümmerten Körper saß, der fast durchscheinend war, weil die Haut, die sich über die Knochen des Leibes spannte, dünn und fein wie ein Pergament alles Licht hindurchließ. »Du bis ein Dichter, du kannst tun, was du willst«, sagte Emma und war beglückt, auch selbst Trost spenden zu können.

»Na also, so weit wären wir«, sagte die Wärterin zu Frau Fodermayr, als Emma zu sich kam.

»Gnädige Frau, gnädige Frau«, stammelte Frau Fodermayr und weinte.

Wenn Emma dann später an diese Zeit zurückdachte, so fand sie dies als Wichtigstes in ihrer Erinnerung: eine große Helle, die von den weißen Wänden des Krankensaales zurückgestrahlt wurde und, wenn die Sonne am Nachmittag übermächtig war, vor einer grünen Dämmerung wich; die schlaflosen Stunden der Nacht, die anfangs häufiger waren und später immer seltener wurden, in denen zwischen den Bettreihen Lampen hinter grünen Schirmen brannten, das Mäanderband, das sich im Rechteck an den Kanten der Decke entlangzog und von einem grellen Lichtkreis der Lampen zum anderen strebte, indem es auch in den dunkeln Stellen dazwischen mit gleicher Beharrlichkeit seine ineinander gewirrten Wege fortsetzte; das Bild des Kaisers in Generalsuniform, das so ziemlich in der Mitte der gegenüberliegenden Wand hing; dann den leisen Schritt der Wärterin, das Flüstern der Kranken und die Geräusche der Straße, die nur ganz verstohlen einzudringen wagten; und die heilsame Stille, aus der das alles kam und in die alles wieder zurücksank.

Dann tauchten aus diesem allgemeinen Grund von Wunschlosigkeit und Behagen die Besonderheiten, die sich nach ihrer Bedeutung geordnet darstellten. Zuerst die Protokollaufnahmen, bei denen sich Emma, ihrer Schuld bewusst, bemühte, den Motorführer zu entlasten. Die Anfälle, die Vorwürfe und Weinkrämpfe der Frau Fodermayr, die oft so heftig waren, dass sie von der Wärterin mit sanfter Gewalt entfernt wurde. Alles dies rührte so hart an den Verlust, dass Emma über sich selbst nicht wenig staunte, nicht mehr Bedauern mit sich selbst, mehr Schmerz, mehr Wehmut in sich zu finden, und sich ein wenig schämte, dass es so weit mit ihr gekommen war, über dem Gefühl der Geborgenheit ihrer Gegenwart die Gedanken an die Zukunft verloren zu haben.

Vor allem war ihr jener schöne, warme Herbstmittag klar, an dem sie zum ersten Mal in einem Stuhl in den großen Spitalgarten getragen wurde und ein alter Mann, der mit bleiernen Gliedern an einem Stock wankte, näher kam, ihr wie einer Bekannten ins Gesicht sah und dann seinen Namen nannte: Nikolaus Zenzinger. Als er sah, dass sie auf seinem verfallenen Gesicht nach einer Erklärung suchte, nickte er ihr zu: »Wie geht's? Schon besser, was?« Vom ersten Augenblick an gewann seine Trauer, seine Ergebenheit in ein ihr unbekanntes Schicksal, dessen Grausamkeit sie bloß ahnte, Einfluss auf sie; seine Worte stießen den Riegel der durchsichtigen, aber stets verschlossenen Tore zurück, die die Zellen der Menschen voneinander trennten. Sie traten auf die Schwelle und sahen ihre Verwandtheit.

»Ja«, sagte er, »wir sind zugleich hierher gekommen. Im selben Wagen hat man uns gebracht. Man hat uns beide gerettet.«

Dieses letzte Wort schien sich, von einer tiefen Bitterkeit gespornt, gegen seinen Sinn zu bäumen; ein Widerspruch lag in ihm, und als fühle der Mann, dass er nicht Ungleichartiges durcheinander mengen dürfe, setzte er hinzu: »Das heißt, *Sie* sind ja wirklich gerettet worden.« Und dann nach einer Weile spann er den Faden weiter: »Wir sind zugleich gekommen, aber ich werde vor Ihnen entlassen werden.« An diese erste Begrüßung, in der Ähnlichkeit und Unterschiede festgestellt wurden, knüpften sich an zwei folgenden Tagen noch viele andere Gespräche von fünf Minuten Dauer, wie sie zwischen Kranken flüsternd geführt werden, über den Raum, über die Genossen, über den Arzt und über die Wärterinnen, Gespräche auf der Schwelle, die, so leer und kalt ihre Themen waren, die beiden einander näher brachten.

Am Abend des dritten Tages deutete Zenzinger nach den lang gezogenen, über den ganzen Himmel fliegenden Wolkenschleiern und sagte: »Morgen kommt der Herbstnebel, und dann der Winter. Leben Sie wohl. In ein paar Tagen werde ich gehen, und wir sehen uns wohl kaum mehr wieder.« Emma wollte nicht daran glauben, aber am nächsten Morgen lag der Nebel dicht vor den Fenstern, der November zog seine grauen Fahnen auf und gab die Erde nicht mehr frei. In der Langeweile des Krankensaales ging Emma dem Schicksal des Fremden nach, baute sich aus den Anzeichen, die sie in seinem Gesicht, an seinen Händen, dem dürftigen Anzug und seiner, mit den Worten des Volkes sich genügenden Sprache gefunden hatte, eine Geschichte nach der andern auf, verwarf alle und stachelte ihre Neugierde so lange an, bis sie dem Zwang erlag, sich an die Wärterin um Auskunft zu wenden.

»Nikolaus Zenzinger«, sagte diese, »ich weiß nichts … aber ich werde auf seinem Zimmer fragen.« Schon am Nachmittag kam die Geschichte, die ihre eigenen Erfindungen übertraf. Nikolaus Zenzinger hatte als Soldat den Feldzug in Bosnien mitgemacht, hatte in einigen Gefechten etliche Kugeln und Säbelhiebe davongetragen, die jedoch seinem Körper keinen dauernden Schaden zufügten, und war endlich doch als Veteran heimgekehrt. Nachdem er vieles versucht hatte, um sich fortzubringen, legte er den letzten Rest seines Geldes für einen photographischen Apparat aus und war entschlossen, eine Fertigkeit, die er einst als Gehilfe erlernt hatte, zu verwerten. Er mietete ein Stückchen Feld vor der Stadt, umgab den Apparat mit vier Wänden aus grauem Segeltuch, richtete einen Holzverschlag als Dunkelkammer her und versprach nun in großen Lettern über dem Eingang seines Salons, binnen der kürzesten Zeit jedermanns Bildnis fertig zu stellen.

Anfangs hatte er genug zu tun, um alle Dienstmädchen der Nachbarschaft, alte Kriegskameraden, unternehmende Schulmädchen oder lustige Ausflügler zu porträtieren. Es ging laut und vergnügt in seinen vier Wänden aus Segeltuch zu, und Zenzinger schleppte seine müden Beine mit lächelndem Gesicht zwischen dem Apparat und den Gruppen, die sich vor dem Objektiv in kühnen Stellungen zusammenfanden, hin und her. Die Scherze, mit denen er seine Hantierungen begleitete, gewannen einen Ruf. Unter den Lebemännern aus der Vorstadt, unter den sonntagsfrohen Kommis war es Modesache, ein Bild aus Zenzingers Atelier zu besitzen. Man konnte sich auf Leitern sitzend, auf Fässern reitend, über- oder nebeneinander, mit Biergläsern in den Händen, mit der verschämten Freundin am Arm, in nüchternem oder angeheitertem Zustand von ihm darstellen lassen. Zenzinger besaß die Geduld, auf alle Wünsche zu hören und auf sie einzugehen, er traf den Geschmack seines Publikums, da er selbst dessen Kreisen angehörte, und ertrug sein Geschick in seinen vier Segeltuchwänden mit dem Leichtsinn des Künstlers.

Aber mit der Zeit wurde dies anders. Eine Hochflut der Entwicklung seiner Kunst schwemmte alle diese kleinen Leute, die Besitzer der Leinwandbuden fort, trug sie von der Stadt auf das Land, vertrieb sie von ihren festen Sitzen, machte sie zu Nomaden oder verschlang sie ganz. Den großen Photographen mit ihren schönen Ateliers, den gemalten Hintergründen – Wolken oder Burgruinen, freien Landschaften oder Parkwegen – erschien der Wettbewerb um die Popularität nicht mehr entwürdigend, sie sanken mit ihren Preisen bis zur untersten Grenze und passten sich auch der Laune der Dienstmädchen an;

und die neuen Generationen der Kommis, die Nachfolger der treuen Anhänger Zenzingers von dazumal, gingen jetzt selbst mit ihren Handkameras stolz an seinem Versprechen, jedermanns Bild in der kürzesten Zeit fertig zu stellen, vorbei.

Die Späße, mit denen der Abgesetzte seine Hantierungen aufputzte, waren nicht mehr neu und hatten ihren Ruf verloren. Nur manchmal kamen noch die Trunkenbolde in sein Atelier, weil sie wussten, dass man sie anderswo hinausgeworfen hätte. Aus einer zähen Anhänglichkeit an die Vaterstadt hielt Zenzinger, der indessen in seinem Beruf ein alter Mann geworden war, seinen Platz und schob das Ausbleiben seines Publikums auf eine vorübergehende Wendung der Mode. Aber als sich seine Lage nicht bessern wollte, als man ihn beharrlich übersah, beschloss er, sich den Leuten ins Gedächtnis zurückzurufen, verließ seinen Posten vor der Stadt und zog näher heran. An der Grenze zwischen dem alten Kern und den immer enger herandrängenden Massen der neuen Häuser schlug er auf einem kleinen Platz seine vier Wände aus Segeltuch auf, stellte seinen Apparat bereit und wartete.

Er wartete umsonst. Niemand kam als der Hunger und die Not. Eines Tages brachte ihm der Schneider, bei dem er Bettgeher war und der gerne sein Geld gesehen hätte, eine Zeitung, in der ein Aufruf den armen, alten Mann, dessen Geschäfte so gar nicht gehen wollten, der öffentlichen Mildtätigkeit empfahl. Ganz stolz auf den Erfolg seines Ganges zur Redaktion, auf seine Gutherzigkeit und werktätige Nächstenliebe, wartete der Schneider auf die Anerkennung seines Bettgehers. Aber Zenzinger hielt die Zeitung lange in der Hand, schwieg, sah vor sich hin, knüllte das Papier endlich bedächtig mit beiden Händen zusammen und warf es aus dem Fenster in den Hof hinab, wo es von spielenden Kindern aufgefangen wurde. Dann ging er, nachdem er seinen besseren Rock angezogen und die Kriegsmedaille angesteckt hatte und ohne dem Schneider auf seine Fragen zu antworten, geradewegs zur Redaktion.

In Habtachtstellung, Hände an der Hosennaht, Blick geradeaus, dankte er den Herrn zunächst untertänigst für ihre freundlichen Bemühungen, bat sie aber zugleich, davon abzustehen, da es sich für einen Veteranen nicht schicke, Almosen anzunehmen. Man wollte ihn beruhigen, aber Zenzinger blieb dabei, dass es ihm unmöglich sei, von milden Gaben zu leben, und dass er lieber verhungern wolle, als ein Stück Brot zu essen, das er nicht verdient, sondern erbettelt habe. »Wenn ich mir nicht mehr mein Leben verdienen kann, so verdiene ich nicht mehr zu leben«, sagte er und die Herren von der Redaktion sahen sich ob dieses seltsamen Wortspiels, das sie dem Schnellphotographen nicht zugetraut hätten, verblüfft an.

Diesen geplagten Leuten, die jahraus, jahrein von Bittstellern aller Art unter den ausgefallensten Vorwänden behelligt wurden, begegnete Zenzinger wie ein Wunder. Er ließ sich weder überzeugen, dass in einem solchen Aufruf nichts Entwürdigendes liege, noch nahm er die Banknote, die ihm der Chefredakteur mit dem Einverständnis der anderen Herren aus der Redaktionskasse reichte; sein Widerstand war also kein gut erfundener Trick, sondern echt, nicht aus einem überlegenden Verstand entsprungen, sondern aus einem schlichten und ehrlichen Gefühl geflossen. Da aber das Interesse der Redakteure erwacht war, gelang es ihnen nach hartem Ringen, einen Vergleich mit Zenzinger abzuschließen.

Am Abend brachte die Zeitung eine Änderung des Aufrufs; nun wurde das Publikum darauf aufmerksam gemacht, dass der schon erwähnte Fotograf kein Almosen annehme, sondern dass er nur wünsche, man möchte sich wieder seiner Dienste erinnern und ihn besuchen. Daraufhin tröpfelte es einige Aufnahmen von Kindern, gutherzigen alten Damen und von ehemaligen Kameraden. Nach einigen Wochen hatte man seiner ebenso vergessen, wie man sich vorher seiner nicht erinnert hatte, die guten Seelen und alten Kameraden hatten ihre christliche Pflicht erfüllt und ersparten sich weiter den Anblick eines unaufhaltsamen Verfalls, eines Versinkens im Elend, das nur aufregend zu sehen war und das man doch nicht abwenden konnte.

Nachdem er fünf Tage vorher die letzte Einnahme für das Porträt eines Schoßhundes gehabt hatte, wählte Zenzinger die Todesart der Dienstmädchen, als ihm der Schneider, der seit der Geschichte mit dem Aufruf über seinen Undank empört war, das

Bett kündigte. Aber das von Phosphorhölzchen abgeschabte Gift reichte nur dazu hin, seinen Körper in ein Flammenbad des Schmerzes zu werfen, aber nicht dazu, seine Lebenskraft ganz zu vernichten. Die Rettungsgesellschaft trat in Tätigkeit und rettete ihn; im Krankenhaus fand er Aufnahme, bis die Spuren des Giftes aus seinem Leib, der mehr von Hunger und von den Qualen seines Stolzes hinfällig war, entwichen.

Dies war die Geschichte, deren Hauptpunkte die Wärterin in Zenzingers Zimmer erfahren hatte. Aus diesen Bruchstücken, aus den überbrachten Fragmenten eines Schicksals, wob Emma das Bild seines Lebens mit jenem sicheren Instinkte der Zuneigung, mit einer durch den Anteil an den Arbeiten des Gatten geweckten und erzogenen Phantasie. Sie verband die Eckpfeiler durch Mauerwerk, sie suchte und fand alle Beziehungen und Zusammenhänge und fügte sie dem Bau ein; und wusste gewiss, dass Bild und Bau richtig waren. Kaum konnte sie es erwarten, dass man sie aus dem Krankenhaus entlasse, und als man ihr den künstlichen Fuß anpasste, begrüßte sie dies Zeichen ihrer Befreiung mit einem in Tränen blitzenden Lächeln. Bei dieser Gelegenheit erinnerte man sie daran, dass die Gesellschaft der elektrischen Straßenbahnen verpflichtet sei, alle Heilungskosten und die Kosten des künstlichen Fußes zu tragen, und dass sie es nicht unterlassen dürfe, ihre Ansprüche geltend zu machen.

»Sie sind aus der Not«, sagte die Nachbarin Emmas, die mit einem Rippenbruch im Bette lag. »So ein Glück! Glück muss man haben! Wer gibt mir was dafür, dass ich mir auf der Kellerstiege beinahe den Hals gebrochen habe? Wenn man schon Schmerzen leidet, so will man doch auch etwas dafür haben. Jetzt sind Sie für Ihr Leben versorgt.«

Wie durch einen Vorhang kamen Emma einige Worte der Frau Fodermayr, die, wenn auch im Gewande anders, doch im Sinne diesen Worten der Nachbarin verwandt waren. Nun war es mit dem friedlichen Behagen, mit dem gedankenlosen Geborgensein in der Krankenstube vorbei. Ehe sie noch einen Schritt vor ihr Asyl gemacht hatte, stürmte die Welt auf sie ein und zwang sie, an die Zukunft zu denken. Diese Welt, die sie für eine Zeit hinter den Gobelins ihrer Träume vergessen hatte, erhob sich mit der Gebärde eines stiernackigen Gladiators, der den Gegner zum Kampfe auffordert. Aber mit einem neuen Ziel vor Augen, besann sich Emma nicht lange. Dankbar nahm sie das Anerbieten ihres liebenswürdigen Arztes an, der einen Advokaten für ihren Fall zu besorgen versprach.

Nun folgten Informationen, Beratungen und Verhandlungen im Sprechzimmer des Krankenhauses. Endlose Feststellungen, die Punkt für Punkt von dem Vertreter der Straßenbahngesellschaft bestritten wurden. Es war ein Hin und Wider, das mit seinen Schlichen und Listen, seinen Vorstößen und Überraschungen ganz dem Gebaren eines hartnäckigen Verkäufers und eines durchtriebenen Käufers glich. Mit Erstaunen bemerkte Emma eine Wandlung in der Stellung des Anwaltes ihrer Sache. Während er zuerst dem Vertreter des Gegners schroff entgegentrat und von vornherein erklärte, dass er die gerichtliche Austragung einleiten werde, wenn man nicht zu einer gütlichen Vereinbarung kommen könne, schienen später sein Mut und seine Zuversicht zu sinken; er wich wie unter der Last eines schlechten Gewissens vor dem Gegner zurück, gab ihm Raum, schränkte seine Ansprüche ein und riet von einer gerichtlichen Geltendmachung ab, indem er tat, als müsse man froh sein, überhaupt etwas zu erhalten. Schon glaubte Emma wieder den Einfluss jener verderblichen und geheimnisvollen Macht zu fühlen, und von dem Beiseite ihres Advokaten verwirrt, von seinen in Blicken ausgedrückten Parenthesen geängstigt, gab sie endlich zu einer lächerlich geringfügigen Entschädigungssumme, mit der gerade nur der Anschein gerettet war, ihre Zustimmung.

Froh, dem widerwärtigen Kampf entronnen zu sein, antwortete sie auf die Fragen der Nachbarin. Die Frau mit dem Rippenbruch machte eine Bewegung, als wollte sie die Hände über dem Kopf zusammenschlagen: »Ach du mein Gott! So was! So ein Unsinn!« Die Ausrufe folgten einander wie Raketen und prasselten auf. Dann endlich fand ihr stürmisches Temperament die Besinnung zu dem ruhigeren Fluss einer Erklärung. »Aber, aber … so ungeschickt! Na, die Gesellschaft ist gut weggekommen. Und Sie haben die Gelegenheit versäumt, sich ein Vermögen zu machen. Das war eine Gemeinheit, Sie mit den Heilungskosten und einer einmaligen Entschädigungssumme abzufinden. Heilungskosten, Schadenersatz, Schmerzensgeld und eine lebenslängliche Rente – alles das hätte Ihnen gebührt! Wie kann man nur! Das hätte Ihnen von jedem Gericht zugesprochen werden müssen. Aber Ihr Advokat war entweder ein Trottel oder ein Schuft.«

Emma schämte sich zuerst ein wenig, aber dann tröstete sie sich rasch damit, dass die Frau ja nichts von ihrem Verfolger und seiner Macht wusste, dass sie nichts von dem schrecklichen Gefühl kannte, von einem unfassbaren und unbesiegbaren Gegner immer bedroht zu sein. Als sie am nächsten Morgen das Krankenhaus nach einem gerührten Abschied verließ, schlug sie ohne Besinnen den Weg zum Notar ein, wo heute das Ergebnis der Verhandlungen zu einer Urkunde versteinern sollte. Klapp – Klapp, machte der künstliche Fuß, als sie die Stiegen zum Notar hinaufging, und das Gestolper der beiden Stöcke band sich damit zu einem seltsamen Rhythmus, einem Getrappel, das auf den steinernen Platten des Ganges unter den Kreuzgewölben des uralten Hauses widerhallte. Es war, als sollten diese Geräusche, die nun von ihrer Zukunft unzertrennbar waren, dieses Klappern, das sie von nun an auf allen Wegen begleiten würde, in ihrer Vervielfachung, in ihrer Brechung und Wiederholung den Verlust noch einmal recht deutlich machen, bevor sie unterschrieb. Irgendwo in einem Winkel ihrer Vorstellungen kauerte wie ein Lurch das Wort der Nachbarin über den schlechten Anwalt ihrer Sache.

Man empfing Emma mit aller Liebenswürdigkeit, rollte ihr einen Stuhl herbei und umwarb sie mit einem Aufwand an schönen Worten, als besorge man, sie könne noch im letzten Augenblick ihren Entschluss ändern und vom gütlichen Vergleich zurücktreten. Dann beeilte sich der Notar, die Urkunde vorzulesen, mit der Emma gegen die einmalige Zahlung jener Summe auf die Geltendmachung aller Ansprüche verzichtete und sich für vollständig befriedigt bekannte. Um sie herum standen alle diese Männer, die alle zum Schein an ihrem Schicksal Anteil nahmen und unter denen sie nicht einen

Freund hatte, sie fühlte, wie man sie belauerte, und in einer plötzlichen Anwandlung von Furcht, man könnte ihr am Ende auch noch dies Geringe entreißen, nahm sie die Feder und unterschrieb. Der Notar drückte sein Siegel auf, die Zeugen setzten ihre Namen bei, und der Vertreter der Straßenbahngesellschaft überreichte ihr sofort das gewichtige Kuvert.

Emma empfahl sich unter den Verbeugungen der Herren und klapperte das Stück Weges zu Frau Fodermayr hinüber. In ihrem Bein war eine neue Empfindung, ein leiser Schmerz, die ungewohnte Verbindung des Lebenden mit dem Leblosen hielt eine Art von Grauen vor sich selbst wach. Von Zeit zu Zeit blieb sie ermüdet stehen und ließ die Menschen an sich vorübergehen. Verwundert sah sie, wie rasch man mit zwei Beinen vorwärts kam. Sie kam sich wie mit einer Kette belastet vor, als schleppe sie ein Gewicht mit sich, eine schwere Kugel, an die sie für alle Zukunft geschmiedet war.

In Frau Fodermayrs kleiner Wohnung war es unbehaglich kalt, und es schien Emma, als habe man einen Teil der Möbel entfernt. An der Fensterbank saß Meister Anton, obzwar es doch Arbeitszeit war, und strickte, während seine Frau sich bemühte, ein kleines Feuerchen aus Funken anzublasen. Der Freude des Wiedersehens war eine Niedergeschlagenheit beigemengt, deren Grund Emma nach den ersten Worten zu erkunden begann. Sie ließ sich nicht irreführen und nicht ablenken, nahm alle Barrikaden, drang unaufhaltsam vor und fand endlich mit Bestürzung den Eingang zum Verständnis. Was Anton gefürchtet hatte, war eingetroffen. Man hatte ihn unter irgendeinem Vorwand entlassen; er war vergebens herumgelaufen und hatte keine Arbeit finden können. Nun, da er den Tatsachen gegenüberstand, hungerte er und fror wie ein Held und schlug alle Anfälle von Verzweiflung zurück; er richtete seine kleinmütig gewordene Frau auf und verwertete seine Liebhabereien, das Strümpfestricken und das Rahmenvergolden, zum Erwerb des Notwendigsten. Seine Erzählung war frei von Bitterkeit, von Vorwürfen und berichtete so schlicht, als spreche er von einem anderen. Emma antwortete mit einem Trost und einer Bitte. Sie zwang ihre Wohltäter, ihren kleinen Besitz mit ihr zu teilen, und da sie es verstand, Frau Fodermayr in dem Glauben zu erhalten, ihre Gabe komme aus einem großen Überfluss her, besiegte sie alle Einwände und Widerstände. Frau Fodermayrs Phantasie hatte einen Glanz über Emmas Zukunft gegossen, sie sah Türme voll von Schätzen; sie hatte das Wahrscheinliche zur höchsten Potenz erhoben und nahm endlich, von der Not mürbe gemacht und von dem Gedanken an Rettung betäubt, was ihr Emma bot.

»Es ist ja kein Geschenk«, sagte Emma, »ich zahle nur eine Schuld zurück.«

Frau Fodermayr wollte die Hände der Retterin küssen; aber Emma umarmte sie und küsste sie auf die faltigen Wangen, in denen die Runen der Not zu lesen waren. Anton kam aus seinem Winkel hervor und gab ihr die Hand. Er sagte gar nichts, sah sie nicht einmal an, sondern starrte auf seine Frau, die beim Ofen stand und weinte; seine Mundwinkel waren herabgezogen, seine Augenlieder zitterten.

Dann ging Emma rasch davon. Der Winterhimmel über dem kleinen Hof war klar und blau; aus einem eben geöffneten Küchenfenster stieg dichter Dampf wie aus einem Schornstein empor. Ein Teil dessen, was Emma so schwer und drückend über sich gefühlt hatte, hob sich und stieg auf, gleich diesem Dunst. Ihr Weg zu dem Leinwandhaus Nikolaus Zenzingers lag frei vor ihr. Als sie den Platz erreichte, wo sie sein Atelier zu finden erwartet hatte, erschrak sie ein wenig. Einige Karren waren hier ineinander geschoben, in denen die Straßenkehrer den Schnee wegzuführen pflegten, unter der Brücke rauschten die dunklen Wasser des Mühlgrabens zwischen Resten schmutzigen Schnees. Zenzingers Atelier war abgebrochen; Emma fand sich bald zurecht. Der Winter war wohl für seine Kunst nicht günstig; es galt, den Schneider zu finden. Nachdem sie einige Wachleute, einen Krämer und eine Tabakhändlerin befragt hatte, stieg sie die finstere, steile Stiege zur Wohnung des Schneiders hinauf. Inmitten seiner Tuchflecken saß der brave Mann und wies auf Emmas Erkundigung mit der Schere nach Zenzingers Tür.

»Ach Sie … Sie kommen zu mir«, sagte Zenzinger und erhob sich von dem Tisch, auf dem Stöße von Ansichtskarten neben einigen Farbschalen und Pinseln lagen.

»Ich habe Sie aufgesucht.«

»Woher wissen Sie …«

»Ich habe mich durchgefragt.«

»Ich … ich photographiere im Winter nicht. Es ist nicht möglich.«

»Was machen Sie denn im Winter?«

»Alles, was man von mir verlangt. Jetzt, sehen Sie, koloriere ich Ansichtskarten. Ich kann Sie nicht aufnehmen.«

»Ich will, dass Sie mich in anderer Weise aufnehmen. Ich komme, um Sie zu fragen, ob Sie mir gestatten, bei Ihnen zu wohnen.«

Zenzinger räumte eine Menge Flaschen, Schalen und Glasscheiben von einer Kiste und bot Emma den einzigen Stuhl seiner Kammer an. Dann setzte er sich auf die Kiste, der Frau gegenüber, schlang die Hände ineinander und hob sie bis zur Höhe des Gesichts: »Warum, warum … tun Sie mir das an?«

»Nehmen Sie meine Bitte ernst. Ich habe niemanden auf der Welt. Mein Mann ist tot. Den einzigen Freund, den ich hatte, wage ich nicht wiederzusehen. Meinen Unfall hat man mir recht schlecht bezahlt. Nun suche ich einen Schutz. Sie … Sie! Es schien mir, als ob wir zwei zusammengehörten.«

Die zitternden Hände sanken herab und suchten auf der Kante der Kiste eine Stütze. Dann begann Zenzinger zu husten, öffnete zwei Knöpfe seines verfärbten, abgeschabten Winterrocks, gab sich einen Ruck, sank zurück, als fehle ihm die Kraft aufzustehen, strich an den Seiten des Rockes herab und fuhr plötzlich in die Tasche. Dazu murmelte er unter einem Zittern der Kinnladen vor sich hin. Und endlich hob er den Kopf und sah Emma mit einem so unterwürfigen und bewundernden Blick an, dass sie, sicher, ihn gewonnen zu haben und in jenem Gefühl der Verwandtheit, seine Hand ergriff. »Wenn es so ist«, sagte er, »wenn es so ist … Ja dann gehören wir zusammen, wir zwei, wir gehören zusammen.« Die Riegel waren zurückgestoßen, und die beiden Menschen fanden sich auf der Schwelle. Von ihrer Ungewissheit befreit sah Emma ein zwar von einem trüben Himmel überdecktes, aber doch sicheres Land, einen Strand, an dem sie nicht mehr einsam war.

In den ersten Tagen dieses neuen Bündnisses hatte Emma damit zu tun, die Formen ausfindig zu machen, in denen sich ihre Gemeinsamkeit ausdrücken konnte. Nikolaus Zenzinger musste Schritt für Schritt zum Vertrauen geführt werden, sie musste ihn auf Umwegen daran gewöhnen, jemand anderen für sein Leben sorgen zu lassen. Zuerst war er von dem Umschwung der Dinge so verblüfft, dass er alles mit sich geschehen ließ, dann kam die Periode der Auflehnung, und als diese durch List und Umsicht besiegt war, gab sich Zenzinger der neuen Ordnung wie einem Traume hin. Nachdem Emma eine Unterredung mit dem braven Schneider gehabt und seine Verfinsterungen erhellt hatte, zog sie trotz seines Bedauerns und seiner unterwürfigen Anerbietungen von ihm fort zu einer Witwe, die Vorhänge wusch und zwei kleine Kabinette vermietete.

In Emmas Zimmer wurde der Tisch mit den Ansichtskarten und den Farbschalen aufgeschlagen, und während sie die Dächer rot, das Wasser und den Himmel blau und die Bäume grün bemalte, hämmerte, sägte und kleisterte Nikolaus nebenan an einem Werke, dessen Idee ihn durch ein Jahrzehnt verfolgt hatte. Seitdem ihm einmal einer seiner Kunden vorgehalten hatte, dass seine Bilder so schlecht seien, weil aus dem alten Kasten nichts Besseres herauskommen könne, ging sein Ehrgeiz dem Gedanken nach, sich selbst einen anderen Apparat mit allem Raffinement der Gegenwart zu bauen. Zeit und Umstände hatten ihn endlich gegen seinen Wunsch stumpf gemacht, hatten die Aufgabe aus seinem Gedächtnis verwischt. Es gibt Geheimschriften, die auf ihrem Blatt Papier allen unsichtbar sind und erst hervortreten, wenn das Blatt über die Lampe oder an den Ofen gehalten wird. So tauchte nun in der Wärme, die aus Emmas Zuneigung über sein Alter kam, der alte Wunsch wieder auf, und Emma nahm es als ein erstes Zeichen beginnenden vollen Vertrauens, als Nikolaus von diesem Plan zu sprechen begann. Dieser Wunsch war zu verwirklichen, und seine Erfüllung war ja auch eine Aussicht für den Aufschwung des Ateliers.

Sie schaffte das Material nach den Angaben Zenzingers herbei und nahm ihm die Arbeit ab, die ihm ein mildherziger Papierhändler übertrug, weil er in den Zeitungen von dem seltsamen Schicksal des Mannes und von seinem unbeugsamen Stolz gelesen hatte. Nun saß Nikolaus Tag für Tag vor seinem Werke, schraubte, maß und passte ein, erfüllte die Wohnung mit allen Dünsten von Leim und Lack und schnaubte vor Eifer. Oft kam Emma auf die Schwelle, sah seinen weißen Kopf über irgendein feines Räderwerk gebeugt und seine Finger in hastiger Bewegung und trat lächelnd zurück, voll Freude, dass sie wieder lächeln konnte. So weltfern und entlegen, so abgeschieden von der Sphäre ihres Feindes erschien ihr dieser Zufluchtsort, dass sie sich wie in Katakomben verborgen vorkam und glaubte, seinen Gesichtskreis und seiner Macht entronnen zu sein. Seltener wurde die peinvolle Angst der Flucht; und die nächtlichen Andachten vor dem Haupt des Gatten waren zugleich Feste der Liebe und des Dankes. Kurz nachdem Emma die neue Wohnung gefunden hatte, holte sie ihr Heiligtum von Frau Fodermayr und wies ihm seinen Altar auf einer Kommode an, die, spinnenbeinig und länglich schmal, in keinem Stück dem bauchigen Ungeheuer in Fodermayrs Kammer glich.

Und eines Abends, als die Dämmerung Zenzingers Eifer in lässiges Behagen verwandelt hatte, nahm Emma das Tuch von dem Kopf, zeigte ihn dem Freunde und erzählte ihm, der noch nie danach gefragt hatte, ihre Geschichte, die mit der des Kopfes so eng verknüpft war. Eleagabal Kuperus wurde im hellen Glanze sichtbar, und dann begann der lange und abschüssige Gang ins Dunkel:

»Ich bin mir nicht ganz darüber klar gewesen, wessen Feindschaft ich mir eigentlich zugezogen habe. Ich hätte es aber wissen können. Ich habe ihn ja kennen gelernt, als ich in seinem Haus bedienstet war. Damals, als er mich zum ersten Mal seinem Willen unterwerfen wollte, und als mich mein Mann von ihm befreit hat. Niemals aber hätte ich gedacht, dass der Zorn eines Menschen so nachhaltig sein könne. Und dass ein Mensch die Macht hat, seinen Zorn so wirksam fühlbar zu machen. Von dem Augenblick an, als ich seinem Unterhändler die Tür gewiesen habe, ist er wie ein böser Geist auf meinen Wegen gewesen. Bezug hat mich mit seinem Hass verfolgt. Er hat alle meine

Hoffnungen zerstört, er hat mir alles entrissen. Jetzt aber – bin ich ihm hoffentlich entronnen.

Es hat damit begonnen, dass der Verleger, der sich zuerst doch selbst um die Werke meines Mannes beworben hat, auf meine Briefe keine Antwort gegeben hat. Ich habe ihn schließlich selbst aufgesucht. Er hat mich nicht empfangen und mir durch seinen Buchhalter erklärt, dass er sich die Sache überlegt habe, weil er keinen Erfolg voraussehen könne. Ich habe über seine Kurzsichtigkeit gelacht und bin zu einem anderen Verleger gegangen, der zuerst für den Gedanken begeistert war. Aber nach kurzer Zeit begann er die Verhandlungen in die Länge zu ziehen und brach sie schließlich unter einer ähnlichen Begründung wie der erste ab. Bei einem dritten und einem vierten war es nicht anders. Auf welche Weise Bezug von meinen Plänen Kenntnis erhalten haben kann, weiß ich nicht; aber so viel ist gewiss, dass er alle Bemühungen vereitelt hat.

Nun stand ich mit meinem Erbe da und konnte nichts für das Andenken meines Gatten tun; ich konnte meine Sendung nicht erfüllen; und ich begrub alles, was mir von seinen Arbeiten anvertraut war, in der kleinen Kiste, die Sie dort sehen. Der Kampf um mein eigenes Leben begann und musste ausgefochten werden. Was habe ich alles versucht, um mich zu retten? Welchen Arbeiten habe ich mich unterzogen! Denn nun, da ich mir klar darüber geworden war, dass ich einen Feind hatte, wäre es eine niedrige Schwäche gewesen, nicht allen Widerstand aufzubieten. Je mehr ich mich bemühte, desto deutlicher fühlte ich den Druck einer ungeheuren Hand über meinem Schicksal; umso grausiger und schneller waren die Wirkungen der lauernden Gewalt.

Es war immer dasselbe. Wenn ich dachte, irgendwo festen Fuß gefasst zu haben, und wenn ich die Zufriedenheit meiner Arbeitgeber wachsen sah, dann kam ein erster leichter Stoß, ein Beben des Bodens, den ich unter mir glaubte. Man vermied es mich anzusehen, man wich mir aus, kund endlich kam der Augenblick, wo man mir, oft stockend und widerwillig – ich sah es ganz gut – mitteilte, dass man auf meine Dienste verzichten müsse. Man bemitleidete mich, aber man folgte den Befehlen meines

Feindes. Als Erzieherin, als Sprachlehrerin, als Schreiberin habe ich gearbeitet. Und überall war das Ende das Nämliche. Ein bedauerndes Kopfschütteln und Achselzucken, wenn ich nach den Gründen fragte, ein Verstummen und ein verlegenes Bestätigen der Entlassung. Irgendwo im Dunkeln, unfassbar wie ein Nebel, aber durchdringend und nach allen Seiten hin wirksam, hockte die abscheuliche Gewalt, der ich unterlag. Zuerst trug ich meine Dienste in den Blättern selbst an, dann, als mir das Geld dazu fehlte, stand ich zitternd vor den Anzeigen, unter den anderen, die nach Stellen suchten. Wenn es mir gelang, etwas zu finden, so war es doch immer wieder bald verloren.

Irgendein Gefühl, eine törichte Scham hielt mich ab, die Hilfe des Eleagabal Kuperus zu suchen, der mir so freundlich gewesen war. Wenn ich es doch getan hätte, bevor es zu spät war! Denn ich glaube, er, bei dem ich so viel Wunderbares sah, ist der Einzige, der gegen Bezug auftreten kann. Als ich auf dem Gipfel der Verzweiflung angelangt war, geschah, was es mir für immer unmöglich macht, mich ihm zu nähern. Die Aufregungen des Suchens, die Beschämungen des Verlierens machte mich krank. Eines Abends trat zum ersten Mal dieser Zustand ein, der mich dann immer öfter überfiel und mich zeitweilig meiner Sinne beraubte. Ich weiß nicht, ob es der Hunger war, oder ob meine Nerven gelitten hatten. Fieber oder Wahnsinn, irgendetwas kroch an mich heran, umklammerte mich und presste meine Glieder, dass ich vor Schmerz schrie. Das erste Mal ließ es nach meinem Schrei von mir ab. Eine Stumpfheit folgte, in der mir alles gleichgültig war. Wenn man mich mit Nadeln gestochen, mit glühenden Zangen gepeinigt oder gevierteilt hätte, so hätte ich wohl nichts davon gefühlt. Ganz fremde Gedanken, frech und träge wie Kröten, bemächtigten sich meiner, erfüllten mich ganz und verwandelten mein Ich. Nach einigen Stunden verging dies, und ich stand, als erwachte ich aus einer Hypnose.

Wenn Sie an Fernwirkungen glauben, so werden Sie es begreiflich finden, dass ich vor diesem Zustand zitterte. Denn ich zweifelte nicht, dass ich in diesen Stunden dem Einfluss Bezugs unterlag, dass er meinen Willen gebrochen hatte, und ich schämte mich, dass ich mich selbst so völlig verlieren konnte. Nun raste ich umher und versuchte es von neuem, aus seinem Bann zu kommen. Hundertmal ermahnte ich mich, Eleagabal Kuperus aufzusuchen, aber wenn ich schon auf dem Wege zu ihm war, wurden mir mit einem Mal meine Glieder so schwer, dass ich mich kaum bewegen konnte. Dann kroch es wieder hinter mir her, umklammerte mich und entriss mir in der folgenden Stumpfheit mein Ich. Immer länger dauerten die Umklammerungen, und immer länger war ich danach von fremden Gedanken erfüllt. Unterwirf dich ihm, redete es in mir, geh zu ihm, bring dich seiner Macht zum Opfer, gib ihm den Kopf, den er verlangt.

Nun erschien mir nicht mehr Bezug, sondern mein Gatte als Feind. Seltener wurden die Stunden, in denen ich mir selbst angehörte. Auf der Straße, in meinem Zimmer fühlte ich den scheußlichen Polypen hinter mir, etwas glotzte mich unaufhörlich mit starren Augen an, und oft glaubte ich schlängelnde Schatten neben mir zu sehen, glatte Fangarme, die mich umspielten, Rüssel oder Fühler mit Händen an den Enden, die meine Bewegungen begleiteten. Man beobachtete mich, bewachte meine Gedanken, umspann mich mit Netzen. Eine Unsicherheit kam über mich, als ob mein Körper und meine Gedanken ihren Schwerpunkt verloren hätten und ich unfähig sei, das Gleichgewicht zu bewahren.

Durch eine ungemein verdünnte Luft taumelte ich weiter, und dann wieder war es, als ob sich die Atmosphäre zu einer Gallerte verdichte, in der mein Körper stecken blieb und versank. Diesen Martern meiner Lungen gesellte sich ein häufiger Wechsel von Hitze und Kälte. Ich glaubte, mein Körper müsse einschrumpfen und zu Staub zerfallen; und wenige Minuten später war es mir, als reiße mich die Kälte auseinander, als werde mich jetzt ein Sprung durch die Mitte meines Leibes töten. Dies war die dritte Art von Erscheinungen, und von dieser bis zur folgenden Umklammerung wurden die Zwischenräume immer kürzer.

Aber das Furchtbarste war doch, dass ich in diesen Zeiten der Ruhe, in diesen Stunden der Willensfreiheit außerstande war, die Gedanken, die mich vorher erfüllt hatten, von mir fern zu halten. Nachdem ich mich lange gewehrt hatte, gewannen sie die Übermacht, als hätten sie sich durch die häufige Wiederholung allzu tief eingegraben. Ich erzähle Ihnen alles dies so genau, damit sie sich ein Urteil darüber bilden können, ob ich die Verantwortung für das trage, was ich tat. Denn wenn ich auch gewiss bin, dass ich in meinen Anfällen unter dem Einfluss Bezugs stand, so kann ich doch nicht daran glauben, dass ich in den Pausen, wo ich ganz klar dachte, wo alle körperlichen Begleiterscheinungen von mir gewichen waren, auch seiner Macht erlag. Eine Zeit lang suchte ich mich selbst vor mir damit zu entschuldigen, dass ich eine Nachwirkung seines Einflusses annahm und dass ich einer Verirrung nicht so sehr meiner Schwäche als seiner Bosheit zur Last legte. Aber als ich wieder den Mut zur Aufrichtigkeit hatte, bekannte ich mir, dass niemand anderer als ich selbst jene unheilvolle Stunde zu verantworten hat.

Es gibt Dinge, um die man bis zum Äußersten kämpfen muss; da gibt es keine Entschuldigung des Schwachwerdens. Das sind die Dinge des Glaubens, für die Hunderte von Menschen die grässlichsten Qualen erduldeten. Nachdem ich eine Zeit lang, Wochen hindurch, Widerstand geleistet hatte, stieß ich mich selbst aus den Reihen der Helden und Märtyrer und beraubte mich selbst der Freundschaft des Eleagabal Kuperus. Er hatte mir aufgetragen, den Kopf meines Gatten niemals von mir zu geben, und dieses stillschweigende Gelöbnis aus einer feierlichen Stunde durfte ich nicht verletzen.

Eines Tages geschah aber – in einer Zeit der Ruhe, bei voller Besinnung – Folgendes. Ich ging im Zimmer auf und ab, sah aus meinem Fenster auf Höfe und in Baumkronen, in denen die Spatzen lärmten; alles war mir ganz klar, und ich erinnere mich sogar der Wolken, die über der Domkirche standen; ich kann mich also keineswegs damit trösten, dass ich unter Bezugs Einfluss stand; denn es fehlten alle Anzeichen davon und insbesondere jene Verschwommenheit, in der mir die Außendinge dann immer zerflossen. Plötzlich, als werde etwas längst Vorbereitetes nur enthüllt, als falle der Vorhang vor einem vollbrachten Werke, stand der Entschluss in mir fest, mein Elend zu beenden. Warum quälte ich mich so sehr, warum ließ ich meine Seele so martern, wenn nichts anderes zu tun war, als zu Bezug zu gehen und ihm das Haupt meines Gatten zu bringen. Ich wusste, dass ich befreit war, wenn ich mich seinen Wünschen gehorsam zeigte. Ohne mich einen Augenblick länger zu bedenken, machte ich mich zum Ausgehen fertig, hüllte meines Gatten Kopf in Tücher ein, als wäre er eine Ware oder ein Kürbis, und schlug den Weg zu Bezugs Palast ein. Nicht stumpfsinnig und ergeben ging ich hin, sondern selbstbewusst, wie jemand, der zu einem ehrenvollen Vergleich geht, bei dem beide Teile gewinnen. Bei vollem Bewusstsein, muss ich Ihnen wiederholen. Und ich war schamlos genug, mir selbst einzugestehen, dass ich bereit sei, nicht nur meines Gatten Kopf, sondern mich selbst Bezug hinzugeben, wenn er es von mir verlangen sollte.

Zuerst schenkte ich den Leuten auf der Straße wenig Aufmerksamkeit. Ich ließ die Spaziergänger und die Geschäftigen vorbeigehen und sah nur manchmal in einen oder den anderen der Läden, in denen Toilettengegenstände und Esswaren ausgestellt waren, als suchte ich schon jetzt Dinge aus, die ich nach dem Vertragsabschluss mit Bezug zunächst zu kaufen hatte. Als ich aus den lärmenden Straßen des Geschäftslebens in die breiten, ruhigen Gassen des vornehmen Viertels kam und das Gewühl der Menschen sich auflöste, bemerkte ich eine Frau vor mir. Sie ging zwanzig Schritte vor mir denselben Weg. Sie trug ein in Tücher gehülltes Paket im Arm und irgendetwas an ihr kam mir bekannt und zugleich seltsam grausig vor.

Meine Neugierde war erweckt, und ich ging rascher und rascher, um einen Blick auf ihr Gesicht zu tun, und zugleich zitterte ich vor Angst, als müsse mir dieser Blick etwas Schreckliches zeigen. Aber so sehr ich mich bemühte, ihr vorzukommen, sie blieb immer in gleicher Entfernung von mir, anscheinend ohne sich zu beeilen. Immer bekannter kam mir diese Frau vor, jede ihrer Bewegungen, die Haltung des Kopfes, und ihr Gang, schienen mir vertraut. Im hellen Sonnenschein schritt sie vor mir über die Straße, gerade dort, wo ich die Straße kreuzen musste, um zu Bezugs Haus zu kommen; sie bog in die Nebengasse ein und hielt immer meine Richtung. Ich glaube, ich bin hinter ihr hergelaufen, aber ich konnte ihr nicht näher kommen. Endlich ging sie geradewegs auf Bezugs Haus zu und mit einem furchtbaren Schlag, der durch meinen ganzen Körper ging, erkannte ich nun unzweifelhaft, dass sie dasselbe Ziel hatte wie ich. Ich wollte stehen bleiben und mich, außer mir vor Angst, verstecken; aber irgendetwas trieb mich vorwärts, trug meine erstarrten Glieder weiter und zwang mich, dieselbe Richtung einzuhalten. Eben in dem Augenblick, als sie die oberste Stufe der Treppe erreicht hatte, setzte ich meinen Fuß auf die unterste.

Da – es war mir, als sei ich gestorben – wandte sie sich nach mir um, und ich sah mich – mir selbst gegenüber. Das war ich und doch nicht ich, denn ich stand ja unten und hielt den Kopf meines Gatten im Arm. Plötzlich aber … ich starrte sie noch an, ohne mich zu regen, fielen die Tücher von dem Paket, das sie trug, und mit beiden Händen hielt sie mir das Haupt meines Gatten entgegen.

Da, mit einem plötzlichen Stoß, kam mir die Kraft, dem ersten Antrieb des Lebens, dem Trieb zur Flucht zu folgen. Ich lief und lief durch den Park an die Grenzen der Stadt, über Felder und Wiesen, kam wieder in Vorstädte, rannte fremde Straßen auf und ab; als ich bei Einbruch der Nacht zu mir kam, bemerkte ich, dass ich den Arm, in dem ich den Kopf getragen hatte, noch fest an mich gepresst hielt. Aber der Kopf war fort. Ich wusste aus irgendeinem Grunde, der in mir war, ohne dass ich hätte angeben können, woher, dass ich den Kopf verloren hatte. Ich stieg zu meinem Zimmer hinauf und machte Licht. Da stand der Kopf unter seiner Glasglocke, als ob ich ihn niemals fortgenommen hätte, und auf einem Stuhl lagen die Tücher, in die er gehüllt gewesen war.

Die Nacht war schrecklich, von Reue und Angst erfüllt. Mehr als jemals fürchtete ich, die Anfälle, in denen Bezug mich beherrschte, können wiederkehren, und ich war sicher, dass ich mich würde töten müssen, wenn sie noch einmal kämen. Aber ich blieb frei von ihnen, in dieser Nacht und am folgenden Tage, und sie sind nicht wiedergekommen. Seit diesem schrecklichen Erlebnis bin ich von ihnen verschont. Ich habe mich nicht bemüht, eine Erklärung für das Unerklärliche zu suchen. Mein

Gatte hat mir verziehen, ich selbst aber konnte es noch nicht. Am Morgen nach der Nacht, in der ich mir seiner Verzeihung bewusst wurde, kam die Frau, die früher bei uns als Bedienerin gewesen war. Sie hatte von meiner Not gehört und mich lange vergebens gesucht; und sie weinte nun vor Rührung, als sie mich gefunden hatte. Sie überredete mich, zu ihr zu ziehen, und sie schützte mich so lange, bis mein Schicksal den Weg nahm, auf dem ich nun zu Ihnen gelangt bin.«

Nikolaus Zenzinger saß vor Emma, strich mit der Hand über sein weißes Haar, dass die von der Arbeit aufgewirbelten Strähnen glatt in die Stirn sanken, und sah nach dem Kopf, als wolle er von ihm eine Antwort auf ungesprochene Fragen holen. Dann erhob er sich und deckte das Tuch über die Glasglocke. Das weiße Gesicht verschwand aus der Dämmerung. Er wünschte etwas zu sagen, was seinen Anteil gezeigt hätte. Aber es fiel ihm nicht ein. Da ging er zu Emma hin, nahm ihre Hand und sagte: »Ja ... ja ... wir bleiben schon zusammen, Frau Emma.«

Und erstaunt, bestürzt und erschrocken fühlte er einen Kuss auf seiner runzeligen und zitternden Hand.

Im Gasthausgarten ›Zum General Laudon‹. Adalbert tritt in die Kreise des Eleagabal Kuperus. Ein Gespräch über die Zukunft der Menschheit und eines über Tod und Leben.

»Heute komme ich als Verführer«, sagte Eleagabal Kuperus, als er die Turmstube des Heinrich Palingenius betrat. Er reichte Regina lächelnd die Hand. Regina sah ich erstaunt an. Wie jung der Alte heute schien. Sein Gesicht war frisch und die Hälfte der Falten schien aus ihm hinweggewischt. »Ja, ja«, sagte er als Antwort auf ihren Blick, »du musst heute mit mir gehen. Ich entführe dich dem Turm, hinab in die Welt. Komm nur.«

»Ich weiß nicht, ob der Vater ...«

»Er ist wieder in seinem Arbeitszimmer?«

»Er arbeitet. Er hat wieder die ganze Nacht gearbeitet. Sagen Sie ihm, bitte, dass er sich nicht so anstrengen darf. Was soll daraus werden? Er ist noch nicht so gesund, dass er nicht recht vorsichtig sein müsste.«

»Das hilft wenig, mein Kind. Er folgt mir doch nicht. Die Arbeit brennt ihm auf der Seele. Und je schwächer er sich fühlt, desto größer wird seine Angst, dass sie unvollendet bleiben könnte.«

Regina wandte sich ab und sah nach der Ecke hin, wo die alte Johanna saß und strickte. Da legte Kuperus seinen Arm um ihre Schultern und zog sie ein wenig an sich: »Nein, Regina«, sagte er, »sei ruhig. Er wird seine Arbeit vollenden.«

Er sagte das in so festem, bestimmtem Ton, dass ihn Regina dankbar und vertrauend anlächelte. Sie war nun wieder ganz heiter und ging auf Johanna zu.

»Johanna, hörst du, wir sollen hinuntergehen. Hörst du, du gehst mit.«

Aus ihrem Sinnen gestört, zeigte Johanna ein ganz erbittertes Gesicht: »Nein, ich gehe nicht zu Bezug hinunter.«

»Aber lass doch den Bezug. Was hast du immer mit diesem Bezug. Wir wollen spazieren gehen, nicht wahr, Kuperus?«

»Nein, geh nur allein«, beharrte Johanna.

Mild wie ein Arzt sagte Kuperus: »Warum willst du nicht mitgehen? Denkst du, dass Bezug schon die ganze Welt unterworfen hat, fürchtest du dich vor ihm? Wenn er das wüsste, würde er lachen. Du kennst sein Lachen.«

Da warf Johanna ihr Strickzeug hin, stand auf und setzte den Holzfuß hart auf die Nadeln und Maschen: »Er soll nicht über mich lachen. Es wird mir schon einmal gegeben werden, über ihn zu lachen.«

»Vielleicht! Macht euch fertig, ich gehe unterdessen zu Palingenius.«

Während Regina ihre Kleider aus dem Wandschrank hervornahm, trat Kuperus in das Arbeitszimmer des Türmers. Palingenius saß inmitten des Gestänges seiner Flugmaschine vor einem kleinen Amboss und arbeitete an einem winzigen, ungemein verwickelten Mechanismus. Gerade als Kuperus eintrat, sprang im rechten Auge der Negerin die fünfte Stunde auf und rasselnd und klirrend begann sie ihren barbarischen Tanz, bei dessen Lärm der Türmer das Öffnen der Tür nicht hören konnte. So konnte Kuperus eine Weile lautlos stehen und den in seine Arbeit ganz versunkenen Freund betrachten.

Neben der gespannten Aufmerksamkeit lag ein Zug des Schmerzes in dessen Gesicht, eines körperlichen Schmerzes, der in diesem Augenblick so weit dahinten lag, dass sich Palingenius nicht die Mühe gab, seine Anzeichen zu unterdrücken. Aber der Schmerz war da, wich nicht von ihm und hatte Besitz von seinem Leib ergriffen, unstillbar, doch in diesen Stunden der Arbeit nur wie ein dumpfes Unbehagen, weit, weit weg. Nach einigen Minuten stillen Zusehens lehnte sich Kuperus mit den Armen auf eine quer ziehende Stange, die ihm wie eine Brüstung den Weg versperrte, und sagte: »Nun, Palingenius! Was macht das Werk?«

Der Türmer sah auf, nickte dem Freund zu und senkte den Kopf sogleich wieder über die Arbeit, ohne eine Antwort zu geben. Es war ganz still, nur das leise Geräusch der im linken Auge der Negerin aufspringenden Minutenzahlen, dann ein sehr feines metallisches Klingen, das von dem künstlichen Planetensystem an der Decke ausging, und von nebenan ab und zu ein Wort Reginas oder das tiefe Brummen der alten Johanna. Alles wie auf einem ganz dünnen Hintergrund von Geräuschen aufgetragen, auf einem Netz von allerleisesten Tönen, dem Summen der wenig bewegten Luft um den Turm und dem kaum mehr hörbaren Lärm der Stadt. Endlich ließ Palingenius die Hände mit dem Mechanismus sinken, legte die feinen Zangen weg, dass es auf dem Amboss einen hellen überraschten Klang gab, und sagte: »Das Werk! ... Ich bin noch lange nicht am Ende. Jetzt bin ich dabei, seine Seele zu machen.«

»Das kleine Ding da in deiner Hand?«

»Ja. Von diesem kleinen Ding soll der Antrieb des ganzen Mechanismus ausgehen. Dieser winzige Apparat soll, in die Brust des großen Körpers eingesetzt, diesem das Leben geben.«

»Du denkst dir das so wie mit unserm Herzen, dieser wundersamen Zentralpumpe für das ganze Kanalsystem des Blutes.«

»Ja, diese feine Maschine ist aber nicht nur das Herz, sondern auch die Seele meines Apparates. Sie besorgt nicht bloß das Mechanische, was man kontrollieren, messen, ändern und verbessern kann, sondern auch das andere, über das man keine Macht hat, das Geistige oder Seelische, oder wie du es nennen magst. Etwas, worüber uns kein Einfluss zusteht. Wir müssen das Wunder hinnehmen und können nichts als staunen.«

»Höre, Palingenius. Auch ich glaube an eine Seele des Leblosen. Und warum sollte auch ein Ding, mit dem sich ein lebender Mensch seit so langer Zeit beschäftigt, nicht etwas von dessen Seele annehmen? Es ist ja gar nicht anders möglich. Aber ich fürchte, dass du diesen feinen Apparat, der sozusagen für die ganze große Maschine denken muss, etwas zu sehr verwickelt gemacht hast.«

»Wenn das Ding *denken* soll, so muss es doch ganz, ganz vorsichtig gearbeitet sein, mit allen Feinheiten und aller Kunstfertigkeit.«

»Nimm dir ein Beispiel vom Menschen her. Je komplizierter ein Mensch ist, je verwickelter und feiner seine Seele, desto mehr entfernt er sich von den Ansichten des großen Haufens. Er wird immer freier und selbständiger, entdeckt den eigenen Willen und handelt nach dessen Eingebungen. Er wird nicht geneigt sein, zu glauben, was ihm von anderen aufgegeben wird, er wird nicht ohne weiteres einem Auftrag folgen. Je einfacher aber seine Seele ist, ein desto besserer Diener wird er dir sein. Du willst, dass die Maschine eine Seele hat. Es wäre dein Stolz, deinem Apparat einen Willen zu geben. Aber gib Acht, dass dein Wille dem Ihrigen überlegen bleibe. Machst du sie ganz fein und kompliziert, so kann es sein, dass sie ihren eigenen Willen dem deinen entgegensetzt, und es könnte kommen, dass sie dir den Gehorsam versagt.«

Da stand Palingenius auf. Seine Augen waren in dem gelben, eingefallenen Gesicht groß und sprühend: »Es wäre mein höchster Triumph. Wie wunderbar, wenn sich das Geschaffene gegen den Meister empört. Ich glaube, Gott muss in diesem Augenblick den tiefsten und seligsten Schauder vor der eigenen Macht empfunden haben, als es der schönste seiner Engel, Luzifer, wagte, von ihm abzufallen. – Aber ich bin noch nicht so weit. Noch habe ich Widerstände zu überwinden …«

»Ich bin auch nicht gekommen, um mit dir über deine Flugmaschine zu sprechen. Regina und Johanna sollen mit mir hinausgehen. An diesem wundervollen Abend …«

Sie traten an das Fenster. Da lag die Stadt tief unten, ganz friedlich, wie nach einem erschöpfenden und läuternden Bad, und der Himmel über ihr war klar und hoch und Ewigkeiten verheißend, die unausdenkbar sind und kaum gefühlt werden können. Palingenius aber sah finster nach unten und erst, nachdem er lange in den hellen Himmel geschaut hatte, wurde sein Blick heiterer.

»Was willst du mit Regina?«, fragte er, »verführe sie mir nicht zur Welt.«

»Du liebst die Welt, trotzdem du glaubst, sie zu hassen. Und du willst verhindern, dass sich Regina dieser Liebe bewusst werde. Sie ist ein Weib, vergiss das nicht. Und es mag sein, dass ihr schon irgendwo das Glück des Weibes bereit ist.«

Misstrauisch, erwacht und den letzten Bann der Arbeit abstreifend, sah Palingenius den Freund an: »Du weißt schon wieder etwas, was wir nicht wissen?«

Kuperus zuckte die Achseln und setzte sich auf den Rücken eines kleinen Elefanten aus Ebenholz, gerade unter dem Turmfenster. Sein Kopf ragte über die Brüstung des Fensters und hatte den hellen Himmel zum Hintergrund. »Sie ist ein Weib, sage ich dir. Und die Kinder fallen von uns ab. Und es ist besser, das Leben nimmt sie, als der Tod.« Er schwieg und nach einer Weile begann er, als knüpfe er einen neuen Faden an das Gespräch: »Ich habe den Erwecker gefunden.«

»Den Erwecker?«

»Erinnerst du dich nicht mehr? Wir sprachen einmal davon. Es fehlt uns ein Erwecker, ein Aufrüttler, der aus dem Unbewussten der Menschheit geboren sein muss. Die Menschheit ist nicht glücklich, im Laufe der Zeiten sind die Bezugs zu mächtig geworden. Und diesen Erwecker habe ich. Ob sie ihn hören werden, weiß ich nicht. Aber er hat die Kraft, es zu sein.«

»Du hast ihn gefunden? Wer ist es?«

»Es ist sonderbar, dass auch er in Bezugs Macht ist. Er hat sich ihm mit Leib und Leben verpflichtet. Aber wir werden ihn befreien.«

»Bezug wird sich wehren. Du wirst mit ihm kämpfen müssen.«

»Endlich. Ich freue mich auf den Kampf.«

»Und du wirst sehen, dass die Menschen auf der Seite Bezugs stehen werden.«

»Es mag sein. Aber wir werden siegen.«

»Und wer ist dieser Erwecker?«

»Ein junger Mann, ein Träumer, ein Dichter. Aber er wird zur Tat reifen. Ich folge ihm seit langer Zeit, und ich sehe, wie er wächst. Nun ist es Zeit, sich ihm zu nähern.«

Da klopfte es an der Tür des Arbeitszimmers, und gleich darauf sah Regina herein: »Wir sind fertig«, sagte sie, »und du erlaubst es doch, Vater …?«

»Jetzt fragst du erst? Wenn du im Zweifel warst, so hättest du fragen müssen, bevor du dich fertig gemacht hast. Aber – geh nur!«

Regina wurde vor Glück ganz rot: »Du bist so heiter, Vater!« Und sie kam ganz herein, stieg über das Gerippe der Flugmaschine und fiel dem Vater um den Hals, der sich verlegen abwandte, als sei er bei einer Schwäche ertappt worden. »Geh nur!«, sagte er und schob ihr die Haare aus der Stirn. Dann, als sie gegangen waren, richtete er das Fernrohr auf dem Turmgang und folgte ihnen, bis sie in entfernteren Straßen hinter hohen Häuserzügen und unter Menschen verschwanden.

Die drei – Eleagabal Kuperus in der Mitte, Regina und Johanna zu beiden Seiten – hatten einen Weg eingeschlagen, der sie bald aus der Stadt hinaus auf das freie Feld brachte. Noch folgten einzelne Häuser zu beiden Seiten der schlecht gepflegten, arg zerfahrenen Straße, die zwischen reifenden Kornfeldern immer schmaler wurde. Sie kamen an der niedrigen Mauer eines Friedhofes vorbei. Hinter alten Zypressen und verwitterten Grabdenkmälern ragten die Schornsteine einer Fabrikvorstadt, die sich unten am Fuß des Hügels hindehnte. Es war ein seltsamer Missklang: diese reinliche Stille hier oben und das lärmende schmutzige Leben dahinter. Nun gingen sie längs einer Bahnstrecke, die hier in die fruchtbare schwarze Erde eingeschnitten war.

Dann kam eine große Ziegelei, die sich tief in den lehmigen Abhang des Hügels eingefressen hatte. In den Vertiefungen standen gelbe Wasserlachen, die noch ungebrannten Ziegel lagen in langen Reihen zum Trocknen geordnet, und fast fröhlich berührte in dieser Einförmigkeit der Erdfarben, der sich auch die Häuser und Menschen angeglichen zu haben schienen, das frische Rot der fertigen Ziegel. Aufatmend stiegen die drei den Hohlweg hinauf und kamen in den kleinen Föhrenwald, wo es ganz still war. Da Kuperus und Regina wenig von Menschen zu sprechen wussten, so sprachen sie von Dingen und die alte Johanna setzte eben ihnen den Holzfuß vorsichtig auf die über den Weg gespannten glatten Wurzeln, ab und zu mit einem unwirschen Wort des Zornes über die mühselige Arbeit des Gehens, am Gespräch teilnehmend. Bis Regina sie unter dem Arm nahm und ihr die Mühe erleichterte.

So kamen sie jenseits des Waldes zum Gasthausgarten ›Zum General Laudon‹. Der Hügelhang sank hier zu breiten Wiesen herab, die ihm mit einzelnen grünen Zungen entgegenstrebten. Die ganze Wiesenfläche hatte, von oben gesehen, die Form eines grünen Schildes, etwas gegen die Mitte zu gebuckelt, wie ein richtiger Schild sein soll, und quer über von einem dunkleren Band durchzogen. An dem Buckel teilte sich dieses Band und schloss den Hügel ein. Ein dunkles, stilles Wasser war das Band und es floss verschwiegen und manchmal wie scheu unter alten Weiden, die sich mit struppigen Häuptern über dem schwarzen Spiegel berührten. Auf dem sanften Hügel in der Schildmitte stand ein weißes, leuchtendes Haus, dessen Fenster jetzt in der Abendsonne brannten. Ein Wartturm stieg über das Dach auf, nicht gerade bedrohlich, aber auch nicht einladend. Rings um das Haus waren schöne Bäume, und zwei weiße Brücken warfen ihre kurzen Bogen über den geteilten Fluss. In dem Winkel, den die Spitze des Wiesenschildes mit den herandrängenden Hügeln bildet, wo auch der Fluss die Fläche verlässt, um in einem engeren Tal zwischen kahlen Hängen den Weg zur Stadt zu nehmen, liegt das Wirtshaus ›Zum General Laudon‹.

Es liegt zwischen dem Fluss und dem Abhang der Hügel in einem stillen Behagen und so einladend, dass kaum ein Wanderer der Versuchung widerstehen kann, hier einzukehren. Der Garten hat einen Teil der Wiesenfläche und einen Teil des Föhrenwaldes auf dem Hügel abgeschnitten und liegt schattig vor dem Wirtshaus, das sich mit dem Rücken vertrauend an den Hügel lehnt. An dem Gitter des Gartens führt die Landstraße vorüber und zieht, die breite schattenlose Wiesenfläche vermeidend, in einer Kurve längs des Schildrandes. Durch die Landstraße von dem Wirtshaus getrennt, liegt eine alte Mühle.

Wie eine Festung sieht das Gehöft aus; alle Baulichkeiten sind von einer alten Mauer umschlossen, durch die ein einziges großes Tor führt, dessen Flügel darauf eingerichtet scheinen, mit Belagerungsmaschinen berannt zu werden. Über diese wohl zwei Schritte breite Mauer sehen die Wohngebäude mit kleinen Fenstern, die nicht viel größer sind als Schießscharten. Und die Dächer, brandfest mit schweren Ziegeln gedeckt, sitzen fest und trotzig oben darauf. Aber trotz dieses grimmigen Aussehens wirkt die Mühle nicht düster oder unheimlich, denn grüne Teppiche schmücken die Mauer an vielen Stellen, das leichte frische Grün des wilden Weins oder das ernstere Dunkel des Efeus, und die

Giebelwand des einen Hauses ist bis unter das Dach dicht überrankt, dass die kleinen Fenster nur mit Mühe die Augen offen halten können. Und damit der Teppich an dieser Mauer noch recht bunt und farbenvoll werde, ist jedes Fenster mit Blumentöpfen besetzt, Pelargonien und Fuchsien und allerhand gemeinen, aber lustigen Bauernblumen, zu deren brennenden Büscheln sich die grünen Luftranken des Weines wie in Sehnsucht hinabneigen.

Hier wohnt die Müllerin, deren Sinn sich, ob sie auch schon nicht mehr jung und von der schweren Arbeit in Haus und Feld recht hergenommen ist, doch noch die Heiterkeit der Jugend bewahrt hat. Und dazu eine große Dankbarkeit gegen das Leben, das sie recht lieben gelernt hat, weil sie schon einmal an der Schwelle des Todes stand. Und eine noch größere Dankbarkeit gegen den Mann, der sie damals wieder ins Leben zurückführte, als die Ärzte schon kopfschüttelnd von ihrem Bette weggingen, um sich anderen Kranken zuzuwenden, wo ihre Kunst mehr Aussicht auf Erfolg hatte: gegen Eleagabal Kuperus. Schwerer und ernster geartet ist der Müller, aber auch er hat die große Dankbarkeit gegen den Mann bewahrt, der ihm sein junges Weib zurückgab, als sie nach kaum einjähriger Ehe dem Tod verfallen schien.

Wenn die Mühle aussieht wie eine Festung, so mag man bei dem Wirtshaus an eine italienische Osteria denken. Mit heiterer und freier Stirn sieht es in den Garten und über ihn hinweg auf die große Wiesenfläche hinaus. Die Mühle, die schon seit einigen hundert Jahren auf ihrem Platze steht, bedurfte starker Mauern und einer derben Bauart gegen schwärmende Husittenhorden, die Osteria aber verdankt einer Laune des fürstlichen Jagdherrn ihre Entstehung, der in der fröhlichen Zeit gegen Ende des achtzehnten Jahrhunderts seine Gäste hier versammelte. Ihre offene Säulenhalle und das breite Giebelfeld erinnern an den Süden, aber die schönen Marmorreliefs sind nicht mehr hier, sondern im Museum der Stadt. Denn was fängt ein Bierwirt mit Marmorreliefs an? Und oft genug haben die nüchternen Besitzer, die hier herrschen, seitdem der Fürst das Haus verkauft hat, weil die großen Forste aus der nahen Umgebung der Stadt weichen mussten, schon das ganze lustige Schlösschen niederreißen wollen. Ein Wirtshaus will andere Räume als eine Jagdherberge. Aber schützend hat der Kunstverein seine Hand über den Bau gehalten und immer noch gegen die Absichten der Nüchternen ein Verbot erwirkt. So ist hier ein einziger Winkel erhalten geblieben, voll lieblichen Ernstes, geeignet zu sicherem Ausruhen, dessen Behagen selbst diejenigen anzieht, die sich nicht darüber Rechenschaft zu geben vermögen, was sie an diesem Platze so sehr lieben.

Als Eleagabal Kuperus mit Johanna aus dem Föhrenwald trat – Regina war einige Schritte zurückgeblieben, um das von einem kecken Zweig verwirrte Haar zu ordnen – und als der Blick über Wirtshaus und Mühle unten und den breiten Wiesenschild frei war, blieb Johanna stehen und zeigte auf das weiße Haus auf dem dunklen Schildbuckel. »Was Neues?«, brummte sie.

Eleagabal Kuperus sah, die Hand über den Augen hinaus: »Nicht gerade was Neues. Das Haus steht schon ein Jahr.«

»So lange war ich nicht mehr da. Für mich ist es neu. Wem gehört das Ding?«

»Versprich mir, dass du nicht toben wirst ...«

»Ihm. Also wieder ihm. Ich hab' es gleich gedacht. Er hat seine Hand überall. Er muss alles nach seinem Willen ändern und überall schreit er einem zu: Ich bin auch hier. Wie lange soll das noch dauern?«

»So, da bin ich«, sagte Regina, indem sie zu ihnen trat. Sie hatte das Haar in losere Flechten gesteckt, trug den Hut in der Hand und lief nun den beiden voran, den steilen schmalen und vom Regen arg zerrissenen Fußweg hinab. Auf halbem Weg aber besann sie sich, kehrte um und reichte ihre Hand der Alten, die sich mürrisch und noch immer mit zornigen Blicken nach dem Haus auf dem kleinen Hügel auf sie stützte.

Im Gasthausgarten waren alle Tische besetzt, und Eleagabal Kuperus schritt nach kurzer Umschau auf einen der Tische zu, wo nur ein einzelner Mann, breitschultrig, in Hemdärmeln vor seinem Bierglas saß. »Guten Abend, Müller«, sagte er, »Sie haben hier noch Platz für uns?«

Der Mann sah auf, zeigte ein mit Mehl bestäubtes Gesicht, und als er nun Kuperus erkannte, da fuhr er von seinem Sessel, als sei plötzlich ein Fürst zu ihm getreten. Ganz rot vor Freude, reichte er Kuperus die Hand und begann sogleich, die Sessel um den Tisch zu ordnen. Dann ließ man sich nieder, und Kuperus sagte auf den fragenden Blick des Müllers: »Gute Freunde hab' ich heute mit herausgebracht. Die Haushälterin und die Tochter des Türmers Palingenius, von dem ich Ihnen schon erzählt habe.«

Da gab der Müller auch den beiden die Hand über den Tisch hinüber, und obzwar er seine Tatze nur ganz sanft um die Finger Reginas schloss, fühlte sie doch alle Knochen krachen. Er war ein Riese und selbst im Sitzen überragte er die hohe Gestalt des Eleagabal Kuperus noch um einen Kopf. Sein Handreichen war wie ein Versprechen seines Schutzes, wie die Aufnahme in einen geheimen Bund. Regina fühlte sich sogleich zu diesem Mann hingezogen, und als er nun zu sprechen begann, mit schweren Worten, die er sorgsam abwog, wurde ihr ganz warm und wohl. Diesem Mann hätte sie sich nächst ihrem Vater und Kuperus am liebsten anvertraut.

»Sie kommen zu selten heraus«, sagte er. »Meine Frau is' ganz traurig, wenn Sie so selten kommen.«

»Sie wissen, wie ich lebe. Wenn ich aber ausgehe, so habe ich nur zwei Ziele, den Turm meines Freundes und diesen Platz hier. Und was macht die Frau?«

»Mei Gott, ma hat immer z' tun. Die Dienstleut' sind unverlässlich. Überall muss ma selbst dahinter sein. Aber – darf ich die Frau hol'n? Sie möchte sich freun.«

»Holen Sie die Frau!«

Als der Müller gegangen war, schwiegen die drei. Hinten, auf den Stufen der Treppe, die zu dem Portikus des Wirtshauses führte, saß ein Harmonikaspieler, der jetzt in einer seltsamen Umbrechung mit sehr viel sonderbaren Zwischenakkorden und falschen Läufen einen Walzer hören ließ. Der Wirt kam heran, langsam und gleichgültig mit der Serviette schlenkernd, eher missmutig als beflissen. Er hatte es nicht nötig, besondere Höflichkeit aufzuwenden, seine Gäste waren ihm sicher, denn es gab keinen schöneren und bequemeren Ausflugsort in solcher Nähe der Stadt. Nachdem er aber Kuperus erkannt hatte, veränderte er augenblicklich sein Benehmen und trat scheu und unterwürfig an den Tisch heran. Gleich allen anderen fürchtete er den alten Mann, von dem so merkwürdige, geheimnisvolle Geschichten umgingen.

Er nahm die Bestellung aufmerksam entgegen und ging. Und da kamen auch schon der Müller und seine Frau aus dem großen Festungstor in der Umfassung der Mühle. Sie, bedeutend kleiner als er, ging neben ihm und strich die große Schürze glatt, die sie wohl eben umgenommen hatte.

Regina sah den Riesen an und sagte: »Der könnte in einer der Geschichten leben, die mein Vater aufgezeichnet hat.«

»Er stammt aus einem alten Geschlecht. Und wie gefällt er dir, Johanna?«

Johanna antwortete nicht. Ihr hartes Männergesicht war regungslos und ließ keine Deutung zu. Und es war weiter keine Zeit, in sie zu drängen, denn nun waren die beiden heran und fast schüchtern begrüßte die Frau zuerst Eleagabal Kuperus, dann die anderen und nahm zwischen Regina und Johanna Platz, indem sie sich sogleich mit heiterer Frage an das Mädchen wandte. Eleagabal sah sie einen Augenblick lang freundlich an, nickte dann, als ob er einen Gedanken bei sich bestätigte, und sagte zu dem Mann: »Man sieht, dass sie sich am nächsten der Jugend fühlt. Sie ist noch immer so munter und frisch. Das brauchen Sie. Sie sind ein wenig zu ernst.«

»Na, manchmal wird's scho' brummig. 's geht nicht immer so, wie man wüll. Dann fahren wir scho auch inanand. Aber sie kann so gut lachen. Lach'n kann s', ja. Noch immer. Da wird dann all's bald wieda gut.«

»Und warum geht denn nicht alles so, wie man will?«, sagte Eleagabal vorsichtig wie ein Steuermann zwischen Klippen.

»Mei Gott, allerhand G'frett, dass die Dienstleut' nicht recht parier'n, das is' noch das Wenigste. Aber auch sonst. Da krieg'n wir jetzt a Nachbarschaft, die mir gar nicht passt. Aber scho' gar nicht.«

»Wen denn?«

»Den Herrn Bezug, glaub' ich. Es weiß keiner was G'wisses. Aber ich glaub' halt, er is' es. Denn der kauft ja jetzt alle Felder zusamm' weit und breit. Und bei uns im Dorf hat er schon die Hälft' herum'kriegt, der Kerl, den er da ausg'schickt hat. Was will denn der Bezug mit den Feldern und mit dem vielen Wald machen?«

»Er hat sich ja auch hier bei euch ein Haus gebaut.«

»Ja, das kommt mir vor wie die Spinn' im Netz. Drin sitzt er und spinnt seine Fäd'n.«

»Er baut noch viele solche Häuser in der ganzen Umgebung.«

»Bei mir war der Kerl auch und hat meine Felder und mein' Wald kaufen woll'n. Auf was, frag' ich. Was macht der Bezug damit? Aber bei mir kommt er nicht an. Was tut so ein Bauer, wenn 'r kein Feld mehr hat? Er geht in d' Stadt und wird Arbeiter in der Fabriken. Dank' schön. In dem Schmutz und dem G'stank und dem Lärm. Da bleib' ich lieber Bauer und mahl' mein Getreid' und den anderen Leuten auch das ihre.«

»Aber Sorgen macht's euch doch.«

»Gedanken macht's halt. Weil ich nicht versteh', auf was er denn das viele Land braucht. Will er 'leicht die ganze Welt aufkaufen?«

»Vielleicht!«

Johanna hörte nicht auf das Gespräch der Frauen und saß ganz den Männern zugewendet. Nun reichte sie plötzlich ihre Hand über den Tisch hinüber dem Müller. Der nahm die Hand und sah erstaunt in die erglühenden Augen Johannas. »Der Hund, der elende!«, sagte Johanna. Fragend schaute der Müller auf Kuperus.

»Sie hat einen alten Hass auf Bezug«, sagte Kuperus.

»Ja, auf Bezug«, wiederholte Johanna, ließ des Müllers Hand frei und saß wieder mit krummem Rücken da, nach einem tiefen Zug aus ihrem Glas vor sich hinstarrend.

»Aber im Ernst«, sagte der Müller, »was kann 'r wollen?«

»Ich sag es ja: Vielleicht will er sehn, wie weit sein Geld reicht.«

»Bis zu mir reicht's nicht. Das weiß ich. Da kann er mit Kanonen von Gold kommen.«

»Sie haben ja auch eine hübsche Festung.«

Der Müller sah sich um und umfasste sein Heim mit einem warmen Blick: »Ja, fest is' es schon, mein Haus, und sicher.«

»Es könnte sein, dass wir einmal ein sicheres Haus brauchen.«

»Dann kommen S' zu mir, Herr Kuperus, nur zu mir. Ich mach's Tor zu und schlag' jedem den Schädel ein, der hinein wüll. Jedem!«

Beim Garteneingang entstand ein kleiner Auflauf. Eine Gruppe Menschen drängte dort, und Kinder liefen zwischen den Beinen der Erwachsenen herum. Dann kam das ganze Knäuel in den Garten herein, öffnete sich, und von Neugierigen umdrängt, standen fünf sonderbare Kerle da. Es waren Musikanten mit eigentümlichen Instrumenten, und an ihren bestäubten und zerrissenen Kleidern sah man die Spuren einer langen Wanderung. Nun sahen sie sich um, ob sie nicht verjagt würden, und nach einer kurzen Beratung nahmen sie ihre Instrumente vom Rücken.

»Die armen Teufel«, sagte Regina, »die scheinen sehr hungrig zu sein. Das Elend sieht ihnen aus den Augen.«

Die Musikanten schienen auf ihren Fahrten schlimme Erfahrungen gemacht zu haben, denn noch immer zögerten sie zu beginnen. Aber endlich siegte die Erwägung, dass sie doch wohl hier auf einen Verdienst rechnen und längst gefühlte Forderungen ihrer Leiber befriedigen konnten. Eben wollten sie ihre Instrumente an den Mund setzen, als der Harmonikaspieler vor ihnen erschien. Er hatte einen dicken, zornroten Kopf, riss dem Ersten sein Instrument, eine Art Klarinette, fort und fuchtelte ihm damit vor dem Gesicht herum. Zuerst noch wortlos vor Empörung, fand er rasch die ganze Beredsamkeit des in seinem Besitz Gestörten: »Wos, ös Bagasch', ös wollt's an da 's G'schäft vaderb'n. Ös G'sindel, da bin i, vastand'n! Seit dreizehn Jahr'n spüll i da auf. Ka andrer net! Vastand'n! Bagasch'! Ka andrer derf da spülln. Nur i! Vastand'n! Schaut's, dass raus kommt's, ös Zigeuner. Geht's in eua Saulandl und spüllts den Schweinen auf mit eura Saumusik. Da gibt's des net. Vastand'n!«

Das Publikum, das zuerst den fremden Musikanten geneigt schien, ließ die Schadenfreude über das Mitleid siegen und freute sich des Spektakels. Von hinten schrie einer dem rasenden Harmonikaspieler zu: »Recht hast, Franzl, schmeiß sie raus. Raus mit die Zigeuner.« Man lachte, stieg auf Sessel und Tische und hetzte den kleinen Mann, der die Bissigkeit eines Bullenbeißers hatte, gegen die Fremden. »Hab' i net Recht«, schrie der Kleine, nach jedem neuen Erguss seiner Wut, »hab' i net Recht?«

Und eine Schar von Jungen antwortete, lachend und grölend in der Tonart eines Kirchenresponsoriums auf jede dieser rhetorischen Fragen: »Recht hast, Franzl!«

Demütig trat einer der Musikanten, während sich die anderen wie bedrohte Hunde zurückzogen, vor und streckte die Hand zaghaft nach der Klarinette aus. Aber der Harmonikaspieler schwang das Instrument drohend in der Luft: »Nix; erst raus da! Erst raus, ös Bagasch raus. Dann schmeiß i euch den Schmarrn an den Schädel.« Und er rannte gegen den Mann an, der sich vor ihm zurückzog. Der Fremde hatte einen Uniformrock, einen blauen Rock mit Frackschößen und roten Achselklappen, und ein Knebelbart trug dazu bei, an die Karikatur eines französischen Generals zu erinnern. Mit kleinen bittenden Handbewegungen schien er den Harmonikaspieler zu beschwören.

»Glaubst, du Zigeuner, i versteh' die' Sausprach? Da wird Deutsch g'redt, vastand'n!«, schrie der. Und der Chor der Jungen, die sogleich für den Fremden einen verächtlichen Spitznamen gefunden hatte, eiferte ihn an: »Schmeiß ihn raus, den Schweinegeneral.« Da sprang der Harmonikaspieler auf ihn los und riss ihm eine der Achselklappen herab: »Jetzt aber vaschwind, sonst mach i an Fetzenbinkel aus dir.«

Bestürzt und schmerzlich wandte sich der Mann und erhielt von dem Harmonikaspieler einen Tritt, dass er gegen die Genossen hintaumelte. Alles brüllte vor Lachen. Der Müller erhob sich: »Da muss ich ein End' mach'n.«

»Bleiben Sie«, sagte Eleagabal Kuperus.

Unter den Musikanten stand ein junger Mann und trat dem anstürmenden Harmonikaspieler entgegen.

»No, no, was ist?«, fragte der und blieb stehen.

Der junge Mann streckte die Hand aus: »Zurück!«, sagte er. Und als der andere zögerte: »Marsch – augenblicklich!« Und sein Blick und seine Gebärde ließ keine Wahl.

»Die Klarinette her!« Der Harmonikaspieler reichte das Instrument und zog sich in den Schutz der Menge zurück. Mit einem

Mal war der Lärm vorbei. Man sah gespannt nach dem jungen Mann und wartete, was er beginnen würde. Aber der kümmerte sich wenig um das Aufsehen, das er erregt hatte. Er winkte den Musikanten, ihm zu folgen, und gab draußen vor dem Garten die Klarinette ihrem Eigentümer, der sie mit leuchtendem Gesicht entgegennahm.

»Ihr seid einem rabiaten Burschen in die Hände gefallen«, sagte der Retter. »Aber ich möchte nicht, dass ihr glaubt, hierzulande seien alle so.«

Der General näherte sich und begann stockend zuerst, dann erregter und fortgerissen, in seiner Sprache etwas zu erzählen; es war eine biegsame, klangreiche Sprache, mit vielen Vokalen, und manchmal glaubte der junge Mann, der General spreche Italienisch. Vieles aber war ihm fremd, und so blieb ihm das Ganze unverständlich.

»Ich verstehe Sie nicht«, sagte er lächelnd. »Aber vielleicht versteht einer Deutsch. Ihr sollt mit dieser Karte nach dem weißen Schloss dort auf dem Hügel gehen, dort übernachten und euch verpflegen lassen und morgen Geld zur Weiterreise erhalten.«

Der General zuckte die Achseln und begann abermals eine lange Rede, wobei er lebhafte und doch gemessene Bewegungen machte, als ob die Worte dadurch deutlicher werden müssten. Jetzt, da die Angst von ihnen gewichen war, wurde deutlich, dass in Haltung und Gesicht der Fremden ein strenger Ernst lag. Etwas Stolzes und sogar Beherrschendes, das jetzt aus der Brandung der aufgeregten Gefühle wieder auftauchte. Ein edler Anstand und eine bedeutende Art, als seien sie Sprösslinge eines alten Geschlechtes, die nur durch erbitterte Verfolgung verschüchtert waren. Aber von dem, was der General erzählte, verstand der Retter noch immer nichts. Er lächelte und ließ den anderen reden, der in seinem Bemühen immer dringender wurde.

»Erlauben Sie«, sagte da jemand neben dem jungen Mann, »ich sehe, Sie können sich nicht verständigen. Wollen Sie nicht meine Dienste annehmen? Ich kann genug Rumänisch, um zu wissen, was der Mann sagt.«

Eleagabal Kuperus wandte sich mit einer Frage an den General. Der zuckte auf, als er seine Sprache hörte, und begann noch einmal von vorne, rascher, aber doch ohne eine gewisse würdige Art des Sprechens zu verlieren. Als er zu Ende war und Kuperus zu übersetzen anfing, sah er dem Dolmetscher genau auf den Mund, als ob er so feststellen wollte, ob der auch nichts verschwieg.

»Es sind rumänische Musikanten, Herr«, sagte Eleagabal Kuperus, »arme Teufel, die schon seit Tagen nichts Ordentliches gegessen haben und auf dem Weg in die Heimat sind. Das gibt noch eine lange und mühsame Wanderung, und sehen Sie nur, wie demütig und verprügelt diese stolzen Römerstämmlinge schon jetzt sind. Sie waren als Mitglieder einer internationalen Musikkapelle in irgendeiner Ausstellungsstadt aufgenommen, aber die Gesellschaft zerbarst nach kurzer Zeit. Jetzt müssen sie sich durchschlagen, so schlecht es gehen will. Das ist ihre Geschichte. Und nun muss ich Ihnen noch den Dank der Leute aussprechen, das hat mir der Führer streng aufgetragen. Sie wollen immer des jungen Deutschen gedenken.«

»Wollen Sie nun auch den Leuten übersetzten, was ich Ihnen zu sagen habe?«

»Gewiss, gerne!«

Und nun wiederholte der Retter seine Einladung. Während der Übersetzung wurden die Augen des Generals immer größer und die anderen drängten sich hinter ihm zusammen, mit stummen Blicken nach dem jungen Mann. Aber der Dank war nicht maßlos und überschwänglich, sondern gemessen und feierlich wie ein Gelöbnis. Nun nahm der General die Karte, auf die Adalbert einige Zeilen geschrieben hatte, warf einen Blick darauf und noch einen Blick nach dem jungen Mann. Es war, als liege eine besondere Macht in diesen dunklen Augen. Dann winkte der General den Genossen, und sie zogen ab, in gleichmäßigem Schritt, ohne sich noch einmal umzusehen.

»Sie sind Adalbert Semilasso«, sagte Eleagabal Kuperus.

»Haben Sie meine Karte gesehen?«

»Nein. Aber ich kenne Sie schon lange Zeit ...«

»Ich kann mich nicht erinnern.«

»Sie sind ... sagen wir: ›Hausdichter‹ bei Thomas Bezug. Das Schloss dort drüben gehört ihm. Nicht wahr?«

»Jawohl ... ich ...«

»Ich heiße Eleagabal Kuperus. Sie haben sich sehr brav benommen. Darf ich bitten, mit mir zu kommen? Ich bin in Gesellschaft ...«

»Verzeihen Sie ...«

»Kommen Sie nur! Es gibt Augenblicke in unserem Leben, wo die Fäden des Schicksals sich verknüpfen. Man muss da jeden Schritt erwägen. Vielleicht führt er irgendwo vorbei, wo wir sonst nicht mehr hingelangen können, als in diesem einzigen Augenblick. Wir tragen dann eine Trauer in uns und wissen nicht warum. Es ist der Schmerz um das unbewusst Verlorene.«

Stark und fest sah Kuperus auf Adalbert und der fühlte in diesem Blick einen großen Willen. Das Sonderbare war ihm noch nicht so entlegen, dass er seinen Reiz nicht gefühlt hätte, und er folgte dem Alten in den Wirtshausgarten. Man sah von einigen Tischen nach ihnen hin und Adalbert fühlte sich mit Unbehagen aufmerksam betrachtet. Nun trat Kuperus zur Seite – da saß das wunderbare Mädchen an dem Tisch, an den er Adalbert geführt hatte. Jenes Weib, das ihm schon viel heimliches Glück und heimlichen Schmerz gegeben hatte – und saß da und gab ihm die Hand wie die anderen ... und sprach zu ihm ... und Adalbert antwortete, irgendetwas ... Worte, die ihm gerade kamen ... und dann fiel eine große Rührung und eine jauchzende Freude über ihn. Im Kreise der Menschen, die ihm vor einer Viertelstunde noch ganz fremd gewesen waren, wurde er nun mit einem Mal beredt, als hätten sie unendlich viel Gemeinsames. Adalbert sprach eindringlich, warm und empfand seine Worte wie eine Flamme. Dann aber, als die Dämmerung sank, wurde er wieder stiller und stiller und ließ die anderen, deren Gespräch er belebt und beschwingt hatte, reden.

Nur Johanna saß unter den anderen, misstrauisch verschlossen, und sah manchmal von der Seite in Adalberts Gesicht.

Man sprach von dem Fürsten, dessen Festen einst das Waldhaus gedient hatte, von dem besonderen Reiz der Gegend, die aussah, als ob sie nach Art eines Parkes künstlich angelegt worden sei, und das Mädchen sprach den Wunsch aus, einmal unter den hängenden Zweigen auf dem stillen Wasser des Flusses hinzugleiten.

»Man soll Wünsche immer sogleich erfüllen, wenn sie zu erfüllen sind«, sagte Adalbert, »der Wirt hat einen Kahn hier liegen. Und wenn es Ihnen recht ist, rudere ich Sie ein wenig auf und ab.«

Sie saßen im Boot, das Mädchen am Steuer und Adalbert, mit starken Schlägen bemüht, den Kahn rasch gegen die starke Strömung zu treiben. Hier, unter den dichten Weidenköpfen, auf dem schwarzen Wasser des schmalen, aber tiefen Flusses war es schon fast ganz dunkel. Die Ufer waren wie Wände und durch Lücken der Zweigmassen brach nur manchmal ein Stück des Himmels durch, über den ein seltsamer, geheimnisvoller Schein hinzuzittern schien. Wie drüben, vor dem Loch, das durch die Hügelwand gegraben war, pfiff ein Eisenbahnzug, schrill, wie in Angst vor der Finsternis, die vor ihm lag. Und dann war alles nur noch stiller und friedlicher und dunkler, als sei der Schrei ein Licht gewesen, das jäh die Nacht durchbrach. Langsamer wurden Adalberts Ruderschläge, dann wandte er den Kahn und zog die Ruder ein. Leise trieben sie, manchmal von hängenden Zweigen gestreift, mit der Strömung den Weg zurück, den sie gekommen waren. Sie sahen einander nicht. Adalbert hielt seine Hand ins Wasser und fühlte es, wie man manchmal im Traum rinnende Dunkelheit fühlt.

»Ich weiß Ihren Namen noch nicht«, sagte er.

Aus dem Dunkel kam eine Stimme: »Regina.«

»Ja … ja … Regina.« Er wusste es schon. Er wusste es doch schon. Und dann sagte er: »Nun hab' ich Sie doch endlich gefunden.«

Sie fragte nicht, warum er sie gesucht und wie lange. Auch sie wusste es ja.

Durch die Zweige kamen die Lichter des Wirtshausgartens, runde blöde Lichtklumpen, die stumpf in das schwarze Wasser fielen. Nun würden sie landen und Lärm würde wieder ringsum sein, dachte Adalbert. Und wer weiß, ob sie sich so bald wiedersehen würden, sicher würde es nicht bald eine so gute

Gelegenheit geben, mit ihr zu sprechen. Aber was hatte er ihr denn zu sagen? Dass ihn eine Linie an ihr so unendlich gerührt hatte, diese sanft abfallenden Schultern und der Ansatz der Arme? War es das?

»Regina!«, sagte er zögernd. Ihr Schweigen forderte ihn auf, zu sprechen. Aber was wollte er denn sagen … ja, er wusste ja gar nichts, gar nichts.

»Ich habe eine Schwester«, sagte er endlich. »Sie heißt Nella, und sie hat mich sehr lieb gehabt. Und ich habe sie auch sehr lieb gehabt. Aber sie ist in die Welt hinaus und ist mir verloren gegangen. Wie lange hab' ich schon nichts von ihr gehört.«

»Hat sie nicht geschrieben?«

»Es war so sonderbar mit unserer Jugend, dass wir uns nicht hatten Nachricht geben können. Wir wussten beide nicht, was das ist: die Welt. Das hab' ich erst bei Bezug gelernt.«

»Sie sind bei Bezug …?«

»Ja!«

»Dann lassen Sie um Gottes willen die alte Frau nichts davon merken, die an unserem Tisch sitzt. Sie hasst Bezug wie den Teufel.«

»Da hat sie Recht. Ich hasse ihn auch … wie den Teufel. Er ist auch der Teufel … der Teufel …«

»Wenn Sie ihn hassen, warum gehen Sie dann nicht von ihm fort?«

»Wenn ich nur fortgehen könnte. Ich bin gefesselt an Händen und Füßen. Er hat mich in seiner Gewalt.«

»Das gibt es doch nicht. Wir sind doch keine Sklaven. Wir haben doch unsere Freiheit.«

»Ich habe sie nicht. Aber fragen Sie nicht weiter. Sprechen wir nicht mehr davon. Vielleicht erzähle ich Ihnen ein andermal mehr davon, wenn uns ein guter Zufall wieder zusammenführt. Ich habe Ihnen mehr gesagt, als ich jemals jemandem gesagt habe. Und eigentlich wollte ich von meiner Schwester sprechen …«

Sie schwiegen, und Adalbert, der über den Bereich der Wirtshauslichter hinaus wieder in das Dunkel gefahren war, wandte den Kahn, als man ihnen vom Ufer aus nachrief: »Hallo Regina!« Es war, als ob der Name hier wie ein leichter Duft und ein schwaches Summen über den Wassern schweben geblieben sei, als ob er keinen Ausweg aus der von den Wänden der Weidenstämme begrenzten Dunkelheit finde.

»Regina … Regina …!«, sprach Adalbert vor sich hin, und dann fuhr er fort: »Ich habe sie sehr lieb gehabt. Und manchmal denke ich mit Schmerzen an sie zurück. Und so voll Sehnsucht und Wehmut. Einmal war ich in dem großen Zirkus in der Stadt, und da schien es mir, als sei sie eine von den Frauen, die dort ihre Künste zeigten. Sie ging auf dem Seil und lächelte ins Publikum hinunter. Sie war es natürlich nicht. Ich habe mich genau erkundigt. Aber manchmal, bei gewissen Bewegungen, besonders wenn sie sich auf dem Seil so mit einem Ruck umwandte, glaubte ich, sie müsse es sein. Natürlich viel größer und schöner als damals; denn wir waren ja noch Kinder, als wir uns trennten. Ich musste immer hinsehen, wie sie da auf dem Seil ging, beständig in Gefahr, denn man hat ja gehört, dass sich Seiltänzer trotz der Netze erschlagen haben. Und ich dachte: wenn das wirklich meine Schwester wäre … und diese Angst wurde so arg, dass ich aufstand und wegging. Ich habe sie sehr lieb gehabt.«

Nun waren sie wieder vom äußersten Strahl der Wirtshauslaterne getroffen worden und glitten durch lichtgefurchtes Wasser. »Und Sie erinnern mich, ich weiß nicht wodurch … aber es ist so, an Nella«, sagte Adalbert, als sie schon ganz nahe der Landungsstelle waren.

Es war noch etwas mehr als eine bloße Feststellung, es war eine Bitte, die Regina verstand. Und als sie nun ausstiegen und ihr Adalbert dabei behilflich war, drückte sie leise seine Hand als Antwort.

Man war im Begriff aufzubrechen und wartete nur noch auf die beiden.

»War's schön auf dem dunkeln Wasser?«, fragte Eleagabal Kuperus, und Johanna sah lauernd mit misstrauischen Blicken nach Adalbert.

»Sehr schön war es«, antwortete Regina und ihre Unbefangenheit befriedigte die Alte. »Wenn wir uns erlauben dürften«, sagte der Müller, »so möchten wir die Herrschaften halt recht schön einladen. Kommen S' einmal zu uns. Auch der Herr Semilasso … das wird uns immer freun. Kommen S' nur. Ein Topf Milch oder ein Schluckerl Wein wird sich schon finden. Und ein Stückl G'selchtes zum Zubeißen.«

Vor dem Gartentor wollte sich Semilasso verabschieden, aber ein Blick Reginas mahnte ihn daran, sich nicht zu verraten, und dann sagte Eleagabal Kuperus gleichzeitig: »Ich möchte Sie einladen, uns zu begleiten, und wenn es Ihnen nicht zu spät ist, auch noch auf den Turm der Domkirche zu steigen.«

»Auf den Turm?«

»Ja. Auf den Turm. Wir wohnen, das heißt, Regina wohnt hoch über der Stadt. Ihr Vater ist Türmer. Kommen Sie mit, Sie werden in Heinrich Palingenius einen seltenen Mann finden.«

Johanna brummte etwas.

»Nein, Johanna«, sagte Kuperus, »das ist etwas anderes. Von mir eingeführt, wird Semilasso sehr willkommen sein.«

»Aber, ob es so spät noch angeht …?«

»Wenn wir mitten in der Nacht kommen, so finden Sie den Vater noch wach«, sagte Regina, »das ist es ja, was uns Sorgen macht, er schläft fast nicht mehr, seit er an seiner Flugmaschine arbeitet.«

Und während sie auf der Landstraße der Stadt zugingen, erzählten Kuperus und Regina von den Plänen und Arbeiten des Türmers.

Heinrich Palingenius saß an seinem Tisch und las in dem großen Buch, in dem er die Geschichte des Turmes aufgezeichnet hatte. Als die Tür aufging, und er unter den Heimkehrenden einen Fremden erkannte, stand er auf und schlug das Buch mit starkem Krach zu. Dann trat er zurück, als sammle er sich zu einem Angriff. Aber Kuperus winkte ihm zu und sagte:

»Ich bringe dir einen neuen guten Freund.«

»Bürgst du für ihn?«

»Ich bürge für ihn.«

»Junger Mann«, sagte Palingenius, »außer den drei Menschen, die hier wohnen, ist nur mein Freund Eleagabal hier aus- und eingegangen. Seit dreizehn Jahren, junger Mann. Sie kommen auf eine Insel, wo man anders lebt als dort unten. Wenn Sie zu uns kommen wollen, so müssen Sie die Art der Menschen dort unten vergessen.«

»Ich kann es«, sagte Adalbert, »denn bevor ich zu den Menschen dort unten kam, habe auch ich auf einer Insel gelebt.«

Regina, die nicht ohne Besorgnis dem ersten Zusammentreffen mit dem Vater entgegengesehen hatte, war erstaunt, wie rasch und glücklich sich alles abwickelte, und bemühte sich nun, es Adalbert recht behaglich zu machen. Sie nahm ihm den Überrock ab und holte aus den Schätzen eines Wandschrankes eine köstlich geschliffene Karaffe mit einem grünen Likör. Inzwischen hatte Palingenius eine leise Frage an den Freund gestellt:

»Ist es er?«

»Er ist es!«

»Du hast gewusst, dass du ihn heute finden wirst, und bist deshalb ausgegangen?«

»Vielleicht.«

»Und Regina! Hast du sie deshalb mitgenommen ... denkst du ...«

»Schweig' jetzt. Wir werden sehen.«

So schwer und lastend die ersten Minuten nach dem Empfang gewesen waren, so rasch wurde das Gespräch nun leichter und freier, als alle um den Tisch saßen. Zuerst wollte es Adalbert scheinen, als habe man ihn in eine geheime Gesellschaft gebracht, bald aber erkannte er, dass er in einen Kreis von tiefen und nur gegen den Lärm der Welt empfindlichen Menschen eingeführt worden war. Dankbar und glücklich, dass er den Fremden wohlwollend empfangen hatte, wandte sich Regina an den Vater: »Du hast heute ein schweres Stück Arbeit hinter dir, Vater ... und es ist gelungen. Nicht wahr?«

»Ich glaube, dass es gelungen ist. Das Herz meiner Maschine ist fertig.«

»Nun wird es darauf ankommen, ob es den schweren Körper beherrscht«, sagte Kuperus.

»Ich hoffe es. Es wird ihn beherrschen. Es zittert in meiner Hand, so fein und empfindsam wie ein lebendiges Ding. Und dann werde ich fliegen können ... fliegen ...«

»Und die Menschen bald nach dir, wenn du Recht behältst.«

»Die Menschen. Ja, mögen sie es auch erlernen. Ich glaube noch immer daran, dass sie dann besser werden.«

»Wenn sie lang genug Zeit dazu haben«, sagte Kuperus.

»Wie meinen Sie das?«, fragte Adalbert, der gespannt zugehört hatte.

»Ich meine, dass es wohl sehr lange dauern wird, auch wenn sie fliegen können. Und dass vielleicht das Ende der Welt oder sagen wir besser: der Tod dieser Erde eher da sein könnte, als der Tag, an dem man sagen dürfte, alle Menschen sind gut. Die lieben Unverbesserlichen aber denken nicht an ein Ende aller Dinge und leben drauflos, als hätten sie eine Ewigkeit vor sich. Und vielleicht ist es so gut, denn – wer weiß – wenn sie an ein Ende dächten, ob sie da nicht erst noch weniger gesonnen wären, sich zu bessern.«

Adalbert Semilasso sann vor sich hin, denn was er hörte, war ihm so neu, dass es sogleich seine Phantasie aufreizte und zu rasender Arbeit anspornte. Von diesen Dingen einer so überaus wichtigen Angelegenheit des Menschengeschlechtes war im Haus Bezugs niemals gesprochen worden. Es ergriff ihn mächtig, alles zu wissen, was man hier über die Zukunft der Erde dachte. Und nach einer Weile fragte er: »Das Ende aller Dinge? Der Tod der Welt? Wie soll das sein? Was darf man sich darunter vorstellen? Ist denn diese Welt nicht ewig?«

Palingenius und Kuperus sahen einander an, wer von ihnen die Antwort übernehmen sollte. Und während sie sich mit Blicken, in denen auch eine Art von Rührung war, verständigten, sagte Regina: »Nein, sie wird nicht ewig sein. Einst war sie ein glühender Feuerball, dann, im Erkalten, zog sie sich zusammen und umhüllte sich mit der Kruste, auf der wir leben. Und einmal, in ferner Zukunft noch, aber doch schon absehbar, wird sie ganz erkaltet sein und leer und öde wie der Mond, auf dem keine Luft mehr ist und kein Wasser und kein Leben.«

Adalbert starrte sie an: »Sie wissen das alles und … ich weiß nichts davon.«

»Ich hätte taub sein müssen, um nicht in meines Vaters Wohnung einiges von diesen Dingen zu hören.«

»Regina hat Recht«, sagte Eleagabal Kuperus, »diese Erde wird voraussichtlich den Tod des Erfrierens sterben. Wenn nicht vorher irgendein kosmisches Ereignis eintritt, das sie zertrümmert.«

»Ist das doch möglich?«, fragte Regina.

Lächelnd antwortete Kuperus: »Klammerst du dich auf einmal an die Welt? Früher hast du ruhig zugehört, wenn von dieser Möglichkeit gesprochen wurde. Ja, es ist nicht ganz unmöglich. Sehen wir doch oft am Himmel an einer Stelle, wo man nie einen Stern geahnt hat, ein plötzliches Aufflammen, das nach kurzer Zeit wieder verschwindet. Was ist das? Ein Stern, der in einem furchtbaren Zusammenstoß mit einem Himmelskörper vernichtet wurde. Die Todesfackel, der Weltbrand einer Erde gleich der unseren. Aber das bleibt doch für uns unter den fernen Möglichkeiten. Weit wahrscheinlicher ist es, dass sie den langsameren Tod des Erfrierens stirbt.«

Nachdenklich sagte Palingenius: »So ist das organische Leben auf einem Erdstern bloße Verfallserscheinung. Anzeichen des herannahenden Alters und des Todes. Denn als der Stern noch jung und voll brausender Kräfte war, duldete er keine Hülle um seinen glühenden Körper. Wenn er sich aber besinnt und, nur gelegentlich noch, wie von Erinnerungen an die ferne Jugend, erschüttert, seinen Panzer gegen die Kälte des Weltraums trägt, dann geht es mit ihm zu Ende. Der Panzer belebt sich, überzieht sich mit Grün, und allerlei Getier kriecht darauf herum. Der Mensch nennt das die Schöpfung des Lebens. In Wahrheit ist das aber der Anfang vom Ende. Ein Verfallsprozess ... ja ...!«

»Ich kann das nicht glauben«, sagte Adalbert. »Es ist so schwer zu denken. Wenn für uns die Erde anfängt, freundlicher und liebenswerter zu werden, soll der Betrachter daran erkennen, dass sie verurteilt ist zu sterben?«

Kuperus trank sein Likörglas aus und setzte es vorsichtig auf den Tisch. Dann erhob er es wieder und hielt es gegen das Licht, als wolle er dessen Spiele auf den gebrochenen Flächen betrachten: »Es nützt nichts, mein junger Freund. Die Erde ist nicht mehr jung und auch das Menschengeschlecht ist nicht mehr jung. Allerlei deutet darauf hin. Wenn man genauer hinsieht, möchte man sagen: alles. Wir sind – als Gattung genommen –

doch in einer langsamen Degeneration begriffen. Unsere Johanna hat Zahnschmerzen. Sie hält sich wieder ihr Tuch an die Wange. Nun, auch das ist ein Beweis dafür, dass es mit uns abwärts geht. Unser Gebiss ist in einer fortwährenden Rückbildung begriffen. Es gab eine Zeit, wo die Kauwerkzeuge des Menschen anders sein mussten als heute, stärker, noch tierähnlich, furchtbar zermalmend und mahlend. Aber heute scheinen sie uns nicht mehr so wichtig zu sein. Die Nahrung ist anders geworden, weicher, feiner, und das Essen ist keine Arbeit mehr. Darum verkümmert der dritte Mahlzahn, der *Weisheitszahn,* immer mehr. Er kommt erst spät heraus, ist schwach und kränklich, kann der Fäulnis wenig Widerstand leisten, oder er fehlt überhaupt ganz. Man hat die Beobachtung gemacht und aus Schädeln aus früheren Jahrhunderten nachgewiesen, dass das nicht immer so war, dass unsere Vorfahren noch ein vollständiges Gebiss hatten. Daraus folgt, dass dieser Zahn späteren Geschlechtern wohl ganz fehlen wird. Und ähnlich geht es uns mit dem seitlichen oberen Schneidezahn. Auch der ist verkümmert und fehlt vielen ganz.«

»Was ist da zu tun?«, fragte Adalbert erregt, als sei dies seine eigenste Angelegenheit.

»Nichts«, antwortete Palingenius. »Der Prozess geht seinen Gang. Die Kultur bringt unseren Körper herunter. Die Naturvölker sind noch nicht so weit. Und man kann sich denken, dass einmal die Zähne als ganz überflüssig verschwinden werden. Wenn man einmal die Nahrung in konzentrierter Form, als Pillen zu sich nimmt, die bloß verschluckt zu werden brauchen, wozu brauchen wir dann noch die Zähne?«

»Das wird es einmal geben, dass man die Nahrung in Pillenform zu sich nimmt, wie Medizin?«, fragte Regina schaudernd.

»Man ist auf dem Wege dazu.«

Lachend zeigte Eleagabal die leere, dunkle Höhle seines Mundes, aus dem die großen, gelben Eckzähne wie Hauer hervorsahen: »Dann werden alle Menschen ungefähr so aussehen wie ich, und die Dichter werden den Artikel Perlenzähne in ihrem Lexikon weiblicher Reize streichen müssen. Ja, die Zahnfäulnis nimmt zu, nicht wahr, Johanna?«

Aber Johanna, die ihr Tuch um ihr Gesicht gebunden und sich in eine dunkle Ecke zurückgezogen hatte, schlief schon auf ihrem Stuhl, den Kopf nach hinten geneigt und ließ ein kurzes, röchelndes Atmen hören.

»Und so gibt es noch viele andere Zeichen, dass wir dem Ende entgegengehen«, sagte Kuperus.

»Dies zum Beispiel«, sagte Palingenius und hob sein Glas mit dem goldhell funkelnden Likör.

»Dies?«

»Nun ja … dies! Das Bedürfnis des Menschen nach Alkohol. Seltsamer Instinkt des ganzen Geschlechtes, das von seinem Ende noch nichts wissen will und doch im tiefsten Innern bereits das Unabwendbare ahnt. Unser Organismus hat eine geheimnisvolle Tendenz, sich über das natürliche Ende hinaus zu erhalten. Das ist beim Einzelnen zu erkennen, und noch sicherer offenbart sich diese Tendenz in den allgemeinen Bedürfnissen der Menschheit. Der Alkohol gehört zu ihnen. Es wird eine Zeit kommen, in der sich die Eiskappen der Pole über die ganze Erde ausbreiten, in der das organische Leben zum Erfrieren verurteilt ist. Allein der Mensch wird sein Dasein um einige hunderttausend Jahre verlängern, wenn alle Meere bereits gefroren sein werden und die Kälte des Weltraumes schon auf ihn einzudringen beginnt.

Nun gefriert der Alkohol erst bei sehr viel größerer Kälte als das Wasser. Wie nun, wenn das Wasser in den organischen Wesen vor allem im Menschen, durch Alkohol ersetzt würde, wenn die Zusammensetzung des Blutes in dieser Weise geändert würde? Wie nun, wenn in dem Bedürfnis nach Alkohol diese organische Tendenz verborgen läge? Man gewöhnt sich an alles, sagt ein Alltagswort. Ja – vielleicht gewöhnt sich der Mensch auch daran. Alle Organe erfahren eine physiologische Umgestaltung daraufhin …«

»Und wenn der Mensch«, sagte Eleagabal Kuperus, »dann nach einem raschen Flug sich zur Erde niederlassen wird und den zahnlosen Mund öffnet, um tief zu atmen, wird er nach Spiritus riechen.«

»Es beliebt dir zu scherzen«, sagte Palingenius etwas verdrossen, nahm seinen Mantel und ging hinaus, um auf der Galerie des Turmes über die schlafende Stadt hinzusehen.

»Und alles dies gibt es zu denken ...« Adalbert sah erregt Regina ins Gesicht, »dies gibt es zu denken ... und ich habe mich noch nie damit abgegeben. Ich komme mir hier vor, als sei ich ein Mensch der Vergangenheit, der nach langem Schlaf erwacht und nun von Dingen hört, die es zu seiner Zeit nicht gab.«

»Oder vielleicht sind Sie der Mensch der Zukunft!«

»Der Zukunft? Das verstehe ich nicht.«

Kuperus schien zu warten, bis Palingenius von seinem Gang zurückkam, und fuhr nach dessen Eintritt fort: »Wo soll das mit uns hin? Immer unabsehbarer wird das Meer des Wissens. Um auch nur einiges von alledem aufzunehmen, genügt kaum ein halbes Leben. Dabei wird der Wille des Menschen, den ganzen Umfang des Wissens zu erforschen und dadurch der Welt Herr zu werden, immer zwingender. Es gibt wohl viele, die ihr Gebiet – ein ganz kleines Land – mit aller Sorgfalt abschließen, die seine Grenzen befestigen, um sich hinter Wällen und Mauern, vor dem Andringen des fürchterlichen Meeres geschützt, ihrer Spezialforschung zu ergeben.

Aber selbst das kleinste Gebiet hat hier die Tendenz zu wachsen. Und je genauer das durchforscht wird, desto mehr scheinen sich seine Grenzen trotz aller Wälle hinauszudehnen. Viele Geister aber gibt es, die mit aller Sehnsucht die Universalität anstreben. Und das ist eine schmerzhafte Sehnsucht. Und sie ist vor diesem unendlichen Meer unerfüllbar. Nun wird ein blasses Geschlecht von Menschen herankommen, die sich immer wieder auf die Aufgabe stürzen, der Welt durch das Wissen Herr zu werden, die immer wieder entsetzt und ohnmächtig vor neuen Augenblicken zurücktaumeln.

Daneben aber wird ein anderes Geschlecht entstehen. Seine Ahnen werden die Verzweifelnden von heute sein, die Verzichtenden, welche die Kleinheit des Menschen erkannt haben. Sie haben alles von sich geworfen und sagen: es ist unmöglich. Aber aus dem tiefsten Lebensunmut wird höchster Lebensmut werden. Warum sollen wir uns damit quälen, zu ergründen, was das Leben ist, da wir doch sehen, wie es ist? Herrlich, souverän, beglückend, wenn man sich ihm mit rechtem Vertrauen hingibt. Diesen Menschen wird das Dasein wichtiger erscheinen als das Wissen um das reine Sein. Bei aller Ehrfurcht vor tiefen Fragen werden sie sich die Lust an allen Genüssen bewahrt haben, die aus der einfachen Unterwerfung unter das Leben kommen.«

Nun schwiegen alle lange Zeit. Dann erhob sich Palingenius und drehte den Hahn der Lampe über dem Tisch ab.

»Was tust du?«, fragte Regina, da sie nun im Dunkeln saßen.

»Der Morgen ist da«, antwortete der Türmer und öffnete die Fensterladen. Noch lag es grau über der Stadt, aber hoch oben war die Luft schon erhellt, und eine einzelne Wolke, rot und flüchtig, brachte den ersten Gruß der aufgehenden Sonne. Im Lehnstuhl am Fenster schlief die alte Johanna, und eine ihrer mageren Hände hing über die grün bezogene Lehne herab. Nun stand Kuperus auf, und Adalbert nahm gleich ihm seinen Mantel. Er dankte für die wunderbare Nacht. »Darf ich wiederkommen?«, fragte er.

Und Regina antwortete mit einem fragenden Blick nach dem Vater: »Kommen Sie ... wenn es Ihnen nicht zu hoch ist, hier herauf ...« Der Türmer aber nickte ihr gütig zu und reichte Adalbert die Hand. Da wurde Regina vor Freude ganz verwirrt und wollte mit hinunter, um die Turmtüre aufzuschließen.

»Lass nur, Regina«, sagte Kuperus, »der Schlüssel steckt ja. Und es kann schon offen bleiben, nicht wahr ...«

Als die beiden hinabstiegen, blieb Eleagabal Kuperus stehen und zeigte nach der Mauer des Turmes, wo Adalbert ein schwarzes Kreuz bemerkte. »Über dieses Kreuz ist Palingenius seit dreizehn Jahren nicht mehr hinausgekommen.«

»Er hasst die Welt?«

»Er liebt sie trotz allem. Und er wird auch nicht mehr über dieses Kreuz hinauskommen ... nicht lebend ...«, setzte Kuperus mit einem verlorenen Blick, wie unwillkürlich, hinzu.

Vor dem Haus mit der schlüsseltragenden Hand über dem Tor nahm Adalbert Abschied.

»Wenn Ihnen von unseren Gesprächen der Wunsch geblieben ist, sie fortzusetzen«, sagte Kuperus, »so kommen Sie immer zu mir. Ich werde stets zu Hause sein, wenn Sie kommen. Und wenn

Sie einen Wunsch haben, eine Frage, ein Leid, so kommen Sie, ich erwarte Sie.«

Geräuschlos öffnete sich die Tür – Adalbert stand allein vor dem seltsamen Schnitzwerk, sah nach der Hand empor, die in der Morgendämmerung von Blut erfüllt schien, nicht ein künstliches Gebilde, sondern ein Stück Leben. Eine alte Frau kam über den Domplatz herüber und sah Adalbert vor dem Haus des Kuperus. Sie drückte sich vorbei, mit scheuen Blicken nach der Burg des Zauberers; und eben, als sie bei der kleinen Seitentür des Domes ankam, rasselten drinnen die Schlüssel, und der kleine Kirchendiener kam hervor, noch etwas verschlafen, trat gähnend auf den Platz hinaus und sah nach dem Wetter.

»Morgen, Frau Swoboda, es …«, aber ein Gähnen erstickte die Fortsetzung der Begrüßung.

»Schaun S' dorthin«, sagte die Frau Swoboda, »steht schon wieder einer vor dem Haus. Hat schon wieder einen verhext.«

»Ja, der Teufel hat halt noch immer große Macht in der Welt. Noch immer. Und grad sucht er sich immer das Heiligste aus, wo er sich daneben breit macht.«

»Da sollt' halt doch einmal die Polizei …«

»Gehn S', die Polizei, die halt's selber mit denen Freimaurern und allem Teufelsg'sindel.«

Dann traten die beiden in die Kirche, Frau Swoboda mit einem flüchtigen und ängstlichen Blick über die Schulter zurück, ob sie nicht noch hier, an der Schwelle des Heiligtums, eine dunkle Gewalt zurückstieße.

Hinter Adalbert wurde ein Fenster geöffnet. Der Rahmenmacher beugte sich zwischen Vogelkäfigen und Blumenstöcken weit vor und sah hinaus. Nun wandte sich Adalbert und ging langsam zwischen den beiden Heiligen hindurch die Domstiege hinab. Auf dem Marktplatz begannen die Verkäuferinnen schon ihre Gemüseständе aufzustellen, und vor dem Laden eines Fleischhauers waren Lehrjungen damit beschäftigt, halbe Schweine und ungeheure Ochsenviertel auf die starken eisernen Haken aufzuspießen. Kleine Blutlachen unter den Fleischmassen zeigten, dass sie frisch zerteilt worden waren. Adalbert blieb stehen und sah nach dem Dom zurück, dessen zwei ungleiche

Türme schon von der Sonne bestrahlt waren. Er sah deutlich den glitzernden Knauf und die mächtige Helmzwiebel und darunter, fein und spinnenzart, die Galerie des Türmers.

»Schönes Resedastöckl g'fällig!«, sagte der Blumenhändler, der neben Adalbert seine Töpfe günstig anordnete und die bunten Samenpakete auslegte.

Langsam ging Adalbert weiter durch die Straßen der erwachenden Stadt, und er sah noch oft nach den Türmen des Domes, blieb auch eine ganze Weile im taunassen Gras liegen, als er den Wald erreicht hatte, sodass er erst spät am Vormittag in der Villa anlangte. Als er in das Vestibül trat und ihm ein Diener entgegenkam, erinnerte er sich an die Musikanten von gestern Abend.

»Was ist mit den Leuten, die ich gestern hergeschickt habe?«

»Der Richard hat sie versorgt, wie es der Herr angeordnet haben.«

»Rufen Sie mir den Richard.«

Noch im Treppenhaus wurde Adalbert von Richard eingeholt, eben als er den Schlüssel in die Tür seiner Zimmer steckte. Mit den gelassenen Manieren des gut erzogenen Dieners, der zwischen den Klassen der Herrschenden Unterschiede zu machen weiß, grüßte er Adalbert.

»Nun?«

»Es ist ganz nach Ihren Befehlen geschehen, Herr Semilasso. Sie haben zu essen bekommen und haben ein Nachtquartier erhalten, und heute früh habe ich ihnen Geld gegeben. Um sieben Uhr früh sind sie fort.«

»Schon fort? Es ist gut.«

Adalbert schloss auf und ging durch die Reihe seiner Zimmer bis ins Schlafzimmer, das nach dem Park zu lag. Er war ein wenig müde und mit sich uneins, ob er ausruhen oder sich bloß durch eine Waschung erfrischen wollte. Sehnsüchtig sah er nach seinem Bett. Vielleicht kam ein Traum und wiederholte ihm, was er erlebt hatte oder setzte es fort. Im Dämmer der halb zugezogenen Bettvorhänge sah er am Kopfende etwas Weißes, das vom tiefen Ton des Mahagoniholzes abstach. Neugierig trat er hin. Es war ein Blatt Papier, das mit einem Dolchmesser an das

Holz genagelt war. Mit Mühe zog er das tief eingestochene Messer hervor und trat mit dem Papier ans Fenster. Worte in einer fremden Sprache, die ein wenig an das Italienische erinnerte und doch ganz anders klingen musste. Es mochte wohl Rumänisch sein. Adalbert war erstaunt. Wie kam das Blatt hierher? Welch' seltsame Art, es mit einem Messer zu befestigen?

Er klingelte und wartete ungeduldig, bis Richard kam.

Kalt und ungehalten sah ihn Richard an: »Wie käme ich dazu? Herr Semilasso haben doch selbst abgesperrt. Fehlt dem Herrn vielleicht etwas? Ich hab' mir aber gleich gedacht, dass ein solches Gesindel ...« Es war ein Vorwurf und zugleich ein Triumph der besonnenen Voraussicht.

»Nein, es fehlt mir nichts.«

»Jetzt erinnere ich mich, dass einer von den Leuten gefragt hat, wo die Zimmer des Herrn sind.«

»Einer hat gefragt? Gut. Gehen Sie.«

Es war weiter nichts Wunderbares dabei, wie Adalbert nach einigem Suchen herausfand.

Vom Garten aus war man an dem Spalier der Weinstöcke zum ersten Stock hinaufgeklettert, hatte hier ein Fenster geöffnet, das wohl nicht gut verschlossen gewesen war, und war eingestiegen. Aber zu welchem Zweck war man in sein Schlafzimmer eingedrungen? Was sollte die Nachricht, die man ihm hier hinterlassen hatte? Ein wenig beunruhigt, aber doch zu müde, um angestrengt darüber nachzudenken, streckte sich Adalbert auf seiner Ottomane aus und schlief ein.

Erst spät am Nachmittag erwachte er. Ein kühles Grün erfüllte sein Zimmer, und die Sonne legte glänzende runde Schilde, so gelb wie Messing, auf die topasfarbenen Tapeten. Aus dem warmen Dunkel der Wände schienen unter ihrer Berührung, wo sie in schmalen, flüchtigen Streifen hinhuschte, leichte Rauchsäulen aufzusteigen; als ob sich die Farbe wieder in die leichten Bestandteile auflöse, aus denen sie gewonnen schien. Adalbert dachte an Regina und stand auf, sogleich von einer freudigen und wachen Kraft erfüllt. Es war ihm so, als habe sein Leben nichts Schweres mehr für ihn, als seien alle Hindernisse und selbst seine fürchterliche und quälende Gefangenschaft hinweggewischt. Vom Fenster aus sah er in den Park hinaus und dachte nach, ob nicht die Nachricht der rumänischen Musikanten ein genügender Vorwand sei, gleich heute zu Eleagabal Kuperus zu gehen. Vielleicht würde er beginnen, von Regina zu sprechen, er war ja ihr väterlicher Freund ...

Auf einem der Parkwege unten, zwischen den im Grün aufflackernden brennenden Blüten üppiger Granatsträucher, sah er ein weißes Kleid. Elisabeth! Wahrhaftig: Elisabeth! Kam die auch *hierher?* Und Adalbert hatte gehofft, die Tage bis zu ihrer Verlobung in Ruhe verbringen zu können. Bezug hatte ihm die Einsamkeit gestattet, damit er in der Stille seine Aufgabe erfülle. Adalbert sah das weiße Kleid zwischen den Gebüschen bald stillstehen, bald weitergleiten. Neben Elisabeth ging der Bräutigam, in einem leichten grauen Sommeranzug, mit bloßem Kopf, über den er ab und zu mit dem Taschentuch wischte. Elisabeth schien in übler Laune, sprach heftig erregt und blieb dann plötzlich stehen, daß Hecht einige Schritte vorausrannte. An einer Wegbiegung hakte ein Strauch seine Dornen in die Spitzen ihres Kleides. Elisabeth hatte sich zurückgehalten, wandte sich um und riss mit einer zornigen und ungeduldigen Bewegung das Kleid los, dass ein langer schmaler Spitzenstreifen an dem Busch hängen blieb. Dann verschwanden die beiden tiefer im Park, nur der Spitzenstreifen flatterte im leise einsetzenden Abendwind.

Adalbert klingelte nach Richard und bestellte rasch ein Abendessen. Als Richard gehen wollte, fragte er: »Ich glaube, ich habe vorhin das gnädige Fräulein im Park gesehen. Ist sie hier?«

»Sie ist vormittags aus der Stadt gekommen und hat nach dem Herrn gefragt. Ich habe gesagt, der Herr schlafen. Sie hat den Auftrag gegeben, sie sogleich zu verständigen, wenn der Herr aufwachen.«

»Warten Sie noch damit. Wenn ich nicht irre, ist Herr Hecht mit dem gnädigen Fräulein im Park.«

»Herr Hecht ist nachmittags nachgekommen.«

»Sie wird nicht gestört werden wollen. Warten Sie also noch eine Weile, bis Herr Hecht gegangen ist.«

»Wie Sie wünschen. Ich darf mich auf den Herrn berufen, dass ich meinen Auftrag so ausgeführt habe, wie er mir gegeben wurde.«

»Meinetwegen. Berufen Sie sich auf mich.«

Für das Abendessen nahm sich Adalbert nicht viel Zeit. Er hatte eine kleine Schüssel mit kaltem Fleisch bestellt, ließ aber die Hälfte stehen, trank eine kleine Flasche roten Wein und ging dann, nachdem er den Zettel mit der Nachricht der Musikanten zu sich gesteckt hatte, auf einer der vielen versteckten Treppen dieses Hauses davon. Zum ersten Mal fand er die seltsame Bauart dieses Hauses sinnvoll. Bei aller Pracht des Innern und aller Leichtigkeit der Fassaden war das Haus doch schwer und wuchtig gebaut wie ein Fort. Die Mauern waren dick und mit Eisenplatten überzogen, die freilich von köstlichen Gobelins verdeckt waren; aber gerade diese Dicke der Mauern ließ eine Menge traulicher Winkel zu, gemütlicher Ecken und Nischen, in denen es zur Dämmerstunde wunderbar heimelig war. Die vier drehbaren Türen an den Ecken des Gebäudes glichen den Panzertüren eines ungeheuren Kriegsschiffes. Zu diesen Türmen hatte keiner der Hausbewohner Zutritt. Und wie in einem alten Fort gab es allerlei geheime und verdeckte Türen und Treppen, die auf seltsamen Wegen unvermutet ins Freie führten. Auf einer dieser Treppen gelangte Adalbert in den Park und wollte eben zu dem Ausgang hin, der über eine der kleinen Brücken ins Freie führte, als ihm Elisabeth und Hecht entgegenkamen. Rasch drückte sich Adalbert in die Dämmerung eines großen, kugelförmigen Taxusbaumes.

Hecht sah blass und entschlossen aus. So nahe kam er an Adalbert vorüber, dass dieser die kleinen Schweißperlen auf seiner Stirn sah.

»Ich werde Sie zwingen, mich zu lieben«, sagte er.

»Wir werden sehen, ob es Ihnen gelingen wird!«, antwortete Elisabeth und blieb wieder plötzlich stehen, dass Hecht einige Schritte von ihr abkam. Dabei warf sie einen raschen Blick nach den Fenstern der Villa.

»Ja, das werden wir sehen.«

Dann waren sie vorbei, und Adalbert konnte seinen Weg fortsetzen. Als er vor des Kuperus' Haus ankam, war es bereits Nacht, aber sein Vertrauen in die Herzlichkeit der Einladung war so groß, dass er ohne Bedenken die Glocke zog. Leise ging die Tür auf, und Adalbert ging über weiche Teppiche durch den langen Gang, an dessen Wänden die leuchtenden Buchstaben eine beruhigende Dämmerung gaben. Im rot beleuchteten Raum, wo der Springbrunnen plätscherte, wartete der Diener mit dem Wolfsgesicht und führte ihn zwischen zwei Wänden von Büchern weiter. Eine Kugel klang hell im silbernen Becken. Und nun stand Adalbert in dem großen Raum, über dem eine Kuppel aus Glas auf Marmorwänden lag. Staunend sah er die Pracht dieses wundersamen Tempels, in dem alle Marmorarten vereinigt waren, die Säulen, die kein Gebälk trugen, und die köstlichen Farbenspiele auf der Innenseite der Glaskuppel. Staunend fühlte er die Wirkung dieses milden Lichtes, das aus unsichtbaren Quellen kam und ihn gleichsam erfüllte, das er einzuatmen schien, und das ihn mit jedem Atemzug freier machte. Eine unerklärliche Kraft drang auf ihn ein, hob ihn empor, sodass er eine Stimme in sich zu hören glaubte: ›Hier ist nichts unmöglich!‹ Diese Ruhe der Marmorwände, die doch in den wirren Adern von lebendigstem Leben zu beben schien, kam auch über Adalbert. Er war gespannt und ruhig zugleich, voller Erwartung und doch nicht ungeduldig.

Eleagabal Kuperus erhob sich von dem Marmortisch in der Mitte des Saales, wo er gesessen hatte, und trat auf Adalbert zu, hinter dem der Diener mit dem Wolfsgesicht vorgebeugt stand, wie auf der Lauer, um sogleich zuzufassen. »Ich wusste, dass Sie noch heute kommen würden«, sagte er und winkte dem Diener, sich zu entfernen.

»Ich bin gekommen, um Sie etwas zu fragen. Sie haben es mir gestattet. Aber wie soll ich sagen, wie ich es bei Ihnen finde? Wie sonderbar das ist. Als ob ich auf einem anderen Stern lebte. So … so … mir fehlen die Worte …«

»Und Sie sind doch ein Dichter …«

»Ich bin ganz umgewandelt. Ich atme so leicht …«

Kuperus sah Adalbert innig an und sagte, indem er ihm die Hand reichte: »Wie schön ist Ihre Begeisterung. Viel schöner als alles das, was Sie begeistert macht. Wenn die Menschen wüssten, wie viel sie verlieren, wenn sie die Gabe verlieren, sich zu begeistern! Man wird so klar und lauter, wenn man sich ganz an etwas hingibt. Und den meisten ist das versagt. Sie bleiben trüb und dumpf, immer in sich selbst eingekerkert, befangen und gefangen.«

»Die Luft ist so hell und heiter, sie strömt wie Licht in mich …«

»Fühlen Sie es? Ja, es ist so. Was Sie da atmen, ist leuchtende Luft. Diese Räume sind ganz von leuchtender Luft erfüllt. Sie entzündet sich hier an diesen Säulen, strömt ab und zu, immer in unsichtbarer Bewegung, und alle dem Licht verwandten Wirkungen werden zugleich entfesselt. Nicht nur Lichtströme, auch elektrische und magnetische Wellen gehen durch Sie hindurch.«

»Es ist wunderbar, es ist wunderbar …«

Adalbert saß lange schweigend auf einer Marmorbank, und Kuperus störte ihn nicht. Nach einer Stunde begann er mit einer Frage, die Adalbert ganz sanft erweckte: »Geben Sie mir das Papier, das Sie mir gebracht haben.«

Adalbert wunderte sich nicht im Geringsten darüber, dass Eleagabal von diesem Papier wusste. Lächelnd nahm Kuperus das Blatt in Empfang und las es lächelnd; die großen Eckzähne waren wie Messer aus ihrer Scheide gekrochen, und trotzdem ihm das ein sonderbares Aussehen gab, war der Ausdruck der Milde in seinem Gesicht nur noch deutlicher geworden.

»Sie haben sich Freunde erworben«, sagte Kuperus, als er zu Ende gelesen hatte, »es sind die rumänischen Musikanten, die Ihnen dieses Blatt hinterlassen haben.«

»Und was wollen sie von mir?«

»Sie wollen nichts von Ihnen. Sie bieten Ihnen etwas an. Hören Sie, was auf diesem Blatt steht: ›Dieses Messer‹ – das Messer, mit dem das Blatt wohl befestigt war – ›ist der Bruder von vier anderen. Fünf scharfe und rasche Brüder; die Fäuste, die sie führen, und die Köpfe darüber sind Dein, wenn Du sie rufst. Rufe sie, wenn Du ihrer bedarfst. Man wird Dich hören in Bukarest‹, und nun gibt Ihnen der Zettel eine genaue Adresse.«

»Das ist eine sonderbare Art der Dankbarkeit. Sie tragen mir an, mich ihrer Messer zu bedienen. Was soll ich mit einem solchen Antrag beginnen? Ich habe niemanden, dem ich ans Leben will.« Adalbert versuchte zu scherzen, denn es war ihm peinlich, an die Szene von gestern erinnert zu werden.

Aber Kuperus blieb ganz ernst: »Es könnte doch sein, dass wir sie brauchen. Sie haben sich gestern eine Leibgarde angeworben. Und ich glaube, diese Wächter werden treuer sein, als so manche, die einen König umgeben. Heben Sie dieses Blatt gut auf.« Und dann, als wäre jetzt genug davon gesprochen und als sei ihm Adalberts Verlegenheit aufgefallen, lenkte Kuperus ab: »Und nun lade ich Sie ein, weiter zu gehen. Sie haben Vertrauen zu mir; das fühle ich und sehe ich. Ich will Ihnen zeigen, dass auch ich Vertrauen zu Ihnen habe. Kommen Sie.«

Er schritt auf die Marmorwand zu, die dem Eingang gegenüberlag, und Adalbert erhob sich und folgte ihm. Nun griff Kuperus in das Rankenwerk der bunten Marmoradern, schob die hängenden Netze über der Türöffnung zum Laboratorium beiseite, und die beiden gingen durch die Wand hindurch. Da standen sie im Raum, in dem Kuperus seine Präparate aufbewahrte, diese Köpfe und menschlichen Gliedmaßen, die sich den wundersamsten Anschein des Lebens erhalten hatten. Und Adalbert ging zwischen ihnen herum, wie in einem Traum, in dem die merkwürdigsten Dinge selbstverständlich sind, von Kuperus begleitet, der ab und zu ein Wort sprach. Vor der ägyptischen Mumie erkannte er, wie scheußlich diese Art war, die Reste eines Toten aufzubewahren, und er fragte Kuperus, ob er nicht daran denke, seine Entdeckung der Menschheit zu übergeben.

»Der Menschheit?«, fragte Kuperus. »Ich glaube nicht, dass der Menschheit so sehr viel daran gelegen sein wird, ihre Toten in dieser Weise aufzubewahren. Es gibt Wenige, die die Bilanz ihres Tun und Lassens einem Toten gegenüber so abschließen dürfen, dass für sie etwas herauskommt. Vor einer Leiche bleiben meist nur marternde Vorwürfe zurück, der Gedanke, dass man anders hätte sein müssen. Und da ist es gut, wenn den Toten die Erde bedeckt oder das Feuer verzehrt. Er wird ferner und undeutlicher, und wenn einige Zeit darüber hingegangen ist, weiß man wenig mehr von dem, was uns einmal entsetzt hat. Die Reue schweigt, und eine leise Wehmut schmeichelt müde in uns. Den Toten immer noch lebend vor uns zu sehen, würde unsere Reue verlängern.«

Adalbert nickte und dachte nach. Dann sagte er: »Sie haben Recht.«

Nach einer Weile begann Kuperus wieder: »Darum zögere ich auch, von einer anderen Entdeckung zu sprechen oder Gebrauch zu machen, die noch wunderbarer und fürchterlicher ist. Das Leben ist ein chemischer Vorgang, nicht wahr? Das ist sehr roh und materialistisch ausgedrückt. Denn sein Wesen, sein Eigentliches ist damit noch nicht erfasst. Die Art, wie das Einzeldasein mit dem Weltganzen zusammenhängt. Aber der ›chemische Vorgang‹ ist das, was wir vom Leben sehen und einigermaßen beurteilen können. Die äußere Rinde des Lebens. Also ein chemischer Vorgang, Sie werden mich nun verstehen. Ein Verbrennungsprozess in gewisser Beziehung. Und ein Gärungsvorgang in einer anderen Hinsicht. So ist das Vorhandensein gewisser Gärungsstoffe in der Lunge zum Atmen notwendig. So unbedingt notwendig, dass beim Fehlen dieser Gärungsstoffe der Tod eintreten muss.«

Kuperus schwieg einen Augenblick, und die Falten seiner hohen Stirn bewegten sich, wie unbewusst an der Arbeit des Denkens Anteil nehmend. Dann sagte er, indem er ein Kristallglas, das mit einem Glasstöpsel verschlossen war, aus einem Wandschrank nahm: »Ich habe über die Sache nachgedacht und lange Jahre hindurch Versuche angestellt. Sehen Sie, hier in diesem Glas habe ich den Gärungsstoff auf künstlichem Wege dargestellt, der zum Leben notwendig ist.«

»Sie sind also …«

»Ja, es ist so, wie Sie sagen wollen. Ich kann, wie man zu sagen pflegt, Tote erwecken.«

»Sie sind also Herr über den Tod?«

»Nein, noch ist der Tod zu mächtig auf dieser Erde. Nicht über die Toten, aber über die Lebenden. Es gibt keinen, dem nicht angesichts des Toten Gedanken kämen, deren er sich nicht schämen müsste, wenn der Tote wieder zum Leben erwachte. Und tieferen Menschen müsste diese Scham so furchtbar werden, dass sie zum Wahnsinn treibt. Einmal – einmal vielleicht muss ich es versuchen … einmal wird es notwendig sein. Und dann will ich auch gern …der Rache des Todes verfallen. Denn es kann sein, dass ich selbst das Gelingen meines Versuches … büße …«

Als Adalbert Kuperus verließ, war es wieder heller Morgen. Eine Nacht voll erhabener Gespräche lag hinter ihm, voll absonderlicher Gedankengänge, bei denen ihm Kuperus als Führer vorangeschritten war, und diese Nacht war verflogen wie eine einzige Stunde.

Die ›Gesellschaft zur Verwertung der Erdoberfläche‹ hält eine Sitzung ab. Eine kleine Auseinandersetzung zwischen Bezug und seinem Schwiegersohn

Seit einer Woche war man in Bezugs Palast mit den Vorbereitungen zur Verlobungsfeier beschäftigt. Alle Künste und Handwerke waren aufgeboten worden, und der große Saal, in dem das Hauptgemälde der Decke durch ein anderes ersetzt wurde, war unzugänglich, da ein Gerüst aufgeschlagen worden war, dessen Stangen und Balken den ganzen Raum brauchten. Dazwischen und darunter waren die Leute tätig, die die Wände mit den in Gold ausgeführten Reliefs zu verkleiden hatten. Diese Reliefs und das Deckengemälde stellten bekannte Szenen der griechischen Mythologie vor: Brautpaare und Hochzeiten von Göttern und Menschen. Die berühmtesten Künstler hatte Bezug vor Monaten in seinen Palast geladen, einige Tage bewirtet und ihre Zustimmung, diese Arbeiten zu übernehmen, selbst bei den Widerstrebenden durch eine ungemeine Liebenswürdigkeit und hohe Preise erreicht.
Er war entschlossen, bei dieser Gelegenheit der Welt zu zeigen, dass seine Macht schon jetzt ohne Grenzen war, dass er die kostbarsten Dinge mit Geschmack für seine Verherrlichung anzuwenden verstand. Mit unerhörtem Aufwand war der ganze Palast von Grund auf umgewandelt worden, und als die Familie Bezugs und seine Angestellten am Tag vor der Feier von den verschiedenen Villen zurückkamen, konnten sie sich kaum in den neuen Räumen zurechtfinden.

Am Vorabend fand noch eine Beratung der ›Gesellschaft zur Verwertung der Erdoberfläche‹ statt. Bezug hatte die bedeutendsten Aktionäre zur Feier geladen und verband damit eine Sitzung, in der er die Berichte über alle fünf Erdteile entgegennahm. Als die Vortragenden gesprochen hatten, stand Bezug auf und dankte allen für ihre Bemühungen. »Aber«, sagte er, »bei aller Anerkennung des Geleisteten kann ich Ihnen nicht verschweigen, dass ich etwas ungeduldig bin.« Und er fuhr in englischer Sprache fort, denn die meisten Aktionäre waren Engländer oder Amerikaner: »Ich sehe wohl Erfolge, aber diese Erfolge genügen mir nicht. Es geht etwas langsam vorwärts. Und ich sehe den Zeitpunkt noch immer nicht ab, an dem wir tatsächlich über allen Kulturboden der Erde gebieten werden. Wie lange schätzen Sie, meine Herren, dass es bis zu diesem Punkt noch dauern kann?«

Mister Smith aus Philadelphia, der am unteren Ende des Tisches saß, zwischen Gibson, dem Zündholzfabrikanten aus Liverpool, und Kontscharow, dem Ölmilliardär aus Baku, sagte nach einer Weile, als kein anderer sprach: »Ich schätze fünf Jahre … wenn es so fortgeht wie bisher.«

»Wenn es so fortgeht … nein, meine Herren, es darf nicht so fortgehen, es muss in ganz anderem Tempo gehen. Fünf Jahre, meine Herren! Das ist ganz unmöglich, das halte ich nicht aus.«

Mister Smith setzte den goldenen Zwicker höher hinauf und sagte noch langsamer: »Sie werden es wohl aushalten müssen. Wir haben ja auch unsere Kapitalien an diese Landkäufe gewendet und müssen sie vorläufig unverzinst lassen.«

Da wurde Bezug dunkelrot vor Zorn: »Herr, so meine ich es nicht. Ich kann das Hundertfache dessen, was ich bis jetzt aufgewendet habe, unverzinst liegen lassen und spüre nichts davon. Aber aus anderen Gründen, meine Herren! Was soll ich Ihnen sagen? Ich bin ungeduldig, ich bin nervös …«

»Sie haben viel Temperament!«, sagte Mister Smith.

Und Gibson fügte hinzu: »In Geschäften darf man nicht nervös sein.«

»Man muss warten können«, sagte Kontscharow, der Ölmilliardär.

Thomas Bezug verbeugte sich spöttisch vor den Herren am unteren Ende des grünen Tisches, den man anstatt des Tisches mit Danae und dem Goldregen in das Arbeitszimmer gestellt hatte. Seine fleischigen Hände ließen, trotzdem er aufgestanden war, die grünen Schlangenköpfe der Sessellehne nicht los und seine Salzseeaugen inmitten der leeren Stellen seines Gesichtes unter den haarlosen Brauen und den Wölbungen der Stirn schienen trübe und stumpf. »Ich danke den Herren«, sagte er, »für die Anerkennung meines Temperamentes und für ihre freundlichen Ratschläge. Sie können mir glauben, dass ich auch kalt und ruhig sein kann, wenn es nötig ist. Hier aber scheint es notwendig zu sein, rasch vorwärts zu kommen. Warum? Für mich ist das keine Frage. Wir müssen im raschen Ansturm siegen, bevor die Völker Zeit haben, sich gegen uns zu wenden, und bevor die Regierungen die ungeheure Tragweite unseres Planes erkannt haben. Wenn die Regierungen auf ihren langsamen Gedankenwegen einmal so weit gekommen sind oder wenn sie durch den Unwillen der öffentlichen Meinung dazu gezwungen werden, uns durch Gesetze Hindernisse in den Weg zu legen – dann ist es zu spät. Wir müssen die Macht in den Händen haben, ehe die Welt zur Besinnung kommt.«

»Gewiss«, stimmte Fratelli, der Makkaronifabrikant aus Mailand, zu, und dann sagte er sehr schnell etwas auf Italienisch, das aber außer Bezug und zwei anderen italienischen Milliardären niemand verstand.

»Gewiss«, sagte auch Mister Smith, »aber wir arbeiten ja auch schon fieberhaft. Unsere Agenten sind doch in fast allen Ländern, und unsere Unteragenten fast in jeder Stadt. Aber nicht an einem Mangel an Eifer liegt es oder an schlechter Organisation, sondern an der ungeheuren Größe der Aufgabe. Die Erde ist eben viel größer, als wir uns vorgestellt haben. Wir haben Widerstände zu überwinden. Es gibt viele Leute, die mit dem Boden, auf dem sie sitzen, sozusagen verwachsen sind. Die müssen erst mürbe gequält werden, ehe sie ihr Stück Land hergeben.«

»Und was geschieht mit den Bauern?«, warf der Seidenfabrikant Vernier aus Lyon ein, der erst vor kurzem der Gesellschaft beigetreten war und zum ersten Mal einer Versammlung beiwohnte.

»Diese Frage ist schon einmal aufgeworfen worden«, antwortete Fratelli zuvorkommend, »und wurde befriedigend gelöst. Wir müssen uns natürlich davor hüten, die Bauern schon jetzt alle vom Dorf in die Städte zu vertreiben. Das gäbe sehr bald eine Übervölkerung in den Zentren und alle peinlichen Folgen einer solchen: Wohnungsnot und Teuerung und endlich Unzufriedenheit und Aufstände gegen uns. Wir lassen die Bauern einstweilen als Pächter auf ihrem Grund. Als Pächter mit relativ geringen Pachtzinsen, damit sie die Güter in gutem Stande halten, aber mit Pachtverträgen von sehr kurzen Fristen. Und wenn wir dann erst so weit sind, so werden die Verträge alle mit einem Mal gekündigt.«

»Inzwischen sind die Städte«, fuhr der Bankier Rosengarten aus Berlin fort, »doch schon so überfüllt, dass es schwierig oder ganz unmöglich sein wird, sich dort eine Existenz zu gründen. Die gekündigten Pächter sind also gezwungen, auf dem Land zu bleiben, und wir bekommen so billige Arbeiter zur Bewirtschaftung unserer Ländereien.«

»Wenn wir erst so weit sind, haben wir schon die Macht in den Händen«, sagte Gibson. »Aber wie Mister Smith gesagt hat: Es gibt ungemein viele Hartnäckige, zumeist hier in Deutschland und Österreich, wie ich mir berichten ließ. Das ist das eine Hindernis. Das andere aber ist, dass es auf der Erde noch ungemein viele kaum erforschte oder doch schwer zugängliche Gebiete gibt. Die Erwerbung dieser Gebiete ist schwierig, denn da stehen politische Bedenken der Kolonialstaaten im Wege. Aber noch schwieriger scheint es mir, diese Gebiete nachher rationell zu bewirtschaften.«

»Denken Sie«, sagte Kontscharow, »an diese ungeheuren, noch kaum zugänglichen Strecken in Sibirien, an die Urwälder Brasiliens, die vielen Südseeinseln, das Innere Australiens, soweit es zu bebauen ist, die wunderbaren, noch unverwerteten Wälder und Ackerbauländereien Zentralafrikas. Tibet, die Dschungel Indiens, das Innere Chinas, wo es besonders schwer sein dürfte, unseren Plan durchzuführen.«

»Und doch müssen wir alle diese Gebiete haben.« Thomas Bezug hatte sich wieder niedergesetzt, ließ die Hände auf den Schlangenköpfen ruhen und sah einen der Geladenen nach dem anderen an. »Wir müssen sie haben. Denn wir haben zu erwarten, dass, sobald wir hier in den schon kultivierten Ländern der Erfüllung unserer Wünsche näher rücken, sich eine neue Völkerwanderung nach diesen Gebieten ergießen wird. Alle

Vertriebenen, die hier kein Auskommen finden, werden auf den Gedanken kommen, nach neuen Ländern auszuwandern. In diesem kritischen Moment müssen wir also diese Gebiete schon in unseren Händen haben. Sie müssen wissen, dass es dort, wo sie hin wollen, durchaus nicht anders ist als hier.«

»Gewiss! Ganz sicher! Das muss so weit sein.«

»Ich bin in der angenehmen Lage, Ihnen mitteilen zu können, dass meine Bemühungen in dieser Hinsicht schon einigen Erfolg haben. Gestern habe ich ein Telegramm bekommen, dass die Expedition zur Durchquerung Afrikas, die ich ausgerüstet habe, glücklich an der Westküste angekommen ist. Die Expedition hat eine Unzahl von Verträgen mit Häuptlingen im Innern Afrikas abgeschlossen. Sie können es mir glauben, dort ist billiges Land zu kaufen. Aber vor allem ist mir eine Mitteilung wertvoll. Die Expedition ist in unserem Namen mit der Regierung des Kongostaates in Beziehungen getreten. Wir haben Aussicht, gegen Überlassung aller Hoheitsrechte an die belgische Regierung – selbstverständlich! – den ganzen Kongostaat in die Hände zu bekommen.«

»Vorzüglich, ausgezeichnet.«

»Ähnlich günstig sind die Berichte meiner tibetanischen Expedition, deren Leiter den Dalai Lama selbst gesprochen hat. Und auch in Indien stehen die Dinge gut, wenn uns die Regierung Indiens nicht Schwierigkeiten macht.«

»Dafür will ich mich einsetzen«, sagte Lord Hamilton.

»Unser Trust hat Nordamerika so ziemlich sicher«, fügte Mister Smith bei. »Freilich sind gerade dort noch einige ungeheure Vermögen, die sich uns bis jetzt noch nicht angeschlossen haben.«

»Lässt sich da nichts machen?«, fragte Thomas Bezug ärgerlich.

Nach einigem Nachdenken antwortete Mister Smith: »Es ließe sich schon einiges machen … wenn wir in unseren Mitteln nicht wählerisch sind.«

»Ich begreife Sie nicht, Mister Smith, natürlich dürfen wir in unseren Mitteln nicht wählerisch sein. Rechnen Sie auf meine Unterstützung in jeder Beziehung. Sie sehen also, meine Herren«, sagte Bezug und stand wieder auf, »dass ihre Bedenken nicht viel zu sagen haben. Nach der Begeisterung, mit der Sie meinen Plan aufgenommen haben, habe ich überhaupt diese Bedenken gar nicht erwartet. Sie denken etwas klein von der Macht des Kapitals.«

»Und doch will es mir scheinen«, sagte da jemand, »wenn ich es recht betrachte, als ob da irgendwo etwas steckt, das nicht in die Rechnung passt. Ich denke, es ist unmöglich …«

Der Sprecher brach ab. Es war der Geschützfabrikant Behrens aus Aachen, ein noch junger Mann, bartlos, sonnenverbrannt, da er erst vor kurzer Zeit von der Elefantenjagd in Abessinien nach Europa zurückgekommen war.

Eine fürchterliche Stille brach nach diesem Wort über die Versammelten herein, und die Flügelschläge des schwarzen Geiers über dem Zifferblatt der Wanduhr wurden hörbar. Eins … zwei … drei … vier … fünf … Der Geier saß mit vorgebeugtem Kopf auf seinem Platz, als spähe er über die Versammlung hin, mit krummem Schnabel und glühenden Augen, die scharfen Fänge wie zum Abstoß bereit. Langsam und unerbittlich schlugen seine Flügel im Takt des Pendels, als sei er die Zeit selbst …

Endlich sagte Bezug, und in dem bleichen Gesicht, dessen Haut an die Farbe der Grottenolme erinnerte, begannen die Augen zu glimmen: »Ein Wort ist hier gefallen …ein Wort, das ich nicht wiederholen will … ein Wort, das wir nicht kennen. Wir wollen es nicht gehört haben. Es wäre eine Schmach für uns, etwas darauf zu erwidern. Herr Behrens hätte aber dieses Wort am allerwenigsten gebrauchen sollen. Sie sind einer der Jüngsten hier und einer der Schwächsten. Sie haben …« Rudolf Hainx, der neben Bezug saß, wies auf einen Posten der vor ihm aufgeschlagenen Liste. Bezug beugte sich herab und fuhr dann fort: »Sie haben der Gesellschaft die lächerliche Summe von fünfhundert Millionen zur Verfügung gestellt, Herr Behrens. Ich weiß nicht, ob Sie es nicht vorziehen zu schweigen, wenn Sie sich dessen erinnern?«

Unter den Versammelten befand sich auch Polydor Schleimkugel, der sein ungeheures Vermögen durch Fabrikation von Heiligenbildern, Rosenkränzen und Wallfahrtsandenken erworben hatte. Seit er durch einen päpstlichen Orden ausgezeichnet worden war, zeigte er eine große Vorliebe für das Violett der Kardinäle. Seine bis oben hin geschlossene Weste war violett und die Krawatte, die nur mit einem kleinen Stück darüber hinaussah, war von derselben Farbe. Sogar der Kopf, der auf dem unförmig dicken Körper saß, war violett, mit zarterer Abtönung im Nacken, einem runden blassen Mond in einem Kranz von violetten Haaren darüber und dann nach vorne rasch kräftiger getönt; die Backen zeigten sogar einen Anflug von Braun, während die starke Nase die reiche Palette alten Kupfers angenommen hatte. Trotz seines Umfangs lebte ein ungestümes Temperament in diesem Körper; und Schleimkugel war es, der, als nun wieder die Flügelschläge des schwarzen Geiers die Stille peitschten, aussprach, was alle dachten. Er schlug mit der Faust auf den Tisch, dass aus dem Wasserglas vor ihm eine kleine Welle heraussprang, und sagte: »Ich glaube, niemand wird den Herrn Behrens hindern, noch jetzt zurückzutreten, wenn es ihm beliebt. Vielleicht erscheint ihm unser Geschäft nicht sicher genug. Oder nicht genug rentabel. Was weiß ich … Er hat ein Wort gebraucht …«

»Gewiss wird ihn niemand hindern, sich zurückzuziehen. In einem solchen Fall dürfte die Gesellschaft wohl geneigt sein, die vertragsmäßige Verpflichtung, die ja doch besteht, aufzuheben.«

Alle stimmten zu. Da stand Behrens rasch auf, trat hinter seinen Stuhl und schob diesen unter den Tisch. »Ich danke Ihnen, meine Herren«, sagte er, »es ist mir nur eben so eingefallen, irgendwo, in einem abessinischen Engpass … und es hat mir eben keine Ruhe gegeben. Das war kein Zweifel, ob unser Geschäft gesund und rentabel ist – was Herr Thomas Bezug unternimmt oder anregt, ist sicher gesund und rentabel. Aber es war ein Zweifel, ob dieses Geschäft anständig ist. Dafür ist Herr Bezug kein Bürge.«

»Geschütze fabrizieren, ist anständiger, nicht wahr … Kanonen, mit denen die armen Teufel niedergeschossen werden«, rief Herr Rosengarten, der Mitglied der internationalen Friedensliga war.

Aber Behrens zog es vor, keine Antwort mehr zu geben,

verbeugte sich und verließ das Zimmer unter dem Schweigen der Versammelten. Nach seinem Verschwinden begannen alle mit einem Mal durcheinander zu sprechen, und Mister Smith rief über den Tisch hin: »Wir hätten ihn nicht so ohne weiteres vom Vertrag lösen sollen.« Aber Bezug gab das Glockenzeichen und bat die Versammlung um Ruhe: »Meine Herren«, sagte er, »wir haben Wichtigeres zu tun. Lassen Sie uns den kleinen Zwischenfall vergessen. Es ist auch schon recht spät geworden, und ich möchte Sie morgen bei frischen Kräften und guter Laune sehen. Ich habe durch meinen Generalsekretär hier eine Reihe von Detailplänen ausarbeiten lassen, aus denen jeder der Herren ersehen kann, welcher Anteil an der Arbeit ihm zufällt. Welcher der Herren möchte die Aufgabe des Herrn Behrens übernehmen?«

»Ich«, sagte Schleimkugel und nahm neben seinem eigenen Plan auch den des ausgeschlossenen Gesellschafters entgegen.

»Und nun, meine Herren, gute Nacht, lassen Sie sich von den Dienern, die draußen warten, in Ihre Zimmer führen.« Nun war Bezug eine Weile mitten im Getümmel des Abschieds. Als Letzter ging Schleimkugel. Er war ehrgeizig und wollte ein Lob des Führers hören. Und er fragte, indem er Bezug die Hand reichte: »Hab' ich nicht Recht gehabt? … mit diesem Behrens … Es war doch das Beste so. Das taugt doch nichts … so ein Schlappschwanz.«

Bezug sah ihn mit seinen Salzseeaugen an und lächelte: »Gewiss war es am besten so. Nun – und wie gehen die Geschäfte?«

»Gut! Seitdem ich den Orden habe, noch besser.«

»Auch in Indien, Tibet und China?«

»Wie meinen Sie? … Was meinen … Ich verstehe …«

»Ich meine die buddhistischen Gebetsmühlen, die Sie so nebenbei verkaufen. Sie wissen ja: ›*Om mani padme hum*‹.«

»Herrgott … Schweigen Sie doch. Das weiß ja niemand. Das darf niemand wissen. Mein Orden … Und wie haben Sie erfahren? …«

»Man hat seine Quellen …«

»Sie werden schweigen, nicht wahr …«

»Gewiss … Ich rechne auf Ihre Ergebenheit.«

»Was Sie wollen … was Sie wollen …«

Bezug und Rudolf Hainx waren allein. Als sich die schalldichte Tür hinter Schleimkugel geschlossen hatte, brach Hainx in ein tolles Gelächter aus. Er saß in dem Winkel, wo man inzwischen den runden Tisch mit Danae hingestellt hatte, in einen Lehnstuhl hingeworfen, und sein Körper zitterte unter dem unwiderstehlichen Sturm des Lachens.

»Lachen Sie doch nicht«, sagte Bezug und ingrimmig setzte er hinzu: »Idioten! Mit solchen Idioten soll man arbeiten. Keine Spannung in diesen schlaffen Nervenbündeln. Kein Geist. Die haben ihr Vermögen im Schlaf erworben.«

Rudolf Hainx stand auf und ging im Zimmer auf und ab: »Wenn die wüssten, dass sie bloß Werkzeuge sind! Wenn die eine Ahnung hätten, was Thomas Bezug eigentlich plant!«

»Die werden alle vor mir kriechen müssen. Die vor allem. Das wird mir ein Vergnügen sein. Sie werden den Ärger büßen, den ich jetzt mit ihnen habe. Dieser Behrens …«, und nach kurzem Nachdenken fuhr Bezug fort: »Ich habe nicht Lust, zu warten. Sein Kapital könnte ich vermissen. Aber dass er es gewagt hat, sich offen gegen mich aufzulehnen … es ist unerhört … Hören Sie, wie steht es eigentlich mit ihm? Ich meine, wie sind seine Verhältnisse …«

Aus dem Wandschrank, in dem die Handbibliothek Bezugs untergebracht war, nahm Hainx das große Auskunftsbuch über alle an der Gesellschaft Beteiligten. Es enthielt genaue Angaben über das Vermögen jedes einzelnen, über seine Familienverhältnisse, seine Lebensgewohnheiten, bis herab zu den kleinsten Details. Hainx schlug das Blatt Behrens auf. »Behrens ist unverheiratet … er ist der einzige Erbe des Vermögens … es sind keine näheren Verwandten da, nicht einmal uneheliche Kinder, denn seine einzige Leidenschaft ist die Jagd … der nächste Verwandte ist ein Onkel, Theodor Behrens …«

»Den kenne ich«, sagte Bezug, »der ist zuverlässig.«

»Behrens hat bis jetzt kein Testament gemacht. Wenn er stirbt, fällt das ganze Vermögen an diesen Onkel.«

»Gut. Schreiben Sie augenblicklich einen Expressbrief an Theodor Behrens. Ob er geneigt wäre … verstehen Sie … unserer

Gesellschaft beizutreten, falls er die Verfügung über das ganze Vermögen hätte. Verstehen Sie. Fein, natürlich, wie Sie es ja können. Und ich erbitte mir telegraphische Antwort: Ja oder Nein … nicht mehr. Morgen Abend muss ich die Antwort haben. Gute Nacht.«

Bezug stieg die Treppe hinab. Eben hatten die Monteure des Elektrizitätswerkes ihre Arbeit vollendet und erprobten die Wirkung. An Stelle der Stufen aus Granit hatte man überall Glasstufen angebracht und unter diesen elektrische Glühlichter verteilt, die wie aus einem unterirdischen Reich je nach der Farbe der Stufe erstrahlten. In einem dämmerigen Rot ging Bezug hinab, und es war, als trete er auf kaum erkaltete Lava. Die Säulen der Loggia waren durch Alabasterbäume ersetzt worden, die sich weiter oben verzweigten und goldene Früchte trugen. Auch die Stämme dieser Alabasterbäume waren von innen heraus erleuchtet. Mit der grün strahlenden Treppe, die in den Park hinabführte, und den nachtdunklen, wuchtigen Bäumen dahinter gab die milchweiße Dämmerung dieses Raumes eine glückliche Wirkung, mit der Bezug zufrieden war.

In der großen Halle wurde eben das Gerüst abgetragen, und schon waren hundert Arbeiter damit beschäftigt, die großen Marmortische aufzustellen. Abweichend von der sonstigen Art solcher Gastmähler sollten hier die Gäste nicht an eine einzige lange Tafel gezwungen werden, sondern man verteilte einzelne Tische im ganzen Raum, an denen sich die Geladenen nach Lust und Laune zusammenfinden konnten. Diese Tische waren von unermesslichem Wert, denn sie stammten aus allen Zeiten und Kulturen. Ägyptische, griechische, etruskische Ausgrabungen hatten steinerne Tische geliefert, alle Formen von der derben, steifbeinigen Manier des romanischen Stils bis zum graziösen, reich ornamentierten und verschnörkelten Tisch des Rokoko, der besonderen schmalbrüstigen Art des Empire und der behaglichen Ruhe der Biedermeierzeit waren vertreten.

An den beiden schmäleren Wänden des Saales wurden eben die Büfetts errichtet. Bezug rief den Leiter der Arbeiten zu sich heran: »Herr Professor«, sagte er, »die Sache muss um acht Uhr morgens fertig sein.«

»Es ist unmöglich«, sagte der Professor, »ich muss ...«

Da wurde Bezug heftig: »Ich will das Wort nicht hören ... hören Sie! Bei mir darf nichts unmöglich sein. Lassen sie noch so viel Arbeiter kommen, als Sie brauchen. Darauf darf es doch nicht ankommen ... Sie haben sich verpflichtet, um acht Uhr fertig zu sein. Und Sie müssen fertig sein ...«

Achselzuckend entfernte sich der Professor. Eben wollte Bezug die bläulich strahlende Treppe zu seinem Schlafzimmer hinaufsteigen, als er Behrens unter den Arbeitern bemerkte, der zusah, wie die Reliefplatten in die Vorderwand des einen Büfetts gefügt wurden. Bezug ging auf ihn zu: »Ich freue mich, Sie noch hier zu treffen«, sagte er.

Mit leichter Verlegenheit antwortete Behrens: »Ja – ich bin noch hier. Ich konnte mich nicht trennen. Es ist fabelhaft, was Sie für dieses Fest aufwenden.«

»Es freut mich, Sie zu treffen«, wiederholte Bezug, »ich möchte nicht gern, dass Sie mit dem Eindruck weggehen, den Sie vorhin in der Sitzung empfangen haben mögen. Geschäft ist Geschäft, nicht wahr? Da gibt es keine Liebenswürdigkeiten und keine Freundschaft. Aber das soll unsere persönlichen Beziehungen nicht trüben. Man muss da zu unterscheiden verstehen.«

Behrens sah Bezug ins Gesicht, aber er sah nur eine aufrichtige Freundlichkeit und unverstellte Biederkeit, sodass es ihn fast reute, vorhin in der Sitzung der Angreifer und Verletzer gewesen zu sein.

»Gewiss bin ich Ihrer Meinung«, sagte er, als er sich von der Ehrlichkeit Bezugs überzeugt hatte, »gewiss! Wir wollen, wenn es Ihnen recht ist, den Zwischenfall vergessen.«

»Und nun werden Sie sicher auch nicht nein sagen, wenn ich meine Einladung wiederhole. Sie bleiben doch mein Gast. Ich schätze Sie viel zu sehr, um nicht zu bedauern, wenn Sie morgen fehlen sollten.«

»Ich habe allerdings schon den Auftrag gegeben, meine Sachen ins Hotel Bristol zu schaffen ...«

»Das tut mir aber außerordentlich Leid. Man könnte ja die Sachen wieder holen lassen.«

»Es steht nicht dafür. Mitternacht ist ohnehin schon vorbei, und ob ich die wenigen Stunden bis zum Morgen hier oder in einem Hotelzimmer schlafe, macht nichts aus.«

»Sie hätten es bei mir bequemer.«

»Wenn man, wie ich, gewöhnt ist, in Wäldern und abessinischen Dörfern zu übernachten, legt man der Bequemlichkeit keinen solchen Wert bei. Lassen wir es also dabei. Aber morgen werde ich mich bei Ihnen einfinden.«

»Sie müssen dann kommen, um mir die Hand zu drücken. Denn es könnte sein, dass ich Sie im Getümmel nicht finde.«

»Sie haben eine Menge Menschen geladen?«

»Gegen fünfhundert Personen. Meine Geschäftsfreunde, die Spitzen der Zivil- und Militärbehörden. Seine Exzellenz, der Statthalter, hat bestimmt zugesagt. Dann Künstler, Gelehrte und Journalisten.«

»Sie werden die Welt in Erstaunen setzen. Man wird sich nicht satt sehen können.«

»Aber ich hoffe, dass man sich satt essen wird. Ich habe einige nette Überraschungen vorbereitet. Sehen Sie zum Beispiel die beiden Büfetts, die man hier errichtet. Das eine Büfett ist durchaus auf das Antike gestimmt. Die Reliefs, die Sie hier sehen, sind alles attische Arbeiten aus der besten Zeit. Der Triumphzug des Bacchus vorne soll ein ganz wunderbares Kunstwerk sein, wie der Leiter meiner Ausgrabungen versichert. Das andere Büfett dort oben ist als Gegensatz dazu vollkommen modern. Sie sehen das an der Linienführung. Dort beruht die Kostbarkeit zunächst in der hervorragenden künstlerischen Arbeit und dann auf den verwendeten edlen Materialien. Alle Holzteile sind aus irgendeinem brasilianischen Holz – den Namen habe ich mir nicht gemerkt – hergestellt, das von ungeheurem Wert ist. Der grüne Stein stammt von einem Malachitblock aus dem Ural, den ich vom Zaren für eine Gefälligkeit als Geschenk erhalten habe.«

»Es wäre ein bizarrer Gedanke und Ihrer würdig, auch die Speisen in diesen Büfetts dem Stil anzupassen.«

Bezug sah Behrens an und antwortete mit leiser und höflicher Ironie: »Finden Sie? Nun – ich bin wirklich auf diesen Gedanken gekommen. Im modernen Büfett finden Sie alles, was die Gegenwart für gut und köstlich hält. Darin werden Sie wohl Bescheid wissen. Aber drüben … nun, was glauben Sie wohl? Haben Sie das ›Gastmahl des Trimalchio‹ gelesen? Nun – alles was Sie da an antiken Leckerbissen aufgezählt finden, wird in diesem Büfett zu haben sein. Die Speisen werden von einem gebildeten Koch – ich darf wohl so sagen – unter Beistand und Aufsicht zweier Archäologen hergestellt. Nach gewissen Rezepten, mit deren Auffindung sich eine kleine Schar von Gelehrten alle Mühe gegeben hat. Nur die mit Sklavenfleisch gefütterten Muränen fehlen in diesem Speisezettel. Leider füttert man heute die Fische nicht mehr mit Sklavenfleisch. Ich gäbe etwas darum, wenn ich auch diese Speise meinen Gästen vorsetzen dürfte. Leider verbietet das die so genannte Humanität. Sie werden sehen, wie sich morgen die Gelehrten und Künstler an diesem Büfett drängen werden.«

Ein großer Triumph leuchtete auf dem Grund von Bezugs toten Augen. Und mit einem Mal erschienen Behrens alle diese Vorbereitungen zu dem Feste so seltsam und verrucht und unheimlich, dass er sich beeilte, ins Freie zu kommen. Es war ihm mit einem Mal, als sei die weite luftige Halle mit einem Dunst erfüllt, der sich um die Gestalt Bezugs zu verdichten schien und ihn verhüllte. Er bemühte sich zu lächeln: »Wenn Sie morgen so viel von Ihren Gästen verlangen, so wird es geraten sein, bald ins Bett zu gehen. Gute Nacht.«

Er ging und Bezug sah ihm mit plötzlich verändertem Gesicht nach. Langsam, unwiderstehlich wie Zangen, schlossen sich seine Finger, als erwürge er irgendein Tier. Dann ging er die blaue strahlende Treppe zu seinem Schlafzimmer hinauf. Aber er schritt zuerst an der Tür seines Zimmers vorbei, bis zum Ende des Ganges, wo das Zimmer lag, das von allen Hausgenossen nur Bezug betrat. Außer ihm ging nur ein Mann hier aus und ein, der wie ein Geheimnis kam und verschwand und niemals mit irgendeinem der Diener oder der Familie zusammentreffen durfte. Er benutzte die kleine versteckte Treppe hier am Ende des Ganges, zu der außer ihm niemand den Schlüssel hatte. Ein strenges Verbot lag über diesem Teil des Palastes, und seit Bezug ein neugieriges Stubenmädchen auf der Stelle entlassen hatte, hüteten sich die Übrigen vor diesem gebannten Ort.

Bezug blieb vor der mit Eisen beschlagenen Tür stehen, hob die Hand, ließ sie aber zögernd wieder sinken, als scheue er sich zu tun, was er sich vorgenommen hatte. Mit dem Anschein lustiger Ornamentik verbanden die Eisenbeschläge der Tür große Festigkeit, als gäbe es hinter ihr etwas zu hüten. Inmitten der Ornamente, die der fratzenhaften Art des gotischen Geschmackes angenähert waren, befand sich ein Schieber, vor dem ein kleines, zierliches Schloss hing. Bezug lehnte sich tief aufstöhnend an die Tür, und es war, als horche er gespannt nach Geräuschen von innen. Dann nahm er einen kleinen Schlüssel aus der Westentasche, sperrte auf, hob das Schloss aus seinen Ösen und zog den Schieber zurück. Durch das kleine Fenster dahinter brach helles Licht und mit dem Licht zugleich Geräusch, als habe es längst schon einen Ausweg gesucht. Ein sonderbares Winseln und in gleichem Abstand ein lautes Plärren ... Bezug hielt sich stöhnend an einem der vorstehenden Ornamente und zog den Kopf zurück. Drinnen bellte ein Hund, kam an die Tür und sprang heulend zu dem Fenster hinauf. Nach einer Weile wurde das Fenster geöffnet. »Sind Sie es, Herr Bezug?«, fragte jemand.

»Ja ... Kommen Sie heraus.«

Ein kleiner Kampf entstand an der Tür, als die inneren Riegel zurückgezogen waren und sie geöffnet werden sollte. Der Hund wollte sich zugleich mit hinausdrängen und war durchaus nicht geneigt, sich zurückhalten zu lassen. »Gehst du zurück ... Kusch dich, Barry ... zurück.« Endlich wurde der Kampf durch einen Fußtritt entschieden, der Hund heulte auf, und durch den schmalen Türspalt zwängte sich ein Mann. Er war hoch gewachsen, breitschultrig mit hängenden, schlenkernden Armen, und ein wilder roter Bart ging bis auf die Brust herab.

»Wie steht es?«, fragte Bezug.

»Wie soll es stehen? Immer ziemlich gleich.« Der Ton des Mannes war wenig unterwürfig, nicht dem anderer Bediensteten Bezugs zu vergleichen, die ihren Herrn fürchteten und vor seinem Zorn und seiner Macht bebten. Dieser Mann sprach, als ob es ihm gegönnt sei, zu erfahren, wo diese Macht zu Ende war, und als ob ihm schon das allein Bezug gegenüber eine andere

Stellung gebe. »Seit ein paar Tagen und Nächten ziemlich gleich. Etwas ärger eher als sonst. Vorige Woche war er ruhig, aber jetzt treibt er es wieder recht arg. Ich glaube, heute wird die Krise eintreten, und dann wird er wieder ruhiger werden.«

»Nun … und im Allgemeinen?«

»Im Allgemeinen geht es eher schlechter als besser. Hört man denn nichts im Haus davon? Manchmal brüllt er, dass ich denke, die Decke muss einstürzen.«

»Es war gut, dass ich die Wände, die Decke und den Boden schalldicht verstärken ließ, als sich sein Zustand verschlimmerte. Früher hat man doch hie und da noch etwas gehört. Jetzt ist alles still.«

»Das ist gut.« Und dann setzte der Mann lachend hinzu: »Da erfährt man wenigstens nicht, was für eine Art von wildem Tier Herr Bezug in seinem Haus hält.« Bezug fuhr auf, wie von einem Hieb ins Gesicht getroffen und machte einen schnellen Schritt, als wolle er sich auf den Mann stürzen, der ihm mit gemeinem Lachen entgegensah. Aber er bezwang sich, nahm sein Taschentuch vor und wischte über die nasse Stirn. »Ich wünsche solche Worte nicht zu hören«, sagt er endlich mühsam.

»Na was denn? Was denn?«, antwortete der andere brutal. »Ist es denn nicht so? Ist er denn mehr als ein wildes Tier.«

»Gehen Sie jetzt hinein. Gute Nacht!«

Mit einem Brummen schloss der Mann die eisenbeschlagene Tür auf und ging. Bezug befestigte wieder das Vorhängeschloss an dem Schieber, stand noch eine Weile und ging dann mit schweren Schritten und hängendem Kopf in sein Schlafzimmer. Es war wieder ganz still in dem langen Gang, nur gedämpft, wie unter der Erde hervor, kam der Lärm der nächtlichen Arbeit, Rufe, die ihre Bedeutung verloren hatten, ab und zu ein härterer Schlag, ein plötzlicher Stoß, der sich im Gemäuer fortpflanzte, sodass die elektrischen Lichtbirnen in ihrem Rankenwerk leise zu schwanken begannen. Durch das Fenster am Ende des Ganges kam das Mondlicht, ganz leise und zögernd, als schliche es sich irgendwo ein, wo man es nicht liebte. Und es traf mit dem Lichte der elektrischen Lampen in der Mitte des Weges zusammen und mischte sich mit ihm zu einer seltsamen, milchigen Helle, die wie leuchtender Nebel über dem schweren Teppich und den Fliesen lag.

Nach einer Stunde ging die eisenbeschlagene Tür ganz lautlos auf und zögernd trat der Rotbärtige in den Mondschein. Langsam an den Wänden schleichend, gewann er die Türe von Bezugs Schlafzimmer und kauerte sich hier nieder, das Ohr ganz nahe an dem glatten, kühlen Getäfel, das vom doppelten Licht überrieselt war. Drinnen ging Bezug auf und ab. In gleichmäßigen Pausen trat Stille ein, wenn er über den großen Teppich ging; dann wurden immer einige Schritte auf dem nackten Boden laut. So ging er auf und ab, vom Fenster zur Tür und wieder zurück, immer auf und ab … auf und ab. Und vor der Tür kauerte der Wächter, lachte in sich hinein und murmelte, und seine Augen starrten auf das Holz, als sehe er hindurch, wie Bezug immer gleichmäßig auf und ab ging … bleich, mit geschlossenen Lippen, mit nasser Stirn, wie ihn kein anderer gesehen hatte, als der Mann, der mit dem Lächeln des Hasses vor seiner Tür kauerte.

Am Morgen wurde Bezug gemeldet, dass ihn Doktor Hecht zu sprechen wünsche. Bezug war schon früh mit seiner Toilette fertig geworden und hatte um acht Uhr schon einen Rundgang unternommen, um sich zu überzeugen, ob alles bereit sei. Er fand den Leiter der Arbeiten, von der schlaflosen Nacht und der Aufregung erschöpft, hinter einer der Blumenwände im großen Saal schlafend und weckte ihn, um ihm seine Zufriedenheit damit auszusprechen, dass die Arbeit zur festgesetzten Zeit fertig geworden sei. Mit großer Liebenswürdigkeit bat er ihn, sich in die Kanzlei zu bemühen, um dort das Honorar entgegenzunehmen.

Dann ging er wieder in sein Schlafzimmer und nahm die Morgenzeitung vor, um die blau angestrichenen Artikel zu lesen, die von dem heutigen Fest im Hause Bezugs berichteten.

»Haben Sie schon gelesen«, rief er Hecht entgegen, »was für ein großer Mann Sie sind?«

»Bin ich auch«, antwortete Hecht ruhig und setzte sich Bezug an dem Lesetisch gegenüber.

Bezug sah ihn an, und Hecht empfand den Blick als Hohn. »Sie sind gekommen, um mir guten Morgen zu sagen«, sagte Bezug nach einer Weile. »Ich freue mich und danke Ihnen. Und außerdem ist es mir sehr angenehm, dass ich ungestört mit Ihnen sprechen kann. Im Laufe des Tages wird sich wenig Gelegenheit dazu finden.«

»Was haben Sie mir zu sagen?«

Die unterirdische Feindschaft, die zwischen den beiden Männern bestand, machte beide vorsichtig und trieb zur äußersten Anspannung aller Kräfte, sobald sie miteinander zu tun hatten. Aber dabei wollten sie doch nichts davon merken lassen und bemühten sich, den Anschein zu erwecken, als fühlten sie sich vollkommen sicher und ließen sich im vollen Vertrauen auf die Ehrlichkeit des anderen gehen. Nachdem sie sich ein für allemal mit zynischer Offenheit ausgesprochen hatten, zogen sie es vor, in stillschweigender Übereinkunft Reibungen zu vermeiden und einander nur jene Seite zuzukehren, die mit einer schönen Lasur versehen war. Aber heute fühlten beide, dass ein Augenblick gekommen war, in dem man die Höflichkeit der Spitzbuben beiseite setzen musste.

Bezug goss aus der emaillierten Kanne, die auf dem Lesetisch stand, zwei Gläser mit einer grünen Flüssigkeit voll und lud den Schwiegersohn ein zu trinken.

»Was ich Ihnen zu sagen habe?«, antwortete er und sog die Flüssigkeit durch einen Strohhalm ein. »Können Sie sich das wirklich nicht denken? – Aber, trinken Sie, trinken Sie ... es ist japanisches Veilchenöl, das ich vom japanischen Gesandten in Wien bekommen habe ... ein kostbares und köstliches Getränk ... Ja – also, ich muss Ihnen sagen, dass ich nicht gewohnt bin, meine Geschäftsfreunde erst auf die Erfüllung ihrer Verträge aufmerksam zu machen.«

Hecht, der eben an seinem Strohhalm sog, schlug die Augen mit dem Ausdruck reiner Verwunderung auf.

»Sie wollen nicht verstehen? Nun also: Wie lautet unser Vertrag? Ich gebe Ihnen meine Tochter, und Sie teilen mir Ihre Entdeckung mit. Nicht wahr.«

»Gewiss!«

»Nun also – heute gebe ich Ihnen meine Tochter. Und ich erwarte nun, dass auch Sie den Vertrag erfüllen.«

Kopfschüttelnd sah Hecht den Schwiegervater an: »Lieber Herr Bezug. Sie sind köstlich wie Ihr Veilchenöl! Apropos: Veilchenöl – ist es wahr, dass dieses Öl in Japan ausschließlich der kaiserlichen Familie vorbehalten ist, die davon an die höchsten Würdenträger abgibt?«

Es war Hecht gelungen, Bezug ungeduldig zu machen, und er fühlte sich dadurch nur noch sicherer und fester. »Was haben Sie mir also darauf zu antworten?«, fragte Bezug und knickte seinen Strohhalm mitten entzwei.

»Ich antworte Ihnen, dass Sie Ihre Bedingungen noch gar nicht erfüllt haben.«

»Nicht?«

»Nein. Sie haben versprochen, mir Ihre Tochter zu geben.«

»Nun, heute gebe ich Sie Ihnen.«

»Nein: Heute wiederholen Sie erst das Versprechen öffentlich, mir Ihre Tochter geben zu wollen.«

»Das ist so gut, als gäbe ich sie Ihnen schon heute. Ich kann doch nach einer öffentlichen Verlobung nichts mehr rückgängig machen. Die öffentliche Meinung …«

»Lieber Herr Bezug, was wollen Sie mit diesen leeren Worten? Die öffentliche Meinung. Haben Sie sich jemals um sie gekümmert? Die öffentliche Meinung bestimmt nicht Sie, sondern Sie bestimmen die öffentliche Meinung. Man weiß ja doch, wie es gemacht wird.«

Bezug warf den Strohhalm zerknittert auf den Tisch. Er fühlte sich heute gar nicht Herr seiner Kraft und bedurfte ihrer mehr als jemals, wenn er das ungeheure Fest übersehen und seinen Zwecken dienstbar machen wollte. Und dabei war er fast besinnungslos vor Zorn, dass ihm Hecht im Zweikampf gewachsen schien, unwillig wie ein Meister, der gezwungen wird, einen Ebenbürtigen anzuerkennen. »Also sagen Sie, was wollen Sie eigentlich …?«

»Ich will meine Zusage erfüllen; ich habe Ihnen damals durch ein Experiment gezeigt, dass ich es kann und dass meine Entdeckung kein Schwindel ist. Sie sind also sicher. Aber ich bin nicht eher sicher, als bis Sie mir Ihre Tochter wirklich gegeben haben.«

»Da müssen Sie noch Geduld haben. Denn gestern hat man in der Sitzung behauptet, dass es noch fünf Jahre dauern werde, bevor wir so weit sind, dass unser Plan durchgeführt werden kann.«

»Wir können ja inzwischen beginnen, die großen Maschinen zu erbauen. Und wenn wir diese Bauten beendet haben, werden Sie sich überzeugen können, dass meine Entdeckung auch im Großen wirksam ist. Dann ist der Zeitpunkt für die Erfüllung unseres Vertrages da.«

Bezug war aufgestanden und ging, ohne zu antworten, im Zimmer auf und ab.

Nun stand auch Hecht auf: »Aber nicht, um über den Zeitpunkt zu streiten, bin ich gekommen«, fuhr er fort, »sondern um Sie zu fragen, ob Sie Ihre Bedingung überhaupt erfüllen können.«

Den Rücken gegen Hecht gewendet, stand Bezug am Fenster und zuckte die Achsel, ohne eine Antwort zu geben.

»Elisabeth ist der einzige Mensch, über den Sie wenig oder gar keine Macht haben. – Außer mir und noch einem, den Sie fürchten.«

Bezug fuhr herum und sah Hecht drohend an.

»Jawohl, den Sie fürchten. Sie wissen, wen ich meine. Nun – Sie wollen mir Ihre Tochter geben.«

»Sie werden Sie bekommen.«

»Ja! Sie werden mir Ihre Tochter geben. Gut. Aber werde ich sie wirklich besitzen? Die Juristen machen einen feinen Unterschied zwischen *matrimonium ratum* und *matrimonium consumptum*. Und um diesen Unterschied handelt es sich auch hier. Ich mache Sie darauf aufmerksam, dass ich unseren Vertrag so auslege, dass Ihre Bedingung erst durch das *matrimonium consumptum* erfüllt ist. Um Ihnen das zu sagen, bin ich gekommen.«

Bezug, der sich aus dem Angriff in die Verteidigung gedrängt sah, griff mit krampfigen Fingern in die Brüsseler Spitzen des Fenstervorhangs.

Nach einer Weile sagte er: »Sonderbar, das wird doch Ihre Sache sein, lieber Freund. Sie können doch vom Vater nicht verlangen, dass er seiner Tochter zuredet, ihren Mann zu erhören.«

»Ich sage Ihnen das bloß, damit Sie nicht behaupten, ich sei vertragsbrüchig geworden.«

»Haben Sie Grund anzunehmen, dass es beim *matrimonium ratum* bleiben könnte?«

»Ich habe allen Grund dazu.« Und plötzlich trat Hecht ganz nahe an Bezug heran, bleich, mit verwirrt glänzenden Augen und halb offenem Mund. Er würgte an einem Wort und endlich sagte er, mit einer ganz veränderten heiseren Stimme: »Ihre Tochter hasst mich! Sie hasst mich … noch mehr als Sie mich selbst hassen.«

Nun gewann Bezug dem Aufgeregten gegenüber wieder volle Ruhe: »Ist's möglich? Man sollte nicht denken …! Ah – das muss freilich für Sie peinlich sein.«

Hecht stand da, als höre er nichts von Bezugs Worten, die von Schadenfreude innerlich erglühten. Und in diesem Augenblick, in dem er die Herrschaft über sich verloren zu haben schien, sagte er etwas, das er wohl sonst verschwiegen hätte: »Und ich liebe sie … ich liebe sie … nein, ich hasse sie … aber ich begehre sie … es ist unerträglich.«

»Freilich, freilich … Ich will Ihnen einen Rat geben. Seien Sie liebenswürdig. Und hilft das nichts, so seien Sie brutal. Das wirkt noch immer am meisten. Wenn sie erst Ihre Frau ist, so schlagen Sie sie und zerren sie an den Haaren herum. Ich habe damit die besten Erfolge erzielt. Versuchen Sie zuerst, immer um sie herum zu sein und sie an Ihr Gegenwart zu gewöhnen. Und wenn das nicht anschlägt, so zeigen Sie sich einige Wochen nicht, vernachlässigen Sie Elisabeth – das pflegt gewöhnlich zu wirken.«

Bezug hatte Hecht unterschätzt. Im Bestreben, seinen Vorteil auszunutzen und sich durch Hohn von dem Übermaß seines Zornes zu befreien, hatte er Hecht Zeit gegeben, sich zu sammeln. Kalt und ruhig hörte ihn der Gegner bis zu Ende an; dann sagte er: »Ich danke Ihnen, lieber Schwiegervater, für Ihre gut gemeinten Ratschläge. Es wird von den Umständen abhängen, welches Verfahren ich einschlage. Ich habe mich nur für verpflichtet gehalten, Ihnen gerade am heutigen Tag von meinen Bedenken bezüglich unseres Vertrages Mitteilung zu machen. Wollen Sie mich jetzt entschuldigen. Ich habe noch Toilette zu machen.«

Bezug sah noch immer nach der Türe, als Hecht schon fort war. Seine Spannkraft ließ plötzlich nach und er saß noch frierend und gedankenlos in seinem Lehnstuhl, als Hainx eintrat, um Bericht zu erstatten. Überrascht fuhr Bezug auf, und da er nicht liebte, in einem Zustand von Schwäche gesehen zu werden, schrie er Hainx an: »Warum klopfen Sie nicht an?«

Obzwar Hainx dreimal geklopft hatte, ohne eine Antwort zu erhalten, hütete er sich vor einer Verantwortung, die Bezug hätte davon überzeugen müssen, dass er nicht ganz gerüstet gewesen war. Es war Zeit aufzubrechen, denn der erste Teil der Feier, die kirchliche Einsegnung und der Wechsel der Verlobungsringe, sollte beginnen; der Bischof war bereits eingetroffen. Die Szene sollte im engsten Familienkreis stattfinden, und Bezug erhob sich, um Frau Agathe aus ihren Zimmern abzuholen. Sie lag in voller Toilette, doch vom Ankleiden bis auf's Äußerste erschöpft, einen kleinen Tisch mit Medikamenten neben sich auf dem Sofa und wandte den Kopf mit einem Zug des Leidens nach der Türe, als sei selbst diese leise Bewegung für sie zu viel.

»Bist du bereit?«, fragte Bezug.

»Muss es schon sein? Ich fühle mich heute eher aufgelegt, ins Bett zu gehen, als ein Fest über mich ergehen zu lassen.«

Matt schimmernde Perlen lagen auf dem bloßen Hals, der noch immer schön aus Spitzen hervorblühte. Bezug trat hinter seine Frau und sagte grausam: »Alles muss sterben …«

Da fuhr Agathe auf und stützte sich auf einen Arm, indem sie versuchte, Bezug ins Gesicht zu sehen: »Warum sagst du mir das? Bin ich wirklich so krank? Hat dir der Arzt etwas gesagt?«

»Ich meine die Perlen, meine Liebe, nicht dich. Die Perlen müssen sterben, wenn du sie nicht öfter trägst. Du weißt doch, dass ihr Glanz eine begrenzte Dauer hat; er verlischt, wenn sie die Berührung mit der Haut einer Frau entbehren müssen. Du trägst diese Perlen zu selten. Schenke sie Elisabeth.«

Agathe war wieder zurückgesunken und sagte empört: »Elisabeth hat Schmuck genug. Sie wird diese Perlen nicht verlangen. Du verwöhnst sie ohnehin ... es ist himmelschreiend.«

»Sie ist die Tochter des reichsten Mannes der Welt ...«

Mit einem Blick auf ihre Medizinflaschen entsann sich Agathe ihres Zustandes und fuhr wehmütig fort, mit leiser Stimme wie ein Gnadenbild: »Bist du es also schon ... vor einem halben Jahr warst du es noch nicht.«

»Es haben noch drei Milliarden gefehlt, um der Erste zu werden.«

»So ... was hilft das mir? – Mein Kopf muss innen voll Geschwüre sein. Und ich spüre, wie sich das Blut in meinem Gehirn vergiftet.«

»Ich muss dich mit aller Entschiedenheit ersuchen, endlich aufzustehen. Der Bischof ist schon unten. Vorwärts.«

Zuerst ließ Agathe die Füße langsam vom Sofa gleiten und lag mit gewölbtem Leib, den Kopf etwas nach hinten, auf den Ellenbogen. Dann streckte sie den linken Arm lang auf die Lehne hin und stützte sich behutsam auf die rechte Hand, dass sie endlich mit zurückgesunkenem Kopf und geschlossenen Augen zum Sitzen kam. Ächzend saß sie einige Minuten da, bevor sie sich vollkommen erhob. Bezug stand ihr gegenüber und beobachtete sie mit unverborgenem Vergnügen. Seine Frau war der einzige Mensch, der ihm wirklich Spaß machte. Sie allein war von dem wühlenden Misstrauen ausgenommen, das er gegen alle hatte. Wenn sie weniger beschränkt gewesen wäre, so hätte er ihr vielleicht vieles anvertraut, aber er kehrte sich von diesem Wunsch immer wieder ab, denn wenn sie klüger gewesen wäre, so hätte er ihr doch auch misstrauen müssen.

Mit einem spöttischen Gesicht reichte er ihr den Arm und schritt mit ihr, königlich und mit ernstem Gesicht, durch zwei Reihen von Dienern nach unten.

Das Verlobungsfest

Beim Eintritt der Brauteltern erhob sich der Bischof, Doktor Franz Salesius, Graf von Pöschau, ging ihnen entgegen und begrüßte sie mit einem Händedruck und einigen verbindlichen Worten. Ein vollkommener Weltmann, benahm er sich, als ob er sich als Gast hier befände, und trug keinerlei Salbung oder Würde zur Schau. Er war früher Kavallerieoffizier gewesen und bewahrte sich von jener Zeit noch rasche und energische Bewegungen; er liebte den Ton der vornehmen Gesellschaft, sprach noch immer gerne von Pferden und Hunden und niemals schlug er in seinen Gesprächen die Klosterglocke an oder ließ er den süßen Qualm des Weihrauchs aufsteigen. Er hatte es nicht nötig, gleich vielen seiner Amtskollegen, sich auf die Autorität der Kirche zu berufen und sich unter Anwendung des dekorativen Prunkes, der den Dienern der Kirche zur Verfügung steht, in Szene zu setzen.
Mit seinem Takt verschmähte er das alles und wirkte überall durch seine eigene Persönlichkeit, die frisch in alle Dumpfheit und verborgene Lüsternheit seiner Untergebenen fuhr. Wenn die Schritte vieler Priester klingen, als gingen sie über die ausgetretenen Steinfliesen alter, hallender Klostergänge, so war sein Tritt fest und kurz und ohne Widerhall. Bei dem Anschein eines Freigeistes war er aber immer auf den Vorteil der Kirche bedacht und versäumte nichts, was ihre Macht zu steigern geeignet schien; denn wenn er auch sich selbst scheinbar ihrer Machtmittel enthielt, so fühlte er doch den Glanz ihrer Bastionen und ragenden Türme gewissermaßen als guten Hintergrund für seine schlanke und hohe Gestalt.

Ein anregendes Gespräch mit ihm hatte Elisabeth in bessere Laune versetzt. Mit einem Blick auf den Bräutigam hatte der Bischof erkannt, welche Wendung er dem Gespräch zu geben hatte, und er hütete sich davor, vom Ehrentag und anderem Bezüglichen zu beginnen. Unbefangen hatte er allerlei Themen berührt, von denen er annehmen konnte, dass sie Elisabeth ansprechen würden, und hatte endlich länger Zeit bei einigen Thesen über die Kunst verweilt. Vom Theater sprach er mit aller Sachkenntnis, denn wenn er auch jetzt nicht mehr die Aufregungen der Bühne über sich ergehen lassen durfte – er lächelte, als er dies sagte – so bewahrte er sich doch Erinnerungen aus der Zeit, wo sich, wenn er säbelrasselnd die Loge betrat, die jungen Mädchen des Parketts nach ihm umsahen.

»Meine Liebe zum Theater ist platonisch geworden«, sagte er und erzählte, dass er fortfahre, der dramatischen Produktion der Gegenwart seine Aufmerksamkeit zu schenken, wenn auch nur in der stillen Klause daheim und mit Vorsicht, damit ängstliche Gemüter nicht allzu sehr um sein Seelenheil bangen müssten. Daneben aber beschäftigte er sich auch mit dem Studium des mittelalterlichen Theaters, mit den Mysterienstücken der Zeit, da das Theaterspielen noch ganz Sache der Geistlichen war.

»Und so büße ich meine Sünden, die ich durch die Lektüre neuer Stücke begehe«, sagte er scherzend. Aber er fuhr mit jenem schwebenden Ernst, der ihm im Wechsel mit ruhiger Heiterkeit zur Verfügung stand, fort: »Nein – ich verleumde die alten Herren ... man findet freilich viel Endloses, Langweiliges, Erstickendes. Aber dazwischen auch viel Zartes, Liebliches, manche entzückende Gedanken oder auch dramatisch bewegte Szenen, kräftig umrissene Charaktere, Worte mit ganz besonders tiefem Sinn, über die man staunt. Und in den Auftritten der Teufel einen bizarren Humor, eine wilde Lustigkeit, die beweist, dass sich viele der geistlichen Dichter in der Hölle behaglicher gefühlt haben als im Himmel.«

Außer Elisabeth und dem schweigsamen Bräutigam, der an dem Gespräch wenig Anteil nahm, waren noch drei entfernte Verwandte Bezugs aus der Provinz anwesend. Ein kleiner Beamter und zwei ältere Damen, von denen die eine Witwe, die andere unverheiratet war. Sie saßen scheu aneinandergedrängt und eingeschüchtert etwas entfernt von der Hauptgruppe, flüsterten bisweilen untereinander und nur der Beamte gab sich manchmal einen Ruck und wagte mit einer Frage oder einer Bemerkung einen Vorstoß. Dann schwiegen sie wieder alle, und verwirrt von der Pracht dieses Zimmers, sahen sie um sich und ergingen sich in Gedanken in Variationen über das alte Thema, dass des Lebens Güter ungleich verteilt seien.

Gleich einer ungeheuren Muschel umschloss sie das Gemach. Auf der breiten Grundfläche war das wenige Mobiliar aufgestellt, einige Sessel, ein Tisch und ein kleiner Wandschrank. Die Wände stiegen aber nicht parallel, sondern in sanfter Neigung zueinander empor und berührten sich nicht weit über den Köpfen der aufrecht Stehenden in einer Schnittlinie. Diese Linie war nicht gerade, sondern gewellt, denn die Wände zeigten erhabene Rippen, gleich einer wirklichen Muschel. Eine rosige Dämmerung übergoss den fensterlosen Raum. Das Licht brach von außen durch die zart rosa gefärbten, durchschimmernden Wände und erfüllte das Gemach mit einer milden, gleichmäßigen Flut, in der Menschen und Gegenstände zu schwimmen schienen.

Nachdem der Bischof sich nach dem Befinden Frau Agathes erkundigt und ihrem weinerlichen Bericht mit Mitleid und Aufmerksamkeit zugehört hatte, wandte er sich an Bezug: »Können wir beginnen?«

»Wenn es bischöflichen Gnaden gefällt.«

Der Bischof nahm aus Bezugs Händen das Etui mit den Verlobungsringen entgegen, das dieser aus dem Wandschrank geholt hatte. Mit den Blicken des Kenners prüfte er das Feuer der edlen Steine, hob sie von der Unterlage auf, ließ sie im Hin- und Herwenden funkeln und glänzen, und besah auch dann den blauen Stoff genauer, auf dem ihre Schönheit gebettet war. Bezug, der inzwischen seine Verwandten begrüßt hatte, beobachtete den Bischof genau, während er anscheinend mit liebenswürdiger Herablassung auf die verwirrten, unzusammenhängenden Reden der biederen Leute einging. So konnte er jetzt eine Frage des Bischofs beantworten, bevor sie ausgesprochen war: »Es ist gesponnenes Glas, bischöfliche Gnaden«, sagte er. Das Erstaunen des Bischofs, der als Kenner edler Steine und Liebhaber von Raritäten galt, wirkte wohltätig auf Bezugs Stimmung.

Ohne Übergang, mit vollkommener Gelassenheit, knüpfte der

Bischof die Zeremonie an die fachmännische Prüfung. Der Priester entwickelte sich so schnell aus dem Weltmann, dass man sah, wie eng beide verschmolzen waren, und wie der Bischof seine geistliche Würde nur als Funktion seines Adels auffasste. Darum vermied er auch jeden Schwulst und jede Heimlichkeit, steckte die Ringe einfach den Verlobten an und sagte dann, ohne jede Affektion, im Tone einer Plauderei: »Sie sind nun einander versprochen. Das Band, das ich eben geknüpft habe, ist kein unlösliches, wie das Band der Ehe. Aber die Kirche sieht es nicht gern, wenn das Versprechen der Ehe nicht gehalten wird. Bei Ihnen ist die Gefahr nicht vorhanden, dass Sie das Verlöbnis brechen könnten. Ich sehe mit Freude sich einen Bund vorbereiten, der vorbildlich zu werden verspricht. Darum flehe ich schon jetzt den Segen des Himmels herab.«

Er stand einen ganz kurzen Augenblick mit zum Himmel erhobenen Augen und ausgebreiteten Armen und wandte sich dann sofort mit einem verbindlichen Lächeln an Frau Bezug: »Ich beglückwünsche Sie, gnädige Frau.«

Elisabeth, die sich, je näher die Zeremonie heranrückte, desto starrer gemacht und bereitet hatte, ihr mit einem spöttischen Lächeln zu begegnen, sah angenehm überrascht, dass die Szene schon zu Ende war, und nickte ihrem Bräutigam, dadurch freundlicher gesinnt, zu. Hecht aber missverstand den Blick, nahm Elisabeths Hand und führte sie mit einem Druck an die Lippen. Da wurde Elisabeth wieder ganz gläsern und kalt, entzog ihm die Hand und reichte sie dem Cousin Bezugs, der schon seit einer Weile in demütiger Haltung hinter ihr stand, um seine Glückwünsche anzubringen.

Er, der sich erst vor kurzer Zeit bei einem Jubiläum seines Bürochefs durch eine längere Rede ausgezeichnet hatte, versuchte einige wohlgesetzte und vorbereitete Worte zusammenhängend zu sprechen. Aber mitten im Satz erschrak er vor einem unbestimmten Ausdruck in Elisabeths Augen, einem grausamen, höhnischen Blick, brach ab, versuchte wieder den Zusammenhang aufzunehmen und stand endlich, mit tropfender Stirn, gequält und keuchend und ratlos. Die beiden alten Frauen, die nun heranrückten, befreiten ihn, nahmen Elisabeth zwischen sich und sprachen von beiden Seiten auf sie ein, wie sie es bei ähnlichen Anlässen in ihren Kreisen zu tun gewohnt waren, wo es ängstlichen und weinerliche Bräute zu beruhigen gilt. Sie gaben sich alle Mühe, Elisabeth durch das göttliche Wohlgefallen an der Ehe Mut zu machen, erinnerten daran, dass es die Bestimmung aller Frauen sei, die Eltern zu verlassen und dem Manne nachzufolgen, und dass Elisabeth schon jetzt diesem wichtigen Zeitpunkt gefasst entgegensehen solle. Sie unterstützten einander, nahmen eine das Thema der anderen auf, teilten sich in Oberstimme und Unterstimme und wurden immer dringender, als sich keine Rührung einstellten wollte. Elisabeth hörte die Frauen an, wie sie vorhin den gelähmten Glückwunschsprecher angehört hatte, gab kein Zeichen der Abwehr und keines der Ermunterung unerbittlich in ihrer eisigen Höflichkeit.

»Haben Sie gesehen«, frage Hecht, der an Bezug herangetreten war, »wie sie mich behandelt?«

»Geduld, mein Lieber, Geduld. Ich muss auch Geduld haben.«

Auf einen Wink Bezugs öffnete sich die Muschel des Gemaches, indem zuerst der obere Rand auseinanderklappte; immer weiter wichen die Seitenteile zurück und zugleich hob sich der Boden der Muschel empor, sodass gleichsam das rapide Wachstum einer ungeheueren Blüte vorgeführt wurde. Im Augenblick, in dem die Seitenteile vollkommen zurückgeklappt waren, stand die Blütenmuschel auf der Höhe einer Estrade still, und von einer festlichen Musik begrüßt, trat Elisabeth mit Hecht an die Brüstung vor, um sich der Versammlung zu zeigen.

In dem zum attischen Perystil umgewandelten Lichthof standen die Geladenen Kopf an Kopf und brachen jetzt, von der Pracht des Festes hingerissen und durch einige geschickt verteilte Agenten Bezugs angefeuert, in jubelnde Zurufe aus. Ganz, als ob das Fest eines geliebten Herrscherhauses sie hergeführt habe. Beherrschend stand Bezug neben dem Brautpaar und auf der anderen Seite zeigte sich Agathe mit dem Bischof, während sich die Verwandten, bestürzt und ängstlich vor dem Lärm, der über sie hereinbrach, im Hintergrunde hielten. Nachdem die Gruppe einige Zeit hindurch, allen sichtbar, so verharrt hatte, löste sie sich auf, und das Brautpaar stieg, von den anderen gefolgt, die Stufen hinunter, um die Glückwünsche der Gäste entgegenzunehmen. Die Masse war durch einige geschickte Zeremonienmeister unter der Leitung Rudolf Hainx' rasch gegliedert worden, und zunächst traten die Vornehmsten unter den Gästen in den freien Raum um die Verlobten und die Familie.

Mit großen, stelzenden Schritten näherte sich der Statthalter dem Brautpaar. Er war ein hoch gewachsener Mann, leicht vornübergeneigt, mit bartlosem Gesicht, etwas müdem Ausdruck und vorgeschobenem Unterkiefer. Überhaupt war die untere Hälfte des Gesichtes stark ausgebildet und überwog im Gesamteindruck Stirn und Augen. Besonders musste die Unterlippe auffallen. Sie war mehr denn doppelt so breit als die Oberlippe, stark wulstig und hing schwer nach unten. Nun blieb der Statthalter mit einem kurzen Ruck stehen, neigte den langen Oberkörper tief herab, küsste die leicht emporgehobene Hand Elisabeths und sagte dann, indem er sich wieder aufrichtete: »Es gereicht mir zum besonderen Vergnügen, Ihnen als Erster Glück wünschen zu können. Der Bund, der heute geschlossen wurde, möge alle Ihre Wünsche erfüllen.« Dann reichte er auch Hecht die Hand zu flüchtiger Berührung und sagte obenhin: »Besten Glückwunsch.«

Elisabeth schien, ohne auf den Statthalter besonders zu achten, in der Menge der Gäste irgendjemanden zu suchen und antwortete zerstreut: »Ich werde niemals vergessen, Exzellenz, dass ich die … die Ehre hatte, Ihnen … von Ihnen den ersten Glückwunsch zu empfangen.«

Der Statthalter sah sie einen Augenblick so an, wie er ein schönes Pferd in einem fremden Stall zu mustern pflegte. Als Kenner: mit Bewunderung und Neid. Dann besann er sich, versuchte die Unterlippe etwas einzuziehen, wodurch sein Mund einen sonderbaren Ausdruck bekam – als habe er in etwas Saures gebissen – und wandte sich mit einem gnädigen Nicken den Eltern der Braut zu. Vor dem Bischof verneigte er sich mit besonderer Höflichkeit: »Ich freue mich, Sie hier zu treffen, bischöfliche Gnaden.«

»Auch ich freue mich sehr«, sagte der Bischof, verbindlich

lächelnd. »Die weltliche und die geistliche Macht hat sich hier zusammengefunden, um das Fest unseres Herrn Bezug zu feiern.«

»Das ganze Land sieht mit Stolz auf dieses Fest«, sagte der Statthalter, während der Bischof dazu nickte. »Diese allgemeine Verehrung für das Oberhaupt dieser Familie und ein besonderes Wohlwollen, das mit den Jahren nur noch zugenommen hat, haben Seine Majestät, meinen allergnädigsten Herrn, bestimmt, gerade diesen Tag zu wählen, um Herrn Thomas Bezug eine große Auszeichnung zuteil werden zu lassen. Mein lieber Herr Bezug, den ich mit Vergnügen meinen Freund nenne, Sie wissen Bescheid in den Verhältnissen, um eine Ehre entsprechend zu würdigen, die Sie nächst dem warmen Wohlwollen Seiner Majestät den eifrigen Bemühungen Ihrer Freunde« – der Statthalter betonte dieses Wort doppelt stark – »zu verdanken haben. Empfangen Sie aus meinen Händen den Heinrichsorden erster Klasse, den Ihnen Seine Majestät für Ihre unablässigen Bemühungen um die Hebung der Industrie und neuestens auch der Landwirtschaft zu verleihen geruht hat.«

Bezug trat einen Schritt zurück, als könne er seiner Überraschung und Bestürzung nicht Herr werden. Mit einer bescheiden abwehrenden Bewegung warf er einen raschen Blick in den Saal, um zu prüfen, ob er nun so günstig stand, dass er von allen gesehen werden konnte. »Exzellenz«, sagte er, als er sich überzeugt hatte, dass man der Szene mit Spannung folgte, »Exzellenz … ich bin … ich weiß nicht … Soviel mir bekannt ist, pflegt der Heinrichsorden erster Klasse nur an Adelige verliehen zu werden.«

»Gewiss«, antwortete der Statthalter mit einem Lächeln, das den ganzen Unterkiefer verschob, »gewiss, machen Sie sich darum keine Sorgen, mein lieber Thomas Freiherr von Bezug. Seine Majestät hat gleichzeitig geruht, Sie in den Freiherrnstand zu erheben. Ich hoffe, dass Sie sich dieser Fülle von Auszeichnungen, der Gnade unseres erhabenen Monarchen stets würdig erweisen werden.«

Vor der ganzen Versammlung heftete nun der Statthalter das diamantenbesetzte Kreuz des Heinrichsordens an den schwarzen

Untergrund des Fracks. Leicht geneigten Hauptes, wie überwältigt von dieser Ehrung, ließ es Bezug geschehen. Dann folgte ein kleines Getümmel der Überraschung und Beglückwünschung um ihn, und als sich die Gruppen wieder trennten, gab Bezug durch eine Handbewegung Rudolf Hainx das Zeichen zur Fortsetzung der Zeremonie. Die Masse der Gäste löste sich nach den Weisungen Hainx' in eine ununterbrochene Reihe auf, die nun zum Brautpaar abschwenkte, um auch hier die Glückwünsche anzubringen, und nach tiefen Verneigungen vor den einträchtig einander gesellten höchsten Würdenträgern vorbeizog, durch die inzwischen geöffneten stockhohen Flügeltüren in den Speisesaal hinein. Fast eine ganze Stunde dauerte die Defilierung der Gäste. Elisabeth stand hoch aufgerichtet und beantwortete alle Glückwünsche mit einem Nicken, ohne etwas zu sprechen. Nur ein einziges Mal hatte sie ihr Schweigen unterbrochen, als Adalbert Semilasso herankam und beginnen wollte: »Auch ich erlaube ...«

»Ich weiß schon«, fiel sie ein, »ich weiß. Ich will Sie nachher sprechen. Beim Sarkophag der Königin Omphale.«

Hecht, der sich bemüht hatte, seinen Bekannten mit ein paar Worten zu danken, und darüber ganz stumpfsinnig geworden war, sah auf und blickte Adalbert so lange nach, als er in der Menge, die sich an der Türe wieder staute, noch sichtbar war.

Während sich Frau Agathe sehr bald in einen Stuhl niedergelassen hatte, hielt Bezug bis zum letzten Gratulanten aus, wechselte mit dem und jenem einen Händedruck oder ein Wort und behielt ein freundliches Lächeln bis zum Schluss.

Nachdem der Letzte der Gäste in den Speisesaal getreten war, folgte die Familie der Braut in feierlichem Zuge. Voran das Brautpaar, dann Frau Agathe am Arm des Statthalters, Bezug mit dem Bischof im eifrigen Gespräch, und endlich die zwei alten Frauen mit Bezugs Cousin in der Mitte, die zuletzt ganz stumm geworden waren und nicht einmal mehr zu flüstern wagten.

Im Festsaal war ein ungeheures Gewoge, ein Geschwirr von Stimmen, das nun beim Eintritt der Gefeierten von dem Einzug der Gäste auf der Wartburg überschwemmt wurde. Die Trompeten brachen grell und prasselnd gerade über der Eingangstür los, von dem Balkon, auf dem das Orchester, hoch über der Versammlung, seinen Platz gefunden hatte.

Vor dem antiken Büfett trafen, wie Bezug vorausgesehen hatte, alle Gäste zusammen, die wegen ihrer Bedeutung auf den Gebieten der Kunst und der Wissenschaft geladen worden waren. Die Historiker und Archäologen nahmen nicht minderen Anteil an den Tafelgenüssen Trimalchios als die Maler und Dichter. Zuerst gab es einen kleinen Sturm, dann aber lösten sich die Schwärme der Stürmenden in einzelne Gruppen, die sich mit den eroberten Schüsseln an die Tische verteilten.

»Schauen S' den Schönbrecher an«, sagte der Münchener Maler Dibian, der sich mit großem Erfolg auf das Malen von Rindern verlegt hatte, zu seinem Freund, den Romanschriftsteller Harthausen, »schauen S' ihn nur an, der füllt sich mit antiken Speisen an, damit der Geist in seinen antiken Dramen besser rauskommt.«

Harthausen warf einen Blick auf den Nebentisch, wo Schönbrecher einem der Diener schon seine weiteren Wünsche mitteilte: »Wenn man den antiken Geist so auf Flaschen abziehen könnt', wie den Falerner, dann wär's gut für ihn.«

Als aber Schönbrecher in der Pause nach dem nächsten Gericht an ihren Tisch herantrat, um sie zu begrüßen, luden sie ihn liebenswürdig ein, den freien Platz zwischen ihnen zu besetzen.

»Ich danke, meine Herren; ich habe drüben einen Gesellschafter gefunden, den ich nicht verlassen will.«

»Wer ist denn der Herr, der dort mit Ihnen sitzt?«

»Der Doktor Störner, der Kritiker vom *Neuen Morgenblatt.*«

»So laden Sie ihn doch auch ein, herzukommen. Wir werden schon zusammenrücken, nicht wahr … wir werden schon noch Platz bekommen.«

Die beiden Bildhauer, die noch an diesem Tisch saßen, nickten zum Zeichen des Einverständnisses.

»Ich wett'«, sagte Dibian, »die zwei Kerle, mit denen Sie dort sitzen, sind Professoren oder so was. Kommen S' nur her, man is' da sozusagen mehr unter sich.«

Während Schönbrecher dem Kritiker die Einladung überbrachte, fand Harthausen Zeit, zu seinem Freunde zu bemerken, dass der Schönbrecher ein niederträchtiger Macher sei. »Also bitte, wie er vor dem Störner schweifwedelt. Der Schönbrecher versteht den Rummel. Der Störner hat ihn bis jetzt noch jedes Mal verrissen. Jedes Mal reitet er ihm den seligen Sophokles vor. Boshaft ist der Störner wie ein Aff'.«

Mit einer leichten Verbeugung empfahlen sich Störner und Schönbrecher von den beiden Tischgenossen.

»Gott sei Dank«, sagte Professor Hartl, als die beiden am Nebentisch Platz genommen hatten, »diese Leute haben doch nicht das richtige Verständnis für das, was sie hier vorgesetzt bekommen.«

Professor Zugmeyer nickte: »Gewiss, lieber Kollega. Aber sie haben die Einbildung, dass sie alles besser verstehen als wir. Die Intuition! Ja ... auf die Intuition berufen sie sich, wenn sie was schreiben, was eigentlich nur uns angeht. Das ist eine schöne Grundlage. Die Intuition! Lächerlich! Die Quellenforschung ist das Einzige.«

»Wenn die Leute etwas schreiben, so lesen sie drei, vier Bücher, und dann legen sie los. Natürlich wimmelt es dann in diesen Büchern von Anachronismen, von archäologischen Ungeheuerlichkeiten.«

Vor dem Esel aus korinthischem Erz, der in zwei Quersäcken auf dem Rücken weiße und schwarze Oliven trug, waren der Professor der Kunstgeschichte, Albert Schreier, und der Professor am romanischen Seminar, Ernst von Kramarcz, in eine Debatte geraten. Einige andere Herren bewunderten neben ihnen die anderen Schaustücke des Büfetts: den Hasen mit Flügeln, die ihn dem Pegasus ähnlich machten. Das gebratene Schwein, an dessen Brüsten kleine, aus feinstem Backwerk hergestellte Ferkel hingen.

»Jawohl«, sagte Schreier, »dieser Bezug tut mehr für die Wissenschaft als unser Unterrichtsministerium. Allein diese Ausgrabungen in Samarkand kosten ein Heidengeld. Aber die Erfolge ... die Erfolge.«

»Sagen Sie«, fragte Kramarcz, »wer ist denn eigentlich der Kopf dieser Arbeiten?«

»Der Kopf und die Hände lauter junger Leute ohne Namen. Auf das Verdienst hat Bezug bei seiner Auswahl wenig Bedacht genommen. Aber er hat Glück gehabt.«

»Freilich … Glück. Aber vor allem Geduld. Und er hat mit dem Geld nicht gespart. Das ist es. Wenn das Ministerium jemanden irgendwohin schickt, so heißt es: Soundso lange darfst du ausbleiben, soundso viel Geld darfst du ausgeben. Aber Bezug sagt seinen Leuten: ›Ihr müsst finden; sucht, so lange ihr wollt. Wie viel Geld ihr ausgebt, ist gleichgültig.‹«

Und Kramarcz hob die hölzerne Henne ab, die brütend auf ihrem Nest saß, und nahm eines der gebackenen Pfaueneier heraus. Indem er es mit einem der langstieligen griechischen Tafelmesser durchschnitt, fuhr er zögernd fort: »Sagen Sie … könnte man nicht … ich glaube auch finanziell müsste man bei Bezug besser gestellt sein. Nicht wahr? Ob nicht vielleicht in der kleinen Privatakademie, die er zu Rom unterhält, ein Platz …«

Der Professor unterbrach sich, denn er sah an dem feindseligen Blick des anderen, dass er in seinem Vertrauen zu weit gegangen war, dass er in diesem Augenblick einen Gegner bekommen hatte.

»Oh, man könnte schon …«, sagte Schreier nach einer Weile misstrauischen Lauerns. »… Vielleicht … obzwar ich nicht weiß …«

»Ich meine nur so …«, warf Kramarcz hin und begann mit geheuchelter Gleichgültigkeit sein Pfauenei zu verzehren.

»Und auf dass wir neben dem Brot für den Leib auch die Speise für den Geist nicht vermissen dürfen«, sagte Harthausen, »hat uns Bezug Verse hergelegt … Verse … oh!« Er hob ein rosafarbenes Blatt hoch, auf dem einige Zeilen gedruckt waren.

»Sein Büfett ist aber besser als die Verse«, sagte Störner und ließ sich von einem der Diener noch eine Schüssel mit gefülltem Spanferkelfleisch reichen.

»Vor jedem Platz liegt so ein Blatt und … meine Herren … jedes mit einem Autogramm des Dichters.«

»Wie heißt er?«

»Adalbert Semilasso. Der Name ist schlecht zu lesen … der Kerl schreibt, als könne er diese Kunst noch nicht einmal gar so lange.«

»Andere können schon sehr lange schreiben – und es ist doch schlecht zu lesen«, sagte Störner mit einem Blick auf Harthausen.

»Oh, bitte ... meine Schrift ... die Setzer beglückwünschen sich, wenn sie ein Manuskript von mir zu lesen bekommen.«

»Ich meine nicht die Setzer ... ich meine das Publikum.«

»Das kriegt doch niemals meine Manuskripte in die Hand, sondern nur die fertigen Bücher.«

»Und sie sind doch schlecht zu lesen.«

Dibian, der Rindermaler und die zwei Bildhauer unterhielten sich köstlich. Es war eigentlich unbequem, zu sechst um den kleinen Tisch, und die beiden hatten gleich nach der Ankunft Störners aufbrechen wollen. Aber nun blieben sie. Es tat ihnen wohl, die kleinen Hahnenkämpfe in der anderen Zunft zu beobachten, diese boshaften Angriffe und Seitenhiebe, alles mit dem Anschein liebenswürdiger Derbheit, sodass der Angegriffene niemals ernstlich erwidern konnte.

Schönbrecher, der sich eine römische Trinkschale schon recht oft mit einem roten Wein hatte füllen lassen, war zu guter Laune, um sich an dem Geplänkel zu beteiligen. Er trank, setzte ab, stellte die Schale vor sich hin und besah nun die getriebene Arbeit des kostbaren Gefäßes. In einer Felsenlandschaft mit einzelnen Palmen, die man in einer sonderbaren Perspektive, gleichsam von oben, aus der Vogelschau erblickte, tobte ein wild gewordener Stier. Mit gesenkten Hörnern und gestrecktem Schweif rannte er einem unsichtbaren Feind entgegen, Sand und Steine hinter sich aufwerfend. Die derbe Haut war durch lange Muskelfalten gestrafft, und die Augen lagen drohend unter wilden Haarbüscheln. Auf der anderen Seite war der Stier gefesselt dargestellt. An allen Gliedern zitternd, zu Boden geworfen und mit einem Seil an einen mächtigen Palmenbaum gebunden, war er in dem Augenblick erfasst, in dem die blinde Wut der Besinnung weicht. »Eine schöne Arbeit«, sagte Schönbrecher zu dem Bildhauer, der neben ihm saß. Dabei öffnete er seine Weste, denn er neigte seit letzter Zeit sehr zum Starkwerden, und nach einer starken Mahlzeit sehnte er sich nach Raumerweiterung.

Hauser nahm die Schale auf und betrachtete sie andächtig von allen Seiten. Dann nickte er: »Sehr schön ... und schon wieder dieses Motiv der Fesselung.«

»Wie meinen Sie ...?«

»Es ist mir und meinem Kollegen aufgefallen, dass dieses Motiv hier häufig wiederkehrt. Betrachten Sie nur einmal alle diese Reliefs an diesen Tischen und an dem Büfett; bei den meisten werden Sie etwas dergleichen finden. Häufig genug sind diese Gestalten gefesselte Sklaven; dort drüben haben Sie einen Triumphzug Alexanders des Großen, in dem Gefangene mitziehen. Wollen Sie noch mehr? Wir haben vorhin den berühmten Sarkophag der Königin Omphale gesehen, der aus den Ausgrabungen in Samarkand stammt. Nun – auch der erinnert an eine Fesselung. Nicht?«

»Eine angenehme Fesselung.«

»Und da oben das Deckengemälde: eine Hochzeit im Olymp, nicht wahr?«

»Es passt zu dem heutigen Fest.«

»Es ist eine Fesselung durch Ehebande. Und sehen Sie die Decke und die Wände ringsum von Ranken umspannt, von Ornamenten, welche das Motiv der Kettenglieder aufnehmen, wie im Scherz nur, scheinbar ... aber doch mit einem ernsten Sinn.«

Dibian lachte: »Freunderl, also weißt ... deine Bronzen gefallen mir sehr gut, aber deine Philosophie geht a bissel auf'm Holzweg spazieren.«

Störner aber hatte aufmerksam zugehört: »Und was halten Sie für den Sinn aller dieser Fesselungsmotive?«

»Ich meine, Bezug sagt damit – nicht sehr deutlich, aber doch so, dass es feinere Ohren schon hören können –: Ihr seid alle in meiner Hand! Wie ihr hier versammelt seid, halte ich euch und lege euch meine Ketten auf! Ich fühle mich eingesponnen, muss ich sagen. In einem Netz, das noch sehr weit ist, das aber einmal zusammengezogen werden könnte.«

»Ich hab' halt keine feineren Ohren«, sagte Dibian und machte, wie immer, wenn er etwas getrunken hatte, Miene, sich verletzt zu fühlen, »ich hör' halt nix.«

»Und wenn es auch so ist«, Harthausen machte eine großartige

Handbewegung, »so ist Bezugs Joch süß und seine Bürde leicht.«

Irgendwo, mitten im Strome, hatte Bezug Polydor Schleimkugel aufgefischt.

Es war ein ungemeines Gedränge in dem Saal, und die beiden kamen nur langsam vorwärts, da Bezug auf Schritt und Tritt von den Leuten angehalten wurde, die, ungewiss, ob sie auch bei dem allgemeinen Vorüberzug der Gäste bemerkt worden waren, sich seinem Gedächtnis einprägen wollten. Bezug hatte Fragen zu beantworten, Händedrücke aufzuteilen und huldreiche Worte zu spenden. Je lärmender und lustiger die Gruppen an den Tischen wurden, desto stärker wurde auch der Strom der Gäste in den Gassen. Man ging hin und her, suchte seine Bekannten auf, unterhielt sich im Stehen mit ihnen, wenn man an ihrem Tisch keinen Platz bekam, und drängte wieder weiter. Der Lärm und Geruch der Speisen schien trotz der Größe und Höhe des Saales wie eine Wolke über den Köpfen der Versammelten zu schweben, und als Bezugs Diener mit Zigarren kamen, stiegen auch noch die blauen, süßlich duftenden Rauchwolken auf. Zwischen den goldenen Zweigen der Alabasterbäume verfingen sich diese Wolken, zogen hin und her, der Bewegung der Luft folgend, und vom Garten aus gesehen, in den sich schon einige Gäste geflüchtet hatten, schien der Saal von einem bläulichen, leuchtenden Nebel erfüllt.

Nach Überwindung einiger Hindernisse kam der Hausherr mit Schleimkugel in die Mitte des Festsaales, wo sich der Tisch für die Familie befand. Er war ein Prachtstück aus dem Besitz der Marie Antoinette mit einer Platte von eingelegtem Ebenholz.

Gerade als Bezug mit seinem violetten Begleiter herankam, erhob sich Elisabeth und ging nach kurzem Gruß quer durch den Saal. Der Bräutigam folgte ihr augenblicklich. Frau Agathe saß zwischen dem Bischof und dem Statthalter und sprach lebhaft auf den ersteren ein; während er ihr aufmerksam zuhörte, spielte er mit dem Glas, das die Gestalt eines kleinen Schiffes hatte, und stellte es auf die Elfenbeinamoretten der Tischplatte, indem er mit dem breiten Fuß verschiedene Kreise aus dem Grunde herausschnitt.

»Hier bringe ich einen guten Freund«, sagte Bezug, »Polydor Schleimkugel, den ich mir Seiner Bischöflichen Gnaden und Seiner Exzellenz vorzustellen erlaube.«

Der Bischof sah auf und lächelte dem noch violetter werdenden frommen Mann freundlich zu. Nach kurzem Nachdenken sagte er: »Herr Polydor Schleimkugel! Sind Sie der bekannte Polydor Schleimkugel, der vor kurzem von Seiner Heiligkeit durch einen Orden ausgezeichnet wurde?«

Daraufhin setzte der Statthalter sein Monokel ein, während sich sein Unterkiefer vorschob. Schleimkugel hatte sich so tief verbeugt, dass es ihm Schwierigkeiten machte, sich wieder aufzurichten. »Seine Heiligkeit hat mich der unverdienten Gnade gewürdigt ...«

»Sie sind, wenn ich nicht irre, Erzeuger von Heiligenbildern und Wallfahrtsandenken?«

»Was an diesen Dingen menschliche Arbeit ist, wird durch mich besorgt. Das Wichtigste freilich ist der Segen der heiligen Kirche. Und da muss ich erwähnen, dass ich in dieser Beziehung weit sorgfältiger als die Konkurrenz –»

Durch ein auffallendes Räuspern aufmerksam gemacht, sah Schleimkugel den Statthalter an. Seine Exzellenz betrachtete ihn durch ein funkelndes Glas und zog nun die herabhängende wulstige Unterlippe ein, dass es aussah, als hätte er in etwas Saures gebissen.

»... als die Konkurrenz«, sagte Schleimkugel und erschrak erst jetzt, als er das Wort zum zweiten Mal aussprach. Hastig fuhr er fort: »... Ich meine ... sehr sorgfältig ... sehr gewissenhaft. Ich meine ... bei mir werden alle Sachen ... wirklich an Ort und Stelle geweiht, was bei anderen ... bei anderen ...« Er steckte rettungslos fest, und sein ungeheurer Körper war in diesem Augenblick so aufgedunsen, als müsse er zerbersten.

Unter einem wohlwollenden Lächeln verbarg der Bischof sein Vergnügen an der Verlegenheit dieses Krämers mit geweihten Dingen. Nach einer Weile fischte er ihn gewandt aus seinem Sumpf: »Ihr Beruf, mein lieber Herr Schleimkugel, gibt Ihnen vorzügliche Gelegenheit, alle Gnadenstätten kennen zu lernen.«

»Gewiss.« Nun war Schleimkugel wieder flott: »Ich kenne alle

Gnadenorte der europäischen Christenheit. Meine Bilder werden nach Originalaufnahmen an Ort und Stelle erzeugt, und die Andenken …«

»Nun, da kennen Sie doch auch sicher das wundertätige Muttergottesbild von Schönau. Hier ganz in der Nähe …«

»Nein ... nein«, sagte Schleimkugel mit einiger Bestürzung, »… in Schönau … nein … das kenne ich nicht.«

»Oh gewiss«, sagte der Bischof, »wie sollten Sie es nicht kennen? Besinnen Sie sich nur. Es ist ja freilich nicht lange her. Zwei Jahre vielleicht. Aber die Umstände, unter denen es gefunden wurde, sind wirklich wunderbar zu nennen, ganz wunderbar! Oh, Sie waren gewiss schon dort, besinnen Sie sich nur!« Mit einem Blick, der eine liebenswürdige Aufforderung und ein Befehl war, unterwarf der Bischof Schleimkugel seinem Willen.

Der fromme Mann verstand endlich, was Seine Bischöfliche Gnaden von ihm wollte. Mit gesenktem Kopf stand er, wie in Nachdenken versunken, eine Weile da. Dann griff er an die Stirne: »Ach ja … na ja … gewiss. Jetzt erinnere ich mich. Freilich … vor einem Jahr etwa war ich ja dort. Aber … Bischöfliche Gnaden verzeihen … wenn man so viel dergleichen … ich meine heilige Orte gesehen hat, so kann es vorkommen, dass einer oder der andere in der Erinnerung sozusagen … aber jetzt erinnere ich mich.«

»Nicht wahr! Die kleine Kirche liegt so hübsch auf ihrem Hügel. Und wenn Sie dort gewesen sind, so werden Sie sich wohl nach der Geschichte dieses Wallfahrtsortes erkundigt haben: Von der Erscheinung, welche der Jungfrau Rosa Hüber aus Schönau vom Himmel geschickt worden ist, und von den wirklich wunderbaren Heilungen, die man schon dort erlebt hat. Man erzählt ja im weiten Umkreis davon.«

»Ja … ja … wirklich wunderbare Heilungen. Man hat mir davon erzählt.«

Mit einem raschen Blick auf den Statthalter, der mit blitzendem Monokel und hängender Unterlippe dasaß, fuhr der Bischof fort: »Wenn Ihnen die Erinnerung an diesen Gnadenort entschwunden ist, darf man sich nicht wundern. Man hört in der Welt draußen wenig davon. Und doch sollte die ganze katholische

Kirche sich der überaus wirksamen Gnadenmittel dieses Ortes bedienen. Aber man hat gleich im Anfang so viele Schwierigkeiten gemacht und uns so viele Hindernisse in den Weg gelegt …«

Der Statthalter räusperte sich, ließ das Monokel fallen und wischte mit einem blauseidenen Taschentuch einige Male über das Glas, während er die Unterlippe wieder einzuziehen begann.

»Oh … man sollte nicht glauben …«, sagte Schleimkugel bedauernd.

»Aber es ist doch so. Mein sehr verehrter Freund, Seine Exzellenz, der Herr Statthalter, hat mich in diesem Fall im Stich gelassen.«

Von diesem Angriff überrascht, ließ Seine Exzellenz das Monokel ganz fallen, dass es klirrend gegen die Tischkante schlug. Alle wandten sich ihm zu: Frau Agathe mit einer Miene des Vorwurfs, der Bischof mit weltmännischem Lächeln und Schleimkugel etwas besorgt um die weitere Entwicklung der Dinge. Bezug, der mit seinen am anderen Ende des Tisches sitzenden Verwandten einige Worte gesprochen hatte, kehrte sich nun von ihnen ab und gab ihre Aufmerksamkeit für die Vorgänge dort oben frei.

Nachdem der Statthalter einen kleinen Hustenanfall überwunden hatte, nahm er wieder die Reinigungsarbeiten an seinem Monokel auf und sagte: »Ich erwidere Ihre Gefühle, lieber Graf, und Ihre Freundschaft ist mir außerordentlich wertvoll. Aber die Pflicht, lieber Freund, die Gesetze, die uns … na ja, wir haben auch unsere Vorschriften. Wir können nicht, wie wir wollen.«

»Ja … ja«, lächelte der Bischof, »die weltliche Macht widerstreitet immer der geistlichen, obzwar die beiden Hand in Hand gehen sollten, zum Wohle der Völker. Ich weiß, dass sie im Grunde denken wie ich, und dass nur gewisse Umstände Sie daran hindern, mir den Beweis dafür zu geben.«

Der Statthalter beeilte sich sehr, darauf zu antworten. »Gewiss«, sagte er, »gewiss! Sie haben Recht. Man könnte schon manches tun oder lassen, was man jetzt nicht tun und lassen darf, weil diese Zeitungen immer gleich bei der Hand sind, eine Affäre daraus zu machen.«

»Jawohl, die Zeitungen. Ich bin kein Dunkelmann, das wird mir jeder bestätigen, der mich kennt. Aber man soll doch dem Volke die Gnadenmittel nicht vorenthalten. Seine Exzellenz hat aber Recht, diese Zeitungen sind immer gleich dahinter her. Und das Schlagwort vom finsteren Mittelalter sitzt locker in der Feder der Journalisten. Übrigens ... wenn bei der weltlichen Macht ein wenig guter Wille wäre, so könnte man schon einiges tun. Wenigstens hier und da. Hier z. B., wo es sich bloß darum handelt, die katholische Welt mit einigem Nachdruck auf diesen Gnadenort aufmerksam zu machen.«

»Sie wissen nicht, lieber Graf, was einem die Zeitungen für Scherereien bereiten können.«

»Aber es wäre doch nicht unmöglich ... Es fällt mir eben ein, dass unser lieber Freund Bezug ganz vortreffliche Beziehungen zu den maßgebenden Blättern unterhält. Nicht wahr?«

Bezug sagte ruhig: »Ich schmeichle mir, dass mir viele Blätter mit ganz besonderem Wohlwollen entgegenkommen.«

»Mit vollem Recht, lieber Freund; man hat in Ihnen den bedeutenden Mann erkannt, und es wäre nur unverantwortliche Borniertheit, wenn man das nicht zugeben wollte. Wäre es also nicht möglich, dass Sie Ihren Einfluss auf die Blätter zu unseren Gunsten geltend machen?«

»Wenn ich weiß, dass ich Eurer Bischöflichen Gnaden damit einen Dienst erweise, will ich gerne versuchen, was in meiner Macht steht.«

»Nun also, Exzellenz! Wenn sich der Freiherr dafür verbürgt, so ist die Sache so gut wie sicher. Es handelt sich ja auch nur um die Aufhebung gewisser beschränkender Verordnungen, nicht wahr? Oder vielmehr darum, dass diese nicht gehandhabt werden; denn wir wollen ja alles Aufsehen womöglich vermeiden. Also lassen Sie uns freie Hand, Exzellenz?«

Der Statthalter widerstrebte nicht länger: »Gewiss. Wenn ich der Zeitungen sicher bin«, sagte er mit einem Blick auf Bezug.

»Sie sind es, Exzellenz!«, sagte Bezug.

Mit einem Lächeln wandte sich der Bischof an Schleimkugel: »Sehen Sie, lieber Schleimkugel, so sind Sie unvermutet Zeuge geworden, wie schwer die Kirche heute um Dinge zu kämpfen hat, die früher selbstverständlich gewesen wären. Ich hoffe, dass Sie dadurch nicht kleinmütig werden und der unterdrückten Kirche nach wie vor Ihre bewährte Kraft zur Verfügung stellen.«

»Bischöfliche Gnaden, Seine Heiligkeit hat mich durch einen Orden ausgezeichnet. Ich betrachte mich dadurch zum Kampfe geweiht.«

»Sehr gut, mein lieber Freund. Halten Sie an dieser tapferen Gesinnung fest. Nach diesem Gespräch wird es Sie interessieren, die Wallfahrtskirche von Schönau und das wundertätige Muttergottesbild noch einmal zu besichtigen. Vielleicht entschließen Sie sich dann, uns auf Ihrem Gebiet zu helfen. Ich bin gewiss, dass Andenken und Bilder von diesem Gnadenort bald weiteste Verbreitung finden werden.«

»Ich brenne vor Ungeduld, die Gnadenmittel des heiligen Ortes der ganzen katholischen Christenheit zugänglich zu machen.«

Der Bischof nickte Schleimkugel freundlich zu. Dann sagte er zu Bezug: »Wissen Sie, lieber Freiherr, wie wir auf dieses Thema gekommen sind? Ihre Gemahlin hat mir ihr Leid geklagt und den Wunsch ausgesprochen, die Kraft des wundertätigen Bildes in Anspruch zu nehmen.«

»Ich rechne auf Erlösung von meinen Leiden«, sagte Frau Agathe mit einem Blick nach der Decke des Saales.

»Sie können sicher sein, Erlösung zu finden.«

Als sich Bezug und Schleimkugel empfahlen, um die Gemahlin des Fabrikanten aufzusuchen, und in genügender Entfernung vom Tisch des Bischofs waren, angelte Schleimkugel nach der Hand Bezugs und drückte sie mit seiner schweißigen Pfote: »Ich danke Ihnen, lieber Freiherr.«

»Ein gesegneter Fischzug, was?«, sagte Bezug. »Ich wollte, dass ich mehr solcher Kerle als Mitarbeiter hätte wie Sie oder den Bischof.«

Unter den Geladenen befanden sich verhältnismäßig wenige Damen. Da ein Gerücht von der ungeheuren Prachtentfaltung bei diesem Fest hinausgedrungen war und in der Stadt rasch Verbreitung gefunden hatte, kam es bei den Frauen, die Zutritt gehabt hätten, zu den schwersten Konflikten zwischen Eitelkeit und Neugierde. Die Neugierde zog sie mächtig zu dem Fest, von dem man die unglaublichsten Dinge erzählte; die Eitelkeit flüsterte ihnen ein, dass es nicht angehe, einem so glänzenden Fest in den dürftigen Fetzen, die man sein eigen nannte, beizuwohnen. Wie würde man sich inmitten so glänzender Toiletten ausnehmen? Wie ein Aschenbrödel. O nein, dafür war man sich zu gut. Das durfte man seinem inneren Menschen nicht antun, dass er um des Äußeren willen zurückgesetzt wurde. Immerhin aber war es kränkend, dass man diesem Fest fernbleiben musste, und man fand es empörend, sich wegen der Sparsamkeit, die man sich aufzulegen gezwungen war, ausschließen zu müssen. Aus den inneren Konflikten wurden häusliche Schlachten; denn schließlich geschah es doch nur dem Mann zuliebe, dass man auf seine eigenen Toiletten so wenig verwandte. Und nun: Der Gatte zog ein weißes Hemd und den Frack an und ging, während man mit dem Bewusstsein häuslicher Tugenden daheim bleiben konnte. Als ob dieses Bewusstsein in einem solchen Fall ein Trost gewesen wäre. In diesen Gedankengängen wurde man bestärkt, als sich das Gerücht verbreitete, dass auch Ihre Exzellenz, die Frau Statthalterin, abgesagt habe. Es wurde freilich beigefügt, dass Ihre Exzellenz krank sei, aber das war doch wohl nur der Vorwand. Sie selbst, sogar Ihre Exzellenz, sah sich also außerstande, bei dem unerhörten Luxus der Bezugs mit einigem Glück zu bestehen. Der hartnäckigen Versicherung, dass die Krankheit Ihrer Exzellenz kein Vorwand sei, schenkten die Eingeschüchterten keinen Glauben mehr.

So kam es, dass sich nur eine Auslese von Frauen hier zusammenfand. Eine Auslese jener Frauen, bei denen die Neugierde stärker war als die Eitelkeit, denen es weniger darauf ankam, gesehen zu werden als zu sehen. Sie standen gerne zurück, wenn es ihnen nur vergönnt war, dabei zu sein und mit hungrigen Augen allen Glanz des Festes aufzunehmen. Vereinzelt fanden sich unter ihnen auch jene Frauen, welche sich der altmodischen Ansicht zuneigten, dass eine wirklich schöne Frau der prunkvollen Toilettenkünste nicht bedürfe. Und endlich jene, die sich ihres überlegenen Geistes bewusst waren und die Klugheit über

Schönheit und über Toiletten setzten. Immerhin hatten alle diese Frauen etwas Gemeinsames, eine Verwandtschaft, die sie niemals eingestanden hätten, die sie aber jetzt, als im Wirrwarr der Gäste die Wahlverwandtschaften zu wirken begannen, zu einer großen Gruppe vereinigte.

Bezug hatte sie gleich nach dem Einzug in den Festsaal noch besonders begrüßt und sie gebeten, sich den Herren nicht zu entziehen. Er habe ganz besonders auf ihre Mitwirkung gerechnet; denn was sei das heiterste Fest ohne die belebenden Einflüsse der schönen Frauen. Diese Worte, die für alle bestimmt waren, richtete er besonders an die schöne Frau des Professors Hartl, indem er dabei seinen Blick in den tiefen Buseneinschnitt ihres Kleides versenkte. Die Frau Professor machte darauf einen formellen Hofknicks, die große Verbeugung, die sie einstudiert hatte, als sie mit ihrem Gatten einmal von seiner Exzellenz, dem Statthalter empfangen werden sollte. Und sie dankte mit den wenigen Worten, die ihr in ihrer Aufregung zur Verfügung standen. Als Bezug gegangen war, mit dem Ausdruck lebhaften Bedauerns, dass es ihm nicht vergönnt sei, sich den Damen länger ausschließlich zu widmen, drängten sich die schönen Frauen um die Professorin, während sie in königlicher Haltung lächelnd inmitten des Schwarmes stand, eine Sterbliche, die von Jupiter mit Wohlgefallen begnadet wurde.

Hinter ihrem Rücken fand indessen eine Koalition der bloß Neugierigen mit den Geistreichen statt. Ob der gute Professor Hartl wohl eine Ahnung habe? Man hatte ja gehört, dass Bezug in der letzten Zeit sehr häufig Konferenzen mit dem Professor abgehalten habe. Hartl sei als künstlerischer Berater für dieses Fest herangezogen worden. Freilich – es sei nur seltsam, dass Bezug seinen Rat meistens dann eingeholt habe, wenn Hartl nicht zu Hause gewesen sei. Und eine der Damen erinnerte sich, dass Hartl davon gesprochen habe, im Auftrag Bezugs in der nächsten Zeit eine Studienreise nach Kleinasien unternehmen zu müssen. Man lächelte.

So entstand ein erster Riss in der Gruppe der Frauen. Aber noch hielt man sich in der Mitte des Saales unweit des Tisches, an dem die Hauptpersonen des Festes saßen; noch war die

Stimmung des Festes nicht auf dem Punkt, auf dem die Mischung mit den männlichen Gästen unerlässlich gewesen wäre.

Eine der schönen Frauen, die Gattin des Malers Dibian, die ein von ihrem Manne entworfenes Reformkleid mit vielem Anstand trug, obzwar sie früher nur ein einfaches Model mit einer nicht einwandfreien Vergangenheit gewesen war, ließ sich als Erste an einem der Tische nieder und nahm ein rosafarbenes Blatt mit den Versen Adalberts auf. »Nein – schauen S', wie hübsch das is'. Wirklich lieb!«, sagte sie, nachdem sie gelesen hatte.

Die rosafarbenen Blätter raschelten in den Händen der Frauen. Entzückend! Einfach himmlisch! Es war zu süß!

»Ich bitte Sie, wie die sich aufspielt«, sagte die Gattin des Kritikers Störner zu Frau Harthausen. »Finden Sie etwas Besonderes an diesen Versen?«

Frau Harthausen, die selbst einen Band Gedichte *Purpurflammen* veröffentlicht hatte und nicht wusste, ob sie sich mehr zu den schönen oder zu den geistreichen Frauen rechnen sollte (um auf beiden Linien zu wirken, hatte sie dem Band ihr Bild beigegeben), zögerte eine Weile. Fand sie die Verse gut, so mochte man sie eher zu den schönen Frauen rechnen, die an Adalberts Versen Gefallen fanden. Wenn sie die Verse verwarf, so mochte man ihr scharfes Urteil als das einer geistreichen Frau bemerkenswert finden. Die schönen Frauen hatten vor kurzem einen Triumph erlebt. Das wäre ein Grund gewesen, sich für sie zu entscheiden, aber daneben quälte sie der selbstverständliche Neid des Zurückgesetzten. Warum hatte Bezug gerade die Verse dieses Unbekannten den Gästen aufgedrängt? Gab es denn keinen anderen lyrischen Dichter in Deutschland? Ihr Verleger hätte gewiss gerne gestattet ... Sie entschloss sich zu einem Kompromiss: »Oh ...«, sagte sie, »der Rhythmus ist abscheulich, so abgehackt und unmelodisch ..., aber ich finde doch einzelne Schönheiten.«

Im Mittelpunkt der Aufmerksamkeit aller Damen stand weiterhin der Tisch mit der Familie Bezugs und den Ehrengästen; während sie nach einer anderen Seite hin sprachen, versäumten sie es nicht, mit schnellen Blicken nach dieser Seite den Stand der Dinge an diesem Tische zu verfolgen. Als sich Bezug mit Schleimkugel dorthin durchdrängte, lachte Frau Störner: »Schauen Sie nur! Bezug und … hinter ihm … welch Abenteuer! … Ein violettes Ungeheuer!«

Frau Hartl, die bloß Bezugs Namen und die letzten Worte gehört hatte, brachte beide in eine Art von Verbindung und wandte sich empört nach der Sprecherin um. Bei dieser Wendung kam ihr prächtiger Nacken zur besten Geltung. Das stellte Harthausen mit großem Vergnügen bei sich fest. Frau Störner erschrak vor diesem Blick, als habe sie wirklich eine Majestätsbeleidigung begangen, und erst als sich Frau Hartl wieder umgewandt hatte, erholte sie sich in einem Lachen:

»O weh, jetzt hab' ich mir eine Zurechtweisung geholt.«

Elisabeth stand auf und verließ den Tisch dort drüben. Sie ging, den Blick geradeaus gerichtet, quer durch den Saal, als ob sie niemanden sähe, und alle Bemühungen einiger junger Damen, die zeigen wollten, dass sie mit ihr bekannt seien, waren vergeblich. Eine lange cremefarbene Seidenschleppe rauschte hinter ihr drein. Sie gab sich keine Mühe, die Schleppe aufzunehmen, ließ die schönen blassen Arme lang herabhängen, und erst, als sie an einer Stelle, wo man sich um einen Tablett tragenden Diener drängte, nicht weiter konnte, griff sie mit einer ungeduldigen Bewegung in die Falten des Kleides, schob die schimmernden blassen Schultern vor und bahnte sich ihren Weg, bis man sie erkannte und voll Respekt zurückwich.

Die Frau des Journalisten Herold, eine jener Frauen, die weder schön noch geistreich, sondern bloß neugierig waren, hatte einige junge Mädchen um sich versammelt. Da sie nicht viel anderes von diesem Fest erwarten durfte, so vergnügte sie sich mit der Achtung, die junge Mädchen verheirateten Frauen entgegenzubringen gehalten sind.

»Sie ist hochmütig«, sagte die Tochter des Bürgermeisters. »Schau' nur, Frieda, wie sie sich aufspielt.«

»Ja, sie tut, als wären wir alle Luft, nicht war«, antwortete Frieda, die Tochter des Professors Schreier.

»Es ist empörend!«

Etwas Ähnliches wurde um Frau Hartl herum festgestellt. »Jetzt

… alsdann … Das is' doch zu dumm … Das Geld allein macht's nit«, sagte Frau Dibian, die sich niemals ein Blatt vor den Mund nahm.

»Sie weiß auch zu genau, dass sie schön ist«, stimmte Schönbrecher bei, um Frau Dibian zu Gefallen zu sein.

»Himmelherrgott, das is' sie auch. Kinder, davon versteht's ihr nix.« Der Maler Dibian war ganz aufgeregt. »Jawohl. Ihr dürft's nit glauben, weil ich bloß Rindviecher mal', so hab' ich keine Augen für die Frauen. Ich hab' schon zuerst auch Porträts geschmiert und Akte und solche Sachen …«

Störner, der zu der Gruppe getreten war, flüsterte der freigeistigen Tochter des Reichstagsabgeordneten Bräunlich etwas ins Ohr, über das diese plötzlich errötete …

»Mein Ehrgeiz is' also schon auch dorthin 'gangen. Aber 's Rindvieh war doch einträglicher. Von damals her aber versteh' ich was von den Weibern. Sie dürfen's mir glauben.«

»Jedenfalls«, sagte Schönbrecher und zündete eine von Bezugs Zigarren an, »jedenfalls hat dieser Hecht nicht das richtige Verständnis für seine kostbare Braut.«

Darin waren alle Männer einig, während die Frauen behaupteten, man müsse nicht gerade ein Künstler sein, um für Frauen Verständnis zu haben.

»Schauen S', da is' er schon hinter ihr drein«, sagte Frau Dibian und zeigte mit dem Fächer auf Hecht, der jetzt gleichfalls quer durch den Saal ging. »Mir scheint, der fürcht' sich um sie …«

»Vielleicht fürchtet er nicht ohne Grund«, sagte Doktor Störner und sprach dann flüsternd mit der freigeistigen Tochter des Abgeordneten Bräunlich weiter.

Hecht war seiner Braut gefolgt und traf sie bei dem Sarkophag der Königin Omphale im Gespräch mit Rudolf Hainx. Dieser Sarkophag stammte aus den Ausgrabungen Bezugs in Samarkand und hatte einst die Leiche irgendeiner massagetischen Königin eingeschlossen. Nach dem Relief auf der Vorderseite, das die Demütigung des Herakles am Spinnrocken der Omphale darstellte, hatte er seinen Namen bekommen. Die Kleidung der Omphale und ihrer Frauen, das Fell des Herakles zeigten noch deutliche Spuren der Bemalung. Auch Fleischtöne waren aufgesetzt, und seltsam frisch leuchtete das Gesicht der Omphale mit roten Lippen und schwarzen Strichen über und unter den Augen. Die Mumie der Königin wurde in Bezugs Museum auf die Insel im Adriatischen Meer gebracht, den Sarkophag aber schenkte Bezug seiner Tochter, die den Wunsch geäußert hatte, ihn zu besitzen. Sie verwahrte antike Musikinstrumente und eine Sammlung erotischer Amulette in ihm. Einer plötzlichen Laune folgend, hatte sie ihn für das Fest hier herunterschaffen lassen. Da stand er nun als Tisch unter anderen Tischen hinter einer Wand von blühenden Palmen.

Man bewunderte ihn, ging um ihn herum, besah ihn von allen Seiten, und eine Unzahl von gelehrten und ästhetischen Gesprächen fand in seiner grünen Nische statt. Schwerwiegende und kühne Hypothesen über die Herkunft des Sarkophages waren aufgestellt worden und über die Art, wie er nach Samarkand gekommen war. Einer der bedeutendsten Archäologen nahm eine hoch entwickelte Lokalkunst an, während die Mehrzahl sich der Ansicht hinneigte, dass man es mit einem äußersten Ausläufer, eines mehr zufälligen Auftretens kleinasiatischer Kunst zu tun habe. Aber, so eifrig man über die Bedeutung des Sarkophages debattierte, niemand wagte es, ihn als Tisch zu benutzen. Schließlich war dieses Prachtstück doch nichts anderes als ein Sarg, und man fand es bizarr, dass Elisabeth den Gästen zumutete, auf einem Sarg zu speisen. Erst als die Stimmung lärmender geworden war, hatte sich Hauser und sein Freund hierher zurückgezogen und sich einen kleinen Korb mit Pommery neben den Sarkophag setzten lassen.

»Auf den Überresten einer verstorbenen Königin Champagner zu trinken ... sozusagen ... das kann man nicht alle Tage haben«, sagte Hauser.

»Trink, Omphale«, sagte Adamowicz und setzte sein Glas an die roten Lippen der Königin, die der Arbeit des Herakles mit siegreichem Lächeln zusah.

Sie waren beide etwas angeheitert und benahmen sich mit einer Art von Wollust unehrerbietig, obzwar sie mehr als alle anderen von der unvergänglichen Schönheit dieses Werkes empfanden, und obzwar ihnen die Schatten der Vergänglichkeit, die um den Marmorsarg lagen, deutlicher waren als allen anderen. Aber sie wollten sich nichts davon merken lassen und betonten mit wilder Ausgelassenheit die Überlegenheit des Lebens über den Tod. Hauser behauptete, er sei weit größer als Praxiteles; denn dieser sei nur mehr ein Name, und er könne Champagner trinken, und wenn es ihm gefalle, könne er die unsterblichen Werke des Praxiteles zerstören, mit Terpentin, Teer, Eisenlack und anderen Ingredienzien.

Darauf bat Adamowicz den Freund, mit ihm auf die Gesundheit Michelangelos anzustoßen. Und da er ein Liebhaber sonderbarer Geschichten war, erzählte er Hauser, dass Michelangelo vorgestern bei ihm in der Werkstatt gewesen sei und ihm zufrieden auf die Schultern geklopft habe. Vor einer Büste, die Adamowicz von seinem ehemaligen Lehrer, dem Professor Schlägl, geschenkt worden war, habe er aber entrüstet ausgespuckt. Dann habe er ihm ein neues Sonett vorgelesen, einen Gruß von Dante bestellt – Adamowicz hatte nämlich eine Dantebüste gemacht – und sei verschwunden. Hauser fand das ganz in Ordnung, dass Michelangelo vor der Büste des Professors Schlägl ausgespuckt hatte. »Ach«, rief er dann aus, indem er sich dehnte und die feuchte Stirne abwischte, »wenn man ein bisschen Champagner getrunken hat, wie weiten sich dann die Räume!«

»Fühlst du dich also nicht mehr von Bezug gefesselt?«

»Nein … ich weiß nicht … es war ein verdammtes Gefühl … unangenehm! Du kannst mir's glauben. Aber jetzt bin ich frei …«

Sie sollten aber doch bald wieder an ihrer Freiheit zweifeln, denn, gerade als sie den zweiten Korb Pommery bestellen wollten, kam Rudolf Hainx und bat sie, die Nische freizugeben. Adamowicz, der sich in sehr mutige Stimmung versetzt hatte, wollte Widerstand leisten, aber Hauser empfand vor diesem Sendboten Bezugs sogleich wieder seine frühere Beklemmung und hielt den Freund zurück.

Als Elisabeth zum Sarkophag der Königin Omphale kam, traf sie dort Rudolf Hainx, der sie, halb auf dem Sarg sitzend, erwartete.

»Wo ist Adalbert Semilasso?«, fragte Elisabeth.

»Ich weiß es nicht. Irgendwo im Garten, im Saal oder vielleicht versteckt in seinem Zimmer.«

»Haben Sie ihm nicht gesagt, dass er sogleich kommen soll?«

»Ich habe es ihm gesagt.«

»Und warum haben Sie ihn nicht sofort mitgebracht?«

Rudolf Hainx war vom Rand des Sarkophags herabgeglitten, stand nun mit drohenden Augen vor Elisabeth und hielt das Gelenk ihrer rechten Hand fest umspannt: »Höre ... du ...«, sagte er. »Ich habe nicht länger Lust, euch beiden zuzusehen. Soll ich vielleicht noch deine Botschaften zu ihm tragen?«

»Du wirst tun, was ich dir befehle.«

»Das werde ich nicht tun. Ich bin nicht dein Diener. Zum Teufel ... ich soll da vermitteln? Du bist mein ... ich habe keine Lust, dich mit anderen zu teilen.«

»Und mein Bräutigam; das musst du doch wohl dulden.«

»Ach was, der! Ich weiß, dass du dich dem niemals geben wirst. Aber Adalbert! Solange du dich wie ein Backfisch benahmst, der einen Ternoristen anschmachtet, habe ich zugesehen. Jetzt aber – wo du brünstig wirst ... Jetzt ist es genug ...«

»Du bist unverschämt ... Was denkt du von mir?« Elisabeth riss sich von Hainx mit einer so raschen Bewegung los, dass seine Hand an die Kante des Sarkophags flog.

»Reize mich nicht«, flüsterte Hainx mit verzerrtem Gesicht.

Elisabeth streckte ihren biegsamen Leib vor, um ihm in die Augen zu sehen. Ihre Augen waren von den seinen nur um die Breite zweier Hände entfernt. Er bebte vor diesem Abgrund, in den er sah. Hass und Zorn loderten darin in Flammen, und hinter diesem lodernden Vorhang lag tief im Grunde wie eine schöne, schillernde Riesenschlange die Wollust, die dieses Weib zu spenden vermochte.

»Glaubst du«, fuhr er fort, »dass ich verzichte? Ich habe deinen Leib genossen, und ich will nicht an einen anderen geben, was mein war.«

Elisabeth zischte: »Knecht ... Knecht ... elender Knecht.«

»Es kommt vor, dass sich Knechte gegen ihren Herrn empören. Ich empöre mich gegen dich. Ich will dich haben.«

Von seinem Ungestüm bedrängt, wich Elisabeth zurück. Aber

Hainx versperrte ihr den Ausgang aus der grünen Nische. Nun gelang es ihm, den Platz zu wechseln, und Elisabeth war gegen den Marmorsarg gelehnt, während er keuchend vor ihr stand, mit angespannten Sehnen, als ob er sich jetzt, in diesem Augenblick, auf sie stürzen und sie vergewaltigen wolle.

»Du wirst mich mit keinem Finger mehr berühren«, sagte sie, jetzt wieder ganz ruhig.

»Er wird dich nicht anrühren. Er nicht! Er will dich ja gar nicht … hörst du … er verabscheut dich … du bist ihm nicht mehr als irgendeine Dirne von der Straße, als die Gräfin, die immer weint und winselt, weil er sie verschmäht.«

Da griff Elisabeth nach hinten, fasste einen halb vollen Champagnerkelch und zerschlug ihn auf Hainx' Gesicht. Der Wein rann ihm über Mund und Wangen, während seine Züge langsam erstarrten. Mit einem Mal war er wieder zur Besinnung gekommen und hatte seine Herrin erkannt, gegen die er sich hatte empören wollen. Welcher Wahnsinn? Was war mit ihm geschehen? Wie hatte er dies wagen können? Sie durchdrang ihn vollständig mit klaren, kalten Strahlen, bemächtigte sich seiner zitternden und wieder furchtsamen Seele und raubte ihr alle Kraft des Willens. Mit wunderbarer wilder Raubtierpranke hatte sie nach ihm geschlagen und dieser Schlag hatte ihm zu Bewusstsein gebracht, dass er in ihrer Gewalt war. Scheu geduckt wich er vor ihr bis zur grünen Nischenwand zurück, senkte den Kopf und schwieg, während ihn Elisabeth mit zuckendem Gesicht ansah. Ein kleiner Muskel an ihrem bloßen Hals sprang auf und ab. Dann lachte sie verächtlich und griff mit beiden Händen in ihr weiches, duftendes Haar, um einen losgegangenen Kamm festzustecken. Von außen stieß jemand gegen die Bäumchen der Nischenwand, dass die harten, dunkelgrünen Blätter raschelten. Unter der Notwendigkeit, ein deckendes, gleichgültiges Gespräch zu beginnen, rückte Hainx wieder an Elisabeth heran und fing – da ihm nichts Besseres einfiel – an, von dem Sarkophag der Königin Omphale zu sprechen, an dessen Rand Elisabeth gelehnt stand, während sie mit einem verlorenen und verächtlichen Lächeln schwerfällige Antworten gab.

Wenige Minuten später kam Hecht. Bekannte hatten ihn auf

seinem Wege aufgehalten und hatten ihre Glückwünsche erneuert, indessen er von einem Fuß auf den anderen trat und nach dem Winkel des Saales hinüber sah, wo ihm Elisabeth hinter einer grünen Wand verloren gegangen war. Da man der Ansicht war, dass man, um den Bräutigam zu erfreuen, das Lob des Brautvaters und der Braut anstimmen müsse, bekam Hecht endlose Hymnen auf Bezug und Elisabeth zu hören. Bis er sich endlich ungeduldig losriss und den Erstaunten entschwand.

Hainx erlebte den Triumph, dass Elisabeth, kaum dass sich Hecht zu ihnen gefunden hatte, ihre spöttische Feindseligkeiten gegen diesen richtete. Nun näherte er sich wieder seiner Herrin wie in geheimer Bundesgenossenschaft und freute sich der Pfeile, die dem unglücklichen Bräutigam galten. Hecht erwiderte kaum, er war abgespannt und außerstande, einen Kampf mit Elisabeth aufzunehmen, die, frisch und glänzend bewehrt, ihren Gegner nicht schonte. Nachdem Elisabeth nach der Art grausamer Amazonen den Feind völlig besiegt hatte, machte sie ihn zum Kriegsgefangenen und sandte ihn mit der Botschaft an Adalbert Semilasso aus, er möge sich sogleich hier einfinden. Aber da kam Adalbert schon selbst, in Begleitung eines kleinen, bartlosen Mannes, der seine Worte mit lebhaften Handbewegungen begleitete. Zögernd trat er in die Nische, und er atmete leichter, als er sah, dass auch Elisabeth nicht allein war.

»Sehen Sie«, sagte Hainx zu Hecht, »da kommt er selbst und bringt sich gleich den Herold seines Ruhmes mit.«

Während Elisabeth die Bemerkung des Hainx mit einem höhnischen Zucken der Lippen erwiderte, verneigte sich Herold, der kleine Journalist, vor ihr und führte ihre Hand an den Mund. Dann ließ er sogleich einen großen Schwall von Worten los: wie glücklich er sei, sich ihr heute nähern zu dürfen, und wie schön er es finde, sie gerade an diesem durch die Kunst geweihten Ort getroffen zu haben. »Ungemein reizvoll … dieses Zusammentreffen … ganz vortrefflich … wie soll ich sagen … komponiert. Die schönste Frau am Sarkophag einer durch ihre Schönheit berühmten Königin … ringsum die grünen Wände …«

»Und umgeben von einem Sternenkranz von Männern, die am Himmel der Geistigkeit hell erstrahlen«, sagte Elisabeth, und keiner der vier Männer zweifelte, dass dies eine gegen ihn gerichtete Bosheit sei.

Zuerst erholte sich Herold und fuhr im gleichen Ton wie vorhin fort: »Wäre ich ein Dichter, dies gäbe ein Sonett. Ein Sonett, sage ich Ihnen, von berückendem Klang. Ich ließe mir es nicht entgehen, wenn ich als Ihr Haus- und Hofdichter ein Recht darauf hätte.«

»Nun, Adalbert?«, fragte Elisabeth feindselig.

Mit der feinen Witterung des Brünstigen merkte Hainx, dass die Dinge für Adalbert nicht günstig standen. Ob nun etwas von dem zurückgeblieben war, was Hainx vorhin gesagt hatte, oder ob Elisabeth darüber erzürnt war, dass man ihre Unterredung mit Adalbert vereitelt hatte – sie sah Adalbert mit schweren Brauen fast drohend an.

Der Dichter, der die Fechterkünste und überraschenden Kniffe des Gespräches nicht kannte oder verschmähte, beging eine Ungeschicklichkeit. Er versuchte von einem Thema abzuschwenken, das ihm peinlich schien. »Sie haben mich zu sprechen gewünscht«, sagte er, »was wollen Sie von mir?«

Nach einem Blitz des Zornes legte Elisabeth die Maske des Nachdenkens vor: »Sie haben Recht«, sagte sie, »ich wollte ... ich wollte Ihnen etwas sagen ... was denn nur? – Was denn? – Bei Gott! Ich weiß es nicht mehr ... ich habe es vergessen ... es wird wohl nichts Wichtiges gewesen sein ... offenbar nichts Wichtiges.«

Nun schien es Hainx an der Zeit, gegen Adalbert loszugehen. Die Stimmung seiner Herrin war günstig, und es war leicht, einige Bosheiten gegen den Ungeschützten abzuschicken. »Unser Freund Adalbert ist allzu bescheiden«, sagte er, »er will uns davon abbringen, ihn zu loben. Aber sein Name ist heute ohnehin in aller Gäste Mund. Wissen Sie, was ich vorhin gehört habe, als ich an einem Tisch vorüberging? ›Vortreffliche Verse von Heine‹, sagte eine Dame, und als man sie darauf aufmerksam machte, dass doch ein anderer Name darunter stehe, antwortete sie, das sei jetzt modern, dass der Drucker bei künstlerisch ausgeführten Blättern unterschreibe.«

»Ich weiß, dass ich nichts kann«, sagte Adalbert und sah zur Seite.

Lebhaft fiel Herold ein: »Nein … nein … das ist nicht richtig. Sie sind ein wirklicher Dichter. Und ganz natürlich, sozusagen unverfälscht. Sie sind kein Kunstpantscher. Sie geben keinen schweren Wein, aber ein gutes und bekömmliches Getränk.«

»Also … recht eigentlich … Tischwein«, sagte Elisabeth.

»Und das Schöne ist die vollkommene Unverdorbenheit«, fuhr Herold fort. »Diese prächtige Freiheit von allen Vorbildern. Das macht mir unseren Freund so wert. Da ist nicht ein Wort, das nicht lebendig aus ihm selbst geboren wäre. Freilich fehlt noch einiges: Das formale Moment ist noch wenig ausgebildet. Wissen Sie, dass er nicht einmal weiß, was das ist: ein Sonett! Wir haben vorhin darüber gesprochen. Er weiß es wirklich nicht.«

Da Adalbert unruhig wurde, beeilte sich Herold hinzuzusetzen: »Das ist keine Schande, mein Lieber, das ehrt Sie nur.«

»Gewiss«, sagte Rudolf Hainx, »gewiss! Auf die Form kommt es weniger an als auf den Inhalt. Aber ...«, fuhr er nach einer kleinen Pause lachend fort: »sie sind eigentlich komisch, diese Dichter.«

»Komisch?«

»Gewiss … was den Inhalt anlangt. Sie geben sich alle Mühe, den tieferen Sinn aller Dichterei zu verbergen, aber die Sprache selbst verrät sie. Alle Worte, die durch den Reim gebunden werden können, stehen in einer inneren Verwandtschaft zueinander. Und wenn die Dichter auch der ganzen Zeile eine andere Wendung geben, das Reimwort stellt die ursprünglichen und unabänderlichen Beziehungen wieder her. So reimt sich auf ›Not‹ unwiderstehlich ›Brot‹, wenn nicht das harte und unerbittliche ›Gebot‹ entgegentritt. Und das letzte Glied dieser Kette von Begriffen ist ›Tod‹.«

»Eine geistvolle Hypothese«, sagte Herold und zog ein Notizbuch aus der Tasche, »gestatten Sie, dass ich mir dies mit einigen Worten festhalte.«

Durch das Lachen Elisabeths ermutigt, fuhr Hainx fort, während Adalbert gequält einen Schritt nach vorwärts tat, als wolle er bitten, einzuhalten: »Warum bemühen sich die Dichter so krampfhaft, uns darüber hinwegzutäuschen, dass das nächste und verwandteste Reimwort auf ›Liebe‹ – ›Triebe‹ lautet. Es ist doch einmal so und nur ein unverbesserlicher Idealist kann das leugnen wollen.«

Elisabeth sagte mit funkelnden Augen und sah Adalbert dabei grausam an: »Marquis de Sade würde noch ein anderes Reimwort hier ansetzen – ›Hiebe‹.«

»Bravo«, sagte Bezug, der mit Schleimkugel in die Nische getreten war, »ich sehe mit Vergnügen, dass man hier dem Wesen der Dichtkunst auf der Spur ist. Lassen Sie es sich nicht verdrießen, Adalbert, das bleibt doch immer eine esoterische Sache … nur für die ganz Eingeweihten, denen es nicht schadet, und die sich, obzwar sie um das Geheimnis wissen, doch immer gerne wieder von euch beschwindeln lassen. Ich bin mit Ihnen zufrieden, Adalbert, und mit dem Beifall, den Ihre Verse bei den Gästen gefunden haben.«

Dann wandte er sich zu Herold und sagte: »Und Sie, mein lieber Freund, werden dafür sorgen, dass man in der Welt draußen etwas von unserem Dichter erfährt.«

»Gewiss, gewiss … außer dem Bericht über das Fest, in dem ich Herrn Semilasso erwähne, werde ich noch ein eigenes Feuilleton über ihn bringen.«

»Gut … gut … und jetzt, meine Herrschaften, bitte ich Sie, sich in den Garten zu bemühen … Elisabeth, mache dich bereit, das Puppenspiel soll sogleich beginnen …«

Das Puppenspiel, der Affenmensch und ein kleines Experiment über die Wirkung der Kunst

Die Gäste hatten den Saal verlassen und sich in den Park begeben, wo sie sich, nach Zufall und Laune einzeln oder in Gruppen, staunend zwischen Wundern befanden. Auch der Garten war für das Fest vollkommen umgewandelt worden und allerlei gärtnerische Künste setzten die Verwöhntesten unter Bezugs Gästen in Erstaunen. Der Makkaronifabrikant Fratelli aus Mailand, der geglaubt hatte, dass seine hängenden Gärten ohnegleichen seien, erklärte dem Seidenfabrikanten Vernier aus Lyon, dass er seine Kulturen vertilgen, in den Boden stampfen und zu einer Rennbahn einrichten werde.

In der Mitte des Gartens war ein großes Becken ausgehoben und mit Wasser angefüllt worden. Rund um dieses Wasserbecken, das fast den Umfang eines Sees hatte, lief ein Säulengang, in dem zwischen je zwei gepaarten Säulen auf schwarzem Marmorsockel eine antike Büste stand. Von dem Säulengang liefen Marmortreppen, die mit Ornamenten von Gold ausgelegt waren, in das duftende Wasser, und am Fuße der Treppen lagen Gondeln aus Sandel- und Ebenholz, die bei jeder Wendung des Steuers einen sanften, gleitenden Akkord hören ließen. Hoch über dem Wasserspiegel und dem Säulengang spannte sich eine Kugel aus Opal, durch die das schon schwächer werdende Tageslicht in hundertfach verschwimmenden und verfließenden Farben drang.

Der Widerschein dieses mysteriösen Lichtes auf dem Wasser ließ dessen Oberfläche tief ausgehöhlt erscheinen, sodass man den Eindruck gewann, als gleite die Gondel einer Tiefe entgegen, die sich in einem Zustand der Gärung befand, bevor noch eine Sonderung in festen Grenzen eingetreten war. Von dem Becken gingen nach allen Richtungen Kanäle aus, sternförmig, zuerst breit und zwischen weiten Rasenflächen, dann immer enger werdend und von Gebüsch bedrängt, bis sie am Ende des

Gartens in breiten dunklen Höhlenmäulern gurgelnd verschwanden. Längs dieser Kanäle standen allerhand Kleinodien der Gartenbaukunst, kleine Tempelchen, die aus dem Grün wie schüchtern hervortraten, dann wieder Palmenwäldchen oder Haine aus Zypressen, die düstere Schatten über das Wasser warfen. Man konnte mit einigen Ruderschlägen von einem schweren, schwarzen Tannenforst nach einer Stelle gelangen, die mit aller Phantastik des Märchens geschmückt war. Die sonderbarsten Orchideen des Gewächshauses waren da zu einer verwirrenden Wildnis geschart, Abscheuliches und Entzückendes in grellem Nebeneinander wie in Träumen.

Quer laufende und scheinbar planlose Kanäle verbanden die symmetrischen Ausstrahlungen des zentralen Beckens und brachten Willkür und Unordnung in die strengen Grundlinien. In diesem vollkommen verwandelten Park gab es keine Wege mehr. An ihrer Stelle waren die Kanäle da, und Hunderte von Kähnen lagen für die Gäste bereit. Nachdem man ein erstes, etwas zaghaftes Staunen überwunden hatte, fand man sich gerne in die ungewohnte Wasserwelt. Jedem Kahn war ein in irgendein Kostüm gekleideter Fährmann beigegeben, und wenn die Bekannten in den aneinander vorübergleitenden Kähnen einander begrüßten, riefen auch die Fährleute einander die Schiffergrüße verschiedener Völker zu.

Für das Puppenspiel war die Bühne auf dem Platz vor dem Gewächshaus errichtet worden. Hier war ein weiter, im Halbkreis amphitheatralisch aufsteigender Bau geschaffen, in dessen Mittelpunkt, an eine rosenüberwucherte Wand gelehnt, sich die Bühne befand.

»Von unserem Freunde, dem Hofdichter Adalbert Semilasso«, sagte Doktor Störner, als er Titel und Personen des Stückes von dem auf Seide gedruckten Zettel abgelesen hatte.

»Zum Teufel, also nicht bloß Lyriker, sondern auch Dramatiker«, antwortete Harthausen und lachte, als ob ihm Adalbert vollkommen gleichgültig sei.

»Hoffentlich verdirbt er Ihnen nicht mit Romanen das Geschäft.«

Von allen Seiten kamen die Kähne zu der Plattform des Theaters und setzten ihre Gäste ab, denen dann die Diener Bezugs die Treppen des Amphitheaters hinan den Weg zeigten.

»Kann ich dieses Spiel ohne Schaden für mein Seelenheil ansehen?«, fragte der Bischof und neigte sich lächelnd zu Frau Bezug.

»Sie können es tun; es ist von unserem sanften Adalbert.«

Vor einem aufmerksamen Publikum ging Adalberts Puppenspiel in Szene. Die Bühne war nur ganz klein, viel zu klein für den immerhin großen amphitheatralischen Zuschauerraum, sodass die handelnden Personen, die überdies noch täuschend die eckigen, unvermittelten Bewegungen von Puppen nachzuahmen verstanden, wirklich wie Marionetten erschienen. Sie gingen und saßen und standen auf einem Raum, der nur einige Schritte lang und einige tief war. Während über dem Zuschauerraum der weite, faltenlose Nachthimmel hing, an dem jetzt die ersten Sterne zu flimmern begannen, ganz zaghaft, als bebten sie vor der Schwärze der Welt unter ihnen und den drohenden Umrissen der ragenden Baumwipfel, lag die winzige Bühne im grellsten Licht.

Die bunten Kostüme der handelnden Personen mit den schreienden, widerstreitenden Farben, passten zu den puppenartigen Bewegungen und den Worten, die ein hinter den Kulissen versteckter Vorleser die Schauspieler sprechen ließ. Dadurch, dass die Darsteller von den Worten befreit waren, konnten sie den Gebärden ihre volle Aufmerksamkeit zuwenden und immer neue und seltsame Gesten ersinnen, Bewegungen, die wohl aus den Worten zu entspringen und sie zu begleiten schienen, aber ihnen doch eigentlich fremd waren, wie das Leblose dem Lebendigen stets fremd ist. Leblos, so schienen sie, seelenlos, ganz unter einem fremden Willen, mechanisch Handelnde, die sich nicht einmal der motorischen Antriebe bewusst sind. Diese Illusion festzuhalten, gelang ihnen so vollkommen, dass einige naive Zuschauer ernstlich glaubten, man habe bloß die Masken bekannter Schauspieler nachgeahmt und auf Puppenkörper von höchster mechanischer Vollkommenheit gesetzt. Sie hielten den Mund geschlossen, und nur die komische Figur klappte ihn tonlos auf und ab, genauso wie man Puppen die Bewegungen des

Sprechens nachahmen lässt. Die einzige weibliche Person des Stückes wurde von Elisabeth dargestellt. Sie hatte das Rokokokostüm nach der Art Kolombinens behandelt und zeigte unbekümmert ihre schönen Beine bis zum Knie.

»Ich finde das sehr unpassend«, sagte Frau Professor Hartl zu ihrer Nachbarin, der Frau des Malers Dibian, die mit den kritischen Blicken des ehemaligen Models die Gestalt Elisabeths betrachtete.

»Oh, sie hat vielerlei Talente«, flüsterte Doktor Störner ganz nahe an der nackten Schulter der Professorsfrau, indem er den Geruch ihrer Haut mit der Verzückung eines Feinschmeckers einsog.

»Schaun S' nur an, am Knöchel, das is' ein Fehler«, sagte Frau Dibian, »das is' ein grober Fehler. Der Knöchel is' zu dick; mein Mann sagt immer, eine Frau, was einen dicken Knöchel hat ...«

Harthausen, der eine Reihe tiefer saß, wandte sich um und legte lächelnd den Finger auf den Mund.

Adalbert hatte den Stoff zu seinem Puppenspiel einer Sammlung alter deutscher Schwänke entnommen, die mit kurfürstlich-mainzischen Privilegio im Jahre 1594 erschienen war. Elisabeth selbst hatte den Band in der Bibliothek ausgewählt, hatte die manchmal sehr groben und ohne Erröten vorgetragenen Stücke der Sammlung auf ihre Tauglichkeit geprüft und hatte endlich das eine bezeichnet und Adalbert in seine Einsamkeit mit dem Auftrag übersendet, aus diesem Stoff ein Puppenspiel zu machen. Mit Widerwillen ging Adalbert an seine Arbeit, und nur die Gleichgültigkeit, die ihn keinem Stoff vor einem anderen den Vorzug geben ließ, machte es ihm möglich, seine Aufgabe zu beenden.

Das Spiel lief im Wesentlichen auf die Art hundert ähnlicher Spiele hinaus. Adalberts Arbeit stand in den Grundzügen fest, und es handelte sich nur darum, die dramatischen Situationen zu ersinnen und die Verse zu machen. Von einem Kaufmann zu Leipzig ging das Spiel, dessen Frau ihn mit einem Studenten betrügt. Die Nachbarn warnen den Gehörnten, und er kehrt eines Abends unvermutet von einer Reise zurück, um seine Frau mit ihrem Liebhaber zu ertappen. Mit Hilfe der Stadtsoldaten wird der Student festgenommen und in den Kerker gesetzt. Aber die Universität macht ihre Vorrechte geltend und verlangt die Auslieferung des Verbrechers. Nun kommt es zur Verhandlung vor dem akademischen Senat. Die Schlauheit des Studenten, die graziöse Unverschämtheit der Frau und die biedere Unbeholfenheit des Gatten wirken in lustigem Gegensatz vor einem Hof von täppischen und eingebildeten Richtern gegeneinander, während der Pedell als komische Figur die groteske Ornamentik des Scherzes in die Szene trägt. Endlich wird der Gatte von neuem betrogen, überzeugt sich von der Unschuld seiner Frau und des Studenten, gibt beiden eine Ehrenerklärung ab und nimmt den Studenten als Lautenlehrer seiner Gattin in sein Haus auf.

Zuerst hatte Adalbert dem Spiel ein anderes Ende gegeben und ließ den Kaufmann verzeihen, aber mit einem Rest von Misstrauen den Studenten von seinem Haus fernhalten. Elisabeth aber hatte ihm seine Arbeit mit dem ausdrücklichen Befehl zurückgeschickt, bei dem Hergang zu bleiben, wie er sich in dem alten Schwank fand. Und Adalbert hatte sich gefügt, weil es ihm im Grund gleichgültig war, ob sein Puppenspiel auf diese oder auf jene Art ausging. Er hatte sich begnügt, die Frivolitäten seines Stoffes auszuscheiden und in der einzigen Szene, die ihn zu interessieren vermochte, dem Auftritt vor Gericht, in dem die Frau ihren Mann von ihrer Unschuld überzeugt, den Dialog auf feine und grazile Art zu führen. Hier hatte er der Frau eine unbekümmerte Heiterkeit gegeben, eine lustige Manier, sich selbst und andere zu betrügen, und hatte deutlich gezeigt, wie es möglich sei, dass jemand sich durch eine Reihe von Sophismen vom Gegenteil der Wahrheit schließlich selbst zu überzeugen vermochte. Alle erotischen Pikanterien waren entfernt und nur eine labyrinthische psychologische Verwicklung übrig geblieben, über die man schließlich herzlich lachen konnte.

Als das Spiel aber bis zu dieser Szene vorgeschritten war, lehnte sich der Bischof in seinen Stuhl zurück und schloss die Augen. Dann sagte er mit seinem weltmännischen Lächeln, das jedem seiner Scherze den Anschein einer Konzession an seine Umgebung verlieh: »Ich glaube, Ihr sanfter Adalbert hat es doch auf mein Seelenheil abgesehen!«

Frau Agathe, die im Aquarium ihrer Gedankenlosigkeit bloß glitzernde Zierfische des Behagens und des Vergnügens gehegt hatte, sah sich plötzlich in einem Getümmel, als ob ein räuberischer Hecht eingebrochen sei. »Ja, es ist wahr«, flüsterte sie ganz erschrocken, »er geht zu weit.«

Des ganzen Publikums bemächtigte sich mit einem Mal eine Unruhe, und gespannt sahen die Männer auf die kleine Bühne hinab, während die Frauen schneller und heißer atmeten. Frau Professor Hartl fühlte plötzlich zwei Lippen auf ihrer nackten Schulter, und als sie sich rasch umwandte, sah sie in die glühenden Augen Doktor Störners, der, über sie geneigt, den Vorgängen auf der Bühne zu folgen schien. Sein Blick war drohend und flehend zugleich, und nach einer Sekunde des Ringens wandte sich Frau Hartl langsam wieder der Bühne zu, während Störners Lippen wieder auf ihre Schulter herabsanken. Eine ungeheure Aufregung bemächtigte sich der Zuschauer, und in erwachenden Begierden drängten sich die Körper aneinander. »Dieser Semilasso! … nein … dieser Semilasso …«, sagte der Bankier Rosengarten und wandte keinen Blick von Elisabeth. »Und dieses Weib … es ist eigentlich schamlos … wie die sich prostituiert …«, stöhnte Schleimkugel.

Am meisten von allen war wohl Adalbert selbst überrascht. Er saß in der obersten Reihe des ansteigenden Halbrunds, wo nur wenige Plätze besetzt waren. Auch in der zweiten Reihe von oben hatten sich nur wenige Zuschauer niedergelassen, zu spät Gekommene oder solche, die dem Spiel wenig Interesse entgegengebracht hatten. So konnte sich Adalbert in verhältnismäßiger Sicherheit fühlen und seinem Schauspiel folgen. Aber je weiter die Handlung vorrückte, desto weniger verstand er, was da unten eigentlich vorging. Sein eigenes Spiel wurde ihm immer fremder und fremder. Es waren wohl seine eigenen Worte, die da in schwerem Fall und mit einer den Puppenspielern glücklich nachgeahmten Betonung vorgelesen wurde; aber was da geschah, war etwas ganz anderes.

Elisabeth schien die Worte nur zu benützen, um sie zu verspotten. Die Vorgänge der Oberfläche waren getreu beibehalten, im Gehen und Kommen, Begegnen und Aufeinanderprallen, in allem Motorischen waren seine Vorschriften genau gefolgt; aber darunter lag etwas anderes, etwas seinen Absichten Fremdes, und das ging von Elisabeth aus. Sie hatte alle Harmlosigkeit des heiteren Spiels abgestreift und ließ ihre Gestalt in einem ganz anderen, gefährlichen Feuer erstrahlen. Sie schien zu glühen, eine sonderbare Art von Puppe, der ein Dämon ein Leben voll rücksichtsloser Begierden eingehaucht hat.

Während sie Adalberts Worte mit Gebärden begleitete, gab sie jedem dieser Worte einen anderen unterirdischen Sinn, der aber dennoch sein eigentlicher Sinn zu sein schien. Ohne sich im Geringsten zu bedenken, verriet sie ihre Bekanntschaft mit allen Mysterien der Liebe, ließ ihren Leib in kaum verhaltener Lüsternheit zucken, zeigte durch kleine, nur andeutende Bewegungen eine zynische Begehrlichkeit. Und alles das war umso gefährlicher und berückender, als sie dabei eine frivole Grazie bewahrte und niemals die Schönheitslinie überschritt. In der Gerichtsszene erreichte diese verruchte Kunst ihren Höhepunkt. Hier spielte sie nach zwei Seiten hin, die reuige Gattin nach der einen und die Dirne nach der anderen, betrog nach der einen und gab die Verheißungen künftiger Liebesfeste nach der anderen. Und alles, ohne den Puppenstil aufzugeben, in dem sie gerade unbegrenzte Möglichkeiten der Darstellung gefunden zu haben schien.

Adalbert saß da und starrte, und der Schweiß stand ihm auf der Stirn. Was war das? Was war das? Was wurde durch Elisabeth aus seinem Spiel? So hatte er es nicht erdacht. Zuerst empfand er nur das Gefühl der Ohnmacht des Dichters gegenüber dem Darsteller, ein beschämendes und ärgerliches Gefühl. Dann aber erkannte er, dass sich Elisabeth wohl bewusst war, den Sinn und die Absicht seines Spieles ins Gegenteil umzuändern. Und er fühlte, dass das Ganze keinem anderen Zweck diente, als ihn zu demütigen, ihm eine gefährliche Überlegenheit zu zeigen. Er sah ein, dass Elisabeth nicht für die Zuschauer, sondern für ihn spielte, um ihm zu zeigen, wie sie *mit ihm* spielen könne. Und so peinigend wurde dieses Gefühl, dass er schon einmal aufgesprungen war und hinunter rufen wollte, man möge einhalten, er, der Dichter, verbiete die Fortsetzung seines geschändeten

Spieles. Aber in diesem Augenblick strich ein Schatten über ihn hin, eine Fledermaus – lautlosen Fluges, Elisabeth fiel puppenhaft steif vor ihrem Gatten auf die Knie, in der tiefer liegenden Reihe wandte sich jemand nach ihm um … und Adalbert setzte sich wieder nieder, unfähig zu einem Einspruch und gebannt wie durch einen stärkeren Willen.

Das Puppenspiel war zu Ende. Ein ungeheurer Beifall brach los, dass die Wipfel der nachtschwarzen Bäume wie von einem Sturm geschüttelt schienen. Der Mond war aufgegangen und sah in das Halbrund des Theaters, wo die Zuschauer auf die Sitzreihen gesprungen waren und immer wieder die Darsteller zu sehen verlangten. Elisabeth trat mit den anderen Schauspielern auf die Bühne, nun in einen langen, blauen Mantel gehüllt, als wolle sie damit andeuten, dass sie sich nur für die Dauer des Spieles anders gezeigt habe und nun aus dem Dienst der Kunst wieder in den Kreis der Gesellschaft zurückgekehrt sei. Der Ruf nach dem Dichter erhob sich. Man suchte Adalbert, aber er war nicht zu finden, und so mussten die Darsteller doppelten Beifall hinnehmen.

Endlich war der Sturm vorüber, und die Menge der Zuschauer wandte sich dem Palast wieder zu, erregt durcheinander flutend und noch von den Eindrücken dieses seltsamen und gefährlichen Spieles erhitzt. Im Gedränge gelang es dem Dichter Schönbrecher, von Frieda Schreier die Einwilligung zu einer Zusammenkunft zu erhalten, eine Gunst, um die er sich schon längere Zeit vergebens bemüht hatte.

Als die Ersten der Gäste den Fuß auf die breiten zur Gartenfront emporführenden Treppen gesetzt hatten und ein wenig verwundert auf die im Mondlicht liegenden stummen Säulengänge und Bogen sahen, die keinen Besuch mehr zu erwarten schienen, wurden sie plötzlich von einer Fülle von Licht geblendet. Der ganze Palast war mit einem Mal in eine flutende Helle gehüllt, Licht rann in breiten Kaskaden vom Gesims herab, hob alle Ornamente, alle Säulchen und Zierstücke hervor, floss machtvoll und breit über die unteren Stockwerke und verrann dann in den dunklen Park. Die Treppe erstrahlte unter den Füßen der Gäste mit einem tiefen Grün, dass die Gesichter der

Eintretenden so bleich wurden, als stiegen sie aus einem unterirdischen Reich zur Oberwelt. Die Alabasterbäume, die an Stelle der Säulen die Loggia trugen, erblühten milchweiß, und zwischen den stilisierten Ästen hingen die goldenen Äpfel wie in einem Zaubergarten. In neuer Befangenheit und zugleich wieder für neue Eindrücke empfänglicher Stimmung betraten die Gäste den Festsaal. Hier waren die einzelnen Tische abgeräumt und durch eine einzige lange Tafel ersetzt worden, an der der Zeremonienmeister nun die Plätze anwies. Die Mischung hatte stattgefunden, die Gäste waren miteinander bekannt geworden, und man konnte es wagen, sie zu einer einheitlichen Masse zu binden. Man wartete mit dem Beginn nur auf das Erscheinen Bezugs und Elisabeths.

Als die beiden den großen Festsaal betraten, brauste ihnen der Zuruf der Gäste entgegen, hüllte sie in eine lärmende Woge und trug sie auf ihre Plätze, wo sich Bezug unaufhörlich verneigte, während Elisabeth mit einem kalten, königlichen Lächeln dasaß, mit Blicken, die die Rufer zu durchdringen schienen. Man drängte sich zu ihr, um sie zu beglückwünschen.

»Wie schade, dass ein solches Talent der Bühne verloren geht«, sagte Doktor Störner, der es durchgesetzt hatte, dass er Elisabeth vorgestellt wurde. Und Schönbrecher, der annahm, dass alle Welt seine Dramen kenne, begann mit ihr ein Gespräch über den Charakter der Antigone in seinem letzten Werk, und der Maler Dibian bat sie, ihm die Gunst zu gewähren, dass er sie malen dürfe: »Schaun S', wann ich Sie so anschau', so kunnt' ich wirklich meine Küh' und Ochsen vergess'n, die Viecher, die nixnutzigen. Es ist schon hübsch lang her, dass ich kane Menschen g'malt hab', aber mit Ihnen möcht' ich's wieder amol probier'n. Sakrafix, dös möcht' a Bildl wer'n.« Er war so erregt, dass er noch ärger im Dialekt sprach als sonst.

Elisabeth saß im Mittelpunkt der Aufmerksamkeit kühl und gleichgültig und nahm die Huldigungen mit einer Höflichkeit entgegen, die hätte verletzend wirken müssen, wenn die Raserei ihrer Verehrer geringer gewesen wäre. Auch die Finanzmänner befanden sich in dem sie umgebenden Schwarm, aber da sie des Wortes weniger mächtig waren, gelang es ihnen nicht, die Kunst-

und Sachverständigen zu verdrängen. Bezug nahm sich ihrer an, verwickelte sie in ein Gespräch und suchte so die Zurücksetzung auszugleichen. Von Elisabeth ging der Strom zu Adalbert, als wäre er der andere Pol der chemischen Wirkung, die diese Gesellschaft in Bewegung brachte. Er saß neben Rudolf Hainx am unteren Ende der Tafel, bleich und wortlos, und wenn man kam, um ihn zu beglückwünschen, erhob er sich mit einer linkischen Verbeugung und sagte ein paar belanglose Worte. Rudolf Hainx lächelte höhnisch. Er lächelte unaufhörlich, sodass sein Gesicht schon die Verzerrungen einer grotesken Maske angenommen hatte. Und Adalbert, der dieses Lächeln fühlte, wagte es nicht, seinen Nachbar anzusehen. Wenn man ihm ein wenig Ruhe ließ, hing er dem Gedanken nach, der ihn beherrschte. Warum hatte sie das getan? Es war ganz genau so gewesen wie damals, als sie mit ihrem Gesang seinen Liedern eine Brünstigkeit gegeben hatte, die nicht in ihnen lag.

Endlich gab eine silberne Glocke das Zeichen zu Beginn der Tafel. Die Gäste nahmen ihre Plätze ein. Die Diener begannen, den ersten Gang aufzutragen. Nun ebbte das Geräusch etwas zurück, und man lenkte seine Aufmerksamkeit auf die Wunder der Kochkunst. Bezug unterhielt mit Unterstützung seiner Gemahlin die Ehrengäste und zog auch Behrens, der seinen Platz schief gegenüber hatte, ins Gespräch. Elisabeth saß neben Hecht am oberen Ende der Tafel, den Bischof neben sich, während der Statthalter neben Hecht saß; dann kam Frau Bezug neben dem Bischof und der Hausherr neben dem Statthalter. Der Bischof begann ein Gespräch über Puppenspiele, erinnerte an Goethes Vorliebe für diese rührende und unbeholfene Kunst, die im Anfang von Wilhelm Meister ihr vorzüglichstes Dokument gefunden hat, und erzählte von seiner italienischen Reise und den volkstümlichen Puppenspielen in Rom, denen er oft unerkannt beigewohnt hatte. Er kannte einen Kardinal in Rom, der ein ganzes Museum von Puppen besaß, in dem er Tage zugebracht hatte.

Man war in der Mitte der Mahlzeit angelangt, und es war Zeit, dass die offiziellen Trinksprüche stattfanden. Der erste, dem der Statthalter eine besondere Weihe gab, galt dem Wohl der

Verlobten. Seine Worte hatten einen ähnlichen Gang wie er selbst, steif und stelzend und etwas zurückgeneigt, als sei ihr Rückenmark nicht mehr ganz gesund. Seine Sätze waren sorgfältig mit Bügelfalten versehen und hatten Goldborten zu beiden Seiten. Nachdem der Statthalter gesprochen hatte und der Jubel der Gäste zurückgerauscht war, ergriff der Bankier Rosengarten aus Berlin das Wort und das Glas, um auch die Eltern der Braut und die ganze Familie im weitesten Wirkungskreis leben zu lassen. Und nun kam ein Trinkspruch nach dem anderen, zwischen je zwei Gängen der Mahlzeit, während die Diener lautlos die Teller und Gläser wechselten, immer eine kleine Rede, die in einem Hoch auf irgendjemanden ausklang.

Als die ganz feierlichen und offiziellen Ansprachen vorüber waren, kamen jene Redner daran, die auf der Liste des Rudolf Hainx unter dem Titel ›Heitere Abteilung‹ notiert waren. Jene Abart von Tafelrednern, die es sich zur Pflicht machen, die Gäste während ihres Toastes nicht aus dem Lachen kommen zu lassen. Hainx hatte seine Leute vorher genau unterrichtet und die heiteren Themen an sie verteilt, sodass nicht etwa zwei Redner über dasselbe zu sprechen in Gefahr kamen. Nun gab er ihnen das Zeichen, und in wohl abgemessenen Zwischenräumen bemühten sich diese erprobten Spaßvögel mit Erfolg um die Erhöhung der Laune. Ein Schriftsteller, ein Maler, ein Redakteur, ein Schauspieler kamen nacheinander. Zuletzt sprach Professor Schreier, der eine besondere Gabe für diese Art von Ansprachen hatte, eine Gabe, die umso sicherer hinriss, als man sie ihm bei seiner sonstigen Würdigkeit nicht zutraute.

»Zum Teufel, redet der wirklich solchen Unsinn, oder kommt's nur mir so vor?«, sagte Hauser zu seinem Freund Adamowicz. Die beiden waren schon in der Nähe des Zungenklapses angelangt, denn sie hatten keinen der Weine, die mit jedem Gang wechselten, an sich vorübergehen lassen. Endlich hatten sie sich mit einem wunderbaren Tokayer dauernd verbunden; Adamowicz, der immer betrübt wurde, wenn er betrunken war, sagte, als Hauser seine Frage hartnäckig wiederholte: »Ach ... was ... In diesem irdischen Jammertal ist der Unsinn ... der Unsinn ... die blaue Blume.«

Nach der Rede des Professor Schreier wurde durch eine Wand, die sich plötzlich in der Mitte zu einer weiten Öffnung auseinander schob, eine Art von ungeheurem Zuckerhut in den Saal gerollt. Nun stand der Zuckerhut still und mit einem Mal war es, als ob er von einem Erdbeben erschüttert auseinander bräche. Die Seiten bekamen lange Risse, und die Spitze stürzte ein, und ehe man recht wusste, wie es zugegangen war, sah man einen weißen leuchtenden Felsen vor sich, der mit Zacken und Rissen zu einem strahlenden Gipfel emporstrebte. Auf den Zacken und Vorsprüngen des Felsens waren neun Frauen hingelagert, die an den beigegebenen Attributen sogleich als die neun Musen kenntlich waren. Aus dem Gipfel entsprang ein Quell, der über die Blöcke hinabrieselte und sich unten in einem Becken sammelte. Ein Jüngling von edelster Bildung, die griechische Lyra in einem Arm, ließ das geflügelte Pferd aus der Hippokrene trinken. Die sanfte Musik, die das Bild umspielte, schien aus dem Innern des Felsens zu kommen.

Nach einigen Minuten verwunderten Anstaunens und gerade als die Gäste in lauten Beifall ausbrechen wollten, wurde es mit einem Schlage Nacht, nur der Gipfel des Felsens glühte wie ein Vulkan. Plötzlich stiegen aus dieser vulkanischen Glut leuchtende Kugeln, stiegen zur Decke des Saales empor und begannen, über den Köpfen der Gäste lautlos zu kreisen. Größere und kleinere Kugeln, die sich umeinander bewegten, schienen sie ein Abbild ferner Welten. Sie bewegten sich in stiller Gesetzmäßigkeit, und die Musik wurde zu einem leisen und kaum vernehmbaren Hauch, als werde sie durch die Drehungen der Kugeln hervorgebracht. Über den kreisenden Kugeln aber schien in unermesslicher Ferne eine andere Saat von Sternenwelten stille zu stehen. In bekannten Bildern angeordnet, standen sie in irgendeiner Beziehung zu den kreisenden Welten. Das dauerte so eine Weile an, dann schienen zwei der Sterne aus den Bildern durch eine Art von Anziehung bewegt zu werden. Sie verließen ihre Gefährten, schwebten an den kreisenden Welten vorbei, immer tiefer, und blieben endlich über den Plätzen stehen, wo Elisabeth und Hecht saßen. Die Gäste brachen in laute Zurufe aus. Denn nun war der Sinn des Intermezzos klar geworden: eine Glück bringende Prophezeiung für das Brautpaar im Gewand eines astrologischen Vorgangs.

Als das Licht wieder zurückflutete, waren der Musenfelsen und die Sternenbilder verschwunden.

Und nun erhob sich Bezug, und sofort wurde alles still. Er blickte über die Tafel hin, als wolle er sehen, ob alle da seien und ihre Aufmerksamkeit auf ihn gerichtet hätten. »Meine lieben Freunde«, begann er, »denn ich darf Sie nun wohl so nennen, da ich Ihnen nun gezeigt zu haben glaube, dass dieses Haus und der Hausherr Ihnen freundlich gesinnt sind … meine lieben Freunde, was Sie eben gesehen haben, ist mehr als ein bloßes Spiel, das Sie unterhalten will. Es hat auch seinen tieferen Sinn. Es ist, ich möchte sagen, ein Symbol dieses Bundes, der heute hier in Ihrem Beisein festlich begangen wird … ich meine geschlossen wird. Was Sie hier gesehen haben, sind die Nativitäten der beiden jungen Leute, eine astrologische Spielerei, die mein Freund Gruber, Professor an der Sternwarte in Wien, mir zu Gefallen berechnet hat. Eines der größten mechanischen Genies der Neuzeit, Alexei Naschkowitsch in Odessa hat die ungemein komplizierten Apparate ersonnen, durch welche diese Weltsysteme in Bewegung gesetzt worden sind.«

»Alle Achtung«, rief Mister Smith, der nun auch schon ein wenig laut geworden war.

»Sie haben gesehen, dass diese leuchtenden Welten aus dem Gipfel des Helikon aufgestiegen sind. Nun, meine lieben Freunde, das ist nichts anderes als mein Glaubensbekenntnis. Und was habe ich wohl damit sagen wollen? Nichts anderes, als dass ich glaube, dass unser Leben mit der Kunst verbunden ist, dass es immer wieder mit ihr zusammenführt und durch sie erneuert werden muss, dass unser Leben sozusagen eine Wiedergeburt durch die Kunst erfahren muss.«

»Bravo«, schrie plötzlich Adamowicz vom anderen Ende der Tafel her, so laut, dass sich alle nach ihm umsahen.

»Ja, die Kunst! Die Kunst ist es, nicht wahr! Halten Sie mich nicht für einen schnöden Geldmenschen. O nein, da würden Sie mir Unrecht tun. Ich glaube, dass nicht das Geld, sondern die Kunst die großen Werte des Lebens schafft. Eine ideale Realität oder reale Idealität, wie Sie wollen – das ist die Kunst. Sie ist kein Luxus, sondern eine Notwendigkeit …«

»Und ein vortrefflicher Köder.« Das war Hauser gewesen. Bezug beugte sich vor, suchte den Rufer mit den Blicken, und als er ihn gefunden hatte, lächelte er ihm zu und fuhr fort: »Unser Freund Hauser meint: ein Mittel, um unsere Freunde anzuziehen. Gewiss, so ist es. Wie vieles trennt uns, Berufe, Weltanschauungen … aber in diesem Medium treffen wir uns alle. Was hat unser heutiges Fest verschönert und ihm seinen besten Schmuck gegeben? Außer Ihrer eigenen Gegenwart, meine ieben Freunde, die Kunst. Ich habe Ihnen noch nicht für alle die herzlichen, ernst- oder scherzhaften Worte gedankt. Ich tue es hiermit, indem ich Ihnen etwas verspreche, was Ihnen allen wieder zugute kommen wird: die Kunst zu pflegen. Darum rufe ich: Es lebe die Kunst!«

Da gab es ein endloses Getöse und ein Anklingen von Hunderten von Gläsern. »Welche hohe, reine, ideale Gesinnung«, rief der Professor der Kunstgeschichte Schreier dem Professor am romanischen Seminar, Ernst von Kramarcz, ins Ohr, und dieser nickte mit einem Gesicht wie ein philosophisch gesinnter Marabu. So fand ihn wenigstens Dibian, der drei Plätze weiter saß.

»Nun, meine lieben Freunde«, fuhr Bezug fort, als sich der Lärm gelegt hatte, »ich bin in diesem Punkte ehrgeizig. Ich habe einen Dichter entdeckt, Herrn Adalbert Semilasso, der sich Ihnen heute in günstiger Weise vorzustellen die Ehre hatte. Sie werden noch Bedeutsames von ihm zu hören bekommen. Aber das genügt mir nicht. Ich habe lange einen Plan bei mir erwogen, der heute endlich zu einem festen Entschluss geworden ist und sicher Ihren Beifall finden wird. Ich habe den Gedanken gefasst, eine Stadt zu gründen, eine ganz ungeheure Stadt irgendwo in einem gesegneten Landstrich, am Fuße der Berge. Und diese ganze Stadt soll ausschließlich von Dichtern, Künstlern und Gelehrten bewohnt werden. Um ihnen die Freiheit des Schaffens zu ermöglichen, sollen alle materiellen Sorgen von ihnen ferngehalten werden. Es wird ausschließlich meine Sorge sein, ihnen alles Nötige und auch das Überflüssige zu gewähren.

Als Dank und Gegengabe bitte ich mir nur aus, dass alle Werke, die aus dieser Stadt hervorgehen, meinen Namen auf der Stirne tragen … ich meine, dass sie mir gewidmet sind.«

Bezug vermochte nicht weiter zu sprechen. Alles, was irgendwie zur Kunst und Wissenschaft gehörte, sprang auf, focht mit den Armen in der Luft und schrie … man umarmte sich, vergoss Tränen, rief einander zu, ohne ein Wort zu verstehen. Bezug sah sich umringt und wurde plötzlich mit dem Sessel in die Höhe gehoben. Der Schauspieler, der in der Puppenkomödie den betrogenen Gatten gespielt hatte, stieß die anderen beiseite, drängte sich hindurch und rief zu Bezug, der auf der Höhe seines lebendigen Thrones schwankte, hinauf: »Und für Schauspieler auch …?« Bezug lächelte zu ihm herab: »Auch für Schauspieler …« Dann bat er, man möge ihn wieder zur Erde lassen. Aber er musste es sich noch eine Weile gefallen lassen, auf den Schultern der aufgeregten Künstler zu thronen. Als er aber wieder auf festem Boden stand, gab er ein Zeichen und die Wand, durch die vorhin der Helikon gekommen war, schob sich noch einmal zu einer breiten Öffnung auseinander. Man sah in den nebenan liegenden Ballsaal, und die Musik setzte mit einer Polonaise ein.

»Zum Teufel«, sagte Hauser und schnaufte, als wolle er die Tüchtigkeit seiner Lungen erproben, »Tanzen auch noch.«

Aber es kam nicht auf den Einzelnen an, denn es gab einen Überfluss an Herren, und die sonst übliche Jagd nach Tänzern konnte diesmal unterbleiben. Die Paare ordneten sich zum Umzug im Saal. Als erstes Paar betraten Frau Bezug und der Statthalter die spiegelnden Parketten, dann folgte Elisabeth mit Hecht. Gerade wollte Bezug Frau Hartl um die Ehre bitten, die Polonaise mit ihr tanzen zu dürfen, als er sich von Hainx aufgehalten sah.

»Das Telegramm ist gekommen«, flüsterte ihm Hainx zu.

»Ist es da! Nun … und …?«

»Ja!«

»Also vorwärts. Setzen Sie die Eideshelfer in Bewegung.«

»Wo?«

»Im Hotel! Aber geschickt … ich bitte.«

»Gewiss.«

Das war alles so schnell und leise gegangen, dass sich die Nächststehenden kaum zurückgezogen hatten, weil sie sahen, dass Bezug mit seinem Generalsekretär etwas zu besprechen hatte, als das Gespräch auch schon zu Ende war. Bezug setzte seinen Weg zu Frau Hartl fort, die ihn, nachdem sie Störner abgewiesen hatte, erwartete. Er reichte ihr lächelnd den Arm und betrat mit ihr den Ballsaal.

In diesem Augenblick geschah etwas höchst Sonderbares und Unerwartetes. Die kleine Tür in einer Ecke des Ballsaales öffnete sich, und ein merkwürdiges Geschöpf schob sich herein, von dem man im ersten Moment nicht sagen konnte, ob es ein Mensch sei oder ein Tier. Es mochte aufgerichtet an der Tür gestanden und sie geöffnet haben. Als die Tür aber aufging, fiel es sofort auf seine Hände zurück und lief nun affenartig in den Saal, gefolgt von einem großen schottischen Schäferhund, der es mit ausgelassenem, lautem Bellen umkreiste.

Einige Sekunden lang waren die Gäste im Zweifel, wie sie sich zu dieser Erscheinung verhalten sollten. Sie hatten so viel Seltsames bei Bezug gesehen, dass sie nicht wussten, ob nicht auch dies wieder eine neue, besondere Überraschung für sie zu bedeuten hatte. Einige Vorlaute und Übereifrige begannen laut Beifall zu klatschen. Aber da schrie jemand auf, und man sah, wie Frau Bezug wankte und in die Arme des Statthalters fiel, der sie mit verzerrtem und aufs Äußerste entsetztem Gesicht auffing. Denn er hatte bei dem Anprall sein Monokel verloren, und nichts brachte ihn so aus der Fassung als dies. Frau Hartl blieb nicht minder verblüfft stehen, denn Bezug riss sich, ohne ein Wort der Entschuldigung, von ihr los und rannte auf das affenartige Wesen zu.

Es war ein Mensch, das sah man jetzt ganz deutlich, mit bleichem, krankem Gesicht und entzündeten, tief liegenden Augen. Er war sogleich auf allen vieren mitten in den Saal gelaufen und saß nun mit untergeschlagenen Beinen gerade unter dem großen Kronleuchter. Mit zuckenden Schultern saß er da, indem er an seinen Nägeln kaute, während der große Schäferhund hinter ihm stand und ab und zu mit der Schnauze zärtlich gegen sein Ohr stieß. Dabei sah das Wesen mit misstrauischen Blicken um sich, dann unterbrach es sein Nagen, strich mit der Hand leise und wie behaglich über die glatten Parketten und gab dabei ein vergnügtes Grunzen von sich. Der Hund sah jeder Bewegung der Hand aufmerksam, mit gespitzten Ohren zu. Plötzlich hob das Wesen wieder den Kopf, sah Bezug auf sich zukommen und sprang mit einem lauten plärrenden Geschrei auf. Von Bezug verfolgt, lief es auf allen vieren einer Fensternische zu, wo es sich hinter den schweren Vorhängen versteckte. Als Bezug den Vorhang wegreißen wollte, fiel ihn der Hund wütend an, sodass er zurückweichen musste.

Die Gäste standen erstarrt. Nun wussten sie, dass dies keine vorbereitete Überraschung war. Um Frau Bezug, die noch immer in Ohnmacht lag, war ein großes Gedränge entstanden.

»Haltet den Hund, haltet den Hund«, rief Bezug seinen Dienern zu, von denen sich einige sogleich auf das Tier stürzten, um es zu bändigen. Inzwischen hatte das Wesen den Vorhang etwas zurückgeschlagen, und als er seinen Verfolger in einiger Entfernung sah, griff es in die Falten des Damastes und begann hinaufzuklettern. In mehr als Manneshöhe zog sich ein ziemlich breites Gesims um den ganzen Saal. Dort hockte es nieder und begann, ganz nach Art der Affen, hinunterzukeifen und zu kläffen. Der Hund hatte sich losgerissen und sprang unten an der Wand hinan, ganz verzweifelt, dass er nicht bei seinem Gefährten sein konnte. Als Bezug wieder näher kam, begann das Wesen dem Gesims entlangzulaufen, lief rings um den ganzen Saal, immer von dem Hund unten gefolgt und stieß eine Art von Gelächter aus.

»Schrecklich, schrecklich«, sagte Schönbrecher zu Frau Harthausen, die sich an allen Gliedern zitternd an seinem Arm hielt.

Bezug lehnte an der Wand, unfähig sich zu bewegen, und sah immer nur auf das Wesen, das affenartig rund um den Saal lief, immer wieder … immer wieder. Plötzlich unterbrach das Wesen seinen Rundlauf, setzte sich auf dem Gesims nieder und sah mit gänzlich verändertem Gesicht in den Saal herunter. Der Hund stand augenblicklich gleichfalls still, wich zurück, um seinem

Herrn besser ins Gesicht sehen zu können, und achtete, indem er seine spitze Schnauze emporrichtete und die Ohren aufstellte, genau auf jede Bewegung. Die Veränderung, die mit dem Unglücklichen vor sich ging, geschah so schnell, dass die entfernter Stehenden sie nicht in allen Phasen verfolgen konnten. In dem bleichen Gesicht zuckte es zuerst einige Male, als ob es noch von den letzten Ausläufern eines Krampfes geschüttelt würde. Dann verlor sich der tierische Ausdruck, und unter der Verzerrung tauchte die Miene eines Erwachenden auf. Und plötzlich, als würde er sich jetzt seines Elends bewusst, schlug die Flamme eines jammervollen Entsetzens auf. Zitternd richtete sich der Mensch an der Wand empor, indem er mit ausgespreizten Fingern hinter sich tastete, und sah dabei starr in den Saal, wo die Gäste lautlos in Gruppen standen und nach ihm hinschauten. Die Musik hatte aufgehört zu spielen, und es war ganz still im Saal, nur ein Ächzen in langen, schweren Zügen … der röchelnde Atem Bezugs.

Und plötzlich schlug der Mensch dort oben auf dem Gesims die Hände vor das Gesicht, und an den zuckenden Schultern konnte man erkennen, dass er weinte. Dann nahm er wie in einem raschen Entschluss die Hände fort, setzte sich wieder nieder und glitt längs der Wand in den Saal hinab. Laut bellend rannte der Hund auf ihn zu und sprang in freudiger Erregung an ihn heran, indem er mit der Schnauze das Gesicht seines Herrn zu berühren versuchte. Der Mensch stand da und schien Bezug zu erwarten, der ganz langsam, als ob seine Füße bleischwer seien, schlurfend auf ihn zukam. Als ihn Bezug erreicht hatte, brach er in lautes Weinen aus und legte den Kopf an dessen Brust. Bezug aber schlang ganz sanft und weich, wie schützend den Arm um ihn und führte ihn durch die kleine Tür hinaus. Der Hund trabte bellend hinterdrein.

Die Gäste blieben in höchster Erregung im Ballsaal zurück. Es war gelungen, Frau Bezug endlich zum Bewusstsein zu bringen; sie saß in einer der kleinen Grotten, die anstatt der üblichen Nischen rings um den Ballsaal angebracht worden waren, im roten Licht, das aus irgendwelchen verborgenen Quellen strömte, und ihre erste Frage nach einem tiefen Atemzug war:

»Ist er fort?« Als man sie darüber beruhigt hatte, sank sie zurück und ließ sich von den drei Ärzten, die sich um sie bemühten, weiterbehandeln.

Draußen wurden indessen die gewagtesten Erklärungen ersonnen. Wilde Gerüchte und Vermutungen gingen um, von einer Gruppe zur anderen getragen, lawinenartig anschwellend, wieder von anderen Gerüchten und Vermutungen durchkreuzt. In einer Ecke des Saales standen die Finanzmänner beisammen, und durch Behrens, der sich mit Erfolg den Künstlern genähert hatte, hatten sie eine Verstärkung aus den Gruppen der Schriftsteller gefunden.

»Denken Sie sich ein Romanmotiv aus, Harthausen«, sagte Doktor Störner, »zeigen Sie, dass Sie Phantasie haben, wie einige Ihrer Kritiker von Ihnen behaupten.«

»Ein Wahnsinniger ist es, so viel steht fest«, sagte Rosengarten.

»Ja, aber in welcher Beziehung steht er zu Bezug?« Harthausen sann angestrengt nach.

»Es ist ein Wahnsinniger, der entsprungen ist und nun angesichts der Menge von Gästen zur Besinnung kam. Haben Sie nicht gesehen, wie er zu sich kam? Es war furchtbar anzusehen.«

»Sie glauben also, dass er in Beziehung zu Bezug steht?«, fragte Kontscharow.

»In sehr engen Beziehungen sogar. Aber es ist romantisch, was ich denke …«

»Sagen Sie es nur«, sagte Störner, »einem Dichter ist alles erlaubt.«

»Haben Sie gesehen, in welcher Aufregung sich Bezug befand? Und Frau Bezug ist in Ohnmacht gefallen. Warum? Wenn der Mensch nicht nahe mit ihnen verwandt ist, vielleicht sogar sehr nahe …?«

»Sie meinen?«

»Ich habe nichts gesagt. Sie haben mich aufgefordert, meine Phantasie spielen zu lassen … ich habe sie spielen lassen.«

»Mit Erfolg … sehen sie, die Herren sind nachdenklich geworden.«

Die Anwesenden waren wirklich alle nachdenklich geworden. Man schwieg und sah sich gegenseitig misstrauisch an, als ob man es mit einem Mal nicht mehr wage, seine Gedanken auszusprechen, weil sie gefährlich geworden waren. Nur Behrens sagte noch: »Es wäre möglich, dass …« Aber auch er beendete seinen Satz nicht, weil sich alle nach ihm umwandten und ihn erwartungsvoll anschauten. In diesem unbehaglichen Schweigen zerfiel die Gruppe und löste sich auf, um neue Verbindungen einzugehen.

Nach einer Viertelstunde sprach man ganz allgemein davon, dass der Wahnsinnige ein Sohn Bezugs sei. Niemand zweifelte mehr daran, und man fügte nur noch wie zum Überfluss Zug um Zug zum Beweis. Und ein anderes Gerücht gesellte sich zu diesem, eine Erklärung und breitere Ausführung … dieses Gerücht erinnerte daran, dass Bezug den Grundstock seines Vermögens durch die Herstellung von mechanischem Spielzeug gelegt hatte. Es war ihm gelungen, besonders durch seine äußerst sinnreich konstruierten Kletteraffen die Konkurrenz zu verdrängen. Diese Tatsache brachte man in eine Relation zu dem Ereignis von heute Abend, und man entsann sich weiter, dass Bezug, als er vor einigen Jahren seine Residenz in diese Stadt verlegte, sorgfältig alle Spuren seiner Vergangenheit zu verwischen gewusst hatte. Man wusste nur wenig über seine Herkunft und die Geschichte seiner Familie. Man hatte nur so viel erfahren können, dass er früher fast das ganze Jahr über von seiner Familie getrennt gelebt hatte. Während sich seine Frau und seine Tochter irgendwo im Süden aufhielten, war er rastlos in seinen Geschäften tätig gewesen, und erst als sein Vermögen ungeheuerlich geworden war, hatte er sich mit ihnen vereinigt. Als dieses Gerücht zu Frau Herold kam, wusste sie sogleich, dass der Wahnsinn des Sohnes eine Strafe des Himmels war. Ihr einfacher Verstand fand augenblicklich die Zusammenhänge zwischen den Kletteraffen, dem mechanischen Kinderspielzeug Bezugs und diesem affenartigen Unglücklichen. Das war also die Strafe Gottes für diesen Menschen, den sie hasste, mit einem unverdorbenen Instinkt, weil er sich alles unterwarf und weil er auch ihren Gatten in eine entwürdigende Abhängigkeit gezwungen hatte.

Nach einer Abwesenheit von mehr als einer Viertelstunde betrat Bezug wieder den Saal. Alle sahen ihm entgegen.

»Sehen Sie«, flüsterte Störner Frau Hartl zu, und selbst er vermochte seine Aufregung nicht zu verbergen, »sehen Sie nur ... er lächelt, er lächelt ... was für ein Mensch! Was für ein Mensch ...«

Bezug lächelte wirklich; seine Salzseeaugen lagen tot in einer leeren Wüste; aber der Mund lächelte, während er mit seinen an die Haut von Grottenolmen erinnernden Händen die Krawatte richtete. Er sah sich einen Augenblick lang im Saal um, als müsse er sich an etwas erinnern, und kam dann geradewegs auf Frau Hartl zu, um ihr den Arm zu reichen. »Warum wird nicht getanzt?«, fragte er, und auf das Schweigen der schönen Frau setzte er hinzu: »Es ist ein armer Teufel, ein entfernter Verwandter von mir, den ich aus Mitleid bei mir aufgenommen habe. Sie wissen ja, wie es mit unserer öffentlichen Irrenpflege steht.« Er hob den Arm gegen die Empore der Musik, und die Kapelle begann neuerdings mit der Polonaise. Ein überlegener Wille zwang die Gäste zur Fortsetzung des Balles, als ob nichts vorgefallen sei ...

Es war gegen drei Uhr morgens, als Hauser und Adamowicz aus dem Ballsaal in den großen Festsaal traten und hier von einem Diener mit stummer Verneigung in einen nebenan liegenden Raum geleitet wurden. Sie fanden hier eine kleine Versammlung von Gästen. Ganz gedämpft nur kam die Melodie des Walzers aus dem Ballsaal hierher. Man tanzte noch immer, und von der Menge der Gäste hatten sich nur jene entfernt, deren Ansehen es nicht gestattete, länger zu bleiben. Der Bischof ging am Arm des Statthalters fort und fuhr mit ihm in dessen Wagen nach Hause; sie unterhielten sich vorsichtig über die offizielle Deutung, die der heutige Zwischenfall durch Bezug erhalten hatte. Die Zurückbleibenden aber erhitzten sich in den Wellen des Tanzes, immer heißer wurden die Gespräche, die in den farbigen Grotten geführt wurden, und immer deutlicher prägten sich die heute gefundenen Seelenverwandtschaften aus.

Als die beiden Bildhauer, die durch die Bewegung des Tanzes etwas nüchterner geworden waren, den kleinen Raum betraten, kam ihnen Dibian entgegen: »Haben S' auch so a merkwürdige Einladung kriegt?«, fragte er.

Hauser zeigte die runde Karte, die man bequem in der Hand verbergen konnte: »Also, ich bin neugierig, was das wieder ist …«

»Eine geheimnisvolle Geschichte … dieser Bezug …« Hauser sah die Karte noch einmal an: »Eine erlesene Gesellschaft von Künstlern und Kunstfreunden versammelt sich in dem kleinen Raum neben dem Festsaal. Ihr Erscheinen wird bestimmt erwartet«, stand auf dem runden Papier. »Was will der noch von uns …? Ich kann schon bald nicht mehr … ich bin voll von Eindrücken, bis zum Rand. Wenn noch etwas dazukommt, gehe ich über.«

»Es wird wieder a besondere Überraschung sein. Jetzt sind wir schon bald fünfzehn Stund' da, und er hört nicht auf …«

Adamowicz, der schon ganz stumpf geworden war, schlug vor, ohne Aufsehen davonzugehen und auf die geheimnisvolle Überraschung zu verzichten. Aber die Neugierde der anderen war doch zu groß, und mühsam seinen Schlaf bekämpfend, musste sich Adamowicz entschließen, zu bleiben.

Etwa fünfzig Personen waren in diesem Gemach anwesend, lauter Männer, die irgendwie zur Kunst in Beziehungen standen, ausübende Künstler, Gelehrte, aber auch einige reiche Sammler, die durch ihren wertvollen Besitz an Kunstgegenständen bekannt waren. Mit der Müdigkeit, die sich am Schluss eines so langen Festes einstellt, verband sich eine gespannte Erwartung, und es ging den meisten so, wie es Hauser und Dibian ging, dass die Erwartung stärker war als die Müdigkeit. Man war gewiss, dass irgendein bedeutsames Erlebnis bevorstand, und die Vorsichtigen und Besonnenen konnten sich einer Art von Furcht nicht erwehren, dass sie, nun weit weniger widerstandsfähig als zu Beginn des Festes, einem starken Eindruck viel leichter erliegen mussten. Dazu kam das Seltsame dieses Gemaches, in dem sie warteten. Nach all dem Marmor und dem Gold, das sie heute um sich gesehen hatten, wollte es ihnen nun sonderbar erscheinen, dass die Wände dieses Raumes aus Eisen bestanden. Ohne Schmuck und Ornamentik schlossen sich die glatten Wände um sie, und nur ganz oben an der Decke lief eine ununterbrochene Reihe von Glühlampen, eine leuchtende Perlenkette ringsum. An einem Ende des Raumes war ein roter Vorhang angebracht, der indes so mit der Wand und dem Boden verbunden war, dass es niemandem gelang, zu sehen, was sich hinter ihm befand.

Nach einer halben Stunde des Wartens verstummte plötzlich die Musik aus dem Tanzsaal, und die Versammelten sahen, dass sich die Wand des Raumes, wo sie eingetreten waren, verschoben hatte und nun so in dem festen Teil saß, dass man kaum einen schmalen Spalt bemerken konnte. Sie waren nun in einem Raum eingeschlossen, der keinen Ausgang zu haben schien, in einer ungeheuren, eisernen Kiste gleichsam, in der sie nichts gegen den Willen des Herrn dieses Hauses zu unternehmen vermochten. Von diesem Augenblick an wuchs die Spannung und Erregung der Versammelten, und zugleich stellte sich ein leichtes Angstgefühl ein, als ob sie in eine Falle gegangen wären, aus der es kein Entkommen gab. Selbst die Müden und Schläfrigen wurden der ängstlichen Erwartung überliefert, die aus der ganzen Versammlung einen von einem einzigen Gefühl beherrschten Körper zu machen schien. Nach einigen Minuten hob sich der rote Vorhang am Ende des Saales. Man sah eine Reihe von marmornen Gestalten edelster Bildung, Jungfrauen in langen, fließenden Gewändern mit dem kurzen griechischen Peplos darüber. Und zugleich mit dem Heben des Vorhangs schob sich in den eisernen Langseiten des Raumes eine Anzahl von größeren und kleineren fensterartigen Klappen zurück, hinter denen Gemälde sichtbar wurden. Am anderen Ende des Saales, den Marmorgestalten gegenüber, zeigte sich ein Arsenal von eisernen Stäben, hölzernen Knütteln, von Beilen und Hämmern. Das Erscheinen dieses Arsenals von Zerstörungswerkzeugen fiel indessen niemandem auf, denn aller Aufmerksamkeit war nach vorne auf die Marmorgestalten oder auf die Gemälde gerichtet.

»Es sieht Bezug gleich«, sagte Störner zu Behrens, »dass er uns hier einschließt, um uns zu zwingen, seine kostbarsten Erwerbungen genau anzusehen.«

Behrens trat zu der Gruppe von Gelehrten, die im lebhaften Gespräch vor den Statuen standen: »Nun, meine Herren, welches Urteil geben Sie über die Jungfrauen ab?«

»Unzweifelhaft«, sagte Professor Schreier, »sind diese Gestalten den Karyatiden vom Parthenon verwandt.«

»Griechische Arbeiten sind es … so viel scheint bestimmt zu sein …«, fügte Professor Hartl hinzu.

»Scheint zu sein?«, fragte Hauser, der mit Adamowicz die Karyatiden genau geprüft hatte. »Ist wirklich und gewiss. Es ist nur peinlich, dass uns Bezug dazu eingekerkert hat, um das herauszufinden«, sagte er unruhig und sah von einem zum anderen.

Vor den Gemälden hatten sich andere Gruppen zusammengefunden. Hier war Dibian der Wortführer, und er erklärte einem gespannten Publikum, indem er sich vorzüglich an Harthausen, den Lyoner Seidenfabrikanten und Professor Ernst von Kramarcz wandte, warum er zwei der Bilder für ganz besonders wertvolle Werke von Rembrandt und Velasquez ansehe.

»Man hat's im Gefühl, sag ich Ihnen, das is' sicherer als alle Quellengeschichte … sehen S', ich weiß, das is' a Rembrandt. Ich möcht' Gift drauf nehmen, dass es einer is'. Der Bezug wird uns kein' Schund daherhängen, wenn er uns einsperrt, dass wir seine geheime Galerie bewundern. Schaun S' die Fleischtöne, die kreidigen Weißen und die verworfenen Lichter. Und finden S' nit, dass diese Susanna im Bad ein bissel der Saskia ähnlich schaut. Der Lichtfleck da auf dem Rücken … na, wenn das kein Rembrandt is, häng' ich mich auf.«

»Die Kunstgeschichte weiß aber nichts von diesem Rembrandt«, sagte Harthausen, der eine Monographie über Rembrandt geschrieben hatte, von der die Gelehrten behaupteten, sie sei ein Roman, und die Romanschriftsteller, sie sei eine schnöde Abhandlung.

»Die Kunstg'schicht'! Lächerlich, als ob die alles wüsst' … nix weiß die Kunstg'schicht'. Wer weiß, wo der Bezug diesen Rembrandt aufgestöbert hat. Der is' schlau, der wird sich kein' Kitsch anhängen lassen. Das is' ein Rembrandt, so sicher wie das da ein Velasquez is' …«

Das konnte nun wieder Vernier nicht glauben; denn er besaß eine schöne Sammlung von Originalen des spanischen Meisters und hatte alle Galerien Europas und Amerikas nach seinem Liebling abgesucht. Dieses Motiv, eine halbnackte Frau, die sich vor einem Spiegel die Haare flicht, sei dem Kreis des Velasquez fremd und passe nicht zu seinem sonstigen Schaffen. Dibian aber ereiferte sich, schlug mit Argumenten um sich und berief sich zuletzt wieder auf das untrügliche Gefühl des Selbstschaffenden, das sicherer sei als alle Ergebnisse der Kunstgeschichte.

»Ganz richtig«, sagte plötzlich eine Stimme hinter den Debattierenden. Bezug stand mitten unter ihnen. Niemand hatte ihn kommen gesehen. »Ganz richtig«, sagte er noch einmal, »Herrn Dibians Gefühl hat es getroffen. Es ist ein Velasquez, dies dort ein Rembrandt, drüben sehen Sie einen Luca Signorelli, die nackte Frau dort ist ein Tizian. Alles unbekannte Gemälde, die ich aufgefunden habe.

Meine Herren«, sagte er mit erhöhter Stimme, sodass sich alle nach ihm umwandten, »meine Herren, ich habe Sie hierher gebeten, um meine kleine Rede über die Kunst, die ich vorhin begonnen habe, vor ihnen zu vollenden.« Während dieser Worte wuchs Bezug über die Köpfe der Versammlung empor, sodass er jetzt von allen gesehen werden konnte. Die Nächststehenden bemerkten, dass sich ein kleines Postament mit ihm aus dem Boden hob, um ihm die erhöhte Stellung des Redners zu geben. »Was ich noch hinzuzufügen habe, passt nicht für die große Menge, sondern nur für die kleine Schar der Erlesenen und Geweihten. Nur für Männer, die mit der Kunst verwachsen sind, die ihr Leben der Kunst hingegeben haben, als Schöpfer oder als Erfinder des Großen. Sie erinnern sich, dass ich im Laufe meiner öffentlichen Rede davon gesprochen habe, dass unser Leben eine Wiedergeburt durch die Kunst erfahren müsse.«

Bezug wartete einen Augenblick, bis ihn ein Gemurmel der Versammlung davon überzeugte, dass man sich seiner Worte erinnere.

»Daran möchte ich nun anknüpfen. Eine Wiedergeburt … das heißt eigentlich, eine Steigerung der Lebenswerte durch die Kunst. So ist es. Aber: Jedes Ding hat zwei Seiten. Betrachten wir einmal die andere Seite. Was ist wichtiger: das Leben oder die Kunst? Ich möchte sagen: das Leben …«

»Gewiss!«, rief Hecht, der an der Wand lehnte, weil ihn seine Beine nicht mehr recht trugen.

»Das Leben ist sicher wichtiger. Denn was haben wir von der Kunst, wenn unser Leben nicht ein fester Boden ist, auf dem wir stehen und die Wunder der Kunst genießen können. Und sobald wir zu dieser Erkenntnis gekommen sind, dürfen wir uns auch nicht mehr der anderen Erkenntnis verschließen, dass die Kunst eine Gefahr für das Leben bedeutet. Sehen Sie einmal um sich. Wie viele Menschen gibt es, die, vollkommen der Kunst hingegeben, das Leben und seine Herrlichkeiten vergessen. Die Dichter schmieden sich an ihre Schreibtische, die Maler und Bildhauer schließen sich in ihre Ateliers ein, die Kunstgelehrten graben Schächte und Stollen in die ungeheuren Gebirgszüge der Bücher; selbst die harmlosen Sammler stehen unter der Herrschaft ihres fixen Gedankens und stellen alles andere unter diesen despotischen Trieb. Das Leben rauscht an ihnen vorüber, aber es vermag nichts über sie, denn sie sind von der Kunst besessen. Die Kunst ist ein Dämon, ein gefährlicher Dämon. Hütet euch davor, ihm ganz zu verfallen. Denn was wollen wir vom Leben? Was ist das Ideal aller Zeiten vom Leben gewesen? Die Freiheit der Persönlichkeit!«

»Um uns das zu sagen, hat er uns hier eingesperrt«, flüsterte Hauser dem Freund zu. Als habe Bezug den Einwurf Hausers gehört, sah er ihn durchdringend an und fuhr dann fort. »Jawohl, die Freiheit der Persönlichkeit. Ist es nicht so, als ob die Kunst darauf lauere, uns unsere Persönlichkeit zu rauben. Wenn wir von einem Kunstwerk hingerissen sind, von ihm erfüllt, was ist das anderes, als dass wir unsere Persönlichkeit aufgegeben haben. Wir denken die Gedanken eines anderen, wir sind gezwungen, einen Vorgang, eine Landschaft, einen Menschen so zu sehen, wie ihn der Meister gesehen hat. Wir sind besessen, meine Freunde, unser Ich ist uns geraubt, wir haben unsere Freiheit verloren. Die Kunst ist ein Dämon.

Und sehen Sie unsere Galerien an. Müssen da nicht vor allem unsere Schaffenden verzweifeln, wenn sie die Massen dessen sehen, was schon geschaffen wurde, diese unendlichen Mengen von Kunst, an die sich so viele Gedanken und Empfindungen vergangener Jahrhunderte angesetzt haben? Und müssen unsere Schriftsteller nicht verzweifelt hinstürzen, wenn sie in eine Bibliothek treten, wo in Hunderttausenden von Bänden nichts als lauter Wortkunst angehäuft ist? In Galerien und Bibliotheken sind fürchterliche Dämonen daheim, Gespenster, Vampire, die uns überfallen.«

Bezug unterbrach sich. Die Versammlung atmete schwer und beklommen, niemand näherte sich, es war, als ob sich die Decke auf sie herabsenkte, als ob die Wände näher zusammenrückten. Eine Angst, eine heiße zitternde Angst, die irgendwo auf sie gelauert hatte, bemächtigte sich aller. Sie teilte sich ihnen mit wie ein Strom, der durch alle Körper fließt. Was wollte Bezug von ihnen? Warum sprach er so zu ihnen? Welchem Ziel steuerte seine Rede zu? Und zugleich war noch eine andere Empfindung da, etwas Unerklärliches, das sich neben der Angst in ihnen festsetzte und immer gewaltiger emporwuchs. Eine Begleiterscheinung der Angst, der sie keinen Namen wussten, Hass vielleicht, ein halb angenehmes, halb grausiges Gefühl.

»Wir wollen unsere Freiheit bewahren«, sagte Bezug, und er sprach seltsam eindringlich. »Das Leben steht über der Kunst, wir wollen siegreich das Leben behaupten. Wer immer von der Heiligkeit der Kunst spricht und niemals an ihre Wunder zu tasten wagt, ist nicht frei. Nur der ist stark, der es vermag, alle Ehrfurcht von sich abzuwerfen, wenn es gilt, seine Persönlichkeit zu behaupten. Wir wollen die Kunst pflegen, wir wollen sie aber auch vernichten können. Jawohl, vernichten, wie einen Feind. Wozu, meine Freunde, alles bewahren, was uns vergangene Jahrhunderte an Kunst hinterlassen haben?

Ich wollte ein großes Beispiel geben und eine unschätzbare Sammlung wie die Dresdener Galerie in Feuer aufgehen lassen können. Ich bin nur ein Privatmann und kann nur im Kleinen wirken. Ich rufe den Geist Herostrats an. Er hat meinen Gedanken zum ersten Mal gedacht: Er ist der wahrhafte Freie. Er und hie und da noch einer im Verlaufe der Geschichte, wie jener arabische Feldherr, der die Bibliothek zu Alexandria in Brand setzen ließ.

Sie haben im Laufe eines Tages in meinem Haus der Kunst Ihre Ehrerbietung dargebracht. Ich fordere Sie nun auf, sich wahrhaft frei zu zeigen. Hier sehen Sie eine Anzahl von bedeutenden Kunstwerken. Ich brauche Ihnen wohl nicht zu sagen, dass diese Statuen und diese Bilder unermessliche Werte darstellen und dass, wenn es mir gefiele, sie der Welt zu übergeben, ein Sturm des Entzückens durch alle Länder ginge. Aber es gefällt mir, sie zu vernichten. Vorwärts, meine Herren, dort hängen die Werkzeuge der Vernichtung … vorwärts … zerstören Sie, schlagen Sie in Trümmer, erweisen Sie Ihre Freiheit.«

Mit einer halbkreisförmigen Bewegung zeigte Bezug auf die Statuen und die Bilder an der Wand. Die Versammlung stand und starrte. Sie begriffen noch immer nicht, was Bezug von ihnen wollte. Er forderte sie auf, die Kostbarkeiten zu zerstören? Ja, war denn in einem solchen Verlangen noch eine Spur von Vernunft? Die Gründe waren ja ganz klar und wohlgesetzt vorgebracht worden und hatten sogar eine gewisse Beweiskraft. Aber noch wehrte man sich gegen das Ungeheuerliche, gegen den brutalen Wahnsinn. Trotzdem aber fühlten sie, wie sie in dem engen Raum, den der Wille Bezugs gewissermaßen erfüllte, zu unterliegen begannen.

Nur einer ging nicht in dem allgemeinen Strom unter. Es war Adalbert Semilasso, der sich ein wenig von der dicht gedrängten Menge der Versammelten entfernt und in eine Ecke gedrückt hatte, unbeachtet von den anderen und auch von Bezug, der ihm den Rücken zuwandte, nicht bemerkt. Adalbert hatte bald nach seinem Eintritt in diesen Raum ein Bild gesehen, das seine ganze Aufmerksamkeit gefangen nahm. Es mochte von einem italienischen Meister herrühren und zeigte ein Mädchengesicht von so sanfter Lieblichkeit, dass Adalbert staunend stehen blieb und nicht mehr loskommen konnte. Ein weiches, rundes Gesicht mit klugem, gutem Ausdruck in den Augen und einem entzückenden Mund. Der Hals war frei und führte in wundersamen Linien zu den zarten nackten Schultern und dem glatten ruhigen Ansatz der Brüste. Hier aber war das Bild abgeschnitten. Es war dem Format nach das kleinste unter allen Bildern, von einer so heiligen, keuschen Reinheit, dass es rührend wirken musste.

Was aber Adalbert sogleich bannte, war eine Ähnlichkeit, die ihn vor Glück erzittern machte, eine Ähnlichkeit mit Regina. Zuerst lächelte er über sich. Er erinnerte sich an das Wandgemälde an Eleagabals Haus, wo er auch in den Zügen der einen Frau diese geliebte Ähnlichkeit gefunden hatte. Sah er wirklich nichts anderes mehr als Regina? Er prüfte das Bild noch einmal, genauer, mit so viel kritischer Besonnenheit, als seine Aufregung zuließ. Aber er kam zu demselben Ergebnis. Es war wie ein Bild Reginas, das der Maler nach Jahren aus dem Gedächtnis wiedergegeben hat. Und zugleich mit dieser Erkenntnis kam er zu dem Entschluss, dieses Bild vor frivolen Blicken und schamlosen Äußerungen zu bewahren. Es war ihm, als sei es eine heilige Pflicht gegen seine Liebe, denn er fürchtete, dass die Keuschheit des Bildes unter der schwülen Sinnlichkeit, die ihm in diesem Raum zu liegen schien, leiden könnte. Gelassen hörte er die Rede Bezugs an und stand wie ein Wächter neben seinem Bild. Als die Aufforderung an die Gäste erging, zu zerstören, zu vernichten, erschrak er furchtbar. Sollte er dieses Bild verlieren? Er sah durch eine Kette von stürzenden Gedanken das eine ganz klar: Er musste Regina retten. Im Augenblick verknüpfte sich mit diesem Entschluss eine abergläubische Vorstellung: Wenn es ihm gelang, so war es ein Zeichen dafür, dass er auch in Wahrheit die Geliebte erringen werde.

Bezug sah über die Versammlung hin und bemerkte, dass sie noch nicht ganz so weit war, wie er sie wünschte. Ein letzter Anstoß musste kommen. Mit liebenswürdigem Lächeln gerade in das Gesicht des ihm zunächst stehenden Behrens, trat er auf einen in dem Postament angebrachten Knopf. Die leuchtende Perlenreihe der Glühlichter verlosch und ein dunkles, rubinrotes Licht breitete sich, von schwarzen Schattenstreifen durchzogen, im Raum aus. Hinter den Marmorstatuen glomm es dichter und glühender, dass diese wie vor einem Vorhang von Feuer standen. Plötzlich sanken von der Decke zwei sichelförmige Pendel herab, das eine der Pendel vor der Reihe der marmornen Jungfrauen, das andere hinter ihr, und begannen zu schwingen. Es waren schmale, scharfe Pendel, Halbmonde mit dünnen Spitzen und so still war es, dass man hören konnte, wie sie zischend wie losschnellende Schlangen die Luft durchschnitten. Auf den blanken Stahl sprangen rote Lichter gleich lebendigen Flammen und zuckten sogleich wieder zurück. Die Pendel schwangen in einem steten Wechsel hin und her, bald dunkel wie wilde Vögel und dann wieder gleich gefährlichen

Flammen, das eine vor, das andere hinter der Reihe der weißen Gestalten, gleichmäßig, unablässig, zunächst mit keinem anderen Sinn als dem einer Drohung. Wer zwischen diese Pendel geriet, der war verloren, das wussten alle, die in diesem Raum der furchtbaren Phantasie Bezugs preisgegeben waren.

Und plötzlich stand wirklich ein Mensch zwischen den sausenden Pendeln. Eine Frau, im Gewand ähnlich den steinernen Jungfrauen, zwischen denen sie stand. Woher sie gekommen war, wusste niemand. Aber nun war sie da, stand einen Augenblick ruhig und begann sich dann zu bewegen. Man erkannte die Seiltänzerin Bianca aus Kutschenreuters Zirkus.

Das Mädchen verließ ihren Platz zwischen den Statuen und begann mit einem Vor- und Zurückbeugen des Körpers. Während die Pendel gleichmäßig weitersausten, wagte sie sich in ihre gefährliche Bahn, wich noch im letzten Augenblick aus, wenn es schon aussah, als müsste die rot schimmernde Sichel ihren Körper zerfleischen. Zwischen den ernsten, weißen Gestalten bewegte sie sich sicher in Schlangenlinien, umkreiste die Statuen, sprang vor, um niederzuknien und das Pendel über ihren Kopf hinwegsausen zu lassen, wich zurück und ließ nur den Schleier flattern, den das Pendel sogleich in zwei Teile zerschnitt. Nun bückte sie sich, hob das abgeschnittene Ende auf und tanzte vor dem Pendel in den nächsten Zwischenraum zurück, um sich sogleich wieder in die Bahn der hinter den Marmorgestalten schwingenden Sichel zu wagen. Die Zuschauer standen wie versteinert. Niemand rührte sich, es war, als ob sie fürchteten, durch eine Bewegung, durch ein einziges Wort die Tänzerin in Gefahr zu bringen.

»Den Zweifelnden!«, sagte das Bezugs Stimme, »den Zweifelnden! Seht hin, um wie viel größer das Leben ist als die Kunst.«

Die Tanzende zuckte zusammen und warf sich mitten in ihren wilden Rhythmen zu Boden. Ebenso plötzlich wie sie gekommen war, war sie verschwunden. Und nun brach der Atem der Zuschauer in heißen keuchenden Stößen los. Die ganze Masse schien aufgewühlt, schäumte und war im Begriffe, loszubrechen, um irgendetwas Unsinniges zu tun. Da fiel plötzlich in das dunkle, rubinrote Licht ein greller, flatternder, heller Schein.

Aus dem Boden des Gemaches sprangen zu Füßen der Marmorstatuen lebendige Flammen auf, züngelten mit spitzen Leibern an den steinernen Gewändern hinan, mit leichten, ziehenden Rauchwolken, die sogleich die Arme und Gesichter der Jungfrauen schwärzten. Als seien die steinernen Körper durch die Berührung der Flammen belebt, schienen sie zu zucken und sich zu krümmen; die Züge wurden wie von unendlicher Qual durchwühlt. Hecht stand da, vorgebeugt und starrte auf die gemarterten Jungfrauen. Es durchfloss ihn heiß. Stände sie so da … stände sie so da …

Die Flammen schossen höher, über Brust und Schultern, griffen nach dem Hals und dem Kinn der Statuen, flackerten über die steinernen Stirnen und schlugen über den Köpfen der Gemarterten zusammen. Ein Knacken ging durch den Stein, und nun war es allen deutlich, was die Stunde von ihnen verlangte.

Mit einem Schrei sprang Hecht vor und stand nun dunkel vor den Flammen, schwankend mit weit ausgebreiteten Armen, als wollte er sich hineinstürzen. Er focht in der Luft, ballte die Fäuste gegen die Statuen und schrie unaufhörlich. Nun brach es hinter ihm los. Die Gäste stürzten auf die Werkzeuge zu, bewaffneten sich und stürmten gegen die marmornen Jungfrauen. In diesem Augenblick verloschen die Flammen und die wütenden Männer fielen über den glühenden geschwärzten Stein her, schlugen mit Beilen und Knütteln darauf los, außer sich und ohne Empfindung für Schmerz, wenn einer den heißen Marmor berührte oder von einem Schlag getroffen wurde. In sinnloser Raserei zertrümmerten sie mit Beilen und Eisenstangen die Gestalten; nicht zufrieden damit, dass der Marmor nach wenigen Minuten alle Deutungen menschlicher Körper verlor, hieben sie auch auf die formlosen Blöcke ein, schlugen sie in kleine Stücke und versuchten einer dem anderen in der Zerstörungsarbeit zuvorzukommen.

Plötzlich war es einigen zugleich eingefallen, dass die Statuen nicht die einzigen Kunstwerke in diesem Raum waren. Mit einem Schrei der Wut und Wollust stürzten sie sich auf die von Meisterhänden gemalten nackten Frauen. Diese Nacktheit stachelte sie an, machte sie noch wütender, schien ihnen entgegenzuschreien und zur mit der Zerstörung verbundenen Wollust aufzufordern. Hauser, der mit einem Beil bewaffnet war, lief voran und warf als Erster sein Werkzeug gegen den ruhenden, weiß schimmernden Leib der Venus. Das Beil riss ein großes Loch in die Leinwand und brach im Herabfallen ein Stück des schweren vergoldeten Rahmens aus. Nun waren auch die anderen heran, und in das Keuchen und unterdrückte Schreien ihrer Tobsucht war das scharfe Knistern der Leinwand das harte trockene Brechen des Holzes gemengt.

Adalbert Semilasso stand in seinen Winkel gedrückt und hielt sein kleines Bildchen, das er zu Beginn des Getümmels herabgenommen hatte, unter dem Rock verborgen. Er sah mit Entsetzen der entflammten Raserei der anderen zu und war entschlossen, wenn sich die zerstörende Wut auch gegen sein Bild wenden sollte, es mit seinem Leben zu verteidigen. Und er sah, wie Bezug dastand und dem Toben seiner Gäste zusah und wie er dabei lachte. Ein lautloses, fürchterliches Lachen, ein lodernder flackernder Triumph, an dem der ganze Körper wie im Fieber beteiligt schien. Von den Schultern herab lief eine Welle nach der anderen über den Rücken Bezugs, und seine Finger schienen wie im Krampf erstarrt. Plötzlich wandte er sich nach Adalbert um, sah ihn in seiner Ecke, das Bild gegen seine Brust gedrückt und nickte ihm fast wohlwollend zu.

In diesem Augenblick schob sich die eiserne Wand zurück, und der Vorhang des Eingangs wurde sichtbar. Ein Diener hob die Falten auf. Frische Nachtluft kam in den heißen Raum und zugleich das Geräusch des Balles, eine wiegende fröhliche Walzermelodie. Die Rasenden hielten inne, sahen sich wie erwachend an, mit einem verstörten Ausdruck in den Zügen, einem ins Entsetzen gewendeten Staunen, und die Werkzeuge der Zerstörung entsanken ihren Händen. Dann wandten sie sich ab und schlichen, ohne ein Wort zu sprechen, hinaus ... wie Hunde, wie beschämte, geprügelte Hunde.

Elisabeth will nach Antothrake. Ein Abschied

Am Tage nach dem Verlobungsfest schlief Elisabeth bis gegen Abend. Erst in der Dämmerung stand sie auf und ließ sich von Anna ankleiden.

»Nun Anna, wie war's gestern?«, fragte sie, während das Mädchen die Zöpfe hochsteckte.

»Ein bisschen toll!«

Elisabeth sah sie mit glimmenden Augen an: »Noch nicht toll genug.«

Als Elisabeth fertig war, fragte sie: »Und was hast du gehört? Was spricht man von meinem Bruder?«

Anna zögerte mit der Antwort: »Was man eben so spricht … durcheinander …«

»Du hast Recht. Was geht mich schließlich dieses Geschwätz an.«

Elisabeth trat in ihr Boudoir und zu ihrem Schreibtisch hin. Zwei Briefe lagen da auf silbernem Tablett. Sie kannte Format und Schrift und warf sie mit unzufriedener und ungeduldiger Miene fort. Ein dritter Brief, den sie heute erwartet hatte, fehlte. Nachdem sie eine Weile vom Fenster in den Park hinabgesehen hatte, wandte sie sich um und ging, um ihren Vater aufzusuchen. Im Arbeitszimmer teilte ihr der Diener mit, dass der Baron unten bei der gnädigen Frau sei.

Als Elisabeth bei ihrer Mutter eintrat, wurde ein Gespräch unterbrochen, das beide aufgeregt zu haben schien. Bezug stand mit dem Rücken gegen den Kamin gelehnt, in dem trotz der Wärme des Sommerabends ein Holzfeuer brannte, und Frau Agathe lag bleich und erschöpft, mit einer Kompresse auf dem Kopf, auf dem Sofa. Elisabeth ging auf ihre Mutter zu und küsste sie flüchtig auf die Wange.

»Gut geschlafen?«, fragte Bezug.

»Es geht an.«

»Hecht war heute schon dreimal hier, um sich nach dir zu erkundigen«, sagte die Mutter mit einem Stöhnen.

»Er hat dir endlich geschrieben.«

»Ich weiß es. Ich habe den Brief gesehen.«

»Gesehen? Nicht gelesen?«, fragte Bezug.

»Nein.«

»Höre, Elisabeth, du behandelst ihn schlecht. Er ist außer sich. Gestern hat er sich aus Kummer betrunken. Es gab beim Aufbruch beinahe einen Skandal. Er weinte und wollte zu dir. Zum Glück war außer Hainx und Adalbert sonst niemand dabei.«

Elisabeth gab keine Antwort. Frau Agathe stöhnte auf ihrem Sofa und rückte die Kompresse zurecht: »Was ist das mit dir, mein Kind? Ich habe Sorgen ... ich weiß nicht, Ahnungen oder dergleichen ... es überfällt mich manchmal, dass mir die Luft ausgeht.« Und plötzlich brach sie in Schluchzen aus: »Oh, ihr werdet an meinem Tod schuld sein, ich fühle es, das kann nicht mehr lange dauern.«

Weder Bezug noch Elisabeth bemühten sich, Frau Agathe zu trösten. Sie kannten diese Anfälle und wussten, dass sie ebenso plötzlich gingen als kamen. Und nach einigen Minuten hörte Frau Agathe wirklich zu weinen auf. »Es waren keine günstigen Zeichen über dem gestrigen Tag ... Arnold ... Arnold ... dass er ausgebrochen ist! Ich glaubte schon, ich müsse sterben. Wie konnte das geschehen?«

»Wie das geschehen konnte?«, sagte Bezug zornig. »Ich habe es dir schon gesagt. Der Wärter, der Kerl, dieser elende Lump ... also dieser Weithofer ist seit gestern fort. Und sein letztes Stück war, dem Arnold die Tür zu öffnen, dass er frei herumlaufen konnte. Die Diener waren alle unten beschäftigt, und dann wissen sie ja auch nichts davon. Vielleicht hat ihn auch der Weithofer sogar bis zum Saal gebracht. Warum ... warum hat er das getan?«

»Du hättest ihm mehr Lohn geben sollen«, sagte Frau Bezug.

»Er hatte einen Ministergehalt. Ein Kerl, der ... sollte ich ihm noch mehr geben? Und ich habe ja nicht mit einem Wort zu entgegnen gewagt, wenn er frech wurde.«

»Wer ist jetzt bei ihm?«

»Richard! Er ist der Verlässlichste von allen. Ich habe ihn rasch von draußen rufen lassen.«

»Und was wird jetzt geschehen? Jetzt wissen die Leute alle von unserem armen Arnold ...« Frau Bezug stöhnte und schob wieder die Kompresse zurecht. »Jetzt werden sie alle von unserem Unglück sprechen.«

»Ich habe angegeben, dass es ein entfernter Verwandter ist«, sagte Bezug.

»Du denkst doch nicht, dass sie dir das glauben. Sie waren schon gestern auf der richtigen Spur.« Elisabeth sah ihrem Vater kalt und überlegen in das Gesicht.

»Freilich! Freilich ... sie glauben es nicht ...« Bezug war so verzagt, dass ihn Frau Agathe trotz ihrer Leiden erstaunt ansah. »Aber etwas muss geschehen. Du hast Recht. Sie verbreiten sonst das Gerücht, dass ich meinen Sohn gefangen halte. Etwas muss geschehen ... Dieser Schuft, dieser Weithofer ... aber der soll es mir büßen.« Das sagte Bezug ganz blass vor Zorn und umklammerte eine der Vasen aus Lapislazuli, die auf dem Kamin standen, als wolle er sie in der Hand zerdrücken.

»Aber das ist nicht das Einzige«, fuhr Frau Bezug jammernd fort. »Noch etwas anderes macht mir Angst. Das ist doch kein gutes Zeichen ... kein gutes Zeichen, wenn von einer Gesellschaft, die zu einem Fest versammelt war, am nächsten Tag einer tot ist. Das bedeutet nichts Gutes.«

»Ist einer gestorben? Wer denn?«, fragte Elisabeth gleichgültig.

»Behrens, der liebenswürdige junge Mann, weißt du; der Fabrikant aus Darmstadt oder Köln oder so irgendwo her.«

Elisabeth zuckte die Achseln, aber Frau Bezug fuhr mit weinerlicher Stimme fort: »Das kann ja nichts Gutes bedeuten, nicht wahr? Und noch dazu so grässlich: Er ist im Hotel ermordet worden.«

»Ermordet! Lächerlich!«, unterbrach sie Bezug. »Ermordet? Wer sagt denn das?«

»Nun, ich glaube: ermordet ... Nach dem, was Hainx erzählt hat.«

Ingrimmig sagte Bezug, indem er Agathe mit verzerrtem Gesicht ansah: »Wenn du nur nicht immer so reden würdest. Es ist keine Spur davon, dass er ermordet wurde ... Keine Spur, sage ich dir. Ich war ja selbst im Hotel und habe mir alles angesehen.

Und es sind gar keine Anzeichen für einen Mord da. Nicht die geringsten Anzeichen.«

Elisabeth war aufmerksam geworden, lehnte sich gegen einen hohen Schrank, in dem Frau Agathes Medizinen aufbewahrt wurden, und sah ihrem Vater fest ins Gesicht. Leise klirrten die Flaschen im Schrank. Etwas verwirrt sagte Bezug: »Es kann von einem Mord keine Rede sein. Es ist Selbstmord. Ganz gewiss. Neben Behrens lag sein Revolver und eine der Kugeln stak in seiner Schläfe. Er muss die Tat bald nach seiner Heimkehr vom Fest verübt haben.«

»Und warum hat er sich wohl erschossen?«, fragte Elisabeth langsam und eindringlich.

»Was weiß ich. Vielleicht hatte er den Spleen. Es kommt vor, dass sich diese jungen Leute, die alles genossen haben, in einem Anfall von Lebensüberdruss umbringen.«

»Ich habe gestern noch mit ihm gesprochen. Aber ich habe keinen Spleen und keinen Lebensüberdruss an ihm bemerkt. Er war munter und beredt und sprach davon, dass er nächste Woche zur Bärenjagd nach Siebenbürgen wolle.«

»Vielleicht auch waren seine Verhältnisse nicht so glänzend, wie man glaubt. Das Geld … das Geld, meine Lieben … es ist rund und rollt aus den Fingern …«

»Es könnte sein, dass sein Tod irgendwie mit Dingen dieser Art zusammenhängt.«

Ohne Ahnung, dass zwischen Vater und Tochter ein Kampf stattfinde, in dem die Tochter mit Vermutungen zu durchdringen strebte, was der Vater zu verhüllen suchte, fiel Frau Agathe wieder in ihre Klagen über die üblen Vorzeichen. Ob sich nun Behrens selbst erschossen hatte oder ob er ermordet worden war, sein Tot bestand als schreckliche Tatsache und lastete auf dem Eindruck des Festes. Und schon zeigte sich auch ein Teil der schlimmen Dinge, die dieses Ereignis anzuzeigen schien, in einer Verschlimmerung des Gesundheitszustandes Frau Agathes.

Elisabeth hatte sich in einem der zerbrechlichen Sesselchen niedergelassen und unterhielt sich damit, ein kleines Sevillaner Eselchen unaufhörlich mit dem Kopf nicken zu lassen. Als nun Frau Agathe eine kleine Pause zu machen gezwungen war, schob

Elisabeth eine andere Angelegenheit vor die Fortsetzung des Jammers. »Ich bin nämlich heruntergekommen«, sagte sie, »um euch mitzuteilen, dass ich nächster Tage auf einige Wochen verreisen will.«

»Wohin?«

»Nach Antothrake.«

»Nach meiner Insel im Adriatischen Meer?«

»Ja. Ich fühle mich angegriffen. Du, Vater, hast keine Zeit, um dich auszuruhen. Deine Geschäfte sind allzu wichtig. Und die Mama, der kann ich doch die Anstrengungen des Reisens nicht zumuten …«

Mit einer Gebärde des Entsetzens bestätigte Frau Agathe diese Absicht.

»Aber ich brauche dringend eine Erholung. Jetzt sind wir mitten im Sommer. Soll ich denn die ganze schöne Jahreszeit über in der Stadt sitzen? Wie lange waren wir jetzt nicht mehr auf Antothrake? Und es ist so wunderschön dort.«

»Was ist denn das für ein plötzlicher Einfall?«

»Kein plötzlicher Einfall … ich denke ja schon lange daran. Aber gestern, während des Balles, wurde die Sehnsucht so groß, dass ich mich zur raschen Abreise entschlossen habe. Nun will ich es aber auch nicht mehr lange hinausschieben. Gleich übermorgen reise ich ab. Ich will das Meer wiedersehen und die schönen Linien des Gebirges der Küste …«

»Du willst allein reisen …«

»Allein. Das heißt, ich nehme zur Gesellschaft Anna mit … und Semilasso …«

Frau Agathe richtete sich auf dem Sofa halb auf: »Mit Semilasso willst du gehen? Das ist aber doch unmöglich … Das ist höchst unpassend … Das muss doch das Gerede der Leute herausfordern.« Sie war wirklich entsetzt und nahm so lebhaften Anteil, als es ihr Zustand zuließ.

»Warum soll es denn unmöglich sein? Was gehen mich die Leute an. Semilasso soll mir vorlesen und mich unterhalten.«

Auch Bezug wagte es zu entgegnen: »Aber, was wird denn Hecht dazu sagen? Du glaubst doch nicht, dass der es dulden wird?«

Elisabeth legte ein Bein über das andere mit einer graziösen Frechheit, die mit Absicht den Eltern gegenüber unschicklich war, und lehnte sich in dem zarten Sesselchen zurück, dass die schwache Lehne krachte: »Was hat mir Hecht zu sagen? Er hat mir nichts zu sagen ... Niemand hat mir etwas zu sagen ... ›Dulden‹ ... lächerlich! ... er hat zu dulden, was ich beschließe ... alles.«

»Du wirst mir doch zugeben, dass er mit der Verlobung gewisse Rechte eingeräumt erhielt ...« Noch einmal hatte es Bezug gewagt, gegen den Entschluss Elisabeths anzukämpfen.

Sie blieb zuerst noch eine Weile in ihrem Sessel sitzen und sah ihren Vater an, spöttisch, überlegen und ganz ohne Ehrerbietung vor seinem Willen. Ihre Augen glommen dunkel. *Wie ähnlich sie ihm ist,* dachte Frau Agathe. Nun erhob sich Elisabeth und, als sei niemals ein Bedenken gegen ihren Wunsch geäußert worden, sagte sie: »Also übermorgen ... du wirst die Güte haben, Papa, Semilasso morgen davon zu verständigen, dass er mit mir zu gehen hat.«

Es blieb Bezug nichts anderes übrig, als den Auftrag seiner Tochter auszuführen. Nach dem Frühstück am nächsten Morgen nahm er Adalbert beiseite. Hecht war schon sehr zeitig zu Bezug gekommen, um einige dringende Angelegenheiten mit ihm zu besprechen, und war dann zur Mahlzeit eingeladen worden. Er benahm sich sehr bescheiden, fast zaghaft, denn eine dunkle Erinnerung sagte ihm, dass sein Abgang beim Feste nicht gerade glanzvoll gewesen war. Rudolf Hainx hatte ihn im Wagen heimgebracht, und er hatte von dieser Fahrt einen unangenehmen Eindruck behalten, als habe sein Begleiter seinen Zustand benutzt, um ihm Dinge zu sagen, die aufwühlend und beschämend waren. Aber er wagte nicht nach dem Inhalt des Gespräches, sofern es ein Gespräch gewesen war, zu fragen.

Frau Agathe wohnte dem Frühstück nicht bei, denn ihr Zustand wurde immer schlimmer, und sie war ständig von einem Arzt und einigen Wärterinnen umgeben. Rudolf Hainx war der Einzige, der andauernd und in seltsam spöttischen Worten sprach. Er gab Gedankensplitter von sich, die hart und kantig waren wie Feuersteine, aus denen sich gefährliche Waffen,

Dolche und Lanzenspitzen herstellen lassen. Wenn er aber nach der Wirkung seiner Worte auf Elisabeths Gesicht forschte, sah er nichts als eine kalte, steinerne Gleichgültigkeit gegen sein Bemühen, sie zu einer Entgegnung anzuregen. Vor Hecht und Hainx wollte Bezug das Gespräch nicht auf den Entschluss seiner Tochter bringen. Darum hielt er Adalbert zurück, als man vom Frühstück aufstand, und nahm ihn in eine Nische.

»Sie werden morgen meine Tochter nach Antothrake begleiten, nach meiner Insel im Adriatischen Meer. Elisabeth wünscht Ihre Begleitung. Sie sollen ihr dort vorlesen.«

An dem Erschrecken Adalberts sah Bezug, dass ihm dieser Befehl ebenso unwillkommen wie unerwartet war. Und nun, geweckt von diesem Schrecken, warf sich Adalbert dem Auftrag entgegen. »Ich werde nicht mitgehen«, sagte er leise und wurde ganz bleich.

»Was soll das heißen? Ich will kein Wort mehr hören. Sie werden gehen.«

Schon war es mit Adalberts Mut zu Ende. Er senkte den Kopf und schwieg. Bezug aber besann sich, dass er wohl kaum dem Wunsch seiner Tochter gefällig war, wenn er ihr einen missgelaunten und unwilligen Begleiter mitgab, und fuhr im Tone der Überredung fort: »Sie braucht es. Denn die letzten Tage haben viel Lärm und Aufregung gebracht. Und dann das Fest selbst … Sie haben ja gesehen, was vorgefallen ist … dieses Schreckliche … Es hat sicher auch Elisabeth angegriffen und erschüttert … Sie will es nur wohl verbergen … aber es wird schon die Ursache sein … Sie will es vergessen … dieses schreckliche Bild …«

Adalbert sah überrascht auf. Was war das? So hatte Bezug noch niemals gesprochen. Er erschrak förmlich vor dem Zittern in Bezugs Stimme, als habe er mit einem Mal einen Blick in die Tiefen einer armen, gequälten Seele getan. War das wirklich Bezug, der unerbittliche Herr seiner Gefühle? Wie brach das nun plötzlich warm aus ihm hervor. Lag auf dem Grund einer bis zur Grausamkeit gesteigerten Selbstbeherrschung noch ein Fünkchen von Menschlichkeit? Adalbert sah Bezug an. Es zuckte im Gesicht des Herrschers, und seine Augen hatten einen ganz anderen Ausdruck. Er schien vergessen zu haben, dass er mit

Adalbert sprach, und er schaute angstvoll und gequält geradeaus, als sehe er wieder das groteske und aufregende Schauspiel vor sich. Da überkam Adalbert ein Mitleid mit dem Mann, ein aus seiner Gutmütigkeit quellendes Mitleid, das umso mehr nach einem Ausdruck drängte, als er es zum ersten Mal gegen seinen Herrn empfinden durfte. Er trat einen Schritt auf Bezug zu und sagte: »Ein schreckliches Bild ... ich weiß, dass dieser arme Wahnsinnige Ihr Sohn ist ... oh ... ich weiß es! Es gibt einen einzigen Weg, ihn zu retten ... Eleagabal Kuperus ...«

»Was sagen Sie?«

»Ich meine, wenn Sie ihn retten wollen ... Wenn Sie ihn wieder zum Licht führen wollen ... Gehen Sie zu Eleagabal Kuperus ... Der wird Ihnen sagen, was Sie zu tun haben ...«

Aber Bezug hatte sich wieder gefasst und hielt Adalbert mit einem durchdringenden und kalten Blick von sich fern. Und nun fand er für seine Antwort eine kalte Ruhe: »Ich habe nicht nach Ihrem Rat gefragt.« Und erbittert drüber, dass Adalbert einen Moment der Schwäche bei ihm gesehen hatte, fuhr er fort: »Ich will Ihnen nur eine Maxime geben: Bieten Sie niemals einen Rat an, der nicht von Ihnen verlangt wird. Und bringen Sie heute Ihre Sachen in Ordnung. Morgen reisen Sie.«

Dann wandte er sich von Adalbert ab. Inzwischen hatte Elisabeth selbst Hecht und Hainx ihren Entschluss mitgeteilt. Hecht nahm die Ankündigung in stumpfer Ergebung hin. Es schien, als ob die Ereignisse des Festes seine Kraft gebrochen hätten. Rudolf Hainx aber erlöste seine Aufregung durch ein hässliches Gelächter.

»Warum lachen Sie?«, fragte Elisabeth.

»Wie gut haben es die Dichter. Sie sind wahrhaftig die Könige der Menschheit. Wir müssen hier unsere Arbeit tun. Und er wird das Meer und die seligen Inseln sehen, in Ihrer Gesellschaft ...«

Elisabeth kehrte sich von ihm, um Adalbert in strengem Ton den Auftrag zu geben, dass er sich für den morgigen Mittagszug bereit zu halten habe.

Gegen Abend fand Adalbert Zeit, zu Heinrich Palingenius zu gehen. Als er in das Zimmer des Türmers trat, fand er Regina allein. Johanna war fortgegangen, um einige Einkäufe zu besorgen, und Palingenius war in seiner Werkstatt, von wo ein seltsames schnurrendes Geräusch seine Tätigkeit ahnen ließ. Regina stand, als Adalbert eintrat, von ihrem Nähtisch auf und gab ihm die Hand.

»Kommen Sie, Regina«, sagte Adalbert, »kommen Sie hinaus auf die Galerie. Der Abend ist so schön. Ich möchte die Stadt sehen ...«

Es war frei und luftig draußen, und der Abend war sanft und verklärt wie eine gute Verheißung. Die Stadt atmete ganz ruhig, fast kindlich zu Füßen des Turmes, als ob alle Gegensätze zum Schweigen gebracht wären und alle Leidenschaften in eine große Heiterkeit gewendet. Im Westen war der Himmel wollig, haarig, von rotbrauner Farbe, von einer Schicht unzähliger Flocken überdeckt, fast wie ein Fell. Aber nun verwandelte sich das Fell, indem die Sonne darunter sank, in ein goldenes Vlies, von Feuerströmen lebendigen Goldes durchflossen und unaufhörlichen Veränderungen der Gestalt und Farbe unterworfen. Als spreche irgendein Zauberer seine Sprüche darüber aus ... Goldflockig und am Rand mit loderndem Feuer verbrämt hing das Vlies am westlichen Himmel. Unter diesem Vlies hob sich das Land mit einer weichen Welle hoch gegen den Himmel ... Und nun riss das goldene Vlies plötzlich an einer Stelle, dass man dahinter des grünen Atlas sah, auf dem es ausgespannt war. Und gerade in dieses Loch hinein rollte der Rauch eines fernen Feuers, das draußen auf einem der Felder brennen mochte, eine schwere und massige Fahne, die sich zuerst längs des Horizontes hinzog und sich erst ganz am Ende in einzelne, leichtere Flocken auflöste, die nun befreit in die Höhe stiegen.

Regina hatte, die Hände auf die Brüstung gelegt, hinausgesehen und schwieg. Auch Adalbert sagte nichts. Er stand hinter Regina und sah die unendlich rührende Linie ihrer sanft abfallenden Schultern vor dem brennenden, lautlos lodernden Himmel. Im Turm hinter ihnen ging das Werk der großen Uhr, regelmäßig, besonnen, wie der Puls dieses alten Gemäuers. Eine der Dohlen, die auf dem steilen Kirchendach ihre Nester hatten, flog ganz nahe an Regina vorüber, änderte plötzlich scharf ihre

Richtung und stürzte sich hinab. Die Zeit verstrich, und Adalbert besann sich, indem er sich fast gewaltsam von allen diesen Dingen abzog, warum er eigentlich gekommen war. Aber wenn er schon ansetzen wollte, um zu sprechen, hielt er sich noch im letzten Augenblick zurück. Es war ihm, als dürfe er diese seligen Minuten nicht vorzeitig beenden, weil sie niemals mehr in so vollendeter Schönheit wiederkehren könnten. Noch immer schwieg er und verschob seinen Entschluss, bis zu einem nächsten jähen Erschrecken, das ihn vorwärts trieb. Nun aber brach ein Rasseln und Scharren in dem alten Uhrwerk, das wie ankündigend schon längere Zeit angedauert hatte, in mächtige Schläge aus, die das Mauerwerk erschütterten. Die Glocken, die über den Köpfen der beiden hingen, schlugen an. Zuerst die kleinere, die mit vier schnelleren Schlägen verkündete, dass wieder eine ganze Stunde herum war, und dann die größere, die mit acht langsamen, lang hinschallenden Schlägen der Stadt das Ende der achten Stunde ansagte. Der unmittelbar über den Köpfen der beiden gelöste Donner stürzte betäubend über sie herab, dass sie ganz in den Schall gehüllt dastanden, wie zu einer Gemeinsamkeit verbunden.

Mit dem letzten Stundenschlag sagte Adalbert noch in den lang aushaltenden Nachhall hinein: »Ich bin gekommen, Regina, um Ihnen Lebewohl zu sagen …«

Regina wandte sich um. Ihre Augen waren feucht. Über Adalbert hing noch das ganz feine, immer dünner werdende Summen des schwingenden Metalls. Er ergriff Reginas Hand: »Sie haben geweint?«

Aber sie schüttelte den Kopf: »Ich weiß nicht, was es ist. Ich habe nicht geweint. Aber wenn ich etwas so ganz Schönes sehe wie jetzt, oder wenn mir etwas sehr Liebes geschieht, so kommt es über mich … Es ist mir dann, als seien die höchste Schönheit und der tiefste Schmerz nahe verwandt …« Aber nun brach sie wirklich in Weinen aus und bedeckte das Gesicht mit den Händen … »Sie gehen … Sie gehen … Oh, ich hab' es ja gewusst … ich hab' es geahnt … Jetzt, bevor Sie noch gesprochen haben … als hätte mir es schon jemand gesagt … gerade jetzt …«

»Ich komme ja wieder, Regina, es ist nur für einige Wochen …«

»Warum geben Sie sich solche Mühe?«, sagte Regina und schüttelte den Kopf. »Sie werden nicht mehr kommen …«

»Es müsste sein, dass ich sterbe. Wenn ich am Leben bleibe, so bin ich in einigen Wochen wieder hier … Ich muss nur mit der Tochter Bezugs auf ihre Insel fahren … Eine Laune … und ich bin ein unfreier Knecht, ein Diener ihrer Launen, den sie nach Lust und Gefallen hierher und dorthin schieben …«

Regina hob den Kopf und sah Adalbert angstvoll an: »Sie ist schön und gefährlich, nicht wahr?«

Adalbert erinnerte sich mit plötzlichem Erschrecken dessen, was die Gräfin gesagt hatte, und der Verwandlung, die Elisabeth mit seinem Puppenspiel vorgenommen hatte, und antwortete ausweichend: »Elisabeth ist schön, und sie mag auch gefährlich sein … für Männer, die nicht von einer anderen großen Liebe erfüllt sind …«, und er setzte hinzu: »Und sie ist auch verlobt. Wir haben doch vor zwei Tagen das große Fest gefeiert … Ich habe Ihnen ja von den Vorbereitungen erzählt.« Aber kaum, dass Adalbert dies gesagt hatte, schämte er sich seiner Unaufrichtigkeit, denn er war ja davon überzeugt, dass das Verhältnis zu Hecht kein Band für Elisabeth bedeutete.

Der Himmel war auch im Westen dunkel geworden. Eine einzige, lang gestreckte Wolke von schwerem Violett, deren unterer Rand wie Eisen war, das durch Schlacken noch glüht, schwamm über dem Horizont. Ein fahler Schimmer drang aus der Stadt empor. Adalbert sah, wie Reginas Schultern zuckten. Plötzlich warf sie sich in ausbrechendem Schmerz an seine Brust: »Du kommst mir nicht wieder, ich weiß es … ich weiß es …«

Adalbert umfasste sie und hielt sie fest. Und er sagte zitternd, ganz nahe an ihrem Ohr: »Ich komme wieder … denn ich liebe dich ja … Ich liebe dich … hörst du … dich ganz allein. Und durch dich werde ich die Kraft finden, mich zu befreien …«

Noch eine Weile lag Regina ganz still in seinen Armen, während Adalbert ihr Haar küsste. Dann sah sie auf, unter Tränen glückselig lächelnd: »Ich hab' dich ja so lieb … und ich stürbe, wenn du mich verlässt … Ich stürbe … denn ich hab' dich doch so lieb, dass ich nicht ohne dich leben will.« Und sie küssten sich in der webenden Dämmerung, angesichts der ganzen Stadt und des unendlichen Himmels, an dem schon einzelne zaghafte Sterne erglommen waren.

Aus dem Fenster hinter ihnen zuckte ein heller, gelber Schein über die Turmgalerie, schnitt einen Teil des Geländers aus der Dunkelheit und verlor sich dann in der Nacht.

Als sie in das Wohnzimmer traten, fanden sie die alte Johanna damit beschäftigt, den Tisch zu decken. Johanna unterbrach ihre Beschäftigung, sah sie zuerst erstaunt und dann misstrauisch an und fuhr nach einer Weile unter leisem Gebrumm fort, die klappernden Teller zu ordnen. Adalbert war so frei und leicht gesinnt, dass er einen heiteren Ton anzuschlagen vermochte, als er von Johanna Abschied nahm. Unter buschigen Augenbrauen sah ihn die Alte fast zornig an und sagte dann gehässig: »Langweilig ist es da auf unserem Turm, junger Herr, was?«

Da kam auch Heinrich Palingenius aus seiner Werkstatt, legte die blaue Arbeitsschürze ab und begrüßte Adalbert mit der zerstreuten Miene eines Mannes, der durch einen einzigen beherrschenden Gedanken seiner Umgebung entfremdet wird. Es war zuerst, als hörte er gar nicht, was ihm Adalbert sagte. Und erst als dieser mit dem Wunsche schloss, dass er bei seiner Rückkehr Palingenius am Ziele seiner Arbeit finden möge, wurde der Türmer aufmerksam.

»Ja, sie wird bald fertig sein«, sagte er, »ich hoffe es, denn sie fängt schon an zu leben ... Sie wird organisch belebt sein, sage ich euch ... Wenn sie zurückkommen ... wenn Sie zurückkommen? Ja ... Sie wollen verreisen? Haben Sie das gesagt? Aber Sie kommen wieder. Und dann sollen Sie sehen, wie das Problem der Flugmaschine gelöst ist ...«

Und nun fing er an, eine Anzahl technischer Details zu erörtern, als sei es ihm willkommen, nach langem Schweigen seine Gedanken in Worte kleiden zu dürfen. Adalbert hörte ihm zu. Hinter ihm stand Regina, die eine Hand auf die Lehne seines Stuhles gelegt, und er fühlte ihre Nähe wie eine unsagbar wohltuende Berührung. Als sich Adalbert endlich erhob, reichte ihm der Türmer die Hand und sah ihm freundlich und fast liebevoll ins Gesicht: »Auf Wiedersehen, mein lieber Freund. Sie werden mir wieder willkommen sein ...«

Regina begleitete Adalbert hinaus, einige Stufen hinab, und wortlos küssten sie sich im Dunkeln. Plötzlich ging hinter ihnen die Tür auf, und Johanna trat in die helle Öffnung. »Gute Nacht«, sagte Regina leise, und Adalberts Antwort kam schon aus der Dunkelheit unter ihre: »Gute Nacht …« Dann flammte sein kleines Kerzchen auf, und Regina sah, wie der Schimmer über die Windungen der Stiege glitt, immer schwächer und endlich von der Finsternis verschlungen wurde.

Als Adalbert voll drängender Gedanken und jubelnder Seligkeit über den Domplatz ging, stieß er fast mit Eleagabal Kuperus zusammen. Er fasste den Alten an der Hand. »Ich bin auf dem Weg zu Ihnen«, sagte er, »ich wollte …«

»Sie waren bei Palingenius, um Abschied zu nehmen … Ich gehe eben zu ihm.«

»Sie wissen es … woher wissen Sie es?«

Eleagabal Kuperus lächelte gutmütig: »Sie fahren in ein lachendes Land …«

»Ich komme wieder … ich komme wieder. Wissen Sie, was ich eben dachte? Ich dachte: Es ist ein Geschenk des Glückes, in einem Augenblick größter Seligkeit zu gehen. Denn so wird sie uns rein erhalten und wir verdienen sie uns von neuem durch einigen Schmerz …«

»Es ist ein guter und schöner Gedanke …«

»Ich bin glücklich.«

»Sie dürfen glücklich sein. Denn Regina liebt Sie, mehr als sie Ihnen sagen kann.«

»Geben Sie mir kein Wort mit, das mich leiten könnte?«

»Wozu? Wir müssen solche Worte in uns selbst finden …«

Adalbert fasste noch einmal nach Eleagabals Hand, drückte sie und ging zwischen den beiden verdrossenen Heiligen aus Stein die breite Treppe hinab, die vom Domberg in die Stadt führt.

Leuchtender Dunst schwamm über den dunklen Dächern wie der Dampf, der aus einem Kessel aufsteigt.

Auf Antothrake

Zum Mittagszug, der nach Süden geht, hatte Elisabeth großes Geleit. Außer Adalbert gingen noch Bezug, Rudolf Hainx und Hecht auf den Bahnhof mit. Frau Agathe lag mit unerträglich gesteigerten Kopfschmerzen zu Bett, hatte Elisabeth eine matte, von der Wärme des Bettes welke und feuchte Hand gereicht und mit versagender Stimme einen Abschiedsgruß geflüstert. Der Bahnsteig war voll Menschen, aber, sobald man Bezug und seine Tochter erkannt hatte, gab man einen Raum um sie und ihre Begleiter herum frei, schied sie durch eine vom Respekt geschaffene leere Zone von der namenlosen Masse der übrigen Reisenden und beobachtete sie mit gespannter Aufmerksamkeit. Die Gerüchte vom Verlobungsfest im Haus Bezugs hatten die ganze Stadt hypnotisiert. Wer den Vorzug gehabt hatte, bei diesem Fest zugegen gewesen zu sein, tat sein Möglichstes, um durch die Bedeutung und den Glanz seiner Schilderung seine eigene Persönlichkeit strahlender hervortreten zu lassen. Alle Ereignisse gewannen an Umfang und Wucht, und was man von der fürchterlichen Szene mit dem Wahnsinnigen erzählte, war nicht minder geeignet als die Beschreibung des Festes, die Scheu vor Bezug noch zu erhöhen. Mit Befriedigung sah Bezug an dem ehrerbietigen Zurückweichen der Menge, dass er wieder um einiges erhöht worden war. Selbst die Gepäckträger, die sonst unter rücksichtslosem Geschrei und Drängen ihre schwer beladenen Rollwagen durch das dichteste Gewühl schieben, wichen der geschützten Insel aus.

Im Mittelpunkt der Aufmerksamkeit vollzog sich der Abschied. Man sah, wie sich ein Dienstmann mit einem großen Rosenstrauß durch die Leute drängte und wie ihm der Strauß von Hecht, der den Mann offenbar erwartet zu haben schien, abgenommen wurde. Dann reichte Hecht mit einer kleinen Verbeugung den Strauß seiner Braut. Elisabeth nahm ihn entgegen und fühlte durch den hellgelben Handschuh hindurch die Wärme der Hand, die den Strauß bis jetzt getragen hatte. Es ekelte sie an und am liebsten hätte sie die Blumen sogleich wieder hingeworfen, wenn sie nicht aller Blicke auf sich gerichtet gesehen hätte. Es war ein böses Lächeln, mit dem sie Hecht für sein Geschenk dankte. Indessen hatte sich der Stationsvorstand genähert und ein respektvolles Gespräch mit Bezug begonnen. Der bestellte Wagen stand schon auf einem Nebengeleise bereit, und wenn es den Herrschaften gefällig war, konnte sogleich eingestiegen werden. Wenn der Eilzug dann eingefahren war, würde der Wagen an den Zug angeschoben werden.

»Aber nicht als letzten Wagen«, sagte Elisabeth, »das kann ich nicht vertragen.«

»Bitte, wie Sie wünschen«, beeilte sich der Stationschef seine Bereitwilligkeit zu beweisen.

Unter der Leitung Annas und eines Dieners, der gleich ihr mitgenommen werden sollte, begann die Verladung des Gepäcks. Mit Staunen sahen die auf dem Bahnsteig Gestauten, wie viele Koffer und Kisten, Schachteln und Pakete nötig waren, um Elisabeth für einige Wochen Behagen und gewohnte Ordnung zu geben. Außer diesen als Handgepäck in den Sonderwagen verladenen Stücken wurde aber noch eine ganze Barrikade aus größeren Koffern und Kisten auf dem Bahnsteig errichtet. Die sollten als Frachtgut in dem Gepäckwagen des Eilzugs untergebracht werden.

»Hörst du«, sagte der eine der Träger zu dem Diener Elisabeths, der hier nun die Arbeit überwachte, »dort dos Riesentrumm, dos schwere, dos mit dem Lastzug nachgeht … dos ist a Sarg, hat aner g'sagt …« Der Mann war aus demselben Dorf wie der Diener und zeigte mit einem gewissen Stolz die alten vertrauten Beziehungen vor dem Publikum. Karl aber sah ihn mit allem Hochmut des erfolgreichen Mannes an, der einem in niederer Sphäre Verbliebenen, einst Gleichstrebenden, begegnet. Während der Träger die Kappe abnahm und mit dem roten Tuch die schwitzende Stirn trocknete, sah ihm Karl mit verächtlich hochgezogenen Mundwinkeln zu und sagte dann nach einer genügend langen Pause mit gemessenem Ton: »Das ist kein Sarg, sondern ein Sarkophag …«

»Aha!«, sagte der Träger und fragte nicht weiter, denn er empfand dunkel, dass ihn eine jede weitere Frage noch tiefer in Karls Schätzung herabsetzen musste.

Das Drahtgeflecht, das unmittelbar vor der Einfahrt des auf dem ersten Geleise kommenden Zuges zum Schutz des Publikums herabgelassen wird, sank nieder und draußen, hinter den Dächern der Magazine und Heizhäuser, verkündete eine Reihe geballt aufsteigender Rauchwolken, die wie aus einer ungeheuren Pfeife zu kommen schienen, das Herannahen des Eilzuges. Dann bog die Lokomotive um die letzte Kurve und fuhr, die lange Zeile der vollbesetzten Wagen hinter sich herschleppend, mit donnerndem Toben und unter dem betäubenden Zischen des Dampfes in den Bahnhof ein. Das Drahtgeflecht wurde hochgezogen, und die Reisenden beeilten sich, einen Platz zu suchen.

Vom Stationschef geführt, bahnten sich Elisabeth und ihre Begleiter einen Weg durch das Getümmel, selbst jetzt noch, in der Aufregung des Einsteigens durch bereitwilliges Zurückweichen der Reisenden respektiert. Am Ende des Zuges ging die von Elisabeth gewünschte Verschiebung vor sich. Der letzte Wagen wurde abgekoppelt und der bestellte Separatwagen eingeschoben. Anna und Karl standen vor der geöffneten Tür. Als Bezug seine Tochter umarmte, sagte er leise, nahe an ihrem Ohr: »Ich will dir nur sagen, dass er ein Bild mitgenommen hat.« Und als ihn Elisabeth fragend ansah, setzte er hinzu: »Ein Bild, das nicht *dir* ähnlich sieht ...« Ohne eine Antwort zu geben, stieg Elisabeth, von Adalbert gefolgt, in den Wagen.

Schon war das Getümmel des Einsteigens vorbei. Die Zurückbleibenden hatten sich von den Abreisenden gesondert. Gespräche an Fenstern ... Händeschütteln unter erschwerenden Umständen ... letzte Aufträge und Grüße. Der Stationschef stand in einiger Entfernung von der Gruppe um Bezug, als ein taktvoller Mann, der in einem intimeren Beziehung geweihten Augenblick nicht aufdringlich erscheinen will. Nun war alles zur Abfahrt fertig. Eine Signalpfeife schrillte vorne, die Kondukteure hoben, einen Fuß schon auf den Trittbrettern, die Hände, und der Zug setzte sich mit einem plötzlichen Ruck in Bewegung.

Elisabeth stand am Fenster, Adalbert hatte auf der dem Bahnsteig abgewandten Seite Platz genommen. Nachlässig winkte Elisabeth ihren Begleitern zu. In diesem Augenblick sah Elisabeth, wie Hainx ihrem Bräutigam etwas zuflüsterte. Hecht fuhr auf, wie von einem Hieb getroffen und sah wild um sich; es schien, als wolle er auf den Wagen losstürzen. Aber Hainx hielt ihn am Rockärmel zurück, indem er mit einer grausamen und triumphierenden Miene nach Elisabeth hinsah. Da aber traf ihn ihr wilder und befehlender Blick, und plötzlich erblassend, senkte er vor ihrer Macht die Augen. Langsam in ein schnelleres Tempo gleitend, verließ der Zug den Bahnhof.

Elisabeth war mit Adalbert allein. Sie trat in das Wagenabteil und zog, nachdem sie die Gangtür vorgeschoben hatte, auch den Vorhang mit den eingewirkten Flügelrädern vor. Dann kam sie, sich an den Gepäcksnetzen über ihrem Kopf anhaltend, denn der Zug, der eben über das große Wechselsystem des Bahnhofs fuhr, rüttelte, stieß und schwankte, zum Fenster und ließ sich Adalbert gegenüber nieder. Mit abgewandtem Gesicht saß sie da und sah hinaus, als wäre sie ganz allein im Wagen. Sie hatte die Beine übereinander gelegt, sodass das übergeschlagene Bein, frei im Kniegelenk beweglich, bei jedem Stoß des Wagens baumelte und die Fußspitze manchmal gegen Adalberts Schienbein stieß. Mit zusammengezogenen Augenbrauen, ohne sich aber dieses Ausdrucks der Missbilligung und Abwehr bewusst zu sein, sah sie Adalbert an.

Ein verirrter Strahl der hoch stehenden Sonne fiel in den Wagen. Und Adalbert sah auf der weichen Wange Elisabeths eine ganz leichte Puderschicht, die an den Flaum eines Pfirsichs erinnerte. Unter dieser Schicht schimmerte eine leicht gerötete zarte Haut. Von den Augen sah Adalbert nicht viel. Nur die leichte Bucht der Profillinie, die zu der klaren, nicht allzu hohen Stirne führte. Und in dieser Bucht einen schweren, schwarzen Schatten, den letzten Teil jenes dunklen Sees, der unter den Augen lag. Es fiel ihm ein, was die Gräfin gesagt hatte. Und dann erinnerte er sich wieder der frivolen Künste Elisabeths bei dem Puppenspiel, die dazu bestimmt schienen, ihn zu umspinnen, deren Sinn sich gegen ihn richtete, um ihn zu verwirren und zu umfangen. Und diese sonderbare Laune, ihn als Begleiter mitzunehmen ... Unwillig rückte Adalbert von Elisabeth fort. Aber dann lächelte er. Er war stark und fest in sich. Die Zeit brutaler Wünsche lag so weit dahinter, wie die Höhle des Vaters, und die Zeit der furchtbaren Verirrung, eines unklaren und rätselhaften Dranges, der ihn die Orchideenbeete vernichten ließ, war ihm fern und fremd. Mit Regina hatte er Achse und Pol seines Lebens gefunden. Und lächelnd dachte er an das gerettete Bild, das er auf dem Grund seines Koffers mit sich führte, wie an einen Talisman, dessen Besitzer kein böser Geist zu schaden imstande ist.

Einige Stunden vergingen, ohne dass die beiden ein Wort gesprochen hatten. Elisabeth hatte ein Buch aus ihrer Handtasche hervorgeholt und zu lesen begonnen. Als sie die Handtasche herabhob, hatte sie sich nach dem etwas hoch angebrachten Gepäcknetz strecken müssen, und ihr schmiegsamer schlanker Körper zeigte dabei eine Schönheit der Linien, die Adalbert nicht entging. Er hatte eine Bewegung gemacht, als wolle er Elisabeth behilflich sein, aber sie hatte ihn so unwillig und fast zornig angesehen, dass er zurücksank. Dann saß sie mit dem Buch in ihrer Ecke und las, bis die Sonne ganz tief am Himmel stand. Sie kam mit einem rötlichen Schein in den Wagen, aber der vor die Gangtür gezogene Vorhang hinderte sie daran, in das Abteil selbst zu dringen. So war nur der Vorhang in hellstes Licht getaucht, fast wie ein Transparent, das zu irgendeinem Fest angebracht wurde.

Als Adalbert sich überzeugt hatte, dass Elisabeth nicht beabsichtigte, seine Dienste als Unterhalter in Anspruch zu nehmen, hatte auch er ein Buch vorgenommen. Station folgte auf Station, und da der Wagen Elisabeths an den Umsteigestationen verschoben wurde, brauchte man nirgends auszusteigen. Nur wenn man irgendwo anhielt, wo das Getriebe des Bahnhoflebens sich unmittelbar vor ihrem Fenster entfaltete, richtete Elisabeth einen gleichgültigen Blick auf die Menschen, die da vorübergingen. Es geschah, dass der eine oder der andere der Reisenden, die suchend die Wagen entlangschritten, diesen Blick auffing und erstaunt durch einen Augenblick des Zögerns Elisabeths Schönheit seine Huldigung erwies. In solchen Augenblicken empfand Adalbert einen ungemeinen Stolz darüber, dass er als einziger Begleiter dieser Frau auffallen musste, und indem er sich nahe an das Fenster stellte, warb er um den Tribut der Fremden. Der eine oder der andere versuchte auch wohl, mit der Kühnheit des Abenteurers in den Wagen einzudringen, musste aber nach einem kurzen Wortwechsel mit dem Kondukteur davon absehen.

Gegen Abend klopfte Karl an die Tür und erkundigte sich, ob das gnädige Fräulein in der nächsten Station, wo man längeren Aufenthalt habe, etwas zu speisen wünsche. Elisabeth bestellte, ohne Adalbert anzusehen und zu fragen, zwei kleine Mahlzeiten und eine Flasche Wein. Sie aßen, ein kleines Tischchen, das unter Elisabeths Gepäck mitgenommen worden war, zwischen sich. Ihre Knie berührten sich zwischen den schlanken Beinen des Tischchens. Noch immer hatte Elisabeth kein Wort gesprochen und Adalbert hatte trotzig bei sich beschlossen, keinesfalls zuerst das Schweigen zu brechen. Allmählich war ihm die Stummheit Elisabeths lästig geworden, und er legte sie sich als ein Zeichen der Verachtung aus. Bald nach dem Speisen wurde die Lampe entzündet. Elisabeth sah in die Flamme und das Licht floss über ihr Gesicht, die schönen, geraden Schultern und schien sich wie in einem Becken in ihrem Schoß zu sammeln und die gefalteten, ruhig liegenden Hände zu bespülen. Adalbert, der im Dunkel saß, konnte den Blick nicht von seiner Herrin wenden. Der Ausdruck ihres Gesichtes rührte ihn, irgendetwas näherte sie seiner Regina. Was mochte das sein? Sie sah so unendlich sehnsuchtsvoll in das Licht und alle Härten waren von ihr genommen, alle Wildheit und alle Zügellosigkeit, die oft auf ihrem Antlitz flammte. Plötzlich erhob sie sich und sagte leise: »Gute Nacht«. Darauf verließ sie das Abteil und ging in das Schlafkupee, wo Anna inzwischen alles zur Nacht vorbereitet hatte.

Adalbert saß noch eine Stunde in seiner Ecke und rauchte eine Zigarette nach der anderen. Er sah zu, wie der blaue Rauch aufstieg, zuerst in unruhige Wirbel geriet und dann von der Zugluft des offenen Fensters erfasst und in die Nacht hinausgerissen wurde. Manchmal flogen rasche Funken vorbei, oberhalb oder unterhalb eines rötlichen Mondes, der sich endlich aus einem Gewirr von Ästen am Horizont befreit hatte. Dann kam plötzlich die Erinnerung an Regina zurück, so mächtig, als habe sie den ganzen Tag unter einer Hemmung gelitten und erwache jetzt erst, in der Stille der Nacht, zu rechtem Leben. Manchmal rasselte der Zug durch kleine Stationen, in denen nur einzelne trübe, verdrossene Lichter wie blinzelnd nach dem Zug sahen. Endlich stand Adalbert auf und hauchte einen Kuss in die Luft. »Gute Nacht«, sagte er und lächelte, als er sich erinnerte, dass Elisabeth vor einer Stunde dasselbe Wort gebraucht hatte.

Er suchte seine Schlafabteilung auf, fand mit Behagen alles zu seiner Bequemlichkeit bereitgestellt, entkleidete sich und legte sich zu Bett. Plötzlich fiel ihm ein, dass er neben Elisabeth lag. Er hielt den Atem an, ob er nicht noch ein Geräusch vernehmen könne. Aber mit heftigen, gesteigerten Schlägen zerstückelte das Rasseln des Zuges jede Wahrnehmung. Trotzdem schien es ihm, als höre er zwischendurch und darüberhin ein leichtes, gleichmäßiges Atmen. Sie schlief wohl schon. Und mit einem Mal, als er so dalag und sann und horchte, wurde er sich dessen bewusst, dass ihm Elisabeth Leid tat. Da aber sah er wieder Bezug vor sich und entsann sich der brutalen Art, wie er sein Mitleid abgewehrt hatte. Sollte er sich auch von Elisabeth zurückstoßen lassen? Er beschloss niemals zu verraten, was über ihn gekommen war ... Dann, als sei er mit diesem Entschluss am Ende einer langen Gedankenreihe angelangt, schlief er ein.

Am frühen Morgen erwachte er von einem Klopfen. »Bitt' schön«, sagte Karl draußen, »in einer Stunde sind wir in Triest.« Adalbert zog den Vorhang von seinem Fenster. Leichter Nebel lag über der Landschaft und ließ nur die nächsten Dinge erkennen.

Langsam kleidete er sich an, und als er aus der Tür trat, traf er gerade mit Elisabeth zusammen, die eben ihre Schlafabteilung verließ. Sie trug ein anderes Kostüm als am Tag vorher, eine Art Matrosenbluse mit freiem Halsausschnitt und losen Falten. »Guten Morgen«, sagte sie und reichte ihm eine kühle Hand, »wie haben Sie geschlafen?«

Adalbert erzählte, dass er noch aufgeblieben sei, Zigaretten geraucht und aus dem Fenster gesehen habe, und Elisabeth schien damit nicht unzufrieden zu sein.

»Unterhaltend waren Sie gestern aber nicht«, sagte sie und sah ihn an.

Adalbert war verletzt: »Sie hätten mir sagen sollen, dass Sie meine Dienste in Anspruch nehmen wollen ...«

Man fuhr in den Bahnhof ein und wurde vom Dienstpersonal der Jacht empfangen. Der Wagen stand vor der Bahnhofauffahrt und brachte sie durch das bald erwachende Leben des Hafens zum Schiff Bezugs, das mit hochgezogenen Wimpeln auf die Tochter seines Herrn wartete. Elisabeth war sehr gesprächig und plauderte über alle Dinge und Menschen, an denen sie vorbeikamen. Mit scharfem Blick erfasste sie die Typen des südlichen Hafens und knüpfte an ihre Beobachtungen Erinnerungen an frühere Reisen, harmlos wie ein junges Mädchen, das sich freut, auf einige Wochen aus dem Haus zu kommen. Noch lag der leichte, dünne Nebel über dem Wasser, aber schon begann der Morgenwind an seinen Schleiern zu zausen und hatte hoch über den Masten der Schiffe schon den Himmel frei gemacht. Die Wimpel flatterten wie zur Begrüßung wehende Tücher. Am Fallreep empfingen der Kapitän und die zwei Schiffsoffiziere in großer Galauniform die Ankommenden. Der Kapitän, ganz rot vor Eifer und Beflissenheit, reichte Elisabeth die Hand, half ihr über die letzten Stufen und hielt hierauf eine kleine Ansprache in seinem schwerfälligen, mit italienischen Worten versetzten Deutsch. Elisabeth erwiderte ihm in italienischer Sprache, dass sie sich freue, sich wieder einmal seiner Führung anvertrauen zu können und dass sie auf gutes Wetter hoffe.

Adalbert stand, wenig beachtet, abseits und war froh, dass man sich nicht viel um ihn bemühte. Als sie an das Schiff herangekommen waren, hatte er den Namen auf dem Heck gelesen. In goldenen Buchstaben stand da: *Regina maris*, die Königin des Meeres. Dieser Name klang ihm wie ein Vorwurf, und er wusste doch nicht, wodurch er ihn verdient hatte. Er sprach ihn einige Male vor sich hin und erschrak fast, als sich ihm Karl näherte und meldete, dass ihn das Fräulein unten in der Kajüte zum Frühstück erwarte.

Der Kapitän war anwesend, ein noch junger, schwarzhaariger Mann mit befehlenden und feurigen Augen, der sich, so oft er noch das Glück gehabt hatte, Elisabeth auf seinem Schiff zu empfangen, immer wieder in sie verliebte. Er fühlte sich verpflichtet, als Hausherr dem Frühstück beizuwohnen, und saß Elisabeth gegenüber. Während er aß und mit vollen Backen kauend an der Unterhaltung teilnahm, verschlang er Elisabeth mit den Blicken. Plötzlich fragte er, mit einer halben Wendung nach Adalbert hin, ob das des gnädigen Fräuleins Bräutigam sei.

»Nein«, lachte Elisabeth, »nur ein Interims-Bräutigam; den richtigen habe ich zu Hause gelassen.«

Über den Köpfen der Speisenden begann der Lärm der Abreise. Der Kapitän fragte Elisabeth, ob sie wünsche, dass man den Hafen verlasse, und als sie erklärte, dass sie gerne der Abfahrt zusehen würde, gab er sofort den Befehl, die Vorbereitungen einzustellen. Nach dem Frühstück ging man auf Deck, Elisabeth voran, der Kapitän, der Adalbert fast gewaltsam zurückdrängte, dicht hinter ihr. Seitdem er wusste, dass Adalbert nicht Elisabeths Bräutigam war, behandelte er ihn als höchst überflüssigen Dritten, als einen unangenehmen Begleiter, dem man nicht deutlich genug zu verstehen geben konnte, wie lästig er war. Wenn Adalbert nur Miene machte, an Elisabeths Seite zu kommen, manövrierte der Kapitän so geschickt, dass er ihm immer den Weg abschnitt. Endlich gab Adalbert seine Bemühungen auf und blieb einige Schritte zurück, ohne weiter darüber zu zürnen, dass er nun wie ein Lakai seiner Herrin zu folgen gezwungen war.

Die Matrosen und Offiziere taten ihr Bestes, um die Arbeiten des Abfahrens rasch und geschickt vor Elisabeth auszuführen. Während die durcheinander laufenden Taue gelöst wurden und der Anker rasselnd hoch ging, versuchte der Kapitän, soweit er imstande war, das ihm Selbstverständliche zu erklären, die einzelnen Handgriffe. Endlich fasste der Wind in die Segel, mit einer leisen Neigung zur Seite glitt die Jacht durch die im Hafen liegenden Schiffe hinaus. Noch immer lag der leichte Nebel über dem Meer, aber schon ganz dünn, dass man es nicht einmal für nötig fand, Signale zu geben. Adalbert stand da, die Hände auf die Bordwand gestützt und sah hinaus. Das Gefühl des Gleitens auf glatter Bahn ging in seinen Körper ein und machte ihn ganz wundersam froh, erhöhte sein Lebensgefühl, sodass er mit beiden Händen an der Bordwand zu rütteln begann. Die Sonne legte jetzt eine lange, glänzende Bahn über das Meer, und zu beiden Seiten dieser Bahn wichen die Nebel zurück. Immer breiter wurde die freie, glitzernde Fläche. Adalbert staunte hinaus.

»Sie sehen das Meer zum ersten Mal?«, sprach ihn Elisabeth an. Sie hatte sich erst nach Adalbert umgeschaut, und als sie sah, dass er von dem Kapitän verdrängt worden war, ließ sie den übereifrigen Verehrer stehen und kam auf Adalbert zu. Mit einer entschuldigenden Bewegung der Hand sagte sie: »Mich hat die Abfahrt so sehr interessiert, dass ich beinahe Sie vergessen habe.« Adalbert war durch die Weichheit in Elisabeths Ton seltsam berührt und wurde ganz auf die Höhe gehoben, als sich der Kapitän zu nähern versuchte und von Elisabeth unzweideutig abgewiesen wurde. Sie ließ ihn sprechen und sah inzwischen ins Wasser, und wenn er dann fertig war, wandte sie sich wieder an Adalbert, um das unterbrochene Gespräch fortzusetzen. Der Kapitän wurde wütend und geriet immer mehr in Aufregung, bis er endlich nach einem drohenden Blick auf Adalbert die beiden allein ließ.

»Nehmen Sie sich in Acht«, sagte Elisabeth mit gänzlich verändertem Ausdruck, fast ängstlich, und fasste Adalberts herabhängende Hand, »jetzt hasst er Sie, und der Mann ist gefährlich.«

Als Adalbert eine Bewegung geringschätziger Abwehr machte, fuhr sie fort: »Nein, mein Lieber, geben Sie Acht. Gehen Sie nicht allein irgendwohin, wo ein rascher Stoß genügt, um Sie ins Wasser zu werfen. Ich bitte Sie, seien Sie nicht unvorsichtig. Der Mann hat mehr als ein Leben auf dem Gewissen. Mein Vater hat ihn gerettet und einen unbedingt ergebenen Diener gewonnen. Aber gegen Fremde kennt er keine Schonung. Es war unvorsichtig von mir, ihn so zu reizen. Aber Sie werden mir jetzt nicht von der Seite gehen, solange wir auf dem Schiff sind.«

Adalberts Hand lag noch immer in der Elisabeths, und es

schien ihm, als sei der warme Strom, der aus dieser Hand kam, irgendwie jenem Gefühl des Gleitens verwandt, das er vorhin empfunden hatte. Nun machte er sich sanft los. Aber er konnte es nicht verhehlen, dass er einen Augenblick lang diese Berührung als ein großes, fast schmerzhaftes Glück empfunden hatte.

Die Jacht fuhr zwischen Inseln durch, auf denen weiße Häuser und grüne Flecken wie Farbtupfer auf dem Braun und Grau der Felsen saßen. Manchmal kam dann wieder die Küste in Sicht. Die Sonne begann so mächtig zu werden, dass Elisabeth und Adalbert den Schatten des ausgespannten Segels aufsuchen mussten. Mittags mussten sie auf die Gesellschaft des Kapitäns verzichten. An seiner Statt hatte er den ersten Offizier geschickt und sich durch eine dringende Arbeit entschuldigen lassen. Der Offizier war ein schweigsamer Mensch, ein Deutscher, aber Elisabeth wusste ihn durch ihre Liebenswürdigkeit so anzuregen, dass er aus sich herausging und lustige Schiffergeschichten zu erzählen begann.

Nach dem Speisen lag Elisabeth lang ausgestreckt auf einem bequemen Stuhl unter dem Sonnensegel, und Adalbert saß neben ihr, sah auf das Meer hinaus und kam sich vor, als sei ihm der Schutz dieses Weibes anvertraut worden. So blieben sie bis gegen Abend, bis Elisabeth, scheinbar aus einem langen Dämmern aufwachend, ein Gespräch begann.

»Sagen Sie mir«, fragte sie, »was denken Sie eigentlich von mir?«

»Was ich von Ihnen denke? Wie soll ich das Ihnen sagen?«

»Es ist also nichts Gutes?«

»Nicht deshalb. Aber ich bin nicht klug genug, um über Sie zu einem Urteil zu kommen.«

»Weichen Sie mir nicht aus. Ich will, dass Sie sprechen. Wir Frauen haben es gern, wenn man sich mit uns beschäftigt. Wir wollen, dass man über uns nachdenkt.«

»Wenn ich also sprechen soll ... ich glaube, dass Sie nicht auf Ihrem Platz stehen.«

»Wie meinen Sie das?«

»Wie ich das meine ... Sie hätten nicht als Bezugs Tochter

geboren werden sollen. Ich denke, Ihre Seele ist krank an dem Überfluss, der Sie umgibt. Sie hätten in einem strengeren Klima aufwachsen sollen.«

Elisabeth hatte die Augen geschlossen und schwieg. Adalbert aber fuhr, immer wärmer werdend, fort: »Ich meine: Sie haben die Arbeit niemals kennen gelernt, und darum fehlt Ihnen das Gleichgewicht; vielleicht sehnen Sie sich manchmal nach einem Beruf.«

»Ist es kein Beruf«, sagte Elisabeth und sah Adalbert mit einem Blick an, der ihm eine seltsame Mischung von Schwärmerei und Hinterlist zu haben schien, »ist es kein Beruf, schön zu sein? Die Blumen, sehen Sie die Blumen an ... welchen Beruf haben die? Keinen anderen, als zu schmücken.«

»Ich habe in einem sehr gelehrten Buch gelesen, dass sie deshalb so schön und duftend sind, um Insekten anzulocken. Die fliegen von einer zur andern und besorgen durch Übertragung des Blütenstaubes das Geschäft der Fortpflanzung.«

Adalbert erschrak vor der Veränderung, die in Elisabeths Zügen vor sich ging. Die schwärmerische Hingabe verschwand und zornig, hasserfüllt sah sie ihn an. In diesem Augenblick kam der erste Offizier und meldete, dass Antothrake in Sicht sei. Elisabeth stand auf und ging nach dem Bug, wo sie schwarz vor einem hellgelben Horizont stand, bis die Jacht die Anker herabließ. Zum Abschied kam der Kapitän wieder feierlich an die Treppe. Er versuchte sich zu beherrschen, aber nur mühsam hielt er sich zurück. Elisabeth ließ erst Adalbert einsteigen und folgte ihm, nachdem sie durch ein paar freundliche Worte die Laune des Kapitäns wieder etwas gebessert hatte.

Es war schon Nacht, als das Boot in den kleinen Hafen der Insel einfuhr. Eine doppelte Reihe von Fackeln beleuchtete den Weg vom Strand zu Bezugs Villa. Adalbert ging hinter Elisabeth her und sah die zwei Schatten, die sie in der beiderseitigen Beleuchtung warf, über den Muschelkies gleiten. Auf den Treppen der Villa erwartete sie die Dienerschaft, und Elisabeth gab Befehl, das Nachtessen für sie in ihren Zimmern zu servieren. Über Adalberts Unterkunft und Verpflegung gab sie keine Anordnungen, und als der Kastellan ihm mitteilte, dass man für ihn in der großen Halle gedeckt habe, ließ es Adalbert dabei bewenden.

Die große Halle war nach dem Meer zu mit einer Reihe von Säulen offen und mit einer Terrasse davor, die hoch auf steilen Klippen hing. Vor den Öffnungen der Säulenbogen lag das Meer in einem leuchtenden Schimmer, wie von innen erleuchtet, in dem jede der langrückigen, langsam rollenden Wogen ein Sprühen von Funken entzündete. Die schmalen Wogenkämme liefen langsam durch den grünen Glanz. Adalbert kam sich hier in ein Reich des Seltsamen versetzt vor. Sein Weg hatte von dem heiteren freien Portikus durch enge Gänge geführt, die von nassen, massigen Mauern begrenzt waren. Er war auf schmalen Treppen durch mehrere Stockwerke geführt worden, bis sich ihm wieder weitere und freiere Räume geöffnet hatten, die in ihrem Stil an den Portikus erinnerten. Von der hohen Decke der Halle hing an einer starken Kette ein großer, schmiedeeiserner Kronleuchter herab, dessen Halter mit vielen Kerzen besteckt waren. Zwei Kerzen brannten in schmiedeeisernen Standleuchtern auf dem Tisch.

Der Kastellan, der Adalbert hierher begleitet hatte, blieb vor ihm stehen, die schwarze Mütze in der Hand, den kahlen Kopf in der Beleuchtung des über ihm hängenden Kronleuchters, mit einer Miene der Unterwürfigkeit, die Adalbert bei dem Dienstpersonal Bezugs selten genug zu sehen bekam.

»Führen Sie mich jetzt auf mein Zimmer«, bat Adalbert und der Alte ergriff einen der Leuchter, die auf dem Tisch gestanden hatten, und schritt voran. Es ging wieder durch einige enge Gänge und über schmale Stiegen hinan, bis sie plötzlich von einem Altane aus wieder das Meer vor sich sahen. Aber es lag jetzt viel tiefer unter ihnen. »Wir sind auf dem Turm«, sagte der Kastellan und öffnete eine eisenbeschlagene Tür in der Wand des letzten Aufbaues. Adalbert trat ein und fand ein wohnlich eingerichtetes Zimmer, in dem Teppiche und Bilder ein Behagen verbürgten. Ein kleiner Raum nebenan enthielt das Bett, den Waschtisch und einige geöffnete Türen verrieten eine Anzahl von Wandschränken. Mit einem Gruß und einem Dank verabschiedete Adalbert seinen Führer.

In einer Ecke des Zimmers stand Adalberts Reisekoffer. Als sein Blick auf den grauen, unscheinbaren Begleiter fiel, lenkten seine Gedanken in eine andere Richtung ein. Er suchte den Schlüssel hervor, kniete nieder und begann auszupacken. Da ihm die eine Kerze zu wenig Licht gab, unterbrach er seine Arbeit nach einer Weile und zündete alle Kerzen der beiden Räume an. Sie staken in von der Decke herabhängenden, eisernen Meeresungeheuern, Polypen mit einer Unzahl von aufwärts gekrümmten Fangarmen, deren Saugnäpfe als Dillen für die Kerzen dienten. Die eisernen Tiere schienen drohend über ihm zu schwimmen, und als er jetzt wieder vor seinem Koffer kniete, kam er sich vor wie ein Taucher, der auf dem Meeresgrund nach Schätzen sucht. Beklommen hielt er den Atem an und sah auf, denn er wollte ein Angstgefühl besiegen, eine Furcht, die ihm eine hinter seinem Rücken auftauchende Gefahr zu verraten schien. Ruhig hing der Polyp über ihm und trug die brennenden Kerzen in den Saugnäpfen. Adalbert zwang sich dazu, seine Sachen sorgfältig aus dem Koffer zu nehmen und in den Wandschränken des Schlafraumes unterzubringen. Je näher er dem auf dem Grund des Koffers verborgenen Bild kam, desto größer wurde seine Sicherheit und desto freier fühlte er sich von Angst. Aber er hielt sich zurück, um nicht vorzeitig das Bild hervorzunehmen, als wolle er sich durch diese Prüfung seiner Standhaftigkeit von neuem seines Talismans würdig erweisen. Endlich hob er die letzte Schicht ab und sah in das geliebte Gesicht.

Beglückt hob er es aus dem Koffer und hielt es vor sich hin, dass die Züge im vollen Licht lagen. Zuerst störte es ihn ein wenig, dass er die Sprünge der Leinwand und die Pinselstriche sah, die dieses Werk gebildet hatten. Aber dann war es, als gehe ein Hauch über das Bild hin und nähme alle Unzulänglichkeiten weg. Er sah das blühende Leben, und es war ihm, als sehe ihn das Weib mit lieben vertrauten Augen an. Nun ging er daran, es irgendwo sicher unterzubringen. Es sollte ihm nahe sein und durfte doch nicht von den Dienern, die in seiner Abwesenheit diese Zimmer betraten, gesehen werden. Nachdem er beide Räume abgesucht hatte, entschied er sich endlich dafür, es neben seinem Bett an die Wand zu hängen. Hier war ein Teppich über die Wand gezogen, der die Möglichkeit gab, in schweren Falten unbemerkt einen Schnitt anzubringen. Adalbert besann sich nicht lange und zerschnitt mit seinem Taschenmesser unter großem Kraftaufwand das starke Gewebe. Dann zog er den Teppich ein wenig auseinander und hängte das Bild an einen Nagel, den er im Vorzimmer aus der Wand gezogen hatte. Den Blick auf Reginas Antlitz gerichtet, schlief er ein.

Als er morgens erwachte, war sein erster Gedanke, den Teppich vor das Bild zu ziehen. Es gelang ihm, die Falten so übereinander zu schieben, dass niemand vermuten konnte, dass sie etwas verbargen. Die Kerzen in den Saugnäpfen der eisernen Polypen waren herabgebrannt, und schwerer Dunst erfüllte das Zimmer. Adalbert entdeckte, dass seine Zimmer keine Fenster hatten, sondern dass das Licht von oben einfiel. Die Räume waren durch Glasplatten abgeschlossen, über denen er den blauen Himmel sah. Ab und zu zog eine einzelne weiß glänzende Wolke von links nach rechts über die runden Felder. Nach einigem Suchen fand Adalbert eine Stange, die in einem Gelenk am Rahmen der Fensterplatten befestigt, dazu diente, die Scheiben aufzuheben. Er stieß die Fenster auf und empfand bald die Wirkung der frischen Luft.

Nachdem er sich angekleidet hatte, versuchte er selbständig den Weg zur Halle zurückzufinden. Er glaubte die Stiegen wiederzuerkennen, die er am Abend hinaufgeführt worden war, bog in Gänge ein, kreuzte Korridore, und kam durch Galerien, von denen er plötzliche Blicke auf das Meer oder in düstere Binnenhöfe hatte, bis er endlich eingestehen musste, dass er in diesem Gewirr von Gängen und Räumen fehlgegangen war. Nun versuchte er sich zurechtzufinden und begann noch einmal seinen Weg zu suchen, planmäßiger, systematischer als vorhin. Einmal glaubte er irgendwo eine Stimme zu hören, ein Lachen, ein Geräusch von geöffneten Türen, und er ging rasch dem Schall nach. Aber diese plötzliche Wendung brachte in sein System Unordnung, und als er niemanden fand, der ihn zurechtgewiesen hätte, war er vollständig verwirrt und ging nunmehr blind drauflos. Dieses Gefühl war ihm durchaus nicht unangenehm, eine abenteuernde Laune bemächtigte sich seiner und gab ihm ein, dass am Ende seiner Irrfahrten irgendeine liebenswürdige und lohnende Überraschung warte. Der Wechsel zwischen dunklen Mauerbögen, schmalen Wendeltreppen und heiteren, freien Altanen, offenen Säulenhallen und vorspringenden Erkern, schien etwas in ihm zu lösen und für unvorhergesehene Erlebnisse bereit zu machen. Wenn er in offene Räume trat, in denen der Seewind herrschen konnte, empfand er dankbar die erfrischende Luft, und wenn er das Meer erblickte, nickte er ihm zu wie einem guten Freund.

Endlich kam er in einen Raum mit großen Fenstern. Er trat an die Brüstung und übersah jenseits einer tiefen Schlucht einen Teil dieses mächtigen Schlosses. Über Klippen baute sich eine Terrasse auf, und dahinter strebte eine weite Halle mit schimmernden Säulen empor. Noch weiter zurück lag der Turm mit dem Aufbau, in dem seine Wohnung war. Neugierig wandte er sich um und schritt auf einen Vorhang zu, der im Hintergrund des Raumes den weiteren Weg zu verschließen und zugleich zu verraten schien. Als er den Vorhang zurückzog und eintrat, sah er sich Elisabeth gegenüber, die in einem weißen Morgenkleid auf einem bunten niedrigen Diwan lag.

Sie nickte ihm lächelnd zu: »Nun, wie gefällt Ihnen mein Schloss, Adalbert?«

Adalbert verneigte sich, ging auf sie zu, und aus irgendeinem Antrieb tat er etwas, was er noch nie getan hatte, er ergriff die Hand Elisabeths und küsste sie.

»Ein sonderbares Schloss«, sagte er heiter, »wie verzaubert. Man kann sich nicht zurechtfinden.«

»Sie haben doch den Weg zu mir gefunden. Ich habe Sie erwartet.«

»Sie haben mich erwartet?« Adalbert folgte dem Blick Elisabeths und sah mit Erstaunen den Sarkophag Omphales hinter dem Diwan stehen. Allerlei sonderbare Dinge lagen oben darauf, Wurzeln wie es schien, kleine Figuren und Gläschen, und in der Mitte stand eine glitzernde Kugel, die mit schief gestellter Achse in ein Lager gefügt war. Über die opalisierende Oberfläche der Kugel zogen von Zeit zu Zeit weißliche, wolkenartige Gebilde, die sich immer erneuerten, sodass es schien, als sei das

Ding von inneren Dämpfen erfüllt. Und nicht minder erstaunt war Adalbert, als er sah, dass der Frühstückstisch in der Mitte des Raumes für zwei Personen gedeckt war.

»In diesem Schloss«, sagte Elisabeth lächelnd, »herrscht nur mein Wille.«

»Hoffentlich«, sagte Adalbert scherzend, »hat er mehr Dienerschaft unter sich, als ich auf meinem Weg zu sehen bekommen habe.«

»Die Dienerschaft ... die habe ich von Ihrem Weg entfernt. Sie sind nicht sehr wohlerzogen, die Leute hier. Sonst müssen Sie wissen, lebt der Kastellan allein in diesem Schloss. Nur wenn jemand zu Besuch kommt, werden ein paar Leute in den nächsten Fischerdörfern verständigt. Es tut manchmal recht wohl, nicht immer die glatten Gesichter und höflichen Manieren der allzu gut Abgerichteten um uns zu sehen.« Mit einer einladenden Bewegung nach dem Tisch erhob sich Elisabeth.

»Wollen wir jetzt nicht frühstücken?«

Adalbert saß Elisabeth gegenüber, und während des Mahles hielt sie ein munteres Gespräch im Gang. Sie wies mit ausgestrecktem Arm nach einigen Fischerbooten, die mit weißen Segeln draußen kreuzten, und zeigte Adalbert die lang gezogene Rauchfahne eines unsichtbaren Dampfers. Bei dieser Bewegung öffnete sich das leichte Morgenkleid, und Adalbert sah ein Stück der weißen Brust. Er schloss die Augen. Lachend stand Elisabeth vom Tisch auf. »Gehen Sie jetzt«, sagte sie, »und sehen Sie sich meine Insel an.«

Von dem griechischen Portikus aus wandte sich Adalbert einem kleinen Pinienwäldchen zu, das ihn durch die schöne Lage auf einem breiten Felsrücken anzog. Im Schatten der Bäume lag er da, ließ kleine Steinchen durch die Finger gleiten und folgte dem Weg der Segler, die dunklere Streifen auf dem blauen Grund hinter sich herzuziehen schienen. Dann ging er landeinwärts. Die Sonne stand schon hoch, und die Felsen, zwischen denen ein schmaler Weg immer weiter in die Einsamkeit führte, strahlten eine glühende Hitze aus. In stetiger Steigung schien der Weg einem Gipfel zuzustreben, von dem Adalbert einen

Überblick auf die ganze Insel zu haben hoffte. Unter der sengenden südlichen Sonne wurden Adalberts Gedanken matt und taumelten der Ruhe zu. Endlich fühlte er, dass er inmitten des heißen nackten Gesteins seinen Weg nicht fortzusetzen vermochte. Er wollte umkehren und blieb stehen. Aber irgendetwas trieb ihn weiter. Widerstrebend wankte er zwischen den Felsen den immer schmaler werdenden Weg entlang. Immer bizarrer türmten sich die Wände neben ihm auf, schienen den Pfad plötzlich abzuschneiden und schlossen ihn in Kessel ein, in denen eine kochende Luft den Atem nahm. Der Weg, der noch kaum erkennbar weiter kroch, verlor sich endlich ganz und Adalbert raffte sich zur Umkehr auf. Aber kaum hatte er einige Schritte in der Richtung nach dem Strand getan, als ihn eine furchtbare Angst erfasste. Eine Stimme schien ihm zuzuflüstern, dass er etwas versäume, wenn er seinen Weg nicht fortsetze. Wieder musste er diesem Gebot gehorchen und schob sich mühsam über die steilen Hänge, ließ sich über Felsplatten hinab und glitt in engen Furchen von kaum erreichten Höhen hinunter.

Ein großer dunkler Vogel flog über ihn hinweg. Es war ihm wie ein Zeichen, diesem Flug zu folgen. Atemlos, mit brausendem, brennendem Blut, das in seinem Kopf und seinen Pulsen tobte, kam er wieder auf eine Höhe. Ringsum starrten wirre, zackige Felsen, nackte und glühende Risse, über denen die Luft zitterte. Erschöpft sank er hin. Da sah er zu seinen Füßen in einem Kessel einen grünen Wiesenfleck, von einem schmalen, hellen Bach durchströmt. Das war sein Ziel, das fühlte er, und er begann langsam über den Abhang hinabzuklettern, von einem quälenden Durst angefeuert, der ihm in diesem Augenblick als das Treibende bei seiner Wanderung erschien. Indem er sich an den biegsamen Ranken einzelner Gesträuche oder an langhalmigen dürren Grasbüscheln festhielt, gelang es ihm, den grünen Wiesenfleck zu erreichen, und aufatmend wollte er auf das Wasser losgehen, als er an einer Stelle, an der er noch einen Augenblick vorher niemanden gesehen hatte, ein Mädchen erblickte, das mit dem Rücken gegen ihn zugewendet dastand und irgendwohin zu horchen schien. Adalbert stand sogleich still und wagte nicht mehr einen Schritt zu machen. Dasselbe Gefühl, das ihn vorhin vorwärts getrieben hatte, eine mit Grauen gemischte Angst, bannte ihn jetzt an seinen Platz. Er sah das Mädchen an, und irgendetwas wollte ihm an ihr bekannt erscheinen. Die rührende Linie vom Kopf zu Hals und Schultern brachte ihn in eine Richtung, in der etwas sehr Liebes, Vertrautes, Freundliches lag. Aber es war, als ob Adalberts Gedanken und sein Erinnerungsvermögen hier auf eine Hemmung stießen. Er war außer Stande, bis zu dem Namen vorzudringen, der seine Verzauberung gelöst hätte, und zerbrach sich nur immerfort den Kopf, wie das Mädchen wohl so plötzlich hierher gekommen sei. Er hatte doch ganz genau gesehen, dass die kleine grüne Oase leer vor ihm gelegen hatte. Und er hatte nicht bemerkt, dass außer ihm irgendjemand über die Felsen herabgeklettert wäre.

Plötzlich wandte sich das Mädchen nach Adalbert um, als habe es von dort, wo er stand, einen Ruf vernommen. Es war Regina. Der Name fiel Adalbert plötzlich ein, und heiß und brausend ergoss sich eine wilde Freude durch ihn. Alles, was sich mit diesem Namen verknüpfte und die ganze Reihe der vorhin gehemmten Gedanken und Empfindungen war mit einem Mal da. Er fragte sich nicht, wie es möglich sei, dass Regina plötzlich hierher kam, er genoss nur das unerwartete Glück, sie zu sehen. Ein Ausdruck freudigen Erstaunens in Reginas Gesicht und eine Bewegung nach ihm zu schienen anzuzeigen, dass auch sie ihn gesehen hatte und über dieses Zusammentreffen beglückt war.

Adalbert wollte eben, ein Gefühl der Schwere überwältigend, Regina entgegengehen, als neben ihm ein zweites Mädchen zum Vorschein kam, das von hinten genaht sein musste und auf Regina zuging. Und dieses zweite Mädchen – Adalbert erschrak so sehr, dass seine Kinnladen zu klappern begannen – war Elisabeth. Weder sie noch Regina schienen Adalbert bemerkt zu haben, trotzdem er doch ganz nahe stand und Reginas Blicke ihm selbst gegolten zu haben schienen. Was hatte das zu bedeuten? Warum taten die zwei, als sahen sie ihn nicht, und wie war Elisabeth hierher gekommen? Welcher seltsame Zufall hatte sie alle drei hier in dieser Wildnis und Einsamkeit zusammengeführt? Adalbert sah, wie sich die beiden Mädchen gleich Freundinnen begrüßten, wenigstens sah er ein freundliches

Lächeln auf dem ihm zugewandten Gesicht Reginas. Er sah auch, wie sich ihre Lippen bewegten, als spreche sie. Aber er hörte keinen Laut. Nur das Rauschen des Baches zog sich wie ein breites Band durch die Stille. Woher kannten die zwei Mädchen einander? Alles dieses Seltsame und Sonderbare legte sich bedrückend auf Adalbert, und wieder wuchs die Angst, die einen Augenblick durch plötzliche Freude verdrängt gewesen war. Um allen Fragen und diesem Druck der Angst ein Ende zu machen, wollte Adalbert auf die beiden Mädchen losgehen und sich ihre Antwort erbitten. Aber er vermochte den Fuß nicht vom Boden zu heben, wie man oft in bangen Träumen an allen Gliedern gelähmt ist. Er wollte rufen, aber die Zunge lag schwer und unbeweglich in seinem Mund, und die Kehle hatte keinen Ton. Er war vollständig gebannt, unfähig, sich zu bewegen, ein gefesselter Zuschauer der Szene, die sich vor ihm abspielte, als ob er nicht vorhanden wäre.

Elisabeth hatte ihren Arm in den Reginas gelegt, und die Mädchen gingen in einem eifrigen Gespräch, von dem nicht ein Wort hörbar war, am Ufer des Baches auf und ab. Sie kamen in regelmäßigen Pausen ganz nahe an Adalbert vorbei, und mit Grauen sah er die Bewegungen des Sprechens, die von keinem Ton begleitet waren. Regina schien unbefangen und herzlich, in Elisabeths Gesicht aber sah Adalbert einen Zug, der ihm irgendwie gefährlich und drohend vorkam. Er lauerte gleichsam unter einer verstellten Freundlichkeit. Während sie auf Regina einsprach, versteckte sich ein Entschluss im Hintergrund, der keiner guten Gesinnung entsprang. Adalbert hatte in diesen Tagen Elisabeths Mienen mit solcher Aufmerksamkeit geprüft, dass er sich nicht zu irren glaubte.

Wie ein gefährliches Raubtier, das mit seinem arglosen Opfer spielt, erschien ihm Elisabeth neben Regina. Außer sich vor Angst, versuchte er immer wieder, zu den beiden hinzutreten und durch seine Dazwischenkunft ein Unglück zu verhüten, das sich für Regina vorbereitete. Aber er war gebannt und konnte sich nicht regen. Immer eindringlicher schien Elisabeth zu sprechen, und Regina, die anfangs mit geduldiger Aufmerksamkeit zugehört hatte, nahm eine abweisende Miene an, je länger

Elisabeth sprach. Offenbar wollte sie Regina zu irgendetwas überreden, und diese weigerte sich fest und entschieden, es zu tun. Der Ausdruck in den Mienen der beiden Mädchen war so sprechend, dass Adalbert alle Phasen eines Kampfes wahrzunehmen glaubte. Als Reginas Weigerung nunmehr in einem abwehrenden Kopfschütteln bestand, wurde Elisabeth immer heftiger und erregter. Nicht mehr freundlich, sondern fordernd und befehlend sprach sie mit ihr, und deutlicher erkennbar wurde der drohende und gefährliche Zug in ihrem Gesicht. Aber Reginas Antwort war dasselbe starre und entschlossene Nein. Plötzlich fasste Elisabeth, wie von Zorn überwältigt, Regina an der Schulter und rüttelte sie heftig hin und her. Regina erblasste, fasste Elisabeths Hände und stieß sie von sich. Da sah Adalbert, wie in Elisabeths Augen ein Feuer aufflackerte, in dem ein dunkler und fürchterlicher Entschluss gehärtet war.

Rasend vor Verzweiflung tobte Adalbert gegen seinen Bann. Und als er das Vergebliche seines Ringens gegen eine unerbittliche Macht erkannte, erstarrte er in tödlicher Furcht und fühlte sich schwer werden wie Blei.

Indessen war in der Szene vor ihm eine Verwandlung eingetreten. Elisabeths Gesicht hatte einen anderen Ausdruck angenommen, sie schien die andere um Vergebung ihrer Heftigkeit zu bitten und legte wieder schmeichelnd ihren Arm um die Hüfte Reginas. Und Regina lächelte rasch besänftigt und von Elisabeths heuchlerischer Miene getäuscht. Noch einige Male gingen die Mädchen am Ufer des Baches auf und ab, dann ließen sie sich, mit dem Rücken gegen Adalbert, im Gras nieder. Zuerst setzte sich Regina, legte die Arme um die emporgezogenen Knie und sah vor sich hin. Der Rücken war leicht gekrümmt, und die rührende Linie der Schultern fiel sanft zu den Armen ab. Im Augenblick, in dem sich Elisabeth neben sie niederließ, nahm sie einen Gegenstand aus ihrem sandfarbenen Gürtel und verbarg ihn rasch in der Hand auf dem Rücken. Adalbert sah das plötzliche Funkeln eines kleinen Dolches.

Er wollte aufschreien, ein Wort der Warnung rufen, aber er vermochte es nicht. Nur den Kopf brachte er mit einem Ruck zurück. Da standen die Felsen rings um den grünen Wiesenfleck und sahen mit grauen, zerfurchten Gesichtern hinab. Wilde, steinerne Fratzen starrten, verwitterte Felshäupter reckten sich über raue Schultern ... Adalbert sah alte Bekannte aus frühen Tagen, die Galgenvögel vom Hexenstein, und wusste sich von Freunden umgeben. Sie sahen ihn aufmerksam an und schienen auf ein Wort von ihm zu warten. Plötzlich lösten sich zwei rissige, ungeheure Arme von der Seite einer der Felszacken ab und hoben sich zu dem Haupt empor. Adalbert sah, wie der Felsenkerl den schweren Kopf abhob und ihn schwebend hielt, als wolle er Elisabeth mit ihm zerschmettern. Dabei sahen ihn die leeren steinernen Augen, seines Befehles gewärtig, immerfort an. Aber in der Angst, dass der stürzende Block mit Elisabeth auch Regina töten könnte, legte Adalbert alle Kraft des Verbotes in seinen Blick. Der Felsenkerl schüttelte den Kopf ein wenig und setzte ihn wieder auf die Schultern.

Die beiden Mädchen saßen noch immer am Ufer des Baches, wie es schien in ein freundliches Gespräch vertieft. Aber Adalbert sah das Glitzern des Dolches auf dem Rücken Elisabeths und sah, wie ihre Finger sich krampfhaft spielend vom Griff lösten und wieder um ihn schlossen. Sein Entsetzen war so furchtbar, dass er einen Schleier vor seinen Augen herabsinken sah. Plötzlich bekam das helle Gewebe dieses Schleiers zwei blutrote, rasch sich vergrößernde Flecken. Elisabeth hatte, indem sie sich erhob, als wolle sie an den Haaren Reginas etwas in Ordnung bringen, ihren Dolch zweimal in den Rücken Reginas gestoßen. Der Oberkörper der Getroffenen sank vornüber und aus den beiden Wunden drang in quellenden Stößen das Blut. Elisabeth war aufgesprungen und stand hoch aufgerichtet neben Regina, die sich zur Seite gewälzt hatte und mit grauenvoll verzerrtem Gesicht zu ihr aufsah. Langsam öffneten sich die Finger der Mörderin, und der Dolch fiel neben ihr zu Boden.

In diesem Augenblick zerriss der Bann, der Adalbert festgehalten hatte. Er schrie auf, wankend lief er auf Regina zu und warf sich neben ihr zu Boden. Aber als seine Hände nach ihrem Leib tasteten, löste sich ihre Gestalt auf, zerfloss in der Luft, und Adalbert sah die Stelle, wo die Geliebte noch eben gelegen hatte, leer. Nur eine Sekunde war es ihm, als sehe er sie noch undeutlich, wie unter dem grünen Gras, ein Stück in den Boden gesunken. Er schaute auf; auch Elisabeth war fort. Stöhnend erhob er sich, sah wild um sich, schrie noch einmal auf und fiel dann bewusstlos hin.

Als er wieder zu sich kam, war es Abend, der Kessel von den Schatten der umstehenden Felsen erfüllt. Adalberts Kopf war schwer, und seine Gedanken kamen nur ganz langsam zurück. Auf den Knien liegend versuchte er sich zu erinnern, was zuletzt gewesen war. Eine fürchterliche Tat und hier … hier hatte sie blutend, entstellten Gesichts neben ihm gelegen, während die Mörderin in trotzigem Triumph daneben stand. Aber nun war nichts mehr da … und da war auch kein Wiesenfleck und kein Wasser …

Mehr unter einem fremden Willen, als eigener Erwägung folgend, erhob sich Adalbert und versuchte unter großer Mühe zu gehen. Zu seinen Füßen klirrte etwas. Adalbert bückte sich und hob einen kleinen Dolch mit silbernem Griff auf. Er steckte den Dolch in die Tasche.

Quer über den Kessel flog ein großer schwarzer Vogel, wie ein Schatten über den noch hellen Himmel. Indem Adalbert der Richtung seines Fluges folgte, kam er an einem Vorsprung der Felsen vorbei, der einen schmalen Spalt verbarg. Hier hatte der Felskessel einen Ausgang, und Adalbert, der sich ohne zu überlegen durch die Engen des mannigfach gewundenen Spaltes schob, gelangte nach einigen Kletterstellen, die er wie im Traum überwand, auf eine kleine Hochebene. Das Meer lag vor ihm, und in nicht allzu großer Entfernung sah er auch das Schloss Bezugs. Auf einem der kleineren Türme brannte unter dem rasch sich verdunkelnden Himmel ein mächtiges, offenes Feuer. Es griff mit lodernden Armen gegen den Himmel.

Der Kastellan stand mit einem Diener, der eine Fackel hielt, unter dem Portikus und schien Adalbert zu erwarten: »Kommen Sie endlich?«, rief er ihm entgegen. »Das Fräulein hat schon zehnmal nach Ihnen gefragt.«

»Wann ist das Fräulein zurückgekommen?«

»Zurückgekommen? Sie ist nicht zurückgekommen … Sie war den ganzen Tag im Schloss.«

»Lügen Sie nicht!«, schrie Adalbert. »Ich habe sie ja draußen gesehen, hören Sie ...«

»Ich lüge nicht, Herr ... ich war fast den ganzen Tag um das Fräulein herum. Sie blieb in ihrem Zimmer. Dann machte sie einen Gang durch die Burg, blieb längere Zeit in der großen Halle, saß mit einem Buch auf der Terrasse, aber sie las nicht viel, glaube ich, hielt das Buch im Schoß und sah nur immer auf das Meer. Gegen Abend ließ sie sich dann Ihr Zimmer zeigen ...«

»Mein Zimmer ... und was wollte sie?«

»Ich weiß es nicht. Sie schickte mich hinaus und blieb wohl eine Viertelstunde darin allein. Was ist Ihnen, Herr? Wie sehen Sie aus?«

»Nichts, nichts«, erwiderte Adalbert und lehnte sich an eine Säule, weil er fühlte, dass er nicht länger allein zu stehen vermochte.

Elisabeth saß in der großen Halle an einem gedeckten Tisch und sah auf, als sie Adalberts Schritte hörte. Rasch erhob sie sich und ging ihm entgegen. Sie trug ein phantastisches Gewand, etwa wie eine indische Königin, reich mit Perlen besetzt und einen kleinen goldenen Elefanten vorne an der Brust. Das Kleid war vom Hals bis zu den Brüsten durchsichtig, und die Arme waren nackt, von leichten flatternden Schleierflügeln umweht. »Sie haben sich unsere Insel gründlich angesehen«, sagte sie, »werden Sie Ihre Spaziergänge immer bis in die Nacht ausdehnen?«

Adalbert starrte sie an und wich vor ihr zurück.

»Was haben Sie? Bin ich ein Gespenst?«, lächelte sie mit einem Anflug von Selbstbewunderung, der Adalbert Grauen einflößte. »Und wie sehen Sie aus?« Als Adalbert noch immer schwieg, fuhr Elisabeth plötzlich den Kastellan an, der hinter Adalbert eingetreten war: »Was stehst du noch? Wenn ich dich brauche, werde ich klingeln.« Adalbert sah dem Alten nach; es war ihm, als ob er einer ungeheuren, immer wachsenden Gefahr allein gegenüberstehe. Er vermochte sich nicht zu regen und leistete keinen Widerstand, als ihn Elisabeth jetzt unter dem Arm nahm und zum Tisch führte. »Kommen Sie«, sagte sie im Ton leichten Ärgers, »warum stehen Sie so da? ... Trinken Sie ein Glas Wein, wenn Ihnen nicht ganz wohl ist. Nur stehen Sie nicht so da.« Adalberts Finger berührten leicht die kühle Haut von Elisabeths Arm und er erschauerte. Aus einem alten Krug, der den bärtigen Kopf eines Mannes darstellte, goss Elisabeth einen dunklen, schwer duftenden Wein in den Becher, der vor Adalberts Platz stand.

»Trinken Sie!«

Er trank. Und er trank noch ein zweites Mal; aus keinem anderen Grund, als weil es Elisabeth so wollte. Die Wirkung des Weines trat fast augenblicklich ein. Mit einem Male sah Adalbert die Gegenstände in doppelter Schärfe und alle Schleier, die vor seine Sinne gesunken waren, rissen mit einem Ruck. Er hörte die Brandung des Meeres, voller und lauter als gestern Abend und dazwischen ein feines Pfeifen wie von einem beginnenden Sturm.

»Das Meer … das Meer«, sagte Adalbert und deutete mit dem Arm hinaus.

»Es wird eine wilde Nacht werden«, sagte Elisabeth. »Bleiben Sie … wohin wollen Sie gehen? Auf die Terrasse? Nein, bleiben Sie … und essen Sie zuerst.«

Adalbert gehorchte und aß von den Speisen, die ihm Elisabeth auf seinen Teller legte. Die einzelnen Bissen sanken schwer in ihn hinein, er fühlte, wie sie sich in ihm ansammelten und die Wärme seines Körpers erhöhten. Und von einem plötzlichen Durst gequält, trank er noch einige Becher des schweren, fast schwarzen Weines. Zu seinem Erstaunen fühlte er sich leichter werden. »Glauben Sie«, sagte er mit einem Mal, indem er sich vorbeugte und Elisabeth fest in die Augen sah, »glauben Sie an diese Verdoppelung unseres Körpers? Nicht im Traum, sondern im wachen Zustand …«

»Was meinen Sie …?«

»Ich meine, ob Sie es für möglich halten, dass ein Mensch zu gleicher Zeit an zwei verschiedenen Orten sein kann?«

»Wie haben Sie sich solche Geschichten in den Kopf gesetzt?«

»So antworten Sie doch«, schrie er zornig und fasste Elisabeths Handgelenk. Sie überließ ihm willig ihren Arm und sah ihn stumm an, mit einem Flimmern der Augen, das Adalbert erschreckte. Zitternd ließ er sie los und murmelte vor sich hin: »Aber nein, aber nein … wie sollte so etwas möglich sein … und warum nicht? Warum nicht? Wenn es im Traum …«

»Hören Sie: Ich glaube, Sie sind krank. Und ich hasse die kranken Menschen … ich hasse sie. Ich will nicht, dass Sie krank werden … Ich will es nicht. Meinen Bruder, den hasse ich … Man sollte ihn einfach erschlagen … So ein Tier …«

In diesem Augenblick stieg ein Gedanke in Adalbert auf. Er kam sich ungeheuer schlau vor, und es war ihm, als habe dieser Gedanke irgendwo schon lange auf ihn gewartet. Wenn es nicht gelang, Elisabeth auf dem geraden Wege zum Sprechen zu bringen, so musste er sie plötzlich überrumpeln. Indem er scheinbar auf ein anderes Thema überging, wollte er diese Überrumpelung vorbereiten.

»Ihr Bruder …«, sagte er, »mir tut er Leid. Ich kann mir nicht helfen. Und wie ist das eigentlich gekommen … Man spricht so vieles … merkwürdiges Zeug …«, dabei fühlte er nach dem Dolch in seiner Tasche. Er war da, er war da.

Aufmerksam sah ihm Elisabeth bei dieser neuen Wendung ins Gesicht. Dann schlug sie die Augen nieder, griff nach einem Teller mit Obst und zog ihn zu sich heran. Adalbert schien es, als fliehe ein sonderbarer Schimmer über ihr Gesicht, wie ein höhnisches Lächeln.

»Wie das gekommen ist … Das ist eine lange Geschichte. Eigentlich eine unheimliche Geschichte, wenn man in ungewöhnlichen Dingen gerne Absonderliches findet. Die Leute haben damals so vielen Unsinn geschwätzt … Das war der Grund, weshalb auch Papa aus der Stadt weggezogen ist. Sie werden auch sicher irgendetwas davon gehört haben … bei dem Fest, als der Bruder ausbrach.«

»Unsinniges Zeug … aber ich glaube …«

»Es kommt immer nur auf die Zusammenhänge an. Die Leute sind geneigt, ein Nebeneinander oder ein Nacheinander in Beziehungen zu setzen, irgendwie als Ursache und Wirkung zu verbinden. Übrigens ist es zu spät, und Sie werden müde sein … nicht wahr? Also weniger Betrachtungen und mehr Historie. Ich erzähle Ihnen also alles nebeneinander und nacheinander und

Sie können dann nach Ihrem Belieben Beziehungen finden und verbinden.

Der Vater fing also, wie Sie vielleicht wissen werden, als Spielzeugfabrikant an. Mit mechanischen Puppen und Tieren legte er den Grundstock zu seinem Vermögen. Es war damals eine günstige Zeit für diese Industrie. Die Sache war neu und man konnte oft sehen, dass sogar Erwachsene, wenn sie unsere Magazine besuchten, mit besonderem Vergnügen bei den beweglichen Dingern stehen blieben. Es muss damals ein merkwürdiger Spieltrieb in der Welt gewesen sein, ein bemerkenswerter Mangel an Ernst, eine fast sträfliche Harmlosigkeit und eine Gleichgültigkeit allen wichtigeren Angelegenheiten gegenüber. Vor ein paar Tagen habe ich ein Buch in die Hand bekommen, eine Kulturgeschichte des Jahrhunderts, deren Verfasser sagt etwas Ähnliches über diese Zeit.

Mein Vater scheint immer einen guten Blick für den Zug der Zeit, vor allem für ihre Schwächen gehabt zu haben. Er kam ihnen jederzeit weit entgegen und stand sich immer gut dabei. Wenn ich an damals zurückdenke, so scheint es mir, als ob mein Vater viel dazu beigetragen hätte, jene Zeit so zu verläppern und verspielt zu machen. Jeder große Mann, jede besondere und gewaltige Tat wurde sogleich von ihm für seine Industrie verwertet. Dieser Eindruck mag vielleicht dadurch verstärkt worden sein, dass ich als Kind diese Sachen immerwährend um mich sah. Die Welt, in der wir als Kinder leben, ist uns auf immer unverlierbar, und ich glaube, dass es keine Erlebnisse gibt, die in ihren Wirkungen den Kindheitserlebnissen gleichkommen. Übrigens – ich selbst habe vor den mechanischen Spielereien meines Vaters immer Furcht gehabt. Diese beweglichen, das Leben nachäffenden Puppen und Tiere waren mir unheimlich. Ich verstand nicht, wie andere an den Dingen Vergnügen finden konnten, die mir Grauen machten. Und ich war durchaus nicht dazu zu bringen, diese Spielwerke in mein Kinderzimmer aufzunehmen. Eine leblose Puppe, ein totes Stück Holz waren mir lieber als der tadelloseste Mechanismus.

Eines Tages kam der Vater mit einem nachdenklichen Gesicht zum Mittagstisch, noch mürrischer als sonst, und gab der Mutter, die damals noch nicht krank war, auf ihre Fragen keine Antwort. Erst nach langem Drängen sprach er in abgebrochenen Worten von einem Gedanken, der ihn ganz in Anspruch nahm. Er hatte auf einem Jahrmarkt in einer kleinen Stadt, die er in Geschäften zu besuchen pflegte, einen Kletteraffen gesehen. Es war ein kleiner Affe, der mit unglaublicher Behändigkeit und dem Leben abgelauschten Bewegungen an einem Strick hinaufkletterte. Der Vater war von dem Spielzeug entzückt und wollte dem Vagabunden seine Erfindung augenblicklich abkaufen. Aber damals war mein Vater noch im Beginn seiner Bahn und konnte nicht ohne weiteres jeden Betrag zahlen. Der Vagabund verlangte eine bedeutende Summe, der Vater wollte nicht so viel dranwenden, und so konnten die beiden nicht handelseinig werden. Verdrossen ging mein Vater weg und vergaß über seinen Geschäften den Kletteraffen und seinen hartnäckigen Erfinder.

Als er sich aber gegen Abend wieder an das Spielzeug erinnerte und als genialer Geschäftsmann sich den großen Zug ausrechnete, den er mit diesem Artikel machen konnte, überlegte er bei sich, dass es nicht schlau gewesen war, dem Mann nicht die Summe zu zahlen. Er lief sogleich nach dem Markt, aber die Buden waren geschlossen, die Gassen zwischen ihnen leer, nur der Nachtwächter wankte verschlafen herum. Nun rannte er in seiner Angst, dass er etwas versäumt haben könnte, in die Herberge, wo die Jahrmarktsleute einkehrten. Der Vagabund war hier nicht zu finden. Noch die halbe Nacht fragte der Vater in sämtlichen Wirtshäusern der Stadt nach und machte, als er fertig war, den ganzen Weg noch einmal. Nirgends wusste man etwas von dem Besitzer des Kletteraffen. Mein Vater war wütend und machte sich die bittersten Vorwürfe. ›Du wirst sehen‹, sagte er zur Mama, ›dass ich ein vortreffliches Geschäft aus der Hand gelassen habe. Oder … du wirst es nicht sehen …‹ Plötzlich stand er vom Tisch auf – ich sehe ihn noch vor mir – uns sagte: ›Und ich werde es doch machen … ich werde es machen … dieses Geschäft.‹

Sie kennen ja meinen Vater. Je schwieriger eine Sache ist, desto mehr reizt sie ihn. Er hatte sich in den Kopf gesetzt, Kletteraffen zu erzeugen, und seine ganze Spannkraft war auf dieses Ziel gerichtet. Über sein vollständiges Versinken in diese Arbeit war meine Mama, die damals gerade mit meinem Bruder schwanger war, sehr unglücklich. Sie hat seit jeher das Bedürfnis gehabt, im Mittelpunkt der Aufmerksamkeit der ganzen Familie zu stehen und alles um sich bemüht zu sehen; und sie glaubte durch ihren Zustand ein besonderes Recht auf diese Aufmerksamkeit zu haben. Der Vater aber schloss sich in sein Zimmer ein und kam oft tagelang nicht zum Vorschein. Nur die Mechaniker der Fabrik wurden zu langen Beratungen eingelassen.

Ich war natürlich neugierig, was mein Vater in seinem Zimmer trieb, und es gelang mir eines Tages, einen Augenblick zu erspähen, als mein Vater das Zimmer verließ und die Türe offen blieb. Da standen lange Tische rings an den Wänden, mit Werkzeugen und Teilen von mechanischen Figuren, eine Hobelbank war da und ein kleiner Ofen, auf dem irgendein Brei oder Leim kochte. Es roch jämmerlich in dem geschlossenen Raum. Und wie ich so hinsah, war es mir, als ob sich diese Dinge alle bewegten und auf mich zukröchen … Da wurde meine Abscheu wieder stärker als meine Neugierde, das Grauen überwältigte mich, und ich lief davon.

Wochenlang dauerten die vergeblichen Versuche meines Vaters, er wurde immer mürrischer und geriet immer tiefer in den Bann seines Wunsches. Eine Idee, die ihn einmal so erfasst hat, kann sich bei ihm bis zu einer Art Wahnsinn steigern. Selbst ich, die ich die Vorgänge um mich doch mit kindlicher Unbefangenheit sah, bemerkte, dass der Vater verfiel. Die Mutter weinte über ihre Vernachlässigung.

An einem schönen Frühlingstag ging ich mit der Gouvernante spazieren und kam in die Vorstadt, wo auf einer großen Wiese zwischen neu erbauten Häusern eine Menagerie aufgeschlagen war. Ich bat so lange, bis die Gouvernante mit mir hineinging. Noch ganz voll von den großen Eindrücken, kam ich nach Hause und erzählte von den Elefanten und Löwen und Affen. Mein Vater, der am Tisch saß und anfangs gar nicht zugehört hatte, horchte auf, als ich von dem Gorilla erzählte. Plötzlich sprang er auf, wollte etwas sagen, besann sich aber und ging zur Tür hinaus. Am andern Tag brachten einige Männer auf einem Wagen einen großen in Tücher gehüllten Gegenstand, eine Kiste oder dergleichen. Ich sah aus dem Fenster und bemerkte, als sich die Tücher beim Abladen etwas verschoben, Käfigstangen darunter. Das viereckige Ding wurde mit großer Vorsicht in das Arbeitszimmer meines Vaters gebracht. Ich war ganz außer mir; denn ich glaubte bestimmt zu wissen, dass irgendetwas Besonderes, Geheimnisvolles darin steckte. Am Abend erfuhr ich in der Küche, dass sich der Vater einen großen Affen habe ins Haus bringen lassen. Ein weiblicher Affe, sagte die Köchin, für die einer der Männer das Tuch des Käfigs ein wenig gehoben hatte, und der sei noch viel grässlicher als ein Männchen. Mit *solchen* Augen habe er sie angesehen. Als ich fragte, wozu der Papa wohl das Tier habe bringen lassen, zuckte sie die Achseln. Dann zog sie mich plötzlich an sich und murmelte, indem sie mich unzählige Male auf die Stirn und das Haar küsste: ›Wenn nur kein Unglück g'schieht, wenn nur kein Unglück g'schieht.‹

Ich habe mir diese Szene genau gemerkt, weil sie eigentlich dem Wesen unserer Marie so wenig entsprach. Sie war breitschultrig wie ein Dragoner, hatte eine laut schallende, männliche Stimme, und war, so gern sie mich hatte, sonst wenig zu Zärtlichkeiten geneigt. Ich habe sonst niemals wahrgenommen, dass sie ihre Stimme gedämpft hätte. Selbst wenn sie an irgendwelchen häuslichen Vorgängen etwas auszusetzen hatte, tat sie es so, dass man es draußen vor der Türe und unten auf dem Hof mit aller Deutlichkeit hören konnte. Darum fiel mir damals ihr scheues Wesen auf. Ich glaube, sie hatte Furcht.

Es dauerte nicht lange, so hatte sie auch mich angesteckt. Unser Stubenmädchen trug dazu bei, mich aufs Äußerste zu erregen. Sie erzählte mir eines Abends in der Dämmerung, dass die Affen die Lieblinge des Teufels seien. Ab und zu suche er sich einen Affen aus, um in ihn hineinzufahren. Früher sei er mit Vorliebe in die Menschen gefahren, aber seit ihm Christus das verboten habe, halte er sich an die Affen. In der Nacht darauf hörte ich ganz deutlich einen lauten Schrei. Ich erwachte, hörte noch einen Schrei, und darauf ein lang anhaltendes Geheul. Nun besann ich mich, dass mein Zimmer über dem Arbeitszimmer Papas lag. Das war der Affe, der da schrie, sagte ich mir.

Die Gouvernante schlief mit mir in meinem Zimmer. Ich rief sie an, aber sie hörte mich nicht, sie schlief einen soliden, englischen Schlaf. Da zog ich die Decke über die Ohren und lag die ganze Nacht wach.

Mit meiner Angst und meiner Aufregung flüchtete ich am Morgen zu meiner Miss. Sie sah mich an, schüttelte den Kopf, befühlte meine Stirne, und griff nach meinem Puls; denn sie war die Kaltblütigkeit in Person, ruhig wie eine Säule und führte alle seelischen Erregungen auf Affektionen des Magens zurück. Der Papa hatte einen Affen bei sich; gut, was war weiter daran, der Affe schrie bisweilen bei Nacht; gut, er langweilte sich vielleicht, oder er träumte vom Urwald. Ich täte auch besser, zu schlafen und zu träumen. Nun ging ich zur Mama und begann meine Furcht auszuweinen. Die Mama wusste schon davon, sie hielt sich die Ohren zu und schrie: ›Hör' auf, hör' auf ... ich will nichts davon wissen.‹ Nun war ich wieder allein und meinen Phantasien überlassen.

Noch zwei Nächte lag ich schlaflos, immer in fürchterlichster Erwartung des Schreies, aber ich hörte nichts, nur ab und zu ein leises Grunzen, wie von einem Tier, das sich etwas behagen lässt. Endlich, nach fast einer Woche, kam der Papa zum ersten Mal aus seinem Arbeitszimmer hervor. Er sah sehr schlecht aus, als ob er die ganze Zeit über nicht geschlafen habe. Ich lief auf ihn zu und bat ihn, den grässlichen Affen aus dem Haus zu geben. Die Mama stand dabei und sah den Papa ganz sonderbar an. Nach einer Weile strich mir der Papa über das Haar und sagte: ›Ja ... ja ... sehr bald ... Ich bin bald fertig.‹ Dann ging er wieder davon und ließ sich einen ganzen Tag nicht mehr sehen.

Am zweiten Tag darauf saß ich gerade bei der Mama im Zimmer und spielte. Da kam die Köchin, die dem Vater immer das Essen zu bringen hatte – sie durfte es gerade nur durch den schmalen Türspalt reichen – und begann: ›Gnädige Frau, ich muss Ihnen etwas sagen.‹ Als ihr Blick auf mich fiel, trat sie an Mama heran und flüsterte die Fortsetzung ganz nahe an ihrem Ohr. Kinder beobachten meist weit schärfer, als die Erwachsenen geneigt sind anzunehmen. Ich sah, dass die Mitteilung der Köchin auf die Mama einen schrecklichen Eindruck machte. Sie verfiel in eine Art von Krämpfen, fasste sich aber nach einer Weile und erhob sich. So hatte ich die Mama noch niemals gesehen. Wie eine Heldin stand sie da. ›Kommen Sie‹, sagte sie, ›aber wie …‹ – ›Er hat heute vergessen, wieder abzusperren‹, sagte Marie. Dann gingen sie, und ich schlich trotz meiner Furcht leise hinter ihnen drein.

Vor der Tür des Arbeitszimmers stand die Mama einen Augenblick still, dann riss sie die Tür plötzlich auf. Ich war noch zu weit hinten, um einen Blick in das Zimmer machen zu können. Ich hörte nur, wie die Mama einen Schrei ausstieß, und sah, wie sie lang hinfiel. Die Köchin zerrte sie rasch von der Schwelle und warf die Tür zu. Nun entstand ein Tumult, man lief hin und her, bemühte sich, die Mama zum Bewusstsein zu bringen, und trug sie, als das nicht gelang, auf ihr Zimmer. Der Arzt kam, ein paar Stunden später eine fremde Frau. Ich wollte zur Mama, aber man ließ mich nicht zu ihr. Sie sei krank und müsse Ruhe haben. So waren lauter fremde Leute um Mama, denn der Papa kam nicht zum Vorschein.

Zwei Tage später erfuhr ich, dass ich einen Bruder bekommen hatte. Und als habe der Papa nur auf diesen Augenblick gewartet, kam er aus seinem Arbeitszimmer. Strahlend, vergnügt, und als ich auf ihn zulief, hob er mich auf und küsste mich. ›Ich habe einen Bruder, Papa‹, schrie ich; denn ich fasste das so vergnüglich auf, als hätte ich ein lang ersehntes Spielzeug bekommen. Da setzte er mich schnell hin, sah mich an, strich sich über die Stirn, murmelte etwas, das ich nicht verstand, und ging dann zu Mama. Als ich meinen Bruder endlich zu sehen bekam, war ich enttäuscht. Mit einem solchen dummen, hilflosen Ding war ja nichts anzufangen. Ich sagte das dem Papa. Er tröstete mich und brachte mir einen Affen, der an einem Strick in die Höhe klettern konnte. Mit einem Stolz, der aus jedem Wort und jedem Blick sprach. Aber ich schrie und lief davon. Das Ding flößte mir noch mehr Grauen ein, als alle anderen mechanischen Spielzeuge aus Papas Fabrik. Aber andere Leute dachten nicht so wie ich. Papa hat mit seinen Kletteraffen den Weltmarkt erobert und ist durch diese Erfindung ein reicher Mann geworden.«

Das leise, feine Pfeifen draußen hatte sich zu lautem Brausen gesteigert. Der Wind hatte sich gedreht und fegte Wellen türmend über die offene See. Adalbert, der die Geschichte Elisabeths heraufbeschworen hatte, um inzwischen eine Überrumpelung vorzubereiten, hatte fast vergessen, was er gewollt hatte. Er saß da und sann dem Gehörten nach.

»Und der Affe?«, fragte er endlich.

»Nach ein paar Jahren hat mich die Köchin wieder in der Dämmerung auf den Schoß genommen. ›Er ist tot‹, sagte sie, ›sie haben ihn heute umgebracht.‹ – ›Wer ist tot?‹ – ›Der Affe.‹

Ich schüttelte mich vor Entsetzen und war doch wie befreit. Und dann erfuhr ich, dass man ihn im Garten verscharrt hatte. Da erfasste mich die Lust, mir das Ungeheuer anzusehen. Ich schlief wieder eine ganze Nacht lang nicht. Etwas trieb mich an, wie man oft willenlos gerade dem Grässlichen, das man vermeiden will, entgegengetrieben wird. Ich habe seitdem diesen Reiz des Grauens oft genug genauer kennen gelernt. Alles Heldentum ist diesem Trieb in etwas verwandt. Gegen Morgen schlich ich mich in den Garten. Meine Gouvernante schlief wieder ihren englischen Schlaf und hörte nicht, wie ich unter meinen Spielsachen den kleinen Spaten hervorsuchte, mit dem ich meine Sandbauten auszuführen pflegte. Es war noch ziemlich düster unter den alten Bäumen. Aber ich brauchte doch nicht lange zu suchen, bis ich die Stelle fand, wo man den Affen verscharrt hatte. Es war leicht zu erkennen, wo die Erde frisch aufgewühlt worden war. Mit meinem Spaten ging ich an die Arbeit. Man hatte es mir nicht allzu schwer gemacht. Nach ein paar Stichen stieß ich auf einen Gegenstand. Ich warf die Erde fort und griff in die Grube. Da bekam ich einen Teil eines haarigen Pelzes zu fassen. In einem Anfall von Wahnsinn zerrte ich an dem Ding, und plötzlich brachte ich einen Arm hervor, an dem eine Hand mit Menschenfingern saß. Da brüllte ich, als ob mich ein Gespenst beim Kleide hätte, ließ meinen Spaten liegen und rannte davon.«

Adalbert trank ein Glas des schweren, schwarzen Weines, und das Toben in ihm war eins mit den Schlägen der Brandung unten an den Felsen. Plötzlich warf er das Glas, in dem noch ein Rest des Weines war, im Bogen von sich, dass es auf dem Boden zersplitterte, und schrie: »Warum erzählen Sie mir das? … Warum? … Warum? … Was hat das mit Ihrem Bruder zu tun?«

»Mit meinem Bruder?« Elisabeth hatte ein Bein über das andere geschlagen und ihre Hände um das Knie geschlossen. Sie sah vor sich hin, ohne das Toben Adalberts auffallend zu finden. »Mit meinem Bruder? … Er wurde mir, als er in die glücklichen Jahre der Drolligkeit kam, ein willkommener Spielgefährte. Aber das dauerte nicht lange. In seinem vierten Jahr bekam er zum ersten Mal den Anfall, der … nun Sie haben ihn ja gesehen. Das steigerte sich mit den Jahren, kam immer öfter und verließ ihn zuletzt nur noch selten. Er ist unglücklich; denn ich glaube, in seinen lichten Augenblicken kommt ihm das Bewusstsein seines abschreckenden Elends. Die Ärzte können da nicht helfen. In der Stadt aber tauchten Gerüchte auf und gingen so lange um, bis der Vater sich entschloss, den Mittelpunkt seines Wirkens zu verlegen.«

Adalbert saß in sich zusammengesunken, den Kopf auf der Brust. Langsam löste Elisabeth ihre Hände vom Knie, stand auf und ging auf die Terrasse hinaus. Dort stand sie an der Brüstung und schaute auf das Meer. Adalbert sah sie nur auf kurze Augenblicke, wenn der Sturm den dunklen Vorhang vor einem seltsam erhellten Himmel zerriss. Da tauchte sie plötzlich aus der Finsternis auf, ihre Schleier wehten um sie, so fremd und nicht zu ihrem Leib gehörig, als hätten sie die langen Arme zerfließender Gestalten gepackt und suchten sie hinabzuziehen.

Jetzt war der Augenblick gekommen, dachte Adalbert. Leise nahm er den Dolch aus der Tasche, legte ihn auf den Tisch, und schob ihn durch das Gewirr der Teller, Schüsseln und Gläser bis unmittelbar vor Elisabeths Platz. Es gab einen ganz hellen leichten Klang, als der Stahl gegen den gerippten Fuß eines grünlichen Weinpokals stieß. Einen Moment lang schwebte der Klang wie ein kleines silbernes Wölkchen über dem Tisch. Es war, als habe er Elisabeth gerufen. Sie wandte sich und kam aus dem Bereich des Sturmes zurück. Ihr Haar war zerzaust, und einzelne Strähnen hingen wirr ins Gesicht. Sie nahm einen von ihnen und strich ihn wie liebkosend hinter das Ohr. Adalbert dachte an das Haupt der Medusa, das er einmal irgendwo gesehen hatte, und es war ihm, als seien auch Elisabeths Haare lebendige züngelnde Schlangen, die sie mit zärtlichen Bewegungen beruhigte und zähmte. Er sah ihr ins Gesicht. Ihre Augen glommen. *Schlangenbändigerin!,* dachte er. Plötzlich erblickte sie den kleinen Dolch neben ihrem Teller. Sie nahm ihn auf. »Mein Dolch«, sagte sie, »wie kommt der hierher?«

»Ihr Dolch?«, fragte Adalbert und fasste mit beiden Händen die Kante des Tisches.

»Ja … ich vermisse ihn schon seit Mittag. Wo haben Sie ihn gefunden?«

Da stieß Adalbert mit einem Ruck den Tisch von sich. Es war eine Art von Krampf, dem die Berechnung der angewandten Kraft fehlt. Nur eine plötzliche Bewegung, in der sich die Anspannung der Nerven löste. Und zugleich eine Äußerung des Instinktes, der einer drohenden Gefahr wehren wollte. Der schwere Tisch hob sich, neigte sich nach der anderen Seite, stand einen Augenblick lang auf zwei Beinen und stürzte dann um. Alles Geschirr und alle Gläser, die Schüsseln mit den Resten der Mahlzeit klirrten und zerbrachen auf dem Steinboden. Adalbert stand da, bleich wie die Wand und streckte eine Hand gegen Elisabeth aus. Einer der Teller, der durch einen Zufall unversehrt geblieben war, kam im kurzen Bogen aus dem Trümmerhaufen hervorgeschossen und begann gerade vor Adalbert einen Kreiseltanz. Er wirbelte auf vergoldetem Rand einige Male herum; dann wurde seine Drehung flacher, und endlich kam er mit kurzem, plumpem Klirren zur Ruhe.

Noch immer standen sich Adalbert und Elisabeth lautlos gegenüber.

Plötzlich schrie sie auf: »Adalbert!«, und es schien, als wolle sie auf ihn zugehen. Da zog er sich Schritt für Schritt zurück, immer die Augen fest auf ihrem Gesicht. Als er die Tür erreicht hatte, riss er sie auf und sprang mit einem Satz hinaus. Er lief durch die Gänge und Hallen, über Treppen auf und ab, von einer fürchterlichen Angst gehetzt, ohne zu wissen, was er wollte.

Rasch trat Adalbert in sein Turmzimmer, warf die Tür hinter sich zu und sperrte ab. Dann tastete er im Dunkeln zu einem Stuhl und setzte sich so schwer hin, dass die Füße knackten. Sein

Körper war eine träge Masse, über die sein Wille keine Macht mehr hatte. Er fühlte, dass er mit seiner Kraft am Ende war. Nun saß er im Dunkeln und wagte nicht, Licht anzumachen. Der Sturm stieß mit schweren, nassen Flügeln gegen das Gemäuer und schwang sich, wie wenn er auf der Plattform einen Augenblick geruht hätte, mit einem heulenden Gelächter davon. Alle Galgenvögel des Hexensteins rasten durch die Luft. Nach einer Weile, die Adalbert wie im Chaos zugebracht hatte, empfand er einen Strahl von Kraft und Helle. Hier war ja Rettung. Hier war sein Schutz vor dem Grauen, das ihn überall umlauerte: Reginas Bild. Und nun vermochte er aufzustehen und die Lichter in den Saugnäpfen des Polypen zu entzünden.

Dann ging er in das Schlafzimmer und zog den Vorhang vor dem Bild zurück. Mit einem Schrei taumelte er gegen das Bettgestell, mit beiden Händen den Kopfteil erfassend, starrte er auf die leere Wand.

Das Bild war weg.

Der Nagel war da, an dem es gehangen hatte, aber das Bild war verschwunden. Unter dem Nagel war ein roter Fleck an der Wand. Mit zitternden Fingern strich er über die Wand, um sich zu überzeugen, ob seine Augen nicht etwa geblendet waren. Der rote Fleck fühlte sich feucht an, und als Adalbert seine Finger ansah, fand er sie rot gefärbt. Blut? ... War das nicht Blut, was da an seinen Fingern klebte? ... Blut an der Stelle, wo das Bild gehangen hatte? ... Halb wahnsinnig vor Angst warf sich Adalbert auf das Bett hin. Keuchend, wie nach einer fürchterlichen Hetze lag er da ... den Blick starr auf die Decke gerichtet, wo über den Glasplatten die Nacht starrte. Er war vollständig seiner Besinnung beraubt, und es erschien ihm nur ganz richtig, dass die Nacht ein rundes, schwarzes Auge hatte, mit dessen unverwandtem Blick sie ihn festhielt. Plötzlich kam Leben in dieses Auge ... ein weißlicher Schleier mit grünem Geäder schob sich vor ... und presste sich fest an die Glasscheibe des Auges ... aber das war kein Schleier, das war ein Krötenbauch, weißlich, mit grünen Adern ... ein Krötenbauch, der sich gegen die Glasscheibe presste.

Und mit einem Mal kam ihm auch die Besinnung zum Teil

zurück. Das Ding da über ihm war nicht im Auge der Nacht, sondern er war ja in seinem Turmzimmer, und hatte die Glasscheiben des Daches über sich … und was sich da außen gegen die Platten presste, war das Fürchterlichste von allen Nachttieren … die Sturmkröte … Die Sturmkröte …!

Er fuhr auf und rannte davon … der Schlüssel seiner Tür drehte sich schwer im Schloss, verzweifelt wandte er alle Kraft an, riss die Tür endlich auf und raste die Treppen und Gänge entlang … zu ihr …

Zu ihr! Sie musste ihn retten … eine Helle umfloss ihn, er sah den Vorhang vor sich, griff wild in die Falten und stürzte in Elisabeths Zimmer … Atemlos, blind stand er da und hielt sich noch an den Falten des Vorhangs.

Vor ihm, am Rande des Sarkophags, saß Elisabeth … nackt …

Einen Augenblick lang hörte Adalbert einen Ruf: ›Zurück!‹ Ein lauter, gellender Ruf, und er vermochte so viel über ihn, dass er eine Bewegung machte, sich zu wenden. Aber da hob Elisabeth die Arme, er sah die kleinen blonden Haarbüschel unter ihren Achseln, er sah das Zittern ihrer Brüste … »Komm!«, sagte sie.

Eine Flamme schoss durch ihn, und der Sturm eines schrecklichen Triebes machte ihn taumeln. Blind stürzte er vorwärts und umklammerte ihre nackten Schenkel.

»Ich wusste, dass du dich mir im Grauen vermählen wirst«, sagte Elisabeth und beugte sich über ihn, dass ihre Haare auf seine Schultern fielen.

»Um meinen Verstand … um meinen Verstand hast du gespielt«, schrie Adalbert.

»Und habe deinen süßen Leib gewonnen …«

Adalbert fühlte, wie sich ihm die Schenkel Elisabeths entgegenpressten. Mit wilden Küssen fiel er über ihr duftendes Fleisch her, wühlte seinen Kopf in ihren Schoß …

Elisabeth zog ihn empor, schlang sich eng um ihn und sank dann in fester Umklammerung mit ihm in den mit weichen Kissen und kostbaren Decken angefüllten Sarkophag der Königin Omphale …

Ende des ersten Bandes.

TEIL 2: HÖLLENFAHRT

Im Chaos eines drohenden Weltuntergangs, inmitten einer zusammenbrechenden Gesellschaftsordnung und um sich greifender religiöser Wahnvorstellungen findet Adalbert Semilasso die Erfüllung seiner Liebe. Aber auf das Idyll fällt ein entsetzlicher Schatten. Denn der eigentliche Kampf zwischen dem Magier Eleagabal Kuperus und seinem Widersacher Thomas Bezug steht erst noch bevor …

13,4 x 21 cm, 400 Seiten, 16,95 Euro
ISBN 978-3-86552-015-9

FESTA

GRAHAM MASTERTON

In den USA zählt Graham Masterton zu den Stars der Horrorszene.
Amazon.de

ISBN 3-935822-99-5
384 S., 9,90 Euro

David Williams hat den Auftrag angenommen eine verrufene Villa zu renovieren. Zusammen mit seinem kleinen Sohn Danny zieht er in das alte Gemäuer, doch bereits in der ersten Nacht werden sie von unheimlichen Geräuschen geweckt – etwas Großes und Ruheloses bewegt sich oben auf dem Dachboden.
Damit beginnt der Albtraum aber erst: Existiert das Haus tatsächlich, oder ist es nur eine Spiegelung aus der Vergangenheit oder der Zukunft? Und sind es wirklich Geister, die das Haus heimsuchen?
Bestsellerautor Graham Masterton verneigt sich mit diesem großartigen Albtraum in Prosa vor H. P. Lovecraft, dem modernen Meister des Schreckens.

Wer noch nie das Vergnügen hatte, einen Roman von Graham Masterton zu lesen, sollte mit diesem Albtraum beginnen, in dem die Toten ruhelos durch Granitehead, einem Fischerdorf an der Küste Neu-Englands, wandeln.

ISBN 3-935822-78-2
420 S., 9,90 Euro

Das Haus der Fantastik

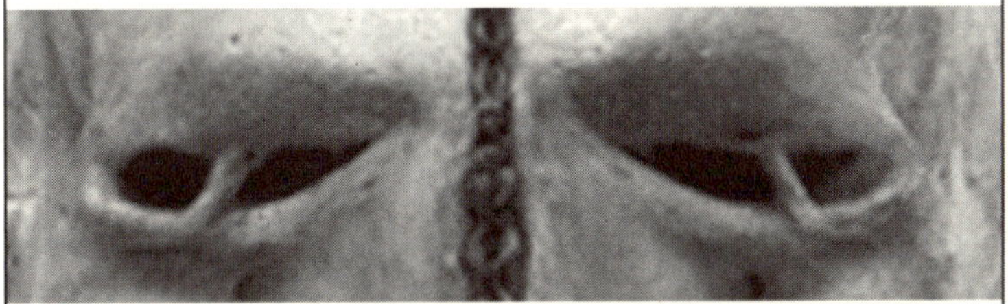